죄와 벌 1

Преступление и наказание

세계문학전집 284

죄와 벌 1

Преступление и наказание

표도르 도스토옙스키

김연경 옮김

민음사

차례

2권 차례

주요 등장인물

로지온(로자, 로젠카, 로지카, 로지멘키) 로마노비치(로마느이치) 라스콜니코프 휴학 중인 23세의 법학도.
아브도치야(두냐, 두네치카) 로마노브나 라스콜니코바 라스콜니코프의 여동생.
풀헤리아 알렉산드로브나 라스콜니코바 라스콜니코프의 어머니.

소피야(소냐, 소네치카) 세묘노브나 마르멜라도바 마르멜라도프의 친딸, 18세.
세묜 자하로비치(자하르이치) 마르멜라도프 실직한 관리.
카체리나 이바노브나 마르멜라도바 마르멜라도프의 아내.
폴리나(폴렌카, 폴랴, 폴레치카) 미하일로브나 카체리나의 큰딸.

드미트리 프로코피이치 라주미힌(브라주미힌) 휴학 중인 대학생, 라스콜니코프의 친구.
포르피리 페트로비치 예심판사, 라주미힌의 친척.
조시모프 의사, 라주미힌의 친구.

알료나 이바노브나 60세쯤 된 고리대금업자, 관리 미망인.
리자베타 이바노브나 알료나의 이복 여동생.

아르카지 이바노비치 스비드리가일로프 두냐가 가정교사로 있던 집의 가장.
마르파 페트로브나 스비드리가일로바 스비드리가일로프의 부인.
표트르 페트로비치 루진 마르파 페트로브나의 먼 친척, 두냐의 약혼자.

니코짐 포미치 경찰 서장.

일리야 페트로비치 포로흐 경찰 부서장, 중위.

알렉산드르 그리고리예비치 자묘토프 경찰서 서기.

프라스코비야(파셴카) 자르니츠이나 라스콜니코프의 하숙집 주인아주머니.

나스타시야(나스타시유쉬카, 나스첸카) 페트로브나(페트로바) 자르니츠이나의 하녀.

아말리야 이바노브나(표도로브나, 류드비고브나) 리페베흐젤 마르멜라도프 가족의 셋집 여주인.

안드레이 세묘노비치(세묘느이치) 레베쟈트니코프 마르멜라도프 가족의 이웃, 루쥔의 전(前) 피후견인.

니콜라이(미콜라이, 미콜카, 니콜라쉬카) 젊은 칠장이.

드미트리(미트레이, 미치카) 니콜라이의 동료.

일러두기

1. 번역 대본은 아카데미판(나우카 간행) 도스토옙스키 전집 6권이다.
2. 러시아어 고유명사의 한글 표기는 개정된 외래어표기법을 따르는 것을 원칙으로 하되 발음상의 편의를 위해 구개음화 적용(로지온, 로쟈 등)을 비롯한 몇몇 예외를 두었다.
3. 작품 속에서 인용, 변주되는 성경 텍스트는 『성경』(한국 천주교 주교회의, 2006, 2쇄) 및 러시아어판 『성경』(모스크바, 러시아 성경 공동체, 2001)을 토대로 하여 옮겼다.
4. 원문의 이탤릭 강조는 고딕체로, 원문의 각종 따옴표 강조는 작은따옴표로 표현했다.
5. 프랑스어나 독일어, 라틴어 단어와 문장은 원문 그대로 표기하고 괄호 속에 그 뜻을 설명하였다. 러시아어 단어를 써야 할 경우에는 라틴문자로 전사했다.
6. 명백한 오기나 오식은 바로잡아서 옮겼고 애매한 경우에는 역주를 달았다.

1부

1

7월 초 굉장히 무더울 때, 저녁 무렵에 한 청년이 S 골목의 세입자에게 빌려 쓰고 있는 골방에서 거리로 나와 왠지 망설이듯 천천히 K 다리 쪽으로 걸어갔다.

그는 계단에서 주인아주머니와 마주치는 것을 용케 피했다. 그의 골방은 높은 5층 건물의 지붕 바로 밑에 있어서 사람 사는 방이라기보다는 차라리 벽장 같았다. 식사와 하녀의 시중이 딸려 있는 이 골방의 주인아주머니는 한 층 아래 따로 떨어진 집에 살았고, 때문에 그는 밖에 나갈 때마다 거의 항상 계단 쪽으로 문이 활짝 열려 있는 주인아주머니의 부엌을 꼭 지나가야 했다. 그쪽을 지나갈 때마다 청년은 겁먹은 듯 뭔가 병적인 감각을 맛보았는데, 그것이 수치스러워 눈살을 찌푸리기 일쑤였다. 하숙비가 잔뜩 밀려 있어서 주인아주머니와 마주칠까 봐 두려웠던 것이다.

그렇다고 그가 원래 겁이 많고 주눅이 잘 드는 성격도 아니었다. 오히려 정반대였다. 하지만 언제부터인가 우울증과도 비슷한 신경질적이고 긴장된 상태가 되었다. 자신의 내면으로만 침잠하여 모든 사람들로부터 고립되었기 때문에 주인아주머니뿐만 아니라 그 누구와도 마주치는 것이 두려웠다. 가난에 짓눌려 있기도 했다. 하지만 이 쪼들리는 처지도 최근 들어서는 별로 부담이 되지 않았다. 당장 해야 할 일도 전혀 하지 않았고 또 하고 싶지도 않았다. 본질적으로는, 주인아주머니가 그에게 무슨 나쁜 짓을 꾸미든 그녀 따위는 두렵지 않았다. 하지만 계단에 멈추어 서서 자기와는 아무 상관도 없는 저 진부하고 시시껄렁한 수다를, 계속 하숙비를 내놓으라며 독촉하고 협박하고 징징 짜는 소리를 듣고 그 와중에 자기는 발뺌하고 사과하고 거짓말하고 할 바에는, 정말 그럴 바에는 차라리 아무에게도 들키지 않고 어떻게든 고양이처럼 계단을 빠져나와 내빼 버리는 것이 상책이었다.

그렇지만 이번에는 거리로 나오자, 채권자와 마주칠까 봐 조마조마해했던 것이 그 스스로도 놀라웠다.

'이렇게 큰 일을 꾸밀 생각이면서 동시에 이렇게 시시한 것을 두려워하다니!' 그는 야릇한 미소를 머금으며 생각했다. '음…… 그렇다……. 모든 것이 인간의 손에 달려 있는데 오로지 겁을 먹은 탓에 모든 것을 놓쳐 버린다…… 이것이야말로 공리이다……. 궁금하군, 사람들이 제일 두려워하는 것이 뭘까? 새로운 걸음, 자기 자신의 새로운 말을 그들은 제일 두려워하지……. 그건 그렇고 수다를 너무 많이 떠는군. 수다를 떠느라 아무것도 하지 않는 것이다. 하긴 아무것도 하지 않기 때문에 수다를 떠는 것인지도 모르지. 요 한 달 동안 이렇게 수다 떠는 법만 늘어서 몇 날 며칠을 밤낮 없이 방구석에 틀어박혀 뚱딴지같은 생각이나 하고……. 그럼 지금은 대체 왜 가고 있는 걸까? 과연 내가 그것을 해낼 수 있을까? 과연 진지하게 그것을 하려는 걸까? 진지는 무슨 진지. 그냥 나 자신을 위로하기 위한 환상에 불과하다. 장난감이랄까! 그래, 딱 장난감 정도 되겠군!'

거리는 푹푹 찌는 무더위에 숨이 턱턱 막힐 듯 갑갑하고 혼잡했으며 곳곳에 석회 가루, 목재, 벽돌, 먼지, 그리고 별장을 빌릴 만한 여유가 없는 페테르부르크의 시민이라면 누구나 훤히 알고 있는 저 여름날의 악취가 가득했는데, 이 모든 것이 그렇잖아도 가뜩이나 심란해진 어린 청년의 신경을 한꺼번에 불쾌하게 뒤흔들어 놓았다. 도시의 이 구역에 유달리 많이 있는 술집에서 풍기는 참을 수 없는 악취, 평일인데도 심심찮게 마주치는 술 취한 사람들 때문에 이 풍경은 한층 더 혐오스럽고도 서글픈 색채를 띠었다. 깊디깊은 혐오감이 한순간 청년의 섬세한 얼굴선 위로 드리워졌다. 겸사겸사 얘기하자면, 그는 대단히 잘생긴 편으로 짙은 색의 아름다운 눈, 짙은 황갈색 머리카락, 제법 훤칠한 키에 몸매는 가늘고 날씬했다. 한데 그는 곧 깊은 생각에, 더 정확히, 숫제 어떤 무아지경 같은 것에 빠져들어 더 이상 주변에 눈길도 주지 않고, 아니, 그러려고 하지도 않고 마냥 걸었다. 그저 간간이 뭔가 웅얼거릴 따름이었으나, 이건 방금 그 자신도 인정했듯 혼잣말을 하는 습관 탓이었다. 그 순간 그는 자신의 상념이 때때로 갈피를 못 잡고 있음을, 자신이 몹시 힘이 빠졌음을 스스로도 의식하고 있었다. 그러고 보니 이틀째 거의 아무것도 통 먹지 못했던 것이다.

그의 옷차림은 다른 사람 같으면, 심지어 이런 일이 다반사인 사람도 대낮에 이런 누더기를 걸치고 거리를 나다니는 것이 창피할 정도로 후줄근했다. 하긴 이 구역 자체가 옷차림에 놀라는 일은 좀처럼 없는 곳이었다. 센나야 광장도 가깝고 그렇고 그런 알 만한 업소가 지천에 널려 있는 데다가 무엇보다도 페테르부르크의 중심부를 이루는 이곳 거리와 골목에 공장 노동자나 수공업 종사자가 밀집해 있고 가끔씩 온갖 희한한 양반들이 통째로 장관을 이루었기 때문에 무슨 특이한 인물과 마주쳐도 놀라는 것이 오히려 이상할 법했다. 청년은 원래, 또 가끔씩은 젊은이답게 몹시 까다로운 편이었지만, 이미 그의 마음속에 악의 섞인 경멸이 너무나 많이 쌓인 탓에 길거리에서 이런 누더기를 걸치고 있는 것에 창피해할 겨를도 없었다. 이런저런 지인이나 영 마주치고 싶지 않은 옛 동창을 만난다면 사정이 좀 달랐겠지만……. 한데 그때 어떤 술 취한 사람이, 무슨 까닭인지는 알 수 없지만 여하튼, 이런 시각에 거대한 말이 끄는 거대한 짐마차를 몰고 어디로 가던 길에 갑자기 그를 향해 소리쳤다. "어이, 거기, 독일 모자!" 그렇게 한 손으로 그를 가리키며 목청껏 고함을 지르는 것이었다. 청년은 갑자기 우뚝 멈추어 서서 경련이라도 난 듯 자기 모자를 움켜쥐었다. 이 모자는 높고 둥근, 침머만* 제품이었지만 진즉에 다 해어지고 완전히 불그죽죽한 데다가 구멍과 얼룩 투성이에 챙도 없고 정말 볼썽사납게도 한쪽으로 짜부라져 있었다. 하지만 그를 사로잡은 건 수치심이 아니라 전혀 다른 감정, 경악과도 비슷한 감정이었다.

'내 이럴 줄 알았지!' 그가 당혹스러워하며 중얼거렸다. '이럴 줄 알았어! 이런 것이 제일 고약하다! 이따위 멍청한 것 때문에, 이런 진부하고 하찮은 것 때문에 계획이 몽땅 물거품이 될 수 있다니까! 그래, 이 모자는 눈에 너무 잘 띈다……. 웃기게 생겼기 때문에 눈에 잘 띄는 거야……. 나의 이 누더기에는 이런 병신 같은 것이 아니라, 아무리 낡아 빠진 놈이라도 꼭 학생모가 있어야겠어. 아무도 이런 모자를 쓰지 않으니까 1베르스타**나 떨어져 있어도 사람들 눈에 확 들어와 기억에 남을 테고……. 무엇보다도, 나중에도 기억에 남아 있으면 그게 바로 증거이지 뭔가. 이 경우에는 가능한 한 남의 눈에 띄지 않도록 해야 한다……. 하찮은 것, 하찮은 것들이 중요하단 말이다……! 바로 이런 하찮은 것이 항상 모든 일을 망치니까…….'

조금만 더 가면 됐다. 심지어 자기 집 대문에서 몇 발짝을 가야 될지도 그는 알고 있었다. 정확히 칠백삼십 걸음이었다. 언젠가 몽상에 흐드러지게 잠겨 있을 때 몇 걸음인지 세 본 적이 있었다. 그 무렵만 해도 그 자신도 이 몽상을 믿지는 않고 그저 그것의 추하지만 유혹적인 뻔뻔함에 자극을 받았을 따름이었다. 하지만 한 달쯤 지난 지금에 와서는 시각이 달라졌

---

* 페테르부르크의 유명한 모자 공장주로, 네프스키 거리에 가게가 있었다.
** 1베르스타는 1.067킬로미터.

으며 자신의 무기력함과 우유부단함을 혼잣말로 계속 조롱하면서도, 또 여전히 자신을 믿지 않으면서도 저 '추한' 몽상을 왠지 저도 모르게 그럴듯한 기획이라 여기는 데 이미 익숙해졌다. 지금은 심지어 자신의 기획을 시험하러 가는 길이었고 걸음을 뗄 때마다 그의 흥분은 점점, 점점 더 고조되었다.

심장이 얼어붙고 신경질적인 전율이 이는 가운데 그는 한 쪽 벽은 운하를, 다른 쪽 벽은 ○○ 거리를 향해 있는 몹시 거대한 건물로 다가갔다. 이 건물은 자잘한 셋집으로 가득 차 있었고 재봉사, 기술공, 식모, 다양한 독일인들, 몸 파는 아가씨들, 하급 관리 계층 등 온갖 일에 종사하는 사람들이 들어와 있었다. 해서, 이곳을 드나드는 사람들이 건물의 양쪽 대문과 양쪽 마당을 바삐 오가고 있었다. 이곳을 지키는 문지기도 서너 명이나 됐다. 청년은 그들 중 누구와도 마주치지 않은 것에 몹시 만족하며 대문에서 눈에 띄지 않게 곧장 오른쪽 계단으로 숨어들었다. 어둡고 비좁은 '뒤' 계단이었지만, 이미 이 모든 것을 알았고 또 연구한 만큼 그는 이런 정황이 모두 마음에 들었다. 이렇게 어두우면 호기심에 찬 시선도 위험하지 않으니 말이다. '지금도 이렇게 무서운데, 정말 어쩌다 막상 그 일까지 닥치면 어떻게 될까……?' 무심결에 이런 생각을 하며 그는 4층으로 올라가고 있었다. 마침 그 층의 한 아파트에서 퇴역 군인 출신의 짐꾼들이 가구를 들어내느라 그의 길을 가로막았다. 이 집에 처자식이 딸린 어느 독일인 관리가 산다는 사실은 이미 전부터 알고 있었다. '그러니까 이 독일인이 지금 방을 빼는 것이고, 그러니까 4층과 이 계단, 이 층계참에서 사람이 사는 집은 당분간 노파의 아파트밖에 없다는 소리로군. 좋은 징조다…… 어쨌거나…….' 다시 이런 생각을 하면서 그는 노파 아파트의 설렁줄을 잡아당겼다. 설렁은 구리가 아니라 양철로 만든 것처럼 힘없이 쩔렁거렸다. 이런 유의 건물에 있는 이처럼 자잘한 아파트의 설렁은 거의 다 이랬다. 이 설렁 소리를 잊고 있었던 터라 지금 이 독특한 소리를 듣자 갑자기 뭔가가 상기되면서 또렷이 떠올랐다……. 그는 마냥 몸서리를 쳤는데, 이번에는 신경이 너무 약해져 버렸다. 얼마 후 문이 빠끔히 열렸다. 집주인은 방문객을 대놓고 수상쩍어하면서 문틈으로 훑어보았고, 어둠을 뚫고 보이는 것은 그녀의 번쩍거리는 두 눈뿐이었다. 하지만 층계참에 사람들이 많이 있는 것을 보고는 용기를 내어 문을 활짝 열었다. 청년은 문지방을 넘어 어둠침침한 현관으로 들어섰는데, 거기에는 손바닥만 한 부엌을 가려 놓은 칸막이가 있었다. 노파는 그 앞에 말없이 서서 미심쩍은 눈초리로 그를 쳐다보았다. 예순 살쯤 된 조막만 하고 말라빠진 노파였는데, 못됐게 생긴 날카로운 눈에 코는 작고 뾰족했으며 머리에는 아무것도 쓰고 있지 않았다. 별로 세지 않은 희끗희끗한 머리카락에는 번들번들 기름이 발려 있었다. 닭의 발목처럼 앙상하고 기다란 목에는 플란넬 쪼가리 같은 것을 두르고 어깨에는 이렇게 무더운데도 죄다 너덜너덜해지고 누렇게 빛바랜, 헐렁한 털 조끼를 걸치고 있었다. 노파는 쉴 새 없이 기침을 해 대고 가래 끓는 소리를 냈다. 청년이 그녀를 어딘가 독특한 시선으로 쳐다본 탓인지, 그녀의 눈에도 갑자기 또 아까처럼 수상쩍어하는 기색이 역력해졌다.

"라스콜니코프라는 대학생입니다, 한 달쯤 전에도 왔습니다만." 청년은 상냥하게 굴어야 한다는 것을 상기하고는 반쯤 몸을 숙이며 서둘러 중얼거렸다.

"기억하다마다, 학생, 학생이 왔던 것은 아주 잘 기억나요." 아까와 같은 의문에 찬 시선을 그의 얼굴에서 거두지 않은 채 노파가 또박또박 말했다.

"실은 그래서…… 또 같은 일로……." 라스콜니코프는 이렇게 말을 이어 갔으나 노파의 수상쩍어하는 태도에 약간 당황하고 놀라기도 했다.

'하긴 이 노파는 항상 이랬는지도 모르겠군, 저번에는 알아채지 못했지만.' 불쾌한 감정을 느끼며 그가 생각했다.

노파는 뭔가를 골똘히 생각하는 것처럼 말이 없더니 옆으로 비켜선 다음 방문을 가리키고 손님을 먼저 안으로 들이면서 말했다.

"들어와요, 학생."

청년이 들어간 아담한 방은 누런 벽지가 발려 있고 창가에 제라늄 화분이 놓여 있고 옥양목 커튼이 걸려 있었는데, 때마침 환한 석양빛을 받고 있었다. '그때도 그러니까 이렇게 햇살이 비치겠지……!' 라스콜니코프의 머릿속으로 무심코 이런 생각이 스쳐 지나갔다. 그는 방 구조를 가능한 한 자세히 파악하고 기억해 두기 위해 날렵한 시선으로 방 안을 전부 둘러보았다. 하지만 이렇다 할 특별한 것은 아무것도 없었다. 가구라야 하나같이 몹시 낡은 누런 목제 가구뿐이었는데, 구부러진 큼직한 목제 등받이가 달린 소파, 그 앞에 놓인 타원형 탁자, 창문 사이 벽에 거울이 붙어 있는 화장대, 벽 옆의 의자들, 노란 액자틀에 끼워진, 두 손에 새들을 들고 있는 독일 귀부인들을 그린 싸구려 그림 두세 점 등 — 이것이 가구의 전부였다. 방구석에 놓인 아담한 크기의 성상 앞에서는 램프가 타오르고 있었다. 모든 것이 몹시 깨끗했다. 가구도, 마룻바닥도 윤이 날 만큼 닦아 놓아 모든 것이 반짝반짝 빛났다. '리자베타의 솜씨로군.' 청년은 생각했다. 집 안을 샅샅이 훑어도 먼지 하나 찾을 수 없었다. '원래 늙어 빠지고 못된 과부 집은 이렇게 깨끗한 법이지.' 라스콜니코프는 혼자 생각을 이어 가며, 손바닥만 한 두 번째 방으로 통하는 문 앞에 쳐진 사라사 커튼을 호기심 어린 눈으로 힐끗 쳐다보았는데, 노파의 침대와 서랍장이 있는 방은 아직 한 번도 들여다본 적이 없었다. 노파의 집은 요 방 두 칸뿐이었다.

"무슨 일로?" 노파는 방 안으로 들어오더니 그의 얼굴을 똑바로 보려고 아까처럼 그 앞에 딱 버티고 서서 준엄하게 말했다.

"전당 잡힐 물건을 가져왔습니다, 여기요!" 그러면서 그는 호주머니에서 낡고 납작한 은시계를 꺼냈다. 뒷면에는 지구의가 그려져 있었다. 시곗줄은 강철로 된 것이었다.

"저번에 맡긴 것도 기한이 다 됐어요. 벌써 그저께 한 달이 지났는걸."

"한 달치 이자를 더 드릴 테니 좀 버텨 주시죠."

"좀 버티든 학생 물건을 지금 당장 팔아 버리든 그건 내 마음이지, 학생."

"이 시계는 좀 많이 나갈까요, 알료나 이바노브나?"

"참 시시한 것만 갖고 오는구려, 학생, 값도 거의 나가지 않는 것만. 지난번 반지만 해도 지폐를 두 장이나 쳐주었지만 그런 건 보석상에서 새것으로 사도 1루블 50코페이카면 돼요."

"4루블은 쳐주시죠, 아버지 유품이니 꼭 찾아가겠습니다. 곧 돈 받을 일도 있고요."

"정 그렇다면야 1루블 50코페이카*에 이자는 미리 제해야겠군."

"1루블 50코페이카라고요!" 청년은 소리를 질렀다.

"좋을 대로 해요." 그러고서 노파는 그에게 시계를 다시 내밀었다. 청년은 그것을 받아 들었는데, 어찌나 성질이 나는지 그냥 나가 버리고 싶은 심정이었다. 하지만 달리 가 볼 만한 곳도 없거니와 이렇게 온 데는 다른 목적이 있었음을 상기하고서 당장 생각을 고쳐먹었다.

"그렇게 쳐주시죠!" 그는 거칠게 말했다.

노파는 열쇠를 꺼내느라 호주머니를 뒤적이더니 커튼으로 가려진 다른 방으로 갔다. 방 한가운데에 혼자 남게 되자 청년은 호기심을 갖고 귀를 기울이며 생각을 가다듬었다. 노파가 서랍장 여는 소리가 들려왔다. '분명히 위쪽 서랍이다.' 그는 생각을 가다듬었다. '그러니까 열쇠는 오른쪽 호주머니에 넣고 다니는 거다……. 전부 강철 열쇠고리에 한 묶음으로 꿰어

---

* 루블과 코페이카는 러시아의 화폐단위로, 1루블은 100코페이카이다.

져 있다……. 그중 하나가 제일 큰 열쇠인데 다른 것의 세 배쯤 되고 톱니 모양이고, 물론, 서랍장 열쇠는 아니다……. 그러니까 무슨 보석함이나 궤짝이 있다는 소리다……. 이거 참 재미있군. 궤짝에는 늘 저런 열쇠가 딸린 모양이지……. 그나저나 이건 정말 비열하지 뭔가…….'

노파가 돌아왔다.

"자, 학생, 1루블에서 한 달에 10코페이카씩 이자가 붙으니까 1루블 50코페이카에 대해서는 15코페이카를 제하고, 한 달 치를 미리 받아야겠어. 지난번 것 2루블도 이런 식으로 계산하면 20코페이카를 미리 내야 해요. 그러니까 다 합쳐서 35코페이카군. 지금 학생이 시계 값으로 받을 돈은 1루블 15코페이카요. 자, 받아요."

"세상에! 그럼 지금 1루블 15코페이카밖에 안 된다고요!"

"정확히 그렇지."

청년은 더 왈가왈부하지 않고 돈을 받았다. 노파를 바라볼 뿐 서둘러 가려고도 하지 않는 것이 꼭 하고 싶은 말이나 일이 더 있지만 그것이 정확히 무엇인지는 자기도 모르는 것 같았다…….

"저는, 알료나 이바노브나, 조만간에 하나 더 가져올까 합니다만…… 은으로 만든…… 훌륭한…… 담뱃갑이 하나 있는데…… 친구한테 돌려받는 대로……." 그는 갈팡질팡하다가 입을 다물었다.

"그건 그때 가서 얘기해요, 학생."

"그럼, 안녕히 계십시오……. 한데 집에 항상 혼자 계십니까, 동생분은 안 계시고요?" 현관으로 나가며 그는 가능한 한 허물없는 어조로 물었다.

"그 애에게 무슨 볼일이라도 있어요, 학생?"

"별건 아닙니다. 그냥 물어봤을 뿐입니다. 그럼 이제……. 안녕히 계십시오, 알료나 이바노브나!"

라스콜니코프는 그야말로 당혹감에 사로잡힌 채 밖으로 나왔다. 이 당혹감은 점점, 점점 더 커져 갔다. 계단을 내려가면서도 뭔가에 느닷없이 충격을 받은 양 몇 번이나 멈칫했다. 마침내 거리로 나왔을 때는 이렇게 외쳤다.

'오, 맙소사! 이 모든 것이 얼마나 혐오스러운가! 설마, 내가 설마…… 아니야, 이건 허튼수작이야, 한심하기 짝이 없는 짓이야!' 그는 단호하게 덧붙였다. '설마 이토록 끔찍한 생각이 내 머릿속에 떠올랐을 리가 있을까? 하긴 내 심장이라면 어떤 진흙탕 같은 일도 능히 해낼 수 있다! 무엇보다도 지저분하고 불결하고 더럽다, 그래, 더럽다……! 그것도 나는 꼬박 한 달이나…….'

하지만 그는 말로도, 절규로도 자신의 흥분을 제대로 표현할 수 없었다. 노파의 집을 향해 막 걸어가던 그때부터 그의 마음을 짓누르며 교란하기 시작한 무한한 혐오감이 이제는 너무 어마어마해지고 또렷해졌기 때문에 어떻게 이 우수를 떨쳐 버릴지 알 수 없었다. 그는 행인들도 잘 보지 못해 툭툭 부딪치기도 하면서 술 취한 사람처럼 보도를 따라 걷다가 다음 거리로 들어선 다음에야 정신을 차렸다. 주위를 둘러보고서 자기가 선술집 근처에 있음을 깨달았는데, 입구는 보도에서 계단 아래쪽, 지하층으로 나 있었다. 마침 그때 그 문에서 나온 취객 두 명이 서로를 부축하고 욕을 퍼부으며 거리로 올라왔다. 오래 생각할 것도 없이 라스콜니코프는 당장 아래로 내려갔다. 여태껏 선술집에 발을 들여놓은 적이 한 번도 없는 그였지만 지금은 현기증이 났을뿐더러 목이 바싹바싹 타들어 가는 것처럼 갈증이 났다. 시원한 맥주라도 한 잔 마시고 싶어진 데다가 이렇게 느닷없이 힘이 쭉 빠지는 것도 허기 탓인 것처럼 여겨졌다. 그는 어둡고 더러운 한쪽 구석, 끈적끈적한 탁자 앞에 앉아 맥주를 주문하고는 첫 잔을 게걸스럽게 들이켰다. 이내 모든 것이 누그러지면서 생각도 맑아졌다. '이 모든 것이 허튼수작이다.' 그는 희망에 달떠 이렇게 말했다. '이제 와서 당황할 이유는 전혀 없다! 그냥 몸 상태가 흐트러졌을 뿐이다! 맥주 한 잔에 수하리* 한 조각이면, 자, 한순간에 머리도 튼튼해지고 생각도 또렷해지고 계획도 확고해진다는 말씀! 쳇, 이 모든 것이 얼마나 하찮은가……!' 이렇게 경멸하듯 침을 뱉었음에도 그는 이미 어떤 끔찍한 짐을 느닷없이 떨쳐 버린 양 즐거워 보였으며 그렇게 정겨운 눈으로 술집 안의 사람들을 둘러보았다. 하지만 이 순간조차도 모든 것을 낙관적으로만 보려는 태도가 역시나 병적인 것이라는 예감이 어렴풋이 들었다.

이 시간에는 술집에 남아 있는 사람도 별로 없었다. 계단에서 맞닥뜨린 저 두 명의 취객 말고도 그 뒤를 따라 다섯 명쯤

---

* 식빵을 잘라서 말린 달달한 과자.

되는 일행이 아가씨 하나를 끼고 아코디언을 켜며 모조리 한꺼번에 나가 버렸다. 그들이 나가자 조용하고 휑해졌다. 남은 손님은 약간 취기가 도는 상태로 맥주를 마시고 있는 소시민 같은 사람 한 명과 뚱뚱하고 몸집이 좋은 그의 친구뿐이었다. 짧은 농민용 외투를 입은, 턱수염이 희끗한 이 친구는 곤드레만드레 취해서 의자에 앉아 간간이 졸다가 잠결에 갑자기 손가락을 튕기고 두 팔을 제멋대로 뻗고 의자에서 일어나지도 않은 채 상체를 들썩이기 시작했고, 그것도 모자라 얄궂은 노래를 부르며 가사를 기억해 내려고 용을 썼는데, 대충 이랬다.

꼬박 일 년 동안 마누라를 주물렀네,
꼬-박 일 년 동안 마누-라를 주물렀어…….

그런가 하면 갑자기 잠에서 깨서 또 시작이었다.

포지야체스카야 거리를 걸었지,
옛 여자를 발견했지…….

하지만 아무도 그의 행복에 동참해 주지 않았다. 그의 과묵한 친구는 이 모든 폭발을 마뜩찮고 수상쩍은 눈초리로 보고 있었다. 그 자리에는 언뜻 퇴직한 관리처럼 보이는 사람이 한 명 더 있었다. 그는 혼자 앉아 술병을 앞에 두고 간간이 술을 들이키면서 주변을 두리번거렸다. 그도 약간은 취흥에 겨워 있는 것 같았다.

2

라스콜니코프는 원래 사람들과 어울리는 편이 아니었고, 이미 말했듯, 최근 들어서는 특히 더 모임을 다 피했다. 하지만 지금은 무슨 바람이 불었는지 갑자기 사람이 아쉬워졌다. 내부에서 뭔가 새로운 것이 생겨나면서 사람을 향한 어떤 갈증도 함께 감지되었다. 꼬박 한 달 동안 이렇게 긴장된 우수와 음울한 흥분에 시달리느라 너무 지친 까닭에 단 일 분이라도 어디든 다른 세계에서 숨을 쉬어 봤으면 싶었고, 그래서 이 선술집이 두루두루 참 더러웠음에도 지금 기꺼이 여기에 남아 있었던 것이다.

업소 주인은 보통 다른 방에 있었는데, 어디로 통하는지 하여간 무슨 계단을 통해 자주 이 큰 홀로 내려왔고 그때마다 붉은 안감을 바깥으로 커다랗게 접고 멋을 부려 기름칠을 해 놓은 그의 구두가 맨 먼저 보였다. 그는 반코트와 땟국에 전 새

카만 공단 조끼를 입고 있었고 넥타이는 매지 않았으며 얼굴은 온통 철제 자물통처럼 번들번들 기름칠을 해 놓은 것 같았다. 판매대 앞에는 열네 살쯤 된 소년이 있었고, 그보다도 어린 소년이 하나 더 있어 손님들이 주문하는 것을 갖다 날랐다. 오이 조각, 검은 수하리, 썰어 놓은 생선 조각이 진열돼 있었는데, 이 모든 것이 그야말로 썩는 냄새를 풍겼다. 워낙 갑갑해서 그냥 앉아 있는 것조차 참을 수 없고 모든 것이 술 냄새를 흠뻑 머금고 있어서 공기만 마셔도 오 분 안에 취해 버릴 것 같았다.

안면도 전혀 없고 말 한마디 나눠 보기도 전에 어쩐지 갑자기, 느닷없이 첫눈에 흥미를 유발하는 만남이 더러 있다. 멀찍이 떨어져 앉아 있는, 퇴직 관리처럼 보이는 이 손님이 라스콜니코프에게 그런 인상을 주었다. 청년은 훗날 이 첫인상을 몇 번이나 떠올리며 그것을 모종의 예감으로 여기기도 했다. 그는 계속 관리를 쳐다봤는데, 그건 물론 상대방도 집요하게 그를 바라보며 말을 붙이고 싶은 기색을 역력히 드러냈기 때문이다. 관리는 주인을 포함하여 선술집의 모든 손님들을 어쩐지 관성적이다 못해 약간 거만한 경멸의 색채까지 곁들어진 따분한 시선으로 쳐다보고 있었는데, 저들은 말 상대로 삼을 수도 없을 만큼 한심한 처지에 교양도 없는 작자들이라는 투였다. 쉰 살은 족히 넘었을 법한 이자는 중키에 몸집은 다부지고 훌렁 벗겨진 머리 주변으로 머리카락이 희끗희끗 셌으며, 줄곧 술독에 빠져 살아온 탓에 팅팅 부은 얼굴은 누르스름하다 못해 푸르뎅뎅한 기운까지 띠었고, 붓기가 있는 눈꺼풀 밑에서는 구멍처럼 조그맣지만 생기에 찬 불그스름한 두 눈이 반짝이고 있었다. 그런데 그에게는 뭔가 몹시 색다른 구석이 있었다. 즉, 그의 시선 속에서는 심지어 환희의 빛이 반짝이는 듯싶었지만 — 또 분별도, 이성도 있었을 테지만 — 동시에 광기도 번득이는 것 같았다. 그는 너무 낡아 걸레처럼 너덜너덜해진 검은색 연미복을 입고 있었는데, 단추도 거의 다 떨어져 나가고 없었다. 그나마 용케 하나 매달려 있는 것을 그래도 어떻게든 예의범절을 지키고 싶은 마음이 있었는지 꼭 잠그고 있었다. 난징포 조끼 밑으로는 군데군데 얼룩이 지고 땟국에 전, 완전히 우글쭈글한 와이셔츠가 삐죽 나와 있었다. 얼굴은 관리답게 면도를 하기는 했으나 얼마나 오래전에 했는지 이미 푸르스름하고 빳빳한 수염이 무성히 자라나고 있었다. 사실 그의 몸가짐에는 정말로 어딘가 관리다운 말쑥한 구석이 있었다. 하지만 그는 안절부절못하고 머리카락을 헝크는가 하면 가끔은 엎질러진 술 때문에 끈적끈적해진 탁자 위에 구멍 난 팔꿈치를 얹고 우수에 젖은 채 두 손으로 머리를 괴기도 했다. 마침내 그는 라스콜니코프를 똑바로 쳐다보며 큰 소리로 우렁차게 말했다.

"실례지만, 형씨, 우리 점잖은 대화를 나눠 보면 어떻겠습니까? 형씨가 차림새는 좀 그렇지만, 내 경험으로 보아 교양도 있고 술을 즐기는 분도 아닌 것 같은데요. 나로 말할 것 같으면 항상 진실한 감정과 결합된 교양을 존중해 왔으며 실은 9등관이거든요. 마르멜라도프라고 합니다, 성(姓)이 그렇단 말씀입니다. 9등관이고요. 실례지만, 어디, 관청에서 근무하시는지요?"

"아닙니다, 아직 학생입니다……." 청년은 유달리 미사여구가 많이 섞인 말투와 이토록 당돌하고 집요하게 말을 거는 방식에 놀라며 이렇게 대답했다. 아까만 해도 어떻게든 사람들과 어울리고 싶은 마음이 순간적으로 들었지만 정작 상대방이 말을 걸어오자마자 갑자기 불쾌하고 짜증스러운 감정을 느꼈는데, 자신의 개인적인 부분을 건드리거나 혹은 그냥 그러려고 하는 낯선 사람에 대해 곧잘 맛보는 감정이었다.

"그럼 대학생이구려, 아니면 대학을 다닌 적이 있거나!" 관리가 소리쳤다. "내 그럴 줄 알았지! 경험이 쌓인 덕분이지요, 형씨, 한두 번 겪어 본 게 아니거든!" 그러면서 자화자찬을 한답시고 이마에 손가락을 갖다 댔다. "대학생이었거나 아니면 학자의 길을 걸어왔거나! 그런데 실례지만……." 그는 자리에서 일어나며 휘청하더니 자신의 술병과 잔을 쥐고 청년 옆으로 와서 약간 비스듬히 마주앉았다. 얼큰하게 취해 있어도 말은 청산유수에 제법 달변이었는데 기껏해야 군데군데서 갈팡질팡하며 말을 질질 끄는 일이 더러 있을 뿐이었다. 심지어 게걸스럽다 싶을 만큼 라스콜니코프에게 달려드는 모양새가 그 쪽도 꼬박 한 달은 아무와도 얘기를 나눠 본 적이 없는 것 같았다.

"형씨." 그가 거의 의기양양하게 말문을 열었다. "가난은 죄가 아니라는데, 이건 진리입니다. 술타령이 미덕이 아니라는 것도 내 잘 알고 있지만, 이건 더 말할 나위도 없는 진리지요. 하지만 극빈이라면, 형씨, 극빈은 죄랍니다. 그냥 가난한 정도라면 아직은 타고난 감정의 품위를 유지할 수 있지만 극빈한 상태라면 아무도 절대 그럴 수 없지요. 극빈하면 지팡이로 쫓아내는 것도 아니고 숫제 사람들 무리에서 빗자루로 싹 쓸어 내지요, 괜히 더 모욕을 주려고요. 이것도 옳은 일이지요, 극빈한 상태에서는 그 스스로 자신을 모욕할 태세를 갖추니까요. 그래서 곧장 술집행이고요! 형씨, 한 달 전에 우리 마누라가 레베쟈트니코프 씨한테 흠씬 두들겨 맞았지만, 마누라는 저 같은 놈하곤 전혀 다른 사람이거든요! 아시겠습니까? 그냥 궁금해서 그러는데, 뭐 좀 물어봅시다. 혹시 네바 강의 건초용 짐배에서 밤을 보내 본 적이 있습니까?"

"아니요, 그런 일은 없었습니다." 라스콜니코프가 대답했다. "그게 무슨 말씀이시죠?"

"뭐, 거기서 오는 길이거든요, 벌써 닷새째 거기서 밤을……."

그는 술을 한 잔 따라 마시고는 생각에 잠겼다. 아닌 게 아니라 옷은 물론 머리카락에도 여기저기 건초 부스러기가 붙어 있었다. 정말로 닷새 동안 옷도 갈아입지 않고 씻지도 않은 모양이었다. 손이 특히나 더러웠는데 기름때에 절어 있고 불그스름한 데다가 손톱도 때가 끼어 새카맸다.

그의 이야기는 좀 낭창한 주목이긴 해도 여하튼 모두의 주목을 끈 것 같았다. 판매대 앞의 소년들이 킥킥대기 시작했다. 주인은 '익살꾼'의 얘기를 들어 보려고 일부러 위층 방에서 내려와 멀찍이 떨어진 곳에 앉았는데, 낭창하게 거들먹거리며 하품을 하기도 했다. 마르멜라도프는 이 집의 단골손님인 것이 틀림없었다. 또 미사여구를 좋아하는 성향도 분명히 온갖 종류의 낯선 사람들과 수시로 얘기를 나누는 버릇 때문에 생긴 것이리라. 어떤 술꾼들, 특히 집에서 푸대접을 받고 찬밥 신세인 술꾼들이 이런 버릇이 들면 그것은 거의 욕구로 변해 버린다. 그 때문에 그들은 술자리에서 변명을 하지 못해 안달이고 잘하면 남들의 존경까지 얻어 내려고 안간힘을 쓴다.

"익살꾼!" 주인이 큰 소리로 말했다. "한데 왜 일은 안 하는 거야, 관리라면서 근무는 왜 안 해?"

"무슨 까닭에 이 몸이 근무를 하지 않느냐 하면, 형씨." 하고 마르멜라도프가 말을 받았는데, 이 질문을 던진 사람이 흡사 라스콜니코프인 것처럼 그만 쳐다보았다. "이 몸이 왜 근무를 하지 않느냐? 아니, 이렇게 하릴없이 빌빌대는 나는 뭐 마음이 편하겠습니까? 한 달 전에 레베자트니코프 씨가 우리 마누라를 자기 손으로 흠씬 두들겨 패는데도 정작 이 몸은 술에 취해 뻗어 있었는데, 그때 내가 과연 괴로워하지 않았겠습니까? 실례지만, 젊은 양반, 혹시…… 음…… 아무런 가망도 없이 남에게 돈을 꾸려고 애써 본 적이 있습니까?"

"있긴 있지만…… 가망도 없이, 라는 건 무슨 뜻입니까?"

"무슨 뜻이냐면, 그야말로 가망이 없다, 즉 그래 봤자 땡전 한 푼 안 나올 줄 미리부터 알고 있다는 뜻이지요. 자, 가령 이 사람이, 건전하고 유용하기 그지없는 이 시민이 세상이 두 동강이 나도 형씨한테 돈을 꾸어 줄 리 없다는 사실을 미리부터 확실히 알고 있다고 칩시다. 말이야 바른 말이지, 뭐 하러 꾸어 주겠습니까? 내가 돈을 갚지 못할 것을 뻔히 알 텐데요. 동정심이 발동해서 꾸어 준다? 하지만 새로운 사상을 추종하는 레베쟈트니코프 씨는 요전에 우리 시대에 동정심이란 과학조차 금지한 것이라고, 정치경제학이 확립된 영국에서는 벌써 그런 추세라고 설명하더군요. 그래서 하는 말인데, 대체 왜 꾸어 주겠습니까? 이렇게 꾸어 주지 않을 것임을 훤히 알면서도 어쨌거나 걸음을 떼지 않을 수 없고……."

"그럼 대체 왜 가는 거죠?" 라스콜니코프가 덧붙였다.

"하지만 달리 아무한테도, 아무 데도 갈 곳이 없다면! 사람이라면 누구나 어디든 갈 데가 있어야 하지 않겠습니까. 어디든 반드시 가야만 할 때가 있으니까요! 하나밖에 없는 우리 딸애가 처음으로 황색 감찰*을 받고 나갔을 때, 그때 나도 밖으로 나갔답니다…….(우리 딸애는 황색 감찰을 갖고 산다오…….)" 이런 말을 덧붙이며 그는 다소 불안한 시선으로 청년을 바라보았다. "괜찮습니다, 형씨, 괜찮아요!" 판매대 앞의 두 소년이 콧방귀를 끼며 비웃고 주인마저 히죽 웃자 그는 얼른 태연함을 과시하며 황급히 말했다. "괜찮다마다요! 저렇게들 손가락질을 한다고 해서 당황할 나도 아니지만, 어차피 알 만한 사람은 이미 다 알고 비밀이라는 것도 없는 세상이잖습니까. 그러니 이런 것을 경멸하지 않고 겸허한 마음으로 받아들이는 겁니다. 아무렴 어떻습니까! 아무렴 어때요! '자, 이 사람이오!'** 한데, 젊은 양반, 혹시 이런 말을 하실 수…… 아니지, 좀 더 강렬하고 생생한 표현을 써야겠군. 지금 나를 보면서 혹시

---

* 제정 러시아에서 매춘부에게 발급하던 일종의 신분증 겸 영업 허가증으로 노르스름한 색이었다.

** 빌라도가 그리스도를 가리키며 한 말.(「요한복음」 19장 5절)

가 아니라 감히, 돼지 같은 놈이라고 똑똑히 말할 용기가 있습니까?"

청년은 한마디도 대답하지 않았다.

"뭐" 하고 곧이어 또다시 술집 안을 가득 채운 킥킥거림이 잦아들기를 기다렸다가 연사는 점잖게, 이번에는 한층 더 위엄을 뽐내며 말을 이어 갔다. "뭐, 나야 돼지 같은 놈이라고 쳐도 우리 집사람은 귀부인이란 말씀! 나는 짐승처럼 생겨 먹었지만, 카체리나 이바노브나, 우리 집사람은 참모장교의 딸로 태어나 어엿한 교육을 받은 사람이란 말이지요. 나야, 나야 비열한 놈이지만 집사람은 고상한 마음과 교육을 통해 얻은 고결한 감정으로 충만해 있습니다. 한데……. 오, 이 사람이 나를 좀 불쌍히 여겨 준다면 좋으련만! 형씨, 형씨, 사람은 누구나 자기를 불쌍히 여겨 줄 곳이 한 군데라도 있어야 한답니다! 카체리나 이바노브나는 속이야 넓지만 공정하지를 못해요……. 마누라가 내 머리털을 잡아당길 때면 마음속 깊이 나를 딱하게 여겨서 그런다는 것쯤은 나도 잘 알지만("사실 민망해할 것도 없이 거듭 말씀드리지만, 집사람은 내 머리털을 곧잘 잡아당기거든요, 젊은 양반." 또 킥킥거리는 소리가 들리자 그는 한층 더 기고만장해져서 이렇게 강조했다.) 맙소사, 집사람이 단 한 번만이라도……. 에이, 아니지! 아니야! 죄다 부질없어, 말하고 자시고 할 것도 없지! 암, 말하고 자시고 할 거나 어디 있나……! 내 소원대로 된 것도 벌써 한두 번도 아니고, 저들이 나를 불쌍히 여겨 준 것도 벌써 한두 번이 아니었지만 그런데도…… 나란 놈은 원래 이 모양입니다, 아예 짐승으로 타고났어요!"

"여부가 있나!" 주인이 하품을 하며 한 소리 했다.

마르멜라도프는 단호하게 주먹으로 식탁을 쾅 내리쳤다.

"나란 놈은 원래 이 모양이란 말입니다! 아십니까, 형씨, 내가 집사람 양말까지 팔아 술을 퍼마신 놈이라는 걸 아시냐고요? 신발이라면 어느 정도는 있을 법한 일이지만 양말을, 집사람 양말까지 팔아 마셨다니까요! 모헤어 스카프도 팔아 마셨어요, 옛날에 선물로 받은 것이라서 내 물건도 아니고 집사람 자신의 물건인데 말이죠. 우리 집은 또 집구석도 추워서 집사람이 올겨울에 감기가 들어 기침을 하는데 이제는 피를 쏟더군요. 어린것이 셋이나 있는데, 카체리나 이바노브나는 집을 쓸고 닦고 아이들을 씻기고 하느라 아침부터 밤까지 일을 하지요, 어릴 때부터 깔끔하게 사는 데 익숙해진 사람이거든요. 한데 원래 폐가 좀 약해서 폐병 조짐을 보였는데, 나도 슬슬 느낌이 옵니다. 아니, 나라고 아무 감정도 없는 줄 아십니까? 술을 마시면 마실수록 더욱더 감정에 젖게 됩니다. 술을 마시는 것도 이렇게 마심으로써 연민과 감정을 추구하는 겁니다. 즐거움이 아니라 단 하나, 비애를 추구하노라……. 술을 마시는 건 고통을 두 배로 늘이고 싶기 때문이지요!" 그러고서 그는 절망에 빠진 양 식탁 쪽으로 머리를 숙였다.

"젊은 양반." 그가 다시 고개를 들며 말을 이어 갔다. "형씨 얼굴에 비애 같은 것이 느껴지는군요. 형씨가 들어왔을 때부터 그런 것이 느껴졌기 때문에 곧장 말을 걸었던 겁니다. 형씨에게 신세타령을 늘어놓음으로써 그렇지 않아도 이 얘기를 다 알고 있는 저 한심한 작자들 앞에서 괜히 창피스러운 볼

거리를 연출하려는 것이 아니라 감수성이 예민하고 교양 있는 사람을 찾는 것이거든요. 꼭 알아 두셨으면 하는데, 우리 집사람은 도립 귀족 학교를 다녔고 졸업을 할 때는 도지사를 비롯한 여러 인물이 참석한 자리에서 숄을 두르고 춤을 추었고 그 덕에 금메달과 표창장까지 받은 인물이랍니다. 그 메달은…… 그래, 메달은 팔아먹었군…… 벌써 오래전에…… 음……. 표창장은 지금까지도 그녀의 트렁크 안에 들어 있는데, 얼마 전에도 주인아줌마한테 보여 주더군요. 주인아줌마와는 서로 못 잡아먹어 안달하는 사이지만, 그래도 아무나 붙잡고 자랑도 하고 행복했던 지난날을 알리고 싶은 마음이 들었던 것이지요. 그래서 나도 나무라지 않아요, 나무랄 수가 있나요, 이거야말로 집사람에게 남아 있는 마지막 추억인걸요, 나머지는 전부 먼지처럼 사라졌고요! 그렇지, 그래요. 불같은 성미에 자존심도 강해 남한테 지기 싫어하는 부인네거든요. 손수 마룻바닥에 걸레질을 하고 흑빵으로 연명하는 처지이지만 멸시당하는 것은 못 참는답니다. 그 때문에 레베쟈트니코프 씨의 거친 행동에 호락호락 넘어가기 싫었던 것이고, 그 일로 레베쟈트니코프 씨가 자기를 때렸을 때는 맞아서라기보다는 감정에 북받쳐서 그만 자리에 드러누웠던 것이지요. 나는 올망졸망 어린아이가 셋이나 딸린, 이미 과부의 몸이 된 그녀를 아내로 맞았습니다. 첫 남편은 보병 장교였는데, 사랑에 빠진 나머지 그와 함께 친정집에서 도망을 쳤던 겁니다. 남편을 굉장히 사랑했지만 그는 카드 놀음에 미쳐 재판에 회부되었는데 그러다 그만 죽었지요. 끝에 가서는 손찌검까지 했고 그녀도 그런 작자를 호락호락 봐주지만은 않았습니다. 나도 서류를 통해서도 확실히 알 만한 일이지만, 그녀는 지금까지도 그를 생각하며 눈물을 흘리고 그 건수로 나를 원망하는데, 그래도 나는 기쁩니다, 기뻐요, 상상 속에서나마 언젠가 행복했던 자신의 모습을 보는 거니까……. 남편이 죽자 그녀는 어린 것을 셋이나 거느린 채, 그 무렵 나도 그곳에 있었지만, 무척 극악하고 외진 촌구석에 혼자 몸으로 남게 됐는데, 어찌나 찢어지게 가난했던지 온갖 희한한 일을 숱하게 봐 온 나로서도 그녀의 상황은 차마 말로 표현할 수 없을 정도였습니다. 친척들도 하나같이 나 몰라라 했지요. 게다가 자존심은 또 어찌나 강한지, 너무 그랬지요……. 그때, 형씨, 그때는 나도 전처가 남기고 간 열네 살짜리 딸이 하나 딸린 홀아비 신세였는데, 그녀에게 청혼을 했지요, 그렇게 고생하는 것을 그냥 보고만 있을 수는 없었거든요. 그녀가 어느 정도로 비참했는지는 충분히 짐작이 되실 텐데, 교양도 있고 교육도 받은, 제법 뼈대 있는 집안 출신의 여자가 오죽하면 나 같은 놈한테 시집올 생각을 했겠습니까! 하지만 그렇게 나한테 왔지요! 울며불며 양손을 비비며 시집을 왔던 겁니다! 정말 아무 데도 갈 데가 없었거든요. 형씨, 더 이상 갈 데가 아무 데도 없다는 것이 무슨 뜻인지 이해, 이해하시겠습니까? 천만의 말씀! 아직 이해하시지 못할 겁니다……. 그러고서 꼬박 일 년 동안 나는 경건하고 신성하게 내 도리를 다하고 이놈은 손도 대지 않았는데(그는 보드카 병을 손가락으로 쿡 찔렀다.) 나도 감정이 있는 놈이니까요. 하지만 그 정도로 마누라가 성이 찰 리가 있나요. 하필 그때 일자리도 잃었는데, 그 역시 내 잘못이 아니라 구조 조정 탓이었고 그때 그만 술에 손을 댔지 뭡니까……! 우리 가족이 이곳저곳을 떠돌며 산전수전 다 겪고 마침내 수많은 기념비로 장식된 이 웅장한 도시로 흘러 들어온 지도 벌써 일 년 반쯤 될 겁니다. 여기서 나는 일자리를 얻었고…… 얻었다가 또 잃었지요. 이해하시겠습니까? 이번에는 이미 내 잘못 때문에 잃었습니다, 본성이 드러난 것이지요……. 지금 우리는 아말리야 표도로브나 리페베흐젤이라는 여주인에게서 방 한 칸을 빌려 살고 있는데, 어떻게 먹고살고 어떻게 방세를 지불하는지 나는 모르는 일입니다. 거기에는 우리 말고도 많은 사람이 살고 있지요……. 얼마나 추악한지, 소돔이 따로 없어요…… 음…… 그렇지……. 그러는 동안에 첫 결혼에서 얻은 내 딸애도 다 자랐는데, 그 애가, 내 딸애가 자라면서 계모 때문에 얼마나 많은 수모를 겪었는지에 대해서는 아예 입을 다물겠습니다. 사실 카체리나 이바노브나는 관대한 감정으로 충만해 있지만 워낙에 성미도 불같은 데다가 항상 신경이 곤두서 있어서 걸핏하면 폭발하기 일쑤거든요……. 예, 그렇답니다! 뭐, 이런 건 새삼스레 떠올릴 것도 없지! 충분히 상상이 되시겠지만, 우리 소냐는 교육이라곤 통 받질 못했습니다. 사 년쯤 전에는 그 애와 지리, 세계사 공부를 시도해 봤습니다. 하지만 나도 이런 쪽으로는 아는 것이 거의 없는 데다가 마땅한 교과서도 없고 그나마 있던 책들이란 정말…… 음……! 뭐, 지금은 그 책들마저 없어져 그것으로 공부는 끝나 버렸지요. 페르시아의 키루스*에서 중단된 것이지요. 그 후 성년이 되자 그 애는 소설류의 책을 몇 권 읽었고 얼마 전에도 레베자트니코프의 소개로 책을 한 권 읽던데 — 루이스의 『생리학』**이라고, 혹시 아십니까? — 얼마나 재미있었는지 우리에게도 군데군데 소리 내어 읽어 주더군요. 자, 이것이 그 애가 받은 교육의 전부입니다. 이제, 형씨, 내 쪽에서 사적인 질문을 하나 할까 합니다. 형씨 생각에 가난하지만 성실한 처자가 성실한 노동을 통해 벌 수 있는 돈이 얼마나 될 것 같습니까……? 하루에 15코페이카도 못 번답니다, 아무리 성실한들 별다른 재능이 없다면, 형씨, 잠시도 손을 놓지 않고 계속 일을 해도! 게다가 이반 이바노비치 클로프쉬토크라는 5등관이 있는데 — 혹시 들어보셨습니까? — 네덜란드 루바쉬카*** 여섯 벌의 바느질삯도 여태껏 지불하지 않았을뿐더러 루바쉬카 깃이 잘 안 맞는다는 둥 모양이 삐뚤다는 둥 트집을 잡으며 두 발을 구르고 쌍욕을 퍼붓고 모욕까지 얹어서는 그 애를 내쫓았습니다. 한데 여기서는 아이들이 배를 곯고……. 또 여기서는 카체리나 이바노브나가 양손을 비비며 방을 오가고, 이 병에 걸리면 늘 그렇지만, 뺨에는 여기저기 붉은 반점이 올라오는 겁니다. '따뜻한 우리 집에서 공짜로 놀고먹으니 팔자 한번 좋구나, 이 기생충 같은 것아.' 말은 이렇게 하지만 아이들도 사흘

---

* 키루스 2세 또는 키루스 대왕(BC 585?~BC 530?). 아케메네스 왕조의 시조로 페르시아 제국을 건설했다.

** D. G. 루이스(1817~1878. 영국의 실증주의 철학자, 다윈주의자, 생리학자)의 저서로 1861년 러시아어로 번역되어 젊은 지식인들에게 큰 인기를 얻었다.

*** 와이셔츠와 유사한 러시아 상의.

씩 빵 껍질조차 구경 못하는데 대체 뭘 놀고먹는다는 말입니까! 그때 나는 드러누워 있었는데……. 뭐, 어쩌겠습니까! 술에 취해 드러누워 있자니 우리 소냐의 말소리가(말대꾸라고는 할 줄 모르는 아이이고 목소리는 또 어찌나 온순한지……. 금발에 얼굴은 항상 창백하고 바싹 여위고) 들리더군요. '그럼, 카체리나 이바노브나, 정말로 제가 그런 일을 하러 가야 할까요?' 한데 다리야 프란체브나라고 경찰서 신세도 몇 번 진 악랄한 여자가 여주인을 통해 세 번쯤 의사를 타진해 왔거든요. '아니, 뭐가 어때서.' 하고 카체리나 이바노브나가 코웃음을 치며 대답하더군요. '뭘 그리 애지중지하니? 그게 무슨 보물이라고!' 하지만 나무라지 마십시오, 나무라지 말아요, 형씨, 나무라지 말라고요! 멀쩡한 정신으로 한 말이 아니라 그만 감정이 격해지고 병도 나고 밥도 못 먹은 아이들이 울고 있으니까 그냥 튀어나온 말이고, 더군다나 딱히 그런 뜻이 아니라 그냥 상처를 주려고……. 카체리나 이바노브나는 원래 성깔이 있는 데다가 아이들이 배가 고파서 울어도 당장 손부터 대는 여자거든요. 그러다 5시가 넘자, 보니까, 소네치카*가 일어나서 숄을 두르고 망토 코트를 걸친 다음 집을 나갔고 8시가 좀 넘어서 다시 집으로 돌아왔습니다. 돌아오자마자 곧장 카체리나 이바노브나에게 가서는 그녀 앞의 식탁 위에 30루블어치 은화를 말없이 올려놓더군요. 힐끗 쳐다보긴 했지만 말 한마디 없이 오직 커다란 초록색 모직 숄(우리 집에는 공용으로 쓰는 얇은 모직 숄

* 소피야(소냐)의 애칭.

이 하나 있거든요.)을 집어 얼굴과 머리에 푹 덮어쓰고 얼굴을 벽 쪽으로 돌린 채 침대에 누웠는데, 오직 어깨와 몸만 바들바들 떨리더군요……. 하지만 나는 아까와 똑같은 자세로 누워 있었습니다……. 그때 나는 봤습니다, 젊은 양반, 그러자 카체리나 이바노브나도 역시 말 한마디 하지 않고 소네치카의 침대로 다가가 저녁 내내 그 애의 발치에 무릎을 꿇은 채 그 애의 발에 입을 맞추는 것을 봤지요, 숫제 일어날 생각도 하지 않고요. 그러다가 둘이 서로 껴안은 채 잠이 들더군요…… 둘 다…… 둘 다…… 예…… 그런데도 나란 놈은…… 술에 취해 누워 있었지요."

마르멜라도프는 목이 메는지 입을 다물었다. 그러고는 갑자기 황급히 술을 따라 쭉 들이마시고 꺼억 소리를 냈다.

"그때 이후로, 형씨" 하고 그는 얼마간 입을 다물었다가 말을 이어 갔다. "그때 재수 없는 사건에 한 번 휘말리고 악랄한 놈들이 고자질을 한 탓에 — 이 일에 특히 앞장 선 것은 다리야 프란체브나였는데 자기한테 응당 보여야 할 존경을 게을리했다는 이유였지요 — 그때 이후로 우리 딸 소피야 세묘노브나는 황색 감찰을 받아야 했고 그렇게 되자 이미 우리와 함께 살 수는 없게 되었습니다. 여주인 아말리야 표도로브나도 그건 용납하지 않으려 했거니와(전에는 자기가 나서서 다리야 프란체브나를 거들어 놓고서는 말이지요.) 게다가 레베쟈트니코프도…… 음……. 실은 소냐 때문에 그놈과 카체리나 이바노브나 사이에 그런 소동이 일어났던 겁니다. 처음에는 그 놈도 소네치카의 환심을 사려고 애쓰더니만 이제 와서 갑자기 성을 내지 뭡니까. '나처럼 계몽된 사람이 어떻게 저런 여자와 한집에 살 수 있겠습니까?' 하는 식이었지요. 하지만 카체리나 이바노브나가 또 지지 않고 소냐 편을 들고…… 뭐 그러다가 일이 커진 것이지요……. 그래서 지금 소네치카는 주로 해 질 녘에나 우리 집에 들러 카체리나 이바노브나의 일을 거들어 주고 힘이 닿는 대로 생활비를 주기도 한답니다……. 그 애가 사는 곳은 재봉사 카페르나우모프의 집인데, 거기서 방을 빌려 쓰고 있어요. 이 카페르나우모프라는 사람은 절름발이에 말더듬인데, 많기도 많은 그의 가족이 전부 말더듬이랍니다. 그의 아내도 말더듬이거든요……. 그들 모두 한방에 살고 소냐는 칸막이를 쳐서 자기 방을 따로 갖고 있어요……. 음, 그렇습니다……. 찢어지게 가난한 데다가 말까지 더듬는 사람들이지요…… 그래요……. 그때 나는 아침 녘에 일어나자마자 누더기를 주워 입고 두 팔을 하늘로 치켜들고 이반 아파나시예비치 각하를 찾아갔습니다. 이반 아파나시예비치 각하가 누군지 아시지요……? 모르신다고요? 아니, 그런 하느님의 사람을 모르다니! 이분은 양초 같은 분…… 주님의 얼굴 앞에 밝혀 놓은 양초 같은 분입니다. 그 양초처럼 녹는다는 말씀……! 내 사연을 전부 쭉 들어 주시더니 눈물까지 흘리시더군요. '그래, 마르멜라도프, 자네는 내 기대를 저버린 적이 벌써 한 번 있지……. 그래도 다시 한 번 내 개인적인 책임 하에 자네를 써 보겠네.' 이렇게 말씀하시더군요. '그런 줄 명심하고 그만 가 보게!' 나는 그분의 발에 묻은 먼지까지 핥았는데, 물론 마음속으로만 그랬는데, 그야 높은 지위에 계실뿐더러 새로운 교양과 국가적 사상을 지닌 분이시기 때문에 실제로 그러는 건 허락하지 않으셨을 테니까요. 집에 돌아와서 다시 관청에서 자리를 얻었으며 월급도 받는다고 알리자마자, 맙소사, 그때 분위기란 정말……!"

마르멜라도프는 또다시 강렬한 흥분에 휩싸여 얘기를 중단했다. 그때 밖에서 이미 가뜩이나 곤드레만드레 취한 주정뱅이 무리가 우르르 안으로 들어왔고, 입구에서는 잠깐 고용한 악사의 손풍금 소리와 그에 맞추어 일곱 살짜리가 어린아이답게 파르르 떨리는 목소리로 「작은 시골 마을」*이라는 노래를 부르는 소리가 울려 퍼졌다. 사위가 시끄러워졌다. 주인과 하인은 안으로 들어온 손님들의 시중을 들었다. 마르멜라도프는 그자들은 아랑곳하지도 않고 하던 얘기를 계속 이어 갔다. 그는 이미 심히 힘이 빠진 것 같았지만 취기가 돌면 돌수록 말은 더 많아졌다. 최근에 용케 일자리를 얻은 일을 추억하자 생기가 도는지 어쩐지 얼굴도 반짝이는 것 같았다. 라스콜니코프는 귀를 기울였다.

"그게, 형씨, 오 주 전의 일입니다. 저 둘, 그러니까 카체리나 이바노브나와 소네치카가 그 일을 알게 되자마자, 맙소사, 나는 꼭 천국에 올라간 것 같았습니다. 집 안에서 짐승처럼 뒹굴 때는 욕바가지뿐이었는데! 하지만 이제는 발끝으로 살금살금 걷고 아이들을 조용히 시키더군요. '세묜 자하르이치께서 일하시느라 얼마나 피곤하셨으면 지금 쉬고 계시잖니, 쉿!' 출

* 19세기 중엽에 나온 러시아의 유행가.

근하기 전에는 커피를 대령하고 크림까지 끓여 주더군요! 진짜 크림을 구해다 바치기 시작했단 말입니다, 듣고 계십니까! 게다가 나를 말쑥한 제복으로 단장해 줄 11루블 50코페이카를 어디서 긁어모았는지 내가 모르겠습니까? 하여간 11루블 50코페이카로 구두, 더없이 훌륭한 옥양목 셔츠의 앞 장식, 제복 등 이 모든 것을 더없이 뛰어난 것으로 용케 장만한 겁니다. 첫날 아침 출근했다가 돌아와 보니 카체리나 이바노브나가 두 가지 요리를, 즉 수프와 고추냉이를 곁들인 소금에 절인 쇠고기 등 지금까지는 아예 생각도 못했던 것을 차려 놨더군요. 또 마누라는 옷이라곤 한 벌 없는데…… 즉, 아무것도 없는데, 이날은 어디 외출이라도 할 것처럼 곱게 차려입고 있더라고요. 뭐가 있어서가 아니라 그야말로 무에서 유를 창조해 내는 능력이 있는 것이지요. 머리를 곱게 빗고 옷깃 같은 것도 깨끗한 걸로 달고 덧소매까지 다니까, 세상에, 완전히 다른 사람이 됐지 뭡니까, 더 젊어지고 더 예뻐지고. 소네치카, 요 예쁜 것은 돈만 좀 보태 주었는데, 이제는 자기가 아버지 집에 자주 오는 것도 점잖지 못하니까 아무도 보지 못하도록 어둑어둑해질 때만 오겠노라고 말하더군요. 듣고 계십니까, 듣고 계시냐고요? 식사를 마친 내가 한잠 자러 가자, 형씨도 생각하셨겠지만, 카체리나 이바노브나는 도저히 배겨 내지를 못했습니다. 일주일 전만 해도 여주인 아말리야 표도로브나와 이년 저년 하며 싸워 놓고서는 이제는 커피나 한잔 마시자며 부르지 뭡니까. 그렇게 두 시간을 죽치고 앉아 계속 속닥대더군요. '이제 세묜 자하르이치가 관청에서 근무하며 월급을 받아요. 그이가 각하 앞에 나타나자 각하께서 몸소 나오시더니 다른 사람에게는 기다리라고 명령하시고는 세묜 자하르이치의 손을 잡고 모든 사람들 옆을 지나쳐 집무실로 데려가셨다지 뭐예요.'라더군요. 듣고 계십니까, 듣고 계시냐고요? '나는, 물론, 세묜 자하르이치, 자네의 공훈을 잘 기억하고 있다네. 자네가 비록 예의 그 경박한 약점이 있지만 어쨌거나 이제 이렇게 약속도 했고 더욱이 자네가 없어서 우리 부서도 영 고약하던 참이니(듣고 계십니까, 듣고 계시냐고요?) 이제는 자네의 그 고결한 약속만 믿겠네.'라더군요. 다시 말해, 이 모든 것이, 내 형씨에게 말하지만, 집사람이 느닷없이 꾸며낸 얘기인데, 경박해서가 아니라 그냥 자랑을 하기 위해서 그랬던 겁니다! 아니, 자기 자신도 이 얘기를 전부 믿고 자신의 상상을 통해 스스로를 위로하는 것이지요, 정말로! 그래서 나는 나무라지도 않습니다. 아니, 이런 걸 나무랄 수가 있나요, 어디……! 엿새 전 첫 월급을 — 23루블 40코페이카였지요 — 받아 고스란히 갖다 주었더니 나를 꼬맹이라고 부릅디다. '우리 꼬맹이, 정말 귀여워 죽겠어!' 그것도 단둘이 있을 때 말이죠, 아시겠지요? 사실, 내가 뭐 내세울 게 있길 합니까, 남편 구실을 똑바로 하길 합니까? 그런데도 내 볼을 살짝 꼬집으며 '우리 꼬맹이, 정말 귀여워 죽겠어!'라고 말하더라고요."

마르멜라도프는 말을 멈추고 미소를 지으려 했지만 갑자기 턱이 덜덜 떨려 왔다. 그래도 자제력을 발휘하기는 했다. 이 주점, 너덜너덜해진 몰골, 건초를 싣는 짐배에서 보낸 닷새 밤, 보드카 병, 그와 더불어 아내와 가족을 향한 이 병적인 사랑에 듣는 사람도 혼란스러워졌다. 라스콜니코프는 긴장한 채, 하지만 병적인 감각을 느끼며 그의 말을 듣고 있었다. 이곳에 들른 것에 신경질이 났다.

"형씨, 형씨!" 마르멜라도프는 기운을 차리고서 외쳤다. "오, 형씨, 누구나 다 그렇겠지만 어쩌면 형씨에게도 이 모든 일이 웃음거리에 지나지 않고, 내 가정사를 이렇게 구질구질하고 시시콜콜하게 다 늘어놓아 본들 괜히 형씨에게 폐만 끼치는 셈이지만, 뭐 나에게는 웃음거리가 아니니까요! 나도 감정이 있는 사람이거든요……. 그리고 내 인생의 천국과 같았던 그날 밤낮엔 나 자신도 하늘을 나는 것 같은 몽상 속을 누비고 다녔지요. 즉, 모든 것을 제대로 일궈 보자, 아이들 옷도 입혀 주고 집사람도 편히 살게 해 주고 내 딸애도 치욕의 구렁텅이에서 꺼내 가정의 품 안으로 다시 데려오자……. 그러고도 많이, 참 많이도……. 또 무리도 아니었고요, 형씨. 자, 그런데, 형씨(마르멜라도프는 갑자기 몸서리를 치는가 싶더니 고개를 쳐들고 자기 말을 듣고 있던 사람을 뚫어져라 바라보았다.), 뭐, 이틀날, 이 모든 몽상에 잠겨 있던 직후(그러니까 정확히 닷새 전의 일이 될 텐데), 저녁 무렵 나는 야밤의 도적처럼 약삭빠르게 카체리나 이바노브나의 트렁크 열쇠를 훔쳐, 내가 가져다 준 월급에서 남은 돈을 꺼냈는데, 다 해서 얼마였는지는 기억도 안 나지만, 여하튼, 자, 나를 봐요, 다들! 집 나온 지 닷새째, 저쪽에서는 나를 찾고 있고 관청도 끝장이고 제복은 이집트 다리 근처 술집에 널브러져 있고 그것과 맞바꿔 받은 것이 지금 이 옷이니…… 모조리 끝장났어요!"

마르멜라도프는 주먹으로 이마를 쾅 치더니 이를 악물고 눈을 감으며 팔꿈치로 탁자를 힘껏 눌렀다. 하지만 잠시 후 얼굴 표정이 갑자기 싹 바뀌더니 어딘가 가장된 간특함과 억지로 꾸며낸 뻔뻔스러움이 담긴 표정으로 라스콜니코프를 쳐다보고 웃음을 터뜨리며 말했다.

"오늘 소냐에게 갔습니다, 술값이나 좀 얻으려고 간 거였지! 헤-헤-헤!"

"정말 주던가?" 안으로 들어온 사람들 중 누군가가 한쪽에서 이렇게 소리치며 목청껏 웃기 시작했다.

"바로 이 보드카 반병이 그 애 돈으로 산 것이랍니다." 마르멜라도프는 전적으로 라스콜니코프만 상대하며 말했다. "30코페이카, 그러니까 갖고 있던 돈을 전부 탈탈 털어서 제 손으로 내줍디다, 내 눈으로 직접 봤어요……. 아무 말도 하지 않고 그저 말없이 나를 바라볼 뿐이었지요……. 이런 건 이 지상이 아니라 저어기…… 그곳에서는 사람들로 인해 애가 타서 울기도 하지만 책망하지는 않지요, 책망은 무슨! 한데 책망하지 않을 때 마음은 더 아픈 법, 더 아프지요……! 30코페이카, 그렇습니다. 하지만 돈은 지금 그 애에게도 필요하지 않겠습니까, 예? 어떻게 생각하십니까, 형씨? 사실 그 애는 지금 청결을 유지해야 합니다. 이런 유의 특수한 청결에는 돈이 들지요, 이해하시겠죠? 이해하시냐고요? 뭐, 저어기 화장품도 사야 되고, 하긴 달리 수가 없지요. 풀 먹인 치마도 사야 하고, 웅덩이를 건너야 할 때 발이 돋보이도록 구두도 좀 더 멋스러운 걸로 사야 하겠지요. 이해, 이해하시겠습니까, 형씨, 이 청결이 뭘 의미하는지? 뭐, 그런데도 한핏줄인 아비라는 놈이 술이나 처마시려고 그 30코페이카를 뜯어냈단 말입니다! 그리고 또 이렇게 마시고 있고요! 벌써 다 마셨군……! 그래, 누가 나 같은 놈을 불쌍히 여기겠습니까? 예? 형씨는 지금 내가 불쌍합니까, 예, 형씨? 말해 보시오, 형씨, 불쌍합니까, 예? 헤-헤-헤-헤!"

그는 술을 따르려고 했지만 이미 따를 술이 없었다. 보드카 병은 텅 비어 있었다.

"대체 뭘 보고 자네를 불쌍히 여기라는 건가?" 이번에도 마침 그들 옆에 와 있던 주인이 소리쳤다.

웃음이, 심지어 욕설이 울려 퍼졌다. 그의 얘기를 듣고 있었든 아니든 다들 이 퇴직 관리의 꼬락서니만 보고서도 웃으며 욕설을 퍼부었다.

"불쌍히 여기다니! 대체 왜 나를 불쌍히 여기겠어!" 마르멜라도프는 이 말만 기다렸다는 듯 그야말로 영감에 휩싸여 한 손을 앞으로 쭉 뻗으면서 일어나더니 갑자기 울부짖었다. "대체 왜 불쌍히 여기겠냐고 네놈은 말하는 거냐? 그래! 나 같은 놈을 불쌍히 여길 이유는 전혀 없지! 나란 놈은 십자가에 못 박아야 해, 불쌍히 여길 게 아니라 못 박아야 한단 말씀! 그래, 못 박아라, 재판관아, 못 박으란 말이다, 일단 못 박은 다음에 불쌍히 여기라고! 그때는 내 발로 직접 못 박히러 갈 것이다, 이 몸은 즐거움이 아니라 비애와 눈물을 갈망하니까……! 이 장사꾼아, 내가 네놈의 이 보드카 반병을 갖고 쾌락을 만끽했다고 생각하나? 비애, 비애야말로 내가 이 술병의 밑바닥에서 찾고 있던 것이며, 또 그 비애와 눈물을 여기서 맛보고 찾아냈단 말이다. 모든 이들을 불쌍히 여겨 주셨고 또 모든 이들과 모든 것을 이해하셨던 그분만이 우리를 불쌍히 여겨 주실 것이다, 그분만이 유일한 분이자 심판관이니까. 그분께서 그날에 오셔서 물어보실 테지. '못된 폐병쟁이 계모를 위해, 피 한 방울 섞이지 않은 어린아이들을 위해 자기 몸을 팔았던 그 딸은 어디 있느냐? 지상의 자기 아버지를, 아무 짝에도 쓸모없는 주정뱅이를, 그의 짐승 같은 행각에 경악하기는커녕 오히려 불쌍히 여긴 그 딸은 어디 있느냐?' 그러고는 말씀하시겠지. '자, 이리 오너라! 나는 이미 너를 한 번 용서했다……. 한 번은 용서했노라……. 지금도 너의 많고 많은 죄가 용서되리라, 많고 많은 사랑을 베풀었으니…….' 그러고는 나의 소냐를 용서해 주실 거야, 용서해 주시고말고. 용서해 주시리라는 것을 나는 벌써 알고 있어……. 아까 그 애의 집에 갔을 때 마음속으로 그런 느낌이 들었거든……! 그분은 모든 사람들을 심판하시고 용서해 주실 거야, 선한 자든 악한 자든, 현명한 자든 겸손한 자든 전부……. 그리고 모든 자들에 대한 심판을 끝내시면 그때 우리에게도 이렇게 말씀하시겠지. '너희들도 나오너라! 주정뱅이들아 나오너라, 약한 자들아 나오너라, 수치를 모르는 자들아 나오너라!' 그러면 우리는 모두 넉살 좋게 앞으로 나가 서는 거다. 그러면 또 이렇게 말씀하시겠지. '너희들, 돼지들아! 짐승의 꼴을 하고 짐승의 각인을 지녔지만, 너희들도 나오너라!' 그러면 현자들도, 식자들도 이렇게 말할 테지. '주여! 어찌하여 저들을 받아들이시나이까?' 그러면 이렇게 말씀하시겠지. '저들을 받아들이는 것은, 현자들아, 내 저들을 받아들이는 것은, 식자들아, 저들 중 단 한 명도 스스로를 그럴 만한 자격이 있는 자로 생각하지 않았기 때문이니라…….' 그러고는 우리를 향해 두 손을 내미실 것이고 우리는 그 앞에 엎드려…… 울음을 터뜨리고…… 모든 것을 깨달을 것이다! 그때야 비로소 모든 것을 깨달을 것이다……! 그리고 다들 깨달을 것이다…… 카체리나 이바노브나도…… 그녀도 깨닫게 될 것이다……. 주여, 주님의 왕국이 도래하길!"

그러고서 그는 기진맥진, 녹초가 되어 의자에 털썩 주저앉아 아무도 쳐다보지 않고 주변을 잊은 사람처럼 깊은 생각에 잠겼다. 그의 말이 어느 정도 감명을 주어 잠깐 동안은 침묵이 흘렀지만, 곧 아까처럼 웃음소리와 욕지거리가 울려 퍼졌다.

"멋진 논리인걸!"

"참 대단한 허풍이야!"

"관리니까!"

등등.

"갑시다, 형씨." 마르멜라도프가 갑자기 고개를 들더니 라스콜니코프를 향해 말했다. "나를 좀 데려다 줘요……. 코젤의 집, 마당 쪽 집입니다. 슬슬…… 카체리나 이바노브에게 가 볼 때가 됐군요……."

라스콜니코프는 이미 오래전부터 그만 나가고 싶었다. 또 그렇잖아도 그를 도와줘야겠다고 생각하던 참이었다. 마르멜라도프는 일장 연설을 늘어놓을 때보다 훨씬 더 다리에 힘이 빠져 있었기 때문에 청년에게 힘껏 기대게 됐다. 이삼백 걸음은 족히 가야 했다. 집이 가까워질수록 이 주정뱅이는 더욱더 당혹과 공포에 사로잡혔다.

"나는 지금 카체리나 이바노브나는 무섭지 않아요." 그가 흥분에 들떠 중얼거렸다. "당장에 내 머리털부터 잡아당길 테지만, 그런 것도 무섭지 않아. 머리털쯤이야……! 머리털이야 장난이지! 암, 그렇고말고! 머리털부터 잡아당기면 차라리 그편이 더 나아요, 이런 건 무섭지 않아요…… 나는…… 마누라의 눈이 무서워요…… 그렇지…… 그 눈이……. 뺨 위로 번지는 붉은 반점도 무섭고…… 또 그 숨결도 무서워……. 자네, 이런 병에 걸린 사람들이 숨 쉬는 걸 본 적이 있나……. 흥분된 감정 상태에서 말이야? 아이들의 울음소리도 무서워……. 사실 소냐가 애들을 먹여 살리지 않았다면…… 어떻게 됐을지 모르니까! 정말 모르겠어! 얻어맞는 것도 무섭지 않아……. 꼭 알아 두게, 형씨, 이런 식으로 얻어맞는 것이 나에게는 고통은커녕 쾌감을 준다는 것을……. 이거라도 없으면 도무지 배겨 낼 수가 없거든. 차라리 이편이 더 낫지. 두들겨 패다 보면 마누라도 속이 좀 후련해질 테고…… 이편이 더 낫지……. 자, 저 집이야. 코젤의 집이지. 기술공에 독일인이고 돈도 많은 양반인데…… 데려다 주게!"

그들은 마당으로 들어가 4층으로 올라갔다. 계단은 올라갈수록 어두워졌다. 벌써 거의 11시가 다 됐기 때문에, 원래 이 무렵의 페테르부르크에는 진짜 밤다운 밤이 없음에도, 계단 위쪽은 몹시 어두웠다.

계단 끝, 맨 위쪽에 연기에 그을린 작은 문이 열려 있었다.

양초 토막이 누추하기 짝이 없는 방을 비추고 있었는데, 방 크기가 열 걸음 정도밖에 안 돼 현관에서도 방 안이 전부 다 보였다. 모든 것이 엉망진창으로 어질러져 있고 특히 아이들의 온갖 걸레쪽 같은 옷가지가 뒹굴고 있었다. 안쪽 구석에는 구멍투성이가 된 침대보를 둘러쳐 놓았다. 그 뒤에 침대가 있는 모양이었다. 방 안에 있는 것이라고는 의자 두 개, 완전히 너덜너덜해진 방수포 소파, 그 앞에 놓인, 아무 칠도 하지 않고 식탁보도 덮지 않은 낡은 소나무 식탁뿐이었다. 식탁 끝에는 거의 다 타 버린 수지 양초 토막이 철제 촛대에 꽂혀 있었다. 그러니까 마르멜라도프는 방구석이 아니라 독방을 쓰는 셈이었으나, 그것은 통로로 사용되는 방이었다. 이어 거의 닭장 수준의 쪽방이 아말리야 리페베흐젤의 아파트를 쭉 가르며 펼쳐졌는데 마침 그쪽으로 통하는 문이 열려 있었다. 그곳은 떠들썩하고 시끄러웠다. 큰 소리로 웃어 대기도 했다. 카드 판을 벌여 놓고 차를 마시는 모양이었다. 이따금씩 몹시 쌍스러운 말이 들려오기도 했다.

라스콜니코프는 카체리나 이바노브나를 즉시 알아볼 수 있었다. 피골이 상접할 만큼 바싹 마른 여자로서 후리후리하고 상당히 큰 키에 늘씬했으며 짙은 황갈색 머리카락은 여전히 아름다웠고 뺨은 정말로 반점이 돋았다고 할 만큼 붉었다. 그녀는 두 손을 가슴팍에 꼭 붙인 채 크지도 않은 방을 앞뒤로 오가면서 바싹 말라 갈라진 입술을 달싹이며 고르지 못한 숨을 씩씩 내쉬고 있었다. 눈은 열병이라도 걸린 것처럼 이글거렸지만 그 시선만큼은 아무런 요동도 없이 날카로웠으며, 홍분에 찬 이 폐병쟁이의 얼굴 위로 거의 다 타 버린 양초 토막의 마지막 불빛이 어른거릴 때면 병적인 느낌이 들었다. 라스콜니코프가 보기에 그녀는 서른 살쯤 된 것 같았는데 아무래도 마르멜라도프에게는 아까운 여자였다……. 그녀는 누가 들어오는지 인기척을 듣지도, 감지하지도 못했다. 어쩐지 넋을 놓고 있어 듣지도, 보지도 못하는 것 같았다. 방 안이 갑갑했지만 창문도 열어 놓지 않았다. 계단에서 악취가 올라오는데도 그쪽 문은 열어 둔 상태였다. 안쪽 방들도 문을 열어 놓아 담배 연기가 파도처럼 흘러 들어왔고 그 바람에 자꾸 기침을 하면서도 문을 닫지 않았다. 여섯 살쯤 된 제일 작은 계집아이는 마룻바닥에 엉덩이를 붙인 채 몸을 웅크리고 머리를 소파에 쿡 파묻은 얄궂은 자세로 자고 있었다. 그보다 한 살쯤 많은 것 같은 사내아이는 구석에서 온몸을 바들바들 떨며 울고 있었다. 방금 얻어맞은 모양이었다. 맏이인 아홉 살쯤 된 계집아이는 키가 크고 성냥처럼 가늘었는데, 군데군데 구멍이 난 허름한 루바쉬카 한 장만 달랑 입고 또 훤히 드러난 어깨에는, 지금은 무릎까지도 오지 않는 걸로 봐서 이 년은 족히 전에 만들어 준 것 같은 낡아 빠진 모직 망토 코트를 걸친 채 방구석의 어린 남동생 곁에 서서 성냥개비처럼 바싹 여위고 긴 팔로 남동생의 목을 안고 있었다. 동생을 달래는 것처럼 뭐라고 속닥대며 동생이 어쩌다 또 훌쩍대지 않도록 하려고 온갖 수단을 동원하여 진정시키고, 그와 동시에 불안에 떨면서, 또 원래도 크지만 바싹 여위고 경악한 얼굴 탓에 한층 더 커 보이는 짙은 색 눈을 반짝이며 어머니의 눈치를 살피고 있었다. 마르멜라도프는 방 안으로 들어가지 않고 바로 문간에 무릎을 꿇으면서 라스콜니코프를 앞으로 떼밀었다. 낯선 사람을 본 여자는 어리둥절하여 그 앞에서 멈칫하고 순간적으로 정신을 번쩍 차리면서, 이 사람이 대체 왜 들어왔을까, 하고 이리저리 머리를 굴리는 것 같았다. 하지만 이내, 자기들 방이 통로나 다름없으니까 다른 방으로 가는 사람인가 보다, 하고 생각하는 것 같았다. 이렇게 생각을 정리한 다음, 그녀는 그에게는 더 이상 신경도 쓰지 않고 현관문을 닫으려고 그쪽으로 가다가 문지방에 무릎을 꿇고 있는 남편을 발견하고서 갑자기 소리를 질렀다.

"아!" 그녀가 미친 듯 흥분하여 소리쳤다. "돌아왔군! 이 상습범! 이 날강도 같은 놈아……! 돈은 어디 있어? 호주머니 속에는 뭐가 들어 있어, 얼른 보여 봐! 옷도 다르잖아! 당신 옷은 어디 있어? 돈은 어디 있냔 말이야? 어서 말해……!"

그러고서 그녀는 냉큼 그의 몸을 뒤지기 시작했다. 마르멜라도프는 즉시 고분고분, 순순히 두 팔을 양쪽으로 벌려 주었고, 그로써 상대방의 호주머니 수색 작업을 수월하게 해 주었다. 돈은 땡전 한 푼 없었다.

"돈은 대체 어디 있어?" 그녀가 소리쳤다. "오, 맙소사, 이 인간, 설마 죄다 퍼마신 거 아냐! 트렁크에는 은화 12루블이 고스란히 남아 있었는데……!" 그러고서 갑자기 미친 듯 날뛰며 그의 머리카락을 움켜쥐고 방 안으로 끌고 들어갔다. 마르멜라도프도 얌전히 무릎을 꿇은 채 그녀의 뒤를 따라 기면서 그녀의 수고를 덜어 주었다.

"이것이 내게는 쾌감이랍니다! 이것이 내게는 고통이 아니라 오히려 쾌감을 준다오, 형-씨." 그는 머리털을 잡힌 채 부들부들 떨면서 소리를 질렀고 그러다 이마를 마룻바닥에 찧기도 했다. 마룻바닥에서 자고 있던 아이가 잠에서 깨어 울음을 터뜨렸다. 구석의 소년은 참지 못하고 몸을 바들바들 떨며 소리를 지르더니 그야말로 사색이 되어 거의 발작이라도 난 듯 누나에게 달려들었다. 제일 맏이인 소녀는 막 잠에서 깨어 가랑잎처럼 바들바들 떨기만 했다.

"퍼마셨어! 죄다, 죄다 퍼마셨어!" 불쌍한 여자는 절망에 빠져 소리를 질렀다. "옷도 달라졌고! 이렇게 배를, 배를 곯고 있는데!(그러면서 양손을 비비며 아이들을 가리켰다.) 오, 지랄 같은 인생! 아니, 부끄럽지도 않아요?" 갑자기 그녀는 라스콜니코프에게 달려들었다. "술집에 있다가 와 놓고선! 저 인간과 함께 마셨지? 당신도 저 인간과 함께 마셨겠지! 썩 꺼져!"

청년은 한마디 대꾸도 하지 않고 서둘러 나가려 했다. 더군다나 안쪽 문이 활짝 열리면서, 그리로 호기심에 몸이 단 사람 몇 명이 힐끔 들여다보기도 했다. 궐련이나 파이프를 물고 터키모자를 쓴 채 능글맞게 웃고 있는 머리들이 쭉 이어졌다. 실내복 바람에 단추 하나 채우지 않은 자, 보기 민망할 만큼 얇은 여름옷을 걸치고 있는 자, 손에 카드를 들고 있는 자, 참 가지가지였다. 그들은 마르멜라도프가 머리털을 잡혀 끌려 다니면서 이것이 자기에게는 쾌감을 준다고 외칠 때 유난히 더 신나게 웃어 젖혔다. 심지어 방 안으로 들어오는 자들도 있었다. 마침내, 불길한 악다구니 소리가 들려왔다. 아말리야 리페베호젤이 친히 군중을 뚫고 앞으로 나선 것이었는데, 자기 방식대로 기강을 바로잡고 내일 당장 방을 빼라는 욕지거리 섞인 명령을 함으로써 불쌍한 여자를 겁주는 해묵은 수법을 쓰기 위함이었다. 방을 나오며 라스콜니코프는 한 손을 호주머니에 쑤셔 넣어 선술집에서 쓰고 남은, 1루블의 거스름돈을 최대한 긁어모아 사람들 눈에 띄지 않게 창턱에 얹었다. 그런 다음 이미 계단까지 나왔을 때는 아차 싶은 생각이 들어 다시 돌아가고 싶어졌다.

'아니, 이 무슨 한심한 짓을 한 거야.' 그는 생각했다. '저들에게는 소냐가 있고, 돈이라면 나도 필요한데.' 하지만 도로 가져올 수도 없는 노릇이고 이러나저러나 어차피 그런 짓은 하지 않았으리라는 판단이 서자 한 손을 내젓고는 자기 집으로 향했다. '소냐에게도 화장품이 필요할 테니까.' 그는 거리를 걸으며 생각을 이어 나갔고 독살스럽게 웃었다. '그런 유의 청결을 유지하자면 돈이 들지……. 음! 하긴 소네치카야말로 오늘 당장 파산할지도 모르겠군, 그 일도 고급 모피용 동물 사냥이나…… 노다지를 캐는 일처럼 모험이니까…… 그러니 저들 모두 내 돈이 없으면 내일 당장 길바닥에 나앉겠지……. 정말 장하다, 소냐! 어쨌든 저들은 용케도 참 멋진 우물을 파낸 셈이야! 그러고는 이용해 먹는 거지! 이거야말로 이용해 먹는 게 아닌가! 그러다 익숙해진 거야. 다들 좀 울고 그렇게 익숙해진 거지. 인간이란 워낙에 비열해서 모든 것에 익숙해지니까!'

그는 생각에 잠겼다.

"뭐, 내 생각이 틀렸다면" 하고 그가 갑자기 저도 모르게 외쳤다. "정말로 인간이라는 것이 전부, 다시 말해 인류 전체가 다 비열한 놈인 것은 아니라면, 그렇다면 나머지 모든 것이 편견이요 조장된 공포일 뿐, 장애물은 그 어떤 것도 없다는 뜻이며 또 그렇게 되는 것이 마땅하다……!"

3

이튿날 그는 제법 느지막이 잠에서 깼지만, 꿈자리가 뒤숭숭했던 까닭에 잠을 자고도 몸이 영 개운하지 않았다. 이렇게 짜증스럽고 성마르고 골이 난 상태로 잠에서 깨서는 증오의 눈초리로 자신의 골방을 쳐다보았다. 여섯 걸음 정도밖에 안 되는 크기의 조막만 한 쪽방이었는데, 벽지는 싯누렇고 먼지투성이인 데다가 그나마도 군데군데가 벗겨져 애처로운 몰골이었고 천장은 또 어찌나 낮은지 키가 조금이라도 큰 사람이 여기 들어오면 기분이 영 찝찝하고 머리가 천장에 부딪칠까 봐 전전긍긍할 것만 같았다. 가구 역시 이 거처에 참 걸맞았다. 상태가 썩 좋지 않은 낡은 의자 세 개, 그리고 공책과 책 몇 권이 놓인, 색을 칠한 책상이 방구석에 있었다. 그 위에 자욱이 쌓인 먼지만 봐도 이미 오래전부터 사람 손이 닿지 않았음이 충분히 짐작되었다. 끝으로, 거의 한쪽 벽 전부와 방 전체의 절반을 차지하는 꼴사납고 커다란 소파가 있었는데, 언젠가 씌워 놓은 사라사 천이 이제는 누더기가 되어 라스콜니코프의 침대로 사용되고 있었다. 종종 그는 거기에 시트도 깔지 않고 옷도 벗지 않고 그 상태 그대로, 자신의 오래되고 낡아 빠진 학생용 코트를 덮어쓰고 머리를 좀 더 높이기 위해 작은 베개 밑에 깨끗한 것이든 해진 것이든 하여간 갖고 있는 옷가지를 죄다 집어넣고서 그 베개를 베고 잤다. 소파 앞에는 작은 탁자가 하나 놓여 있었다.

이보다 더 궁색하고 추레하게 살기도 힘들 정도였다. 하지만 라스콜니코프는 지금 같은 정신 상태로는 이런 것이 유쾌하기까지 했다. 그는 거북이가 자신의 등껍질 속에 몸을 숨기듯 모든 사람들로부터 철저히 유리되었기 때문에 시중을 들어 주면서 더러 그의 방을 기웃거리는 하녀의 얼굴만 봐도 짜증이 나고 경련이 일었다. 뭔가에 지나치게 몰입하는 어떤 편집광들이 흔히 그러지 않는가. 하숙집 아주머니가 벌써 두 주째 음식을 내놓지 않아 식사도 하지 못하고 틀어박혀 있는 처지이지만 여태껏 그녀에게 사정을 얘기하러 갈 생각도 하지 않았다. 한편, 주인아주머니의 요리사이자 이 집의 유일한 하녀인 나스타시야는 하숙생의 기분 상태가 이런 것을 제법 달가워하여 그의 방을 쓸고 닦는 일을 아예 중단하고 가끔, 일주일에 한 번쯤 하릴없이 빗자루를 들 뿐이었다. 그런 그녀가 지금 그를 깨운 것이었다.

"그만 좀 일어나, 왜 이렇게 잠만 자!" 그녀가 그를 내려다보며 소리쳤다. "9시가 넘었다고. 차를 가져왔는데 마실래?

이러다 굶어죽겠는걸?"

하숙생은 눈을 뜨고 몸을 한 번 부르르 떨더니 나스타시야를 알아보았다.

"차는 주인아줌마가 보낸 건가, 어?" 병색이 완연한 모습으로 소파에서 천천히 몸을 일으키며 그가 물었다.

"주인아줌마라니, 설마!"

그녀는 이미 여러 번 우려낸 차가 담긴, 금이 간 자기 소유의 찻주전자를 그의 앞에 내려놓고 누런 설탕도 두 조각 내놓았다.

"나스타시야, 미안한데 말이야." 호주머니 속을 뒤져(이렇게 옷을 입은 채로 잤던 것이다.) 동전을 한 움큼 꺼낸 뒤 그가 말했다. "이걸 갖고 가서 흰 빵 좀 사다 줘. 소시지 가게 가서 소시지도 좀 싼 걸로 사다 주고."

"빵이라면 지금 당장 갖다 줄게, 소시지 대신에 쉬*는 어때? 어제 끓였지만 괜찮아. 어제 학생 주려고 남겨 놨는데, 학생이 너무 늦게 왔잖아. 썩 괜찮은 쉬인데."

쉬가 나오자 그는 먹기 시작했고, 나스타시야는 소파 위, 그의 옆에 앉아 수다를 떨었다. 시골 출신이라 몹시 수다스러운 여자였다.

"프라스코비야 파블로브나가 학생을 경찰에 고발할 생각인가 봐." 그녀가 말했다.

그는 얼굴을 잔뜩 찌푸렸다.

* 주로 양배추를 넣어 끓인 국처럼 멀건 수프.

"경찰에? 무슨 이유로?"

"방세를 내길 하나, 그렇다고 방을 빼 주길 하나. 무슨 이유인지 알 만하지."

"에잇, 젠장, 난리 났군." 그는 이를 갈며 중얼거렸다. "아니, 지금은 좀…… 나도 때가 좋지 않은데……. 주인아줌마도 참 바보야." 그가 큰 소리로 덧붙였다. "오늘 잠깐 들러서 얘기를 해 보지."

"주인아줌마야 나처럼 바보지만 그렇게 똑똑한 학생은 왜 부대 자루처럼 뒹굴고만 있어, 그 재주를 보여 줄 생각도 않고? 전에는 애들을 가르치러 다닌다고 하더니만 지금은 왜 아무것도 하지 않는 거야?"

"하는 게 있어……." 라스콜니코프가 마지못해 매몰찬 어투로 말했다.

"뭘 하는데?"

"일을 하지……."

"무슨 일?"

"생각하는 일." 그가 잠시 침묵했다가 진지하게 대답했다.

나스타시야는 곧장 배꼽이 빠져라 웃어 댔다. 그녀는 웃음이 많은 편이어서, 웃긴 일이 있으면 소리도 없이 온몸을 흔들고 부들부들 떨면서 속이 메스꺼워질 때까지 웃어 댔다.

"그 생각 끝에 돈이 듬뿍 나왔어, 어?" 마침내 그녀가 말을 할 수 있었다.

"신발도 없이 애들을 가르치러 다닐 수는 없지. 게다가 그 일도 신물이 나."

"그 신물, 우물에는 뱉지 마쇼.*"

"애들 가르쳐 봤자 잔돈푼이나 쳐주는걸. 그 푼돈 갖고 뭘 하겠어?" 그는 마지못해, 흡사 자문자답하듯 말을 이어 갔다.

"그럼 학생 손에 당장 한밑천이 떨어지기라도 한대?"

그는 이상한 눈으로 그녀를 바라보았다.

"그래, 한밑천 잡아야지." 그가 잠시 침묵했다가 단호하게 대답했다.

"이봐, 살살 좀 해야지, 그러다 사람 잡겠어. 어디 무서워서 살겠냐고. 흰 빵, 가져올까, 말까?"

"좋을 대로."

"아참, 깜박했군! 어제 학생 없을 때 편지가 왔지 뭐야."

"편지라고! 나한테! 누가 보냈지?"

"누가 보냈는지는 몰라. 우체부한테는 내 돈으로 3코페이카를 줬어. 갚아 줄 거지, 엉?"

"어서 가져오기나 해, 어서 좀!" 라스콜니코프는 몹시 흥분하며 소리쳤다. "맙소사!"

편지는 금방 가져왔다. 아니나 다를까, R 도에 사는 어머니가 보낸 것이었다. 편지를 받아들자 그는 얼굴까지 창백해졌다. 아주 오랜만에 받아 보는 편지였으니까. 하지만 지금은 뭔가 다른 일 때문에 갑자기 심장이 죄어들었다.

"나스타시야, 제발 좀 나가 줘. 여기 3코페이카는 챙기고,

---

* "(그 물을 다시 먹을 날이 있으므로) 우물에 침 뱉지 마라."라는 속담을 이용한 말장난.

제발 어서 빨리 나가 줘!"

편지는 그의 손안에서 떨리고 있었다. 그녀가 있는 데서 뜯고 싶지는 않았다. 이 편지와 함께 단둘이 있고 싶었던 것이다. 나스타시야가 나가자 그는 얼른 편지를 입술로 가져가 입을 맞추었다. 그러고 나서도 오랫동안 주소를 기입해 놓은 필체를, 언젠가 그에게 읽고 쓰는 법을 가르쳐 준 어머니의 낯익고 그리운, 자잘하고 삐뚜름한 필체를 들여다보았다. 이렇게 늑장을 부리는 것이 뭔가를 무서워하는 듯도 싶었다. 마침내 봉투를 뜯었다. 편지는 크고 묵직한 것이 2로트*쯤 되는 것 같았다. 두 장의 큰 편지지가 그야말로 깨알 같은 글씨로 빼곡히 채워져 있었다.

귀여운 내 아들 로자**.(이렇게 어머니는 써 나갔다.) 너와 편지로 얘기를 나눈 지도 벌써 두 달이 지났구나. 어떨 때는 나도 그 생각을 하면 너무 마음이 아파 밤에 잠을 이루지 못했단다. 하지만 어쩔 수 없이 침묵할 수밖에 없었던 이 어미를 나무라지는 않을 테지. 내가 너를 얼마나 사랑하는지 너도 알고 있을 테니까. 너는 우리, 나와 두냐***에게 유일한 존재이고, 너는 우리의 모든 것이고 모든 희망, 우리의 열망이 아니냐. 네가 먹고살 길이 막막해 벌써 몇 달째 학교도 못 나가고 있다는 걸 알았을 때, 과외 자리며 이런저런 일감마저 끊긴 걸 알았을 때 내 마음이

* 1로트는 약 12.8그램.
** 라스콜니코프의 이름인 로지온의 애칭.
*** 아브도치야(두네치카)의 애칭.

어땠겠니! 일 년에 120루블밖에 안 되는 내 연금으로 어떻게 너를 도와줄 수 있었겠니? 넉 달 전 너한테 보낸 15루블도, 너도 알다시피, 이 연금을 담보로 이곳 상인 아파나시 이바노비치 바흐루쉰에게 빌린 돈이란다. 그분은 사람도 좋지만 네 아버지의 친구이기도 했거든. 한데 내 몫의 연금을 받을 수 있는 권리를 그분에게 내주었기 때문에 빚을 다 갚을 때까지 기다려야 했고 이제야 그 일이 다 마무리됐구나. 이런 사정 때문에 그 기간 내내 너에게 아무것도 보내 줄 수 없었던 거야. 하지만 이제는 다행히도 너에게 얼마간은 송금할 수 있을 것 같고, 또 대체로 좀 떠벌리는 것 같지만 이제는 우리도 운이 트이는 것 같아 서둘러 그 얘기를 전하려고 한다. 첫째, 너도 짐작은 하고 있겠지만, 귀여운 로쟈, 네 동생이 벌써 한 달 반째 나와 같이 살고 있고 앞으로는 더 이상 떨어져 살 일이 없을 거야. 천만다행으로 그 애의 고생도 끝이 났지만, 그간 무슨 일이 있었는지, 우리가 여태껏 어떤 사연을 숨겨 왔는지 네가 전부 알 수 있도록 차근차근 얘기해 주마. 두 달쯤 전에 너는 두냐가 스비드리가일로프 댁에서 푸대접을 받아 많은 수모를 겪는 것 같다는 얘기를 누군가에게서 들었다며 사정을 정확히 들려 달라고 편지를 보내왔지만, 그때 내가 어떻게 답장을 보낼 수 있었겠니? 만약 모든 일을 사실대로 썼더라면 아마 너는 만사를 내팽개치고 걸어서라도 우리를 보러 왔을 거야. 네 성격과 마음 씀씀이라면 나도 익히 알지만, 네가 동생이 모욕을 당하도록 가만 내버려 둘 아이냐, 어디. 나도 절망에 빠져 있었지만 뭘 어쩔 수 있었겠니? 게다가 그때는 나도 진상을 전부 다 알지는 못했거든. 제일 곤혹스러웠던 것은 작년에 두냐가 그 집에 가정교사로 들어갈 때 매달 월급에서 제한다는 조건으로 100루블을 몽땅 선불로 받았고 때문에 그 빚을 청산하기 전에는 그 집을 나올 수도 없었다는 거야. 그 애가 그만한 금액을 받은 것은(이제는 사정을 전부 얘기할 수 있게 됐구나, 금쪽같은 로쟈.) 무엇보다도 그때 네가 그토록 필요로 했던 60루블을 보내기 위해서였고 작년에 너는 그렇게 돈을 받았던 거란다. 그때 우리는 너를 속여 그 돈은 두냐가 예전부터 저축해 둔 돈이라고 썼지만 실은 그렇지가 않았어. 이제야 모든 일을 사실대로 알려 주는 것은 이제 만사가 하느님의 뜻대로 느닷없이 호전되었기 때문이고, 또 두냐가 너를 얼마나 사랑하는지, 그 애의 마음씨가 얼마나 갸륵한지를 네가 알았으면 싶어서란다. 사실, 스비드리가일로프 씨는 처음에는 그 애를 몹시 거칠게 대했고 식사를 할 때도 온갖 점잖지 못한 짓과 조롱을 일삼았지……. 하지만 모든 일이 다 끝난 마당에 이제 와서 너를 괜히 흥분시킬 필요는 없으니 이런 힘겨운 얘기를 일일이 늘어놓지는 않으련다. 간단히 말해, 스비드리가일로프 씨의 부인인 마르파 페트로브나와 다른 식구들이 선량하고 점잖은 대우를 해 주었음에도 두네치카는 몹시 힘겨워했고, 특히 스비드리가일로프 씨가 저 해묵은 군대 시절의 버릇이 발동해 바쿠스의 힘에 휘둘릴 때는 더 그랬지. 하지만 나중에 알고 보니 이게 웬일이니? 글쎄, 이 미치광이 같은 양반이 벌써 오래전부터 두냐에게 흑심을 품고 있으면서 속마음을 숨기느라 줄곧 그 애를 거칠게 대하고 멸시하는 척했던 거란다. 하긴 벌써 나이도 지긋이 든 가장으로서 그렇게 경솔한 희망을 품고 있는 자기 자신이 스스로도 부끄럽고 또 소름 끼쳤던 나머지 저도 모르게 두냐에게 분을 퍼부었는지도 모르지. 괜히 거칠게 굴고 조롱을 일삼음으로써 자신의 속내를 남들이 눈치채지 못하게 하고 싶었는지도 모르겠고. 어쨌거나 결국엔 참지 못하고 감히 두냐에게 오만 것을 다 해 주겠다며 뻔뻔스럽고 추잡한 제안을 한데다가, 그것도 모자라 모든 것을 버리고 그 애와 함께 다른 시골이나 뭣하면 외국에라도 가겠다고 했다지 뭐냐. 그 애가 얼마나 괴로웠을지 상상이 되니! 당장은 그 집을 뛰쳐나올 수도 없었던 것이 빚진 돈도 있거니와 마르파 페트로브나를 생각하니 부인 쪽에서 갑자기 의심을 품을 수도 있고 그리되면 가정불화를 야기하는 셈이잖니. 게다가 두네치카에게도 대단한 스캔들이 될 수 있으니, 아무래도 그래서 될 일은 아니었지. 여기에는 갖가지 이유가 많이 있어서 육 주 전만 해도 두냐는 그 소름 끼치는 집에서 도저히 벗어날 생각을 할 수 없었단다. 물론, 너는 두냐를 잘 알고, 그 애가 얼마나 영리하고 성격은 또 얼마나 강단이 있는지를 알잖니. 두네치카는 웬만한 일은 거뜬히 견뎌 낼 수 있고 속도 넓어서 가장 극단적인 경우에도 강단을 잃지 않을 아이가 아니냐. 그 애는 내가 심란해할까 봐 나한테도 모든 얘기를 다 써 주진 않았단다, 우리가 편지를 자주 주고받았는데도 말이야. 한데 파국은 뜻밖의 방식으로 찾아왔지 뭐냐. 마르파 페트로브나가 자기 남편이 정원에서 두냐에게 애걸복걸하는 것을 우연히 엿듣게 됐는데, 부인은 모든 것을 자기 식으로 꼬아서 이해하고는 다 그 애 탓이라고 생각하여 죄다 그 애를 비난한 거야. 당장 그들의 정원에서는 끔찍한 장면이 연출되었지.

마르파 페트로브나는 두냐에게 손찌검까지 했고, 아무 말도 들으려 하지 않고 자기 혼자 꼬박 한 시간 동안 소리를 질러 대더니 결국 두냐를 당장 허름한 농민용 짐마차에 태워 내가 사는 소도시로 보내라고 명령했는데, 속옷이며 원피스며 그 애의 모든 물건을, 제대로 묶지도 꾸리지도 않은 짐을 몽땅 짐마차에 닥치는 대로 마구 던졌지 뭐냐. 하필 그때 비는 억수같이 퍼부었고 두냐는 모욕과 치욕을 당한 채 농군과 함께 덮개도 없는 짐마차를 타고서 꼬박 17베르스타를 달려와야 했단다. 자, 이제 한번 생각해 보렴, 내가 두 달 전에 받은 네 편지에 어떻게 답장을 쓸 수 있었겠니, 무슨 얘기를 쓸 수 있었겠어? 나 자신도 절망에 빠져 있었거니와 너도 괜히 안타깝고 슬프고 속상하기만 했을 테니까 사실대로 쓸 용기가 없었고, 또 너라고 무슨 뾰족한 수가 있었겠니? 혹시나 네 신세를 망칠 수도 있는 노릇이라 두네치카도 그러지 말라고 하더라. 나로서도 마음은 괴로워 죽겠는데 편지에는 아무거나 시시한 얘기만 잔뜩 쓰는 일은 차마 못하겠더라. 꼬박 한 달 동안 우리 소도시 곳곳에 이 사건에 대한 얄궂은 소문이 떠도는 바람에, 그 경멸에 찬 눈초리와 쑥덕대는 소리 때문에 결국 두냐와 나는 교회도 갈 수 없는 지경이 되었는데, 우리가 있는 데서도 버젓이 큰 소리로 말을 주고받기도 하더구나. 알고 지내던 사람들도 모조리 우리를 멀리하고 인사조차 하지 않았을뿐더러, 내 확실히 알아냈다마는, 상점 점원과 관청 직원 몇몇이 우리에게 천박한 모욕을 주려고 우리 집 대문에 타르를 칠하기도 했고 그 일로 집주인은 우리에게 집을 비우라고 요구하게 됐지 뭐냐. 이게 다 마르파 페트로브나

탓인데, 부인이 그사이에 이 집 저 집을 돌며 두냐를 욕하고 그 애 얼굴에 먹칠을 했거든. 부인은 우리 소도시의 모든 사람과 잘 아는 사이인 데다가 그 달에는 수시로 우리 소도시를 찾아왔고 원래 좀 수다스러워 너 나 할 것 없이 아무나 붙잡고 자기 집안일을 떠벌리고 특히 남편 흉보는 걸 좋아하는 고약한 버릇이 있어서, 그 짧은 시간에 우리 소도시는 물론이거니와 군(郡) 전체에다 사건을 낱낱이 퍼뜨렸단다. 그 일로 나는 병이 났지만 그래도 두네치카는 나보다 강인한 애라서 모든 것을 꾹 참아 내고 열심히 나를 위로하고 달래 주었지, 그 모습을 네가 봤더라면! 그 애는 정말 천사야! 하지만 하느님의 자비 덕분에 우리의 고통은 끝이 났단다. 스비드리가일로프 씨가 마음을 고쳐먹고 자기 잘못을 뉘우치더니 두냐가 가엾어졌는지, 두네치카가 완전히 결백하다는 사실을 증명할 완전하고 명백한 증거를 마르파 페트로브나 앞에 내놓았어. 다름 아니라, 그 애가 그 양반과 함께 정원에 있다가 마르파 페트로브나에게 들키기 전에, 몰래 따로 만나 사적인 얘기를 나누자는 그의 집요한 요청을 거절하기 위해 부득이하게 편지를 한 통 써서 건넸는데, 그것이 두네치카가 떠나온 뒤에도 스비드리가일로프 씨의 수중에 남아 있었던 거야. 그 편지에서 그 애는 무엇보다도 그가 마르파 페트로브나에게 점잖지 못한 처신을 하고 있다며 몹시 격렬하고 분노에 찬 어조로 꾸짖었고, 그는 아이들의 아버지이자 한 집안의 가장이 아니냐고, 끝으로, 그렇잖아도 불행하고 의지할 데 없는 처녀를 괴롭히고 더 불행하게 만드는 것은 그로서도 얼마나 더러운 일이냐고 따끔하게 일침을 가했단다. 한마디로, 귀여운 로쟈, 그 편지가 구구절절이 어찌나 고결하고 감동적이던지, 그걸 읽으면서 나는 하염없이 울었고 지금도 눈물 없이는 읽을 수가 없구나. 그 밖에도 결국 하인들 사이에서도 두냐의 결백을 증명해 줄 증거가 나왔는데, 항상 있는 일이다만, 그들은 스비드리가일로프 씨가 생각했던 것보다 훨씬 더 많은 것을 보았고 또 알았던 거야. 마르파 페트로브나는 완전히 충격을 받아, 부인 입으로 우리에게 고백한 대로 '한 방 더 얻어맞은 기분'이었다지만 어떻든 두네치카의 결백을 확신하게 되자 그다음 날인 일요일에 곧장 성당에 가서 무릎을 꿇고 눈물을 흘리며 이 새로운 시련을 이겨 내고 자신의 의무를 다할 수 있는 힘을 달라고 성모님께 기도했다더구나. 그런 다음에는 성당을 나와 아무한테도 들르지 않고 우리를 찾아와 모든 얘기를 하고 쓰라린 눈물을 쏟고 뼈저리게 뉘우치면서 두냐를 껴안고 자기를 용서해 달라고 빌었어. 바로 그날 아침, 우리 집에서 나가자마자 곧장 조금도 꾸물대지 않고 소도시의 집들을 죄다 돌기 시작했고, 가는 곳마다 두네치카를 칭찬하는 말을 늘어놓으며 눈물을 흘리고 그 애가 결백함은 물론 마음씀씀이와 처신이 고결했음을 새삼 증명했지. 그것도 모자라, 두네치카가 자기 손으로 스비드리가일로프 씨에게 쓴 편지를 모두에게 보여 주고 큰 소리로 읽어 주었을 뿐더러 복사까지 하게 했지 뭐냐.(내 보기엔 이쯤 되면 지나친 수고를 한 것 같다만.) 이런 식으로 부인은 며칠을 내리 달아 소도시의 모든 사람을 두루 찾아다니지 않으면 안 됐고, 어떤 사람들이 누구 집을 먼저 들렀다며 언짢아하는 일이 생긴 탓에 이런 식으로 순번이 정해졌고, 그래서 어느 집이나 미리부터 자기 순서를 기다렸고 마르파 페트로브나가 어떤 날 어떤 집에서 그 편지를 읽을 것임을 다들 알고 있었으며, 낭독회가 있을 때마다 자기 집이든 다른 지인의 집이든 차례로 그 낭독을 몇 번이나 들었던 사람도 또 몰려들었어. 내 생각으론 이쯤 되면 지나친, 너무 지나친 수고였지만, 마르파 페트로브나는 워낙에 성격이 그랬지. 적어도 두네치카의 명예는 완전히 회복시켜 주었지만, 이 일의 더러운 면은 그 장본인인 부인의 남편에게 떠넘겨져 모조리 씻을 수 없는 치욕처럼 남게 된 셈이라 나는 그가 안됐기도 하더라. 이쯤 되면 이 미치광이 같은 양반한테 너무 가혹한 대접을 한 것이잖니. 당장에 두냐에게 가정교사 일을 부탁하는 집도 더러 있었지만, 그 애가 거절했어. 대체로 다들 갑자기 그 애에게 각별한 존경을 표하기 시작했어. 이 모든 일로 인해 무엇보다도 뜻밖의 사건이 있었고 그 덕분에 지금은 말하자면 우리의 운명이 송두리째 바뀔 것 같구나. 실은 말이다, 귀여운 로쟈, 두냐에게 혼담을 넣은 사람이 있었고 그 애도 이미 승낙했기 때문에 서둘러 이 얘기를 전하려는 거야. 네 조언도 구하지 않고 진행된 일이긴 하다만, 분명히 너도 나나 네 동생에게 서운한 마음은 없을 거다. 너도 짐작이 되겠지만, 일이 돌아가는 형편상 우리로서는 너의 대답을 받을 때까지 기다리며 미룰 수가 없었다. 게다가 네가 여기에 함께 있었던 것도 아니니 모든 것을 정확히 판단할 수도 없었을 거 아니냐. 일이 진척된 경위는 이렇단다. 신랑감은 이미 7등관이 된 표트르 페트로비치 루진이라는 사람인데, 이 일이 성사되도록 많이 애를 써 준 마르파 페트로브나의 먼 친척이란다. 그쪽에서 부인을 통해 우리와 인사를 나누고 싶다는 뜻을 밝혀 와서 응당 우리 집에 초대하여 커피를 대접했는데, 이튿날 편지를 보내 극히 정중하게 청혼을 하면서 어서 빨리 확답을 달라고 부탁하더라. 워낙에 일이 많고 바쁜 몸이거니와 지금은 서둘러 페테르부르크에 가야 해서 일분일초도 아까운 거야. 물론, 이 모든 일이 너무나 다급하고 예기치 못하게 진척됐기 때문에 처음에는 우리도 충격이 이만저만 큰 게 아니었단다. 그날 내내 이런저런 생각을 하고 여러모로 궁리도 해 봤지. 전도유망하고 생활도 어느 정도 안정돼 있고 직장도 두 군데나 되고 재산도 이미 넉넉히 있는 사람이야. 사실 나이는 마흔다섯이나 됐지만 상당히 잘생긴 편이라 아직도 여자들의 호감을 살 법하고, 대체로 몹시 단정하고 점잖은 사람인데, 다만 약간 무뚝뚝하고 고자세를 취하는 것 같긴 하더라. 하지만 첫인상만 그런 것인지도 모르잖니. 그래서 미리 일러 둔다마는, 귀여운 로쟈, 아주 빠른 시일 내에 페테르부르크에서 그를 만나게 될 텐데, 첫눈에 뭔가 마뜩지 않은 점이 보일지라도 평소 네 성미대로 발끈해서 너무 섣불리 판단하지는 말아라. 그가 너에게 좋은 인상을 주리라 확신한다만, 혹시나 싶어 하는 말이다. 비단 이 일만이 아니고 대체로 누구든 사람을 잘 알기 위해서는 그 사람을 대할 때 차근차근 신중을 기해야 하고 나중에 가서 바로잡고 씻어 내기가 극히 힘든 과오를 범하거나 편견에 빠지는 일이 없도록 해야 한다. 한데 표트르 페트로비치는, 적어도 많은 특징으로 보아, 극히 정중한 사람이란다. 우리 집을 처음 방문했을 때부터 자신은 긍정적인 사람이지만, 그의 표현대로 '우리 신세대의 신념'을 많은 부분 공유하며 모든 편견의 적이라고 분명히 말하더라. 그러고도 많은 얘기를 더 했는데, 허영심이 제법 강한 편이라 남이 자기 얘기를 들어 주는 것을 몹시 좋아하는 탓이지만, 사실 그런 게 큰 죄는 아니잖니. 나야 물론 뭘 이해했겠냐마는, 두냐의 설명으로는, 교육을 많이 받지는 못했어도 똑똑하고 착한 사람인 것 같다는구나. 너도 네 동생의 성격을 잘 알잖니, 로쟈. 그 애는 강단 있고 현명하고 참을성도 강하고 비록 발끈하는 성미이긴 해도 마음이 넓은 처녀가 아니냐, 그 애의 이런 면은 나도 익히 알고 있지. 물론, 지금으로서는 그 애 쪽에서도, 그 사람 쪽에서도 딱히 사랑이랄 건 없지만, 두냐는 똑똑한 아가씨일 뿐만 아니라 동시에 천사처럼 고결한 존재니까 남편의 행복을 가꾸는 것을 자신의 의무로 생각할 것이고 또 남편은 남편대로 그 애의 행복을 배려해 줄 것인즉, 이 점에 관해서도, 솔직히 일이 좀 다급하게 성사되기 했지만, 우리로서도 일단은 크게 의심할 이유는 없단다. 게다가 그는 몹시 계산적인 사람이니까, 두네치카가 자기로 인해 행복해질수록 자신이 누리는 부부간의 행복도 더 돈독해지리라는 사실도 물론 스스로 더 잘 알게 될 거야. 혹시 나중에 무슨 성격 차이나 고질병이 드러나고 사고방식에 있어 다소 어긋나는 일이 있어도(아무리 행복한 부부라도 이런 건 피해 갈 수 없잖니.) 이런 것에 관한 한 두네치카는 자신이 있다고 제 입으로 말하더구나. 지금부터 걱정할 건 전혀 없다고, 앞으로 서로의 태도가 성실하고 올바르기만 하면 웬만한 일은 거뜬히 참아 낼 수 있다고 말이야. 가령 내가 보기에도 그가 처음에는 좀 퉁명스러웠는데, 이거야 사람이 고지식하다 보면 그럴 수도 있지 않을까 싶어, 틀림없이 그럴 거다. 가령, 우리 집을 두 번째로 방문했을 때, 이미 결혼 동의를 받고 나서 이런저런 얘기를 하던 중이었는데, 자기는 두냐를 알기 전부터, 옛날부터 성실하지만 지참금이 없는 처녀를, 반드시 곤궁한 처지에 처해 본 적이 있는 처녀를 아내로 맞을 작정이었다고 하지 않겠니. 그의 설명으로는, 남편은 아내한테 아무런 의무도 없어야 하는 반면 아내 쪽에서는 남편을 자신의 은인으로 여기는 편이 훨씬 더 좋기 때문이라는 거야. 덧붙여 말하자면, 그는 내가 쓴 것보다 더 부드럽고 상냥한 표현을 사용했는데, 원래 그의 표현은 잊어버리고 전반적인 생각만 기억이 나는구나. 게다가 절대 미리부터 무슨 의도를 갖고 한 말은 아니고, 분명히 얘기에 열중한 나머지 그만 헛말이 튀어나왔던 것 같아. 그래서인지 나중에 정정하고 좀 완곡한 표현을 쓰려고 애쓰기도 하더라. 그래도 어쨌거나 말이 좀 퉁명스러웠던 것 같은 생각이 들어서, 나중에 두냐에게 한 소리를 했단다. 하지만 두냐는 오히려 짜증을 내며 "그냥 말이 그렇다는 거잖아요."라고 대답하던데, 그야 물론 옳은 생각이지. 결단을 내리기에 앞서 두네치카는 밤새 잠을 이루지 못했고, 내가 이미 잠든 줄 알고 침대에서 일어나 밤새 방 안을 이리저리 서성이더구나. 그러다 마침내는 성상 앞에 무릎을 꿇고 오랫동안 열렬히 기도를 드렸고, 아침이 되자 결단을 내렸다고 똑똑히 말하더구나.

앞에서도 언급했다만, 표트르 페트로비치는 지금 페테르부르크에 간다. 그쪽에 중요한 일들이 있어 아예 페테르부르크에다 공공 변호사 사무소를 차리고 싶어 하지. 그는 이미 오래전부터 다양한 법적 분쟁과 소송 사건을 취급하고 있으며 최근에도 어느 중대한 사건에서 막 승소했단다. 페테르부르크에 꼭 가야 하는 것도 거기 원로원에 중대한 업무가 하나 있어서란다. 그러니까, 귀여운 로쟈, 그는 아마, 심지어 두루두루 너에게 큰 도움이 될 사람이고, 그래서 나와 두냐가 내린 결론으로는, 너는 이제부터 장래의 출셋길을 착실히 닦아 나갈 수 있고 네 운명은 이미 분명히 정해진 것이나 다름없다고 여겨도 될 법하구나. 오, 그렇게만 되어 준다면! 그러면 얼마나 큰 도움이 될까, 정말 주님께서 곧장 우리에게 자비를 베풀어 주신 것으로밖에 생각할 수 없구나. 두냐도 그렇게 되기만을 꿈꾸고 있단다. 그 관련으로 우리는 이미 큰마음을 먹고 표트르 페트로비치에게 몇 마디 운을 띄워 봤단다. 그는 신중한 표현을 써 가며 물론 자기도 비서 없이는 안 되니까 업무 능력만 있다면야(네가 능력이 없을 리야 있니!) 남보다는 친척한테 월급을 지급하는 편이 응당 더 낫지 않겠냐고 말했지만, 그러고는 곧바로 대학 공부를 하면서 자기 사무소 일을 봐줄 시간을 낼 수 있겠냐며 의구심을 내비치더구나. 이번에는 일이 이렇게 끝났지만, 두냐는 지금 그 일 말고는 아무 생각이 없단다. 그 애는 지금 벌써 며칠째 어쩐지 마냥 열에 들떠, 나중에 표트르 페트로비치가 맡을 소송 사건에서 네가 그의 동료, 심지어 동업자가 될 수도 있겠다며 벌써 계획까지 다 짜 놨단다. 더군다나 네가 법학부에 다니니 더 잘됐잖니. 나는, 로쟈, 그 애의 생각에 전적으로 찬성할뿐더러 그 애의 계획과 희망도 모두 충분히 그럴듯해 보여서 그 역시 같은 마음이란다. 표트르 페트로비치가 지금은 유보적인 태도를 취하고 있지만 그야 이해할 만한 일이고(아직은 너를 모르니까 말이야.) 한편 두냐는 장래의 자기 남편에게 좋은 영향을 끼치면 모든 것을 성취하리라고 철석같이 믿고 있단다. 그래, 그렇게 믿고 있지. 물론 우리는 우리의 장래의 꿈이 이렇다는 둥 무엇보다도 네가 그의 동업자가 될 거라는 둥 혹시 헛말을 하게 될까 봐 표트르 페트로비치 앞에서는 말을 삼가기로 했단다. 하긴 그는 긍정적인 사람으로서 이 모든 것이 한낱 꿈 같은 얘기로만 생각될 테니까 아마 몹시 매정하게 응수했을 거야. 마찬가지로 네가 대학을 다닐 동안 네 학비를 좀 대줄 수 있지 않을까, 하는 우리의 절실한 희망에 대해서도 나나 두냐나 아직 입도 뻥긋하지 않았단다. 굳이 말도 꺼내지 않은 것은, 첫째, 때가 되면 자연스레 그렇게 될 것이고, 괜한 말을 늘어놓지 않아도 분명히 그쪽에서 먼저 제안을 할 것이며(두네치카가 이렇게 부탁하면 설마 거절할까.) 더군다나 네가 사무소에서 그의 오른손이 돼 줄 수 있을 테니까 적선이 아니라 어엿한 봉급의 형태로 이런 도움을 받을 수 있잖니. 두네치카도 그러길 바라는 마음이고 내 마음도 딱 그렇구나. 둘째, 굳이 말을 꺼내지 않은 이유는 이제 두 사람*이 곧 만나게 될 텐데 너를 그와 대등한 입장에 두고 싶은 마음이 유달리 커서였단다. 두냐가 환희에 차 네 얘기를 하자 그는 사람을 제대로 판단하려면 상대가 누구든 일단은 직접 가까이서 살펴봐야 하니까 너와 안면을 튼 다음 자기가 알아서 네가 어떤 사람인지 자기 나름으

* 원문에는 '우리'(nashej)라고 되어 있으나 맥락상 '너희'(vashej)가 맞는 듯하다.

로 결정할 것이라고 대답하더라. 그런데 말이다, 내 금쪽같은 로쟈, 아무래도 내가 이리저리 생각을 해 보니(그렇다고 절대 표트르 페트로비치 때문에 그런 건 아니고 그냥 내 나름의 개인적인 이유도 있고 심지어 할망구 특유의, 여자 특유의 변덕도 발동해서) 아무래도 나는 둘이 결혼한 다음에는 같이 살 것 없이 지금처럼 따로 사는 게 더 낫겠다 싶구나. 나의 굳은 확신으로는, 그가 점잖게 배려하는 자세로 나올 것이고 자기 쪽에서 먼저 나더러 앞으로는 따님과 떨어져 사는 일이 없도록 같이 살자고 제안할 것 같은데, 지금까지도 아무 말이 없는 것은 물론 굳이 말하지 않아도 응당 그렇게 되리라 싶기 때문일 거야. 하지만 그래도 내가 거절할 거야. 살아오면서 장모와 사위가 마음이 안 맞는 일을 한두 번 본 것도 아니거니와 누구한테든 짐이 되고 싶은 생각은 손톱만큼도 없고 나한테 얼마간이나마 빵조각이 있고 또 너나 두네치카 같은 자식이 있는 한 나도 한껏 자유를 누리고 싶구나. 가능하면 너희 둘 옆에 살 건데, 그런데 로쟈, 맨 마지막에 쓰려고 제일 기쁜 소식은 아껴 두었단다. 실은 말이야, 내 귀여운 아들아, 거의 삼 년이나 떨어져 있던 우리가 아주 가까운 시일 내에 다시 다 함께 모여 셋 모두 얼싸안게 될 거란다! 정확히 언제가 될지는 모르겠다마는 어쨌거나 나와 두냐가 아주, 아주 가까운 시일 내에 페테르부르크에 가는 것은 이미 확실히 결정이 됐고, 어쩌면 일주일 후가 될 수도 있어. 모든 것이 표트르 페트로비치의 지시에 달려 있는데, 그가 페테르부르크에서 자리를 잡는 대로 곧 우리에게 알려 줄 거야. 그는 이런저런 생각이 있어서 결혼식을 가능한 한 빨리 치르고 싶다는데, 가능하면 아예 이번 육식 기간도 좋고 시일이 너무 촉박해서 안 된다면 성모 승천 대축일 직후에라도 식을 올리고 싶단다.* 오, 너를 내 가슴에 꼭 안게 된다니, 얼마나 행복할까! 두냐도 너를 만날 기쁨에 완전히 흥분해서는 한 번은 농담 삼아 그저 이 때문에라도 표트르 페트로비치에게 시집갈 마음이 생긴다고 말하더구나. 그 애는 천사야! 지금은 너한테 아무 말도 쓸 수 없다고, 그저 자기는 너와 할 말이 많다고, 너무 많아서 지금은 펜을 들 엄두도 나지 않는다고, 편지 몇 줄로는 아무것도 제대로 쓸 수가 없어 괜히 속만 상할 거라고만 써 달란다. 또 너를 꼭 껴안고 한없이 키스를 보낸다는구나. 한데 우리가 아주 가까운 시일 내에 직접 얼굴을 보게 될지라도 어쨌든 조만간 너에게 가능한 한 많은 돈을 보내마. 두네치카가 표트르 페트로비치에게 시집간다는 것을 다들 알게 된 지금, 갑자기 나의 신용도 좋아져서, 내가 확실히 알고 있는 바로, 이제는 아파나시 이바노비치가 내 연금을 담보로 75루블까지 융통해 줄 것이고 그래서 너에게 25루블, 아니 30루블까지도 보낼 수 있을 거다. 더 많이 보냈으면 싶다만 우리의 여비가 걱정되는구나. 표트르 페트로비치가 워낙 사람이 착해서 수도까지 가는 데 필요한 경비는 일부 부담해 주었고 또 자진해서 우리의 짐과 큰 트렁크도 자기 돈으로 (어떻게

---

* '성모 승천 대축일'은 8월 1일부터 8월 15일까지의 금육 기간을 말하며, 그 다음 8월 15일부터 11월 14일까지가 가을 육식 기간이다. 통상 러시아에서 결혼식은 금육 기간 사이, 즉 정교의 지침에 따라 육식이 허용된 육식 기간에 행해졌다.

그쪽에 아는 사람을 통해) 받아 주겠다고 말했지만 어쨌거나 우리는 페테르부르크에 도착한 다음도, 하다못해 처음 며칠이라도 염두에 둬야 하고 거기가 땡전 한 푼 없이 불쑥 갈 수 있는 곳은 아니잖니. 하긴 나와 두냐가 벌써 모든 것을 정확하게 계산해 본 바로, 여비는 얼마 들지 않을 것 같더라. 우리 쪽에서 철도역까지는 90베르스타밖에 안 되거니와 혹시나 싶어서 우리가 아는, 마부 일을 하는 어느 농군과도 벌써 합의를 해 두었다. 나와 두네치카는 거기서 별 탈 없이 삼등칸을 타고 갈 거란다. 그러니까 아마 너한테 25루블이 아니라 확실히 30루블까지는 넉넉히 보낼 수 있을 거야. 그나저나 그만 됐다. 빽빽이 두 장이나 썼더니 이제는 더 쓸 자리도 없구나. 우리 얘기도 다 한 셈이고. 그동안 정말 많은 사건이 있었구나! 이제, 내 금쪽 같은 로자, 곧 만날 때까지 너를 껴안고 어미로서 축복하마. 네 동생 두냐를 사랑해 주어라, 로쟈. 그 애가 너를 사랑하듯 너도 그 애를 사랑하고, 그 애가 너를 자기 자신보다도 더, 한없이 사랑한다는 것을 꼭 알아 두렴. 그 애는 천사이고, 로쟈, 너는 우리의 전부, 우리의 모든 희망이자 모든 열망이란다. 너만 행복하면 우리도 행복할 거야. 옛날처럼 하느님께 기도하고 있니, 로쟈, 우리의 창조주이자 구세주이신 그분의 은총을 믿고 있는 거냐? 마음속으로 걱정이 돼서 그런데, 요즘 유행하는 불신앙에 말려든 건 아닐 테지? 혹시 그렇다면 너를 위해 기도하마. 얘야, 네가 어렸을 때, 또 너희 아버지가 살아 계실 때 내 무릎에 앉아 혀짤배기소리로 옹알대며 기도하던 일을 떠올려 보렴, 그때 우리가 얼마나 행복했는지도! 잘 지내라, 아니, 차라리 곧 보자꾸나라고 해야겠구나! 너를 꼭, 꼭 껴안으며 수없이 입을 맞춘다.

죽는 날까지 너를 사랑하는 어미
풀헤리야 라스콜니코바

편지를 펼친 순간부터 읽는 동안 거의 내내 라스콜니코프의 얼굴은 눈물에 젖어 있었다. 하지만 다 읽고 나자 그의 얼굴은 창백해지며 경련으로 일그러졌고, 힘겹고 초조하고 심술궂은 미소가 일면서 입술이 씰룩거렸다. 그는 너무 낡아 얄팍해진 베개를 베고 누워 오래오래 생각하고 또 생각했다. 심장도 격렬하게 뛰고 생각도 격렬하게 요동쳤다. 급기야는 옷장이나 트렁크 같은 이 싯누런 골방이 너무 갑갑해 숨이 턱턱 막혀 왔다. 시선도, 생각도 확 트인 공간을 요구하고 있었다. 그는 모자를 거머쥐고 밖으로 나갔는데, 이번에는 계단에서 누구와 마주칠까 봐 겁을 내지도 않았다. 그런 건 아예 잊어버린 것이다. 그는 V 대로를 가로질러 바실리예프스키 섬 쪽으로 방향을 잡고 그쪽에 무슨 급한 용무가 있는 것처럼 서둘렀지만 실은 습관대로 여기가 어디인지도 인지하지 못한 채 속으로 웅얼대고 숫제 큰 소리로 혼잣말을 하기도 하면서 마냥 걷는 것이었고, 이 모습에 행인들이 몹시 놀라기도 했다. 술취한 자로 생각하는 사람도 많았다.

4

어머니의 편지가 그를 괴롭혔다. 하지만 가장 중요하고 근본적인 점에 관해서는 단 한 순간도, 심지어 편지를 읽는 동안에도 의심의 여지가 없었다. 사태의 가장 중요한 본질은 그의 머릿속에서 결정이 됐고 그것은 최종적인 결정이었다. '내가 살아 있는 한 이 결혼은 있을 수 없다, 루쥔인지 뭔지 하는 놈, 뒈져 버려라!'

'정말 뻔한 일이군.' 그는 씩 웃으며 속으로 이렇게 중얼거렸는데, 미리부터 자기 결정대로 될 것이라고 자부하며 표독스러운 승리감에 젖었다. '안 돼요, 엄마, 안 돼, 두냐, 다들 나를 속일 수는 없지……! 더구나 내 의견은 묻지도 않은 채 나를 빼놓고 일을 결정했다며 사과를 하다니! 여부가 있나! 이제 와서는 파투를 낼 수도 없다고 생각들 하지만, 그런지 아닌지는 두고 봅시다, 어디! 변명은 또 얼마나 걸작인지. '표트르 페트로비치는 어찌나 일이 많은지, 일만 하고 사는 사람이라서 결혼도 속성으로, 거의 뭐 철로 위에서 해치우지 않으면 안된다.'라는 식이잖아. 안 돼, 두네치카, 네가 나와 무슨 할 말이 그리 많은지 훤히 보이고 훤히 알겠다. 네가 밤새도록 방을 거닐며 무슨 생각을 그리 열심히 했는지, 엄마의 침실에 있는 카잔 성모상 앞에서 무슨 기도를 그리 열심히 했는지도 훤히 알아. 골고다를 오는 건 힘들겠지. 음……. 그러니까 최종적으로 그런 결정을 봤단 말이지. 실무적이고 합리적인 사람한테 시집을 가시겠다, 아브도치야 로마노브나, 재산도 두둑이 있고 (이미 재산도 두둑하다니, 이편이 좀 더 든든하고 감명 깊게 들릴 테지.) 직장도 두 군데나 되고 우리 신세대의 신념을 공유하고 (엄마가 쓴 대로) 또 두네치카가 직접 지적한 대로 '착할 것 같은' 사람한테 말이지. 이 같은이라는 말이 제일 압권이군! 그래, 이 두네치카가 이렇게 뭐뭐 할 것 같은 놈한테 시집을 간다는 말씀……! 압권이야! 정말 압권이다……!

……그나저나 궁금한걸, 엄마가 나에게 '신세대'니 뭐니 하고 쓴 이유는 무엇일까? 그냥 이 인물의 성격을 묘사해 주려는 것이었을까, 아니면 루쥔 씨를 잘 봐 달라고 나를 구슬리려는 숨은 속셈이 있어서일까? 오, 교활한 사람들! 한 가지 정황만 더 설명해 줬더라면 흥미로웠을걸. 즉, 그날 밤낮으로, 또 요 근래 내도록 저 둘이 서로에게 얼마나 노골적이었을까? 저 둘 사이에 말이 전부 솔직하게 오갔던 것일까, 아니면 둘 다 서로서로 한마음 한뜻인 것을 깨달은 탓에 새삼스레 큰 소리로 전부 말할 것도, 또 괜히 헛말을 할 필요도 없었던 것일까. 분

명히, 어느 정도는 그랬을 것이다. 편지를 봐도 훤히 알겠다. 엄마 눈에는 그 작자가 약간 통명스러워 보였고, 그래서 그 순진한 양반이 두냐에게 자기 생각을 슬쩍 내비쳤겠지. 한편, 두냐 쪽에서는 물론 화를 내면서 '짜증 섞인 어조로 대답했을' 테고. 여부가 있을까! 순진하게 물어볼 것도 없이 그냥 알 만한 일이고 더 말할 것도 없이 전부 결정이 났는데 누군들 성질이 나지 않겠냐고. 엄마는 또 별소리를 다 쓰는군. '두냐를 사랑해 주어라, 로자, 그 애는 자기 자신보다도 너를 더 사랑한단다.'라니. 아들을 위해 딸을 희생하는 데 찬성했으니 엄마도 은근히 양심의 가책 때문에 괴로운 건 아닐까. '너는 우리의 열망이다, 너는 우리의 전부야!' 오, 엄마……!' 분노가 그의 내부에서 점점 더 격렬하게 끓어올랐고, 지금 루쥔 씨가 눈앞에 나타났더라면 아마 죽여 버렸을 것이다!

'음, 이건 사실이야.' 그는 머릿속에서 솟아오르는 상념의 회오리를 좇아가며 생각을 이어 갔다. ''어떤 사람을 잘 알기 위해서는 차근차근 신중하게 접근해야 한다.'라니, 이건 사실이지. 하지만 루쥔 씨의 속셈은 너무 뻔하다. 무엇보다도, '실무적이고 착한 사람인 것 같다.'라니. 짐도 자기가 떠맡질 않나, 큰 트렁크도 자기 돈으로 받아 주질 않나, 장난이 아닌걸! 참 착하기도 하셔라, 여부가 있겠어? 한데 저들 둘, 약혼녀와 그 어머니는 농부가 모는, 거적을 덮어씌운 짐마차를 빌려 탄단 말이지!(나도 그렇게 다녀 봤다고.) 괜찮아! 겨우 90베르스타만 가면 되고, '거기서 별 탈 없이 삼등칸을 타고 갈 거'라니, 1,000베르스타나 되는 거리를 말이지. 어지간히 합리적이군. 제 분수를 알라는 말이렷다. 아무리 그렇기로서니, 이보쇼, 루쥔 씨, 대체 뭐요? 이쪽은 당신의 약혼녀잖소……. 어머니가 여비를 마련하려고 앞으로 받을 연금을 담보로 돈을 꾸는 것을 모를 리가 없잖소? 물론, 이 경우 당신들은 공히 상거래를 하는 데다가 상호적인 이익과 동등한 지분에 기초한 회사를 차린 셈이니까 비용도 반반씩 부담해야겠지요. 하긴 속담에도 밥은 같이 먹어도 담배는 따로 피운다고 하니까요.* 한데 이 경우에도, 워낙 실무에 능한 사람이라 저들을 살짝 속였군. 짐 운반비가 저들의 교통비보다 싸게 먹히고 여차하면 공짜로 처리할 수도 있으니까. 저 둘은 이게 안 보이는 걸까, 아니면 훤히 보이는데도 일부러 못 본 체하는 걸까? 그러고선 만족, 대만족을 하고 있다는 말씀! 아니, 어떻게 아직은 한낱 꽃봉오리에 불과하고 진짜 과일은 앞으로 실컷 따먹을 수 있다고 생각할 수 있을까! 이 경우 중요한 것이 뭐냐면 말이지, 이 경우에는 구두쇠 같은 쩨쩨함이 아니라 모든 일에 깃든 심보가 중요하단 말이다. 앞으로 결혼을 한 다음에도 이런 심보로 살겠다는 소리이니, 일종의 예언이지……. 게다가 엄마는 어쩌자고 이렇게 돈을 펑펑 쓰는 걸까? 뭘 갖고 페테르부르크에 납시겠다는 거야? 달랑 1루블짜리 은화 세 닢, 아니면, 저 노파 말마따나…… '지폐' 두 장을 갖고……. 음! 앞으로는 또 페테르부르크에서 어떻게 먹고살 생각인 거야? 엄마도 어떤 이유로 해서 두냐가 결혼하고 나면 신혼에도 같이 살지는 못

---

* 원래 속담은 "빵-소금은 함께, 담배는 따로."

할 것임을 진즉에 알아채지 않았는가? 저 상냥한 사람이 분명히 어떻게 헛말을 해서 자기 뜻을 넌지시 알렸겠지, 비록 엄마는 '내가 거절할 거다.'라며 손사래를 치고 있지만. 아니, 대체 엄마는 누구를 믿고 저러는 걸까. 연금 120루블에서 아파나시 이바노비치에게 진 빚을 제하고 남을 돈을 믿고 있나? 거기서도 겨울용 머릿수건을 뜨고 토시에 수를 놓느라 노안을 혹사하고 있지 않는가. 게다가 머릿수건은 120루블의 연금에 고작 20루블쯤 보탬이 될까 말까 하는데, 내가 이걸 모르겠는가. 그러니까 어쨌거나 루진 씨의 고결한 마음 씀씀이를 믿고 있다는 말이로군. '그쪽에서 먼저 그러자고 제안할 거다, 제발 하고 통사정을 할 거다.' 하는 식이지. 자, 그럼 주머니를 벌려 보시라! 보다시피 실러 유의 이런 아름다운 영혼들은 항상 이런 식이란 말이야. 마지막 순간까지도 사람을 공작 깃털로 장식하고 마지막 순간까지도 나쁜 면이 아닌 좋은 면을 믿으려 하지. 설령 동전의 뒷면은 다르리라는 예감이 들지라도, 어떤 일이 있어도 스스로에게 미리부터 참말을 하는 법은 없다. 생각만 해도 몸서리가 쳐지니까 자기들 손으로 열심히 치장해 놓은 사람에게 호되게 당하기 전까지는 한사코 손사래를 치며 진실을 거부하지. 한데 루진 씨가 훈장이 있는지 어떤지 궁금하군. 장담하건대, 안나 훈장이 옷깃의 금장(襟章) 위에 달려 있고, 청부업자나 상인들 집에 식사하러 갈 때는 꼭 달겠지. 아마 자기 결혼식에도 달고 나올걸! 어쨌거나 빌어먹을 자식이야……!

……그래, 엄마야 어쩌겠어, 원래 그런 양반이니까 그렇다

쳐도 두냐는 대체 뭐야? 친애하는 두네치카 양, 설마 내가 당신을 모를까 봐서요! 마지막으로 만났던 그때 이미 당신은 스무 살이 됐지요. 당신의 성격이라면 나는 이미 잘 파악했지. 엄마는 저기다 '두네치카라면 웬만한 일은 거뜬히 참을 수 있다.'라고 썼지. 이런 것쯤은 나도 알고 있었어. 이런 것쯤은 이 년 반 전부터 알고 있었고, 그때 이후 이 년 반 동안 이런 것, 정확히 '두네치카라면 웬만한 일은 거뜬히 참을 수 있다.'라는 것에 대해 생각했다. 스비드리가일로프 씨와 그로 인한 온갖 불미스러운 일까지 모조리 참을 수 있었으니, 정말로 많은 것을 참을 수 있다는 소리지. 자, 이제는 어머니까지 가세하여, 결혼을 통해 극빈 상태에서 벗어나 남편의 은혜를 입고 사는 여자가 아내로서는 제격이라는 식의 이론이나 늘어놓는, 더욱이 거의 첫 만남에서부터 이런 식으로 나오는 루쥔 씨조차 참아 낼 수 있으리라 상상했단 말이지. 그래, 설령 그가 사람은 참 합리적인데 잠깐 '헛말'을 한 걸로 치더라도(어쩌면 절대 헛말을 한 것이 아니고 속내를 정확히 드러낼 속셈이었는지도 모르지.) 두냐, 두냐는? 정말이지 그 애는 그놈이 어떤 놈인지 훤히 보일 텐데, 그런데도 그놈과 같이 살겠다니. 그 애는 흑빵만 먹고 물만 마시고 살 수는 있을지언정 영혼을 팔지는 않을 것이고, 일신의 안락을 위해 정신적 자유를 내놓지도 않을 것이다. 루쥔 씨는 고사하고 슐레스비히-홀슈타인*을 통째로

* 1864년, 슐레스비히-홀슈타인을 둘러싼 프러시아, 오스트리아, 덴마크 사이의 영토 분쟁을 말한다.

준다 해도 내놓지 않을 거다. 아니, 두냐는 내가 아는 한 그런 아이가 아니었고, 그리고…… 뭐, 물론, 지금도 변하지 않았다……! 하긴 무슨 말을 하겠는가! 스비드리가일로프 집안사람들 때문에 힘들었을 테지! 200루블을 벌자고 평생 이 도 저 도를 떠돌며 가정교사 노릇을 하는 것도 힘들겠지만, 그럼에도 나의 여동생이라면 차라리 흑인을 착취하는 농장주의 노예나 라트비아인을 착취하는 발트 연안 독일인의 일꾼이 될지언정 순전히 사사로운 이익을 챙기려고 자기가 존경하지도 않고 둘이 함께는 어떤 일도 할 수 없는 사람과 엮어짐으로써 자신의 정신과 도덕적인 감정을 영원토록 야비하게 만들지는 않을 것임을 나는 잘 알고 있단 말이다! 심지어 루쥔 씨가 전부 순금이나 순 다이아몬드로 된 인간이라 할지라도, 그래도 루쥔 씨의 합법적인 첩이 되는 것을 승낙하지 않을 것이다! 그런데 지금은 왜 그러려고 하는가? 대체 무엇이 문제인가? 수수께끼의 열쇠는 대체 어디에 있는가? 사실 뻔한 일이다. 자신을, 일신의 안락을 위해서라면, 심지어 자기 목숨을 구하기 위해서라도 자신을 파는 일은 없을 아이지만, 다른 사람을 위해서라면 자, 이렇게 판다는 것이다! 자기가 사랑하고 숭배하는 사람을 위해서라면 팔 것이다! 바로 이것이 우리 문제의 핵심이다. 오빠를 위해, 어머니를 위해 팔 것이다! 모든 걸 다 팔 테지! 오, 이 경우 우리는 때에 따라서는 우리의 도덕적 감정도 억누를 것이고 자유며 평온이며 양심까지 모든 것, 모든 것을 고물 시장에 내놓을 것이다. 인생이야 망하든 말든! 우리가 사랑하는 저 존재들이 행복하기만 하다면야. 더욱이, 자기만의 궤변을 고안해 내고 예수회 교도들한테 배운 대로 잠깐 동안이나마 자신을 달래며 이렇게 해야 한다, 선한 목적을 위해 정말로 이래야 한다고 스스로를 설득할 것이다. 우리는 원래 이런 자들이고 모든 것은 명약관화하다. 이 경우에는 다름 아닌 로지온 로마노비치 라스콜니코프가 관건이자 전면에 서 있음이 분명하다. 그래, 여하튼 그의 행복도 일궈 주고 학비도 대 주고 사무소의 동업자로도 만들어 주는 등 그의 운명을 통째로 보장해 줄 수 있다는 소리지. 아마 나중에는 명예와 존경을 누리는 부자가 될지도 모르고 심지어 영광스러운 인물로 생애를 마치게 될지도 모르겠군! 하지만 어머니는? 하긴 이 경우 중요한 건 로쟈, 금쪽같은 로쟈, 이 장남이다! 그래, 이런 장남을 위해서라면 이런 딸이라도 희생한들 어떠랴! 오, 온당치 못한, 사랑스러운 마음들이여! 아니, 이건 또 뭔가. 이 경우 우리는 소네치카의 운명을 거부하지 않는 셈이잖은가! 소네치카, 소네치카 마르멜라도바, 이 세상이 지속하는 한 영원할 소네치카! 너희 둘은 모두 희생을, 희생의 크기를 완전히 재 봤던가? 그런가? 감당할 만할까? 이익이 될까? 합리적일까? 두네치카, 소네치카의 운명이 루쥔 씨와 함께하려는 운명보다 전혀 더 추악할 것이 없음을 알고나 계신지? '여기에는 딱히 사랑이랄 것은 있을 수 없지만' 하고 엄마는 쓰고 있다. 아니, 사랑은 고사하고 존경조차 있을 수 없다면, 오히려 진즉부터 혐오와 경멸과 염증만 있다면, 그렇다면 어쩔 텐가? 그렇다면, 고로 또다시 '각별히 청결을 유지해야' 되겠군. 그렇지 않으신지, 어? 이 청결이 뭘 의미하는지는 아시는지, 아시냐고요? 루쥔식의 청결이 소네치카의 청결과 별반 다를 바 없다는 사실, 심지어 그보다 더 나쁘고 더럽고 비열하다는 사실도 아시겠지, 왜냐면, 두네치카, 당신은 어쨌거나 넘쳐 나는 안락을 즐기겠다는 잇속도 있지만 저쪽은 그야말로 굶어죽느냐 마느냐가 문제니까! '이런 청결은, 두네치카, 비싸게, 제법 비싸게 먹힐걸!' 자, 그러다가 나중에 가서 힘에 부친다면 후회하게 되실까? 남에게는 전부 감추어야 할 비애, 슬픔, 저주, 눈물도 정말 하염없이 많지 않을까, 당신은 마르파 페트로브나와는 다른 사람이잖아? 그럼 엄마는 또 어찌 될까? 지금도 마음이 편치 않아 괴로워하는 양반인데, 모든 걸 분명히 보게 될 그때는? 그럼 또 나는? 아니, 정말로 나에 대해서는 무슨 생각을 하셨을까? 나는 당신의 희생 따위는 싫거든, 두네치카, 싫어요, 엄마! 그런 일은 있을 수 없어요, 내가 살아 있는 한은 절대, 절대 있을 수 없는 일입니다! 받아들이지 않겠어요!'

갑자기 정신이 번쩍 든 그는 걸음을 멈칫했다.

'있을 수 없다고? 그런 일이 있을 수 없도록 네가 대체 뭘 할 건가? 금지라도 할 텐가? 무슨 권리로? 그런 권리를 얻기 위해 네가 그들에게 무엇을 약속해 줄 수 있나? 학교를 마치고 일자리를 얻으면 너의 운명과 미래를 송두리째 그들에게 바친다? 그런 얘기야 계속 들어 왔지만 그것도 아직 미지수이고 지금은? 실상 뭐든 지금 당장 해야 한다, 너도 이건 알고 있겠지? 그런데도 너는 지금 뭘 하고 있는 거냐? 그들의 등골을 빼먹고 있잖은가. 그들도 100루블의 연금과 스비드리가일로프 집에서 받을 봉급을 담보로 돈을 타 내고 있잖은가! 그들을 어떻게 스비드리가일로프 집안사람들과 아파나시 이바노비치 바흐루쉰에게서 보호해 줄 텐가, 이 미래의 백만장자야, 저들의 운명을 관장하는 제우스야? 십 년 후라고? 그래, 십 년 후면 어머니는 그놈의 머릿수건을 뜨느라, 또 아마 눈물을 쏟느라 눈이 멀어 버릴 테지. 못 먹어서 바싹 말라 버릴 테고. 그럼, 동생은? 자, 생각 좀 해 봐, 십 년 후, 혹은 요 십 년 동안 동생은 어떻게 될까? 짐작이 가지?'

그는 이런 질문으로 스스로를 괴롭히고 약 올리면서 어떤 쾌감까지 느꼈다. 하긴 모두 새로울 것도, 새삼스러울 것도 없는, 오히려 오래전부터 곪아 온 해묵은 질문이었다. 이미 오래전부터 그의 마음을 찢기 시작하여 급기야 갈기갈기 찢어 놓았으니 말이다. 지금과 같은 우수가 그의 내부에서 싹튼 것은 옛날 옛적이지만, 그것이 자꾸 자라고 쌓이더니 최근에는 완전히 무르익고 응축되어 끔찍하고 야성적이고 환상적인 질문의 형태를 띠더니 무턱대고 해결을 촉구하며 그의 가슴과 머리를 괴롭혔다. 그러던 차 지금 어머니의 편지가 갑자기 천둥번개처럼 그를 내리친 것이다. 이제는 이런 질문은 해결할 수 없다는 생각에 빠져 마음 아파하거나 수동적으로 괴로워할 것이 아니라 반드시 뭐든 해야 한다, 그것도 지금 당장, 어서 빨리. 무슨 일이 있더라도, 무슨 결단이든 내려야 한다, 그렇지 않으면…….

"그렇지 않으면 삶을 아예 거부해야 한다!" 그는 갑자기 미친 듯 흥분하여 소리쳤다. "운명을 있는 그대로 순순히, 단번에 영원히 받아들여야 한다, 행동하고 살고 사랑할 수 있는 온갖 권리를 거부함으로써 자기 내부의 모든 것을 목 졸라 죽여야 한다!"

'더 이상 갈 데가 아무 데도 없다는 것이 무슨 뜻인지 이해하시겠습니까, 이해하시냐고요, 형씨?' 갑자기 마르멜라도프가 던진 질문이 떠올랐다. '사람은 누구나 어디든 갈 데가 있어야 하는 법인데…….'

갑자기 그는 몸서리를 쳤다. 역시나 어제부터 들었던 한 가지 생각이 또다시 그의 머릿속을 스쳐 갔다. 하지만 그가 몸서리를 친 것은 이 생각이 스쳐 갔기 때문은 아니었다. 그는 그것이 '스쳐 가리라는 것'을 알고 또 예감하며 이미 그것을 기다리고 있었다. 게다가 그 생각이란 어제 든 생각과는 전혀 다른 것이었다. 한데 차이가 있다면 한 달쯤 전, 아니 어제만 해도 한낱 몽상에 불과했던 생각이 이제는…… 이제는 갑자기 몽상이 아니라 뭔가 새롭고 무시무시한, 전혀 낯선 형태로 나타났다는 것이며 그 자신도 갑자기 이 점을 의식했던 것이다……. 망치로 얻어맞은 것처럼 머릿속이 멍해지고 눈앞이 캄캄해졌다.

그는 서둘러 주위를 두리번거리며 뭔가를 찾았다. 좀 앉았으면 싶어서 벤치를 찾는 것이었다. 마침 K 산책로를 걷고 있던 참이었다. 백 걸음쯤 떨어진 곳에 벤치가 보였다. 그는 가능한 한 빨리 걸었다. 하지만 도중에 작은 사건이 하나 생기는 바람에 몇 분 동안 온통 주의를 쏟게 되었다.

벤치를 살펴보다가 그는 자기보다 스무 걸음쯤 앞에서 한 여자가 걸어가고 있는 것을 발견했는데, 처음에는 지금까지 그의 앞에서 어른거린 모든 대상에게 그랬듯 전혀 주의를 기울이지 않았다. 가령 집에 가는 도중에도 자기가 걷고 있는 길을 전혀 기억하지 못하는 일이 벌써 수차례나 있었고 이렇게 걷는 데 익숙했다. 하지만 그의 앞에서 걷고 있는 여자는 처음부터 눈에 확 들어올 만큼 어딘가 이상한 구석이 있었고 때문에 시나브로 그녀에게 주의를 기울이기 시작했는데, 처음에는 썩 내키지도 않고 짜증까지 가미된 것 같은 주의였지만 갈수록 점점 더 집요해졌다. 그는 갑자기 저 여자의 무엇이 그토록 이상한지 알고 싶어졌다. 첫째, 그녀는 분명히 몹시 젊은 아가씨였지만 이렇게 무더위가 기승을 부리는데 모자도 쓰지 않았을뿐더러 양산도, 장갑도 없이 어딘가 우스꽝스럽게 두 팔을 흔들며 걷고 있었다. 입고 있는 옷은 가벼운 실크 소재('견직물')의 원피스였는데 역시나 모양새가 어딘가 몹시 얄궂은 것이 뒤쪽 허리 부분은 잠기는 둥 마는 둥 하고 치마는 허리께부터 찢어진 데다가 치맛단이 몽땅 축 처져 엉성하게 펄럭이고 있었다. 훤히 드러난 목에는 자그마한 스카프를 둘러놓았지만 어쩐지 삐뚜름하고 비스듬히 삐쳐 있었다. 제일 가관인 것은 여기저기 걸려 넘어질 뻔하며 비틀거리며 걷는, 아가씨의 엉성한 걸음걸이였다. 이 만남이 급기야 라스콜니코프의 모든 주의를 환기시켰다. 그가 아가씨와 나란히 서게 된 것은 벤치 옆에서였는데, 벤치에 다다르기가 무섭게 아가씨는 널브러지듯 벤치 한구석에 나자빠지며 굉장히 지친 모양인지 등받이에 머리를 젖히고 눈을 감았다. 그녀를 들여다보기가 무섭게 그는 그녀가 완전히 취했다는 것을 알아챘다. 이런 현상을 지켜보자니 이상하고 얄궂은 기분이 들었다. 심지어 자기가 뭘 잘못 본 게 아닌가 하는 생각도 잠깐 들었다. 그의 앞에 있는 것은 열여섯 살쯤, 아니, 열다섯 살밖에 안 됐을지도 모르는 굉장히 앳된 얼굴, 금발에 자그마하고 예쁘장하지만 부은 것처럼 벌겋게 달아오른 얼굴이었다. 아가씨는 사태를 거의 파악하지 못하는 것 같았다. 다리를 꼬고 앉은 데다가 다리 위쪽을 지나치게 많이 드러내 놓았는데, 모든 징후로 보아 자기가 지금 길거리에 있다는 것도 거의 의식하지 못하는 것이리라.

라스콜니코프는 벤치에 앉지도, 그렇다고 떠날 생각도 하지 않고 의혹에 빠진 채 그녀 앞에 서 있었다. 이 산책로는 원래도 인적이 드물거니와 1시가 지나면서 무더위가 한층 기승을 부리는 지금은 거의 아무도 없었다. 하지만 열다섯 걸음쯤 떨어진 곳, 한쪽 길가에서 한 신사가 걸음을 멈추었는데, 어딜 보나 아무래도 무슨 꿍꿍이가 있어 이 소녀에게 접근하려고 안달이 난 모양이었다. 그 역시 분명히 멀리서부터 그녀를 발견하고 따라왔지만 라스콜니코프가 거치적거렸던 것이다. 그는 상대를 표독스러운 눈초리로 노려보면서도 상대가 알아차리지 못하도록 애썼고 이 성가신 건달이 얼른 꺼져 주어 자기 차례가 오기를 성마르게 기다리고 있었다. 워낙에 뻔한 일이었다. 서른 살쯤 돼 보이는 이 신사는 건장한 체격에 살집도 두둑하고 혈색도 좋았으며 장밋빛 입술에 콧수염을 기른 데다가 차림새도 몹시 멋스러웠다. 라스콜니코프는 그야말로 울컥 화가 치밀어, 갑자기 살집이 두둑한 이 멋쟁이에게 어떻게든 망신을 주고 싶어졌다. 그는 잠깐 소녀를 그대로 두고 신사 쪽으로 다가갔다.

"이봐요, 스비드리가일로프! 무슨 볼일이 있어 이러는 거요?" 그는 이렇게 고함을 지르며 주먹을 불끈 쥐고 분한 마음에 입에 거품까지 물고 조롱조로 웃었다.

"무슨 말씀이신지?" 신사는 눈썹을 찌푸리며 엄한 표정으로 물었는데, 가증스럽고 놀랍다는 투였다.

"썩 꺼지란 소리요!"

"이 깡패 같은 새끼가 어디 건방지게……!"

그러고서 그는 승마용 채찍을 휘둘렀다. 라스콜니코프는 이 건장한 신사가 자기 같은 사람은 둘도 거뜬히 해치울 수 있다는 사실은 고려하지도 않고 곧장 주먹을 쥐고 그에게 달려들었다. 하지만 그 순간 누가 뒤에서 그를 붙잡았는데, 그들 사이에 순경이 뛰어든 것이었다.

"그만들 해요, 여러분, 공공장소에서 싸우지들 말라고요. 뭐 때문에 이러는 거요? 대체 뭐 하는 사람이오?" 그는 라스콜니코프의 누더기 같은 옷을 뜯어보며 엄격한 어조로 물었다.

라스콜니코프는 그를 유심히 쳐다보았다. 희끗희끗한 콧수염과 구레나룻을 기른 늠름한 군인의 얼굴에 눈빛을 보니 말이 좀 통할 것 같은 사람이었다.

"마침 당신이 필요하던 참입니다." 그가 상대의 팔을 잡으며 소리쳤다. "저는 전에 대학생이었던 사람으로서 이름은 라스콜니코프입니다……. 이 점은 당신도 알아볼 수 있을 거요." 그러면서 신사 쪽을 보았다. "같이 가십시다, 보여 드릴게 있습니다……."

그러고서 순경의 손을 잡고 벤치 쪽으로 데려갔다.

"자, 보십시오, 고주망태가 돼서 지금 이 산책로를 걷고 있었습니다. 어떤 신분인지 누가 알까마는 직업여성인 것 같지는 않아요. 틀림없이 어디서 억지로 술을 퍼먹이고 속인 모양인데…… 더군다나 처음 있는 일이고……. 아시겠지요? 그러고는 그냥 거리로 내보낸 겁니다. 한번 보십시오, 원피스는 찢어졌고, 또 옷을 입은 꼴을 보시라고요. 자기가 직접 입은 것이 아니라 남이 입혀 준 것이고, 그것도 서툰 남자의 손이 한 일이라고요. 훤히 보이잖습니까. 이제 여기 이쪽을 보십시오. 제가 방금 덤벼들려고 했던 이 멋쟁이는 저도 모르는 사람, 오늘 처음 보는 사람입니다. 하지만 이 사람도 방금 길을 걷다가 술에 취해 인사불성이 된 그녀를 알아보고는 지금 접근해서 낚아채고 싶어진 겁니다. 그녀의 상태가 이 모양이니까 어디로 슬쩍 데려가고 싶어진 거죠……. 분명히 그럴 겁니다. 제 생각이 틀렸을 리 없습니다, 정말입니다. 그녀에게 눈독을 들이고 뒤쫓아오는 것을 제 눈으로 똑똑히 봤는데, 다만 제가 거치적거리니까 지금 제가 사라져 주기만을 이제나저제나 기다리고 있는 겁니다. 지금은 좀 물러나서 담배를 마는 척하며 서 있군요……. 어떻게 하면 저자가 그녀에게 손을 대지 못하도록 할 수 있겠습니까? 어떻게 그녀를 집까지 돌려보낼 수 있을까요, 한번 생각 좀 해 보십시오!"

순경은 대번에 사태를 파악하고서 이리저리 생각을 굴려 보았다. 뚱뚱한 신사라면 물론 충분히 알 만하고 이제 남은 문제는 이 소녀였다. 방범대원은 그녀를 좀 더 가까이서 살펴보려고 몸을 숙였는데, 그의 얼굴에는 진심으로 안쓰러워하는 기색이 역력했다.

"아이고, 딱해라!" 그가 고개를 내저으며 말했다. "아직 완전히 어린애인걸. 톡톡히 속았구먼, 그렇지 않고서야. 이봐요, 아가씨." 그는 그녀를 부르기 시작했다. "어디 살아요?" 아가씨는 피곤에 지친 흐리멍덩한 눈을 게슴츠레 뜨더니 자기에게 질문 공세를 퍼붓는 자들을 띵하게 쳐다보다가 한 손을 내저었다.

"있잖습니까." 라스콜니코프가 말했다. "여기(그는 호주머니를 뒤져 마침 갖고 있던 20코페이카를 꺼냈다.), 여기, 마차를 불러 집까지 데려다 주라고 하십시오. 여하튼 집 주소는 알아내야 하는데!"

"아가씨, 이봐요, 아가씨?" 순경은 돈을 받아 들고 다시 말을 시작했다. "지금 마차를 불러 내가 직접 아가씨를 데려다 주겠소. 어디로 가야 될까요? 예? 어디 살아요?"

"꺼져……! 귀찮게 치근대고 그래……!" 소녀는 이렇게 중얼거리며 다시 한 손을 내저었다.

"아휴, 아휴, 정말 골치군! 아휴, 이게 무슨 창피야, 아가씨, 창피한 줄 알아야지!" 그는 창피하고 안쓰럽고 분하기도 하여 다시 고개를 내저었다. "이거야말로 정말 문제군요!" 이렇게 라스콜니코프에게 말을 걸다가 그와 동시에 상대방을 다시 머리부터 발끝까지 슬쩍 훑어보았다. 이놈도 이상하긴 마찬가지라는 생각이 들었던 것이리라. 이렇게 누더기나 걸치고 있는 주제에 선뜻 돈을 내놓다니!

"저들을 멀리서부터 발견한 겁니까?" 그가 물었다.

"말했잖습니까, 제 앞에서 비틀거리며 걷고 있었어요, 바로 이 산책로에서요. 이 벤치까지 오자 대번에 저렇게 나자빠진 거죠."

"아휴, 요새는 세상에 별 창피스러운 일이 다 있어요, 맙소사! 이렇게 천진난만한 애가 고주망태라니! 톡톡히 속았어, 그렇지 않고서야! 저 봐요, 치마도 찢어졌고……. 아휴, 요새는 어찌나 더럽게 노는지……! 가난하긴 해도 점잖은 집안 출신일 텐데……. 요새는 이런 애들이 많아졌어요. 행색을 봐서는 양갓집 규수 같은데." 그러면서 그는 다시 그녀 쪽으로 몸을 기울였다.

아마 그에게도 저런 딸들이 있을지도 모른다, '양갓집 규수라도 되는 양' 훌륭한 교육을 받은 애들 티를 내고 최신 유행이라면 뭐든지 좇는 딸들이…….

"무엇보다도" 하고 라스콜니코프가 부산을 떨었다. "저 비열한 놈한테는 내주지 말아야 한다는 겁니다! 아니, 저놈이 이 아가씨에게 무슨 몹쓸 짓을 할지! 뭘 원하는지 훤히 보이잖습니까. 저 비열한 놈, 물러설 생각도 하지 않는군!"

라스콜니코프는 큰 소리로 말하며 손으로 곧장 그를 가리켰다. 상대방은 그 말을 듣자 다시 성질을 부릴 기세였지만 생각을 고쳐먹고는 그저 경멸의 시선을 보내는 것으로 그쳤다. 그러고 나서는 천천히 열 걸음 정도를 물러났다가 다시 멈춰 섰다.

"저런 작자들한테 내주지 않는 것쯤이야 할 수 있죠." 하사관이 생각에 잠기며 대답했다. "어디로 데려다 주어야 할지만 말해 줘도 좋으련만, 그렇지 않고서야……. 아가씨, 아가씨!" 그는 다시 몸을 기울였다.

그녀는 갑자기 눈을 번쩍 뜨고 상대를 뚫어져라 쳐다보더니 사태를 파악했는지 벤치에서 일어나 원래 왔던 쪽으로 되돌아가려고 했다.

"칫, 철면피 같은 놈들, 치근대는 꼴 하곤!" 이렇게 말하며 그녀는 한 번 더 손사래를 쳤다. 서둘러 걸음을 떼기는 했지만 아까처럼 심하게 비틀거렸다. 멋쟁이는 그녀를 쫓아갔지만 그래도 건너편 오솔길로 걸으며 그녀에게서 눈을 떼지 않았다.

"걱정하지 마세요, 내주지 않을 테니." 콧수염 순경이 단호하게 말하며 그들 뒤를 따랐다.

"어휴, 요새는 어찌나 더럽게 노는지!" 그는 한숨을 내쉬며 큰 소리로 같은 말을 반복했다.

그 순간, 라스콜니코프는 뭔가에 톡 쏘인 것 같은 기분이 들었다. 한순간 속이 확 뒤집히는 것 같았다.

"저어기, 이봐요, 예!" 그는 뒤에서 콧수염 순경에게 소리쳤다.

상대가 몸을 돌렸다.

"그냥 내버려 두십시오! 당신이 무슨 상관입니까? 신경 끄시라고요! 저놈이 재미 좀 보게 내버려 두쇼.(그는 멋쟁이를 가리켰다.) 대체 무슨 상관이오?"

순경은 통 이해가 안 된다는 듯 눈을 휘둥그레 뜨고 그를 쳐다보았다. 라스콜니코프는 웃음을 터뜨렸다.

"어-어휴!" 방범대원은 이런 소리를 내뱉으며 한 손을 내젓고는 멋쟁이와 소녀의 뒤를 쫓아갔는데, 분명히 라스콜니코프를 정신 나간 사람이나 그보다 훨씬 더 고약한 뭐로 생각했을 것이다.

"내 돈 20코페이카를 가져가 버렸어." 라스콜니코프는 혼자 남게 되자 표독스럽게 말했다. "뭐, 저놈한테도 좀 뜯어내고 계집애까지 넘겨 주면 그만이야, 그렇게 끝날밖에……. 대체 나는 왜 참견을 해서 도와주겠다고 설쳤을까! 내가 남을 돕는다고? 내게 남을 도울 권리가 있긴 한가? 저런 것들이 서로들 산 채로 꿀꺽 삼키든 말든 나하고 무슨 상관이야? 게다가 저 20코페이카를 선뜻 내주다니, 참 어지간하군. 아니, 그 돈이 내 돈인가?"

이렇게 이상한 말이 맴도는 와중에도 마음이 몹시 무거워졌다. 그는 사람이 떠난 벤치에 앉았다. 상념들의 갈피를 잡을 수가 없었다……. 아니, 대체로 이 순간에는 뭐든 생각한다는 것 자체가 힘겨웠다……. 그는 완전히 망아지경이 되어 모든 것을 잊었다가 나중에 잠에서 깨어 처음부터 새롭게 시작하고 싶었다…….

"불쌍한 계집애 같으니……!" 그가 텅 빈 벤치의 한쪽 구석을 보며 말했다. "정신이 들면 좀 울고 그러다가 어머니가 알게 되겠지……. 처음에는 그냥 손찌검을 할 테고 그러다가 회초리를 들고 몹시 호되게, 톡톡히 창피를 주며 때릴 테고 그러고는 아마 쫓아내겠지……. 설령 쫓아내지 않더라도 어쨌거나 다리야 프란체브나 같은 여자들이 냄새를 맡을 테고 저 계집애는 이리저리 정신없이 불려 다닐 테지……. 그러다가는 즉시 병원행이고(아주 반듯한 어머니와 살면서도 몰래 못된 짓이나 하는 애들은 항상 이 모양이지.) 뭐, 그다음…… 그다음에는 또 병원행이고…… 술에…… 술집을 전전하고…… 그다음에는 또 병원행이고…… 이삼 년 있으면 병신이 되고, 고작 열아홉, 아니 열여덟밖에 안 되는 인생이 이렇게 마감될 테지……. 아니, 내가 이런 애들을 못 봤던가? 어쩌다 그렇게들 됐지? 바로 저러다 그렇게 됐던 거야……. 쳇! 아무렴 어때! 흔히들 그렇게 되어야 마땅하다고 말하지. 매년 그 정도의 비율은 그렇게…… 악마에게든 여하튼 어디론가 사라지게 마련이라고…… 분명히 나머지를 싱싱하게 유지하고 방해하지 않도록 말이야! 비율이라! 사실 저들에겐 참 멋진 말일 테지. 무척이나 위안을 주고 또 과학적이니까. 비율이 그렇다고 말하면 염려할 것도 전혀 없다는 식이거든. 만약 다른 말을 썼더라면, 뭐 그때는…… 더욱더 찜찜했을지도 모르지……. 하지만 행여 두네치카가 어쩌다 그 비율에 끼게 되면 어떡한담……! 이 비율이 아니라 저 다른 비율에……?"

'한데 나는 대체 어딜 가는 거지?' 갑자기 이런 생각이 들었다. '이상하군. 뭔가 볼일이 있어서 나왔는데. 편지를 다 읽자마자 나왔지……. 바실리예프스키 섬에 사는 라주미힌에게 가는 길이었고, 그래, 거기야, 이제야……. 기억이 나는군. 하지만 대체 무슨 일로? 그리고 어쩌다 하필이면 지금 라주미힌을 찾아갈 생각이 머릿속에 떠오른 것일까? 주목할 만한 일인걸.'

그는 스스로도 놀랐다. 라주미힌은 예전에 대학 다닐 때 사귄 친구 중 하나였다. 주목할 만한 것은 라스콜니코프가 대학 시절 친구가 거의 없었고 모든 사람을 멀리 했으며 누구를 찾아가지도 않고 또 누구를 자기 집에 들이는 것도 버거워했다는 점이다. 하긴 그들도 모두 이내 그를 외면해 버렸다. 다 같이 모이는 자리나 대화, 놀이 등 그 어디에도 그는 왠지 끼지 않았다. 공부라면 몸을 아끼지 않고 열심히 했고 그 덕분에 존경도 받았지만 아무도 그를 좋아하지는 않았다. 그는 몹시 가난하면서도 왠지 거만하다 싶을 만큼 오만하고 비사교적이었으며 속에 뭔가를 숨기고 있는 사람 같았다. 어떤 학우들에게는 그가 지적인 성숙, 지식의 양, 신념의 측면에서 자기들을 능가하는 양 전부 어린애 대하듯 깔보는 것처럼, 또 자기들의 신념과 관심사를 뭔가 천박하게 여기는 것처럼 보였다.

그런 그가 라주미힌과는 왠지 잘 어울렸는데, 다시 말해, 어울렸다기보다는 좀 더 사교적이고 솔직한 사이였다. 하긴 라주미힌이라면 다른 식의 관계도 불가능했다. 그는 이례적일 만큼 명랑하고 사교적인 데다가 단순하다 싶을 만큼 착한 청년이었다. 그러나 이 단순함 밑에 깊이와 품위가 감춰져 있었다. 그와 절친한 축에 드는 학우들은 이 점을 잘 이해하고서 다들 그를 좋아했다. 이따금씩 그는 정말로 단순하게 굴었지만 절대 멍청하지는 않았다. 외모도 강렬한 인상을 주었는데, 키가 크고 말랐으며 검은 머리카락에 항상 수염을 텁수룩하게 기르고 다녔다. 이따금씩 난동을 부리는 일도 있어, 장사(壯士)로 이름을 날렸다. 어느 날 밤 모임에서 그는 키가 12베르쇼크*나 되는 경관을 한 방에 날려 버렸다. 술이라면 무한정 마실 수 있었지만 아예 입에 대지 않을 수도 있었다. 때로는 용납될 수 없을 만큼 못된 장난을 쳤지만 아예 장난을 치지 않을 수도 있었다. 라주미힌이 훌륭한 까닭은 또, 어떤 실패에도 절대 당황하는 법이 없고 어떤 역경에도 굴하지 않을 것 같았기 때문이다. 그는 지붕 위에서도 살 수 있고 지옥 같은 굶주림과 이례적인 혹한도 견뎌 낼 수 있는 사람이었다. 몹시 가난했고, 무슨 일이든 가리지 않고 돈을 벌어 그야말로 혼자 힘으로 생계를 꾸려 나갔다. 샘물을, 물론 일감의 샘물을 무수히 많이 알고 있었던 것이다. 한번은 겨울 내내 방에 불을 전혀 때지 못하면서도 추우면 잠이 더 잘 오기 때문에 이편이 더 기분 좋다고 너스레를 떨기도 했다. 지금은 그도 학교를 그만둘 수밖에 없는 처지였지만 그다지 오래가지 않을 것이고, 또 학업을 계속할 수 있도록 서둘러 상황을 개선하려고 애쓰는 중이었다. 라스콜니코프는 벌써 넉 달은 족히 그의 집에 가지 않았고, 또 라주미힌은 그의 집이 어디인지도 몰랐다. 두 달쯤 전 어쩌다 길거리에서 마주칠 뻔한 적도 한 번 있었지만 라스콜니코프 쪽에서 상대가 자기를 못 알아보도록 얼굴을 돌리고 아예 다른 쪽 길로 건너가 버렸다. 라주미힌은 그를 알아보긴 했지만 친구 녀석을 괜히 심란하게 만들기 싫어서 그냥 지나쳐 버렸다.

---

* 앞에 2아르쉰(1아르쉰은 71.12센티미터)이 생략됐고, 1베르쇼크는 4.45센티미터. 따라서 경관의 키는 약 195센티미터.

5

'정말로 얼마 전만 해도 라주미힌에게 일감을 부탁해 볼 마음이 있었지, 과외 자리를 알선해 주든, 뭐든…….' 라스콜니코프는 이런 생각에 다다르고 있었다. '하지만 지금은 그 녀석이 나를 어떻게 도와줄 수 있겠어? 과외 자리를 알선해 준다고 치자, 그 녀석에게 푼돈이 남아 있어 그것도 좀 나눠 준다고 치자, 그래서 수업 갈 때 신을 구두도 사고 정장도 손볼 수 있다고 치자…… 음……. 그래, 그다음에는? 동전 몇 푼으로 내가 뭘 하겠어? 과연 지금 나한테 필요한 것이 이런 것인가? 사실 웃기지, 라주미힌한테 가는 것은…….'

자기가 지금 왜 라주미힌에게 가는가, 하는 의문 때문에 그는 생각했던 것보다 더 많이 심란해했다. 불안한 나머지, 극히 평범할 수도 있는 이 행동에 뭔가 불길한 징조가 숨어 있지나 않을까 헤적인 것이다.

'이런, 설마 라주미힌만으로 모든 일을 바로잡으려고 했단 말인가, 모든 일의 출구를 라주미힌에게서 찾았단 말인가?' 그는 놀라워하며 자문했다.

생각을 하며 그는 이마를 쓸었고, 참 이상한 노릇인데, 몹시 긴 상념 끝에 어쩐지 불현듯, 갑자기, 거의 저절로 아주 이상한 생각이 머릿속으로 떠올랐다.

"음…… 라주미힌이라니." 갑자기 최후의 결단이라도 내리듯 그가 극히 침착하게 말했다. "라주미힌에게는 가자, 물론 가야지…… 하지만 지금은 아니다……. 그 녀석에게는…… 다음 날, 그 일 이후에 가자, 그 일이 이미 끝나고 모든 것이 새롭게 시작될 때……."

그러자 갑자기 정신이 번쩍 들었다.

"그 일 이후라니." 벤치에서 벌떡 일어나며 그가 소리쳤다. "정말 그 일이 일어날 것인가? 설마 그럴까?"

그는 벤치를 뒤로하고 걷기 시작했다, 아니 거의 뛰다시피 했다. 집으로 돌아갈 생각이었지만 집에 간다는 것이 갑자기 죽도록 역겨워졌다. 그곳, 그 방구석, 그 끔찍한 장롱 속에서 그것이 벌써 한 달이 넘도록 무르익지 않았는가. 그는 발길 닿는 대로 걷기 시작했다.

신경질적인 전율은 열병 같은 상태로 바뀌었다. 오한마저 느껴졌다. 날이 이렇게 푹푹 찌는데도 몸이 으슬으슬해졌다. 그는 거의 무의식적으로 어떤 내적인 필연성에 따라 마주치는 모든 대상을 열심히 살펴보기 시작했고 힘겹게 기분 전환 거리라도 찾는 듯했지만 썩 잘되지 않아 쉴 새 없이 상념에 짓곤 했다. 다시 몸을 부르르 떨며 고개를 들고 주위를 둘러봤을 때는 자기가 방금 무슨 생각을 했는지, 심지어 어딜 걷고 있는지도 이내 잊어버렸다. 이런 식으로 그는 바실리예프스키 섬을 다 지나 말라야 네바*로 나온 뒤 다리를 건너 군도로 돌아왔다. 도시의 먼지와 석회 가루, 서로 짓누를 듯 빽빽이 들어찬 거대한 건물들만 봐 온 터라 녹음(綠陰)과 신선한 공기를 대하자 처음에는 피로에 절었던 눈이 즐거워졌다. 이곳에는 숨이 막히는 기분도, 악취도, 선술집도 없었던 것이다. 하지만 이 새롭고 상쾌한 감각도 곧 병적이고 초조한 감각으로 바뀌어 버렸다. 이따금씩 그는 녹음이 우거진 별장 앞에 멈추어 서서 울타리 안을 바라보다가 먼 곳, 발코니와 테라스에 나와 있는 아름답게 차려입은 여인들과 정원에서 뛰노는 아이들을 봤다. 특히 꽃이 그의 관심을 끌어 무엇보다 오래 바라보았다. 화려한 마차, 말을 타고 있는 남녀들과도 마주쳤다. 그는 호기심 어린 눈길로 그들을 배웅했지만 그들이 시야에서 사라지기도 전에 잊어버렸다. 한번은 걸음을 멈추고서 수중에 있는 돈을 세 보았다. 30코페이카 정도였다. '20은 순경에게, 3은 나스타시야에게 편지 배달 값으로 주었고, 그러니까 어제 마르멜라도프 가족에게 준 돈은 47 내지는 50코페이카였다는 소리로군.' 이렇게 돈 계산을 하며 생각을 하는 데는 뭔가 이유가 있었겠지만, 대체 왜 호주머니에서 돈을 꺼냈는지도 곧 잊어버렸다. 싸구려 음식점 같은 요식업소 옆을 지날 때 이 일이

---

* 네바 강은 볼샤야 네바(큰 네바)와 말라야 네바(작은 네바)로 나뉜다.

떠올랐고 뭘 좀 먹고 싶은 느낌이 들었다. 음식점 안으로 들어간 그는 보드카를 한 잔 마시고 뭔가 속이 든 피로그* 하나를 먹었다. 피로그는 길을 나온 다음에 마저 다 먹었다. 보드카를 마신 지 워낙 오래되어 한 잔만 마셨는데도 금방 취기가 돌았다. 갑자기 다리가 무거워지고 무자비하게 졸음이 밀려오는 것이 느껴졌다. 그는 집으로 향했다. 하지만 페트로프스키 섬까지 왔을 때 이미 완전히 기진맥진하여 걸음을 멈추더니 한길에서 벗어나 관목 숲으로 들어간 다음 풀밭 위에 쓰러져 이내 잠이 들었다.

병적인 상태에서 꾸는 꿈은 이례적일 만큼 입체적이고 선명하며 또 현실과 굉장히 유사하다. 때때로 기괴한 광경이 펼쳐지기도 하지만 상황과 그 모든 것이 전개되는 과정은 너무나 그럴듯할 뿐만 아니라 너무나 섬세하고 예기치 못한, 그러면서도 그 광경을 예술적으로 완성해 주기에 충분한 디테일로 가득 차 있기 때문에 설령 꿈을 꾼 자가 푸쉬킨이나 투르게네프 같은 예술가일지라도 생시에는 상상조차 할 수 없는 것이었다. 이런 꿈, 이런 병적인 꿈은 항상 오랫동안 기억되어, 인간의 교란되고 흥분한 조직에 강렬한 인상을 남긴다.

라스콜니코프는 무서운 꿈을 꾸었다. 고향 소도시에 살던 무렵, 어린 시절이 꿈에 나왔다. 그는 일곱 살쯤 됐고 축제일을 맞아 저녁 무렵에 아버지와 함께 교외를 산책하는 중이다. 날은 흐리면서도 숨 막힐 듯 후텁지근하고 장소는 그의 기억

* 만두처럼 속에 다양한 재료를 넣어 구운 빵 혹은 파이.

속에 남아 있는 모습과 완전히 똑같다. 심지어 기억 속의 그곳이 지금 꿈속에 나타난 모습보다 훨씬 더 흐릿할 정도였다. 소도시는 확 트여 한눈에 다 보이고, 주위에는 버드나무 한 그루도 없다. 어딘가 아주 멀리, 저 하늘 끝에 숲이 거무스름하게 보인다. 소도시의 맨 끝에 있는 밭에서 몇 걸음 떨어진 곳에 술집이, 큰 술집이 있는데 아버지와 함께 산책을 하며 그 옆을 지날 때면 항상 공포와 같은 몹시 기분 나쁜 느낌을 안겨 주곤 했다. 거기에는 항상 사람들이 몰려 있어서, 다들 고함을 질러 대고 껄껄 웃어 대고 욕설이 오가고 목 쉰, 추잡한 소리로 노래를 불러 대고 걸핏하면 싸움판을 벌였다. 술집 주위에는 항상 그렇게 술 취한, 무서운 낯짝들이 어슬렁거리는 것이었다……. 그들과 마주치면 그는 아버지에게 바싹 달라붙은 채 온몸을 발발 떨었다. 술집 옆으로 난, 샛길 같은 길에는 항상 먼지가 자욱했고 그 먼지는 또 항상 시커멨다. 길은 구불구불 더 멀리까지 뻗어 삼백 걸음쯤 떨어진 지점에서 소도시의 묘지를 끼고 오른쪽으로 꺾어졌다. 묘지 한가운데에는 초록색 지붕이 달린 석조 교회가 있는데, 이미 오래전에 돌아가셔서 한 번도 본 적이 없는 할머니의 추도 미사를 드리러 부모님과 함께 일 년에 두 번쯤 찾던 곳이었다. 그럴 때면 항상 쿠치야*를 하얀 접시에 담아 냅킨에 싸서 가져갔는데 쌀로 만든, 건포도로 십자가 모양을 낸 달달한 것이었다. 그는 이 교회를, 교

* 밀이나 쌀을 삶고 그 속에 건포도나 견과류를 넣은 음식으로 주로 성탄절, 설날, 주현절 전야에 먹는다.

회 안에 있는, 대개의 경우 틀을 씌우지 않은 고풍스러운 성화들과 머리를 덜덜 떠는 늙은 사제를 좋아했다. 묘석이 있는 할머니의 무덤 옆에는 태어난 지 여섯 달 만에 죽은 남동생의 자그마한 무덤도 있었다. 그는 남동생을 전혀 알지도 못하고 기억할 리도 없지만 남동생이 있었다는 얘기는 들었기 때문에 묘지를 방문할 때마다 그 무덤 앞에서 경건하고 공손하게 성호를 긋고 절을 하고 거기에 입을 맞추었다. 자, 그가 꿈에서 보는 장면은 이렇다. 그는 아버지와 함께 묘지로 난 길을 걸으며 술집 옆을 지나고 있다. 아버지의 손을 꼭 붙잡은 채 두려움에 떨며 술집을 둘러본다. 특이한 광경이 그의 주의를 끈다. 이번에는 거기서 한 판이 벌어져, 화려하게 차려입은 소시민 여자들이며 아낙네들이며 그 남편들이며 온갖 어중이떠중이가 한 무리를 이루고 있다. 다들 술에 취해서 노래를 부르고 있고 술집 현관 옆에는 짐마차가 서 있는데 좀 이상한 짐마차이다. 커다란 짐마차로 보통 커다란 짐말이 매어져 있고 물품과 술통을 나르는 데 사용하는 것이었다. 그는 그렇게 긴 갈기와 굵직한 다리를 뽐내는 거대한 짐말이 짐이 없는 쪽보다 짐이 있는 쪽이 차라리 더 가뿐하다는 듯 유유자적 고른 걸음을 떼 놓으며 조금도 지친 기색 없이 무슨 산더미 같은 짐을 싣고 가는 모습을 바라보는 것이 항상 좋았다. 하지만 지금은, 이상한 노릇인데, 이렇게 커다란 짐마차에 작고 비쩍 마른 적갈색 농사용 암말을 매 놓았다. 그것은, 그도 종종 보아 왔거니와, 때때로 무슨 장작이나 건초 더미 같은 짐을 높이 싣고 가면서 죽을힘을 쓰는 종류의 말로서, 특히 짐이 진흙탕이나 바퀴 자국에 빠질라치면 항상 농군들에게 채찍으로 호되게, 정말 호되게 얻어맞고 때때로 곧장 낯짝과 눈을 얻어맞기도 하는 것이었다. 이런 장면을 보는 것이 너무 마음 아파, 정말 너무 마음이 아파 그는 거의 울음을 터뜨리지만, 엄마는 그런 그를 항상 창가에서 멀리 떼 놓곤 했다. 자, 한데 갑자기 사위가 몹시 시끌시끌해진다. 술집에서 고함을 지르고 노래를 부르고 발랄라이카*를 켜면서 곤드레만드레 취한, 덩치가 무척 큰 농군들이 울긋불긋한 루바쉬카를 입고 외투를 걸친 채 나온 것이다. "자, 타라고, 다들 타!" 한 사람이 이렇게 외치는데, 아직은 젊고 목이 굉장히 굵고 얼굴은 살도 뒤룩뒤룩 찌고 홍당무처럼 붉다. "전부 태워다 줄 테니까 타라고!" 하지만 즉시 웃음과 아유가 울려 퍼진다.

"저 따위 말라깽이 말로 잘도 태워다 주겠다!"

"이봐, 미콜카, 자네 제정신인가, 저런 암말을 저런 짐마차에 매 놓다니!"

"저 적갈색 암말은 틀림없이 스무 살은 족히 될 거야, 이보게들!"

"타, 다들 태워다 주겠다니까!" 미콜카는 또다시 이렇게 소리치며 제일 먼저 짐마차에 뛰어올라 고삐를 쥐고 온몸을 쭉 펴며 마부석에 선다. "밤색 말은 아까 마트베이가 몰고 가 버렸거든." 그가 짐마차에서 소리친다. "이 암말 때문에, 이보게들, 나는 아주 복장이 터질 지경이야. 당장 쳐 죽였으면 싶어,

* 세 개의 현이 달린 러시아 전통 현악기.

먹이만 공짜로 축내고 있거든. 그러니까 타란 말이야! 마구 달리게 해 주지! 신나게 달릴걸!" 그러고서 그는 채찍을 손에 쥐고 쾌감을 느끼며 적갈색 암말을 갈겨 줄 태세를 갖춘다.

"타라는데 왜들 이래!" 군중 속에선 껄껄 웃음이 터져 나온다. "들었나, 마구 달리게 해 준다는군!"

"저년은 벌써 십 년째 제대로 달려보지도 못했을걸."

"지금부터 달릴 거야!"

"인정사정 볼 것 없어, 이보게들, 다들 각자 채찍을 들고, 자, 준비!"

"옳거니! 마구 갈겨 보자!"

다들 껄껄 웃고 농지거리를 주고받으며 미콜카의 짐마차에 올라탄다. 여섯 명 정도가 탔는데 자리는 더 있었다. 그들은 뚱뚱하고 볼이 발그스레한 어떤 아낙네를 태운다. 그녀는 붉은 무명옷을 입고 구슬이 달린 두건을 쓰고 발에는 모피 실내화를 신고 있는데, 호두를 까면서 깔깔 웃고 있다. 주위의 군중도 마구잡이로 웃어 댄다. 어떻게 웃지 않을 수 있겠는가. 저렇게 비실비실한 암말이 저런 무게를 싣고 달릴 거라니! 짐마차에 탄 청년 두 명이 미콜카를 도우려고 즉시 각자 채찍을 든다. "이랴!" 소리가 울려 퍼지자 여윈 말은 죽어라 용을 쓰며 몸을 비틀지만 달리는 건 고사하고 거의 한 발짝도 떼 놓지 못한 채 그냥 다리만 허우적대며 힝힝댈 뿐, 콩알처럼 쏟아지는 세 사람의 채찍질에 점점 주저앉는다. 짐마차와 군중 사이에서는 웃음소리가 한층 더 커지지만 미콜카는 화를 버럭 내고 자기 분을 못 이겨 채찍질에 더욱더 힘을 가하는데, 꼭 암

말이 달릴 수 있으리라고 생각하는 것 같다.

"나도 태워 줘, 이보게들!" 이 일에 구미가 당긴 어느 청년이 군중 틈에서 소리친다.

"타! 전부 타라!" 미콜카가 소리친다. "전부 태워다 주지. 채찍을 갈길 테다!" 그러고서 죽어라 채찍을 휘갈기는데 어찌나 성질이 났는지 이미 뭘로 때리고 있는지도 모른다.

"아빠, 아빠" 하고 그가 아버지에게 소리친다. "아빠, 저 사람들 뭐 하는 거야? 아빠, 불쌍한 말을 마구 때리고 있잖아!"

"가자, 어서 가자!" 아버지가 말한다. "술에 취해서 못된 장난을 치는 거야, 바보 같은 놈들. 가자, 보지 말고!" 그러고서는 그를 데려가려고 하지만 그는 아버지의 손을 뿌리치고 말을 향해 정신없이 달려간다. 하지만 불쌍한 말은 이미 상태가 나쁘다. 숨을 헐떡이며 걸음을 멈추었다가 또다시 몸을 비트는 것이 쓰러지기 일보 직전이다.

"죽을 때까지 갈겨라!" 미콜카가 소리친다. "기왕지사 이렇게 된걸. 제대로 갈겨 주마!"

"아니, 하늘이 무섭지도 않나*, 이 망할 놈아!" 군중 속에서 한 노인이 이렇게 외친다.

"저런 말이 저만한 짐을 나르는 꼴은 본 적도 없군." 다른 사람이 덧붙인다.

"정말 뒈지게 할 참이야!" 또 다른 사람이 소리친다.

"그냥 내버려 둬! 내 맘이야! 나는 내 멋대로 한다. 더 올라

---

* 원문을 직역하면 '너는 십자가도 없나.' 정도이다.

타라! 다들 올라타! 반드시 달리도록 하겠어……!”

갑자기 커다란 웃음이 일제히 터져 나오면서 모든 소리를 삼켜 버린다. 암말은 점점 더 거세지는 채찍질을 참지 못하고 기진맥진한 채 뒷발질을 치기 시작했다. 노인도 참지 못하고서 히죽 웃었다. 정말 그럴 만도 한 것이 저렇게 비실비실한 암말 주제에 뒷발질까지!

군중 속에서 청년 두 명이 또 채찍을 하나씩 얻어와 말을 옆에서 후려치려고 달려든다. 각자 자기가 있는 쪽에서 말이다.

“저년의 낯짝을, 눈을 갈겨, 눈을!” 미콜카가 소리친다.

“자, 노래를 부르자, 이보게들!” 짐마차에서 누군가가 소리치자 짐마차에 탄 사람들이 전부 맞장구를 쳐 준다. 질펀한 노래가 울려 퍼지고 탬버린이 짤랑이고 후렴으로 휘파람이 따라 나온다. 아낙네는 호두를 까며 깔깔 웃어 댄다.

……그는 말 옆으로 달린다, 앞으로 달려 나간다, 말이 눈을, 눈을 정통으로 얻어맞는 것이 보인다! 그는 운다. 가슴이 울컥하면서 눈물이 쏟아진다. 후려치는 채찍 하나가 그의 얼굴을 스치지만 느끼지도 못한 채 손을 비비고 울부짖으면서, 고개를 내저으며 이 모든 작태를 꾸짖는, 턱수염을 허옇게 기른 허연 노인에게 달려든다. 한 아낙네가 그의 손을 붙잡고 데려가려 하지만 뿌리치고서 다시 말에게 달려간다. 말은 이미 마지막 남은 힘을 모아 한 번 더 뒷발질을 치기 시작한다.

“이 망할 것 같으니!” 미콜카가 분에 차서 고함을 지른다. 그는 채찍을 집어던지고 몸을 숙여 짐마차의 밑바닥에서 길고 굵직한 끌채를 꺼내 양손으로 그 끝을 잡고 힘껏 적갈색 암말 위로 휘두른다.

"박살 내겠는걸!" 주위에서들 소리친다.

"죽이겠어!"

"내 맘이야!" 미콜카가 소리치며 있는 힘껏 끌채를 내리친다. 둔탁한 타격 소리가 울려 퍼진다.

"저년을 후려쳐, 후려치라고! 왜들 가만히 서 있는 거야!" 군중 속에서 몇몇 목소리가 이렇게 외친다.

미콜카는 또 한 번 끌채를 휘둘러 있는 힘껏 처량한 말의 등을 한 번 더 후려갈긴다. 말은 뒤로 나자빠지며 털썩 주저앉더니만 그래도 펄쩍 뛰면서 일어나 몸을 비튼다, 짐을 끌려고 마지막 남은 힘을 모아 사방팔방으로 비틀어 댄다. 하지만 사방에서 여섯 개의 채찍이 퍼붓고 끌채가 다시 올라갔다가 세 번째로 떨어지고 이어 네 번째로 유려하게 휘둘러진다. 미콜카는 단번에 숨통을 끊어 놓지 못하자 숫제 미쳐 날뛴다.

"끈질긴데!" 주위에서들 소리친다.

"이제는 틀림없이 뻗을 거야, 이보게들, 저년은 이제 끝장이야!" 군중 속에서 신이 난 어느 구경꾼이 외친다.

"도끼로 쳐야지, 어! 단숨에 해치우란 말이야." 또 다른 사람이 외친다.

"에잇, 주둥이 닥쳐! 비키지 못해!" 미콜카는 광포하게 고함을 지르며 끌채를 내던지고 다시 짐마차 안으로 몸을 숙여 쇠 지렛대를 끌고 나온다. "조심해!" 그는 이렇게 소리치며 최후의 발악을 하듯 불쌍한 말을 후려친다. 일격이 가해지자 암말은 휘청거리며 털썩 주저앉더니 몸을 움찔 비틀려고 하지만, 쇠 지렛대가 또다시 거세게 등을 쿵하고 내려치자 네 다리가 단숨에 꺾인 듯 땅바닥으로 쓰러진다.

"끝장을 봐야지!" 미콜카는 이렇게 외치더니 앞뒤를 잃은 사람처럼 짐마차에서 펄쩍 뛰어내린다. 역시나 술에 취해 얼굴이 시뻘겋게 된 청년 몇 명이 채찍이든 지팡이든 끌채든 닥치는 대로 손에 쥐고서 숨이 넘어가는 암말 쪽으로 달려간다. 미콜카는 옆쪽에 서서 쇠 지렛대를 들고 하릴없이 등을 후려치기 시작한다. 암말은 얼굴을 앞으로 뻗은 채 괴롭게 숨을 내쉬며 죽는다.

"숨통을 완전히 끊어 놨어!" 군중이 외친다.

"그런데 이년은 왜 달리지 못했던 걸까!"

"내 맘이라니까!" 손에 쇠 지렛대를 들고 눈에 핏발을 잔뜩 세운 채 미콜카가 소리친다. 서 있는 모양새가 더 이상 때릴 상대가 없어 아쉽다는 투이다.

"자넨 정말 하늘 무서운 줄 모르는 작자군, 알 만해!" 군중 속에선 이미 많은 목소리들이 이렇게 외친다.

한데 불쌍한 소년은 이미 제정신이 아니다. 비명을 지르며 군중을 뚫고서 적갈색 암말에게 달려가, 숨이 끊어진 말의 피투성이 얼굴을 붙들고 입을 맞추고 그 눈과 입술에 입을 맞춘다……. 그러고 나서 갑자기 펄쩍 뛰고 미친 듯 흥분해서는 두 주먹을 불끈 쥐고 미콜카에게 달려든다. 바로 그 순간, 진즉부터 그의 뒤를 쫓고 있던 아버지가 마침내 그를 붙잡아, 군중 속에서 데리고 나간다.

"가자! 가자꾸나!" 그가 말한다. "집에 가자!"

"아빠! 저 사람들은 왜…… 불쌍한 말을…… 죽여 버렸을까!" 그는 흐느껴 울지만 숨이 막히는 바람에 죄어드는 그의 가슴속에서 터져 나오는 말은 절규가 되어 버린다.

"술에 취해서 못된 장난을 치는 거야, 우리 일이 아니다, 가자!" 아버지가 말한다. 그는 아버지를 두 손으로 껴안지만 가슴이 죄어 온다, 죄어 온다. 숨을 돌리고 비명을 지르고 싶지만 잠에서 깨어난다.

온몸이 땀에 흠뻑 젖고 머리카락마저 축축해진 채 숨을 헐떡이면서 잠에서 깬 그는 공포에 사로잡혀 몸을 일으켰다.

"다행이다, 그냥 꿈이었구나!" 나무 밑에 앉아 숨을 깊이 들이쉬며 그가 말했다. "하지만 대체 왜 이럴까? 열병이 나는 건 아닐까. 무슨 꿈이 이렇게 추하담!"

그는 온몸이 만신창이가 된 느낌이었다. 마음은 심란하고 어두웠다. 그는 팔꿈치를 무릎에 올려놓고 양손으로 머리를 감쌌다.

"맙소사!" 그가 부르짖었다. "설마, 설마 내가 정말로 도끼를 들고 사람의 머리를 내리치게 될까, 설마 그 두개골을 박살 내려는 걸까…… 끈적끈적하고 따뜻한 피 위로 미끄러지며 자물쇠를 부수고 도둑질을 하고 벌벌 떨 것인가, 온통 피범벅이 된 몸을 감춘 채…… 도끼를 들고……. 맙소사, 설마?"

이 말을 하며 그는 사시나무 떨듯 벌벌 떨었다.

'대체 나는 왜 이러는 걸까!' 그는 다시 몸을 일으키며 소스라치게 놀란 듯 생각을 이어 갔다. '내가 그것을 견뎌 내지 못하리라는 것쯤은 알고 있었잖은가, 그러면서 왜 지금까지 나 자신을 괴롭혔던 것일까? 어제, 어제만 해도 저…… 시험 삼아 가 봤던 어제만 해도 내가 참아 내지 못할 것임을 절실히 깨닫지 않았던가……. 한데 이제 와서 또 왜 이러는 걸까? 왜? 왜 아직도 주저하고 있을까? 어제만 해도 계단을 내려오며 이건 비열하다, 더럽다, 천박하다, 정말 천박하다, 라고 내 입으로 말하지 않았던가…… 맨 정신으로는 생각만 해도 메스껍고 소름이 돋는다…….

아니, 나는 견뎌 내지 못할 것이다, 견뎌 내지 못할 거야! 이 모든 계산에 어떤 회의도 없을지라도, 그럴지라도, 요 한 달 동안에 결정된 이 모든 것이 대낮처럼 분명하고 대수학처럼 옳을지라도 말이다. 맙소사! 어쨌거나 나는 결단을 내리지 못할 것이다! 견뎌 내지 못할 것이다, 견뎌 내지 못할 거야……! 그런데도 대체 왜, 왜 지금까지…….'

그는 자리에서 일어나더니 이곳까지 들어온 것이 의아스러운 듯 놀라워하며 주위를 둘러보다가 T 다리를 향해 걸었다. 얼굴은 창백하고 눈은 활활 타오르고 사지에는 기운이 쭉 빠졌지만, 숨 쉬는 것은 갑자기 한결 더 가벼워진 것 같았다. 그토록 오랫동안 자신을 짓눌러 온 저 무서운 짐을 이미 던져 버렸다는 느낌이 들어, 갑자기 마음이 가볍고 편안해졌다. '주여!' 그는 기도했다. '저에게 저의 길을 보여 주십시오, 그러면 저는 저 빌어먹을…… 저의 몽상을 단념하겠습니다!'

다리를 건너며 그는 조용히 차분한 마음으로 네바 강을, 빛나는 붉은 태양의 빛나는 석양을 바라보았다. 몸에 기운이 없음에도 어떤 피로감도 느끼지 못했다. 그의 가슴속에서 한 달 내내 곪아 온 종기가 갑자기 터진 것 같았다. 자유, 자유! 이제야 그는 저 주문과 마법과 현혹, 홀림에서 자유로워진 것이다!

훗날, 그가 이 무렵을, 또 요 며칠간 자기에게 일어났던 모든 일을 순간순간, 이것저것, 하나하나 떠올렸을 때 항상 미신에 사로잡힐 만큼 충격을 안겨 주는 정황이, 본질적으로 별로 특이하지는 않으나 나중에는 계속 그의 운명에 있어 어떤 계시처럼 여겨진 정황이 하나 있었다.

바로 이런 정황이었다. 그는 녹초가 될 만큼 피곤했던 터라 집까지는 가장 가까운 지름길로 가는 것이 제일 편했을 텐데도 구태여 왜 쓸데없이 빙빙 둘러야 하는 센나야 광장을 지나 집으로 돌아갔는지 도무지 이해할 수도, 스스로에게 설명할 수도 없었다. 그렇다고 아주 많이 둘러 가는 것은 아니었지만 분명히, 또 전혀 불필요한 수고였다. 물론 자기가 지금 어디를 걷고 있는지도 잊은 채 집으로 돌아가는 일도 수십 번이나 있었다. 하지만 대체 왜, 하고 그는 항상 묻곤 했다. 대체 왜 그에게 이토록 중대하고 결정적인, 동시에 극도로 우연한 만남이 센나야 광장에서(더군다나 그는 여기에 올 이유가 전혀 없었는데.) 그것도 하필이면 지금 이 시각, 인생에서 이런 순간을 맞이하고 또 이런 정신 상태일 때, 그리고 무엇보다도 그것, 즉 그 만남이 그의 운명에 그야말로 결정적이고 최종적인 영향을 미칠 수 있는 이런 정황에서 이루어진 것일까? 꼭 일부러 그를 기다리고 있었던 것처럼!

그가 센나야 광장을 지나간 시각은 9시경이었다. 판매대든 좌판이든, 큰 노점이든 작은 노점이든 상인들은 모두 가게 문을 닫거나 상품을 치우고 정리한 뒤 손님들과 마찬가지로 각자 집으로 돌아가는 중이었다. 낮은 층에 위치한 싸구려 음식점 근처, 센나야 광장의 건물들의 더럽고 악취 나는 마당, 무엇보다 선술집 주변에는 온갖 종류의 수공업자와 비렁뱅이가 수없이 우글대고 있었다. 라스콜니코프는 별 목적 없이 거리에 나올 때면 이곳이나 이 근처의 골목 하나하나가 유달리 좋았다. 여기서는 그의 누더기에 거만한 주의를 기울이는 사람도 아무도 없었으며 누구의 눈에도 거슬리지 않고 아무렇게나 입고 다녀도 됐다. K 골목의 모퉁이에서 한 소시민과 아줌마, 즉 그의 아내가 두 개의 판매대를 앞에 둔 채 실, 노끈, 사라사 스카프 등의 상품을 팔고 있었다. 그들도 막 집에 갈 참이었지만 마침 찾아온 한 지인과 얘기를 하느라 꾸물대는 중이었다. 그 지인이 바로 리자베타 이바노브나, 혹은 보통 그냥 리자베타라고 부르는, 노파 알료나 이바노브나의 동생이었으며, 그 노파가 곧 14등관의 미망인이자 전당포 주인으로서 어제 라스콜니코프가 시계를 전당 잡히고 시험 삼아 가 보았던 노파였다……. 그는 이미 오래전에 리자베타에 관해 모든 것을 알았고 그녀 쪽에서도 그를 대충은 알았다. 그녀는 키가 크고 못생기고 거의 백치에 가까울 만큼 겁이 많고 온순한 서른다섯 살의 처녀로서 언니 집에서 완전히 노예처럼 살면서 언니를 위해 밤낮으로 일하고 그 앞에서 벌벌 떨고 얻어맞는 것도 감수해야 했다. 바로 그녀가 보따리를 안고 뭘 골똘히 생각하는 것처럼 소시민과 아줌마 앞에 서서 그들의 말을 주의 깊게 듣고 있었던 것이다. 그들 쪽에서는 유달리 열을 올리며 그녀에게 뭔가를 설명하고 있었다. 라스콜니코프는 갑자기 그녀를 발견하자, 비록 놀랄 만한 일은 전혀 아니었음에도, 마음 속 깊이 놀란 것 같은 어떤 이상한 감각에 사로잡혔다.

"리자베타 이바노브나, 당신이 알아서 결정하면 돼요." 소시민이 큰 소리로 말했다. "내일 와요, 한 7시쯤에. 저쪽에서도 와 있을 거요."

"내일요?" 리자베타는 결정을 못 내리겠는지 생각에 잠긴 투로 느릿느릿 말했다.

"이런, 알료나 이바노브나가 어지간히 겁을 준 모양이군요!" 괄괄한 여자인 상인의 아내가 조잘댔다. "당신을 보면 완전히 조그만 어린애 같지 뭐예요. 게다가 언니라야 친언니도 아니고 배다른 언니인 데다가 마구 부려먹잖아요."

"이번 일은 알료나 이바노브나에게는 한마디도 말하지 말아요." 남편이 끼어들었다. "내 충고하지만, 따로 물어볼 것도 없이 그냥 우리 쪽으로 와요. 제법 돈이 되는 일이거든요. 나중에는 언니도 그러려니 생각해 줄 거요."

"그럼 올까요?"

"내일 7시쯤 와요. 저쪽에서도 사람이 올 테고요. 당신이 알아서 좀 결정해요."

"우리는 사모바르를 올려놓을게요." 아내가 덧붙였다.

"좋아요, 올게요." 리자베타는 여전히 생각에 잠긴 채 이렇게 말하고는 천천히 자리를 떴다.

라스콜니코프는 그때 이미 그곳을 지나왔기 때문에 더는 듣지 못했다. 한마디도 놓치지 않으려고 애쓰며 눈에 띄지 않게 조용히 그들을 지나쳤다. 처음에 느꼈던 놀라움은 시나브로 공포로 바뀌었고, 그는 등골이 오싹해지는 것 같았다. 내일 저녁 7시 정각에 노파의 동생이자 유일한 동거인인 리자베타가 집을 비울 것이며 따라서 저녁 7시 정각에 노파는 집에 혼자 있을 것이라는 사실을 알게 됐으며 더욱이 갑자기, 느닷없이, 그야말로 뜻밖에 알게 된 것이다.

집까지는 몇 걸음만 가면 됐다. 그는 사형선고를 받은 사람처럼 자기 집으로 들어갔다. 아무런 생각도 하지 않았으며 아예 그럴 수도 없었다. 하지만 자신의 전 존재로 자기에게는 더 이상 생각의 자유도, 의지도 없음을, 모든 것이 갑자기 최종적으로 결정됐음을 갑자기 느꼈다.

물론, 수년 동안 절호의 기회를 기다린다고 해도, 그때도 이와 같은 의도를 품은 채 그것을 성사시키려 한다면, 확실히 지금 갑자기 눈앞에 나타난 이것보다 더 분명한 첫걸음은 기대할 수 없으리라. 어떤 경우에도 내일 이러저러한 시각에, 자기가 노리고 있는 이러저러한 노파가 집에 오롯이 혼자 있게 되리라는 사실을 최소한의 위험부담만 안은 채, 어떤 종류의 아슬아슬한 탐문이나 탐색도 없이 최대한 정확히, 또 그 전날 밤에 확실히 알아내기는 어려웠을 테니까.

6

이후에 라스콜니코프는 소시민과 그 마누라가 리자베타에게 왜 그들 가게로 오라고 했는지를 어쩌다가 알게 됐다. 아주 흔한 용건이라 이렇다 할 특별한 것은 전혀 없었다. 외지에서 온 어떤 가족이 형편이 나빠져서 옷가지를 비롯하여 이런저런 여성용 물품을 팔고 있었다. 시장에 내다 팔면 이윤이 별로 없기 때문에 여자 상인을 물색하던 중이었고 마침 리자베타가 이런 일을 하고 있었던 것이다. 그녀는 수수료를 좀 받고 일을 해 주었는데 몹시 정직하고 항상 최저가를 불렀기 때문, 즉 처음에 얼마라고 말하면 그걸로 끝이었기 때문에 단골도 많았다. 대체로 말수가 적은 데다가, 이미 언급한 대로, 워낙에 온순하고 걸핏하면 겁을 집어먹는 여자였다…….

그런데 라스콜니코프는 최근 들어 미신적인 성향이 강해졌다. 미신의 흔적은 오랜 시간이 지난 후에도 거의 씻기지 않은 채로 남아 있었다. 나중에도 항상 이 모든 일이 어쩐지 이상야릇하고 신비스럽다고, 어떤 특수한 영향이 작용하고 우연의 일치 같은 것이 존재한다고 생각하게 되었다. 지난겨울, 평소 안면이 있던 포코레프라는 대학생이 하리코프로 떠나는 길에 그와 대화를 나누다가 어쩌다 뭘 전당 잡힐 일이 생기면 노파 알료나 이바노브나에게 가 보라면서 주소를 가르쳐 주었다. 그때는 과외수업도 있고 그럭저럭 살 만했기 때문에 한동안 노파의 집을 찾을 일이 없었다. 한 달 반쯤 전에 그는 그 주소를 떠올렸다. 마침 전당 잡힐 만한 물건이 두 개 있었는데, 아버지가 남긴 낡은 은시계와 여동생이 헤어질 때 기념으로 선물한, 무슨 붉은 보석이 세 개 박힌 작은 금반지였다. 그는 반지를 가져가기로 했다. 노파의 집을 찾아냈을 때는 그녀에 대해 별달리 아는 것도 전혀 없었음에도 첫눈에 억누를 수 없는 혐오감을 느꼈으며 그녀에게 '지폐' 두 장을 받아들고 돌아오는 길에는 어느 질 나쁜 술집에 들렀다. 그는 차를 시켜 놓고 자리에 앉아 깊은 생각에 잠겼다. 이상한 생각이 달걀 속의 병아리처럼 그의 머릿속을 쪼아 대며 밖으로 나와 그를 온통, 온통 사로잡았다.

그의 자리 거의 바로 옆에 놓인 다른 탁자에는 그가 전혀 모르고 기억에도 없는 한 대학생과 젊은 장교가 앉아 있었다. 그들은 당구를 치고 나서 차를 마셨다. 갑자기 그는 대학생이 장교에게 전당포 업자 알료나 이바노브나, 14등관 미망인 얘기를 하며 주소를 가르쳐 주는 소리를 들었다. 이것 하나만도 이미 라스콜니코프는 어쩐지 이상하게 여겨졌다. 지금 막 거기서 오는 길인데 마침 여기서도 노파 얘기를 하는 것이다. 물론 우연이지만, 지금 가뜩이나 예사롭지 않은 어떤 인상을 떨쳐 버리지 못하는 차에 마침 누군가가 그의 비위를 맞추려는 것 같았다. 대학생이 갑자기 친구에게 그 알료나 이바노브나에 관한 온갖 상세한 얘기를 알려 주기 시작하다니.

"대단한 노파야." 그가 말했다. "그 노파에게 가면 언제든지 돈을 구할 수 있지. 유대인 뺨 칠 만큼 부자라서 즉석에서 5,000도 거뜬히 내줄 수 있지만 그러면서도 1루블짜리 담보물도 소홀히 하지 않아. 우리 쪽에도 그 집을 드나들던 녀석들이 제법 많아. 다만, 아주 끔찍한 종자야……."

그러고서 늘어놓는 이야기인즉, 그녀가 얼마나 못됐고 변덕스러운지 단 하루라도 기한이 지나면 담보물이 싹 사라진다는 것이었다. 원래의 물건 값보다 네 배는 낮게 쳐준다느니 이자는 매달 5퍼센트, 심지어 7퍼센트까지 뜯는다느니 등등. 열심히 수다를 떨던 대학생은 그 밖에도 노파에게는 리자베타라는 여동생이 있다는 사실도 알려 주었는데, 덩치도 작은 주제에 얼마나 치사한지 수시로 동생을 쥐어 패고 어린애 다루듯 완전히 노예처럼 부린다는 둥, 한데 리자베타의 키는 적어도 8베르쇼크*는 된다는 둥 하는 것이었다…….

"그쪽도 참 희귀종이야!" 대학생은 소리치며 껄껄 웃었다.

리자베타 얘기가 시작되었다. 대학생은 어쩐지 유별난 만족감을 곁들어 그녀 얘기를 하면서 줄곧 웃었고, 장교는 큰 관심

* 2아르쉰 8베르쇼크라는 뜻으로, 리자베타의 키는 약 178센티미터.

을 보이며 얘기를 듣다가 와이셔츠를 수선해야 하니까 그 리자베타를 보내 달라고 부탁했다. 라스콜니코프는 한마디도 놓치지 않았고 단번에 모든 것을 알게 되었다. 리자베타는 노파의 의붓동생으로서(어머니가 달랐다.) 벌써 서른다섯 살이었다. 그녀는 언니를 위해 밤낮으로 일하고 집에서는 요리사와 세탁부 노릇을 하고 그것도 모자라 삯바느질을 하고 남의 마루를 닦아 주는 일도 했는데, 그 돈을 죄다 언니에게 갖다 주었다. 언니의 허락 없이는 감히 어떤 주문도 받지 못하고 어떤 일감도 맡지 못했다. 한편 노파는 이미 유언장을 작성해 놓았는데, 리자베타도 알고 있는 내용이거니와, 그것에 따르면 의자 같은 동산(動産)을 제외하면 그녀에게는 땡전 한 푼 돌아가지 않았다. 돈은 영원토록 고인의 명복을 빌어 주도록 모조리 N 도의 어느 수도원에 기부하게끔 돼 있었다. 한데 리자베타는 관리가 아니라 그냥 소시민의 딸로서 처녀였고 지지리도 못생긴 데다 키만 멀대같이 크고 좀 휜 것 같은 기다란 다리에 항상 찌그러진 염소 가죽 신발을 신고 다녔으며 몸가짐은 깔끔했다. 대학생이 놀라워하며 웃어 댄 가장 큰 이유는 리자베타가 수시로 애를 배고 있다는 사실 때문이었다…….

"아니, 엄청 못생겼다면서?" 장교가 지적했다.

"그렇지, 얼굴이 위장한 군인처럼 거무스름하거든. 하지만 엄청 못생긴 건 아니야. 얼굴과 눈이 참 착하게 생겼거든. 심지어 아주 그렇지. 많은 사람들 마음에 드는 걸 보면 알 만하잖아. 어찌나 조용하고 온순한지, 말대꾸도 할 줄 모르고 뭐든 다 들어주지, 암 들어주고말고. 미소는 또 어떻고, 아주 일품이야."

"설마 너도 마음에 든 거야?" 장교가 웃었다.

"워낙 야릇한 구석이 있으니까. 아니, 그보다는 이런 얘기를 해 주지. 나는 이 빌어먹을 노파를 죽이고 금품을 훔쳐도, 장담하지만, 양심에 찔리는 건 전혀 없을 거야." 열을 올리며 대학생이 덧붙였다.

장교는 다시 껄껄 웃었지만, 라스콜니코프는 몸을 부르르 떨었다. 이 얼마나 이상한 일인가!

"야, 그럼 진지하게 뭐 하나 물어보자." 대학생이 열을 올렸다. "물론 방금 한 얘기는 농담이지만, 한번 봐. 한쪽에 멍청하고 무의미하고 하찮고 못됐고 병든 노파가 있는데, 아무에게도 필요도 없거니와 오히려 모두에게 해만 끼치는 존재, 무엇을 위해 사는지도 모를뿐더러 내일이라도 저절로 죽을지도 모르는 노파야. 알겠어? 알겠냐고?"

"뭐, 알겠어." 장교가 열을 올리는 친구를 뚫어져라 바라보며 대답했다.

"그럼 계속 들어 봐. 다른 한쪽에는 지원을 받지 못해 허무하게 스러져 가는 젊고 싱싱한 힘들이 있어, 그것도 수천씩 지천에 널려 있어! 수도원에 들어갈 노파의 돈만 있으면 백 개, 천 개의 선한 일과 기획을 추진하고 손볼 수 있단 말이야! 어쩌면 수백, 수천의 존재를 올바른 길로 인도할 수도 있겠지. 수십 개의 가정을 가난과 해체와 파멸과 방탕과 성병 병원에서 구해 낼 수도 있어. 이 모든 것을 그녀의 돈으로 해결할 수 있다고. 노파를 죽이고 그 돈을 빼앗아라, 그리고 그 돈의 도움으로 나중에 전 인류와 공공의 사업을 위해 헌신하라. 네 생각은 어때, 하나의 하찮은 범죄가 수천 개의 선한 일로 무마될 수는 없을까? 하나의 생명을 희생시켜 수천 개의 생명을 부패와 해체에서 구하는 거지. 하나의 죽음과 백 개의 생명을 서로 맞바꾸는 건데, 사실 이거야말로 대수학이지 뭐야! 게다가 저울 전체를 놓고 보면 이런 폐병쟁이에 멍청하고 못된 노파의 목숨이 무슨 의미가 있겠어? 노파는 해로운 존재니까 이〔蝨〕나 바퀴벌레의 목숨, 아니, 그만도 못한 목숨이야. 남의 목숨을 좀먹고 있거든. 얼마 전에도 홧김에 리자베타의 손가락을 깨물었는데, 하마터면 손가락이 잘려 나갈 뻔했지!"

"물론 노파는 살 가치가 없지." 장교가 지적했다. "하지만 자연이라는 것이 원래 그렇잖아."

"에이, 이봐, 그러니까 자연을 수정하고 방향을 틀어 주는 건데, 그러지 않았다면 편견 속에서 허우적댈 수밖에 없었을 거야. 그러지 않았다면 단 한 명의 위인도 나오지 못했을 테고. 말로는 '의무다, 양심이다.' 하고 떠들어 대지만 — 의무와 양심에 토를 달 생각은 나도 전혀 없지만 — 사실 우리가 이런 것을 어떻게 이해하고 있지? 잠깐만, 하나만 더 물어보자. 들어 봐!"

"아니, 너야말로 잠깐만 있어 봐. 내가 뭐 하나 물어보자. 들어 봐!"

"해 봐!"

"지금 너는 일장연설에 열변을 토하고 있는데, 그렇다면 말이야, 어때, 네가 네 손으로 노파를 죽일 수 있겠어?"

"당연히 아니지! 나는 그냥 정의 차원에서……. 이 일 자체는 나와 아무 상관이 없지……."

"내 생각에는, 네 손으로 결단을 내리지 못할 바에는 정의는 무슨, 나발이지! 한 판 더 하러 가자!"

라스콜니코프는 굉장히 흥분한 상태였다. 물론, 이 모든 것이 형식과 주제만 다를 뿐, 아주 평범하고 이미 수차례나 들어온, 아주 흔한 젊은이들 특유의 대화와 생각일 뿐이었다. 하지만 왜 하필이면 지금 이런 대화와 이런 생각을 듣게 된 것일까, 그의 머릿속에서도 똑같은 생각이 막 생겨난 지금……? 왜 하필이면 노파에게서 그런 생각의 맹아를 막 얻어 온 지금, 때마침 노파에 관한 대화를 엿듣게 될 것일까……? 이러한 우연의 일치가 항상 이상하게 여겨졌다. 이 하찮은 술집의 대화가 앞으로 일이 진척됨에 따라 그에게 굉장한 영향을 미쳤다. 정말로 여기에는 어떤 숙명이, 계시가 있는 것 같았다…….

....

센나야 광장에서 돌아온 그는 소파에 몸을 던진 채 꼬박 한 시간 동안 꼼짝도 않고 앉아 있었다. 그러는 사이에 날이 어두워졌다. 하지만 양초도 없었거니와 불을 켤 생각조차 머릿속에 떠오르지 않았다. 그때 그는 자기가 무슨 생각을 했는지 절대 기억할 수 없었다. 마침내 아까처럼 열병의 조짐이 느껴지며 오한이 일었고, 소파에 누울 수도 있다는 사실을 깨닫자 기분이 좋아졌다. 곧 납덩어리처럼 무거운 깊은 잠이 그를 짓누르듯 덮쳐 왔다.

그는 여느 때와는 달리 꿈도 꾸지 않고 오랫동안 잤다. 이튿날 아침 10시, 그의 방에 들어온 나스타시야가 그를 사정없이 찔러 댔다. 차와 빵을 가져온 것이다. 차는 이번에도 몇 번을 우려낸 것이었고 이번에도 그녀 소유의 찻주전자에 담겨 있었다.

"이런, 여태껏 자고 있네!" 그녀는 분개하며 소리쳤다. "허구한 날 잠만 자는구먼!"

그는 간신히 몸을 일으켰다. 머리가 아팠다. 일어서는가 싶더니 예의 그 골방에서 몸만 한 번 뒤척이고는 다시 소파 위로 쓰러졌다.

"또 자려고!" 나스타시야가 소리쳤다. "설마, 어디 아픈 거 아냐?"

그는 아무 대답도 하지 않았다.

"차 마실래?"

"좀 있다가." 그는 간신히 말을 내뱉더니 다시 눈을 감고 벽 쪽으로 돌아누웠다. 나스타시야는 그를 내려다보며 서 있었다.

"진짜로 어디가 아픈가 봐." 그녀는 이렇게 말하고는 몸을 돌려 나가 버렸다.

그녀는 2시에 스프를 들고 다시 들어왔다. 그는 아까처럼 누워 있었다. 차는 손도 대지 않은 상태였다. 나스타시야는 속이 확 상해서 심술궂게 그를 찔러 댔다.

"아주 늘어지게 자는구먼!" 그녀는 딱 싫다는 듯 그를 쳐다보며 소리쳤다. 그는 일어나 앉았지만 아무 말도 하지 않고 방바닥만 바라보았다.

"어디 아파, 어?" 나스타시야가 물었지만 이번에도 대답은 얻지 못했다.

"밖에라도 나가 보든지." 잠깐 침묵했다가 그녀가 말했다. "바람이라도 좀 쐬란 말이야. 뭐 좀 먹을래, 어?"

"좀 있다가." 그는 힘없이 말했다. "그만 가 봐!" 그러곤 한 손을 내저었다.

그녀는 좀 더 서서 딱하다는 듯 그를 쳐다보다가 나갔다.

몇 분 뒤 그는 눈을 들어 오랫동안 차와 수프를 바라보았다. 그러고는 빵을 들고 또 숟가락을 들고 먹기 시작했다.

그는 식욕도 없이 거의 기계적으로 약간만, 서너 숟가락 정도만 먹었다. 두통은 좀 가라앉았다. 식사를 한 다음 다시 소파에 몸을 뻗었지만 이제는 잠이 올 리도 없어서 그냥 꿈쩍도 않고 베개에 얼굴을 파묻은 채 엎드려 누워 있었다. 한결같이 환영이 어른거렸고 그것은 한결같이 몹시 이상한 환영이었다. 제일 자주 나타난 것은 그가 어디 아프리카나 이집트의 어떤 오아시스에 있는 장면이었다. 대상(隊商)이 휴식을 취하고 있고 낙타들도 얌전히 웅크리고 있다. 주위에는 종려나무가 빙 둘러 자라고 있다. 다들 식사 중이다. 한데 그는 바로 그곳, 자기 옆에서 졸졸 흐르는 샘물을 곧장 퍼마시고 있다. 참 상쾌하고, 또 경이로울 만큼 푸르고 시원한 물이 알록달록한 돌과 황금빛 광채를 발하는 몹시 깨끗한 모래 위를 달려간다……. 갑자기 시계 종 치는 소리가 또렷이 들렸다. 그는 몸을 부르르 떨며 퍼뜩 정신을 차린 뒤 고개를 들고 창문을 내다보았고 지금이 몇 시인지를 가늠해 보다가 정신이 완전히 돌아왔는지 갑자기 누가 그를 잡아당긴 것처럼 소파에서 벌떡 일어났다. 그러고는 발꿈치를 들고 문 쪽으로 살금살금 다가가 문을 살짝 열고 계단 아래쪽을 향해 귀를 기울였다. 심장이 터질 듯 쿵쾅거렸다. 하지만 계단은 온통 쥐죽은 듯 조용했다……. 어제부터 이렇게 정신없이 퍼질러 잘 수 있었다니, 그러면서도 아무것도 하지 않고 아무것도 준비해 놓지 않았다니, 얄궂고 기괴할 따름이었다……. 한데 지금 시계가 6시를 친 것인지도 모르겠다……. 그러자 잠에 짓눌린 멍한 상태 대신 예사롭지 않은, 왠지 열병에라도 걸린 듯 안절부절못하고 어수선한 느낌이 갑자기 그를 사로잡았다. 하긴 준비라야 별로 할 것은 없었다. 그는 모든 것을 꼼꼼히 따져 보고 뭐 하나 빼먹는 일이 없도록 전력을 기울였다. 하지만 심장은 계속 쿵쾅거렸고 어찌나 쿵쾅대는지 숨 쉬는 것도 힘들어졌다. 첫째, 올가미를 만들어 외투에 꿰매야 했는데 일 분이면 충분했다. 그는 베개 밑에 손을 넣어 거기다 쑤셔 놓았던 옷가지 중에서 낡아서 완전히 너덜너덜해진, 빨지도 않은 루바쉬카 한 장을 찾아냈다. 그 누더기에서 길이 1베르쇼크, 넓이 8베르쇼크쯤 되는 천 조각을 끈 모양으로 뜯어 냈다. 이 끈을 두 겹으로 접고 무슨 두꺼운 목면 재질로 된 헐렁하고 질긴 여름 외투(그의 유일한 겉옷이었다.)를 벗은 다음, 끈의 양끝을 안쪽의 왼쪽 겨드랑이 밑에 대고 꿰매기 시작했다. 꿰매는 동안 두 손이 부들부들 떨렸지만 용케 잘 이겨 내서, 다시 외투를 입었을 때는 겉으로는 아예 표도 나지 않았다. 바늘과 실은 이미 오래전에 종이로 싸서 책상에 넣어 둔 것이었다. 올가미로 말하자면 그 스스로 고안한 기막힌 발명품으로서 도끼를 걸기 위한 것이었다. 도끼를 손에 든 채 거리를 활보할 수는 없잖은가. 그렇다고 해서 외투 속에 감춘다고 한들 어쨌거나 한 손으로는 붙잡고 있어야 할 것이고, 그러면 금방 눈에 뜨일 것이다. 반면 이제는 올가미가 있으니까 도끼날 부분을 여기에 끼워 넣기만 하면 도끼는 길을 가는 내내 안쪽 겨드랑이 밑에 얌전히 매달려 있을 것이다. 또 한쪽 손을 외투의 옆쪽 호주머니에 넣고 도끼 손잡이의 끄트머리를 잡고 있으면 도끼가 제멋대로 움직이는 일도 없을 것이다. 외투는 진짜 자루처럼 몹시 헐렁했기 때문에 호주머니 속에서 뭔가를 손으로 쥐고 있다는 것을 겉으로 봐서는 알 수 없었다. 이 올가미도 벌써 두 주 전에 고안해 낸 것이었다.

이 일을 끝낸 뒤 그는 '터키식' 소파와 방바닥 사이에 난 작은 틈새로 손가락을 쑤셔 넣어, 왼쪽 모서리 부근을 더듬어서 벌써 오래전에 준비하여 거기에 감춰 둔 담보물을 끄집어냈다. 이 담보물은 하지만, 담보물은커녕 그냥 은제 담배 케이스 정도의 크기와 두께로 평평하게 대패질해 놓은 판자 쪼가리에 불과했다. 이 판자 쪼가리는 어느 날 산책을 하다가 곁채에 목공소 같은 것이 딸려 있는 어느 마당에서 우연히 발견한 것이었다. 그러고서 나중에 그 판자 쪼가리에다, 역시나 그때 길에서 주운 매끈하고 얇은 철판을 — 분명히 어디에서 떨어져 나온 쇳조각이었을 것이다 — 덧댔다. 철판이 나무판보다 더 작았지만 여하튼 판자 두 개를 포갠 다음 그것을 함께 실로, 십자가 모양으로 꽉 묶었다. 이어, 깨끗한 흰 종이로 꼼꼼하고 맵시 있게 싼 다음 가느다란 노끈으로, 역시나 십자가 모양으로 동여매고 매듭은 풀기가 좀 어렵도록 단단히 매만졌다. 이것은 노파가 매듭을 풀기 시작할 때 노파의 주의를 잠시나마 딴 데로 돌리기 위해서, 그로써 절호의 기회를 포착하기 위해서였다. 또 철판을 덧댄 것은 노파가 '물건'이 나무라는 것을 행여나 첫눈에 알아채지나 않을까 싶어 무게를 더하기 위해서였다. 이 모든 것이 때가 될 때까지 그의 소파 밑에 보관돼 있었던 것이다. 그가 담보물을 꺼내는 순간, 갑자기 어딘가 뜰에서 누가 소리치는 소리가 울려 퍼졌다.

"7시가 한참 지났는걸!"

"한참이라고! 맙소사!"

그는 문 쪽으로 달려가 귀를 기울였다가 모자를 거머쥐고 고양이처럼 발소리를 죽여 가면서 조심스럽게 아래로, 열세 계단을 내려가기 시작했다. 가장 중대한 일이 남아 있었다. 바로 부엌에서 도끼를 훔치는 것이었다. 일을 도끼로 해치워야 한다는 것은 이미 오래전에 결정되었다. 접이식 정원용 칼도 있었다. 하지만 칼에, 특히 자신의 힘에 신뢰가 가지 않아 결국 도끼로 낙찰되었다. 겸사겸사, 이 일과 관련하여 그가 내린 이 모든 최종적인 결정들이 지닌 한 가지 특징을 지적하도록 하자. 여기에는 한 가지 이상한 점이 있었다. 즉, 그 결정들이 최종적이 될수록 이내 그의 눈에는 더욱더 추하고 터무니없게 여겨졌던 것이다. 줄곧 고통스러운 내적 투쟁에 시달리면서도 이 기간 내내 단 한 순간도 자신의 계획이 실행되리라고 믿은 적은 없었다.

그리고 인젠가 이 모든 것이 최후의 지점까지 분석되고 최종적으로 결정되어 더 이상 어떤 의심도 남아 있지 않게 될지라도, 그렇더라도 그는 모든 것을 터무니없고 기괴하고 불가능한 일이라며 거부했을 것이다. 한데 해결되지 않은 사항과 의문점이 여전히 수두룩하게 쌓여 있었다. 어디서 도끼를 손에 넣을 것인가에 관한 한, 제일 해결하기 쉬운 사소한 문제로서 전혀 고민거리가 아니었다. 나스타시야가 수시로, 특히 저녁때면 집을 비우기 때문이었다. 이웃집에 가거나 상점에 가거나 했는데, 항상 문을 열어 두었다. 주인아주머니와 입씨름을 하는 것도 오직 이 때문이었다. 그래서 때가 됐을 때 살짝 부엌에 들어가 도끼를 가져온 다음, 한 시간 뒤에(이미 모든 일이 끝날 때) 다시 들어가 제자리에 갖다 놓으면 되는 일이었다. 하지만 의문점도 생겼다. 가령, 한 시간 뒤에 제자리에 갖다 놓으러 왔을 때 하필이면 그때 나스타시야가 돌아와 있을 수도 있다. 물론 그냥 지나쳤다가 그녀가 다시 나갈 때까지 기다려야 한다. 하지만 그동안에 도끼가 없어진 것을 알아차리고서 그것을 찾느라고 큰 소리로 떠들어 대면 곧장 혐의를 받거나 적어도 그럴 소지가 생긴다.

하지만 이런 것은 그가 아직 생각지도 못한, 더욱이 그럴 겨를도 없는 사소한 문제였다. 그는 주된 것만 생각하고 사소한 것은 스스로 모든 것을 확신하게 될 때까지 미루어 두었다. 하지만 도무지 확신이 설 것 같지가 않았다. 적어도 그 자신은 그렇게 생각되었다. 가령, 언젠가 자기가 생각하는 일을 멈추고 자리에서 일어나 마냥 그곳으로 가리라고는 결코 상상도 할 수 없었다……. 심지어 최근의 시험(즉, 최종적으로 현장을 둘러

보기 위한 사전 답사)도 그야말로 시험 삼아 해 본 것일 뿐, 진짜 그럴 마음이 있었던 것이 아니고 그냥 '자, 어디 한번 가서 시험이나 해 볼까, 몽상만 하면 뭐 하나!' 하는 식이었을 뿐인데, 당장에 참지를 못해 침을 뱉고 스스로에게 격분하며 도망치지 않았던가. 실상 문제의 도덕적인 해결의 측면에서라면 모든 분석은 이미 끝난 것 같았다. 그 나름으로 자신의 논리를 면도날처럼 날카롭게 갈아 놓았기 때문에 이미 내적으로는 어떤 의식적인 반론도 발견할 수 없었다. 하지만 아무리 그래도 자기 자신을 마냥 믿지는 못해, 누구의 강요에 따라 끌려다니는 것처럼 사방팔방을 더듬으며 노예처럼 우직하게 반론을 찾아 헤맸다. 한데 최후의 날은 그토록 예기치 못하게 찾아와 모든 것을 단번에 결정해 버렸으며, 그에 따라 그는 거의 완전히 기계적으로 움직였다. 누가 그의 손을 잡고 뿌리칠 수도 없도록 초자연적인 힘을 발휘하며 어떤 반론도 허용하지 않고 그를 질질 끌어당기는 것 같았다. 꼭 옷자락이 기계 바퀴에 휘말려 그도 함께 기계 속으로 빨려 들어가기 시작한 것 같은 형국이었다.

처음에는 — 하긴 이미 오래전부터 그랬지만 — 한 가지 의문에 골몰해 있었다. 즉, 거의 모든 범죄가 왜 그토록 쉽게 발각되고 폭로되는 것이며, 또 거의 모든 범죄자의 흔적이 왜 그토록 뚜렷이 남게 되는 것일까? 그는 점차 다양하고 흥미로운 결론에 도달했는데, 그의 견해에 따르면, 가장 주된 원인은 범죄를 물리적으로 은폐할 수 없어서라기보다는 범죄자 자신에게 있다. 범죄자는 거의 너 나 할 것 없이 범행을 저지르는 순간, 더욱이 이성과 신중함이 가장 절실히 필요한 순간에 의지와 이성의 활동은 저하되는 반면 어린아이처럼 희한할 만큼 경솔하게 굴게 된다. 그의 신념에 따르면, 결과적으로, 이런 이성의 혼미와 의지력의 저하가 인간을 병마처럼 사로잡아 점차 진전에 진전을 거듭한 뒤 범행 직전에는 최고의 극점에 다다르는 것이다. 이와 같은 상태가 범행의 순간은 물론이거니와 사람에 따라서는 그 이후에도 몇 시간은 족히 더 지속된다. 그러고 나면 모든 병과 다름없이 그냥 사라지게 된다. 하지만 문제인즉 이렇다. 병이 범죄를 야기하는 것일까, 아니면 범죄가 그 특유의 본질상 어떻게든 항상 병과 같은 무엇을 동반하는 것일까? 그는 아직은 이 문제를 해결할 만한 힘이 없음을 느꼈다.

이런 결론에 도달한 그는 자기만큼은, 자기의 일에서는 이와 같은 병적인 격동이 있을 수 없다고, 이성과 의지는 계획한 일을 실행에 옮기는 내내 자기를 떠나지 않을 것이라고 단정지었는데, 그 유일한 이유인즉 자기가 계획한 일은 '범죄가 아니다.'라는 것이었다……. 그가 최후의 결정을 내리기까지 겪은 일련의 과정은 생략하도록 하자. 안 그래도 얘기를 너무 앞질러 버렸으니까……. 그저 일의 실질적이고 순전히 물리적인 난관은 대체로 그의 머릿속에서 가장 부차적인 역할을 담당했다는 점만 덧붙이자. '그런 것은, 그것을 지배할 의지와 이성만 똑바로 유지하면, 때가 되면, 일의 세세한 부분까지 낱낱이 알게 될 때 전부 저절로 정복될 것이다…….' 하지만 일은 시작될 기미도 보이지 않았다. 그는 여전히 자신의 최종적인 결단을 그 무엇보다도 더 믿지 못했고, 정작 시간이 닥치자 모든 것이 전혀 다른 식, 어딘가 우연스럽고 심지어 거의 뜻밖의 형국이 돼 버렸다.

계단을 미처 다 내려가기도 전에 아주 하찮은 정황 하나가 그를 궁지로 몰아넣었다. 여느 때처럼 활짝 열려 있는 주인아줌마의 부엌까지 왔을 때 그는 곁눈질을 하며 조심스레 안을 들여다보았는데, 나스타시야는 없을지라도 혹시 그사이에 주인아줌마가 거기에 와 있지나 않을까, 설령 없더라도 도끼를 가지러 들어갈 때 어쩌다 그녀가 방 밖으로 내다볼지도 모르니까 그쪽 방문은 잘 잠겨 있을까, 하고 미리 살펴보기 위해서였다. 그렇건만 갑자기, 이번에는 나스타시야가 집에, 그것도 부엌에 있을 뿐만 아니라 심지어 일을 하고 있는 장면을, 광주리에서 빨래를 꺼내 빨랫줄에 널고 있는 장면을 보았을 때 그가 얼마나 놀랐겠는가! 그를 보자 그녀는 일손을 멈추고 그 쪽으로 몸을 돌린 채 그가 지나갈 때까지 쭉 지켜보았다. 그는 눈을 돌리고 딴청을 부리며 그냥 지나갔다. 하지만 일은 끝장이었다. 도끼가 없잖은가! 그는 호되게 충격을 받았다.

'대체 무슨 근거로' 하고 대문 밑을 지나가며 그는 생각했다. '아니, 무슨 근거로 이 순간에 그녀가 틀림없이 집에 없으리라고 생각한 것일까? 왜, 왜, 대체 왜 확실히 그럴 것이라고 단정 지었던 것일까?' 그는 무참히 짓밟힌 것 같은 기분에 어쩐지 굴욕감까지 느껴졌다. 열에 받친 나머지 자신을 비웃어 주고 싶었다……. 짐승 같은, 둔중한 분노가 그의 내부에서 끓어올랐다.

그는 상념에 잠긴 채 대문 밑에서 걸음을 멈추었다. 그냥 여봐란듯이 거리로 나가 산책을 하자니 역겨웠다. 그렇다고 집으로 돌아가자니 더 역겨웠다. '절호의 기회를 영영 놓쳐 버리다니!' 하릴없이 대문 밑, 역시나 문을 활짝 열어 놓은, 문지기의 어두운 골방 맞은편에 서서 그는 중얼거렸다. 갑자기 그가 몸을 부르르 떨었다. 그에게서 두 걸음쯤 떨어져 있는 문지기의 골방, 침대용 의자 밑 오른쪽에서 뭔가가 번쩍이며 그의 눈을 자극했다……. 주위를 둘러보았다 — 아무도 없다. 그는 발꿈치를 들고 문지기 방으로 다가간 다음 두 계단을 내려가서 작은 목소리로 문지기를 불렀다. '이럴 줄 알았어, 집에 없군! 그래도 근처 어디 마당에 있겠지, 문을 활짝 열어 둔 걸 보면.' 그는 쏜살같이 도끼로 달려들어(번쩍인 것은 도끼였다.) 의자 밑, 두 개의 장작개비 사이에 놓여 있는 녀석을 끄집어냈다. 그리고 밖으로 나가기 전에 그 자리에서 그것을 올가미에 딱 고정시키고 양손을 호주머니에 쑤셔 넣은 다음 문지기 방을 나왔다. 아무도 보지 못했다! '이성이 아니라 악마의 짓이군!' 이런 생각에 얄궂은 미소를 짓게 됐다. 그는 이 우연한 사건에 굉장히 고무되었다.

그는 도중에 괜히 수상쩍어 보이는 일이 없도록 조용히, 차분히 걸어갔다. 행인을 쳐다보는 일도 거의 없었고 심지어 아예 얼굴을 쳐다보지 않으려고, 가능한 한 눈에 띄지 않으려고 노력했다. 그때 모자가 생각났다. '맙소사! 그저께는 돈도 있었는데 학생모로 바꾸지도 못했군!' 마음 깊은 곳에서는 이런 저주가 튀어나왔다.

우연히 가게 안을 한 눈으로 힐끔 들여다보니 그곳 벽시계가 벌써 7시 10분을 가리키고 있었다. 서둘러야 했고, 동시에 빙 둘러가야 했다. 다른 쪽에서 우회하여 그 집 쪽으로 가려면…….

전에 이 모든 것을 상상 속에서 그려 볼 때는 몹시 두려울 것이라는 생각도 더러 들었다. 하지만 막상 지금은 별로, 아니 전혀 두렵지 않았다. 잠깐이긴 해도 이 순간, 전혀 동떨어진 어떤 생각에 사로잡히기도 했다. 유수포프 정원을 지날 때는 여기에 높은 분수를 설치하면 어떨까, 광장 전체의 공기가 얼마나 신선해질까, 하는 생각에 몹시 몰두했다. 시나브로, 여름 정원을 마르스 광장 전체로까지 확장하고 미하일로프스키 궁정 정원까지 합친다면 이 도시에서 가장 아름답고 유용한 곳이 되리라는 확신에 이르렀다. 그러자 갑자기 그의 흥미를 자극하는 것이 있었다. 즉, 어디든 할 것 없이 대도시의 인간은 굳이 꼭 필요한 것도 아닌데 왜 하필이면 유달리, 도시 안에서도 정원도 분수도 없고 먼지와 악취와 온갖 더러움이 만연한 구역에 살거나 그런 데 정착하려는 경향을 보이는 것일까. 그러자마자 자기 자신이 센나야 광장을 산책하던 일이 떠올라 순간 정신이 번쩍 들었다. '이 무슨 허튼소리인가.' 그는 생각했다. '아니, 차라리 아무 생각도 하지 않는 편이 낫겠어!'

'사형장으로 끌려가는 사람도 도중에 마주치는 온갖 대상을 두고 생각에 골몰하겠지.' 이런 생각이 그의 머릿속을 스쳐 갔지만 그야말로 번개처럼 스쳐 갔을 뿐, 그 스스로 얼른 그 생각을 꺼 버렸다……. 그렇지만 벌써 근처까지 왔다, 벌써 그 집이다, 벌써 대문이다. 어디선가 갑자기 시계가 한 번 울렸다. '뭐야, 설마 7시 반인가? 그럴 리 없어, 시계가 빠른 모양이다!'

다행스럽게도, 대문에서도 일은 무난했다. 뿐더러, 일부러 꾸민 양 바로 그 순간 건초를 실은 거대한 짐수레가 그의 앞에서 막 대문으로 들어서면서 그 틈새를 지나가는 그를 계속 가려 주었고, 짐수레가 대문에서 마당 안으로 진입하자마자 그는 얼른 오른쪽으로 빠져 버렸다. 저기, 짐수레 저편에서는 몇몇 사람이 목청껏 고함을 지르며 말다툼하는 소리가 들려왔지만 그는 누구의 눈에도 띄지 않았고 또 누구와도 마주치지 않았다. 이 드넓은 사각형의 마당 쪽으로 난 수많은 창문들이 이 순간 활짝 열려 있었지만 그는 고개를 들지도 못했다. 그럴 힘이 없었던 것이다. 노파의 집 계단은 가까워, 대문에서 오른쪽으로 돌면 금방이었다. 그는 벌써 계단까지 와 있었다…….

숨을 한 번 돌리고 한 손으로 쿵쾅거리는 심장을 누르자마자 그는 다시 한 번 도끼를 매만져 바로잡고 시시각각 귀를 기울이며 조심조심, 조용조용 계단을 올라갔다. 한데 이때는 계단도 텅 비어 있고 문도 전부 잠겨 있었다. 아무와도 마주치지 않았다. 사실 2층에 텅 빈 아파트가 하나 있고 문도 활짝 열려 있는 데다가 칠장이들이 작업을 하고 있었지만 밖을 내다보는 일은 없었다. 그는 잠깐 멈추어 서서 생각에 잠겼다가 계속 걸어갔다. '물론, 저 녀석들도 아예 여기 없다면 더 좋았겠지만, 그래도…… 두 층이나 위에 있으니까.'

하지만, 자, 이제 4층이다, 자, 저 문이다, 바로 저 맞은편 아파트이다. 역시나 텅 빈 아파트이다. 노파의 아파트 바로 밑,

3층에 있는 이 아파트도 모든 징후로 보건대 역시나 텅 비어 있다. 문에 못질을 해 놓은 문패를 걷었다면 방을 뺐다는 소리이다……! 그는 숨을 헐떡였다. 한순간, 그의 머릿속에서는 '그냥 가 버릴까?'라는 생각이 스쳐 지나갔다. 하지만 스스로 답을 찾지도 못한 채 노파의 아파트 쪽으로 귀를 기울였다. 죽음과 같은 정적이 흘렀다. 이어, 그는 다시 한 번 계단 아래쪽으로 귀를 기울인 채 오랫동안 주의 깊게 엿들었다……. 그런 다음에는 마지막으로 주위를 둘러본 뒤 살금살금 걸음을 옮기며 몸을 바로잡고 올가미에 매달린 도끼를 다시 한 번 점검했다. '얼굴이 창백하지나 않을까…… 그것도 너무?' 이런 생각이 들었다. '유달리 흥분해 있는 건 아닐까? 노파는 의심이 많은데……. 좀 더 기다려야 되지 않을까…… 심장의 고동이 좀 가라앉을 때까지……?'

하지만 심장의 고동은 가라앉지 않았다. 오히려 설상가상으로 더더욱 심하게 쿵쾅거렸다, 심하게, 심하게……. 그는 더 이상 참지 못하고 천천히 손을 뻗어 설렁을 울렸다. 삼십 초쯤 뒤 한 번 더, 좀 더 크게 울렸다.

대답이 없다. 괜히 초인종을 울릴 것도 없고, 더군다나 그럴 기분도 아니었다. 노파는 당연히 집에 있겠지만 워낙에 의심이 많은 성격인 데다가 혼자였다. 그도 노파의 습관을 조금은 알았기에…… 한 번 더 귀를 문 쪽에 바싹 갖다 댔다. 그의 감각이 너무 예민해진 것인지(아무래도 그런 것 같지는 않지만) 아니면 실제로 소리가 몹시 잘 들린 것인지 여하튼 그는 갑자기 자물쇠 손잡이 쪽에서 손이 조심스럽게 바스락거리고 옷자락이 문을 스치는 소리를 들은 것 같았다. 누군가가 인기척이 나지 않도록 자물쇠 바로 옆에 서서 그가 이쪽, 문 바깥쪽에서 그러는 것처럼 문 안쪽에 몸을 숨긴 채 역시나 귀를 문에다 바싹 갖다 대고 엿듣고 있는 것만 같았다…….

그는 괜히 숨어 있는 것처럼 보이지 않으려고 일부러 부스럭거리고 뭐라고 큰 소리로 웅얼댔다. 그런 다음, 세 번째로, 하지만 이번에는 조급한 기색은 전혀 없이 조용하고 차분하게 설렁을 울렸다. 나중에 이 일이 선명하고 또렷이 떠오를 때면 — 이 순간은 그의 뇌리에 영원토록 아로새겨졌다 — 대체 어떻게 이런 꾀를 부릴 수 있었는지 이해가 안 됐다, 더군다나 그의 머리는 순간순간 암전 상태가 되는 것 같고 몸에는 감각조차 거의 없었는데……. 잠시 뒤, 빗장을 걷는 소리가 들렸다.

7

그때처럼 문이 빠끔히 열렸고 이번에도 미심쩍어하는 날카로운 두 눈이 어둠 속에서 그를 쏘아보았다. 여기서 라스콜니코프는 그만 당황하여 중대한 실수를 저지를 뻔했다.

노파가 자기들만 단둘이 있음에 질겁할까 봐 겁도 나고 또 그의 모습을 보고 안심할 가능성도 별로 없기 때문에, 그는 노파가 어쩌다 다시 문을 잠가 버릴 생각을 하지 못하도록 그것을 붙잡아 자기 쪽으로 당겼다. 이것을 보자 그녀는 문을 자기 쪽으로 다시 확 당기지는 않았지만 자물쇠 손잡이를 놓지 않았고, 그래서 그가 그녀를 문과 함께 계단 쪽으로 끌어내는 꼴이 됐다. 그녀가 문 앞을 막고 서서 자기를 들여보내지 않으려 한다는 것을 알게 되자 그는 그녀를 덮치듯 곧장 걸어갔다. 상대방은 기겁을 하며 펄쩍 뛰었고 무슨 말을 하고 싶은 눈치였지만 말문이 막혔는지 눈을 휘둥그레 뜨고 그를 쳐다볼 뿐이었다.

"안녕하십니까, 알료나 이바노브나." 그는 되도록 거리낌 없이 말문을 열었지만, 목이 영 말을 듣지 않아 소리가 툭툭 끊기고 파르르 떨렸다. "저는…… 물건을 가져왔는데…… 차라리 저쪽으로 좀 들어갑시다…… 빛이 있는 쪽으로……." 그러고서 상대방이 그러라고 하지도 않았건만 그냥 무시하고서 곧장 방 안으로 들어갔다. 노파는 그의 뒤를 쫓아 달려갔다. 그제야 혀가 돌아가기 시작했다.

"맙소사! 대체 무슨 일이오……! 대체 뭐 하는 양반이기에? 왜 이러는 거요?"

"이런, 알료나 이바노브나…… 아는 사이잖습니까…… 라스콜니코프라고…… 여기, 얼마 전에 약속한 담보물을 가져왔습니다……." 그러면서 그녀에게 담보물을 내밀었다.

노파는 담보물을 힐끗 쳐다보는가 싶더니만 곧장 불청객의 눈을 뚫어져라 응시했다. 주의 깊고 표독스럽고 미심쩍은 기색이 역력한 눈빛이었다. 일 분 정도가 지났다. 그는 심지어 그녀의 눈에 이미 모든 것을 알아챘다는 듯 냉소 같은 것이 어리는 것처럼 여겨졌다. 자기가 당황하고 있다는, 거의 무서워하고 있다는 느낌이 들었는데, 어찌나 무서웠는지 그녀가 말 한마디 없이 삼십 초만 더 그렇게 노려본다면 도망이라도 칠 것만 같았다.

"뭘 그리 쳐다보십니까, 꼭 사람을 못 알아보겠다는 투로?" 그가 갑자기 역시나 표독스럽게 말했다. "괜찮으면 맡아 주시고요, 아니면 딴 데로 가겠습니다, 시간이 없거든요."

이런 말을 할 생각은 아니었건만 갑자기 말이 저절로 튀어 나왔다.

노파는 퍼뜩 정신을 차렸는데, 고객의 단호한 어조에 고무된 모양이었다.

"아니, 학생, 왜 이렇게 갑자기…… 대체 뭐요?" 그녀가 담보물을 보며 물었다.

"은제 담뱃갑입니다. 지난번에 말씀드렸잖습니까."

그녀는 한 손을 내밀었다.

"안색은 또 왜 그리 창백한 거요? 어라, 손까지 벌벌 떨고! 목욕이라도 하고 나온 거요, 학생?"

"열이 좀 나서요." 그가 툭툭 끊기는 말투로 대답했다. "안색이야 창백해질 수밖에요…… 먹을 게 전혀 없으면요." 간신히 말을 내뱉으며 그는 이렇게 덧붙였다. 다시 기운이 빠져나갔다. 하지만 대답이 그럴듯해 보였는지, 노파는 담보물을 받아 주었다.

"그래, 뭐요?" 그녀는 다시 한 번 라스콜니코프를 유심히 살펴보고 손으로 담보물의 무게를 가늠하며 물었다.

"물건이라니까요…… 담뱃갑…… 은으로 된…… 한번 보시죠."

"어째 은이 아닌 것 같은데……. 아이고, 아주 꽁꽁 묶어 놨군."

그녀는 끈을 풀려고 안간힘을 쓰며 창문 쪽, 즉 빛 쪽으로 몸을 돌리더니(방 안이 정말 후텁지근했음에도 창문은 전부 잠겨 있었다.) 몇 초 동안 그를 완전히 내버려 두고 등을 돌린 채 서 있었다. 그는 외투의 단추를 풀고 올가미에서 도끼를 걷어 냈지만 아직 완전히 꺼내지는 않고 그냥 겨드랑이 밑에서 오른손으로 붙잡고만 있었다. 양손은 힘이 쫙 빠져 있었다. 손이 시시각각 점점 더 저리고 마비돼 가는 소리가 들렸다. 그는 도끼를 놓쳐 떨어뜨릴까 봐 무섭고…… 갑자기 현기증이 나는 것 같았다.

"아니, 뭐 한다고 이렇게 꽁꽁 묶어 놓은 거야!" 노파는 신경질을 내며 소리를 지르더니 그가 있는 쪽으로 몸을 살짝 움직였다.

더 이상 단 한 순간도 허비해서는 안 됐다. 그는 도끼를 완전히 꺼낸 다음 양손으로 휙 들어 올려 무슨 감각도 없이 거의 힘도 들이지 않고, 거의 기계적으로 도끼 등으로 머리를 내리쳤다. 이때만 해도 힘이 하나도 없는 것 같았다. 하지만 일단 도끼를 내리치자마자 힘이 불끈 솟아올랐다.

노파는 여느 때와 마찬가지로 머리에 아무것도 쓰지 않은 상태였다. 흰머리가 섞인 밝은 색의 성긴 머리카락은 평소처럼 머릿기름을 잔뜩 바른 다음 생쥐 꼬랑지처럼 땋아 뿔로 만든 빗 조각으로 목덜미 위에 삐죽 고정해 놓았다. 타격이 가해진 지점은 정확히 정수리였는데, 그녀의 키가 작은 까닭이었다. 그녀는 비명을 질렀지만 소리는 몹시 가늘었고, 아직까지 두 손을 머리 쪽으로 쳐들 여유는 있었지만 갑자기 마룻바닥으로 폭 주저앉고 말았다. 그 와중에도 한 손에는 계속 '담보물'을 쥐고 있었다. 그 순간, 그는 역시나 도끼 등으로 역시나 정수리를 있는 힘껏 한 번 더 내리쳤다. 피가 엎질러진 잔의 물처럼 콸콸 솟구쳤고 몸뚱어리는 뒤로 발라당 나자빠졌다. 그는 뒤로 물러나 그렇게 쓰러지도록 내버려 두었다가 곧바로 그녀의 얼굴 쪽으로 몸을 기울였다. 그녀는 이미 죽은 몸이었다. 두 눈은 당장 튀어나올 기세로 휘둥그렇게 뜨고 있고 이마와 얼굴은 경련으로 인해 온통 주름투성이에 일그러져 있었다.

그는 도끼를 죽은 노파 옆, 마룻바닥에 내려놓고 흐르는 피가 묻지 않도록 애쓰면서 얼른 그녀의 호주머니를 뒤졌는데, 지난번에 그녀가 열쇠를 꺼낸 그 오른쪽 호주머니였다. 정신은 말짱했지만, 혼미와 현기증은 없었지만 두 손은 여전히 벌벌 떨고 있었다. 나중에 돌이켜보니, 몹시 신중하고 조심스러웠으며 줄곧 피가 묻지 않도록 애썼다……. 열쇠는 당장에 꺼냈다. 그때처럼 모든 열쇠가 하나의 쇠막대에 통째로 묶여 있었다. 즉시 그는 그것을 들고 침실로 뛰어갔다. 침실은 전혀 크지 않았지만 거대한 성상갑(聖像匣)이 벽에 걸려 있었다. 다른 쪽 벽에는 극도로 깨끗한 큰 침대가 있고 그 위에는 비단 조각을 기워 만든 솜이불이 있었다. 또 다른 벽 옆에는 서랍장이 있었다. 이상한 노릇이었다. 열쇠를 하나하나 서랍장 구멍에 맞춰 보려는데 절그럭거리는 소리를 듣자마자 온몸에 경련이 이는 것만 같았다. 갑자기 또 모든 것을 내팽개치고 그냥 나가 버리고 싶었다. 하지만 그것도 한순간이었을 뿐, 그러기에도 이미 늦었다. 심지어 스스로를 비웃기까지 했는데, 그때 갑자기 또 다른 불안한 생각이 뇌리를 스쳐 갔다. 갑자기 노파가 아직 살아 있어 깨어날 수도 있을 것만 같았다. 열쇠 뭉치와 서랍장을 내버려 두고 그는 다시 시체 쪽으로 달려가 도끼를 거머쥐고 한 번 더 노파 위로 획 치켜들었지만 내리치지는 않았다. 그녀가 죽은 몸이라는 사실은 의심의 여지가 없었다. 몸을 굽혀 그녀를 좀 더 가까이서 다시 살펴보니, 두개골이 박살 났고 심지어 약간은 한쪽으로 삐져 나간 것을 또렷이 알 수 있었다. 손가락으로 살짝 만져 보고 싶었지만 손을 움찔 빼고 말았다. 굳이 그러지 않아도 훤히 보이는 일이었다. 그사이에 피가 흘러넘쳐 진즉에 웅덩이가 됐다. 갑자기 그는 그녀의 목에 끈이 달려 있는 것을 인지하고는 잡아당겼지만 너무 질겨서 끊어지지도 않을뿐더러 피에 흠뻑 젖어 있었다. 그래서 그냥 노파의 가슴팍에서 바로 벗겨 내려고 해 봤지만 뭔가에 걸려 잘 빠지지 않았다. 초조한 마음에 당장 끈을 시체 위에 매달린 상태 그대로 자르려고 또다시 도끼를 쳐들었지만 차마 그럴 용기가 나지 않았고, 이 분 동안 씨름한 끝에 양손과 도끼를 더럽히긴 했어도 시체에 도끼를 대는 일은 없이 끈을 잘라 벗겨 냈다. 그의 짐작은 틀리지 않았다 — 역시 지갑이었던 것이다. 끈에는 삼나무와 청동 십자가 두 개, 에나멜을 칠한 자그마한 성상이 묶여 있었다. 바로 거기에 이 물건들과 함께 철 테두리에 고리가 달린, 기름때에 찌든 크지 않은 양피 지갑이 달려 있었다. 지갑은 터질 듯 불룩했다. 라스콜니코프는 제대로 살펴보지도 않고 그것을 호주머니 속에 쑤셔 넣고 십자가는 노파의 가슴팍에다 내던진 다음, 이번에는 도끼도 거머쥐고서 다시 부리나케 침실로 달려갔다.

그는 끔찍이도 서둘러 대며 열쇠 뭉치를 붙잡고 또다시 씨름하기 시작했다. 하지만 어쩐지 죄다 신통치 않았다. 어느 것 하나 자물통에 딱 들어맞질 않았던 것이다. 딱히 손이 떨리는 것도 아닌데 자꾸 실수를 거듭했다. 가령, 이 열쇠가 아닌 줄, 안 맞는 줄 알면서도 계속 쑤셔 넣는 것이다. 갑자기 기억이 살아나면서, 여기 다른 작은 열쇠들과 함께 절그럭거리는, 톱니 모양의 걸개가 달린 이 큰 열쇠는 절대 서랍장 열쇠가 아니고(지난번에도 떠올랐던 생각인데) 무슨 궤짝 열쇠일 것이며 아마 그 궤짝 안에 모든 것을 숨겨 놓았을 것이라는 생각이 들었다. 그는 서랍장을 내버려 두고 당장 침대 밑으로 기어 들어갔는데, 보통 노파들은 궤짝을 침대 밑에 넣어 둔다는 것을 알았기 때문이다. 아니나 다를까, 1아르쉰은 족히 넘는 길이에 불룩한 뚜껑을 덮고 붉은 염소 가죽을 씌운 다음 강철못을 군데군데 박아 놓은 묵직한 궤짝이 있었다. 톱니 모양의 열쇠가 꼭 들어맞아, 뚜껑이 열렸다. 맨 위의 하얀 시트 밑에 붉은 안감을 댄 토끼털 코트가 놓여 있었다. 그 밑에는 비단 원피스, 그 다음에는 숄이 나왔고 거기 깊숙한 곳에는 죄다 걸레쪽만 있는 것 같았다. 그는 우선 피범벅이 된 두 손을 붉은 안감에다 닦으려고 했다. '붉은색이다, 그래, 붉은색이니까 피가 묻어도 눈에 덜 뜨일 거야.' 이런 판단이 서자 갑자기 정신이 번쩍 들었다. '맙소사! 내가 슬슬 미쳐 가는 건 아닐까?' 그는 경악하며 이렇게 생각했다.

하지만 이 걸레쪽들을 살짝 들추자 모피코트 밑에서 갑자기 금시계가 튀어나왔다. 그는 부리나케 모든 것을 뒤지기 시작했다. 정말로 걸레쪽 사이사이에 온갖 금붙이가 마구 뒤섞여 있었는데 팔찌, 목걸이, 귀걸이, 브로치 등 유질(流質)된 것이든 아직 찾아가지 않은 것이든 하나같이 담보물이리라. 어떤 것은 상자에 담아 놓았고 어떤 것은 그냥 신문지로 싸 놓았지만 그래도 꼼꼼하고 야무지게 두 겹으로 돌돌 싼 다음 노끈으로 둘레를 묶어 놓았다. 그는 조금도 꾸물대지 않고 종이 뭉치든 상자든 가리지도, 열어 보지도 않고 바지와 외투 주머니에 되는대로 마구 쑤셔 넣었다. 하긴 무작정 많이 집어넣을 여유도 없었지만…….

갑자기, 노파가 있는 방에서 사람의 발소리가 들렸다. 그는 손놀림을 멈추고 죽은 사람처럼 숨을 죽였다. 하지만 사위가 조용한 것으로 봐서 그냥 환청이었던 모양이다. 갑자기 희미한 비명 소리가 똑똑히 들려왔고, 아니, 흡사 누가 조용히 단속적으로 신음 소리를 내다가 입을 다문 것 같았다. 그러고 나자 다시 죽음과 같은 고요가 일이 분쯤 지속되었다. 그는 트렁크 옆에 웅크리고 앉아 간신히 숨을 몰아쉬며 기다렸지만, 갑자기 벌떡 일어나 도끼를 움켜쥐고 침실에서 뛰쳐나갔다.

방 한가운데에는 리자베타가 커다란 보따리를 품에 안고 서 있었는데, 넋을 잃고 완전히 백짓장처럼 질린 채 살해당한 언니를 바라보고 있는 모습이 비명을 지를 힘도 없는 것 같았다. 침실에서 뛰쳐나온 그를 보자 그녀는 사시나무처럼 오들오들 떨고 온 얼굴에 심한 경련이 일었다. 한 손을 들어 올리며 입을 열려고 했지만 여전히 비명도 지르지 못하고 그를 피해 천천히 구석 쪽으로 뒷걸음치기 시작했는데, 그를 뚫어져라 유심히 쳐다보면서도 비명을 지르기에는 숨이 너무 막히는지 여전히 비명도 지르지 못했다. 그는 도끼를 들고 그녀를 향해 달려들었다. 그녀의 입술이 애원하듯 일그러졌는데, 아주 어린 아이들이 뭐에 기겁해서 자기들을 겁주는 대상을 유심히 쳐다보며 금방이라도 소리를 지르려 할 때와 같은 표정이었다. 이 처량한 리자베타는 워낙에 질박하고 워낙에 구박만 받고 영영 겁을 집어먹은 탓에 한 손을 들어 올려 자기 얼굴을 가리는 것조차 하지 못했다. 도끼가 곧장 그녀의 얼굴 위에 버티고 있는 이 순간, 이것이야말로 절실히 필요하고 자연스러운 몸짓이었을 텐데도 말이다. 그녀는 그저 아무것도 들고 있지 않은 왼손을 살짝 쳐들었을 따름이지만, 얼굴까지는 아예 가지도 못하고 그를 멀리하려는 듯 천천히 그를 향해 앞으로 뻗었다. 도끼날은 곧바로 두개골을 내리쳤고, 이마의 윗부분을 거의 정수리까지 전부 금방 쪼개 버렸다. 그녀는 그 자리에서 푹 쓰러져 버렸다. 라스콜니코프는 너무 당황하여 그녀의 보따리를 거머쥐었다가 다시 내던지고는 현관 쪽으로 달려갔다.

두려움이 더욱더 거세게 그를 사로잡았고 전혀 예기치 못한 이 두 번째 살인 이후에는 특히 더 그랬다. 어서 빨리 여기서 달아나고 싶었다. 만약 이 순간 사태를 좀 더 올바르게 보고 판단할 수 있는 상태였다면, 즉 자신이 처한 상황이 얼마나 난감하고 절망적이고 추악하고 터무니없는지를 제대로 파악하고 더불어 이곳을 빠져나가 집에 도착하기까지 많은 난관을 극복해야 할지도, 또 악행을 저질러야 할지도 모른다는 사실을 깨달을 수만 있었다면, 그는 당장 모든 것을 내팽개치고 제 발로 자수하러 갔을 것이다. 그것도 신변의 위협에서 오는 두려움 때문이 아니라 오직 자기가 저지른 짓에 대한 공포와 혐오감 때문에 말이다. 특히, 그의 내부에서는 혐오감이 유달리 치밀어 올라 시시각각 커져 갔다. 세상에 무슨 일이 있더라도 이제는 트렁크 쪽은커녕 그 방 근처에는 얼씬도 못할 것 같았다.

하지만 그는 차츰차츰 어딘가 멍하고 심지어 무슨 생각에 골몰한 것 같은 상태로 빠져들었다. 시시각각 넋을 놓거나, 더 정확히 말해, 중요한 것은 잊어버리고 하찮은 것에 집착하는 것 같았다. 그래도 부엌을 힐끔 들여다보다 의자 위에 물이 절반쯤 담긴 양동이가 있는 것을 발견하자 손과 도끼를 씻어야겠다는 생각이 들었다. 손은 피범벅이 되어 끈적끈적했다. 그는 도끼는 도끼날 쪽을 곧장 물에 담가 놓은 다음, 창턱의 금간 접시 위에 놓인 비누 조각을 집어 양동이 물로 곧장 손을 씻기 시작했다. 손을 다 씻고 나자 도끼도 꺼내서 쇳덩어리 부분을 씻고 자루 부분에 엉겨 붙은 피를 비누질까지 해 가며 오랫동안, 한 삼 분 정도 씻어 냈다. 그러고는 마침 부엌에 쳐 놓은 빨랫줄에 널려 있는 다 마른 옷가지로 싹싹 닦은 다음 창가에서 오랫동안 유심히 도끼를 살펴보았다. 도끼의 자루 부분만 좀 축축했을 뿐, 핏자국은 남아 있지 않았다. 그는 조심조심 도끼를 외투 속 올가미에 끼웠다. 이어, 부엌의 희미한 불빛이 허락하는 한 외투와 바지, 구두를 살펴보았다. 겉으로 언뜻 봐서는 아무렇지도 않은 것 같았다. 그저 구두에만 얼룩이 묻어 있었다. 그는 걸레쪽에 물을 적셔 구두를 닦았다. 그럼에도 꼼꼼히 뜯어보지 않아 자기 눈에는 잘 안 띄지만 남의 눈에는 확 들어오는 것이 있을 수 있다는 점도 알았다. 그는 골똘히 생각에 잠긴 채 방 한가운데에 우뚝 섰다. 내부에서는 괴롭고 암담한 생각이 치밀어 올랐다 — 지금 자신이 미쳐 가고 있다, 이 순간 판단을 할 힘도, 스스로를 지킬 힘도 없다, 지금 하고 있는 일도 절대 하지 말아야 하는 일인지도 모른다, 하는 생각이……. '맙소사! 도망쳐야 한다, 도망을!' 그는 이렇게 중얼거리며 현관으로 내달렸다. 하지만 이 순간 그는 물론 여태껏 한 번도 맛본 적이 없는 공포와 대면했다.

그는 자리에 선 채로 앞을 보고 있으면서도 자기 눈을 믿을 수 없었다. 문, 즉 현관에서 계단으로 나가는 바깥문이, 그가 아까 설렁을 울리며 들어온 바로 그 문이 잠겨 있지도 않았거니와 자물쇠도, 빗장도 걸리지 않은 채 손바닥 하나는 족히 들어갈 만큼 열려 있었던 것이다, 그동안 쭉, 쭉! 노파가 그를 들인 다음 아마 조심하느라 문을 잠그지 않았던 모양이다. 하지만 맙소사! 그는 그다음에 리자베타를 보지 않았던가! 그런데도 도무지 어떻게 그녀가 어디로 들어왔을지 짐작도 하지 못했단 말인가! 벽을 뚫고 들어왔을 리는 없지 않은가.

그는 문으로 돌진하여 빗장을 걸었다.

'하지만 아니야, 이번에도 이건 아니야! 가야 한다, 가야…….'

그는 빗장을 풀고 문을 연 다음 계단 쪽으로 귀를 기울였다.

오랫동안 그는 귀를 기울이고 있었다. 어딘가 멀리 아래쪽에서, 분명히 대문 근처일 텐데, 누군가 두 사람이 새된 소리로 목청껏 고함을 지르며 말다툼을 하고 욕설을 퍼붓고 있었다. '저들이 왜 저러지……?' 그는 진득하게 기다렸다. 마침내, 찬물이라도 끼얹은 듯 사위가 순식간에 잠잠해졌다. 헤어진 모양이었다. 그는 진즉에 나가려고 했는데 갑자기 한 층 밑에서 소란이 일면서 계단 쪽 문이 활짝 열리고 누군가가 무슨 콧노래를 흥얼거리며 아래로 내려가기 시작했다. '왜들 저렇게 떠드는 거야!' 머릿속으로 이런 생각이 스쳐 갔다. 그는 다시 문을 살짝 닫고 좀 기다렸다. 마침내 주위가 잠잠해지고 인기척조차 없어졌다. 그가 이미 계단으로 한 발짝 내딛다시피 한 순간, 갑자기 또 누군가 새로운 발걸음 소리가 들려왔다.

이 발걸음 소리는 아주 멀리서, 맨 아래층 계단에서 들려왔지만, 그가 아주 잘, 또 분명히 기억하는 바로는, 소리가 들리자마자 당장에 왠지 틀림없이 여기, 이 4층 노파의 아파트로 오는 것이라는 생각이 들었다. 대체 왜 그랬을까? 그 소리가 어딘가 특별하고 유달리 의미심장했기 때문에? 묵직하고 고르고 여유만만한 발걸음이었다. 자, '그'는 벌써 1층을 지나 한 층 더 올라왔다. 점점 더 잘 들린다, 점점 더! 올라오는 사람이 힘겹게 숨을 헐떡이는 소리가 들려왔다. 자, 벌써 3층을 오른다……. 이리로 온다! 갑자기 그는 온몸이 돌처럼 굳어지는 느낌이었는데, 꼭 꿈에서 사람들이 자기를 죽이려고 바싹 쫓아오지만 정작 자신은 그 자리에 붙박인 양 손 하나 꼼짝할 수 없는 상황 같았다.

마침내 손님이 벌써 4층을 오르기 시작하자 비로소 그는 갑자기 온몸을 푸드덕거리더니 잽싸고 날렵하게 미끄러지듯 현관에서 집 안으로 되돌아가 문을 잠글 수 있었다. 이어, 빗장을 쥐고 소리 나지 않게 조용히 걸쇠에 걸었다. 본능의 작용이었다. 모든 일을 끝낸 다음에는 숨을 죽이고 그야말로 문 바로 옆에 몸을 숨겼다. 불청객도 이미 문까지 와 있었다. 그들은 아까 그와 노파가 그랬듯 지금 문 하나를 사이에 두고 서로 맞은편에 서 있었고, 그는 귀를 바싹 세웠다.

손님은 몇 번이나 힘겹게 가쁜 숨을 몰아쉬었다. '뚱뚱하고 덩치가 큰 양반이야, 틀림없이.' 라스콜니코프는 손에 도끼를 꽉 움켜쥐며 생각했다. 정말로 모든 것이 꿈만 같았다. 손님은 설렁줄을 잡고 마구 울려 댔다.

설렁의 양철 소리가 짤랑거리는 순간, 갑자기 온 방 안이 들썩이는 것만 같았다. 몇 초 동안 그는 진지하게 귀를 기울이기도 했다. 미지의 손님은 한 번 더 짤랑 소리를 울리고 좀 더 기다렸다가 갑자기 성마르게 있는 힘껏 문손잡이를 잡아당기기 시작했다. 라스콜니코프는 공포에 질린 채 걸쇠에서 절그럭거리는 빗장 고리를 바라보았고 둔한 불안에 시달리며 이제나저제나 빗장이 탁 튕기듯 벗겨지기를 기다렸다. 아닌 게 아니라, 당장이라도 벗겨질 것 같았다. 그 정도로 마구 격렬하게 잡아당겼던 것이다. 한 손으로 빗장을 붙잡고 있어야겠다는 생각도 들었지만 그러면 저쪽에서 알아챌 수도 있지 않은가. 그는 또다시 현기증이 나는 것 같았다. '이러다 쓰러지겠는걸!' 이런 생각이 스쳐 가는 찰나, 미지의 손님이 입을 열었고 그는 당장에 정신이 번쩍 들었다.

"안에서 대체 뭣들 하고 있는 거야, 퍼질러 자고 있는 거야,

아니면 누가 목이라도 졸라 죽였나? 에잇, 망할 년들아!" 그는 술통 안에서 고함을 지르는 것처럼 으르렁거렸다. "에이, 알료나 이바노브나, 마귀할멈! 리자베타 이바노브나, 절세 미녀! 문 좀 여쇼! 에잇, 망할 년들, 설마 자고 있나?"

그러고는 또다시 길길이 날뛰며 설렁줄을 열 번쯤 연달아 있는 힘껏 잡아당겼다. 물론 이 집에서 힘깨나 쓰는 막역한 사이리라.

그 순간 갑자기 종종걸음을 치며 서둘러 올라오는 발소리가 멀지 않은 계단에서 들려왔다. 누가 또 다가오는 것이었다. 라스콜니코프는 처음에는 그 소리도 잘 듣지 못했다.

"정말 아무도 없습니까?" 막 다가온 사람은 곧장, 아직도 설렁줄을 잡아당기고 있는 첫 번째 방문객을 향해 낭랑하고 명랑하게 소리쳤다. "안녕하십니까, 코흐!"

'목소리로 봐서는 틀림없이 아주 젊은 녀석이야.' 갑자기 라스콜니코프가 생각했다.

"젠장, 누군들 알겠소, 내가 자물통을 거의 부셔 놨는데." 코흐가 대답했다. "한데 그쪽은 나를 어떻게 아시오?"

"어렵쇼! 그저께 '감브리누스'*에서 저와 당구를 치면서 연달아 세 판을 지셨잖습니까."

"아, 그렇지……."

"그럼 집에 없나 보죠? 이상하군요. 어쨌거나 정말 바보 같은 일입니다. 노파가 어딜 갔을까요? 나는 용건이 있는데."

---

* 바실리예프스키 섬에 있던 고급 맥줏집.

"용건이라면 나도 있소, 형씨!"

"그럼 어떡하죠? 아무래도 돌아가야겠는걸요. 에-에이! 돈을 좀 얻어 볼 생각이었는데!" 젊은 사람이 소리쳤다.

"물론 그냥 돌아가야겠지만, 이럴 거면 시간은 왜 정해 준 거요? 그 마귀할멈이 먼저 시간을 정해 줬다고요. 괜한 걸음을 했잖소. 아니, 통 알 수가 없군, 대체 어딜 쏘다니는 걸까요? 일 년 내내 집구석에만 틀어박혀 있고 다리도 아픈 주제에, 이 마녀가 갑자기 무슨 바람이 불어 놀러를 다 나갔대!"

"문지기한테 물어볼까요?"

"뭐라고요?"

"어디 갔는지, 또 언제 올지?"

"음…… 젠장…… 물어보는 거야……. 하지만 진짜 아무 데도 나돌아다니지 않는데……." 그는 다시 한 번 자물쇠의 손잡이를 잡아당겼다. "젠장, 할 수 없지, 그냥 돌아갈밖에!"

"잠깐만요!" 갑자기 젊은 사람이 소리쳤다. "한번 보십시오. 줄을 잡아당기면 문이 덜거덕거리는 거, 보이시죠?"

"그래서요?"

"그러니까 자물쇠로 문을 잠근 것이 아니라 빗장을, 다시 말해 고리를 걸어 놨다는 소리죠! 빗장이 절그럭거리는 소리, 들리시죠?"

"그래서요?"

"아니, 그래도 이해가 안 되십니까? 그러니까 저들 중 누가 집 안에 있다는 겁니다. 만약 다들 나갔다면 밖에서 열쇠로 잠갔겠죠, 안에서 빗장을 걸어 두는 게 아니라. 한데 지금은, 들리시죠, 빗장이 절그럭거리는 소리가? 안쪽에서 빗장을 걸어 잠그려면 집 안에 있어야 한다고요, 이해가 되십니까? 고로, 집에 있으면서도 문을 열어 주지 않는다는 거죠!"

"어라! 과연 그렇군요!" 그러고서 그는 미친 듯 문을 잡아당기기 시작했다.

"잠깐만요!" 청년이 또다시 소리쳤다. "잡아당기지 마세요! 이거 어딘가 좀 아닌데…… 당신이 설렁을 계속 울리고 줄을 마구 잡아당겼는데도 열어 주질 않다니. 아무래도 둘 다 기절이라도 했거나 아니면……."

"뭐요?"

"뭐냐 하면 말이죠. 문지기를 부르러 갑시다, 그가 직접 저들을 깨우도록 말이죠."

"그거 괜찮군요!" 둘은 아래로 내려가려고 했다.

"잠깐만요! 당신은 여기 그냥 계십시오, 제가 아래로 달려가 문지기를 데려올 테니까요."

"왜 그냥 있으란 거요?"

"혹시 모르잖습니까……?"

"하긴 그렇지……."

"이래 봬도 예심판사가 될 준비를 하는 몸입니다! 이건 분명히, 부-운-명-히 어딘가 좀 아닙니다!" 청년은 열렬히 소리치고는 계단을 따라 아래로 뛰어 내려갔다.

혼자 남은 코흐는 설렁을 한 번 더 살짝 만지작거렸고, 그러자 그것이 한 번 쨍그랑거렸다. 그런 다음에는 조용히 곰곰 머리를 굴리고 검사를 하듯, 노파가 빗장만 달랑 걸어 놓은 건지 어떤지를 다시 한 번 확인하려고 문손잡이를 만지작거리면서 잡아당겼다가 놓았다가 해 보았다. 그런 다음에는 또, 숨을 씩씩거리며 몸을 기울여 자물통의 틈새 구멍을 들여다보았다. 하지만 안쪽에서 열쇠가 꽂혀 있었기 때문에 아무것도 보이지 않았다.

라스콜니코프는 선 채로 도끼를 꽉 쥐었다. 꼭 미망 속을 헤매는 것 같았다. 그들이 들어오면 맞붙어 싸울 각오도 했다. 그들이 문을 두드리고 말을 주고받을 때도 모든 것을 단번에 끝장내고 문 너머로 소리나 질러 주자는 생각이 갑자기 몇 번이나 떠올랐다. 그들이 문을 딸 때까지 욕설을 실컷 퍼붓고 골려 주고 싶은 마음이 들 때도 더러 있었다. '조금이라도 더 빨리!' 그의 머릿속에서는 이런 생각이 스쳐 갔다.

"그나저나 이 녀석이, 젠장……."

시간은 흘러흘러 일 분이 가고 이 분이 갔지만 아무도 오지 않았다. 코흐는 사부작대기 시작했다.

"그나저나 젠장……!" 그는 갑자기 초조해하며 이렇게 외치더니, 파수꾼 노릇을 집어치우고 허둥대며 구둣발로 계단을 탁탁 치면서 역시나 아래로 내려갔다. 발소리가 잠잠해졌다.

"맙소사, 어떡하지!"

라스콜니코프는 빗장을 걷어 내고 문을 살짝 열었다. 아무 소리도 들리지 않자, 갑자기 아무 생각도 전혀 하지 않고 밖으로 나와 문을 가능한 한 꼭 닫고 아래로 내려가기 시작했다.

이미 세 계단을 내려갔을 때 갑자기 아래쪽에서 몹시 시끄러운 소리가 들려왔다. 어디로 피할까! 숨을 데가 아무 데도 없었다. 그는 다시 아파트로 되돌아 달려갈까 했다.

"에이, 이 망할 자식, 썩을! 거기 서지 못해!"

누군가가 이렇게 외치며 아래층의 어떤 아파트에서 튀어나왔는데 뛴다기보다는 아래로 고꾸라지는 것처럼 하며 목청껏 소리를 지르는 것이었다.

"미치카! 미치카! 미치카! 미치카! 미치카! 이 웃긴 놈아!"

고함은 새된 비명으로 끝났다. 마지막 소리는 이미 마당에서 들려왔다. 사위가 잠잠해졌다. 하지만 바로 그 순간 몇 사람이 큰 소리로 자주 얘기를 나누며 떠들썩하게 계단을 올라오기 시작했다. 서너 명쯤 되는 것 같았다. 아까 그 청년의 낭랑한 목소리도 알아들을 수 있었다. '그들이다!'

그는 완전히 절망에 휩싸여 그들 쪽을 향해 똑바로 걸어갔다. 될 대로 돼라! 그를 불러 세워도 만사는 끝장이고 그냥 보내도 만사는 끝장이다. 어쨌거나 얼굴을 기억할 테니까. 양쪽은 벌써 가까워져, 겨우 한 층만을 사이에 남겨 두고 있었다. 그런데 갑자기 구원의 길이 열렸다! 몇 계단 아래, 오른쪽으로 문이 활짝 열린 텅 빈 아파트가 있었던 것이다. 아까 일꾼들이 페인트칠을 하고 있던 그 2층 아파트인데 지금은 금상첨화인 양 다들 돌아가고 없었다. 방금 막 소리를 지르며 뛰어나간 것이 그들인 모양이다. 마룻바닥은 이제 막 칠을 해 놨고 방 한가운데는 나무통, 그리고 페인트와 솔을 담아 놓은 이 빠진 접시가 있었다. 그는 눈 깜짝할 새에 열린 문 안으로 뛰어 들어가 벽 뒤로 몸을 숨겼는데, 그야말로 일촉즉발의 위기였다. 그들이 벌써 층계참까지 올라왔던 것이다. 이어, 그들은 위쪽으로 방향을 틀고 큰 소리로 얘기를 나누면서 그의 옆을 스쳐 4층으로 올라갔다. 그는 때를 기다렸다가 발꿈치를 들고 밖으로 나와 밑으로 뛰어갔다.

계단에는 아무도 없다! 대문 아래도 마찬가지이다. 그는 재빨리 대문을 지나 거리의 왼쪽으로 방향을 틀었다.

그는 몹시 잘, 아니, 너무 잘 알고 있었다, 이 순간 그들이 이미 아파트에 있을 것이며 방금까지도 잠겨 있던 아파트가 열린 것을 보고 깜짝 놀랐을 것이며 지금쯤은 이미 시신을 보고 있을 것이며 살인자가 방금 전만 해도 여기 있었는데 어딘가에 숨어 있다가 자기들 옆을 싹 빠져나갔다는 사실을 짐작하고 완전히 깨닫는 데 일 분도 걸리지 않을 것임을. 아마 자기들이 위로 올라오는 동안 그가 텅 빈 아파트에 숨어 있었다는 사실도 짐작했으리라. 그럼에도, 어떤 구실을 갖다 붙여도, 또 첫 모퉁이까지는 백 걸음 정도밖에 안 남았어도 걸음을 마구 재촉할 용기는 나지 않았다. '어디 아무 대문이나 슬쩍 들어가서 어디 남의 집 계단에서 좀 기다리는 게 어떨까? 아니, 정말 큰일 나겠군! 도끼를 어디다 던져 버려야 하지 않을까? 마차라도 잡아탈까? 큰일이다! 큰일!'

마침내 골목이 나왔다. 그는 초주검이 되어 그 안으로 방향을 틀었다. 이제는 이미 반쯤은 살아난 셈이었고, 이 점을 깨닫는 중이었다. 의심을 받을 가능성도 적은 데다가 이곳은 사람들의 왕래가 무척 많았으므로 그 속에 모래알처럼 섞여 들면 그만이었다. 하지만 이 모든 고통을 참아 내느라 기진맥진했기 때문에 옴짝달싹하기도 힘들었다. 땀이 비 오듯 흘러내려 목이 흠뻑 젖어 버렸다. "아이고, 진탕 마셨군!" 운하까지 나왔을 때 누군가가 그를 향해 소리쳤다.

그는 이제 거의 제정신이 아니었다. 가면 갈수록 상태는 더 심해졌다. 하지만 운하로 나오자마자 갑자기 가뜩이나 사람도 적은데 여기 있으면 눈에 더 잘 뜨일 것이라는 생각에 경악한 나머지 다시 골목으로 되돌아가려고 했던 기억이 났다. 거의 쓰러지기 일보 직전이었음에도 그는 길을 빙빙 돌아 전혀 다른 방향으로 해서 집에 돌아갔다.

의식이 온전치 못한 가운데 그는 자기 집 대문 안으로 들어섰다. 적어도 계단을 제법 오른 다음에야, 그때야 비로소 도끼가 생각났다. 그러고 보니 몹시 중대한 과제가 아직 남아 있었다. 도끼를 가능한 한 눈에 띄지 않게 도로 제자리에 갖다 놓는 것. 물론, 이제는 도끼를 제자리에 갖다 놓느니 차라리 나중에 어디 남의 마당에 갖다 버리는 것이 더 나을 법하다는 생각을 할 힘도 없었다.

하지만 모든 일이 무사히 끝났다. 문지기 방의 문은 닫혀 있기는 했어도 잠겨 있지는 않았고, 고로, 문지기가 집에 있을 가능성이 컸다. 하지만 그는 이미 이런저런 사고 능력을 상실했기 때문에 곧장 문지기 방으로 다가가 문을 활짝 열었다. 만약 문지기가 "무슨 일이오?" 하고 물었다면 아마 곧장 도끼를 내놓았을 것이다. 하지만 이번에도 문지기는 없었고, 때문에 그는 도끼를 의자 밑의 원래 자리에 갖다 놓을 수 있었다. 심지어 아까처럼 장작개비를 덮어 놓기까지 했다. 그런 다음 자기 방에 도착할 때까지 아무와도, 단 한 명과도 마주치지 않았다. 주인아줌마의 방문도 잠겨 있었다. 자기 방에 들어오자 그는 옷을 입은 채 소파로 몸을 던졌다. 잠이 든 것도 아니고 그냥 넋이 나간 상태였다. 만약 그때 누가 그의 방으로 들어왔다면 당장에 벌떡 일어나 비명을 질렀을 것이다. 어떤 생각의 조각과 파편이 연이어 그의 머릿속에서 들끓었다. 하지만 아무리 애를 써도 어느 것 하나 붙잡을 수도, 또 어느 것 하나에 집중할 수도 없었다…….

2부

1

그렇게 그는 아주 오랫동안 누워 있었다. 언뜻 잠에서 깨는 듯싶을 때면 벌써 밤이 깊었다는 사실을 깨닫고는 했지만 일어나야겠다는 생각은 통 들지 않았다. 마침내, 날이 벌써 대낮처럼 환히 밝았다는 사실을 깨달았다. 그는 아까부터 넋을 놓은 탓에 여전히 띵한 상태로 소파에 드러누워 있었다. 길거리에서는 절망에 차 무섭도록 흐느끼는 소리가 그의 귓전에서 날카롭게 울렸지만, 매일 새벽 2시가 지날 무렵이면 곧잘 들려오는 소리였다. 그것이 이번에는 그의 잠을 깨워 놓았다. '아! 술집에서 주정뱅이들이 나오는군.' 그가 생각했다. '2시가 지났다는 소리다.' 그러고서 갑자기 누가 소파에서 잡아당기기라도 한 듯 벌떡 일어났다. '세상에! 벌써 2시가 지났다니!' 그는 소파에 앉았고, 곧장 모든 것이 기억났다! 갑자기, 한순간에 모든 것이 기억났던 것이다!

첫 순간에는 미칠 것만 같은 생각이 들었다. 몸이 무섭도록 으슬으슬해졌다. 잠을 잘 때 이미 오래전부터 열이 오른 탓이었다. 한데 지금은 갑자기 거의 이가 달달 떨리고 속이 통째로 뒤집힐 만큼 심한 오한이 났다. 그는 문을 열고 귀를 기울였다. 집 전체가 잠에 곯아떨어졌다. 그는 깜짝 놀라며 자기 몸과 방 안을 구석구석 둘러보았는데, 어제 어떻게 방에 들어와 문도 잠그지 않고 옷도 벗지 않았을뿐더러 모자까지 쓴 채로 소파에 몸을 던질 수 있었는지 이해가 안 됐다. 모자는 방바닥에 떨어져, 거기 베개 옆에서 뒹굴고 있었다. '혹시 누가 들어왔더라면 어떻게 생각했을까? 술에 취했다고 생각했겠지만…….' 그는 작은 창문 쪽으로 달려갔다. 빛이 충분했고, 그는 혹시 흔적이 남아 있지는 않은지 어서 빨리 옷이며 머리부터 발끝까지 온몸을 모조리 살펴보았다. 하지만 이대로는 신통치 않았다. 그는 오한에 몸을 벌벌 떨면서 입고 있던 옷을 전부 벗어 또다시 샅샅이 검사하기 시작했다. 마지막 실오라기 하나, 천 조각 하나 남기지 않고 모든 것을 낱낱이 뒤집어 봤고, 그러고도 스스로 미덥지 않아 세 번쯤 더 검사를 반복했다. 하지만 아무것도, 아무 흔적도 없는 것 같았다. 다만, 바지 밑단, 술 장식이 달려 있는 부분에 뻑뻑한 핏자국이 엉기어 있었다. 그는 커다란 접이식 칼을 잡고 술 장식을 잘라 냈다. 더 이상은 아무것도 없는 것 같았다. 갑자기 노파의 트렁크에서 꺼내 온 지갑과 물건이 지금까지도 전부 자기 호주머니에 들어 있다는 사실이 상기됐다! 지금까지 그것을 꺼내 숨겨야 한다는 생각조차 하지 않았던 것이다! 심지어 옷을 살펴본 지금도 그런 생각은 하지 않았다니! 대체 이건 뭔가? 그는 냉큼 물건을 꺼내 하나하나 책상 위로 던졌다. 모든 것을 꺼내 놓고서도 주머니까지 다 뒤집어 뭐가 또 남아 있지나 않을까 확인한 다음 물건 더미를 통째로 방구석으로 옮겼다. 그곳, 방의 제일 구석 아래쪽에 벽지가 떨어져 너덜거리는 곳이 하나 있었다. 당장에 그는 모든 것을 이 구멍, 종이 밑에 쑤셔 넣기 시작했다. '들어갔다! 지갑이든 뭐든 몽땅 눈앞에서 사라져라!' 그는 기쁜 마음으로 이렇게 생각하고는 자리에서 일어나 둔한 눈으로 방구석을, 아까보다 훨씬 더 불룩해진 구멍을 바라보았다. 갑자기 그는 공포에 사로잡혀 온몸을 부르르 떨었다. '맙소사.' 절망에 빠져 그가 중얼거렸다. '내가 왜 이러지? 아니, 이래 놓고서 다 숨겼다고? 아니, 이렇게 숨기는 법도 있나?'

사실 그는 물건은 염두에 두지도 않았다. 돈만 있을 것이라고 생각했기 때문에 숨길 곳을 미리 준비해 두지 못했던 것이다. '하지만 지금, 지금 나는 뭐가 기쁘단 말인가?' 그가 생각했다. '아니, 이렇게 숨기는 법이 어디 있을까? 진짜로 이성이 나를 버리려나 보다!' 기진맥진한 채 소파에 주저앉자 이내 참을 수 없는 오한에 또다시 몸이 바들바들 떨려 왔다. 그는 옆쪽 의자에 놓여 있던, 학교 다닐 때 입었던 겨울용 코트를, 따뜻하기는 해도 이미 거의 넝마나 다름없는 코트를 기계적으로 끌어당겨 몸을 감쌌고, 그러자 잠과 미망이 또다시 한꺼번에 그를 덮쳤다. 그는 인사불성이 되었다.

오 분도 채 지나지 않아 그는 다시 벌떡 일어나서 당장 미친 듯 흥분한 상태로 다시 자기 옷으로 달려들었다. '어떻게 다시 잠들 수가 있었담, 뭐 하나 제대로 해 놓은 것도 없이! 이럴 줄, 이럴 줄 알았어. 겨드랑이 밑에 달아 놓은 올가미도 여태껏 떼 내지 않았으니! 깜박했어, 이런 일을 깜박하다니! 이런 물증을! ' 그는 올가미를 잡아당겨 얼른 갈기갈기 찢어 베개 밑의 옷가지 속에 쑤셔 넣기 시작했다. '어떤 경우에도 찢어진 아마포 조각이 혐의를 살 일은 없을 것이다. 그럴 거야, 그럴 테지!' 그는 방 한가운데에 서서 이렇게 되뇐 다음, 통증이 느껴질 만큼 주의를 집중하여 혹시 또 깜박한 것은 없는지 방바닥과 주변을 구석구석 살펴보기 시작했다. 그는 모든 것이, 기억력이며 그냥 단순한 사고력마저도 자기를 버리려 한다는 확신이 들자 참을 수 없을 만큼 괴로워졌다. '뭐야, 과연 시작되는 걸까, 과연 징벌이 찾아오는 걸까? 저 봐, 저것 좀 봐, 정말 그렇다니까!' 정말로 바짓단에서 잘라 낸 술 장식 조각이 누가 들어오든 첫눈에 확 띄도록 방바닥 한가운데에서 나뒹굴고 있지 않는가! '대체 내가 왜 이럴까!' 그는 다시 안절부절못하고 소리쳤다.

그때 그의 머릿속에 이상한 생각이 떠올랐다. 어쩌면 옷이 전부 피투성이일지도 모른다, 어쩌면 여기저기 얼룩이 져 있을지도 모른다, 하지만 자기 눈에만 보이지 않는 건 아닐까, 자기만 알아채지 못하는 것이 아닐까, 사고력이 약해지고 조각나고…… 정신이 혼미해진 탓에……. 갑자기 그는 지갑에도 피가 묻어 있었다는 사실이 떠올랐다. '이런! 그렇다면 호주머니에도 피가 묻었을 거야, 그때 피에 젖어 끈적끈적한 지갑을 호주머니 안에 넣었으니까!' 그는 순식간에 호주머니를 뒤집었는데, 아니나 다를까 호주머니 안감에 핏자국이, 얼룩이 남아 있었던 것이다! '그렇다면 이성이 아직 완전히 나간 것은 아니며 사고력과 기억력도 있는 셈이다, 나 스스로 알아차리고 깨닫지 않는가!' 의기양양하게 이런 생각을 하며 그는 기쁜 마음으로 깊은 안도의 한숨을 내쉬었다. '그냥 열 때문에 몸이 약해졌을 뿐이야, 잠깐 미망에 빠졌달까.' 그러고는 바지 왼쪽 호주머니의 안감을 전부 뜯어냈다. 그 순간, 햇빛이 왼쪽 구두를 비추었다. 구두에서 삐져나온 양말에 무슨 표식이 보이는 것 같았다. 그는 구두를 벗었다. '이거야말로 정말 표식이군! 양말 끝이 전부 피에 흠뻑 젖었는걸.' 분명히 그때 부주의하게 그 핏물 웅덩이를 밟은 탓이리라……. '하지만 이제 와서 이걸 어떡한담? 이 양말짝이며 술 장식이며 호주머니를 어디다 감추지?'

그는 그것을 몽땅 한 손에 긁어모은 채 방 한가운데 서 있었다. '페치카에 넣을까? 하지만 페치카를 제일 먼저 뒤질 텐데. 태운다? 아니, 뭘로 태우나? 성냥도 없는걸. 아니야, 차라리 어디 나가서 전부 버리자. 그래! 차라리 버리는 편이 낫겠다!' 그는 다시 소파에 앉으며 이렇게 되뇌었다. '지금 당장, 꾸물대지 말고……!' 하지만 그러는 대신 그의 머리는 다시 베개 위로 기울어졌다. 다시 참을 수 없는 오한이 일면서 몸이 얼어붙는 것 같았다. 그는 다시 외투를 몸 위로 끌어당겼다. 그리고 오랫동안, 몇 시간 동안 '바로 지금, 더 미루지 말고 어디든 가서 전부 버리자, 눈앞에서 어서, 어서 빨리 싹 사라지도록!'이라는 생각이 계속 발작적으로 어른거렸다. 그는 소파에서 몇 번이나 몸을 뒤척이며 일어나려고 했지만 이미 그럴 수가 없었다. 그를 완전히 깨어 놓은 것은 거세게 문을 두드리는 소리였다.

"문 좀 열어, 살아 있기는 한 거야? 계속 잠만 퍼질러 잔다니까!" 나스타시야가 주먹으로 문을 치며 소리를 질렀다. "몇 날 며칠을 하루 종일 수캐처럼 잠만 퍼질러 자냐! 영락없이 수캐야! 문 좀 열어, 참. 10시가 다 지났는데."

"집에 없을 수도 있잖아!" 남자 목소리가 말했다.

'어라! 저건 문지기 목소리인데……. 무슨 일로 왔지?'

그는 벌떡 일어나 소파에 앉았다. 심장이 너무 쿵쾅거려 아프기까지 했다.

"그럼 대체 누가 이렇게 걸쇠를 걸어 놓았겠어?" 나스타시야가 반문했다. "잘한다, 이제는 문까지 잠그기 시작했군! 아니, 누가 자기를 잡아가기라도 한대? 문 열어, 이 화상아, 그만 좀 일어나!"

'대체 무슨 일이지? 문지기는 또 뭐 하러 온 걸까? 전부 발각됐군. 그냥 버틸까, 아니면 열어 줄까? 에잇, 망해 버려라…….'

그는 엉거주춤 몸을 앞으로 구부려 걸쇠를 걷었다.

그의 방은 침대에서 일어나지 않고서도 걸쇠를 걷어 낼 수 있을 만큼 작았던 것이다.

아닌 게 아니라 문지기와 나스타시야가 서 있다.

나스타시야는 어딘가 이상한 눈초리로 그를 살펴보았다. 그는 도전적이고 필사적인 표정을 지으며 문지기를 노려보았다. 상대방은 한 번 접어 봉랍으로 봉인한 회색 종이를 말없이 내밀었다.

"사무소에서 온 소환장이오." 그가 종이를 내밀며 말했다.

"사무소라뇨……?"

"경찰서 사무소로 나오라는 소리지요, 뭐. 무슨 사무소인지 알 만하지."

"경찰서라고요……! 대체 왜요……?"

"난들 어떻게 알까. 나오라고 하니까 그냥 가 보시구려." 그러고는 그를 유심히 들여다보며 주위를 살핀 다음 나가려고 몸을 돌렸다.

"설마 진짜 병이라도 난 거 아니야?" 나스타시야가 그에게서 눈을 떼지 않고 있다가 한마디 했다. 문지기도 잠깐 고개를 돌렸다. "어제부터 열이 펄펄 끓었는데." 그녀가 덧붙였다.

그는 대답도 하지 않고 종이도 뜯지 않은 채 손에 들고 있었다.

"일어나지 마." 그가 침대에서 다리를 내리는 것을 보자 불쌍한 마음이 든 나스타시야가 말을 이어 갔다. "아프면 그냥 가지 마. 급한 일도 아닐 텐데. 손에 쥐고 있는 건 뭐야?"

힐끔 보니, 오른손에 바지 자락에서 잘라 낸 술 장식 조각, 양말짝, 호주머니에서 뜯어낸 안감 조각이 쥐어져 있었다. 그렇게 손에 쥔 채로 잤던 것이다. 나중에 이 일을 곰곰 곱씹어 보니, 열에 들뜬 가운데 반쯤 잠이 깰 때마다 이 모든 것을 한 손에 꽉, 꽉 움켜쥐고 다시 그렇게 잠이 들었던 것이 생각났다.

"어이구, 웬 넝마 조각을 긁어모아 무슨 보물처럼 안고 자네…….” 그러고서 나스타시야는 예의 그 병적이고 신경질적인 웃음소리를 내며 자지러졌다. 그는 모든 것을 냉큼 외투 밑에 쑤셔 넣고 그녀를 뚫어져라 응시했다. 그 순간에 아주 명민한 사고력을 발휘하기는 힘들었지만 사람을 잡으러 왔다면 이런 식으로 대하지 않으리라는 것쯤은 느낄 수 있었다. '하지만…… 경찰서라니?'

"차 좀 마실래? 어쩔까, 응? 갖다 줄게, 남은 게 있는데…….”

"아니…… 가야겠어. 지금 갈 거야.” 그는 두 다리로 서며 중얼거렸다.

"한번 가 보시지, 계단이나 내려가겠어?”

"갈 거야…….”

"그러든지.”

그녀는 문지기를 따라 나갔다. 그러자마자 그는 햇빛이 비치는 쪽으로 달려가 양말짝과 술 장식을 살펴보았다. '얼룩은 있지만 눈에 잘 띄지는 않는군. 원래 땟국에 절고 닳고 진흙에 색도 바랬으니까. 미리부터 뭘 아는 사람이라면 모를까, 아무것도 알아보지 못할 것이다. 그렇다면 나스타시야도 그렇게 먼데서 아무것도 알아채지 못했을 거야, 천만다행이다!' 그러고서 그는 불안에 떨며 소환장을 뜯어서 읽어 나갔다. 한참을 읽은 뒤에야 마침내 이해했다. 그것은 오늘 9시 반에 구(區) 경찰서장실에 출두하라는, 평범한 경찰서 소환장이었다.

'아니, 언제 이럴 만한 일이 생겼지? 나로 말할 것 같으면 경찰 쪽에는 아무런 용건도 없는걸! 또 하필이면 왜 오늘이야?' 그는 고통스러운 의혹에 사로잡혀 생각했다. '주여, 한시라도 빨리!' 그는 무릎을 꿇고 기도를 하려다가 스스로도 웃음을 터뜨렸는데, 딱히 기도 때문이 아니라 자기가 생각해도 스스로가 가당찮아서였다. 그는 서둘러 옷을 입기 시작했다. '망하면 망하는 거다, 상관없어! 그 양말도 신어 버리자!' 갑자기 이런 생각이 떠올랐다. '먼지 속에서 더 뒹굴다 보면 흔적도 사라질 거야.' 하지만 정작 신었을 때는 당장에 혐오와 공포가 밀려와 냅다 벗어던졌다. 한데 벗어던지고 보니 다른 양말이 없다는 생각이 들어 또다시 집어 신었고 또다시 웃음을 터뜨렸다. '이건 모두 조건적이고 모두 상대적인 거야, 이 모든 것이 그저 형식일 따름이다.' 언뜻 이런 생각을 했지만 그야말로 언뜻 스쳐 가는 상념의 쪼가리였을 뿐, 정작 온몸은 부들부들 떨리고 있었다. '이봐, 어쨌거나 신었잖아! 결국에는 신고야 말았다!' 웃음은, 그러나, 이내 절망으로 바뀌었다. '아니야, 아무래도 감당하지 못하겠어…….' 이런 생각이 들었다. 다리도 부들부들 떨렸다. '무서워서 안 되겠어.' 그는 혼잣말로 중얼거렸다. 열이 나면서 머리가 어질어질하고 아파 왔다. '이렇게 잔꾀를 부리는군! 이따위 잔꾀를 써서 나를 꾀어 들인 다음 갑자기 전부 실토하게 만들려는 속셈이다.' 그는 계단으로 나가며 혼자 계속 생각했다. '정신이 거의 혼미해졌다니, 추악한 일이야…… 이러다가 무슨 바보 같은 말을 지껄여 댈 수도 있잖아…….'

계단까지 와서야 그는 모든 물건을 벽지 구멍 속에 그대로 넣어 두었다는 사실을 상기했으며 '자기가 없는 동안 가택수색을 하려고 일부러 이러는 것인지도 모른다.'라는 사실을 상기하고는 걸음을 멈추었다. 하지만 갑자기 너무나 큰 절망에, 또 이를테면 파멸을 앞두고 너무나 큰 냉소에 사로잡혔기 때문에 한 손을 내젓고는 그냥 갈 길을 갔다.

'그저 한시라도 빨리……!'

거리에는 또다시 참을 수 없는 무더위가 기승을 부렸다. 요 며칠 사이에 비라도 한 방울 내리면 좋으련만. 또다시 먼지와 벽돌, 석회 가루, 또다시 가게와 술집의 악취, 또다시 쉴 새 없이 쏟아져 나오는 주정뱅이와 핀란드인 도붓장수, 그리고 반쯤 찌그러진 마차들뿐이다. 태양빛이 너무 환히 내리쬐어 눈이 아릴만큼 부셨고 머리가 어찔하면서 현기증이 다 났다. 태양빛이 강렬한 날, 열에 들뜬 자가 갑자기 거리로 나오면 흔히 맛보는 감각이었다.

어제의 그 거리로 이어지는 모퉁이까지 오자 고통스러울 만큼 불안해하며 그 안을, 그 건물을 힐끗 쳐다보고…… 그러고는 이내 눈을 돌리고 말았다.

'저쪽에서 물어 오면 말해 버릴지도 모르겠군.' 그는 경찰서로 다가가며 생각했다.

경찰서는 그의 집에서 4분의 1베르스타쯤 떨어진 거리에 있었다. 신축 건물의 4층 사무실로 옮겨 온 지는 얼마 안 됐다. 옛 사무실은 언젠가 잠깐 가 본 적이 있지만 그나마도 아주 오래전의 일이다. 대문 밑으로 들어서니 오른쪽에 계단이 보였는데 그 계단을 한 남자가 손에 장부를 들고 내려오고 있었다. '문지기인 모양이군. 그렇다면 여기가 경찰서라는 소리이다.' 그는 무턱대고 위로 올라가기 시작했다. 아무에게도 뭐 하나 물어볼 마음이 나지 않았다.

'들어가서 무릎 꿇고 전부 얘기해 버리자…….' 그는 4층으로 올라서며 생각했다.

계단은 비좁고 가파른 데다가 온통 구정물이 질펀했다. 네 층의 사무실 모두 부엌문이 이 계단 쪽으로 나 있고 거의 하루 종일 문을 열어 놓았다. 그 때문에 숨이 막힐 정도로 갑갑했다. 겨드랑이에 장부를 낀 문지기, 순경, 온갖 종류의 남녀 방문객이 위아래를 오갔다. 경찰서 문도 역시 활짝 열려 있었다. 그는 안으로 들어가 대기실에서 걸음을 멈추었다. 거기에는 농군 같은 사람들이 계속 선 채로 대기 중이었다. 여기도 굉장히 갑갑한 데다가 방에 새로 페인트칠을 해 놓아서 아직 마르지 않은 페인트와 역겨운 건성유 냄새가 코를 찌르고 구역질이 날 것 같았다. 조금 기다린 그는 앞으로 더, 다음 방으로 가 봐야겠다고 생각했다. 하나같이 천장이 낮고 조그마한 방이 이어졌다. 너무나 조급한 마음에 그는 점점 더 멀리, 멀리 이끌려 들어갔다. 특별히 그에게 눈길을 주는 사람은 아무도 없었다. 두 번째 방에는 서기보 같은 자들이 앉아서 뭘 쓰고 있었는데, 차림새가 그보다는 좀 더 나아도 언뜻 봐서는 죄다 이상한 족속 같았다. 그는 그중 한 사람에게 말을 걸었다.

"무슨 일입니까?"

그는 경찰서에서 온 소환장을 보여 주었다.

"학생입니까?" 상대방이 소환장을 힐끗 본 뒤 물었다.

"예, 학생이었습니다."

서기보는 그를 훑어보긴 했지만 호기심은 전혀 보이지 않았다. 어쩐지 머리카락이 유달리 곤두서고 눈빛에 강박관념 같은 것이 번득이는 사람이었다.

'이 녀석한테는 아무것도 알아내지 못하겠는걸, 저렇게 무심해서야.' 라스콜니코프가 생각했다.

"저쪽 서기에게 가 보시오." 서기보는 이렇게 말하더니 손가락을 앞으로 내밀며 제일 마지막 방을 가리켰다.

그는 그 방(순서상으로는 네 번째 방)으로 들어갔는데, 방을 빼곡히 메운 자들은 앞선 방에 있던 자들보다 차림새가 좀 더 말쑥한 축에 들었다. 방문객 중에는 부인도 두 명 있었다. 한 부인은 허름한 상복을 입고 책상 앞에 서기와 마주 앉아 그가 불러 주는 대로 뭔가를 받아쓰고 있었다. 또 다른 부인은 몹시 뚱뚱하고 눈에 확 들어오는, 불그죽죽한 얼굴에 기미가 듬성듬성 보이는 여자로서 옷차림이 어딘가 몹시 화려한 데다기 가슴팍에 찻잔 받침만큼 큼직한 브로치를 단 채 한쪽에 서서 뭔가를 기다리고 있었다. 라스콜니코프는 서기에게 소환장을 삐죽 내밀었다. 상대방은 그것을 힐끔 보더니 "기다리시오." 라는 말만 하고 계속 상복 입은 부인을 상대했다.

그는 숨통이 좀 트이는 것 같았다. '분명히 그 일은 아니다!' 시나브로 기운이 났고, 그러자 더 기운이 나고 정신이 들도록 온 힘을 다해 스스로를 다독였다.

'무슨 바보 같은 짓이나 아주 하찮은 부주의 때문에, 내 잘못 때문에 완전히 발각될지도 모른다! 음…… 유감스럽게도, 이곳은 공기가 부족하군.' 그가 덧붙였다. '갑갑하다……. 머리가 점점 더 어질하고…… 정신도 멍하다…….'

그는 내적으로 온통 무서운 혼란을 느꼈다. 스스로를 제어하지 못할까 봐 겁이 나기도 했다. 지푸라기라도 붙잡는 심정으로 아무거나 아주 상관없는 생각이라도 해 보려고 애썼지만 잘 되지 않았다. 그래도 이 서기는 그의 흥미를 대단히 자극했다. 계속 그의 얼굴을 보고 뭐든 점치고 알아맞히고 싶었다. 그는 스물두 살쯤 된 몹시 앳된 청년으로서 좀 겉늙어 보이는 까무잡잡하고 활달한 용모에 차림새는 영락없이 유행을 따르는 멋쟁이이고 머리카락은 포마드를 바르고 잘 빗어 목덜미까지 가르마를 타 놓았고 솔로 손질한 하얀 손가락에는 보석 반지와 그냥 반지를 잔뜩 끼고 조끼에는 황금 사슬을 주렁주렁 달고 있었다. 여기 있던 한 외국인과는 프랑스어로 두어 마디를 주고받기도 했는데, 상당히 유창했다.

“루이자 이바노브나, 좀 앉으시지요.” 그가 잔뜩 멋을 낸 불그죽죽한 얼굴의 부인에게 살짝 말을 건넸는데, 그녀는 의자가 바로 옆에 있음에도 앉을 용기가 나지 않는지 줄곧 서 있었다.

“Ich danke.(고마워요.)” 상대방은 이렇게 말하더니 비단 자락을 바스락거리며 살며시 의자에 앉았다. 하얀 레이스 장식이 달린 그녀의 하늘색 원피스가 풍선처럼 의자 둘레로 퍼지면서 거의 방의 절반을 차지해 버렸다. 향수 냄새도 풀풀 풍겼다. 하지만 부인은 분명히 방을 절반이나 차지한 데다가 이렇게 향수 냄새를 풀풀 풍기는 것이 쑥스러운 모양이었고, 흠칫 겁을 집어먹은 것 같으면서도 동시에 뻔뻔스러운, 그럼에도 불안한 심사가 역력히 드러나는 미소를 지었다.

상복을 입은 부인이 마침내 일을 끝내고 그만 일어나려 했다. 갑자기 약간 시끌벅적해지더니 한 장교가 걸음을 뗄 때마다 몹시 늠름하고 어쩐지 특이한 방식으로 어깨를 들먹거리며 들어와서는 휘장이 달린 군모를 탁자 위로 내던지고 의자에 앉았다. 화려한 부인은 그를 보자 자리에서 펄쩍 뛰다시피 일어나 어쩐지 유별나게 열광하며 왼발을 뒤로 빼며 무릎을 굽혔다. 하지만 장교가 손톱만큼도 주의를 기울이지 않았기 때문에 그녀는 그가 있는 이상 이미 자리에 앉을 엄두도 내지 못했다. 이자는 중위이자 구(區) 경찰서의 부서장으로서 불그죽죽한 콧수염이 좌우 수평으로 뻗쳐 있었으며 굉장히 오목조목한 이목구비가 다소 뻔뻔스러워 보이는 것만 빼면 별다른 인상을 주지 않았다. 그는 다소 분개한 것 같은 눈초리로 라스콜니코프를 흘깃 째려보았다. 입고 있는 옷이 영 볼썽사나웠고, 또 저렇게 비참한 처지에도 불구하고 옷차림에 걸맞지 않게 고자세를 취했던 까닭이다. 라스콜니코프 쪽에서도 조심성 없이 너무 똑바로, 너무 오랫동안 그를 쳐다보았고, 때문에 상대방은 심지어 기분이 확 상해 버렸다.

"자네, 무슨 일인가?" 그가 소리를 질렀는데, 이렇게 허름한 주제에 자신의 번개 같은 시선에 주눅이 들어 썩 꺼져 버릴 생각을 하지 않는 것이 놀라웠던 모양이다.

"출두하라더군요…… 소환장이 와서……." 라스콜니코프가 용케 대답을 했다.

"그건 돈을 내라고 독촉하는 겁니다, 저 학생에게." 서기는 서류에서 눈을 떼지 않고 얼른 말했다. "여기요!" 그러면서 라스콜니코프를 향해 공책을 던지며 한 곳을 가리켰다. "읽어 보시오!"

'돈이라고? 무슨 돈이지?' 라스콜니코프는 생각했다. '어쨌거나…… 그렇다면 분명히 그것은 아니군……!' 그는 너무 기뻐 온몸을 떨었다. 갑자기 이루 말할 수 없이, 날아갈 듯이 마음이 홀가분해졌다. 어깨의 짐을 모조리 벗어던진 기분이었다.

"몇 시에 오라고 쓰여 있소, 형씨?" 중위는 무엇 때문인지 하여간 점점 더 골을 내며 소리쳤다. "9시라고 쓰여 있는데 지금은 벌써 11시가 지났잖소!"

"겨우 십오 분 전에야 받았는걸요." 라스콜니코프가 어깨 너머로 큰 소리로 대답했는데, 그도 역시 느닷없이, 저도 모르게 뜻밖에 화를 버럭 냈지만 이것이 다소간의 만족마저 주었다. "열이 나서 골골대는 몸으로 이렇게 온 것만 해도 장하죠."

"소리 지르지 마시오!"

"저는 소리를 지르는 것이 아니라 극히 차분하게 말하고 있으며, 소리라면 당신이 저에게 지르고 있잖습니까. 이래 봬도 대학생인데, 저에게 소리를 지르는 것은 용납할 수 없습니다."

부서장은 어찌나 열에 받쳤는지 첫 순간에는 숫제 말문이 막혀 입에 게거품만 물었다. 그는 자리에서 벌떡 일어났다.

"입 닥-치-시-오! 당신은 지금 관공서에 와 있소. 어디서 난동을 부리는 거요, 형씨!"

"그쪽도 관공서에 있잖습니까." 라스콜니코프가 고함을 질렀다. "소리를 지르는 것은 물론이거니와 담배까지 피우고 있으니 우리 모두를 배려하지 않는 행위입니다." 이렇게 말하고 나자 라스콜니코프는 이루 말로 표현할 수 없는 쾌감을 느꼈다.

서기는 미소를 지으며 그들을 바라보았다. 다혈질 중위는 보아하니 어안이 벙벙한 것 같았다.

“그건 당신이 상관할 일이 아니오!” 마침내 그가 어쩐지 부자연스러울 만큼 큰 소리로 외쳤다. “자, 요구받은 답변서나 써내시오. 이 사람한테 보여 주시오, 알렉산드르 그리고리예비치. 당신에게 탄원이 들어왔단 말이오! 돈도 안 내고 말이야! 거참, 대단한 양반 하나 납시었군!”

하지만 라스콜니코프는 이미 듣지도 않고 어서 빨리 수수께끼를 풀려고 탐욕스럽게 서류를 거머쥐었다. 한 번, 두 번을 연거푸 읽어 봐도 이해가 안 됐다.

“이게 뭡니까?” 그가 서기에게 물었다.

“이건 차용증에 따라 당신에게 지불을 요구하는 독촉장입니다. 당신은 유가증권을 비롯하여 각종 비용을 지불하거나 언제 지불할 수 있는지 서면으로 답변서를 제출해야 하며 이와 더불어 지불 전까지는 수도를 떠나서도, 자신의 재산을 팔거나 숨겨서도 안 됩니다. 채권자는 당신의 재산을 팔 권리가 있으며 당신에게 법적 대응을 할 수도 있습니다.”

“하지만 저는…… 아무에게도 빚이 없는걸요!”

“그건 우리가 알 바 아닙니다. 자, 우리 앞으로 지불 기한이 지나서 법적으로 고소된 150루블짜리 차용증이 들어왔는데, 구 개월 전 당신이 8등관 미망인인 자르니츠이나에게 써 준 것으로서 미망인 자르니츠이나는 그것을 7등관 체바로프에게 넘겼으며 그 건으로 우리는 당신에게 답변서를 쓰라고 하는 겁니다.”

"설마, 그 사람은 하숙집 주인아주머니인데요?"

"아니, 그래서 뭐가 어쨌다는 겁니까?"

서기는, 고참병이 이제 막 집중 포화를 당하는 신참을 대하며 "그래, 지금 기분이 어떠신가?" 하고 묻듯, 동정과 약간의 승리감이 뒤섞인 너그러운 미소를 지으며 그를 쳐다보았다. 하지만 지금 차용증이니 독촉이니 하는 것이 그와 무슨 상관인가! 그의 입장에서 지금 이것이 무슨 불안을 유발할, 하다못해 무슨 주의라도 끌 만한 가치가 있는 것인가! 그는 서서 읽고 듣고 대답하고 자기 쪽에서 질문을 던지기도 했지만 이 모든 것이 기계적이었다. 목숨을 지켰다는 승리감, 자신을 짓눌러 온 위험에서 벗어났다는 해방감, 바로 이것이 이 순간 그의 존재를 가득 채웠으며 어떤 예견도, 분석도, 미래를 점치는 것도, 의혹도, 질문도 없었다. 이것은 완벽하고 직접적인, 순수하게 동물적인 기쁨의 순간이었다. 하지만 바로 이 순간 경찰서에서는 마른하늘에 날벼락 같은 일이 일어났다. 그의 불손한 태도에 아직도 노발대발하고 있던 중위가 완전히 펄펄 끓으며, 분명히 상처 입은 자존심을 회복하려는 마음에서였을 텐데, 그가 들어올 때부터 등신 같은 미소를 지으며 그를 바라보고 있던 저 불운한 '화려한 부인'을 향해 온갖 화풀이를 하기 시작한 것이다.

"이봐, 어떻게 생겨 먹은 여자인지, 원." 그가 갑자기 목청껏 고함을 질렀다.(상복을 입은 부인은 이미 가고 없었다.) "간밤에 자네 집에서 무슨 소동이 있었던 건가? 어? 또 남세스럽게 온 동네가 떠나갈세라 분탕질을 쳤더구먼. 또 주먹다짐에 술

판이나 벌이고. 형무소에 들어가지 못해 아주 안달이 났어, 안달이! 벌써 자네한테 말했고 족히 열 번은 경고했지, 열한 번째는 곱게 못 넘어간다고! 그런데도 또, 또 이러니, 도무지 어떻게 생겨 먹은 여자야!"

라스콜니코프는 손에서 서류가 떨어졌음에도, 이토록 무자비하게 욕을 얻어먹고 있는 화려한 부인을 의아스러운 눈으로 쳐다보고 있었다. 하지만 곧 무엇이 문제인지 짐작이 갔고 그러자마자 이 모든 소란에 몹시 흥미를 느끼기 시작했다. 워낙 만족스러워하며 경청했던지라 껄껄 웃고 싶은 마음마저 생겼다, 껄껄, 껄껄……. 신경이라는 신경은 모두 거침없이 뛰놀고 있었다.

"일리야 페트로비치!" 서기는 걱정스러운 기색으로 말을 꺼냈지만, 펄펄 끓는 중위를 진정시키려면 손발을 꽁꽁 묶는 수밖에 없음을 경험을 통해 잘 알았던 탓에 잠깐 짬을 보기로 하고 그냥 말을 끊었다.

화려한 부인에 관한 한, 처음에는 그야말로 마른하늘의 날벼락을 맞아 벌벌 떨기 시작했다. 하지만 이상한 노릇이었다. 욕설이 더 많아지고 그 정도가 심해질수록 그녀의 표정은 더 상냥해지고 위협적인 중위를 향한 미소는 더 매혹적이 되었다. 그녀는 제자리에서 종종걸음을 치고 끊임없이 무릎을 굽혀 가며 결국에는 변명할 기회가 찾아오길 초조하게 기다렸는데, 기어코 그 기회가 왔다.

"우리 집에서는 어떤 소란도, 주먹다짐도 없었어요, 대위님.*" 그녀가 갑자기 콩알을 흩뿌리듯 뇌까렸는데, 러시아어가 제법 유창하기는 해도 독일어 발음이 강하게 섞여 있었다. "어떤, 어떤 스캔들도 없었어요, 그 사람들은 올 때부터 술에 취해 있었고, 제가 모든 얘기를 다 해 드릴게요, 대위님, 저는 잘못이 없어요…… 우리 집은 점잖은 곳이라서, 대위님, 다 점잖게 놀고요, 대위님, 저는 스캔들이라면 언제나, 언제나 딱 질색이었어요. 하지만 그 사람들은 올 때부터 곤드레만드레 취해 있었고 와서는 또 세 병이나 시켰고 그러고는 한 사람이 발을 들어 올려 그 발로 피아노를 쳤고, 이건 점잖은 집에서는 정말 좋지 않은 일인데, 그러다 그랜드피아노를 망가뜨렸고, 이건 뭐 완전히 예의고 뭐고 없는 짓이라고 저는 말했어요. 그런데 그는 병을 집어 들고서 사람들 뒤로 가서 그 병으로 마구 쳤어요. 그래서 저는 당장 문지기를 불렀고 카를이 왔는데, 그는 카를을 붙잡고서 눈을 때렸고, 겐리에트의 눈도 때렸고, 제 뺨도 다섯 대나 때렸어요. 점잖은 집에서 이런 짓을 하면 정말 실례잖아요, 하고 저는 소리를 쳤답니다, 대위님. 그러자 그는 운하 쪽 창문을 열고서 창문을 향해 돼지 새끼처럼 꽥꽥댔어요. 정말 창피스럽지 뭐예요. 어떻게 길거리로 난 창문에다 대고 돼지 새끼처럼 꽥꽥댈 수 있는지, 정말 창피스러운 일이에요. 쳇-쳇-쳇! 그래서 카를이 뒤에서 그의 연미복을 잡고 창문에서 끌어당겼는데, 그러다 그만, 이건 정말인데요, 대위님, 그의 옷을 찢어 버렸지 뭐예요. 그

---

* 그녀의 말에는 독일어 단어와 발음이 많이 섞여 있지만 번역에서는 의미만 전달했다.

러자 그는 15루블의 벌금을 내야 된다고 소리쳤어요. 그래서 제가 직접, 대위님, 옷값이라며 5루블을 그에게 지불했어요. 한데 이 작자가 어찌나 점잖지 못한 손님인지, 대위님, 온갖 스캔들을 일으켰지 뭐예요! 그래 놓고선 한다는 소리가, 당신을 소재로 한 굉장한 풍자 글을 쓸 것이다, 나로 말할 것 같으면 온갖 신문에다 당신 얘기를 전부 쓸 수 있는 몸이거든, 이라고 하더군요."

"작가였나 보지?"

"예, 대위님, 얼마나 점잖지 못한 손님이었는지, 대위님, 점잖은 집에서……."

"그래-그래-그래! 됐네! 그러게 내가 벌써 몇 번을 말했나, 내 자네한테 말하길……."

"일리야 페트로비치!" 서기가 다시 의미심장하게 말했다. 중위는 재빨리 그를 쳐다보았다. 서기는 고개를 살짝 끄덕였다.

"……자, 그럼, 존경해 마지않는 라비자 이바노브나, 마지막으로 한마디 하지, 진짜 마지막이야." 중위가 말을 이어 갔다. "만약 자네의 그 점잖은 집에서 또 한 번이라도 스캔들이 일어나면 내 자네를, 점잖은 말로 표현해서, 엄벌에 처하겠어. 알아들었나? 그래서 그 문학가, 그 작가 양반은 '점잖은 집'에서 옷소매 값으로 5루블을 뜯어 갔단 말이지? 하여간 작가라는 놈들은 정말!" 그러면서 라스콜니코프를 경멸스럽다는 듯 힐끗 쳐다보았다. "그저께도 술집에서 비슷한 소동이 있었지. 식사를 해 놓고서는 돈을 내려고 하지 않은 거야. 그래 놓고서는 '이런 식으로 나오면 당신에 대한 풍자 글을 쓰겠소.'라고 했다나. 지난주에는 어느 기선에서도 비슷한 일이 있었는데, 웬 녀석이 점잖은 5등관 집안에, 그 집 부인과 딸에게 그야말로 쌍욕을 퍼부었지. 제과점에서도 얼마 전에 한 녀석이 쫓겨났어. 이봐, 작가니 문학가니 대학생이니 사상의 전도사니 하는 작자들이 어떤 꼴인지…… 쳇! 자네는 그만 가 봐! 내가 직접 자네 집에 들르도록 할 테니…… 그때는 조심하게! 알아들었나?"

루이자 이바노브나는 호들갑스레 애교를 떨어 대며 사방팔방으로 무릎을 굽혀 인사하고 그렇게 인사하느라 뒷걸음질을 치며 문까지 갔다. 하지만 문간에서 소탈하고 생기가 넘치는 얼굴에 금발의 구레나룻을 멋지게 수북이 기른 어느 풍채 좋은 장교에게 엉덩이를 부딪치고 말았다. 이자가 바로 경찰 서장 니코짐 포미치였다. 루이자 이바노브나는 서둘러 무릎이 거의 마룻바닥에 닿을 만큼 몸을 굽히고 분주하게 종종걸음을 치며 폴폴 날듯이 경찰서를 나갔다.

"또 천둥번개가 쾅 치고 마른하늘에 날벼락이 떨어지고 회오리에 폭풍우가 몰아치더군!" 니코짐 포미치는 일리야 페트로비치에게 상냥하고 다정하게 말을 걸었다. "누가 또 속을 발칵 뒤집어 놓은 모양이지, 또 이렇게 펄펄 끓는 걸 보니! 소리가 계단까지 들리던데."

"아니, 뭘요!" 일리야 페트로비치는 점잖고 태연한 척 굴면서 이렇게 말하더니(심지어 '뭘요!'도 아니고 '아-아니, 무-얼요!'라고 한 것 같았다.) 무슨 서류 뭉치를 들고 다른 책상 쪽으로 옮겨 갔는데, 걸음을 뗄 때마다 멋을 부리듯 어깨를 움찔했고 걸음이 닿는 곳에서는 어깨도 들썩였다. "자, 여기 보이시죠, 작가 양반이, 아니, 대학생이라나, 그러니까 옛날에 대학생이었던 이 양반이 돈도 지불하지 않고 어음만 남발한 채 방은 비워주지 않으니 끊임없이 탄원이 들어오는데, 그런 주제에 제가 자기가 있는 데서 담배를 피웠다고 항의를 하지 뭡니까! 자기야말로 비-비-열하게 굴면서, 자, 이 사람을 한번 보십시오. 지금도 행색 한번 끝내주는군요!"

"가난은 죄가 아니라네, 친구, 뭘 어쩌겠나! 알 만하군, 우리 화약*이 모욕을 참을 수 없었던 거로군. 아마 무슨 일로 이 사람에게 모욕감을 느끼고 그만 자제력을 잃었던 모양인데" 하고 니코짐 포미치가 상냥하게 라스콜니코프에게 말을 걸며 계속했다. "괜히 그러셨소. 분명히 말씀드리지만, 모-옵-시 저엄-잖아-은 사람이거든요, 하지만 화약, 화약이란 말씀! 한번 불붙어 끓어오르면 다 타 버리고 그걸로 그만이오! 전부 끝장이란 말이오! 그 결과 남는 것은 비단결 같은 마음씨뿐이지요! 오죽하면 부대에서는 그를 '화약 중위'라고 불렀을까……."

"무슨 부-우-대 얘기까지 꺼내고 그러십니까!" 일리야 페트로비치가 이렇게 소리쳤는데, 자기를 이토록 유쾌하게 치켜세우니 좋아서 어쩔 줄을 몰랐으나 여전히 싫은 기색을 드러냈다.

라스콜니코프는 갑자기 그들 모두에게 뭔가 유달리 유쾌한 얘기를 하고 싶어졌다.

---

* 일리야 페트로비치의 성(姓) '포로흐'는 '화약'이라는 뜻이다.

"그러게 말입니다, 대위님." 그가 갑자기 니코짐 포미치를 보며 극히 허물없는 태도로 말했다. "제 처지를 좀 살펴 주십시오……. 혹시라도 제가 뭔가 잘못한 것이 있다면 저분에게 사과할 용의도 있습니다. 저는 가난하고 몸도 성치 않은 데다가 가난 때문에 주눅마저 든(그는 정확히 '주눅'이라고 말했다.) 대학생입니다. 휴학생의 몸이 된 것도 생계를 꾸려 나갈 형편이 못 돼서이지만, 곧 돈을 받을 겁니다……. 어머니와 여동생이 ○○ 도에 있거든요……. 그쪽에서 송금해 주는 대로…… 지불하겠습니다. 저의 하숙집 아주머니는 원래는 좋은 분인데, 제가 과외 자리를 잃고 넉 달째 방값을 안 내는 바람에 화가 머리끝까지 나서 아예 밥도 안 보내 줍니다……. 한데 그 어음은 뭔지 통 모르겠군요! 지금 아주머니 쪽에서는 그 차용증에 따라 저에게 지불을 요구하고 있지만 제가 무슨 수가 있겠습니까, 생각 좀 해 보십시오……!"

"하지만 그건 우리가 알 바 아니잖습니까……." 서기가 다시 일침을 가했다.

"그야 그렇지만, 정말 지당한 말씀이시지만, 저에게도 사정을 얘기할 기회를 좀 주십시오." 라스콜니코프가 다시 말을 받은 다음, 서기가 아니라 여전히 니코짐 포미치를 상대로 얘기했는데, 일리야 페트로비치의 주의도 끌어 보려고 무진장 애썼지만 정작 그쪽은 집요하게 서류 더미를 헤적이는 척하며 그를 깡그리 무시하듯 신경도 쓰지 않았다. "제 사정을 말씀드리자면, 시골에서 올라와 그때부터 삼 년 정도 그 집에 살고 있는데요, 전에…… 전에는…… 사실 제 입으로 고백하지 않을 이유가 어디 있겠습니까, 아주 처음부터 저는 그분의 딸과 결혼을 약속했는데, 말로 한 약속이니까 완전히 자유로운 약속이었지요……. 어떤 처녀였냐 하면…… 어쨌거나 제법 마음에 들기까지 했고…… 그렇다고 사랑에 빠진 것은 아니었지만…… 한마디로, 젊어서 그랬던 것인데, 다시 말해, 제가 하고 싶은 말은 뭐냐면, 그때 주인아주머니가 저에게 그냥 돈을 많이 빌려 주었고 저는 일정 부분 그렇게 살았는데…… 제가 생각이 너무 짧았던 거죠…….”

“그런 속사정은 얘기할 거 없소, 형씨, 시간도 없거니와.” 일리야 페트로비치가 거칠고 의기양양하게 말을 가로채려 했지만, 라스콜니코프는 갑자기 말을 하기가 굉장히 힘겨워졌음에도 열을 올리며 그를 저지했다.

“하지만 제발, 제발 얼마간이라도 사정을 얘기하게 해 주십시오…… 어떻게 된 일인지…… 제 입장에서는…… 하긴 이런 얘기를 하는 것은 당신 말대로 쓸데없는 일이겠지만. 어쨌거나 일 년 전에 그 아가씨가 티푸스로 죽었는데 그래도 저는 이전처럼 그 집에 남았고 주인아주머니는 지금 집으로 이사올 때 저에게 말하길…… 그것도 다정하게 말했는데…… 자기는 나를 전적으로 신뢰하고 다 그렇지만…… 그래도 자기 생각엔 내가 갚아야 할 빚의 전부인 이 150루블에 대해 차용증을 써 주면 안 되겠냐고. 그러니까 말입니다, 아주머니가 똑똑히 말하길, 내가 그 증서만 주면 앞으로도 얼마든지 돈을 빌려 줄 수 있다, 내가 직접 지불할 때까지는 절대, 절대 자기 쪽에서 — 이것은 아주머니가 직접 한 말이었습니다 — 그 증서를 활용하는 일은 없을 것이다, 하고……. 그런데 이제 와서, 과외 자리도 잃고 먹을 것도 전혀 없는 상황에서 돈을 지불하라고 독촉하니……. 지금 제가 무슨 말을 하겠습니까?"

"그따위 감상적이고 구질구질한 속사정은, 형씨, 우리하고는 아무 상관없는 일이오." 일리야 페트로비치가 매몰차게 딱 잘라 말했다. "당신은 답변서와 약정서를 제출해야 하고, 당신이 거기서 사랑에 빠졌네 어쩌네 하는 비극적인 부분은 죄다 우리가 알 바 아니오."

"어허, 자네…… 야박하구먼……." 니코짐 포미치가 책상 앞에 앉아 역시나 서명을 하기 시작하며 중얼거렸다. 어쩐지 부끄러워졌던 것이다.

"쓰시죠." 서기가 라스콜니코프에게 말했다.

"뭐라고 쓰죠?" 그는 어쩐지 유달리 거칠게 물었다.

"내가 불러 주겠습니다."

라스콜니코프는 이 서기가 자기의 고백을 듣고 난 이후부터 자기를 더 멸시하고 막 다루는 것처럼 여겨졌다. 하지만 이상한 노릇인데, 갑자기 누가 무슨 생각을 하든 그야말로 아무 상관없어졌고, 이런 변화는 어쩐지 한순간에 찰나적으로 일어났다. 만약 그가 조금이라도 생각을 해 볼 마음이 들었다면, 물론 자기가 일 분 전에 어떻게 그들과 그런 식으로 말할 수 있었는지, 심지어 자신의 감정을 이해해 달라고 칭얼댈 수 있었는지 놀랐을 것이다. 어디서 그런 감정이 생겨난 걸까? 오히려 지금은, 갑자기 방 전체가 경찰관이 아니라 가장 절친한 친구로 가득 찬다고 할지라도, 그럴지라도 그들을 위해 단

한 마디 인간적인 말도 해 줄 수 없을 텐데, 그 정도로까지 마음이 갑자기 공허해졌던 것이다. 괴롭고 한없는 고독과 소외, 그 음울한 감각이 갑자기 그의 의식의 표층 위로 떠올랐다. 그의 마음이 이렇게 갑자기 돌변한 것은 일리야 페트로비치 앞에서 속마음을 털어놓은 일이 천박해서도, 또 중위가 그에 대해 승리감을 만끽한 일이 천박해서도 아니었다. 오, 지금 자기 자신의 비열함이나 이따위 자존심, 중위며 독일 여자며 독촉이며 경찰서 등등이 무슨 상관인가! 이 순간 그는 화형 선고를 받아도 꿈쩍도 하지 않았을 것이며 숫제 선고에 귀를 기울이지도 않았을 것이다. 그에게는 여태껏 결코 겪어 본 적이 없는 완전히 낯설고 새롭고 느닷없는 어떤 일이 일어났다. 방금과 같은 감상적인 토로는 물론이거니와 어떤 경우든 이제 더 이상은 이 경찰서 사람들을 상대로 얘기해서는 안 된다는 것을, 이들이 경찰 중위가 아니라 피를 나눈 형제자매라 할지라도 앞으로 살아가면서 어떤 경우에라도 그들에게 말을 걸 이유가 전혀 없다는 것을 머리로 이해했다기보다는 감각의 모든 힘을 동원하여 뚜렷이 느꼈다. 이 순간까지 그는 한 번도 이처럼 이상하고 끔찍한 감각을 경험해 본 적이 없었다. 가장 괴로운 것은 그러니까 의식보다, 개념보다 차라리 감각이었다. 직접적인 감각, 지금껏 인생에서 경험한 모든 감각 중 가장 괴로운 감각 말이다.

서기는 그에게 이런 경우에 흔히 통용되는 형식의 답변서를 불러 주었다. 즉, 당장은 지불할 수 없다, 정확히 언제(혹은 언젠가는) 지불할 것을 약속한다, 도시를 떠나지 않겠다, 재산을 매각하지도 증여하지도 않겠다 등등.

"아니, 제대로 쓰지도 못하는군요, 펜이 손에서 떨어지려는데." 서기가 호기심 어린 눈으로 라스콜니코프를 쳐다보며 지적했다. "어디 편찮으신가요?"

"예…… 머리가 어질어질하네요…… 계속하시죠!"

"그게 답니다. 서명하시죠."

서기는 서류를 접수하고 다른 사람들을 상대하기 시작했다.

라스콜니코프는 펜을 돌려주고 나서도 그만 일어나 나갈 생각은 하지 않고 두 팔꿈치를 탁자 위에 올려놓고 두 손으로 머리를 꽉 눌렀다. 정수리에 못이라도 박힌 것 같았다. 갑자기 이상한 생각이 들었다. 지금 당장 일어나 니코짐 포미치에게 다가가서 어제 일을 하나도 빠짐없이 전부 낱낱이 이야기한 다음, 그들과 함께 집으로 가서 방구석의 구멍 속에 숨겨 둔 물건을 보여 주자, 하는 생각 말이다. 이 충동이 얼마나 강렬했는지 실행에 옮기기 위해 벌써 자리에서 일어난 상태였다. '일 분이라도 곰곰 생각해 봐야 되지 않을까?' 그의 머릿속에서는 이런 생각이 스쳐 지나갔다. '아니다, 차라리 아무 생각도 하지 말고 그냥 어깨의 짐을 던져 버리자!' 하지만 갑자기 그는 그 자리에 붙박인 듯 멈칫했다. 니코짐 포미치가 열을 올리며 일리야 페트로비치에게 무슨 말을 하는데, 그 소리가 그의 귓전을 때렸던 것이다.

"그럴 리가 있나, 둘 다 풀어 줘야지! 첫째, 전부 모순이야. 생각들 좀 해 보게. 자기들 소행이라면 그들이 뭐 하러 문지기를 불러야 했겠나? 자기 자신을 고발하려고, 어? 아니면 잔꾀를 부리느라? 아니, 그렇다면 잔꾀를 너무 부린 것 아닌가! 끝으로, 대학생 페스트랴코프가 대문 안으로 들어가려는 순간, 바로 그 옆에서 문지기 두 명과 소시민 여자 한 명이 그를 봤다지 않나. 친구 셋과 함께 걸어오다가 바로 문 옆에서 그들과 헤어졌는데 친구들이 같이 있는 동안에도 문지기에게 그 집에 대해 이것저것 캐물었다더군. 자, 그렇고 그런 의도를 갖고 온 자가 과연 그 집에 대해서 이것저것 캐물었을까? 코흐도 말이야, 노파 집에 가기 전에 아래층 은세공업자 집에서 반시간이나 있다가 정확히 8시 십오 분 전에 그곳을 나와 노파 집으로 올라갔어. 이제 생각을 좀 정리해 보게……."

"하지만 말이죠, 저들 말에 대체 어떻게 그런 모순이 생겼을까요? 문을 두드렸을 때는 문이 잠겨 있었는데 삼 분 뒤에 문지기와 함께 왔을 때는 문이 열려 있더라고 주장하니 말입니다?"

"바로 그게 핵심일세. 살인자는 틀림없이 빗장을 걸어 놓고 그 안에 틀어박혀 있었을 거야. 코흐가 바보 같은 짓만 안 했다면, 즉 문지기를 부르러 가는 일만 없었다면 틀림없이 현장에서 체포했을 거야. 그놈은 바로 그 틈을 이용해 계단을 내려가면서 그들 옆을 용케 지나쳐 갈 수 있었던 것이고. 코흐는 양손으로 성호를 그으며 '내가 그 자리에 가만히 있었더라면 그놈이 튀어나와 나까지 도끼로 죽였을걸요.'라고 말하더군. 하긴 러시아식 기도라도 드리고 싶은 심정일 테지, 헤-헤……!"

"그럼 살인자는 아무도 못 본 겁니까?"

"아니, 어떻게 봤겠습니까? 그 집은 노아의 방주인걸요." 자기 자리에서 귀를 기울이고 있던 서기가 한마디 했다.

"뻔한 일이군, 뻔한 일이야!" 니코짐 포미치가 열렬히 반복했다.

"아니요, 아주 뻔하지 않은 일입니다." 일리야 페트로비치가 못 박았다.

라스콜니코프는 모자를 집어 들고 문을 향해 걸었지만 문까지 가지도 못했다…….

정신을 차리고 보니 그는 의자에 앉아 있고 어떤 사람이 오른쪽에서 그를 부축하고 있고 또 다른 사람이 노란 물이 담긴 노란 컵을 들고 왼쪽에 서 있으며 니코짐 포미치가 앞에 서서 유심히 그를 바라보고 있었다. 그는 의자에서 일어났다.

"아니, 무슨 일입니까, 어디 편찮으십니까?" 니코짐 포미치가 상당히 퉁명스럽게 물었다.

"저 양반은 서명할 때도 저렇게 펜을 간신히 놀렸습니다." 서기는 이런 말을 한 다음 자기 자리에 앉아 다시 서류를 만지기 시작했다.

"편찮은 지 오래됐소?" 일리야 페트로비치가 자기 자리에서 소리쳤는데, 역시나 서류를 만지는 중이었다. 그도 환자가 기절했을 때는 물론 와서 살펴보았지만, 정신을 차리자마자 이내 자리를 떴던 것이다.

"어제부터……." 라스콜니코프가 대답했다.

"어제 외출을 하셨던가요?"

"그랬습니다."

"편찮으신 몸으로요?"

"그랬죠."

"몇 시쯤에요?"

"저녁 7시가 좀 지나서요."

"어딜 갔는지 물어봐도 되겠소?"

"그냥 거리를 여기저기."

"간단명료하군."

라스콜니코프는 백짓장처럼 새하얗게 질린 얼굴로 퉁명스럽고 무뚝뚝하게 대답하면서, 일리야 페트로비치의 시선에 맞서 이글이글 타오르는 검은 두 눈을 떼지 않았다.

"서 있는 것도 버거워하는 사람한테 자네는……." 니코짐 포미치가 한 소리 했다.

"괜-찮-습니다!" 일리야 페트로비치가 어쩐지 유별난 어조로 말했다. 니코짐 포미치는 아직 덧붙이고 싶은 말이 있는 눈치였지만 서기 역시 그를 아주 뚫어져라 쳐다보고 있는 것을 보자 입을 다물었다. 다들 갑자기 입을 다문 셈이었다. 이상했다.

"뭐 그럼, 좋소." 일리야 페트로비치가 결론을 내렸다. "더 이상 붙들어 놓지 않겠소."

라스콜니코프는 밖으로 나왔다. 그가 나온 뒤에 활기찬 대화가 시작되는 소리가 들려왔고, 니코짐 포미치의 의문에 찬 목소리가 제일 잘 들렸다……. 거리로 나오자 그는 완전히 정신이 들었다.

'수색, 수색이다, 이제 수색이 시작될 거야!' 그가 귀갓길을 서두르며 속으로 되뇌었다. '날강도들! 낌새를 채고 있어!' 아까와 같은 두려움이 다시 그를 머리부터 발끝까지 송두리째 사로잡았다.

2

'벌써 수색을 했다면 어떡하지? 하필 내 방에서 맞닥뜨리면 어쩐담?'

하지만 벌써 방이다. 아무것도, 아무도 없다. 아무도 들여다보지도 않았다. 나스타시야조차 손끝 하나 대지 않았다. 하지만 맙소사! 아까는 어떻게 이 모든 물건을 이 구멍 속에 방치해 둘 수 있었을까?

그는 방구석으로 달려가 한 손을 벽지 밑에 쑤셔 넣고 물건을 꺼내 호주머니에 가득 집어넣기 시작했다. 전부 여덟 개였다. 먼저 귀걸이나 그 비슷한 것이 든 작은 상자가 두 개였는데, 내용물은 잘 살펴보지도 않았다. 그다음으로는 크지 않은 양피 케이스가 네 개였다. 목걸이 하나는 그냥 신문지에 싸여 있었다. 신문지로 싸 놓은 것이 하나 더 있었는데 훈장인 것 같았다…….

그는 모든 것을 외투와 아직 비어 있는 바지의 오른쪽 호주머니 등 이런저런 호주머니에 집어넣으며 눈에 띄지 않도록 하려고 애썼다. 지갑도 물건과 함께 챙겼다. 그런 다음에 방을 나왔는데 이번에는 방문도 활짝 열어 두었다.

그는 빠른 속도로 당당하게 걸었는데, 온몸이 만신창이가 됐다는 느낌이 들었지만 의식은 또렷했다. 추적이 두려웠고, 반시간, 아니 십오 분 후에라도 자기를 미행하라는 명령이 떨어질까 봐 두려웠다. 고로, 무슨 일이 있어도 때가 될 때까지 증거를 인멸해야 했다. 아직 얼마간이나마 기력이 남아 있고 어떤 식이든 판단력이 남아 있을 때 일을 처리해야 했다……. 하지만 어디로 간담?

그것은 이미 오래전에 결정되었다. '죄다 운하에다 버리자, 그러면 증거는 물속에 풍덩 빠지고 사건도 끝이다.' 미망에 들떠 있던 간밤에도 몇 번이나 자리에서 일어나 나가려고 발버둥 칠 때마다 '어서, 어서 빨리 몽땅 던져 버리자.' 하는 결정을 내렸던 일이 기억났다. 하지만 던져 버리는 일도 결코 쉽지 않았다.

그는 예카체린스키 운하의 강변도로를 벌써 반시간, 아니, 그 이상 배회하면서 운하로 이어지는 돌층계가 눈에 뜨일 때마다 몇 번씩이나 그것을 내려다보았다. 하지만 계획을 실행에 옮기는 것은 생각도 할 수 없었다. 돌층계 바로 옆에 뗏목이 떠 있어 그 위에서 세탁부들이 빨래를 하고 있는가 하면 보트를 붙들어 매 두는 등 곳곳에 사람들이 우글거리고 더군다나 강변도로 어디서나, 어느 방향에서나 잘 보이고 눈에 잘 뜨일 법했다. 어떤 사람이 일부러 물가로 내려가 걸음을 멈추고 물속에 무엇을 던진다면 영 수상쩍지 않은가. 또 케이스들이 가라앉지 않고 둥둥 뜬다면? 물론 그럴 것이다. 누구 눈에나 보일 테고. 그렇지 않아도 마주치는 사람마다 다들 그에게만 관심이 있는 것처럼 계속 그를 훑어보고 있잖은가. '다들 왜 이러지, 혹시 나만의 착각일 뿐인가.' 그는 생각했다.

마침내 그의 머릿속에는 차라리 어디 네바 강으로 가는 편이 낫지 않을까, 하는 생각이 떠올랐다. 그쪽은 인적도 드물고 눈에 뜨일 염려도 적고 어쨌거나 편리한 데다가 무엇보다도 이 근방에서 멀리 떨어져 있잖은가. 그러자 갑자기 놀라워졌다. 꼬박 반시간이나 우수와 불안에 시달리며 이 위험한 장소를 배회하면서도 왜 좀 더 빨리 이 생각을 하지 못했을까! 비몽사몽간에 미망에 들뜬 나머지 단번에 결정을 내렸다는 이유로 비이성적인 일에 꼬박 반시간을 허비하다니! 그는 굉장히 멍하고 건망증도 심해졌는데, 스스로도 이 점을 잘 알았다. 정말로 서둘러야 했다!

그는 V 대로를 따라 네바 강으로 걸어갔다. 하지만 도중에 갑자기 이런 생각이 또 들었다. '하필 왜 네바 강인가? 왜 꼭 물속에 빠뜨려야 하나? 어디 멀리, 또 군도에라도 가는 편이 낫지 않을까, 거기 어디 숲이나 덤불 밑 한적한 곳에 이것을 몽땅 묻고 나무로 표시 같은 것을 해 두는 편이?' 그는 이 순간 자기가 모든 것을 똑똑히 제대로 판단할 상태가 아니라는 느낌은 들었지만, 그럼에도 이 생각은 틀림없어 보였다.

하지만 군도로 갈 운명도 아니었던지, 다른 일이 일어났다.

V 다리에서 광장으로 나왔을 때 왼쪽에서 갑자기 그야말로 창문 하나 없는 벽에 둘러싸인 마당의 입구를 발견했다. 대문 입구 바로 오른쪽으로는 4층짜리 옆집 건물의 창문 하나 없는 하얀 벽이 마당 안으로 깊숙이 뻗어 있었다. 왼쪽에 창문 하나 없는 벽과 나란히 역시나 대문에서 바로 마당 깊숙이까지 나무 담장이 스무 걸음 정도 이어진 다음 또 왼쪽으로 꺾여 있었다. 그곳은 담장으로 가려진 외진 장소로서 자재 같은 것이 놓여 있었다. 마당 더 깊숙한 곳에는 담장 너머로 분명히 무슨 작업장의 일부인 것 같은, 연기에 그을린 나지막한 석조 헛간이 빠끔히 보였다. 거기에는 마차 제조 시설이나 철공소, 혹은 그 비슷한 것이 있는 모양이었다. 거의 대문부터 사방이 전부 넘쳐나는 석탄재로 시커메져 있었다. '여기다 슬쩍 버리고 가 버리면 되겠군!' 갑자기 이런 생각이 떠올랐다. 마당에 아무도 없는 것을 확인하고 대문 안으로 성큼성큼 걸어 들어간 그는 마침 대문 바로 가까이, 담장 옆에 설치된 홈통을(공장 직공이나 수공업자, 마부 등이 많이 있는 건물에는 종종 이렇게 만들어 둔다.) 발견했다. 그 홈통 위, 바로 담장 위에는 이런 경우면 늘 따라 나오는 '노상 방뇨 금지'*라는 재미있는 말이 분필로 쓰여 있었다. 따라서 여기 들어와 걸음을 멈춘들 의심을 받을 리도 없고 금상첨화였다. '여기 어디에 한꺼번에 전부 버리고 가자!'

다시 한 번 주위를 둘러본 다음 그는 벌써 한 손을 호주머니에 쑤셔 넣었는데, 그러기가 무섭게 갑자기 바로 바깥쪽 벽

* 직역하면 '여기서 멈추어 서지 말 것' 정도.

옆, 대문과 홈통 사이에 난, 폭이 다해야 1아르쉰밖에 되지 않는 공간에 1.5푸드*는 족히 될 것 같은 커다랗고 울퉁불퉁한 바윗돌이 길거리의 석벽에 바싹 붙어 있는 것이 보였다. 그 벽 너머에는 거리와 보도가 있어 행인들이 분주히 오가는 소리가 들렸는데, 대체로 사람들의 왕래가 적지 않은 곳이었다. 하지만 누가 거리에서 일부러 들어와 보지 않고서야 대문 너머에서는 아무도 그를 볼 수 없었다. 그래도 이런 일이 일어나지 말라는 법도 없었기 때문에 서둘러야 했다.

그는 몸을 굽혀 바윗돌의 꼭지 부분을 두 손으로 꽉 쥐고 온 힘을 다해 뒤집었다. 바윗돌 밑으로 구덩이가 약간 움푹하게 파였다. 그는 얼른 호주머니에 들어 있는 모든 것을 거기에 던져 넣기 시작했다. 지갑을 맨 위에 얹어 놓은 셈이 됐지만 어쨌거나 구덩이에는 아직도 여유 공간이 있었다. 그런 다음 다시 바윗돌을 붙잡고 또 단번에 원래대로 뒤집어 놓았는데, 보일락 말락 약간 더 높아지기는 했지만 원래 위치에 꼭 맞게 놓여졌다. 그는 흙을 긁어모아 한쪽 발로 돌 언저리를 꾹꾹 눌렀다. 그야말로 감쪽같았다.

그러고서 그는 밖으로 나와 광장을 향해 걸음을 옮겼다. 아까 경찰서에서 맛본 거의 참을 수 없을 만큼 강렬한 기쁨이 순식간에 또다시 그를 사로잡았다. '증거는 인멸됐다! 누가, 어느 누가 이 바윗돌 밑을 뒤져 볼 생각을 하겠는가? 이 녀석은 아마 이 건물을 지을 때부터 쭉 여기 놓여 있었고 앞으로도 그

* 1푸드는 16.38킬로그램.

만큼은 놓여 있을 것이다. 설령 발견된다고 한들 누가 나를 의심하랴? 모든 것이 끝났다! 증거물은 없다!' 그러고서 그는 웃기 시작했다. 그렇다, 훗날에도 기억했지만, 그는 오랫동안 소리도 내지 않고 신경질적으로 키득키득 웃었고 광장을 지나가는 동안에도 계속 그렇게 웃었다. 하지만 그저께 그 소녀와 마주쳤던 K 산책로로 들어서자 갑자기 웃음이 사그라졌다. 다른 생각이 이것저것 머릿속에 떠올랐던 것이다. 역시나 갑자기, 그때 소녀가 떠난 다음 앉아서 상념에 잠겼던 저 벤치 옆을 지나는 것이 지금은 끔찍이도 역겹게 여겨졌으며 그때 그가 20코페이카를 준 그 콧수염 순경을 다시 만난다면 그 역시 끔찍이도 버거울 것 같았다. '에잇, 빌어먹을 자식 같으니!'

그는 멍하면서도 분노에 찬 눈으로 주위를 둘러보며 걸었다. 지금 그의 생각은 온통 어떤 한 가지 핵심의 주변을 빙글빙글 맴돌았으며, 이것이 정말로 핵심이며 지금, 바로 지금에야 이 핵심과 일대일로 대면하게 되었음을, 그리고 이것이 요 두 달 만에 처음 있는 일임을 그 스스로도 느꼈다.

'에잇, 빌어먹을, 엿이나 먹어라!' 그는 갑자기 한없는 분노의 발작에 사로잡혀 생각했다. '일단 시작됐다면 시작된 것이다, 노파든 새로운 삶이든 전부 엿 먹어라! 맙소사, 이 얼마나 병신 같은 짓인가……! 오늘 나는 얼마나 많은 거짓말을 하고 얼마나 많은 비열한 짓을 저질렀는가! 아까도 저 추잡하기 짝이 없는 일리야 페트로비치 앞에서 얼마나 치사하게 알랑방귀를 끼고 병신춤을 추었던가! 하긴 이것도 허튼수작이다! 그놈들 모두에게 침을 뱉어 주자, 내가 알랑방귀를 끼고 병신춤

을 추었다는 사실도 퉤퉤! 정말 이건 아니다! 이건 정말 아니란 말이다……!'

갑자기 그는 걸음을 멈추었다. 전혀 예상하지 못한, 새롭고도 굉장히 단순한 질문이 떠올라, 일시에 어안이 벙벙해지면서 참혹할 정도로 경악하고 말았다.

'만약 이 모든 일을 정말로 바보 같은 방식이 아니라 의식적으로 행한 것이라면, 만약 정말로 너에게 특정하고 확고한 목적이 있었다면, 대체 어째서 여태껏 지갑 안을 들여다보지도 않았으며 네가 손에 넣은 것이 무엇인지도 모르고 있단 말인가, 그 때문에 온갖 고통을 감수하고 그토록 비열하고 더럽고 천박한 일도 의식적으로 감행했건만? 실상 너는 그것을, 그러니까 그 지갑을 지금 물속에 던져 버리려고 했잖은가, 역시나 네가 아직 보지도 않은 모든 물건과 함께……. 이건 대체 뭔가?'

그렇다, 정말 그렇다. 정말 전부 그렇지 않은가. 하긴 이것은 전에도 알았던 만큼 그에게 전혀 새로운 의문은 아니었다. 간밤에 물속에 던져 버리기로 결정됐을 때도 어떤 망설임도, 반발심도 없이 응당 그래야 하는 것처럼, 달리 수가 없는 것처럼 그렇게 결정됐다……. 그렇다, 그는 이 모든 것을 알고 또 모든 것을 기억하고 있었다. 더욱이 이미 어제, 트렁크를 붙들고 앉아 케이스를 꺼내던 바로 그 순간에 그렇게 결정된 것이나 다름없다……. 사실이 그렇지 않은가……!

'몸이 너무 안 좋아서 이런 거다.' 마침내 그가 음울하게 결론을 내렸다. '나는 스스로 나 자신을 괴롭히고 못살게 굴었다, 무슨 짓을 하는지 나 자신도 모르면서……. 어제도, 그저께도, 요 근래 계속 나 자신을 못살게 괴롭혔다……. 몸이 좋아지면…… 이렇게 스스로를 못살게 괴롭히는 일은 없을 것이다……. 하지만 몸이 전혀 좋아지지 않으면 어쩐다지? 맙소사! 이따위 것들, 죄다 넌덜머리난다……!' 그는 멈추지 않고 계속 걸었다. 어떻게든 모든 것을 훌훌 던져 버리고 싶었지만 무엇을 해야 할지, 어디서부터 시작해야 할지 알 수 없었다. 뿌리치기 힘든 새로운 감각 하나가 거의 시시각각 더욱더 강하게 그를 사로잡았다. 그것은 그가 마주치는 모든 것, 그를 에워싸고 있는 모든 것을 향한 무한하고 거의 육체적인 어떤 혐오감, 분노와 증오로 가득 찬 집요한 혐오감이었다. 그는 마주치는 사람들이 모두 더러웠다 — 그들의 얼굴, 걸음걸이, 몸놀림이 모두 더러웠다. 만약 누가 말을 걸어온다면 상대가 누구든 침을 뱉고 콱 깨물어 버릴 것만 같았다…….

바실리예프스키 섬, 말라야 네바의 강변도로로 나온 그는 다리 옆에서 갑자기 걸음을 멈추었다. '여기, 이 집에 그 녀석이 살고 있지.' 그는 생각했다. '이건 또 뭐지, 어쩌다 내 발로 라주미힌 집까지 오게 된 걸까! 또 그때와 똑같은 식이라니……. 그래도 정말 궁금한걸. 과연 내 발로 온 걸까, 아니면 그냥 걷다 보니 절로 이리로 오게 된 걸까? 아무렴 어떤가. 그저께던가…… 내가 말했지……. 그 일이 끝나면 다음 날 그를 찾아가겠다고, 자, 그러니 가 보자! 꼭 이제는 갈 수 없는 처지가 된 것 같잖은가…….'

그는 5층에 있는 라주미힌의 방으로 올라갔다.

마침 그는 집에, 자신의 골방에 있었으며 그 순간 뭘 쓰면서 일을 하다가 직접 문을 열어 주었다. 그들은 넉 달 만에 보는 것이었다. 라주미힌은 누더기에 가깝게 헤진 실내복을 입고 맨발에 슬리퍼를 신고 마구 헝클어진 머리에 면도도, 세수도 하지 않고 골방에 틀어박혀 있었다. 얼굴에는 놀란 기색이 역력했다.

"너 뭐냐?" 이렇게 소리치면서 그는 막 들어온 친구를 머리부터 발끝까지 훑어보았다. 그러고는 잠시 입을 다물었다가 휘파람을 휙 불었다.

"정말 형편이 그렇게 안 좋냐? 거참, 우리 중에서 제일 말쑥하던 녀석이." 그는 이런 말을 덧붙이며 라스콜니코프가 걸친 누더기를 쳐다보았다. "좀 앉아, 피곤해 보인다!" 그가 그 자신의 것보다 훨씬 더 형편없는, 방수포를 씌운 터키식 소파에 풀썩 주저앉자 라주미힌은 갑자기 이 손님이 몸이 편치 않다는 것을 알아보았다.

"꽤 많이 아픈 모양인데, 알고는 있는 거야?" 그가 맥을 짚어 보기 시작하자 라스콜니코프는 손을 뺐다.

"됐어, 좀." 그가 말했다. "내가 온 것은…… 뭐 때문이냐 하면, 지금 과외 자리가 전혀 없는데…… 마음 같아서는 좀 해봤으면 해서…… 하긴 과외 자리 같은 건 뭐 됐어……."

"너, 이거 아냐? 네가 헛소리를 시부렁거리고 있다는 거!" 그를 유심히 관찰하던 라주미힌이 지적했다.

"아니, 헛소리가 아니라……." 라스콜니코프는 소파에서 일어났다. 라주미힌의 방으로 올라올 때만 해도 그와 서로 얼굴을 맞대고 있어야 한다는 생각은 하지 못했다. 한데 이제야 그는 한순간에, 더군다나 이미 경험을 통해 상대가 누구든 이 순간에는 절대 아무와도 얼굴을 맞대고 있을 기분이 아니라는 것을 깨달았다. 부아가 치밀어 올랐다. 라주미힌 방의 문지방을 넘기가 무섭게 스스로에 대한 분노가 치밀어 거의 숨이 막힐 지경이었다.

"잘 있어!" 그는 갑자기 이렇게 말하고는 문 쪽으로 걸어갔다.

"야, 잠깐만, 잠깐만 좀, 이 괴짜 새끼야!"

"됐다니까……!" 상대방은 다시 손을 빼내며 반복했다.

"아니, 이럴 거면 무슨 귀신에 씌어서 찾아온 거야! 돌았냐, 어? 진짜 이쯤 되면…… 거의 속상한걸. 이런 식으론 보내지 않겠어."

"그럼, 들어 봐. 내가 너를 찾아온 건 너 말고 나를 도와줄 사람이 누가 있는지 몰라서야…… 새로 시작하는 것을 도와줄 사람이…… 너는 누구보다도 착하고, 그러니까 현명하고 사리 판단도 할 줄 아니까……. 하지만 이제는 나에게는 아무것도 필요 없다는 걸 알겠어, 듣고 있냐, 정말 아무것도…… 그 누구의 호의도, 관심도 필요 없어……. 나 스스로…… 혼자서……. 그래, 됐어! 나를 가만히들 좀 내버려 둬!"

"잠깐만 좀, 굴뚝 청소부야! 완전히 미친놈 아니야! 나한테는 어떻게 하든 상관없지만. 그런데 말이야, 과외 자리는 나도 없지만 그따위는 신경 쓸 것도 없고, 톨쿠치 시장에 헤루비모프라는 서적상이 있는데, 이게 일종의 과외 자리란 말이야.

나는 이제 이 일을 상인 집 과외 자리 다섯 개와도 바꾸지 않겠어. 그 사람은 이런저런 출판물을 만들고 자연과학 쪽 책을 좀 내는데, 날개 돋친 듯 팔리지 뭐냐! 제목만 해도 돈이 얼마인데! 야, 너는 나더러 항상 멍청하다고 우겼지만 천만다행으로 나보다 멍청한 녀석들이 있더라니까! 이제는 경향성이 짙은 쪽까지 건드리기 시작했어. 정작은 쥐뿔도 아는 것이 없는 양반이지만, 그래도 내 쪽에서는 물론 격려해 주고 있지. 자, 여기 두 장 남짓한 독일어 텍스트가 있는데, 내 생각으로는 순 엉터리에 폼만 잡는 글이야. 한마디로, 여자는 인간인가 아닌가, 하는 문제를 고찰하고 있지. 결론이야 당연히, 인간이다, 하는 것을 의기양양하게 증명해 주는 쪽이고. 헤루비모프는 이것을 여성 문제의 일환으로 내놓을 생각인데, 그 번역을 내가 맡았어. 그는 이 두 장반쯤 되는 양을 여섯 장으로 늘리고 아주 화려한 반쪽짜리 표제를 만들어 50코페이카에 내놓을 거야. 제법 짭짤할걸! 번역료는 장당 6루블씩 쳐주니까 다 하면 15루블쯤 들어올 텐데, 6루블은 벌써 선불로 받았어. 이것을 끝낸 다음에는 고래에 관한 책 번역에 착수할 테고, 그다음에는 『고백』*의 2부에서 제일 따분한 수다 부분도 발췌해 놨으니까 번역할 거야. 누가 헤루비모프에게 루소가 일종의 라지셰프**인 셈이라고 말했대. 나야 물론 딱히 반박할 것도 없지, 그런 놈 따윈! 어때, 「여자는 인간인가?」의 둘째 쪽 번역해

* J. J. 루소(1712~1778. 프랑스의 사상가, 작가)의 『고백』을 말한다.
** A. N. 라지셰프(1749~1802). 러시아 계몽주의를 대표하는 사상가, 작가.

볼래? 마음이 내키면 지금 텍스트를 가져가, 펜도, 종이도 가져가고 — 전부 다 저쪽에서 대 주거든 — 3루블도 가져가. 내가 선불로 받은 돈은 첫 쪽과 둘째 쪽을 합친 것에 대한 번역료이니까, 3루블은 당장 네 몫이 되는 셈이지. 한 장을 끝내면 3루블을 더 받을 거야. 그리고 또, 나한테 무슨 대단한 신세를 진다고 생각하지는 말아 줘. 오히려 네가 들어오자마자 너를 어디다 써먹을까 하고 머리를 굴렸거든. 첫째, 나는 맞춤법이 서툴고, 둘째, 독일어가 어떨 때는 영 꽝이라서 내 멋대로 지어내는 일이 더 많은데도 원문보다 낫겠거니 자위하는 거야. 하긴 뭐 누가 알겠어, 나아지기는커녕 더 엉망이 됐는지……. 어쩔래, 가져갈래?"

라스콜니코프는 묵묵히 독일어 논문과 3루블을 받아들고 말 한마디 없이 나가 버렸다. 라주미힌은 깜짝 놀라 그의 뒷모습만 바라보았다. 하지만 라스콜니코프는 이미 1번가까지 가 놓고서도 갑자기 되돌아와 또 라주미힌 방으로 올라와서는 독일어 논문과 3루블을 모두 탁자 위에 올려놓고 이번에도 말 한마디 없이 썩 사라질 기세였다.

"야, 너 무슨 섬망증에라도 걸린 거 아냐!" 라주미힌이 기어코 폭발해서 고함을 질렀다. "무슨 코미디를 다 연출하고 난리야! 나까지 돌겠다……. 이럴 거면 대체 뭐 하러 왔어, 이 화상아?"

"필요 없어…… 번역 따위는……." 라스콜니코프는 이미 계단을 내려가면서 이렇게 중얼거렸다.

"그럼, 빌어먹을, 대체 뭐가 필요한 거야?" 위에서 라주미힌이 소리쳤다. 상대방은 아무 말도 하지 않고 계속 내려갔다.

"야, 인마! 지금 어디 살아?"

대답이 없었다.

"에잇, 이 썩-을 놈……!"

하지만 라스콜니코프는 이미 거리로 나온 상태였다. 그는 니콜라예프스키 다리에서 극히 불쾌한 일을 당하는 바람에 다시 한 번 정신이 번쩍 들었다. 어느 마부가 채찍으로 그의 등을 호되게 후려쳤던 것인데, 서너 번이나 소리를 쳤음에도 거의 말(馬) 밑에 깔릴 기세로 걸어 들어갔기 때문이다. 채찍을 맞아서 성질이 난 그는 난간 쪽으로 펄쩍 뛰며 비켜선 다음(왜 사람 다니는 길이 아니라 마차가 다니는 다리 한가운데를 걷고 있었는지 통 모를 일이었다.) 표독스럽게 이를 바득바득 갈았다. 물론, 사방에서 웃음소리가 터져 나왔다.

"꼴좋다!"

"머리깨나 쓰는 사기꾼인걸."

"흔한 수법이야, 술에 취한 척하며 일부러 마차 밑으로 기어든 다음 책임져, 하는 식이지."

"저렇게 먹고사는 거요, 선생, 저게 밥벌이야……."

하지만 난간 옆에 서서 멀어져 가는 마차의 뒷모습을 멍하면서도 표독스러운 눈초리로 계속 쏘아보며 등을 문지르던 그 순간, 그는 갑자기 누군가가 자기 손에 돈을 쥐여 주는 것을 느꼈다. 쳐다보니 머릿수건을 쓰고 염소 가죽 단화를 신은, 나이가 지긋한 여자 상인이었는데, 모자를 쓰고 초록색 양산을 든, 딸인 것 같은 아가씨가 옆에 함께 있었다. "받아 두구려." 그가 돈을 받자 그들은 그 옆을 지나갔다. 돈은 20코페이카짜리 은화였다. 옷차림과 행색으로 봐서 충분히 그를 길거리에서 푼돈이나 모으는 진짜 거지로 생각할 만했고, 채찍을 얻어맞아 동정심까지 샀으니 20코페이카짜리 은화쯤은 적선받을 만도 했던 것이다.

그는 20코페이카짜리 은화를 한 손에 꼭 쥐고 열 걸음 정도를 걸어가다가 네바 강, 궁전 쪽으로 얼굴을 돌렸다. 하늘에는 구름 한 점 없고 네바 강물은 여느 때와 달리 거의 새파란 색을 띠었다. 성당의 둥근 지붕은 원래 예배당에서 스무 걸음도 채 떨어지지 않은 이 지점, 다리의 이쪽에서 바라보면 제일 아름답게 돋보이지만, 맑은 공기 덕분에 정녕 찬란하게 빛나고 그 장식 하나하나까지도 또렷이 보였다. 채찍에 맞은 통증이 가라앉자 라스콜니코프는 맞았다는 사실 자체를 잊어버렸다. 어딘가 불안한, 완전히 분명하지는 않은 생각 하나가 지금 유달리 그를 사로잡은 탓이었다. 그는 우두커니 서서 오랫동안 먼 곳을 주의 깊게 바라보았다. 유달리 낯익은 곳이었다. 대학에 다닐 때는 보통 — 주로 집으로 돌아가는 길이었는데 — 정확히 이곳에서 백 번은 족히 걸음을 멈추고 진실로 장엄한 이 파노라마를 주의 깊게 바라보고 그때마다 풀리지 않는 어떤 희뿌연 인상에 매료되어 놀라곤 했다. 이 장엄한 파노라마를 보노라면 항상 해명할 길 없는 한기에 휩싸였던 것이다. 그에게는 이 화려한 풍경이 귀먹고 말 못하는 정령을 가득 머금은 것 같았다……. 그럴 때마다 그는 음울하고 수수께끼 같은 인상에 놀랐으며 스스로도 미덥지 않아 하면서 그 수수께끼를 푸는 일을 미래로 미루곤 했다. 지금 갑자기 예전에 자신을 사로잡은 이런 질문과 의혹이 날카롭게 떠올랐는데, 지금 그것이 무심코 떠오른 것은 아니라는 생각이 들었다. 자기가 옛날의 그 자리에서 걸음을 멈추었다는 사실 하나만도 기괴하고 경이롭게 여겨졌으며 정말로 지금도 옛날과 똑같은 것을 생각할 수 있고 옛날과 똑같은 주제와 풍경에 역시나 옛날과 똑같이…… 정말 아주 최근처럼 흥미를 가질 수 있으리라고 상상하는 것 같았다. 거의 우스워지기까지 했지만 동시에 가슴이 아릴 만큼 죄어 왔다. 지금 어딘가 깊은 곳, 제대로 보이지도 않는 저 아래쪽 발밑 어딘가에서 지나가 버린 옛날의 모든 것이, 옛날의 상념들, 옛날의 과제들, 옛날의 주제들, 옛날의 인상들, 그리고 그 모든 파노라마와 그 자신과 모든 것, 모든 것이 그의 앞에 모습을 드러내는 것 같았다……. 그 자신은 어디론가 위로 날아가고 모든 것이 그의 눈앞에서 사라지는 것만 같았다……. 무심결에 한 손을 움직이다가 갑자기 주먹 안에 꼭 쥐고 있던 20코페이카짜리 은화의 감촉을 느꼈다. 그는 주먹을 풀고 동전을 유심히 바라보다가 팔을 치켜들어 물속으로 던졌다. 그러고는 몸을 돌려 집 쪽으로 걷기 시작했다. 이 순간 그는 가위를 들고 제 손으로 자기 자신을 모든 사람과 모든 것으로부터 싹둑 잘라 낸 기분이었다.

집에 왔을 때는 이미 저녁 무렵이었으므로 꼬박 여섯 시간 정도를 돌아다닌 셈이었다. 어디로 해서 어떻게 걸어 되돌아왔는지, 이런 것은 조금도 기억나지 않았다. 옷을 벗은 다음에는 너무 많이 달려 녹초가 된 말처럼 온몸을 벌벌 떨며 소파에 누워 몸 위로 외투를 끌어당기고는 곧장 인사불성 상태가 되었다…….

완전히 땅거미가 깔렸을 무렵, 그는 끔찍한 비명 소리를 듣고서 정신을 차렸다. 맙소사, 이건 또 웬 비명이람! 이렇게 부자연스러운 소리, 이런 절규와 통곡 소리, 이렇게 이를 바득바득 갈고 눈물을 흘리고 구타와 욕설을 퍼붓는 소리를 지금껏 들은 적도, 본 적도 없었다. 이처럼 짐승 같은 광란 상태도 상상조차 할 수 없는 것이었다. 그는 공포에 사로잡힌 채 몸을 일으켜 침대에 앉아서는 시시각각 마음을 졸이며 괴로워했다. 하지만 싸움과 통곡과 욕설은 점점 더 심해지고 또 심해졌다. 그러던 중 갑자기 주인아주머니의 목소리가 들리자 그는 까무러칠 만큼 놀랐다. 그녀는 울부짖고 새된 소리를 지르고 대성통곡하고 허둥대고 설쳐 대고 통 알아먹을 수도 없는 무슨 말을 내뱉으며 뭐라고 애걸했다. 물론, 계단에서 인정사정없이 얻어맞고 있던 터라 제발 그만 좀 때리라고 애걸하는 소리였으리라. 때리는 자는 적의와 광분에 사로잡힌 나머지 목이 다 쉬어 진즉부터 무시무시한 소리로 씩씩댈 따름이었지만, 그럼에도 역시 무슨 말을 하긴 하는데 또 역시나 너무 다급하고 허둥대고 목이 메는 소리여서 알아먹을 수가 없었다. 갑자기 라스콜니코프는 사시나무처럼 벌벌 떨기 시작했다. 이 목소리의 주인공이 누군지 알아챈 것이다. 바로 일리야 페트로비치의 목소리였다. 일리야 페트로비치가 여기서 주인아주머니를 때리고 있는 것이다! 그녀를 발로 차고 그녀의 머리를 계단에다 마구 찧고 있다. 분명히 그렇다, 소리만, 흐느낌만, 때리는 소리만 들어도 훤히 알 수 있다! 이게 웬일인가, 세상이 발칵 뒤집히기라도 했나, 어? 층마다 온 계단으로 사람들이 운집하는 소리가 들렸으며, 웅성대고 절규하고 올라오고 문을 두드리고 문짝을 쾅쾅 여닫고 우르르 몰려들고 했다. '하지만 어째서, 대체 어째서, 또 어떻게 이런 일이 일어날 수 있담!' 이렇게 되뇌며 그는 자기가 완전히 정신이 나갔다는 생각을 진지하게 해 보았다. 하지만 아니다, 너무도 또렷이 들린단 말이다……! 하지만, 그렇다면 지금 당장 그의 방으로 올 것이고, 그렇다면 '그건…… 분명히 이 모든 일이 그것 때문…… 어제 일 때문이다……. 맙소사!' 그는 걸쇠를 걸고 싶었지만 손이 올라가지 않았을뿐더러…… 그래 본들 무슨 소용이 있는가! 얼음장 같은 두려움이 그의 영혼을 휘감으며 그를 옥죄고 얼어붙게 만들었다……. 하지만 분명히 십 분은 지속되었을 이 소란도 결국에는 전부 차츰차츰 잦아들었다. 주인아주머니는 신음과 탄식을 뱉어 냈고 일리야 페트로비치는 계속 공갈 협박에 욕설을 퍼부었다……. 하지만 결국엔 그도 수그러드는 것 같았다. 이미 그의 소리도 들리지 않았으니 말이다. '정말 가 버렸군! 맙소사!' 그래, 주인아주머니도 가나 보다, 계속 신음을 토하고 울면서…… 거봐, 주인집 문이 덜커덩 닫혔다……. 자, 계단으로 나왔던 사람들도 각자 자기 집으로 흩어지면서, 탄식을 내뱉고 말다툼을 하고 서로 부르고 언성을 높여 고함을 지르기도 하고 또 언성을 낮추어 속닥대기도 한다. 어지간히 많이도 모였던 모양이다. 거의 건물 전체가

모여들지 않았을까. '하지만 맙소사, 과연 이럴 수가 있을까! 그가 여길 왜, 대체 왜 왔을까!'

라스콜니코프는 힘없이 소파 위로 쓰러졌지만 이미 눈을 감을 수도 없었다. 그는 그렇게 고통에, 지금껏 절대 경험해 보지 못한, 참을 수 없는 무한한 공포감에 시달리며 반시간은 족히 누워 있었다. 갑자기 환한 빛이 그의 방을 비추었다. 나스타시야가 촛불과 수프 접시를 들고 들어왔다. 그를 유심히 살펴보고 자지 않는 것을 알게 되자 촛불을 탁자 위에 올려놓고 빵, 소금, 접시, 숟가락 등 가져온 것을 펼쳐 놓기 시작했다.

"보나마나 어제부터 아무것도 먹지 않았을 테지. 하루 종일 어딜 또 그렇게 싸돌아다니는지, 학질에 걸린 것 같은 몰골을 하고서는 말이야."

"나스타시야…… 무슨 일로 주인아줌마를 그렇게들 때렸지?"

그녀는 그를 유심히 쳐다보았다.

"누가 주인아줌마를 때렸다는 거야?"

"방금…… 반시간 전에 일리야 페트로비치 부서장이 계단에서 그랬잖아……. 무슨 일로 주인아줌마를 그렇게 두들겨 팼던 거지? 그리고…… 대체 왜 왔던 거야?"

나스타시야는 아무 말도 않고 인상을 팍 쓰며 그를 살펴보았는데, 오랫동안 그런 시선으로 쳐다보았다. 그는 이 살펴보는 시선 때문에 몹시, 심지어 무서울 정도로 기분이 나빠졌다.

"나스타시야, 왜 아무 말도 없어?" 그가 마침내 힘없는 목소리로 조심스레 말했다.

“이건 피잖아.” 그녀가 마침내 대답을 했는데 혼잣말을 하는 것처럼 조용히 말했다.

“피라고……! 피라니……?” 그는 새하얗게 질려 벽 쪽으로 물러나면서 중얼거렸다. 나스타시야는 말없이 계속 그를 바라보았다.

“아무도 주인아줌마를 때리지 않았어.” 그녀는 다시 정색을 하며 단호한 목소리로 말했다. 그는 숨도 겨우 내쉬며 그녀를 쳐다보았다.

“내 귀로 직접 들었는데…… 자고 있었던 것도 아니야…… 나는 앉아 있었어.” 더욱더 조심스레 그가 말했다. “오랫동안 들었어……. 부서장이 다녀갔지……. 다들 계단으로 몰려들었잖아, 자기 집에서 나와…….”

“아무도 안 왔는걸. 아무래도 학생 몸속에서 피가 끓어서 그런 것 같아. 피가 빠져나갈 곳이 없어 간이 바싹바싹 타들어가니까 슬슬 헛것이 보이기 시작하는 거야……. 좀 먹어 볼래, 응?”

그는 대답하지 않았다. 나스타시야는 계속 그의 옆에 서서 그를 뚫어져라 바라볼 뿐, 나갈 생각도 하지 않았다.

“마실 것 좀 줘……. 나스타시유쉬카*.”

그녀는 아래로 내려갔다가 이 분쯤 뒤 하얀 머그컵에 물을 담아 돌아왔다. 하지만 그는 이미 그 뒤로 무슨 일이 있었는지

---

* 나스타시야의 애칭.

기억하지 못했다. 기억하는 것은 오직 찬물 한 모금을 들이켰고 그러다가 가슴팍에 물을 엎질렀다는 사실뿐이었다. 그다음에는 의식불명 상태가 되었다.

3

그렇지만 병을 앓는 동안 완전히 의식불명 상태였던 것은 아니다. 그것은 열에 들뜬, 미망에 빠지고 의식이 반쯤만 남아 있는 상태였다. 많은 것이 나중에 기억났다. 그의 주변에 많은 사람이 모여들어 그를 붙잡고 어디로 데리고 나가려 하고 그를 두고 심한 말다툼을 벌이며 싸우는 것 같았다. 그런가 하면 또 갑자기 그 혼자만 방에 있고 다들 나간 다음, 그가 무서운지 아주 간간이 그의 동정을 살피려고 문만 살짝 열어 보고 그를 위협하며 자기들끼리 뭐라고 숙덕대고 그를 비웃으며 약을 올리기도 했다. 나스타시야가 자기 옆에 있던 것도 종종 기억났다. 그가 몹시 잘 아는 것 같은 어떤 사람이 있는 것도 알아챘는데, 정확히 누구인지 아무리 해도 알아맞힐 수 없자 너무 애가 타 눈물까지 흘렸다. 어떨 때는 이렇게 누워 있은 지 벌써 한 달은 된 것 같고 또 어떨 때는 같은 날 하루만 쭉 계속

되는 것도 같았다. 하지만 그것 — 그것에 대해서라면 까맣게 잊고 있었다. 대신, 잊지 말아야 하는 어떤 것을 잊었다는 사실이 시시각각 기억났고, 그렇게 기억이 날 때마다 고뇌하고 괴로워하고 신음하며 광란 상태가 되거나 끔찍하고 참을 수 없는 두려움에 휩싸였다. 그럴 때면 자리를 박차고 뛰쳐나가려고 했지만 언제나 누군가가 그를 완력으로 제지했고 그는 또다시 무기력한 상태, 의식불명 상태가 되었다. 마침내 의식이 완전히 돌아왔다.

그것은 오전 10시경의 일이었다. 맑은 날이면 오전 이 시각에는 태양이 항상 긴 햇살을 드리우며 그의 방 오른쪽 벽을 지나 문 옆의 구석을 비추어 주었다. 그의 침대 맡에는 나스타시야, 또 그가 전혀 모르는 사람이 한 명 서서 몹시 호기심 어린 눈으로 그를 뜯어보고 있었다. 카프탄*을 입고 있고 턱수염을 기른 이 청년은 외양으로 봐서는 조합원 같았다. 반쯤 열린 문 너머에서는 주인아주머니가 방 안을 엿보고 있었다. 라스콜니코프가 몸을 일으켰다.

"이 사람은 누구지, 나스타시야?" 그가 청년을 가리키며 물었다.

"어머, 이제야 정신이 들었나 봐!" 그녀가 말했다.

"정신이 드셨군요." 노동조합원도 응수했다. 문 너머로 엿보고 있던 주인아주머니는 그가 정신이 든 것을 알아채자 곧장 문을 닫고 모습을 감추었다. 그녀는 평소에도 수줍음이 많

---

* 길이가 긴 남성용 상의.

은 편이라 남과 대화를 나누고 사정 얘기를 하는 것을 버거워했다. 나이는 마흔 살이었고 살이 뒤룩뒤룩 찐 뚱뚱한 몸에 눈썹도, 눈도 검었으며 뚱뚱하고 게으른 사람이 대개 그렇듯 심성은 착했다. 생긴 것도 제법 예쁘장했다. 하지만 필요 이상으로 부끄러움을 잘 타는 편이었다.

"그쪽은…… 누구십니까?" 그는 그 조합원을 향해 계속 캐물었다. 하지만 그 순간 다시 문이 활짝 열리면서 라주미힌이 들어왔는데, 키가 컸기 때문에 몸을 약간 숙여야 했다.

"이런 선실 같은 방이 다 있나." 들어오면서 그가 소리쳤다. "항상 이마를 찧는다니까. 이런 것도 주제에 방이라고! 야, 그래도 정신이 들었다고? 방금 파셴카*한테 들었어."

"방금 정신이 들었어." 나스타시야가 말했다.

"예, 방금 정신이 들었습니다." 다시 조합원이 미소를 지으며 맞장구를 쳤다.

"그러는 댁은 누구신지요?" 갑자기 라주미힌이 그를 향해 물었다. "우선 저는 보시다시피, 브라주미힌이라고 합니다. 다들 라주미힌이라고 부르긴 하지만 실은 브라주미힌이고 학생이고 귀족 출신이며 이쪽은 제 친구입니다. 그런데 댁은 누구신지요?"

"저는 조합원 사무실 직원인데, 상인 셸로파예프의 심부름으로 용무가 있어 여기에 왔습니다."

"이쪽 의자에 앉으시지요." 그러고서 라주미힌은 탁자 맞

---

* 주인아주머니인 프라스코비야의 애칭.

은편, 다른 의자에 앉았다. "이봐, 정신이 들어서 참 잘됐어." 라스콜니코프를 보며 그가 말을 이어 갔다. "나흘째 거의 먹지도, 마시지도 못했거든. 사실 숟가락으로 차를 좀 떠먹이기는 했지만. 내가 조시모프를 두 번이나 데려왔는데. 조시모프, 기억나? 너를 자세히 진찰하더니 곧장 별일 아니라고 하더라, 어쩌다 머리에 충격을 입었다나 뭐라나. 무슨 신경이 어쨌다나 뭐라나, 먹는 것도 변변찮고 맥주와 고추냉이도 부족해서 병이 난 것이지만, 괜찮대, 곧 씻은 듯 나을 거라니까. 조시모프는 대단한 놈이야! 치료하는 솜씨가 첫 출발치곤 괜찮더라고. 뭐, 그럼, 저는 오래 기다리시게 하지 않겠습니다." 그는 다시 조합원에게 말을 걸었다. "용건이 뭔지 말씀해 보시겠습니까? 그런데 말이야, 로쟈, 저쪽 사무실에서 사람이 온 것이 벌써 두 번째야. 다만, 전에는 이분이 아니라 다른 분이 오셨는데, 나는 그분에게도 사정 얘기를 했어. 먼젓번에 다녀가신 분은 누구셨지요?"

"그저께 일인 모양인데, 예, 분명히 그렇지요. 그분은 알렉세이 세묘노비치였습니다. 역시 우리 사무실에서 일하고요."

"그분이 당신보다는 말이 좀 통할 것 같던데, 어떻습니까?"

"그야 그렇지요. 확실히 그분이 저보다야 더 듬직하지요."

"훌륭하군요. 뭐, 계속하시지요."

"그러니까 아파나시 이바노비치 바흐루쉰을 통해, 이분 얘기는 여러 번 들으셨을 텐데요, 즉 우리 사무실을 통해 당신의 모친께서 당신 앞으로 송금을 하셨습니다." 조합원은 곧장 라스콜니코프를 향해 말을 하기 시작했다. "당신이 의식이 온

전할 경우 당신에게 35루블을 전달해야 하는데, 세묜 세묘노비치는 당신 모친의 부탁을 받아 아파나시 이바노비치에게서 예전과 같은 방식으로 통지를 받으셨거든요. 아시겠지요?"

"예…… 기억납니다…… 바흐루쉰이라면……." 라스콜니코프가 생각에 잠기며 말했다.

"거 보십시오, 상인 바흐루쉰을 안다는군요!" 라주미힌이 소리쳤다. "아니, 어떻게 의식이 온전하지 않다는 겁니까? 그나저나 이제 보니 당신도 역시 말이 통하는 사람이군요. 아무렴요! 현명한 얘기는 그냥 듣기만 해도 기분이 좋지요."

"바로 그분 맞습니다. 바흐루쉰, 즉, 아파나시 이바노비치는 당신 모친의 부탁을 받아 예전에도 한 번 똑같은 방식으로 당신에게 송금하신 적이 있는데요, 이번에도 거절하지 않으시고 최근에 자신의 주거지에서 세묜 세묘노비치에게, 당신에게 35루블을 전해 달라는 부탁과 함께 좋은 일만 가득하길 바란다는 인사말을 보내온 것입니다."

"'좋은 일만 가득하길 바란다.'라니 최고인걸요. '당신 모친' 얘기도 나쁘지 않고. 그나저나 어떻게 생각하십니까, 이 친구가 정신이 말짱한 것 같습니까, 예?"

"그야 제가 알 바 아니지요. 저는 그저 영수증 건만 해결했으면 하는걸요."

"대충 휘갈기면 되잖습니까! 그럼, 어디, 장부 같은 것이 있습니까?"

"예, 여기 장부가 있습니다."

"이리 줘 보십시오. 자, 로쟈, 좀 일어나 봐. 내가 살짝 부축해 줄 테니까 이분에게 얼른 라스콜니코프라는 이름자를 대충 끼적여 줘, 펜을 쥐고 좀. 야, 지금 돈 준다는데 물불을 가릴 때냐."

"필요 없어." 펜을 물리치며 라스콜니코프가 말했다.

"아니, 왜 필요 없다는 거야?"

"서명하지 않겠어."

"쳇, 제기랄, 영수증도 안 써 주고 뭘 어쩌려고?"

"필요 없어…… 돈 같은 건……."

"뭐, 돈이 필요 없다고! 이 녀석, 허튼소리 하는 것 좀 봐, 내가 증인이다! 걱정하지 마십시오, 이 녀석이 이러는 건 그냥…… 또 마음을 콩밭에 보내 놔서 그래요. 하긴 맨 정신에도 더러 이럴 때가 있는 녀석이지만……. 댁은 사리 판단력이 있는 사람이니까, 우리가 이 녀석을 거들어 줍시다. 즉, 그냥 이 녀석의 손을 잡고서 좀 움직여 주는 거죠, 그럼 녀석은 서명을 하는 셈이고. 자, 좀 해 보시죠……."

"아무래도 다음번에 또 들러야겠습니다."

"아니, 아니요. 뭐 하러 그런 고생을 합니까. 댁은 사리 판단력이 있는 사람이니까……. 자, 로쟈, 손님을 이렇게 붙들어 두면 쓰나…… 좀 봐라, 기다리고 계시잖아." 그러고는 정말로 진지하게 라스콜니코프의 한 손을 잡고 움직일 태세였다.

"내버려 둬, 내가 직접 할 테니까……." 상대방은 이렇게 말하고는 펜을 잡고 장부에 서명했다. 조합원은 돈을 꺼내 놓고 물러났다.

"브라보! 이봐, 이제 뭘 좀 먹을래?"

"응." 라스콜니코프가 대답했다.

"수프 좀 있나?"

"어제 것이 있긴 한데." 줄곧 그곳에 서 있던 나스타시야가 대답했다.

"감자와 쌀이 들어간 건가?"

"응, 그래."

"나도 참, 모르는 게 없다니까. 그 수프 좀 갖다 줘, 차도 내오고."

"그러지, 뭐."

라스콜니코프는 심히 놀란 나머지 먹먹하고 막연한 두려움에 떨며 이 모든 사태를 지켜보고 있었다. 그는 앞으로 어떻게 될지 잠자코 기다려 보기로 결심했다. '아무래도 미망은 아닌 모양이야.' 그는 생각했다. '이건 정말로…….'

이 분 뒤 나스타시야가 수프를 갖고 돌아왔고 차도 금방 나올 것이라고 했다. 수프와 함께 스푼 두 개, 접시 두 개, 쇠고기를 위한 소금, 후추, 겨자 등 양념이 골고루 다 나왔는데, 이렇게 구색을 갖춘 식사를 받아 본 지 참 오랜만이었다. 식탁보도 깨끗한 것이었다.

"나스타시유쉬카, 프라스코비야 파블로브나가 맥주도 두 병쯤 내주면 나쁘지 않겠는걸. 우리끼리 한잔하는 거지."

"하여간 넉살도 참 좋으셔!" 나스타시야는 이렇게 중얼거리며 시키는 대로 하러 나갔다.

라스콜니코프는 여전히 바싹 긴장한 채 야생동물처럼 사태를 예의 주시하고 있었다. 그러는 사이에 라주미힌이 그의 소파로 옮겨 앉아, 상대가 충분히 혼자 일어날 수 있을 법한데도, 곰처럼 굼뜬 동작으로 왼손으로는 그의 머리를 받치고 오른손으로는 수프 숟가락을 든 채 그가 데지 않도록 미리 몇 번을 후후 분 다음 그의 입으로 가져갔다. 수프는 그냥 좀 따끈할 뿐이었는데 말이다. 라스콜니코프는 한 숟가락을 게걸스럽게 삼키더니 이어 또 두 숟가락, 세 숟가락을 먹었다. 하지만 몇 숟가락을 떠 주던 라주미힌이 갑자기 동작을 멈추고 이 이상은 조시모프와 상의해 봐야 한다고 말했다.

나스타시야가 맥주 두 병을 들고 들어왔다.

"차 마실래?"

"응."

"후다닥 가서 차도 좀 가져와, 나스타시야, 차라면 그 의사 선생의 허락 없이도 괜찮을 테니까. 그나저나 여기 맥주 대령이오!" 그는 자기 의자로 옮겨 앉아 수프와 쇠고기를 자기 앞에 갖다 놓고서 사흘은 족히 굶은 사람처럼 식욕을 뽐내며 먹기 시작했다.

"로쟈, 나는 요새 여기 너희 집에서 매일같이 이런 식사를 해." 그는 쇠고기를 가득 쑤셔 넣은 입을 최대한 놀려 이렇게 웅얼거렸다. "전부 파셴카 덕분이야, 너의 주인아줌마가 그야말로 주인아줌마 노릇을 한답시고 성심성의껏 나를 영접해 주고 있거든. 물론 내가 이래 달라고 떼를 쓰는 건 아니지만 뭐 그렇다고 딱히 마다할 이유도 없지. 나스타시야가 차를 갖고 왔군. 정말 날렵해! 나스첸카*, 맥주 좀 마실래?"

"어이쿠, 장난꾸러기나 실컷 드셔!"

"그럼 차는?"
"차는 좀 주든가."
"좀 따라 봐. 잠깐만, 내가 직접 따라 줄 테니까 식탁 앞에 앉아."
그는 즉시 찻주전자를 들고 차를 한 잔, 또 한 잔 더 따라 준 다음 아침 식사는 그만두고 다시 소파로 옮겨 앉았다. 그러고는 아까처럼 왼손으로 환자의 머리를 감싸 안고 몸을 일으켜 찻숟가락으로 차를 떠먹이기 시작했다. 이번에도 한결같이, 유달리 정성스레 찻숟가락을 후후 불어 주었는데, 이렇게 불어 주는 과정이 환자의 회복을 위해 가장 중요한, 절체절명의 요소라는 투였다. 라스콜니코프는 남의 도움이 전혀 없어도 몸을 일으켜 소파에 앉을 만한 힘은, 숟가락이나 찻잔을 드느라 손을 놀리는 것은 물론이거니와 걸어 다닐 만한 힘도 아주 충분히 있다는 느낌이 들었지만, 잠자코 있을 뿐 별로 저항하지도 않았다. 거의 짐승처럼 교활하고 야릇한 어떤 본능이 발동하여, 때가 될 때까지 자신의 힘을 숨기고 몸을 사리자, 필요하다면 아직 말귀를 잘 못 알아듣는 척하자, 하지만 지금 일이 어떻게 돌아가는지는 경청하고 탐지하자, 하는 생각이 갑자기 머릿속에 떠올랐던 것이다. 그러나 그는 혐오감을 감당할 수 없었다. 차를 열 숟가락 정도 받아먹은 다음, 갑자기 머리를 빼내고 숟가락을 변덕스럽게 밀쳐 내고는 또다시 베개 위로 털썩 드러누웠다. 머리맡에는 이제 정말로 진짜 베개가

---

* 나스타시야의 애칭.

놓여 있었는데, 깃털이 푸근하고 깨끗한 베갯잇을 씌운 것이었다. 그는 이 사실도 인지했으며 고려 대상에 포함시켰다.

"오늘은 파셴카가 딸기잼을 보내 주면 좋겠는걸, 이 녀석한테 마실 걸 만들어 주려면." 라주미힌은 이렇게 말하며 자기 자리에서 앉아 다시 수프와 맥주에 입을 댔다.

"주인아줌마가 어디서 너한테 딸기잼을 갖다 준대?" 나스타시야가 다섯 손가락을 쫙 펴 접시를 받치고 차를 설탕 체에 걸러 내다시피 해서 마시며 물었다.

"딸기잼이라면, 이 친구야, 상점에서 사서 갖다 주겠지. 있잖아, 로쟈, 네가 없어서 한바탕 난리가 났어. 네가 어디 사는지 말도 안 해 주고 그렇게 사기꾼처럼 내 집에서 싹 내뺐을 때, 나는 갑자기 분통이 터져서 너를 찾아내 혼쭐을 내 주기로 결심했어. 바로 그날 행동을 개시했지. 사방팔방 뒤집고 다니며 수소문에 수소문을 거듭했지 뭐냐! 여기, 그러니까 지금 이 집은 까맣게 잊은 거야. 하긴 원래 몰랐으니까 절대 기억날 리도 없었겠지. 뭐 그래도 옛날 집이라면, 퍄치 우글로프 근처 하를라모프의 집이라는 것만은 기억나더라고. 해서, 그 하를라모프의 집을 찾아 헤맸는데, 사실 나중에 보니 그것은 숫제 하를라모프의 집도 뭣도 아니고 부흐의 집이었던 거야. 가끔은 정말 헷갈릴 만한 발음이지 뭐냐! 뭐, 그러니 화가 나서 미치겠더라고. 어찌나 화가 나던지, 죽이 되든 밥이 되든 한번 해 보자 싶어서 이튿날 주소 안내소로 갔어. 한데, 이게 웬일이냐, 거기서 단 이 분 만에 네 주소를 찾아 주는 거야. 네가 거기에 등록돼 있더라고."

"등록이라고!"

"그뿐이 아니야. 내가 있어 보니까 코벨레프 장군이라는 사람은 그쪽에서도 끝내 못 찾아내더라. 뭐, 얘기하자면 길어. 아무튼 나는 여기 오자마자 당장에 네 일을 모조리 알게 됐어. 전부, 이봐, 이제는 전부 알고 있단 말이야. 여기 이 여자가 다 봤지. 니코짐 포미치와도 인사를 나누고 일리야 페트로비치도 소개받고 문지기며 자묘토프 씨, 즉 이곳 경찰서 서기인 알렉산드르 그리고리예비치도 알게 됐고, 끝으로, 파셴카도 알게 됐는데, 이거야말로 대단한 영광이었지. 여기 이 여자도 알고 있지만……."

"사탕발림을 잔뜩 늘어놓던걸." 나스타시야가 능글맞게 웃으며 중얼거렸다.

"그쪽은 차에 설탕이나 더 넣으시죠, 나스타시야 니키포로브나."

"요 수캐 같은 녀석이 정말!" 나스타시야는 갑자기 소리를 지르며 자지러지게 웃었다. "게다가 나는 니키포로바가 아니라 페트로바야." 웃음이 멎자 갑자기 이렇게 덧붙였다.

"알아 모시도록 합지요. 그나저나, 쓸데없는 잡담은 이쯤 하고, 나는 말이야, 우선 이 지역에 만연한 편견을 단번에 근절하기 위해 곳곳에 전류라도 흘려보내고 싶었어. 하지만 결국 파셴카에게 굴복했지. 이봐, 난 정말 꿈에도 생각지 못했어, 그 여자가 그렇게…… 근사할 줄이야…… 어? 네 생각은 어때?"

라스콜니코프는 흥분에 찬 시선을 잠시도 떼지 않았지만

입은 꾹 다물고 있었고, 지금도 계속 그를 뚫어져라 바라보기만 했다.

"심지어 아주 근사하다니까." 라주미힌은 상대방의 침묵에 조금도 기죽지 않고 그 무언의 대답에 맞장구를 치듯 말을 이어 갔다. "또 아주 잘돼 가고 있어, 모든 점에서 두루두루."

"어라, 뭐 이런 종자가 다 있대!" 나스타시야가 다시 소리쳤는데, 이 대화에서 뭐라 설명할 수 없는 행복의 극치를 맛보는 모양이었다.

"이봐, 넌 글러 터졌어, 첫 단추를 끼우는 법을 몰랐던 거야. 그 여자는 그렇게 다뤄서는 안 됐지. 사실 이쪽은 말하자면 전혀 예측할 수 없는 성격의 소유자거든! 뭐, 성격 얘기는 나중에 하고……. 다만, 예를 들어, 대체 어떻게 했기에 그녀가 식사까지 내주지 않는 지경이 됐냐? 또, 예를 들면, 그 어음은 대체 뭐야? 아니, 미치지 않고서야 어떻게 어음에 서명을 하냐! 또, 예를 들면, 그 딸 나탈리야 예고로브나가 살아 있을 때 오갔던 혼담은 뭐야……. 전부 다 알고 있다고! 하긴 내 보기에 이건 섬세한 감정적인 문제이고 나야 이쪽으론 깡통이니까 네가 이해해 주라. 참, 말이 나온 김에, 맹탕 얘기 좀 하자. 야, 네 생각은 어때, 프라스코비야 파블로브나가 첫눈에는 좀 그렇지만 사실 아주 맹탕은 아닌 것 같지, 어?"

"그래……." 라스콜니코프는 먼 산을 바라보며 떨떠름하게 대답했지만 대화를 부추기는 편이 더 이롭다는 것쯤은 알고 있었다.

"그렇지?" 라주미힌은 대답을 들은 것이 기쁜지 이렇게 소리쳤다. "하지만 사실 똑똑한 건 아니야, 어? 도무지, 도무지 예측할 수 없는 성격의 소유자라니까! 이봐, 실은 좀 얼떨떨해, 정말이야……. 그 여자, 분명히 마흔은 족히 됐을 거야. 자기 말로는 서른여섯이라고 하고 충분히 그렇게도 보이지만. 어쨌거나 나는, 맹세코, 그녀를 대체로 지적인 차원에서, 오직 형이상학에 근거해서 판단해. 그러니까 우리 사이에는 너의 대수학에 맞먹는 상징 같은 것이 생겨났다는 말씀! 뭐가 뭔지 통 모르겠다니까! 뭐, 이건 죄다 허튼소리이고, 어떻든 네가 이미 대학생도 아니고 과외 자리도, 옷가지도 뺏긴 데다가 그 아가씨마저 죽었으니 그녀로서는 너를 더 이상 친인척 취급할 이유가 하나도 없다는 사실을 깨닫고는 갑자기 경악한 거야. 또 너는 너대로 방구석에 틀어박혀 옛날처럼 지낼 생각은 하지도 않으니까, 너를 집에서 쫓아낼 생각을 한 거지. 오래전부터 그럴 작정이었는데 그 어음이 아까워졌던 거야. 게다가 네 입으로 어머니가 갚아 줄 거라고 했다니……."

"그건 야비한 심보에서 내뱉은 소리에 불과해……. 실은 우리 어머니야말로 거의 구걸을 해야 할 형편이고…… 나는 이 집에 계속 눌러 있으려고…… 밥도 얻어먹으려고 거짓말을 한 거야." 라스콜니코프는 큰 소리로 또박또박 말했다.

"그래, 그야 잘한 일이지. 다만, 체바로프 씨라고 7등관이자 실무에 능한 사람이 이 일에 끼어든 것이 화근이었어. 그 사람이 없었으면 파셴카는 아무 생각도 못했을 거야, 워낙 부끄러움을 많이 타는 편이니까. 하지만 저 실무적인 사람은 부끄러움을 통 모르니까 당연히 대뜸, 어음을 변제할 희망이 있는가,

하는 문제부터 제기했지. 대답인즉, 그렇다, 하는 것이었고, 그 이유인즉, 125루블의 연금으로 살아가면서 자기는 끼니를 굶을지라도 로젠카*만은 구해 줄 어머니가 있고 또 오빠를 위해서라면 노예의 길도 마다하지 않을 여동생이 있기 때문이다, 하는 거지. 바로 이게 그가 믿는 구석이었던 거야……. 왜 몸을 들썩거리고 그래? 야, 나는 지금 네 얘기를 속속들이 다 알아냈어, 네가 파셴카와 친인척처럼 지낼 때 허물없이 군 건 참 잘한 일이야, 이제 와서 너를 생각해서 하는 말이지만……. 한데 문제가 뭐냐면, 정직하고 감수성이 예민한 사람은 솔직하게 다 터놓는 반면, 실무적인 사람은 가만히 듣고 주워 먹고 있다가 나중에 가서는 싹 다 먹어 치우려 들거든. 여하튼 그녀는 이 어음을 저 체바로프에게 약속어음처럼 양도한 모양이고, 그쪽에서는 조금도 멋쩍어하는 기색 없이 형식적 절차에 따라 지불을 요구해 왔어. 이런 사정을 전부 알게 된 나는 이 작자의 양심 세탁을 위해 또 전류라도 흘려 주고 싶은 마음 굴뚝같았지만, 그 무렵에는 파셴카와 조율이 잘됐고 그래서 네가 돈을 갚는다는 것을 보증할 테니 이 사건을 아예 초장부터 전부 중지하라고 요구했지. 이봐, 내가 네 보증을 섰단 말이야, 듣고 있냐? 체바로프를 불러서 10루블을 쑤셔 주고 서류는 돌려받았어. 자, 그리하여 영광스럽게도 이것을 그대 앞에 내놓게 됐으며 이제는 그대의 말만 효력이 있는 셈인데, 자, 받아 두시고, 흔히 하는 방식대로 서류의 끄트머리는 살짝 찢

---

* 로지온의 애칭.

어 됐어."

라주미힌은 차용증을 탁자 위에 꺼내 놓았다. 라스콜니코프는 힐끗 보더니 한마디 말도 하지 않고 벽 쪽으로 돌아누워 버렸다. 라주미힌도 기어코 삐쳐 버렸다.

"알았어, 인마." 그가 일 분 뒤에 말했다. "내가 또 병신 짓을 했군. 네 기분 좀 띄워 주고 수다를 떨어 위로나 해 줄까 생각했는데 괜히 화만 돋운 모양이다."

"내가 정신없이 헛소리를 할 때 누군지 못 알아본 것이 너였어?" 라스콜니코프가 역시 일 분 정도 침묵하고 있다가 고개도 돌리지 않고 물었다.

"응, 나였고, 내가 자묘토프를 한 번 데려왔을 때는 유달리 미쳐 날뛰시더군."

"자묘토프라고……? 그 서기 말이야……? 대체 왜?" 라스콜니코프는 재빨리 돌아눕더니 라주미힌을 뚫어져라 응시했다.

"아니, 너 왜 그래……. 왜 그리 펄쩍 뛰는 거야? 너와 인사를 나눴으면 하더라고. 그쪽에서 먼저 그러고 싶어 했어, 나와 네 얘기를 많이 주고받았거든……. 안 그랬으면 내가 어디서 네 얘기를 이렇게 많이 알아냈겠어? 멋진 친구던걸, 아주 놀라운 녀석이었어……. 물론, 그 나름대로 그렇단 소리지만. 이제는 친구나 다름없지, 거의 매일 만나고 있으니까. 실은 나도 이 동네로 이사 왔어. 아직 몰랐지? 이사 온 지는 얼마 안 됐어. 그 친구랑 라비자 집에도 두어 번 갔지. 라비자라고 기억나, 라비자 이바노브나 말이야?"

"내가 혹시 무슨 헛소리를 했어?"

"당연한 거 아냐! 그대는 정녕 넋이 나갔습죠."

"뭐라고 헛소리를 하던?"

"헉! 뭐라고 했냐고? 알 만하잖아, 헛소리를 하면 뭐라고 하는지……. 뭐, 이제 시간이 아까우니까 본론으로 들어가자."

그는 의자에서 일어나 학생모를 잡았다.

"뭐라고 헛소리를 했냐니까?"

"에이, 또 그 소리야! 무슨 대단한 비밀이 있다고 그렇게 노심초사냐? 걱정 붙들어 매셔, 백작 부인 얘기는 전혀 안 했으니까. 무슨 불도그니 귀걸이니 무슨 목걸이니 크레스토프스키 섬이니 무슨 문지기니 니코짐 포미치니 부서장 일리야 페트로비치니 말을 참 많이도 했지. 그 밖에도 그 양말짝에 대해서 지대한 관심을 보입디다, 참 지대한 관심을! 그걸 내놓으라고 엄청나게 징징거리시더구먼. 결국 자묘토프가 향수를 뿌리고 반지를 잔뜩 낀 손으로 방 안을 구석구석 다 뒤져 네 양말을 찾아서는 그 걸레쪽을 그대 앞에 대령했단 말씀. 그제야 비로소 안심이 되셨는지 꼬박 이십사 시간 동안 그 걸레쪽을 손에 꼭 붙들고 계시던걸. 빼낼 수도 없었어. 분명히 지금은 네 이불 밑에 어디 있을 거야. 또 바짓단에 달린 술 장식을 내놓으라고 애원했어, 그것도 눈물까지 흘리면서! 우리는 당최 무슨 술 장식을 말하는 거냐고 집요하게 캐물었지. 하지만 뭐 하나 알아먹을 수가 있어야지……. 뭐, 그럼, 본론으로 들어가자! 여기 35루블이 있어. 이중 10루블은 가져간다, 사용 내역은 두 시간쯤 후에 제시할게. 그사이에 조시모프에게도 알려 주어야겠어, 11시가 지났으니까 안 그래도 진즉에 이리로 왔을 텐데. 그리고 나스첸카, 내가 없을 때 자주 들러 이것저것 좀 봐 줘요, 저어기 마실 거나 뭐 달리 필요한 건 없는지……. 파셴카에게는 지금 내가 뭐가 필요한지 말해 놓지. 그럼, 또 봅시다!"

"주인아줌마를 파셴카라고 부르다니! 아휴, 정말 능글맞은 인간이야!" 나스타시야는 그의 뒤통수에다 대고 이렇게 말했다. 그러고 나서 문을 열고 엿듣기 시작하더니, 결국 참다 못해 직접 아래로 뛰어갔다. 그가 저기서 주인아줌마와 무슨 얘기를 하는지 궁금해 죽을 지경이었던 것이다. 대체로 그녀는 라주미힌에게 홀딱 반한 것이 분명했다.

그녀가 나가고 문이 닫히자마자 환자는 이불을 걷어차고 반쯤 정신이 나간 사람처럼 침대에서 벌떡 일어났다. 온몸이 타들어 가고 경련이 일 만큼 초조한 상태에서, 그들이 없어지면 당장 일에 착수하려고 어서 빨리 그들이 나가 주기만을 기다렸던 것이다. 하지만 무엇에, 무슨 일에 착수한단 말인가? 그는 지금은 꼭 일부러 그런 양 다 잊어버린 것 같았다. '오, 주여! 저들이 모든 것을 알고 있는지, 아니면 아직 모르고 있는지, 그 한 가지만 말씀해 주옵소서. 설마 알고 있으면서도 내가 누워 있는 동안 그냥 모르는 척 약을 올려 놓고서는 나중에 갑자기 들어와 벌써 오래전에 모든 것을 알고 있었지만 그냥 잠자코 있었다고 말한다면……. 이제 어떻게 하지? 정말 일부러 그런 양 다 잊어버렸어. 갑자기 잊어버렸다가 방금 기억이 났는데……!'

그는 방 한가운데 서서 괴로운 의혹에 빠진 채 주위를 둘러보았다. 문으로 다가가 문을 열고 귀를 기울였다. 하지만 하려던 일이 이건 아니었다. 갑자기 기억이 난 듯, 벽지 밑에 구멍이 나 있던 구석으로 달려가 샅샅이 살펴보고 구멍 속에 한 손을 집어넣어 헤적이기도 했지만, 이것도 아니었다. 페치카로 가서 뚜껑을 열고 잿더미 속을 헤적여 보았다. 바짓단에 달려 있던 술 장식과 걸레처럼 찢어진 호주머니 조각이 그때 그가 버린 모습 그대로 뒹굴고 있었으니, 그렇다면 아무도 보지 않았다는 소리이다! 그 순간, 방금 라주미힌이 말한 양말짝이 생각났다. 사실, 그것은 정말로 소파의 이불 밑에 있었지만 그때 이후로 워낙에 닳고 더러워져 제 아무리 자묘토프라도 물론 아무것도 알아볼 수 없었으리라.

'어라, 자묘토프라고……! 경찰서라고……! 경찰서에서 나를 왜 부르지? 소환장은 어디 있는 거야? 어라……! 내가 혼동을 했군. 경찰서에서 부른 건 그때였잖아! 나는 그때도 양말짝을 살펴봤고 지금은…… 지금은 아팠구나. 그나저나 자묘토프는 왜 왔을까? 라주미힌은 그를 왜 데려왔을까……?' 그는 다시 소파에 앉으며 힘없이 중얼거렸다. '이건 또 뭐지? 계속 이러는 건 여전히 미망에 들떠 있기 때문일까, 아니면 현실인 걸까? 아무래도 현실인 것 같군……. 아, 기억났다, 도망치자! 한시라도 빨리 도망치는 거다, 반드시, 반드시 도망쳐야 해! 그래……. 하지만 어디로? 내 옷은 어디 있지? 구두도 없잖아! 놈들이 치워 버렸구나! 감춰 버렸어! 알 만하다! 아, 여기 외투는 있군, 놈들이 놓친 거야! 자, 책상 위에 돈도 있고, 천만다행이다! 자, 어음도 있고……. 내가 돈을 챙겨 나가서 다른 집을 빌리면 놈들이 무슨 수로 찾아내겠어……! 그렇지, 아참, 주소 안내소는? 찾아내겠군! 라주미힌이 찾아낼 거야. 차라리 아예 도망치자…… 멀리…… 아메리카로 도망치고 놈들은 엿이나 먹어라! 어음도 챙기자…… 그쪽에서 쓸모가 있을지도 모르니까. 또 뭘 챙겨야 할까? 놈들은 내가 아픈 줄 안다! 저들은 내가 걸어 다닐 수 있다는 것을 모른단 말씀, 헤-헤-헤……! 놈들의 눈을 보고서 나는 놈들이 모든 것을 알고 있다는 것을 알아챘지! 계단만 무사히 내려가면! 하지만 그 옆에서 경찰 놈들이 지키고 있으면 어떡하지! 이건 뭐야, 차인가? 아, 여기 맥주도 반병이나 남아 있구나, 차갑다!'

그는 아직 한 잔 분량은 남아 있는 맥주병을 집어, 가슴속의 불을 끄는 것 같은 쾌감을 느끼며 단숨에 벌컥벌컥 들이켰다. 하지만 일 분도 지나지 않아 머릿속에 취기가 확 돌면서 가벼운, 심지어 유쾌한 오한이 등골을 훑고 지나갔다. 그는 자리에 누워 이불을 잡아당겼다. 가뜩이나 병적이고 밑도 끝도 없는 생각들이 점점 더 격렬하게 뒤엉키더니 곧 가볍고 유쾌한 잠이 그를 휘어 감았다. 그는 쾌감을 맛보며 베개에 머리를 대고 다 찢어진 옛날 외투 대신 지금 그의 몸을 덮은 포근한 솜이불을 더 꼭 감싸고는 조용히 숨을 내쉬며 치유를 위한 깊디깊은 잠 속으로 푹 빠져들었다.

그는 누군가가 방에 들어오는 소리를 듣고서 잠에서 깼는데, 눈을 뜨고 보니 라주미힌이 문을 활짝 연 채 들어갈까 말까 망설이며 문지방에 서 있었다. 라스콜니코프는 얼른 소파에서 몸을 일으켜 그를 쳐다보았는데, 뭔가를 기억해 내려고 안간힘을 쓰는 것 같았다.

"아, 안 자고 있었구나, 나야! 나스타시야, 보따리 좀 이리 가져와!" 라주미힌이 아래층을 향해 소리쳤다. "이제 사용 내역을 보고받아야지……."

"몇 시야?" 라스콜니코프가 불안스레 주위를 둘러보며 물었다.

"이 녀석, 참 쌕쌕거리며 잘도 자던걸. 밖은 저녁이야, 6시쯤 됐을걸. 여섯 시간은 족히 넘도록 잤어……."

"맙소사! 내가 정말 왜 이러지……!"

"뭐가 왜 이래야? 몸 생각 좀 해라! 어디 급히 갈 데라도 있어? 데이트라도 하러 가냐, 어? 이제는 시간이 전부 우리 것인걸. 거의 세 시간이나 기다렸단 말이야. 두 번쯤 들렀는데, 계속 자고 있더라고. 조시모프에게도 두 번쯤 가 봤는데 계속 집에 없지 뭐냐! 뭐, 괜찮아, 올 테니까……! 녀석도 역시 볼일이 있어 집을 비웠을 테고. 사실 나 오늘 이사했어, 숙부님과 함께 전부 다 옮겼지. 사실 지금 숙부님이 우리 집에 와 계시거든……. 자, 그럼, 제기랄, 본론으로 들어가자……! 보따리 좀 이리 줘 봐, 나스첸카. 그러니까 우리는 지금……. 아참, 너 몸 상태는 좀 어때?"

"나는 건강해, 아프지 않다고……. 라주미힌, 여기 온 지 오래됐어?"

"세 시간이나 기다렸다니까."

"아니, 그 전에 말이야?"

"그 전이라니, 무슨 소리야?"

"언제부터 여기를 드나들기 시작했냐고?"

"아까 너한테 계속 얘기했는데, 설마 기억 안 나?"

라스콜니코프는 생각에 잠겼다. 아까 있었던 일이 꼭 꿈속의 일처럼 어슴푸레 어른거렸다. 혼자 힘으로는 기억해 낼 수가 없어, 의문이 담긴 눈으로 라주미힌을 바라보았다.

"음!" 상대방이 말했다. "잊어버렸구나! 아까도 내 눈에는 네가 여전히 제정신은 아닌 것 같더라니……. 이제는 잠을 푹 자서 좀 회복이 된 거야……. 정말, 훨씬 더 좋아 보여. 장한 녀석! 자, 그럼, 본론으로! 이제 기억이 슬슬 날 거야. 이쪽을 좀 봐라, 이 친구야."

그는 보따리를 풀기 시작했는데, 이 보따리에 퍽이나 구미가 당기는 모양이었다.

"이게, 인마, 믿든 말든, 영 마음에 걸렸거든. 네놈을 어떻게든 사람처럼 만들어야 하잖아. 그럼 본론으로 들어가서 위에서부터 시작하자. 이 모자 어떠냐?" 그는 보따리에서 상당히 훌륭하면서도 몹시 평범하고 저렴한 학생모를 꺼내며 말을 시작했다. "어디, 잘 맞는지 볼까?"

"나중에, 좀 있다가." 라스콜니코프는 만사가 딱 귀찮다는 듯 손을 내저으며 말했다.

"안 돼, 로쟈, 뻗대지 좀 마라, 나중이면 늦어. 게다가 나는 밤새도록 잠도 못 잘 거야, 치수도 안 재고 어림짐작으로 샀거든. 딱 맞네!" 모자를 씌워 보며 그는 의기양양하게 소리쳤다. "이야, 치수가 딱 맞는걸! 머리 장식품이란 말이야, 인마, 옷차림에서 제일 중요한 부분이야, 일종의 소개장이랄까. 내 친구 중에 톨스챠코프라는 녀석은 어디 공공장소에 들어갈 때마다 다른 사람은 전부 모자나 학생모를 쓰고 있는데 자기만 꼭 모자를 벗어. 다들 그 녀석이 노예근성에서 그런다고 생각하지만 실은 그냥 새둥지 같은 자기 모자가 부끄러워서 그러는 것일 뿐이야. 부끄러움을 정말 많이 타는 녀석이거든! 자, 나스첸카 양, 여기 모자가 두 개가 있는데, 이 파머스턴*(그는 구석에서 라스콜니코프의 찌그러진 둥근 모자를 꺼냈는데, 이유는 모르겠으나 그것을 파머스턴이라고 불렀다.) 쪽이오, 아니면 이 보석 같은 물건 쪽이오? 어디 값을 매겨 봐, 로쟈, 어떻게 생각해, 얼마 주고 샀게? 나스타시유쉬카, 어때?" 그는 라스콜니코프가 침묵하는 것을 보자 그녀에게 물었다.

"한 20코페이카쯤 줬겠네." 나스타시야가 대답했다.

"20코페이카라니, 이런 바보가 다 있나!" 속이 팍 상한 그는 소리를 질렀다. "요즘은 20코페이카 갖고는 네 몸뚱어리도 못 사는 세상이야. 80코페이카나 줬단 말이야! 그나마도 중고라서 그래. 실은 조건이 하나 붙어 있지. 쓰고 다니다가 낡으면 내년에 다른 걸 공짜로 준다니, 횡재지, 뭐! 자, 이제, 우리가 김나지움 시절에 주고받던 농담대로 미합중국으로 넘어가 볼까. 미리 일러두자면, 이 바지가 자랑스럽도다!" 그러고는 가벼운 여름용 울 소재로 된 회색 바지를 라스콜니코프 앞

* H. J. 파머스턴(1784~1865. 영국의 정치가)의 이름을 언급한 것은 모자가 낡았다는 뜻.

에 펼쳐 놓았다. "구멍도, 얼룩도 없고 중고라곤 해도 충분히 쓸 만한 데다가 조끼도 똑같은 느낌에 같은 색이고 요즘 유행에 딱 맞지. 중고면 어때, 사실 그편이 더 나아. 더 보들보들하고 더 부드럽고……. 이봐, 로쟈, 요즘 세상에 출세를 하려면 내 생각으로는 항상 계절에 맞는 옷차림을 하는 것만으로도 충분해. 1월에 아스파라거스를 살 생각만 하지 않으면 지갑에 몇 푼 정도는 보존할 수 있거든. 지금 사 온 것도 똑같아. 지금은 여름철이니까 여름옷을 샀는데, 가을철이 오면 기왕지사 더 따뜻한 옷이 필요해지니까 이놈은 어차피 버려야 될 테고…… 더군다나 그때쯤 되면 이놈이 저절로 알아서 마모될 거야, 딱히 사치를 부려서가 아니라 내적인 구조의 특성상 말이야. 자, 값을 매겨 봐! 네 생각엔 얼마를 줬을 것 같냐? 2루블하고도 25코페이카올시다! 또 기억해 둘 게 있는데, 이번에도 아까와 같은 조건이야. 이 녀석들을 입다가 다 떨어지면 내년에 다른 옷을 공짜로 얻을 수 있다는 말씀! 페쟈에프 상점에서는 이런 식으로만 장사를 해. 한 번 돈을 내면 평생 그걸로 충분해, 안 그러면 다음번에는 안 갈 테니까. 자, 이제 구두를 좀 볼까, 어때? 사실 중고인 건 보여도 두 달 정도는 거뜬히 신을 거야, 나름대로 물 건너온 진짜 외제거든. 영국 대사관의 비서가 지난주에 톨쿠치 시장에 내놓은 거야. 엿새밖에 신지 않았는데 돈이 몹시 궁했다나. 가격은 1루블 50코페이카. 잘 샀지?"

"발에 안 맞을 수도 있잖아!" 나스타시야가 일침을 가했다.

"안 맞다니! 그럼 이건 뭐냐?" 그러곤 주머니에서 진흙이

덕지덕지 말라붙어 있고 구멍이 숭숭 뚫린, 라스콜니코프의 낡아 빠진 구두 한 짝을 끄집어냈다. "혹시나 싶어서 들고 갔는데, 그쪽에서는 이 해괴망측한 녀석을 갖고서도 신발의 크기를 제대로 맞춰 주더라고. 이 모든 일을 성심성의껏 했단 말이야. 셔츠 문제는 주인아줌마와 상의를 좀 했어. 첫째, 루바쉬카 세 장은 마직이지만 깃은 요즘 유행하는 모양이고……. 자, 그리하여 모자가 80코페이카, 다른 옷이 2루블 25코페이카, 다 합하면 3루블 5코페이카야. 또 구두가 정말 좋은 것이라 1루블 50코페이카, 다 더하면 4루블 55코페이카, 여기에 한꺼번에 왕창 흥정해서 산 셔츠 값이 5루블, 그래서 전부 합하면 정확히 9루블 55코페이카야. 거스름돈 45코페이카는 전부 5코페이카짜리 동전인데, 자, 받아 둬. 이렇게, 로쟈, 너는 지금 옷 한 벌이 멀쩡히 마련된 셈인데, 내 생각으로 네 외투는 아직 쓸 만할뿐더러 특별한 품격마저 있는 것 같아. 샤르메르* 상점에서 새로 맞춘들 무슨 의미가 있겠어! 양말이나 나머지 자질구레한 물건은 너에게 일임한다. 우리에게 남은 돈은 25루블인데, 파셴카와 방세 지불에 대해서는 염려하지 마. 아까도 말했지만, 완전히 무한 신용이거든. 이봐, 이제는 셔츠를 좀 갈아입자, 그 루바쉬카 속에 지금 병균이 숨어 있을 것만 같다, 야……."

"내버려 둬! 싫다니까!" 라스콜니코프는 손사래를 치며 거절했는데, 라주미힌이 옷을 어떻게 샀는지를 놓고 억지스럽

* 당시 페테르부르크의 유명한 재봉사.

다 싶을 만큼 익살스럽게 늘어놓는 보고를 듣자니 역겨웠던 것이다…….

"인마, 그럴 수는 없지, 그럴 거면 내가 미쳤다고 발바닥이 마르고 닳도록 돌아다녔냐!" 라주미힌은 계속 고집을 부렸다. "나스타시유쉬카, 쑥스러워할 것 없으니까 좀 도와줘요, 옳지 그렇지!" 그러고는 라스콜니코프가 뻗대는 건 아랑곳 않고 어쨌거나 셔츠를 갈아입혔다. 상대방은 베개 위로 나자빠져 이분 정도 한마디도 하지 않았다.

'좀처럼 떨어질 것 같지 않은데!' 이런 생각이 들었다. "이걸 다 무슨 돈으로 샀지?" 마침내 그가 벽을 보며 물었다.

"무슨 돈이냐고? 야, 너 진짜 너무한다! 바로 네놈의 돈으로 샀다. 아까 바흐루쉰이 보낸 조합원이 다녀갔고, 돈은 어머니께서 송금해 주신 거잖아. 설마 그것도 까먹었냐?"

"이제 기억난다……." 라스콜니코프 오랫동안 음울한 표정으로 생각을 하더니 이렇게 말했다. 라주미힌은 얼굴을 찌푸리며 불안한 눈으로 그를 쳐다보았다.

문이 열리면서 키가 크고 몸집이 다부진 사람이 들어왔는데, 얼굴을 봐선 라스콜니코프도 이미 조금은 아는 사람인 것 같았다.

"조시모프! 드디어 왔구나!" 라주미힌이 기뻐서 환호성을 질렀다.

4

조시모프는 키가 크고 살이 뒤룩뒤룩 찐 사람으로서 약간 푸석푸석하고 핏기 없이 창백한 얼굴은 매끈하게 면도를 했고 머리카락은 밝은 금발에 곧게 뻗어 있었으며 안경을 끼고 있고 피둥피둥 살이 쪄 부풀어 오른 손가락에는 커다란 금반지를 끼고 있었다. 나이는 스물일곱 살쯤으로 보였다. 옷차림은 헐렁하고 멋스러운 가벼운 외투에 밝은 색깔의 여름용 바지를 입고 있었는데, 대체로 그가 입고 있는 옷은 전부 낙낙하고 멋스러운, 이제 막 맞춘 것이었다. 셔츠 역시 흠잡을 데 없고 시곗줄은 굵직했다. 그의 몸가짐은 느긋하고 심드렁하면서도 동시에 익숙한 사이인 양 허물없어 보였다. 딴에는 열심히 숨기고 있는 자만심이 수시로 엿보이기도 했다. 그를 아는 사람은 누구나 그가 상대하기 힘든 사람이라고 생각했지만 자기 일에는 정통한 사람이라고 말하곤 했다.

"이봐, 너희 집에 두 번이나 갔어……. 보이지, 정신이 들었어!" 라주미힌이 소리쳤다.

"보여, 보인다. 자, 지금 기분은 어떠세요, 예?" 조시모프는 라스콜니코프를 유심히 살펴보고 이렇게 물으면서 그의 소파 위에 걸터앉더니 이내 최대한 퍼질러 앉아 버렸다.

"우울해하는 건 여전해." 라주미힌이 말을 계속 이어 갔다. "우리가 방금 셔츠를 갈아입혀 주었는데 거의 울음을 터뜨릴 기세였지."

"알 만하다. 본인이 싫다고 하면 옷은 나중에 갈아입혀도 됐을 텐데……. 맥박은 아주 양호하군. 머리는 여전히 좀 아프시죠, 예?"

"나는 건강해요, 완전히 건강합니다!" 라스콜니코프는 갑자기 소파에서 몸을 일으키더니 눈을 번득이며 집요하고 신경질적으로 말했지만, 당장 또다시 베개 위로 나자빠지며 벽 쪽으로 몸을 돌렸다. 조시모프는 그를 유심히 관찰했다.

"아주 좋습니다…… 모든 것이 정상입니다." 그가 심드렁하게 말했다. "뭣 좀 드셨어?"

옆에서 얘기를 해 주었고 무엇을 먹이면 좋을지도 물었다.

"뭐든지 괜찮아……. 스프, 차……. 버섯이나 오이 같은 건 물론 안 되고, 뭐, 쇠고기도 안 되고, 그리고…… 뭐, 이런 건 일일이 얘기할 것도 없지……!" 그는 라주미힌과 눈짓을 주고받았다. "물약이나 다른 것도 전부 다 필요 없어. 어차피 내일 내가 와서 볼 테고……. 오늘 올 수도 있고……. 뭐, 그렇지……."

"내일 저녁에는 이 녀석을 데리고 산책을 나갈 거야!" 라주미힌이 이렇게 결정했다. "유수포프 공원에 갔다가 '팔레 드 크리스탈'*에도 들를까 해."

"나라면 내일은 이분을 움직이지 못하게 할 텐데…… 하긴 약간이라면…… 뭐, 그때 가서 한번 보지."

"에이, 신경질 나, 오늘은 마침 집들이를 할 참인데, 엎어지면 코 닿을 데거든. 이 녀석도 오면 좋으련만. 하다못해 소파에 누워 있더라도 우리랑 함께하면 좋잖아! 너는 올 거지?" 갑자기 라주미힌이 조시모프에게 물었다. "이봐, 잊으면 안 돼, 약속했잖아."

"알았어, 늦게라도 갈게. 그래, 뭘 좀 차려 놨어?"

"별거 있겠어, 차, 보드카, 청어 정도지. 피로그는 나올 거야. 우리끼리만 모이는 거니까."

"정확히 누가 오는데?"

"죄다 이곳 사람이고, 죄다 거의 초면이고, 사실 나이 드신 숙부님을 빼면 그런데, 하긴 이분이야말로 초면이네. 무슨 볼일이 있어서 어제 막 페테르부르크에 오셨거든. 이렇게 우리는 오 년에 한 번씩 얼굴을 보는 셈이야."

"어떤 분이셔?"

"평생을 촌구석에서 우체국장을 하며 세월아 네월아 하다가…… 연금을 받고 있는데 예순다섯 살이고 별로 내세울 것

* '수정궁'이라는 뜻의 프랑스어(Palais de Cristal)를 러시아어로 음차한 것. '수정궁'은 페테르부르크의 사도바야 거리에 있던 레스토랑 이름.

도 없어……. 그래도 나는 숙부님이 꽤 좋아. 포르피리 페트로비치도 올 거야. 이곳의 예심판사에…… 법학자지. 아참, 너도 알걸…….”

“그 사람도 너의 친척쯤 되냐?”

“아주 먼 친척뻘 되지. 왜 인상을 쓰고 그래? 어라, 한 번쯤 싸운 적이라도 있는 모양인데, 설마 그렇다고 안 올 테냐?”

“그런 자식, 엿이나 먹으라지…….”

“더할 나위 없이 잘됐군. 뭐, 어쨌든 저어기 대학생들, 교사, 관리 한 명, 음악가 한 명, 장교, 자묘토프…….”

“물어볼 게 있는데, 너나 혹은 여기 이분과” 하고 조시모프는 라스콜니코프를 향해 턱을 까딱했다. “자묘토프라는 사람 사이에 무슨 공통 관심사가 있을 수 있을까?”

“아이고, 이 깐깐한 작자들아! 그놈의 원칙들……! 너는 아주 그놈의 원칙 위에 앉아 사는구나, 그게 무슨 용수철이냐. 몸 한 번 돌리는 것도 자기 의지대로 못하잖아. 어쨌거나 내 생각으론, 사람만 좋으면 그만이야, 이게 바로 내 원칙이고, 다른 건 전혀 알고 싶지도 않아. 자묘토프는 정말 놀라운 녀석이라고.”

“자기 배만 채우는데도 말이지.”

“뭐, 그러라고 해, 그게 뭐 대수냐! 자기 배만 채우는 게 뭐가 어때서!” 갑자기 라주미힌이 어째 부자연스러울 만큼 짜증을 내며 소리쳤다. “아니, 내가 네 앞에서 그가 자기 배만 채운다고 칭찬했냐? 나는 그저 그가 그 나름으로 좋은 사람이라고 말했을 뿐이야! 고지식하게 이것저것 다 따지면 좋은 사람이 몇이나 되겠냐? 나만 해도 내 뱃속의 창자까지 몽땅 다 합쳐도, 심지어 너까지 덤으로 얹어 줘도 구운 양파 하나 값 정도밖에 안 쳐줄 거라고 확신한다……!"

"그건 좀 적지. 나라면 네 몸값으로 양파 두 개는 내놓겠는데……."

"나라면 네 몸 값으로 딱 하나만 내놓겠어! 그놈의 말재주, 좀 더 부려 보시지! 자묘토프는 아직 풋내기라서 나는 그 녀석의 머리카락을 살짝 잡아당길 거야, 그 녀석은 내칠 것이 아니라 끌어당겨야 하거든. 사람을 내쳐서는 고칠 수가 없어, 풋내기는 더욱더 그렇지. 풋내기라면 두 배는 더 신중하게 다뤄야 된다고. 에잇, 너희들, 진보적인 멍텅구리들은 아무것도 못 알아먹지! 사람을 존경하지도 않고 괜히 자기 성질이나 돋우고……. 네가 정 그러면 말이야, 사실 우리 사이에는 공통 관심사가 하나 생겼어."

"뭔지 궁금한걸."

"전부 칠장이, 즉 페인트 공에 관한 일인데……. 우리가 그를 구해 낼 거야! 하긴 이제는 별로 큰일도 아니지만. 사건이 이제는 아주, 아주 명백하거든! 우리는 그냥 김만 좀 쐬어 주면 돼."

"페인트 공이라니, 그건 또 무슨 소리야?"

"이런, 내가 얘기 안 했나? 설마? 아, 맞다, 앞부분만 좀 얘기해 줬구나…… 그러니까 노파 살인 사건 말인데, 전당포 일을 하던 관리 미망인…… 뭐, 여기에 지금 페인트 공이 연루됐고……."

"그 살인 사건이라면 네가 말을 꺼내기 전에 들었고 심지어 얼마간은…… 관심도 있고…… 그럴 계기가 또 있어서 말이야…… 신문에서도 읽었지! 한데……."

"리자베타도 죽였어!" 갑자기 나스타시야가 라스콜니코프를 보며 입을 열었다. 그녀는 줄곧 방 안에 남아 문 옆에 바싹 붙은 채 얘기를 듣고 있었다.

"리자베타라고?" 라스콜니코프가 들릴락 말락 한 소리로 중얼거렸다.

"리자베타라고 헌 옷 같은 거 팔던 여자, 몰라? 여기 아래층에도 더러 왔는데. 학생 루바하*도 수선해 줬는걸."

라스콜니코프는 벽 쪽으로 돌아누워, 하얀 꽃무늬가 그려진 더럽고 싯누런 벽지에서 무슨 갈색 선이 들어간 못생긴 하얀 꽃 한 송이를 골라서 잎이 몇 장이나 되는지, 잎 가장자리에 톱니무늬가 어떤 모양인지, 잎맥은 또 몇 개나 되는지를 살펴보기 시작했다. 팔다리가 마비된 것처럼 저려 오는 것이 느껴졌지만 몸을 달싹여 볼 생각도 하지 않고 고집스레 그 꽃만 응시했다.

"그래서 페인트 공은 어떻게 됐다는 거야?" 어쩐지 유달리 못마땅해하며 조시모프가 나스타시야의 수다를 가로막았다. 상대는 한숨을 내쉬며 입을 닫았다.

"그자도 살인 용의자 명단에 들어갔지 뭐!" 라주미힌이 열을 올리며 말을 이어 갔다.

---

* 루바쉬카를 말한다.

"무슨 증거라도 있나?"

"증거는 무슨! 하긴 정확히 증거에 따른 것이라고는 하지만 그 증거가 증거도 뭣도 아니니까 그걸 증명할 필요가 있는 거지! 이건 정확히 일단은 사람을 잡아다 놓고 혐의를 추궁하는 식인데, 그러니까 그 사람들 이름이 뭐더라……. 그래, 코흐와 페스트랴코프 말이야. 첫! 일이 죄다 어찌나 등신같이 돌아가는지, 아무리 남 일이라지만 영 추잡해지고 있어! 페스트랴코프라면 오늘 우리 집에 올지도 몰라……. 그나저나, 로쟈, 너도 알겠구나, 네가 병이 나기 전인데 경찰서에서 막 그 얘기가 나왔을 때 졸도를 했잖아, 바로 그 전날 저녁에 일어난 사건이거든……."

조시모프는 호기심에 찬 눈으로 라스콜니코프를 바라보았다. 상대방은 꿈쩍도 하지 않았다.

"이봐, 라주미힌, 이거 알아? 이제 보니, 너란 녀석은 오지랖이 정말 넓다." 조시모프가 한 소리 했다.

"그렇든 말든 어쨌거나 우리는 구해 낼 거야!" 라주미힌은 주먹으로 탁자를 쾅 내리치며 소리쳤다. "사실 이 경우 제일 모욕적인 것이 뭘까? 놈들이 거짓말을 한다는 게 아니야. 거짓말이라면 언제든 용서해 줄 수 있어. 거짓말은 귀여운 구석도 있지, 진실로 통하거든. 글쎄, 정말 짜증 나는 일은 거짓말을 하는 주제에 그것도 모자라 자신의 그 거짓말을 숭배한다는 거야. 나는 포르피리를 존경해, 하지만……. 가령 다짜고짜 저들의 정신을 어떻게 빼 놨는지 알아? 문이 잠겨 있었다, 하지만 문지기와 함께 와 봤더니 열려 있었다, 그렇다면 코흐와 페스트랴코프가 죽였다는 소리가 된다, 이런 식이야! 바로 이게 놈들의 논리라니까."

"괜히 열 올리지 마. 그자들은 그냥 붙들어 둔 거야, 달리 수가 없으니까……. 그나저나 사실 그 코흐라는 사람을 만났어. 알고 보니, 기한을 넘긴 노파의 전당품을 사들였다던데? 어?"

"맞아, 순 사기꾼이지! 그는 어음도 사들여. 그런 걸 업으로 사는 양반이야. 하긴 그따위 자식은 뭐! 내가 왜 이렇게 분개하는지 알겠어? 놈의 졸렬하기 짝이 없고 구닥다리처럼 케케묵은 수법 때문에 분개하는 거야……. 이 경우, 이 사건 하나만 갖고도 오롯이 새로운 길을 개척할 수 있는데 말이야. 심리학적 자료 하나만 갖고도 어떻게 진짜 증거를 확보하는지 증명할 수 있거든. 놈들은 '우리에게는 사실들이 있다!'라고 말하지. 하지만 사실이 전부는 아니야. 적어도 일의 절반은 그 사실을 다루는 솜씨에 있다고!"

"그럼 넌 사실을 다룰 줄 아냐?"

"아니, 일에 도움을 줄 수 있으리라는 느낌이 드는데, 그것도 손의 감촉으로 느껴지는데, 잠자코 있을 수만은 없잖아, 만약……. 아휴……! 이 사건을 자세히 알고 있어?"

"아니, 그래서 페인트 공 얘기를 기다리는 중이야."

"아참, 그렇지! 그럼, 얘기를 쭉 들어 봐. 살인 사건이 있은 지 정확히 사흘째 되는 날, 놈들이 거기서 아침 녘까지 계속 코흐와 페스트랴코프를 족치고 있을 때 — 이자들이 자기들의 일거수일투족을 다 증명했고 누가 봐도 명백히 결백한

데도 말이야! — 갑자기 뜻밖의 사실이 드러났지 뭐야. 두쉬킨인가 하는, 그 건물 맞은편에서 선술집을 경영하는 웬 남자가 경찰서에 나타나서는 금 귀걸이가 든 보석함을 내놓으며 소설 한 편을 늘어놓은 거야. '그저께 저녁 8시가 막 지날 무렵 — 그 날짜에 그 시간이야! 귀에 쏙 들어오지? — 페인트공으로 일하는 미콜라이 녀석이 금 귀걸이를 들고 달려 왔는데요, 그 전에도 저희 주점을 드나들던 녀석인데, 여하튼 저 금 귀걸이와 보석이 든 상자를 갖고 와서는 그걸 담보로 2루블만 빌려 달라고 부탁했어요. 어디서 났냐고 물었더니 길바닥에서 주웠다고만 하더라고요. 저는 그건 더 캐묻지 않고 — 이건 두쉬킨이 하는 말이야 — 그에게 지폐 한 장, 즉 1루블을 내주었는데요, 제가 안 줘도 어차피 다른 사람에게 잡혀서라도 술을 퍼마실 테니까 물건이나마 제 집에 있는 게 낫겠다고 생각했기 때문입지요. 무릇 물건은 멀리 둘수록 빨리 집을 수 있다는 말도 있고 무슨 낌새가 있거나 소문이 들리면 당장에 대령하자, 하고요.' 뭐, 물론 뜬구름 잡는 소리에 말(馬)처럼 거짓말을 해 댔던 것인데, 나도 이 두쉬킨이라는 작자를 좀 알지만, 워낙에 돈놀이나 하며 장물(贜物)을 슬쩍하는 놈이고 그 30루블짜리 물건을 미콜라이한테서 싹 가로챈 것도 '대령하기' 위해서가 아니었어. 그냥 겁을 집어먹은 거지. 뭐, 제기랄, 어떻든 간에, 들어 봐, 두쉬킨이 계속 뭐라고 말하는지. '저 농부 출신의 미콜라이 제멘치예프와는 어릴 적부터 아는 사이인데, 같은 도에 같은 군, 그러니까 랴잔의 자라이스크 군 출신이거든요. 미콜라이는 주정뱅이 수준은 아니지만 더러 술을 펴 대는데, 문제의 그 집에서 미트레이*와 함께 페인트칠 하는 일을 하고 있고 그 미트레이와 동향이라는 것도 우리는 알고 있지요. 그 녀석은 지폐를 받자마자 당장 동전으로 바꿔서 연거푸 두 잔을 마신 다음 잔돈을 갖고 나갔는데요, 그 시각에는 미트레이와 함께 있지 않았어요. 그다음 날, 저는 알료나 이바노브나와 그분의 여동생인 리자베타 이바노브나가 도끼에 맞아 죽었다는 소문을 들었는데요, 그분들과 아는 사이이기도 했거니와 당장에 그 귀걸이가 수상쩍다는 생각이 들었지요. 고인이 물건을 잡고 돈을 빌려 준다는 것을 알고 있었으니까요. 저는 그 집에 가서 조심스럽게 혼자, 살금살금 알아보다가 다짜고짜 미콜라이가 여기 있나, 하고 물었지요. 그러자 미트레이는, 미콜라이는 실컷 놀다가 새벽녘에야 술에 취해 돌아왔고 이 집에 십 분쯤 있다가 또다시 나갔다고, 그러고 나서는 그를 보지도 못했고 일도 혼자서 마감하는 중이라고 말하더군요. 그들의 일터는 그 죽은 분들이 살던 곳과 같은 계단을 쓰는 데다가 2층에 있습니다. 이런 얘기를 다 듣고서도 그때는 아무에게도 아무것도 털어놓지 않았고 — 이건 두쉬킨의 말이야 — 살인 사건에 관해 최대한 모든 것을 다 알아내고서도 여전히 똑같은 의심에 사로잡힌 채 집으로 돌아왔습니다. 그런데 오늘 아침 8시에 — 다시 말해 이것이 사흘째 되는 날인데, 알겠지? — 보니까 미콜라이가 우리 술집으로 들어오는데 완전히 말짱한 정신은 아니었지만 그렇다고

* 미트레이의 애칭이 미치카이다.

곤드레만드레 취한 것도 아니어서 말귀는 알아먹겠더라고요. 녀석은 의자에 앉더니 입을 꾹 다물고 있었어요. 술집에는 그때 이 녀석 말고는 기껏해야 아무 상관없는 사람이 한 명 있었고 또 다른 한 명은 원래 아는 사이인데 의자에서 자고 있었고 나머지는 제가 부리는 소년 둘이었지요. '미트레이 봤나?' 하고 내가 물었지요. '아니, 못 봤어요.'라고 하더군요. '이 근방에 온 적도 없고?' '사흘째 오시 않았는걸요.' 하고 말하더군요. '그럼 간밤엔 어디서 잤지?' '페스키에서, 콜롬나의 친구들 집에서요.'라고 말하더군요. '그럼 귀걸이는 어디서 났지?' '길바닥에서 주웠다니까요.' 이렇게 말은 하지만 속으로 켕기는 것이 있는지 사람을 보지도 않더라고요. '바로 그날 저녁, 그 시각에, 그 계단을 쓰는 아파트에서 이런저런 일이 일어났다는 얘기 들었나?' 하고 물었지요. '아니, 못 들었어요.' 그러면서도 녀석은 눈을 휘둥그렇게 뜨고 귀를 기울이는데, 갑자기 얼굴이 백짓장처럼 새하얘지더군요. 제가 그 얘기를 해 주면서 보니까, 녀석이 모자를 쥐고 일어설 채비를 하더군요. 당장에 녀석을 붙잡아 두고 싶은 마음이 들었어요. '잠깐만, 미콜라이, 아니, 한잔 안 할 텐가?' 그러면서도 실은 소년에게 문을 잘 지키라고 눈짓을 보내고는 계산대 뒤에서 나갔습니다. 그러자마자 녀석은 나를 확 뿌리치고서 밖으로 막 뛰쳐나가 골목 안으로 사라지더군요. 그게 마지막이었어요. 그제야 저는 제 의심이 옳았다는 확신이 서더라고요, 아니나 다를까 그 녀석이 죄를 지은 것이지요…….'이라는 거야."

"여부가 있나……!" 조시모프가 말했다.

"잠깐! 끝까지 들어 봐! 물론, 다들 미콜라이를 찾기 위해 전력을 기울였지. 두쉬킨은 붙잡아 둔 채 가택수색도 했고 미트레이도 똑같이 당했어. 콜롬나의 친구들도 심문을 받았는데, 정작 미콜라이는 그저께가 돼서야 갑자기 잡혀 온 거야. ○○초소 근처, 여관에서 붙잡혔지. 녀석은 거기 와서 은 십자가를 풀어 주며 그것 대신 술을 한 잔 달라고 부탁했대. 그쪽에서는 술을 주었고. 몇 분쯤 뒤에 아줌마가 외양간엘 갔는데 문틈을 보니까 녀석이 바로 옆에 있는 헛간 대들보에 혁대를 묶어 올가미를 만들어 놓은 거야. 그러고는 그루터기 위에 올라서서 자기 목에 올가미를 씌우려고 하더란 말이야. 아줌마가 고래고래 쌍욕을 퍼붓자 사람들이 몰려들었어. '대체 뭐 하는 놈이야!' '나를 이런저런 동네 경찰서로 데려가 주세요, 전부 자백할게요.' 하고 말했다더군. 자, 그리하여 적절히 구색을 다 갖추어서 그를 이런저런 동네 경찰서에, 다시 말해 이곳 경찰서에 데려다 놓았어. 뭐, 그러니까 이자는 누구냐, 뭐 하는 놈이냐, 나이는 몇이냐, '스물 둘'이다, 뭐, 등등. 질문인즉, '미트레이와 일을 하던 중 이런저런 시각에 계단에서 누구를 보지 못했나?' 대답인즉, '아시다시피, 사람들이 더러 지나다녔겠지만 우리 눈에는 띄지 않았습니다.' '무슨 소리는 못 들었나, 무슨 소란이나 뭐?' '특별한 건 전혀 못 들었습니다.' '그럼, 미콜라이, 자네는 바로 그날 알고 있었나, 이런저런 미망인이 이런저런 날, 이런저런 시각에 그 여동생과 함께 살해되고 강도를 당한 것을?' '듣도 보도 못해 전혀 모릅니다. 사흘째 되는 날, 술집에서 아파나시 파블르이치에게서 처음 들었는걸요.' '귀걸이는 어디서 났나?' '길바닥에서 주웠습니다.' '왜 다음 날 미트레이와 함께 일하는 일터에 나타나지 않았나?' '노느라 그랬습니다.' '어디서 놀았나?' '이런저런 데서요.' '왜 두쉬킨의 술집에서 도망을 쳤나?' '그때 억수로 겁이 났거든요.' '뭐가 그리 겁났나?' '엄벌을 받을까 봐서요.' '자네 지은 죄가 없다고 느낀다면 어떻게 그런 것에 경악할 리가 있나?' 자, 믿든 안 믿든, 조시모프, 이런 질문이 나왔고 그야말로 이런 표현을 사용했어, 거의 그대로 전해들은 것이라 나는 확실히 알고 있거든! 어때? 어떠냐니까?"

"뭐, 아니지, 어쨌거나 물증이 있잖아."

"아니, 지금 내 말은 물증이 아니라 질문 자체가 문제라는 거야, 저들이 자신의 본질을 어떻게 이해하고 있는가, 이 말이야! 뭐, 제기랄……! 어쨌든 녀석을 족치고 또 족치는 바람에 결국 자백을 받아 냈지. '길바닥이 아니라 미트레이와 함께 페인트칠을 하던 그 집에서 주웠습니다.' '어떤 식으로?' '어떤 식이냐 하면요, 저와 미트레이가 하루 종일, 8시까지 페인트칠을 하고 그만 떠날 채비를 하는데, 미트레이가 붓을 잡고 제 낯짝에다 휘두르고는, 그러니까 제 낯짝에 페인트를 칠하고는 도망치기에 저는 그놈을 쫓아갔습니다. 그렇게 그놈 뒤를 쫓아 달려가면서 입으로는 쌍욕을 퍼부었습니다. 한데 계단을 다 내려가 대문으로 나가다가 문지기와 나리들 일행을 향해 맹렬한 기세로 달려든 꼴이 됐지 뭐예요. 나리들이 몇 분이나 있었는지는 기억나지 않지만 문지기가 그 일로 저에게 욕을 퍼붓고 또 다른 문지기도 욕을 퍼붓고 문지기의 마누라도 나와서 역시나 우리에게 욕을 퍼붓고, 그때 어느 나리 한 분이 부인과 함께 대문으로 들어오다가 역시나 우리에게 욕을 퍼붓는데, 저와 미치카가 길을 가로막고 그 자리에 벌러덩 누워 버렸거든요. 저는 미치카의 머리카락을 잡아당겨 넘어뜨리고 마구 때리고 미치카도 또 제 밑에 깔린 채 제 머리카락을 움켜쥐고 마구 때렸는데, 죽도록 미워서가 아니라 서로 좋아서 장난 삼아 그랬던 것이지요. 그러고 나서 미치카는 저한테서 풀려나 거리로 내달렸고 저는 녀석을 따라 달렸지만 따라잡지 못해서 혼자서 그 집으로 돌아왔어요. 뒷정리를 해야 했거든요. 주섬주섬 정리를 하며 미트레이가 곧 오겠거니 생각하며 기다렸습니다. 그러던 중에 현관문 옆, 벽 뒤쪽 구석에서 상자를 밟은 것이지요. 보니까, 상자는 종이에 싸여 있었습니다. 종이를 끌러 보니 아주 자그마한 걸쇠가 있기에 그것을 젖혔더니, 어렵쇼, 상자 속에 귀걸이가 있는 게 아닙니까…….'"

"문 뒤에? 문 뒤에 있었다고? 문 뒤라고?" 갑자기 라스콜니코프가 흐리멍덩하면서도 깜짝 놀란 눈으로 라주미힌을 쳐다보며 소리치더니, 소파에 한 손을 짚고 천천히 일어났다.

"응…… 그게 왜? 너 또 무슨 일이야? 왜 이래?" 라주미힌도 자리에서 일어났다.

"아무것도 아니야……!" 라스콜니코프가 들릴 듯 말 듯 대답을 하고는 다시 베개 위로 드러누우며 다시 벽 쪽으로 몸을 돌렸다. 다들 한동안 침묵했다.

"아무래도 졸다가 잠꼬대를 한 모양인데." 마침내 라주미힌이 질문이 담긴 시선으로 조시모프를 보며 말했다. 상대방은 아니라는 듯 가볍게 머리를 내저었다.

"어디, 계속해 봐." 조시모프가 말했다. "그래서 어떻게 됐어?"

"그래서 어떻게 됐냐고? 녀석은 귀걸이를 발견하자마자 얼른 그 집이고, 미치카고 다 잊고서 모자를 집어 들고 두쉬킨에게로 달려갔고, 알다시피, 그에게서 1루블을 받고 길바닥에서 주웠다고 거짓말을 한 뒤 그 즉시 신나게 논 거지 뭐. 살인 사건에 대해서는 전에 했던 얘기를 반복하는 거야. '듣도 보도 못해 전혀 모릅니다. 사흘째 되는 날에야 들었는걸요.' '그럼 왜 지금까지 나타나지 않았지?' '무서워서요.' '대체 왜 목을 매려고 했나?' '생각다 못해서요.' '무슨 생각을 했기에?' '엄벌을 받을지도 모른다 싶어서요.' 뭐, 이게 사건의 전말이야. 이제 어떻게 생각해, 놈들이 여기서 어떤 결론을 도출했을 것 같아?"

"아니, 생각하고 자시고 할 게 뭐 있어, 어쨌거나 증거가 있는걸. 엄연한 사실이잖아. 네가 말한 그 페인트 공을 당장 풀어 줄 수는 없지 않겠어?"

"놈들은 지금 녀석을 대놓고 살인자로 취급하고 있다니까! 추호의 의심도 하지 않고……."

"거짓말도 참 잘한다. 괜히 열이나 올리고. 그럼, 그 귀걸이는? 너도 동의하겠지만, 바로 그날, 그 시각에 귀걸이가 노파의 트렁크에서 니콜라이*의 손에 떨어졌다면, 그것이 어떤 식

---

* 미콜라이를 말한다.

으로든 그의 손에 떨어졌다는 소리 아니겠어, 너도 동의하지? 이만 해도 이런 유의 심리 작업에서는 적지 않은 성과지."

"어떻게 녀석의 손에 떨어졌냐고! 어떻게 떨어졌을까?" 라주미힌이 소리쳤다. "정말로 넌 무엇보다도 인간을 연구해야 할 의무가 있고 인간의 본성을 연구할 기회가 누구보다도 많은 의사인데, 그런데도 정말 이 모든 자료를 놓고 볼 때 이 니콜라이라는 녀석이 어떤 본성을 가진 자인지 모르겠다는 말이야? 녀석이 심문에서 내놓은 진술이 전부 신성한 진실이라는 것을 정말 척 보면 모르겠어? 정확히 녀석이 진술한 그 방식대로 녀석의 손에 떨어졌을걸. 상자를 밟았고 그냥 주운 거라고!"

"신성한 진실이라니! 하지만 자기 입으로 처음부터 거짓말을 했다고 자백했잖아?"

"내 말 좀 들어 봐, 주의 깊게 들어 보라고. 문지기도, 코흐도, 페스트랴코프도, 다른 문지기도, 첫 번째 문지기의 아내도, 그때 그 문지기 방에 앉아 있던 소시민 여자도, 마침 그 순간에 마차에서 내려 부인과 손을 잡고 대문으로 들어서던 7등관 크류코프도 전부, 즉 여덟 혹은 열 명의 증인이 다 이구동성으로 니콜라이가 드미트리를 땅바닥에 눌러 놓고 그 위에 드러누워 그를 마구 때렸다고, 또 상대도 그의 머리카락을 움켜쥐고 역시나 마구 때렸다고 진술하고 있어. 그들은 길 한복판에 드러누워 통행을 막고 있었던 거야. 사방에서 욕이 쏟아지는데도 '어린아이들처럼'(증인들의 표현을 그대로 옮긴 거야.) 엎치락뒤치락하며 꽥꽥 소리를 지르고 서로 치고받고 깔깔 웃고, 둘 다 아주 웃긴 낯짝을 한 채 앞을 다투며 웃어 대다가 영락없이 아이들처럼 서로를 따라잡으러 거리로 달려 나갔던 거라고. 잘 들었어? 이제 똑똑히 유념해 둬. 위층에서는 시체들이 아직도 온기가 남아 있는 상태로 발견됐어, 듣고 있냐고, 온기도 가시지 않았단 말이야! 만약 그들이 죽인 것이었다면, 혹은 살인은 니콜라이 혼자만 하고 그러고서 트렁크를 부수고 물건을 훔치는 일은 둘이 했거나 어떻게든 훔치는 데 동조만 했다면, 딱 한 가지 질문만 던져 봐. 즉, 이처럼 대문 밑에서 꽥꽥 소리 지르고 깔깔 웃고 어린애들처럼 서로 치고받고 할 만한 기분 상태가 도끼니, 피니, 악랄한 잔꾀니, 용의주도함이니, 강도질이니 하는 것과 어울리느냔 말이야? 방금, 기껏해야 오 분 내지는 십 분 전에 사람을 죽여 놓고서 — 시체들은 아직 온기가 남아 있었다고 하니까 — 갑자기 시체들을 내팽개치고 아파트 문도 활짝 열어 둔 채, 지금 막 사람들이 그곳으로 올라갔다는 것을 뻔히 알면서도 손에 넣은 물건도 내팽개치고 어린애들처럼 길바닥에서 뒹굴고 깔깔 웃으면서 온갖 사람의 주의를 끌 만한 짓을 하다니, 더군다나 이 일에 대해서는 열 명의 증인이 이구동성으로 말하는데!"

"물론, 이상한 일이지! 당연히 있을 수 없는 일이지, 하지만……."

"아니, 이봐, 하지만이 아니라 만약 그날, 그 시각에 니콜라이의 손에 들어온 귀걸이가 정말로 그에게 불리한 중대한 사실상의 물증이 된다면 — 그나마도 그의 증언을 통해 곧장 설명되고 고로 아직은 논란의 여지가 있는 물증이지만 — 무죄를 증명할 사실들도 고려해야만 해. 하물며 그것이 반박의 여지가 없는 사실이니까 더더욱 그렇지. 네 생각은 어때, 우리 법률의 특성상 저들이 이런 사실을 — 오로지 심리적인 불가능성과 기분 상태에만 근거를 둔 사실인데 말이야 — 기소를 가능케 하는 물질적 사실들을 전부 뒤엎는, 반박의 여지가 없는 사실로 받아들일까, 혹은 받아들일 능력이 있을까? 아니, 받아들이지 않을 거야. 상자가 발견되었고 그 사람은 목을 매려고 했다, '자기가 죄를 지었다고 느끼지 않는다면 이건 있을 수 없는 일이니까!'라고 하면서 받아들이지 않을 거라고. 이거야말로 어마어마한 문제야, 이러니 내가 열을 안 낼 수 있냐! 좀 이해해 줘!"

"네가 열을 내는 건 나도 알겠어. 잠깐만, 깜박하고 안 물어본 게 있는데, 그 귀걸이 상자가 정말로 노파의 트렁크에서 나왔다는 것은 어떻게 증명이 됐지?"

"그건 말이야." 라주미힌이 얼굴을 찌푸리며 내키지 않는다는 듯 말했다. "코흐가 물건을 알아보고 그 주인이 누구인지를 가르쳐 주었고 그자는 자기 물건이 틀림없다고 확실히 증언했어."

"안 좋군. 그럼 한 가지 더 물어보자. 코흐와 페스트랴코프가 위층으로 올라갔을 때 누구 니콜라이를 본 사람은 없어, 이 점은 어떻게 증명할 수 없는 거야?"

"바로 그게 문제야, 아무도 못 봤대." 라주미힌이 짜증을 내며 대답했다. "참 고약하게 됐지. 코흐와 페스트랴코프조차도 위층으로 올라갈 때 그들이 있는지 없는지 못 봤대, 사실 그들의 증언이 이제 와서 큰 의미를 지니는 것도 아니지만. '아파트가 열려 있는 걸 봤으니까 분명히 누가 일을 하고 있었겠지만 지나가는 길이라 별로 주의를 기울이지 않아서 그 순간 일꾼들이 있었는지 어떤지는 기억이 안 난다.'라고 했다더군."

"음. 그렇다면 무죄를 증명할 길이라고는 기껏해야 그들이 서로 때리고 깔깔 웃었다는 것뿐이군. 이것이 강력한 증거라고 쳐도, 그래도……. 어쨌든, 너는 이제 이 모든 사실을 어떻게 설명할 거야? 귀걸이를 주웠다는 진술이 진짜라면, 이것을 어떻게 설명할 거냐고?"

"어떻게 설명하다니? 아니, 여기 설명하고 자시고 할 게 어디 있어, 분명한 일인걸! 적어도 일을 어떻게 진척시켜야 할지는 분명히 증명된 셈이잖아, 바로 그 상자가 증명을 해 주었거든. 진짜 살인범이 이 귀걸이를 떨어뜨린 거야. 코흐와 페스트랴코프가 문을 두드렸을 때 살인범은 위층에 있었어, 문을 걸어 잠그고 있었던 거야. 코흐가 바보같이 아래로 내려가자 그때 살인범도 벌떡 일어나 아래로 뛰어 내려갔어, 그 밖에 다른 출구는 전혀 없었으니까. 계단에서 그는 코흐와 페스트랴코프와 문지기를 피해, 마침 그 순간 드미트리와 니콜라이가 뛰쳐나가는 바람에 텅 비어 있던 아파트에 몸을 숨겼고, 문지기 일행이 위층으로 올라갈 때 쭉 문 뒤에 서서 발소리가 잦아들기를 기다렸다가 아주 침착하게 아래로 내려갔고, 그게 정확히 드미트리와 니콜라이가 거리로 뛰쳐나가고 다들 흩어졌기 때문에 대문 밑에는 아무도 남아 있지 않았던 바로 그 순간이야. 어쩌면 누가 그를 봤을 수도 있지만 눈여겨보지는 않았을 거야. 사람이 좀 많이 지나다녀? 호주머니에서 상자를 떨어뜨린 것은 문 뒤에 서 있을 때였지만, 워낙에 경황이 없어 떨어뜨렸다는 사실도 알아채지 못했던 거야. 상자야말로 바로 그곳에 그가 있었다는 것을 분명히 증명해 주는 셈이지. 바로 이게 핵심이라고!"

"교묘한걸! 아니, 이봐, 너무 교묘하잖아. 이보다 더 교묘할 수가 있나!"

"아니 왜, 왜 그렇지?"

"모든 것이 너무 착착 들어맞고…… 또 너무 잘 짜여 있으니까…… 꼭 한 편의 연극 같아."

"에-에잇!" 라주미힌이 막 소리를 지르는 찰나, 문이 열리면서 그 자리에 있던 사람 중 아무도 모르는 새로운 인물이 한 명 들어왔다.

5

그는 용의주도하고 까다로워 보이는 용모에 깐깐하고 위엄을 띠는, 이미 젊지 않은 나이의 신사로서 일단 문간에서 걸음을 멈추고 불쾌할 만큼 놀라운 심사를 역력히 드러내면서 꼭 '뭐 이런 데가 다 있지?' 하고 묻는 듯한 눈초리로 주위를 둘러보았다. 라스콜니코프의 천장이 낮고 갑갑한 '선실'을 둘러볼 때는 어딘가 미심쩍은, 약간의 경악과 거의 모욕감까지 가미된 아니꼽다는 표정이었다. 이어, 역시 그렇게 놀란 표정으로 라스콜니코프 쪽으로 눈을 돌려, 옷도 제대로 입지 않고 헝클어진 머리카락에 씻지도 않은 채 누추하고 더러운 소파에 누워 역시나 꿈쩍도 않고 상대방을 뜯어보고 있는 그를 빤히 쳐다보았다. 그런 다음에는, 예의 그 느릿느릿한 동작으로 수염도 깎지 않고 머리도 빗지 않은, 칠칠치 못한 라주미힌의 몰골을 뜯어보기 시작했는데, 라주미힌 또한 그 나름대로 자리에서 옴짝달싹하지 않고 뻔뻔스러운 질문을 던질 기세로 그의 눈을 똑바로 쳐다보았다. 긴장된 침묵이 일 분간 지속되더니 마침내, 충분히 예상할 수 있듯, 무대장치에 작은 변화가 일어났다. 방 안으로 들어선 신사는 다소간의 정황, 하지만 극히 도드라지는 정황을 통해 괜히 공들여 위엄을 과시해 본들 여기 이 '선실'에서는 뭐 하나 얻을 게 없겠구나, 하는 것을 절실히 깨달았는지 태도를 좀 누그러뜨렸으며, 비록 여전히 준엄하게 굴긴 했으나 그래도 제법 정중하게, 음절을 딱딱 끊어 발음하며 조시모프에게 질문을 던졌다.

"로지온 로마느이치 라스콜니코프 되십니까, 대학생, 혹은 한때 대학생이셨던?"

조시모프는 느릿느릿 몸을 꿈지럭대며 대답을 해 줄까 했지만, 질문을 받지도 않은 라주미힌이 대뜸 나서서 먼저 대답을 해 버렸다.

"여기 소파에 누워 있는 사람입니다! 한데 왜 그러시죠?"

이 허물없는 "한데 왜 그러시죠?"라는 말에 깐깐한 신사는 머리라도 한 방 맞은 기분이었다. 하마터면 라주미힌 쪽으로 몸까지 돌릴 뻔했지만 제때 자제력을 발휘하여 재빨리 다시 조시모프 쪽으로 몸을 돌렸다.

"여기 이 사람이 라스콜니코프인데요!" 조시모프가 환자를 향해 턱을 까딱하며 이렇게 우물거리고는 하품을 했는데, 그 와중에 어째 입을 이례적으로 많이 벌렸고 또 이례적으로 오랫동안 그렇게 벌린 상태로 있었다. 그런 다음에는 느릿느릿 조끼 호주머니를 뒤져 굉장히 크고 불룩한, 금으로 된 회중시계를 꺼내더니 뚜껑을 열고 시간을 본 뒤 역시나 그렇게 느릿느릿, 낭창하게 다시 접어 넣었다.

정작 라스콜니코프는 계속 말없이 드러누워, 방 안으로 들어선 자를, 딱히 무슨 생각이 있는 것도 아니면서 집요하게 쳐다보았다. 호기심을 불러일으켰던 벽지 꽃무늬에서 눈을 뗀 그의 얼굴은 이제 굉장히 창백했으며 지금 막 고통스러운 수술을 받았거나 방금 고문에서 풀려난 사람처럼 예사롭지 않은 고통을 역력히 드러냈다. 하지만 방 안으로 들어선 신사는 시나브로 그의 내부에서 점점 더 많은 주의를 환기시켰으며 이어 의혹이, 또 이어 두려운 마음마저 생겨났다. 조시모프가 그를 가리키며 "여기 이 사람이 라스콜니코프인데요!"라고 말하자 그는 갑자기 얼른 몸을 일으켜 벌떡 일어날 기세로 침대에 앉더니 거의 도전적인, 하지만 탁탁 끊기고 힘없는 목소리로 말을 내뱉었다.

"그렇습니다! 제가 라스콜니코프입니다! 왜 그러시죠?"

손님은 주의 깊게 쳐다보다가 어지간히 힘을 주며 말했다.

"표트르 페트로비치 루쥔이라고 합니다. 제 이름은 이미 어느 정도 알고 있으리라는 바람입니다만."

하지만 라스콜니코프 뭔가 전혀 다른 것을 기대했기 때문에 생각에 잠긴 둔한 눈으로 그를 바라볼 뿐 아무 대답도 하지 않았으며, 표트르 페트로비치의 이름을 정말로 처음 듣는다는 표정이었다.

"이럴 수가요? 설마 지금까지 아무 소식도 받지 못했단 말입니까?" 표트르 페트로비치가 다소 언짢아하며 물었다.

이 말에 대한 대답이랍시고 라스콜니코프는 천천히 베개 위로 몸을 눕히고 팔베개를 한 채 천장을 바라보기 시작했다. 루쥔의 얼굴에는 곤혹스러운 기색이 엿보였다. 조시모프와 라주미힌이 한층 더 호기심을 보이며 그를 살펴보기 시작하자 마침내는 당황하는 것 같았다.

"저의 가정과 예상대로라면" 하고 그가 말을 우물거렸다. "벌써 열흘쯤, 아니, 거의 이 주일쯤 전에 보낸 편지가……."

"그런데요, 계속 문 옆에 서 계시려고요?" 라주미힌이 갑자기 말을 가로막았다. "말씀하실 용건이 있으면 좀 앉으시고요, 그쪽은 나스타시야와 둘이 앉기에는 좀 비좁네요. 나스타시유쉬카, 좀 비켜 드려, 지나가시도록! 들어오십시오, 여기 의자가 있고, 이쪽으로! 비집고 들어오시죠!"

그는 자기 의자를 탁자에서 뒤로 빼 탁자와 자기 무릎 사이에 약간의 공간을 만들어 놓고는 손님이 이 구멍으로 '비집고 들어오길' 다소 엉거주춤한 자세로 기다렸다. 하필이면 거절할 도리가 없는 순간을 골랐기 때문에, 손님은 허둥대고 넘어질까 봐 뒤뚱거리며 그 비좁은 공간을 비집고 들어왔다. 의자까지 와서 그 위에 앉자 찜찜한 눈초리로 라주미힌을 쳐다보았다.

"그나저나 당황하지 마십시오." 상대가 마구 지껄였다. "로쟈는 벌써 닷새째 저렇게 아파서 사흘이나 헛소리를 하다가 이제야 정신이 들었고 식욕까지 뽐내며 식사를 했습니다. 여기 앉아 있는 사람은 의사로서 지금 막 로쟈를 진찰했고, 저는 로쟈의 친구이자 역시나 예전에 대학생이었던 몸으로서 지금은 이렇게 이 녀석을 돌보고 있습니다. 그러니까 우리에게 신경 쓸 것 없이, 또 서먹서먹해할 것도 없이 용건이나 계속 말씀하시죠."

"고맙습니다. 하지만 이렇게 불쑥 찾아와서 얘기를 꺼내는 것이 환자에게 누가 되지는 않겠습니까?" 표트르 페트로비치가 조시모프를 향해 말했다.

"아-아니요." 조시모프가 우물거렸다. "오히려 기분 전환이 될 수도 있지요." 그러고서 또 하품을 했다.

"오, 이 친구는 벌써 오래전부터 의식이 있었어요, 아침부터!" 라주미힌이 말을 계속했다. 그의 허물없는 태도가 너무 꾸밈없고 순박하여 표트르 페트로비치는 잠깐 생각을 한 끝에 기운을 내게 됐는데, 얼마간은 이 비렁뱅이에 철면피 같은 놈이 어쨌거나 자기를 대학생이라고 소개한 탓이기도 했을 터이다.

"당신의 모친께서……." 루쥔이 말을 시작했다.

"음!" 라주미힌이 큰 소리를 냈다. 루쥔은 의문이 담긴 눈으로 그를 쳐다보았다.

"아무것도 아닙니다, 뭐, 그냥 그런 겁니다. 계속하시죠……."

루쥔은 어깨를 으쓱했다.

"……당신의 모친께서는 제가 그곳에 있을 때부터 당신에게 보낼 편지를 쓰기 시작하셨습니다. 여기 도착한 후에도 저는 일부러 며칠을 건너뛰며 당신을 찾아오지 않았는데, 당신이 사정을 전부 알고 있으리라는 확신이 설 때까지 기다린 것이지요. 하지만 이제 와서 보니, 저로서는 무척 놀랍게도…….”

“알고 있습니다, 알아요!” 라스콜니코프가 갑자기 아주 초조하게 신경질을 내며 말했다. “당신이 그 사람이었던 거죠? 그 약혼자? 그래요, 알고 있습니다……! 됐어요!”

표트르 페트로비치는 기분이 확 상했지만 잠자코 있었다. 그는 이게 다 무슨 뜻일까, 서둘러 열심히 머리를 굴려 보았다. 일 분쯤 침묵이 지속됐다.

그러는 동안, 대답을 할 때 그를 향해 몸을 살짝 돌렸던 라스콜니코프는 아까만 해도 그를 충분히 살펴볼 여유가 없었는지, 혹은 그에게서 뭔가 새로운 것을 발견하여 충격이라도 받았는지 갑자기 어떤 특별한 호기심을 보이며 다시금 그를 뚫어져라 살펴보기 시작했다. 그러느라 일부러 베개에서 몸을 들기까지 했다. 정말로 표트르 페트로비치의 전반적인 모습에는 뭔가 충격을 안겨 줄 만큼 특별한 것이 있었고, 그것은 바로, 방금 그에게 너무나 거침없이 부여된 '약혼자'라는 호칭을 뒷받침해 줄 만한 것이었다. 첫째, 표트르 페트로비치가 이 수도에서 약혼녀를 기다리는 동안 열심히 차림새를 다듬고 치장을 하느라 서둘러 며칠을 썼음이 보이다 못해 심히 두드러졌는데, 하긴 이런 것이야 극히 순진한 일이어서 충분히 양해해 줄 만했다. 심지어 자신의 외모가 한층 나아졌음을 스스로 의식하고 지나친 자만심마저 느끼는 것도 이런 경우에는 용서될 법했는데, 어떻든 표트르 페트로비치는 약혼자의 반열에 서 있잖은가. 그의 옷은 모두 지금 막 재봉사에게서 찾아온 것이라 다 좋았지만, 모두 너무 새것이어서 특정한 목적을 너무 노골적으로 드러낸다는 점이 좀 그랬다. 멋들어진 둥근 새 모자도 그 목적을 여실히 보여 주었다. 표트르 페트로비치는 그것을 어쩐지 너무 애지중지하며 너무 조심스럽게 손에 꽉 쥐고 있었다. 진짜 쥬벵*제(製)인 매혹적인 연보라색 장갑도, 손에 끼지 않고 자랑 삼아 들고 있는 것만 봐도, 똑같은 목적이 여실히 드러났다. 표트르 페트로비치의 옷은 청년에게나 어울릴 법한 밝은 색이 주를 이루었다. 그는 밝은 갈색이 감도는 훌륭한 여름용 재킷에 밝고 가벼운 바지, 또 그런 유의 조끼와 이제 막 구입한 얇은 셔츠에 장밋빛 줄무늬가 들어간 아주 가벼운 마직 넥타이를 매고 있었다. 제일 훌륭한 것은 이 모든 것이 표트르 페트로비치의 얼굴에 잘 어울렸다는 점이다. 구태여 그러지 않아도, 그는 얼굴이 아주 탱탱하고 잘생긴 편이라 원래 나이인 마흔다섯 살보다 젊어 보였다. 짙은 구레나룻은 두 개의 커틀릿처럼 그의 양쪽 볼을 보기 좋게 덮으면서, 윤이 날 만큼 깨끗이 면도한 턱 주변까지 몹시 아름답고 무성히 자라 있었다. 머리카락도 새치도 좀 섞여 있고 이발소에서 빗질을 하여 잘 말아 놓았음에도 왠지 우스꽝스럽다거나 바보 같다거나 하는 인상을 주지는 않았다. 머리를 말아 놓으면 아무래도 결혼하러 가는 독일인 같아 보통은 항상 그렇게 보이는데 말이다. 이렇듯 상당히 잘생기고 말쑥한 용모에 정말로 어딘가 거부감을 불러일으키는 불쾌한 면이 있다면, 그 원인은 다른 데서 기인하는 것이었다. 라스콜니코프는 루쥔

* 프랑스 그르노블 출신의 장갑 제조인.

씨를 무작스럽게 샅샅이 뜯어본 다음 독기 어린 미소를 짓더니 다시 베개 위에 누워 아까처럼 천장을 바라보기 시작했다.

그래도 루쥔 씨는 마음을 다잡고 때가 될 때까지 이런 이상한 현상은 깡그리 무시하기로 결심한 것 같았다.

"몸이 이러시니, 참 애석하군요." 그는 애써 침묵을 깨며 또 말문을 열었다. "편찮으신 줄 알았더라면, 좀 더 일찍 올걸 그랬습니다. 하지만 아시겠지만, 일이 좀 많아야죠……! 게다가 제 변호사 업무와 관련하여 원로원에 극히 중대한 볼일이 있어서요. 당신도 충분히 짐작하실 만한 걱정거리에 대해서는 굳이 언급하지 않겠습니다. 당신의 가족, 즉 모친과 누이동생을 일각이 여삼추로 기다리고 있지요……."

라스콜니코프는 몸을 달싹거리며 무슨 말을 하려고 했다. 얼굴도 다소간 흥분한 기색이었다. 표트르 페트로비치는 잠깐 멈추고 좀 기다렸지만 아무 말도 나오지 않자 자기 얘기를 계속했다.

"……일각이 여삼추 같습니다. 우선은 두 분이 묵을 숙소부터 물색해 뒀습니다……."

"어디죠?" 라스콜니코프가 힘없는 소리로 말했다.

"여기서 아주 가까운 곳, 바칼레예프의 집인데……."

"보즈네센스키 대로에 있는 데군요." 라주미힌이 말을 가로막았다. "그 집은 두 층이 여관이지요. 상인 유쉰이 운영하는 곳이고요. 저도 가 본 적이 있습니다."

"예, 여관방이지요……."

"정말 토할 정도로 끔찍한 곳인데요. 더럽고 악취가 진동하는 데다가 수상쩍기도 한 곳이지요. 걸핏하면 말썽이 일어나거든요. 어떤 놈들이 사는지 누가 알겠습니까, 제기랄……! 저도 불미스러운 사건 때문에 가 본 적이 있습니다. 하기야 방값은 싸지요."

"저야 물론 여기 온 지 얼마 안 됐으니 그렇게 많은 사정을 알 수는 없었습니다." 표트르 페트로비치가 예민하게 발끈하며 반박했다. "하지만 그래도 아주, 아주 깨끗한 방 두 칸을 구해 놨고 어쨌거나 아주 단기간만 빌리는 것이라……. 진짜 집, 즉 앞으로 우리가 살 집도 물색해 뒀습니다." 그는 라스콜니코프를 향해 말했다. "지금은 수리 중이고요. 하지만 일단은 저도 셋방살이 신세인데, 여기서 엎어지면 코 닿을 데, 리페베흐젤 부인 댁에 있는, 저의 젊은 친구 안드레이 세묘느이치 레베쟈트니코프의 집에 묵고 있거든요. 바칼레예프의 집을 가르쳐 준 것도 그 친구랍니다……."

"레베쟈트니코프라고요?" 라스콜니코프가 뭔가 기억나는 것이 있는지 천천히 말했다.

"예, 안드레이 세묘느이치 레베쟈트니코프라고, 관청에서 근무하는 사람입니다. 아십니까?"

"예…… 아니요……." 라스콜니코프가 대답했다.

"실례했군요, 질문하시는 투로 봐서는 꼭 아시는 것 같아서요. 저는 한때 그의 후견인이었는데…… 아주 갸륵하고…… 또 새로운 사상을 추종하는 청년이지요……. 저는 젊은 세대를 만나는 것이 기쁩니다. 그들을 통해 새로운 것을 알 수 있으니까요." 표트르 페트로비치는 기대에 찬 시선으로 방 안에 있는 사람을 두루 둘러보았다.

"어떤 점에서 그렇다는 거죠?" 라주미힌이 물었다.

"가장 심각한 점에서, 말하자면, 사태의 본질상 그렇다는 겁니다." 표트르 페트로비치는 질문을 해 줘서 기쁘다는 듯 말을 받았다. "실은 페테르부르크에 온 게 벌써 십 년 만입니다. 우리네 이 모든 새 소식과 개혁과 사상이, 이 모든 것이 우리 지방까지 파고들었습니다. 하지만 보다 더 분명히 보고 또 모든 것을 보기 위해서는 페테르부르크에 있어야 하지요. 그래서 제 생각인즉, 우리 젊은 세대를 관찰하다 보면 아무래도 많은 것을 깨닫고 또 알 수 있다, 바로 이런 말씀입니다. 그래서 솔직히 말해, 참 기뻤습니다……."

"정확히 뭐가 말입니까?"

"참 광범위한 질문이군요. 제가 잘못 아는 것일 수도 있지만, 제 생각으론 젊은 세대가 보다 더 뚜렷한 주관, 보다 더 많은, 말하자면, 비판 의식을 갖고 있는 것 같습니다. 실무 능력도 더 뛰어나고요……."

"그건 사실입니다." 조시모프가 웅얼거렸다.

"말도 안 되는 소리, 실무 능력은 없는걸." 라주미힌이 말꼬투리를 잡았다. "실무 능력은 노력해서 얻는 것이지, 하늘에서 그냥 툭 떨어지는 것이 아니야. 우리는 거의 이백 년째 일의 종류를 막론하고 일하는 법 자체를 잊어버렸어……. 사상이라면 이것저것 떠돌고 있지만." 그는 표트르 페트로비치를 향해 말했다. "유치한 수준이어도 선을 향한 열망도 있고, 사기꾼이 무더기로 생겨났어도 정직한 구석도 찾아볼 수 있을 테지만, 어쨌거나 실무 능력은 없어요! 신고 다닐 신발이 있어야 실무 능력이 생길 거 아닙니까."

"그건 동의하지 못하겠는걸요." 쾌감을 여실히 드러내며 표트르 페트로비치가 반박했다. "물론, 지나치게 열광하거나 올바르지 못한 경우도 더러 있지만, 관대해질 필요가 있습니다. 열광한다 함은 일을 향한 열의는 있으되 그 일을 둘러싼 외적 정황이 올바르지 못함을 증명해 주는 셈입니다. 해 놓은 일이 별로 없다면, 그건 시간이 얼마 없었던 탓이겠지요. 수단에 대해서는 말하지도 않겠습니다. 저의 개인적인 소견으로는, 물론, 뭔가 해 놓은 것도 있습니다. 새롭고 유익한 사상들이 널리 보급되었고 예전의 공상적이고 낭만적인 저작 대신에 몇몇 새롭고 유익한 저작들이 보급되었습니다. 문학도 한결 더 성숙한 느낌을 주고, 해로운 편견도 조롱의 대상이 되면서 많이 근절됐고……. 한마디로, 우리는 이미 돌이킬 수 없을 만큼 과거와 절연했으니까 이것만으로도 이미 대단한 일이라고 생각합니다만……."

"아주 달달 외웠군! 거창한 자기소개야." 갑자기 라스콜니코프가 말했다.

"뭐라고요?" 표트르 페트로비치가 잘 알아듣지 못해 이렇게 물었지만, 대답은 얻지 못했다.

"전부 지당한 말씀입니다." 조시모프가 서둘러 끼어들었다.

"그렇지요?" 표트르 페트로비치는 유쾌한 표정으로 조시모프를 쳐다보며 말을 이어 갔다. "당신도 같은 생각이시겠지만" 하고 라주미힌을 향해 말을 계속했는데, 이미 일종의 승리감과 우월감에 사로잡히는 기미를 보이며 거의 '젊은이'라는 말까지 덧붙일 기세였다. "번영이, 혹은 시쳇말로 진보가 있으며, 비록 과학과 경제적 진리의 이름으로라도……."

"흔한 얘기죠!"

"아니, 흔한 얘기가 아니올시다! 가령 지금까지 '이웃을 사랑하라.'라는 말을 듣고 그 말에 따라 사랑했다면, 어떤 결과가 나왔겠습니까?" 표트르 페트로비치가 이렇게 말을 이어 갔지만 아무래도 호들갑이 좀 지나친 것 같았다. "카프탄을 반으로 잘라 이웃과 나눈 결과 우리 둘 다 반쯤 헐벗은 꼴, 러시아의 속담대로 '두 마리 토끼를 쫓다가 한 마리도 잡지 못한다.'라는 꼴이 됐겠지요. 한편 과학은 이렇게 말합니다. 그 누구보다도 너 자신만을 사랑하라, 세상의 모든 것이 개인적인 이해관계에 기초하고 있으니까, 라고요. 자신만을 사랑하면 자신의 일도 무난히 잘 처리하고 카프탄도 온전할 겁니다. 경제적 진리에 따르면 또한, 사회에서 개별 사업이 많이 성사될수록, 말하자면 온전한 카프탄이 많으면 많을수록 그 사회를 위한 기반도 더 공고해지고 사회 내의 공공사업도 더 많이 성사됩니다. 고로, 그야말로 오로지 저 자신을 위한 카프탄을 획득함으로써, 바로 그로써 저는 모두를 위해 카프탄을 획득하자는 것이며 결과적으로 이웃에게 찢어진 카프탄보다는 좀 더 많은 것이 떨어지도록 하자는 것인데, 이는 이미 사적이고 개별적인 관대함이 아니라 총체적인 번영의 결과물인 셈입니다. 참 단순한 사상이지만, 불행히도 열광과 몽상의 그늘에 가려져 너무 오랜 세월 동안 머릿속에 떠오르지 않았을 뿐이고,

그걸 깨달으려면 재치가 좀 있어야 할 것 같군요……."

"죄송하지만, 저도 재치가 별로 없어서요." 라주미힌이 과격하게 말을 가로막았다. "그러니까 그 얘기는 그만합시다. 사실 제가 말을 꺼낸 건 어떤 목적이 있어서였지만, 자기 위안이나 일삼는 이런 수다, 지칠 줄 모르고 흘러나오는 흔한 얘기들, 다 그놈이 그놈인데 삼 년째 듣자니 토할 것 같고, 제 입으로 말하는 건 물론 제 앞에서 다른 사람이 그런 소리를 떠들어도 정말 얼굴이 화끈거립니다. 물론, 당신은 서둘러 지식을 뽐내려 하고 또 이건 충분히 양해해 줄 만한 일이니까 저도 딱히 뭐라고 하는 건 아닙니다. 저는 그저 지금 당신이 어떤 분인지 알고 싶었을 따름인데요, 아시다시피 요즘에는 별의별 업자들이 다 공공사업에 들러붙어 손대는 족족 전부 자기들 이해관계에 맞게 왜곡해 놔서 모든 일이 그야말로 엉망진창이 되었거든요. 뭐, 그만 됐습니다!"

"혹시" 하고 입을 뗀 루쥔 씨는 굉장히 거들먹거리며 몸을 움츠렸다. "이토록 격의 없이 얘기하시는 것은 그러니까 저도 그 부류에……."

"오, 무슨 그런 얼토당토않은 말씀을……. 제가 감히 어떻게……! 뭐, 그만 됐습니다!" 라주미힌은 딱 잘라 말한 다음, 아까의 대화를 이어 가려고 조시모프 쪽으로 몸을 획 돌렸다.

표트르 페트로비치는 제법 똑똑해서 그 말뜻을 당장 곧이곧대로 믿었다. 하긴 어차피 이 분쯤 뒤에는 그만 나가자고 결심한 터였다.

"지금 이렇게 인사를 나눴으니" 하고 그는 라스콜니코프를 향해 말했다. "쾌차하시면, 아시다시피 그럴 만한 사정도 있고 하니, 앞으로 더욱더 친분을 쌓길 바라 마지않으며……. 각별히 건강에 유의하시기 바랍니다……."

라스콜니코프는 아예 고개도 돌리지 않았다. 표트르 페트로비치는 슬슬 의자에서 일어났다.

"틀림없이 전당 잡힌 사람이 죽였을 거야!" 조시모프가 확신에 찬 어조로 말했다.

"그야 틀림없지!" 라주미힌이 맞장구를 쳤다. "포르피리도 자기 생각을 발설하지는 않지만 어떻든 전당 잡힌 사람들을 심문하고 있어……."

"전당 잡힌 사람들을 심문한다고?" 라스콜니코프가 큰 소리로 물었다.

"응, 그런데 왜?"

"아무것도 아니야."

"그들을 어떻게 모았지?" 조시모프가 물었다.

"코흐가 가르쳐 준 경우도 있고, 물건의 포장지 위에 이름이 쓰여 있는 경우도 있고, 소문을 듣자마자 제 발로 찾아온 경우도 있고……."

"여하튼 빈틈없고 노련한 악당이 틀림없군! 정말로 용감해! 결단력은 또 어떻고!"

"글쎄, 그게 아니라니까!" 라주미힌이 말을 가로막았다. "바로 그 점 때문에 우리 모두 갈팡질팡하는 거야. 내 말인즉, 녀석은 어설프고 서툰 놈이고, 분명히 이것이 첫걸음이었을 거야! 빈틈없는 악당이 꼼꼼히 계산한 것으로 가정하면, 영 석

연치 않은 결과가 나올 거야. 반면, 어설픈 놈이라고 가정하면, 오직 우연 덕분에 위기를 모면했다는 결과가 나오는데, 사실 우연의 도움만 있으면 못 해낼 일이 어디 있어? 아마 녀석은 장애물 따위는 예상하지도 못했을걸! 자, 일이 어떻게 돌아갔어? 10, 20루블밖에 안 되는 물건을 챙겨 호주머니에 쑤셔 넣고 노파의 궤짝 속에 든 걸레쪽이나 헤적인 녀석이야, 정작 서랍장의 위 서랍에 있던 보석함에는 수표를 빼고 현금만도 1,500루블이나 있었는데 말이야! 그러니까 돈을 훔칠 줄은 모르고 오직 사람을 죽일 줄만 알았던 거지! 첫걸음이라니까, 첫걸음이라서 경황이 없었던 거야! 미리 계산을 해 둔 것이 아니라 우연의 도움으로 용케 빠져나간 거라고!"

"얼마 전에 일어난 관리 미망인인 노파 살인 사건 얘기인 모양이지요?" 조시모프에게 말을 걸며 표트르 페트로비치가 끼어들었는데, 이미 손에 모자와 장갑을 들고 서 있는 상태였지만 나가기 전에 몇 마디 명언을 던져 주고 싶었다. 유리한 인상을 남기려고 너무 신경을 쓴 나머지 허영심이 분별력을 눌러 버린 꼴이 됐다.

"예. 들으셨습니까?"

"그럼요, 근처에서 일어난 일인걸요……."

"자세히 알고 계십니까?"

"그렇다고 말할 수는 없지만, 이 경우 저는 다소 다른 정황, 말하자면 이런 문제 전반에 관심을 갖고 있습니다. 대략 최근 오 년간 하층계급에서 범죄가 증가했다는 사실은 이미 말할 것도 없지요. 여기저기서 발생하고 있는 강도나 방화 사건 애기도 하지 않으렵니다. 제가 무엇보다도 이상하게 여기는 것은 상류계급에서도 범죄가 똑같이, 말하자면, 평행적으로 증가하고 있다는 사실입니다. 저어기 한때 대학생이었던 자가 한길에 있는 우체국을 털었다는 얘기가 들리는가 하면, 저어기 사회적으로 선도적인 지위에 있는 사람들이 위조지폐를 만들고 있지 않습니까. 또 저어기 모스크바에서는 할증 채권을 위조한 일당이 무더기로 붙잡혔는데, 주동자 중에 세계사 강사도 끼여 있었습니다. 저어기 외국에서는 우리 서기관이 금전상의 이유에다 무슨 수수께끼 같은 이유가 더 있는지 하여간 살해됐고요……. 만약 이 전당포 노파가 전당 잡힌 사람 중 누구의 손에 살해되었다면 그자도 제법 상류계급에 속한다는 소리이고 — 농군들은 금붙이를 전당 잡힐 처지도 못 되니까요 — 그렇다면 우리 사회의 문명화된 계층이 보여 주는 이런 문란을 어떻게 설명해야 할까요?"

"아무래도 경제적 변화가 많았으니까요……." 조시모프가 응수했다.

"무엇으로 설명하냐고요?" 라주미힌이 말꼬리를 잡고 늘어졌다. "그것이야말로 바로 그 해묵은 고질병, 즉 실무 능력의 결핍으로 설명할 수 있겠지요."

"그러니까 그게 무슨 뜻입니까?"

"왜 채권을 위조했냐는 질문에 당신이 말한 그 모스크바의 강사가 뭐라고 대답했습니까? '다들 수단과 방법을 가리지 않고 부자가 되는 판에 나도 어서 빨리 부유해지고 싶었다.' 정확한 말은 기억이 안 나지만, 그 의미인즉 노력도 하지 않고 공짜로 어서 빨리라는 것이었죠! 다 갖춰진 상태에서 살고 남에게 질질 끌려다니고 남이 씹어 준 음식을 먹는 데 익숙해진 겁니다. 뭐, 그러다 위대한 시간이 도래하자 당장 온갖 것들이 본색을 드러낸 것이고요……."

"아무리 그래도 도덕성이라는 것이 있잖습니까? 그리고 말하자면 원칙이라는 것이……."

"뭘 그리 신경을 쓰십니까?" 느닷없이 라스콜니코프가 끼어들었다. "당신의 이론에 따른 결과인걸요!"

"아니, 제 이론에 따른 결과라뇨?"

"아까 당신이 설파한 내용을 끝까지 밀고 나가면 사람을 찔러 죽여도 된다는 결론이 나올걸요……."

"무슨 그런 말씀을!" 루쥔이 소리쳤다.

"아니, 그건 그렇지 않아요!" 조시모프가 응수했다.

라스콜니코프는 창백한 얼굴을 하고 누워 윗입술을 파르르 떨면서 힘겹게 숨을 내쉬었다.

"모든 일에는 정도가 있는 법입니다." 루쥔이 오만불손한 태도로 말을 이어 갔다. "경제적인 사상만으로 살인을 부추기는 것도 아니거니와 그냥 그런 가정을 해 본다면……."

"그런데 말입니다." 갑자기 라스콜니코프가 다시 상대방의 말을 끊었는데, 그 목소리는 분노로 인해 부들부들 떨리고 있었고 어떤 모욕의 쾌감마저 느껴졌다. "당신이 당신의 약혼녀에게 했던 말이 사실인지…… 그 애에게서 결혼 승낙을 받은 바로 그 순간에, 무엇보다 기쁜 것은…… 그 애가 가난뱅이라는 사실이고…… 왜냐면 나중에 그 애 위에 군림하려면……

또 그 애가 당신에게 은혜를 입었다는 사실을 내세워 꾸짖기도 하려면…… 가난뱅이 중에서 신붓감을 택하는 것이 더 유리하다고 말했다던데요, 사실입니까……?"

"이보십시오!" 루쥔은 심히 발끈하고 당황하여 분노와 짜증에 찬 목소리로 소리쳤다. "이보십시오…… 남의 생각을 왜곡해도 정도가 있지! 죄송하지만, 저도 몇 마디 해야겠는데, 당신의 귀로 흘러 들어간, 혹은 더 정확히 말해, 당신의 귀에 전해진 소문은 손톱만큼도 근거가 없는 것이며, 실로 의심스럽군요…… 과연 누가…… 한마디로…… 이 경우 화살은…… 한마디로 말해, 당신의 모친께로 가야겠군요……. 그분은 이 일이 아니더라도, 비록 대단히 뛰어난 자질을 두루 갖춘 분이지만, 사고방식에 있어서 다소 열광적이고 낭만적인 경향이 있는 것 같더군요……. 아무리 그렇기로서니 어쨌거나 저는 그분이 이 정도로까지 일을 환상적으로 왜곡하여 받아들이고 또 그런 식으로 이해했으리라고는 정말 꿈에도 생각지 못했습니다……. 그리고 끝으로…… 끝으로……."

"한데 잘 모르시는 게 있는 것 같은데?" 라스콜니코프가 베개에서 몸을 일으키고 그를 꿰뚫어 버릴 것처럼 이글거리는 시선으로 빤히 쳐다보며 소리쳤다. "뭔지 아실런지?"

"뭘 말입니까?" 루쥔은 멈칫하더니 잔뜩 골이 난, 도전적인 표정을 지으며 기다렸다. 몇 초 동안 침묵이 이어졌다.

"만약 한 번만 더…… 내 어머니에 대해…… 감히 입이라도 뻥긋하면…… 나는 당신을 계단에서 확 걷어차 버리겠습니다!"

"왜 이래!" 라주미힌이 소리쳤다.

"아, 역시 그랬군요!" 루쥔은 새파랗게 질리며 입술을 깨물었다. "제 말을 들어 보십시오." 이렇게 말을 시작한 그는 단어 하나하나를 띄엄띄엄 발음하며 죽을힘을 다해 자제를 했지만 그럼에도 숨은 씩씩 몰아쉬었다. "아까 이 방에 발을 들여놓는 순간부터 저는 당신이 반감을 갖고 있음을 짐작했지만 그래도 좀 더 많이 알아보려고 일부러 여기에 남았던 겁니다. 환자이기도 하고 또 인척이니 웬만하면 곱게 넘어갈 수도 있지만 이제는…… 당신을…… 절대……."

"나는 아프지 않습니다!" 라스콜니코프가 소리쳤다.

"그렇다면 더더욱……."

"썩 꺼져 주시지!"

하지만 루쥔은 말을 다 끝내지도 않고 벌써 방을 나가는 중이었는데, 이번에도 탁자와 의자 사이를 비집어야 했다. 라주미힌은 이번에는 자리에서 일어나 그를 내보냈다. 루쥔은 아무도 쳐다보지 않고, 심지어 이미 오래전부터 환자를 가만히 내버려 두라며 그에게 고갯짓을 하던 조시모프에게도 고개도 까딱하지 않고 방을 나갔는데, 몸을 굽혀 문을 나갈 때는 조심하느라 모자를 어깨 높이까지 들어 올렸다. 등을 구부린 모양만 봐도 이번 일로 끔찍한 모욕을 받고 간다는 것이 여실히 드러나는 듯싶었다.

"어떻게 이럴 수가, 이럴 수가 있냐?" 어안이 벙벙해진 라주미힌이 고개를 설레설레 내저으며 말했다.

"내버려 둬, 다들 날 좀 내버려 둬!" 라스콜니코프가 미친 듯 흥분하며 소리쳤다. "그만큼 했으면 좀 내버려 두란 말이야, 사람을 왜 이리 못살게 굴어! 나는 너희들이 무섭지 않아! 아무도, 이제 아무도 무섭지 않아! 제발 좀 가 줘! 나는 혼자 있고 싶어, 혼자, 혼자, 혼자!"

"가자!" 조시모프가 라주미힌에게 고갯짓을 하며 말했다.

"말도 안 돼, 이 녀석을 저대로 내버려 둘 수는 없어."

"가자니까!" 조시모프가 고집스레 같은 말을 반복하며 나갔다. 라주미힌은 생각을 좀 하다가 그를 따라잡기 위해 뛰어나갔다.

"저 사람 말을 듣지 않으면 더 나빠질 수도 있거든." 조시모프가 이미 계단으로 나온 뒤 말했다. "신경을 자극하면 안 되지……."

"저 녀석이 왜 저럴까?"

"저 사람에게 뭐든 유쾌한 자극을 줄 수 있다면 참 좋을 텐데, 이게 뭐람! 아까만 해도 멀쩡했는데……. 이봐, 저 사람 머릿속에는 뭔가가 있어! 뭔가 부담을 주는 강박적인 것이……. 이게 정말 걱정이야. 아무래도 그런 것 같거든!"

"저 표트르 페트로비치라는 신사 때문일 수도 있잖아! 주고받는 얘기를 봐서는 그가 로쟈의 여동생과 결혼하는데 녀석은 병이 나기 직전에 그 일을 전하는 편지를 받은 모양이야……."

"그러게 말이야. 제기랄, 그 작자는 하필이면 이럴 때 찾아와 갖곤. 자칫하면 일을 다 망쳐 버릴지도 몰라. 한데 너도 알아챘겠지만, 그 친구, 무슨 일이든 다 무심하고 입도 꾹 다물고 있다가 한 가지 얘기만 나오면 아주 발끈하더라. 그 살인 사건 말이야……."

"맞아, 맞아!" 라주미힌이 맞장구를 쳤다. "아주 눈에 띄던걸! 관심도 보이고 또 흠칫 놀라기도 했지. 병이 난 그날도 경찰서에서 그 일로 그 녀석을 깜짝 놀라게 만들었잖아. 오죽하면 기절을 다 했을까."

"저녁에 그 얘기나 좀 더 자세히 해 줘, 나도 나중에 무슨 얘기를 해 줄게. 하여간 몹시 구미가 당기는 환자야! 반시간 뒤에 환자를 보러 올게……. 어쨌거나 염증 같은 것은 없을 거야……."

"고마워! 나는 그동안 파셴카의 방에서 기다리면서 나스타시야더러 상태를 살펴보도록 하지……."

혼자 남겨진 라스콜니코프는 초조하고 괴로운 눈으로 나스타시야를 바라보았다. 하지만 그녀는 여전히 나갈 생각도 않고 뭉그적댔다.

"이제 차라도 마실래?" 그녀가 물었다.

"좀 있다가! 자고 싶어! 나를 좀 내버려 둬……."

그는 경련이라도 인 듯 벽 쪽으로 몸을 획 돌려 버렸다. 나스타시야는 나갔다.

6

하지만 그녀가 나가자마자 그는 일어나 문에 걸쇠를 건 다음, 아까 라주미힌이 가져와 다시 싸 놓은 옷 보따리를 풀어 옷을 입기 시작했다. 이상한 노릇이다. 그는 갑자기 완전히 평온해졌다. 아까와 같은 반쯤 광기 섞인 미망도, 최근 줄곧 끊이지 않던 공포 섞인 불안도 없었다. 이것은 느닷없이 찾아온 왠지 이상한 평온의 첫 순간이었다. 그의 움직임은 정확하고 분명했으며 결연한 의지마저 엿보였다. '오늘, 오늘은 꼭……!' 그는 속으로 중얼거렸다. 그러면서도 자신이 여전히 쇠약하다는 것은 알고 있었지만, 몹시 강렬한 심리적 긴장 덕분에 평온 상태, 강박적인 관념의 상태에 이르자 힘과 자신감이 생겨났다. 그래도 길거리에서 쓰러지고 싶은 마음은 없었다. 완전히 새 옷으로 갈아입은 다음 그는 책상 위에 있는 돈을 보고 잠깐 생각을 하더니 호주머니에 집어넣었다. 25루블이었다. 동전, 즉 라주미힌이 옷 사는 데 쓰고 남은 10루블의 거스름돈도 전부 챙겼다. 그런 다음에는 조용히 걸쇠를 걷어 내고 방을 나가 계단을 내려가며 활짝 열린 부엌 쪽을 힐끔 쳐다보았다. 나스타시야가 그에게 엉덩이를 보이고 서서 주인아주머니의 사모바르에 불을 지피고 있었다. 그녀는 아무 소리도 듣지 못했다. 아니, 어느 누가 그가 밖으로 나가리라고 생각할 수 있었겠는가? 일 분 뒤 그는 이미 거리에 나와 있었다.

8시쯤 됐고 해가 지고 있었다. 후텁지근한 공기는 여전했다. 하지만 그는 악취와 먼지가 뒤섞인, 도시 특유의 탁한 공기를 게걸스럽게 들이마셨다. 살짝 현기증이 나는가 싶더니, 활활 타오르는 두 눈과 누렇게 뜬 핼쑥한 얼굴에서 갑자기 어떤 야성적인 에너지가 번득이기 시작했다. 그는 어디로 가야 할지 알지도 못했고 또 생각하지도 않았다. 그가 아는 것은 딱 한 가지뿐이었다. '이것을 모조리 오늘, 지금 당장 단번에 끝내야 한다, 그러지 못하면 집에 돌아가지 않을 것이다, 이런 식으론 살기 싫으니까.'라는 것. 한데 어떻게 끝낸다지? 무엇으로 끝낸담? 이 점에 관한 한 그는 아무런 개념도 없는 데다가 생각하기도 딱 싫었다. 오히려 상념을 뿌리치려 했다. 상념이 그를 괴롭혔던 것이다. 그는 그저 이렇든 저렇든 모든 것을 바꿔야 한다는 것을 절감했을 뿐, 또 알았을 뿐인지라, 필사적이고 확고부동한 자신감과 결의를 보이며 '어떻게 해서든'이라는 말을 곱씹었다.

오랜 습관대로 그는 옛날부터 평소에 곧잘 다니던 산책길을 따라 곧장 센나야 광장으로 향했다. 센나야 광장까지 좀 못가, 포장도로의 구멍가게 앞에 검은 머리의 젊은 손풍금장이가 서서 아주 감상적인 로망스 같은 것을 연주하고 있었다. 보도 위, 자기 앞에 서 있는 아가씨의 노래에 반주를 넣어 주는 것이었다. 그녀는 열다섯 살쯤 됐는데 크리놀린 원피스에 케이프를 걸치고 장갑을 끼고 진홍색 깃털이 꽂힌 밀짚모자를 쓰는 등 제법 귀족 아가씨 같았지만 물건이 하나같이 다 낡고 해진 것이었다. 그녀는 거리 가수 특유의 째질 것 같은, 하지만 제법 듣기 좋고 힘 있는 목소리로 로망스를 부르며 누가 구멍가게에서 나와 2코페이카라도 던져 주길 기다리고 있었다. 라스콜니코프는 두세 명의 구경꾼 옆에 멈추어 선 채 노래를 듣다가 5코페이카짜리 동전을 하나 꺼내 처녀의 손에 쥐여 주었다. 그녀는 가장 구성지고 음정이 높은 부분에서 갑자기 싹둑 가위질을 하듯 노래를 툭 끊더니 손풍금장이를 향해 "자, 그만 가요!" 하고 날카롭게 소리쳤다. 그러고 둘은 다음 구멍가게를 향해 앞으로 터벅터벅 걸어갔다.

"길거리 노래를 좋아하십니까?" 라스콜니코프는 갑자기 이미 젊지 않은 한 행인에게, 자기와 나란히 손풍금장이 옆에 서 있던 산책자 같은 사람에게 말을 걸었다. 상대방은 참 생뚱맞다는 듯 깜짝 놀라며 그를 쳐다보았다. "저는 좋아한답니다." 라스콜니코프는 이렇게 말을 이어 갔지만, 표정을 보면 길거리 노래 따위는 안중에도 없는 것 같았다. "스산하고 어둡고 눅눅한 가을 저녁에, 반드시 눅눅한 저녁이어야 하고, 모든 행인들이 환자처럼 창백하고 푸르스름한 얼굴을 하고 있을 때, 손풍금 반주에 맞추어 부르는 노래가 좋습니다. 아니면 바람 한 점 없는 가운데 축축한 눈이 그야말로 툭툭 떨어질 때면 더 좋지요, 아시겠죠? 눈발 사이로 가스등이 빛나고……."

"잘 모르겠는데요……. 죄송합니다……." 라스콜니코프가 던진 질문은 물론 그의 이상한 표정에 소스라치게 놀란 신사는 이렇게 중얼거리곤 길 건너편으로 가 버렸다.

라스콜니코프는 곧장 걸어가 센나야 광장의 한 모퉁이로 나왔는데, 그때 리자베타와 얘기를 나누었던 소시민과 아줌마가 장사를 하는 곳이었다. 하지만 그들은 지금은 없었다. 그 장소임을 확인하자 그는 걸음을 멈추고 주위를 둘러본 뒤 밀가루 가게 입구 옆에서 하품을 하고 있는, 붉은 루바하를 입은 청년에게 말을 걸었다.

"여기 골목길에서 어떤 소시민과 아줌마, 그러니까 그의 아내가 장사를 하지 않던가, 어?"

"장사야 별별 사람이 다 하는걸요." 청년이 깔보는 것처럼 라스콜니코프를 이리저리 뜯어보며 대답했다.

"그 사람, 이름이 뭐지?"

"세례명 그대로겠죠."

"자네도 자라이스크 출신 아닌가? 무슨 도 출신이지?"

청년은 다시 라스콜니코프를 쳐다보았다.

"우리는, 나리, 도가 아니라 군이고, 우리 형은 여기저기 나다녔지만 저는 집에만 있어서 아무것도 모르는뎁쇼……. 너그러이 봐주세요, 나리."

"저기 위층은 음식점인가?"

"저건 술집인데요, 당구장도 있고 공주들도 있을걸요…….

끝내주지요!"

라스콜니코프는 광장을 가로질러 갔다. 그곳, 한구석에 사람들이 빼곡히 들어차 있었는데 전부 농군이었다. 그는 얼굴들을 힐끔힐끔 보며 가장 빼곡한 곳까지 비집고 들어갔다. 왠지 아무에게나 말을 걸고 싶어졌다. 하지만 농군들은 그에게는 신경도 쓰지 않고 군데군데 무리를 지어 자기들끼리 뭐라고 웅성댔다. 그는 잠깐 서서 생각을 좀 하다가 오른쪽, V 대로로 방향을 틀어 보도로 걸어갔다. 광장을 지나 골목길로 접어들었다…….

그는 전에도 광장에서 사도바야 거리로 이어지는, 이 꼬불꼬불하고 짧은 골목길을 지난 적이 종종 있었다. 최근에는 욕지기가 치밀 때면 '더욱더 욕지기가 치밀도록' 이곳의 모든 장소를 어슬렁거리고 싶은 마음마저 생겼다. 하지만 지금은 아무 생각 없이 그리로 들어섰다. 이곳에는 술집이나 그런 유의 먹고 마시는 업소로 가득 찬 큰 건물이 있었다. 거기서 잠시 '옆집에 놀러' 가는지 머리에 아무것도 쓰지 않고 원피스 하나만 달랑 입은 여자들이 쉴 새 없이 달려 나왔다. 그들은 보도 두세 군데, 특히 두 계단만 내려가면 온갖 유흥업소가 즐비한 입구 옆에 삼삼오오 무리를 지어 몰려 있었다. 마침 그 순간에 한 업소에서 거리가 온통 떠나갈세라 쿵쾅거리고 왁자지껄 떠드는 소리가 흘러나왔는데, 기타를 퉁기고 노래를 부르고 아주 흥겨운 모양이었다. 많은 여자들이 무리 지어 입구 옆에 몰려 있었다. 어떤 여자들은 층계참에, 어떤 여자들은 보도에 앉아 있고 또 어떤 여자들은 그냥 서서 얘기를 나누고 있었다.

그 옆, 포장도로 위에는 술 취한 군인이 담배를 꼬나문 채 큰 소리로 욕설을 퍼부으며 어슬렁거리는 것이 꼭 어디로 가야 될지를 잊은 것 같았다. 어떤 부랑아 둘이 서로 욕설을 퍼붓고 또 곤드레만드레 취한 어떤 자가 길을 가로막고 널브러져 있었다. 라스콜니코프는 잔뜩 무리 지어 서 있는 여자들 옆에 멈추어 섰다. 그들은 목쉰 소리로 얘기를 나누고 있었다. 다들 사라사 원피스를 입고 염소 가죽 단화를 신고 머리에는 아무것도 쓰지 않고 있었다. 어떤 여자들은 마흔은 족히 넘어 보여도 기껏해야 열일곱 살쯤 된 것 같은 여자들도 있었는데 거의 다들 눈가에 시퍼런 멍이 들어 있었다.

그는 저 아래층에서 들려오는 노랫소리에, 쿵쾅대고 왁자지껄 떠드는 이 모든 소리에 왠지 마음이 끌렸다……. 거기서는 커다란 웃음소리와 새된 소리가 울려 퍼지는 가운데 가냘픈 가성으로 용맹스럽게 뽑아 내는 노래 자락과 기타 반주에 맞추어, 또 구두 굽을 굴려 가며 누군가가 필사적으로 춤을 추는 소리가 들려왔다. 그는 입구 옆 보도에서 몸을 구부리고 현관 안을 호기심 어린 눈으로 들여다보며 생각에 잠긴 음울한 표정으로 유심히 귀를 기울였다.

내 님, 아름다운 경찰님아,
하릴없이 나를 때리지 말아 주오! —

가수의 가냘픈 목소리가 흘러나왔다. 라스콜니코프는 지금 저 노래를 제대로 듣고 싶어 미칠 지경이었는데, 꼭 거기에 사활이 달려 있는 것 같았다.

'잠깐 들어가 볼까?' 그는 생각했다. '큰 소리로 웃어 대는군! 술에 취해서. 어디 한번 죽도록 마셔 볼까?'

"잠깐 들어오지 않을래요, 귀여운 나리?" 한 여자가 아직 완전히 쉬지는 않은, 상당히 낭랑한 목소리로 물었다. 젊고 심지어 참아 줄 만큼은 생긴 여자로서 그 무리 중 하나였다.

"야, 제법 예쁘장한걸!" 그가 몸을 바로 세우고 그녀를 쳐다보며 대답했다.

그녀는 빙긋이 웃었다. 찬사가 아주 마음에 들었던 것이다.

"나리도 정말 잘생긴걸요." 그녀가 말했다.

"세상에, 왜 그리 말랐어요!" 또 다른 여자가 걸쭉한 목소리로 한마디 했다. "지금 막 퇴원했어요, 예?"

"다들 장군의 딸처럼 보이는데, 어째 코가 죄다 들창코야!" 농민용 외투를 마구잡이로 걸쳐 입은, 거나하게 취한 한 농군이 낯짝에 능글맞은 웃음을 띠며 갑자기 다가와 말을 가로막았다. "야, 잘들 노는걸!"

"그렇게 왔으면 들어오시든지!"

"암, 들어가야지! 재미 좀 볼까!"

그러고서 그는 공중제비라도 돌듯 아래로 획 고꾸라졌다.

라스콜니코프는 다시 걸음을 뗐다.

"이보세요, 나리!" 아가씨가 뒤에서 소리쳤다.

"왜 그래?"

그녀는 쭈뼛거렸다.

"귀여운 나리, 나리라면 언제든 기꺼이 함께 시간을 보낼 수 있겠지만, 지금은 나리를 보니 왠지 마음이 찜찜하네요. 술 한잔하게 6코페이카만 주세요, 잘생긴 신사님!"

라스콜니코프는 손에 잡히는 대로 돈을 꺼냈다. 5코페이카짜리 동전 세 개였다.

"아이, 정말 착한 나리야!"

"이름이 뭐지?"

"두클리다를 찾으면 돼요."

"안 돼, 이게 또 무슨 짓이람." 갑자기 그 무리에서 한 여자가 두클리다를 향해 고개를 설레설레 흔들며 한 소리 했다. "정말 난 알다가도 모르겠다, 어떻게 그런 식으로 구걸을 할 수 있니! 나 같으면 정말 양심에 켕겨서라도 쥐구멍부터 찾겠다."

라스콜니코프는 이렇게 말하는 여자를 호기심 어린 눈으로 쳐다보았다. 서른 살쯤 된 곰보 아가씨였는데, 얼굴이 전부 멍투성이고 윗입술은 팅팅 부어 있었다. 그녀는 차분하고 엄숙한 말투로 상대를 꾸짖었다.

'어디서 읽었더라.' 라스콜니코프는 더 걸어가며 생각했다. '사형선고를 받은 어떤 사람이 죽기 한 시간 전에 이런 말을 하든가 생각을 하는 내용이었는데, 대체 어디서 읽었더라. 만약 자기가 어디 절벽 같은 높은 곳, 더욱이 두 발만 간신히 디딜 수 있을 만큼 비좁은 공간에, 사방이 낭떠러지, 대양, 영원한 암흑, 영원한 고립, 영원한 폭풍우로 둘러싸인 공간에 살아야 한다고 할지라도, 1아르쉰밖에 안 되는 그 공간에 그렇게 선 채로 평생, 천년만년 영원토록 머물러야 할지라도 여하튼 살 수만 있다면, 지금 당장 죽는 것보다 그렇게라도 사는 것이 더 낫다, 하는 내용이었지! 오직 살 수만 있다면, 살 수만, 살 수만 있다면! 어떻게 살든 오직 살 수만 있다면……! 참, 잘난 진리야! 맙소사, 얼마나 대단한 진리인가! 인간이란 비열한 놈이다! 그런다고 해서 인간을 비열한 놈이라고 부르는 놈도 비열한 놈이다.' 그는 잠시 뒤에 덧붙였다.

그는 다른 거리로 나왔다. '어라! '수정궁'이로군! 아까 라주미힌이 '수정궁' 얘기를 했더랬지. 다만, 내가 뭘 하려고 했더라? 그래, 읽으려고 했지……! 조시모프가 신문에서 읽었다고 말했으니까…….'

"신문 있습니까?" 그는 아주 넓고 심지어 말끔한 술집으로 들어서며 이렇게 물었는데, 방은 여러 칸이나 있었지만 대개 다 비어 있었다. 손님 두세 명이 차를 마시고 있고, 멀찍이 떨어진 어느 방에서 네 명쯤 되는 일행이 앉아 샴페인을 마시고 있을 뿐이었다. 라스콜니코프가 보기에는 그들 틈에 자묘토프가 있는 것 같았다. 하지만 멀리서는 잘 알아볼 수 없었다.

'있으면 또 어때!' 그는 생각했다.

"보드카를 드릴까요?" 종업원이 물었다.

"차를 가져와. 신문도 좀 갖다 줘, 한 닷새쯤 된 것부터 해서 전부, 보드카 값 정도는 따로 주지."

"알겠습니다. 오늘 신문은 여기 있고요. 보드카도 드릴까요?"

지난 신문과 차가 나왔다. 라스콜니코프는 자리에 앉아 기사를 뒤지기 시작했다. '이즐레르 — 이즐레르 — 아즈텍인 — 아즈텍인 — 이즐레르 — 바르톨라 — 마시모 — 아즈텍인 — 이즐레르…….* 쳇, 제기랄! 아, 여기 사건 사고가 있군. 한 여성 계단에서 추락 — 한 소시민 술에 취해 사망 — 페스키에 화재 — 페테르부르그스카야 구역에 화재 — 또 페테르부르그스카야 구역에 화재 — 또 페테르부르그스카야 구역에 화재 — 이즐레르 — 이즐레르 — 이즐레르 — 이즐레르 — 마시모……. 아, 이거다…….'

마침내 그는 찾던 것을 발견하여 읽기 시작했다. 글자 열이 그의 눈앞에서 뛰놀았지만 그래도 모든 '뉴스'를 다 읽고 다음 호에 실린 가장 최근의 부록 기사도 찾기 시작했다. 조바심이 났던 탓에 신문을 넘기는 그의 손이 경련이라도 인 듯 덜덜 떨렸다. 갑자기 누군가가 그의 탁자로 와서 옆에 앉았다. 힐끗 보니 자묘토프였다. 반지를 몇 개씩 끼고 금줄 장식을 주렁주렁 달고 포마드를 바른 검은 곱슬머리에 가르마를 타고 멋들어진 조끼에 약간 닳은 프록코트와 때가 탄 셔츠를 입은 저 모습, 영락없이 자묘토프였다. 그는 명랑했다, 적어도 무척 명랑하고 털털한 사람처럼 빙그레 웃었다. 까무잡잡한 얼굴은 샴페인을 마신 탓에 벌겠다.

"세상에! 여기는 웬일입니까?" 그는 백년지기라도 되는 것 같은 어조로 의아해하며 말을 걸어 왔다. "어제만 해도, 라주

* 이즐레르는 페테르부르크 교외에 '광천수'라는 정원을 보유했던 자로서 이 소설의 배경이 되는 1865년 무렵 수시로 신문에 언급되었다. 한편, 26세의 청년 마시모(혹은 막시모)와 21세의 처녀 바르톨라 등 두 '난쟁이'가 페테르부르크에 나타나 화제가 됐는데, 이들이 아즈텍의 후예라는 얘기가 있었다.

미힌 말로는, 여전히 의식을 회복하지 못했다던데요. 거참, 이상한 노릇이군요! 저도 댁까지 갔지만……."

라스콜니코프는 그가 다가올 줄 알았다. 그는 신문을 밀쳐두고 자묘토프 쪽으로 몸을 돌렸다. 그의 입가에는 냉소가 어리었고 그 냉소에는 어떤 새로운 짜증스러운 초조함이 배어 나왔다.

"당신이 다녀가셨다는 것은 저도 알고 있습니다." 그가 대답했다. "얘기를 들었거든요. 양말짝을 찾으셨다고요……. 그런데 말이죠, 라주미힌이 당신에게 홀딱 반해서 하는 말인즉, 당신이 녀석과 함께 라비자 이바노브나에게 가셨다더군요. 왜, 그때 당신이 그 여자를 위해 제법 신경을 쓰면서 포로흐 중위에게 눈짓을 하는데도 그쪽에서는 도무지 말귀를 못 알아듣던데, 기억나시죠? 아니, 어떻게 그렇게 말귀를 못 알아먹었을까요, 너무 뻔한 일이던데요…… 예?"

"그 사람, 제법이던걸요!"

"포로흐 말입니까?"

"아니요, 당신 친구 라주미힌 말입니다……."

"그나저나 팔자 한번 좋습니다, 자묘토프 씨. 이렇게 신나는 곳을 공짜로 드나들다니! 지금 저 샴페인은 또 누가 대접하는 겁니까?"

"그냥 우리끼리…… 마신 건데요……. 대접이라니요!"

"사례금이겠죠! 하나하나 참 살뜰히 누리시는군요!" 라스콜니코프가 웃었다. "뭐, 좋습니다, 팔자 좋은 애송이 양반, 좋지요!" 이런 말을 덧붙이며 그는 자묘토프의 어깨를 툭 쳤다.

"사실 나쁜 마음에서 하는 말이 아니라 당신의 그 일꾼이 미치카를 때리면서 했던 말처럼 '정말 좋아하는 마음에서 장난삼아' 하는 말입니다, 그 노파 사건 말이죠."

"그걸 어떻게 아십니까?"

"제가 당신보다 더 많이 알고 있을지도 모르죠."

"아무래도 참 이상한 사람이군요……. 아직도 몹시 편찮으신 것도 같고요. 외출은 왜 했는지……."

"당신 눈엔 제가 그렇게 이상해 보입니까?"

"예. 한데 신문을 읽고 있었던가요?"

"예."

"화재 사건을 많이 다루고 있죠……."

"아니, 내 관심사는 화재 사건이 아닙니다." 그러면서 그는 수수께끼 같은 표정을 지으며 자묘토프를 쳐다보았다. 냉소 어린 미소 때문에 그의 입술이 또다시 일그러졌다. "화재 사건이 웬 말입니까." 자묘토프에게 눈을 찡긋하며 말을 이어 갔다. "솔직히 인정해 보실까, 귀여운 꼬마 양반, 내가 뭘 읽고 있었는지 알고 싶어 미치겠죠?"

"전혀 알고 싶지 않습니다. 그냥 물어본 겁니다. 물어보는 것도 안 됩니까? 왜 계속……."

"이보세요, 당신은 교육도 받고 문학적 소양도 갖춘 사람입니다, 그렇죠?"

"나는 김나지움을 6학년까지* 마쳤습니다." 자묘토프가 다

* 당시 러시아의 김나지움은 7년제였다.

소간 빼기며 대답했다.

"6학년! 아휴, 이 참새 녀석, 머리에 피도 안 말랐겠군! 멋지게 가르마를 타고 반지를 몇 개씩 끼고 역시 부자야! 쳇, 정말 귀여운 꼬맹이군!" 그러면서 라스콜니코프는 곧장 자묘토프의 얼굴에 대고 신경질적인 웃음을 쏟아 냈다. 상대방은 몸을 움찔 뒤로 뺐는데, 기분이 상해서가 아니라 너무 놀라서였다.

"쳇, 진짜 이상한 사람이네요!" 자묘토프가 아주 진지하게 되뇌었다. "아무래도 아직 제정신이 아닌 것 같다는 생각이 들 정도인걸요."

"제정신이 아니라고? 허튼소리 작작 해, 머리에 피도 안 마른 참새 주제에……! 내가 그렇게 이상해 보이나? 하긴 나를 보면 궁금증이 생기기도 하시겠지, 그러실 테지? 그래, 궁금하신가?"

"예, 그래요."

"말하자면, 내가 뭘 읽고 있었는지, 뭘 찾고 있었는지 궁금하시다는 말씀? 하긴 지난 신문까지 몇 장이나 가져오라고 했으니! 자, 수상쩍으신가?"

"뭐, 말씀해 보시죠."

"귀가 솔깃하실 테지?"

"솔깃할 것까지는 또 뭐 있습니까?"

"왜 솔깃한지는 나중에 말하기로 하고 지금 못 박아 둘 것은, 귀여운 양반…… 아니, 차라리 '자백'할 것이 있다고 하지……. 아니, 이것도 아니야. '진술을 할 테니 받아 적으시오.' — 바로 이거야! 자, 그럼 진술하거니와, 내가 읽고 있었던 것, 관심을 가졌던 것…… 찾고 있었던 것…… 샅샅이 뒤졌던 것은…….” 라스콜니코프는 눈을 찡긋하며 뜸을 들였다. “샅샅이 뒤졌던 것은 — 실은 그 때문에 여기에 들른 것인데 — 관리 미망인인 노파 살인 사건에 관한 기사올시다.” 그는 마침내 자기 얼굴을 자묘토프의 얼굴에 바싹 들이대며 거의 속삭이듯 말했다. 자묘토프는 꿈쩍도 않고 자기 얼굴을 상대의 얼굴에서 떼지도 않고 그를 뚫어져라 똑바로 쳐다보았다. 나중에 자묘토프가 무엇보다 이상히 여겼던 것은 그들 사이에 꼬박 일 분간 침묵이 지속됐고 꼬박 일 분간 그렇게 서로를 응시했다는 사실이다.

“그래, 대체 뭘 읽었습니까?” 갑자기 의혹과 초조감에 사로잡혀 그가 소리쳤다. “그게 나하고 무슨 상관이라고요! 그게 뭐가 어쨌다는 겁니까?”

“실은 그게 바로 그 노파 얘기거든요.” 라스콜니코프가 여전히 속삭이듯, 자묘토프의 고함에는 눈 한 번 깜빡하지 않고 계속했다. “경찰서에서 마침 그 노파 얘기가 나오자, 기억하실 텐데, 내가 기절했죠. 자, 어떻습니까, 이제 알겠습니까?”

“그게 무슨 소리입니까? 뭘…… ‘알겠냐’는 겁니까?” 자묘토프가 거의 불안에 떨며 말했다.

미동도 없이 진지하기만 하던 라스콜니코프의 얼굴이 한순간에 돌변하더니, 갑자기 또 아까처럼 자제력을 완전히 상실한 듯 예의 그 신경질적인 웃음이 터져 나왔다. 그러자 순식간에 얼마 전 도끼를 들고 문 뒤에 서 있던 순간이 굉장히 선연한 감각을 과시하며 떠올랐다, 자물쇠가 덜커덩거리고 문 뒤에서 그들이 욕설을 퍼붓고 문을 부술 듯 흔들어 대는 가운데 갑자기 그들에게 소리를 지르며 욕설을 퍼붓고 혀를 쑥 내민 채 약을 올리고 비웃고 큰 소리로 껄껄, 정말 껄껄 웃어 주고 싶어졌던 그 순간이!

"당신은 미쳤거나 아니면……." 자묘토프는 이렇게 말했다가 멈칫했는데, 머릿속에 느닷없이 떠오른 어떤 생각에 갑자기 충격을 받은 모양이었다.

"아니면? '아니면' 뭡니까? 자, 뭐죠? 자, 말씀 좀 해 보실까!"

"아무것도 아닙니다!" 자묘토프가 잔뜩 골이 나서 이렇게 대답했다. "전부 허튼소리입니다!"

둘 다 입을 다물었다. 느닷없이 발작처럼 터져 나온 웃음이 잦아들자 라스콜니코프는 갑자기 생각에 잠기며 슬픈 표정을 지었다. 그는 팔꿈치를 탁자 위에 올려놓고 한 손으로 머리를 괴었다. 자묘토프의 존재 자체를 까맣게 잊은 것 같았다. 꽤 오랫동안 침묵이 지속되었다.

"차는 왜 안 마십니까? 식을 텐데요." 자묘토프가 말했다.

"예? 뭐라고요? 차……? 그렇겠군요……." 라스콜니코프는 찻잔을 들어 한 모금을 마시고 빵 한 조각을 입안에 넣은 다음 갑자기 자묘토프를 쳐다보더니 모든 것이 기억났는지 몸을 부르르 떨었다. 그 순간, 그의 얼굴은 원래처럼 냉소적인 표정으로 바뀌었다. 그는 계속해서 차를 마셨다.

"요즘은 이런 사기 사건들이 많이 생겨났습니다." 자묘토프가 말했다. "최근에 《모스크바 통신》에서 화폐를 위조한 일

당이 잡혔다는 기사를 읽었습니다. 웬만한 회사 수준이었다더군요. 수표를 위조했답니다.”

“오, 그건 옛날 옛적의 일인걸요! 나는 한 달 전에 읽었으니까요.” 라스콜니코프가 침착하게 대답했다. “그럼 그런 치들도 당신 생각으론 사기꾼들인가요?” 그가 비웃으며 덧붙였다.

“아니, 그럼 사기꾼이 아닌가요?”

“그치들이요? 그치들은 어린아이에 풋내기죠, 사기꾼이 아니라! 그까짓 목적을 위해 오십 명은 족히 되는 사람들이 모여든다니! 아니, 그럴 수가 있습니까? 그 경우에는 세 명도 많을 지경이거니와 더군다나 각자가 자신보다 서로에 대해 더 확신을 가져야 하잖습니까! 자칫 한 놈이라도 술김에 입을 잘못 놀리면 모든 것이 물거품이 될 테죠! 풋내기라니까요! 은행에서 수표를 바꿔 오라며 가망 없는 치들을 고용하다니, 이런 일을 어쩌다 마주친 생면부지의 사람한테 맡긴다고요? 뭐, 여하튼 풋내기라도 일은 무사히 치르고 돈도 나눠서 각자 백만씩 챙겼다고 칩시다, 자, 그다음은? 평생 갈까요? 그들은 서로서로에게 매여 있는 겁니다, 평생! 그럴 바엔 차라리 목을 매는 편이 낫죠! 사실 그들은 돈을 바꿀 줄도 몰랐어요. 은행에서 돈을 바꾸는데 5,000을 받아 쥐자 손이 덜덜 떨렸습니다. 4,000까지는 셌지만 5,000부터는 세 보기는커녕 오직 어서 빨리 호주머니에게 쑤셔 넣고 줄행랑을 치고 싶은 마음에 주는 대로 그냥 받은 거죠. 그래서 의심을 샀던 겁니다. 그리고 이 바보 한 놈 때문에 모든 일이 수포로 돌아가 버렸어요! 아니, 이럴 수가 있습니까?”

"손을 덜덜 떤 게 어때서요?" 자묘토프가 맞받아쳤다. "아니, 그럴 수 있습니다. 아니, 저는 충분히 그럴 수 있다고 확신합니다. 못 참아 낼 때가 더러 있거든요."

"겨우 그 정도로?"

"당신이라면 참아 낼 것 같은가요? 아니요, 저라면 참아 내지 못할걸요! 겨우 100루블의 보수를 받자고 그런 무서운 일을 하러 가다니! 위조수표를 들고 가는 곳이 대체 어디입니까? 그런 일에는 도통한 은행이잖습니까. 아니, 저라면 절절맸을 겁니다. 당신이라면 안 그렇겠습니까?"

라스콜니코프는 갑자기 또 죽도록 '혀를 쑥 내밀고' 싶어졌다. 순간, 오한이 나며 등골이 오싹해졌다.

"나라면 그런 식으론 하지 않았을 겁니다." 그가 넌지시 에둘러 말을 시작했다. "나라면 자, 이런 식으로 돈을 바꿨을 겁니다. 처음의 1,000을 지폐 한 장 한 장을 요리조리, 구석구석 살펴보며 네 번쯤 셌을 것이고, 그러고서 그다음 1,000에 착수했을 겁니다. 그것을 세기 시작하여 절반쯤 센 다음에는 아무거나 50루블짜리를 뽑아내 혹시 위조지폐는 아닌지 불빛에 비춰보고 또 뒤집어서도 불빛에 비춰봤을 겁니다. '좀 걱정이 돼서요, 저의 백모님이 최근에 이런 일로 25루블을 날렸거든요.' 그러면서 그 자리에서 사건의 전말을 쭉 얘기했을 겁니다. 자, 세 번째 1,000을 세기 시작하자마자, 이런, 죄송하지만, 아까 두 번째 1,000에서 700부터 잘못 센 것 같은데, 영 미심쩍은데, 라고 하면서 세 번째 1,000을 버려 두고 또다시 두 번째 1,000을 붙들고 씨름할 겁니다. 다섯 장을 전부 이런 식으로 세는 겁니다. 다 센 다음엔 당장 다섯 번째와 두 번째 1,000에서 한 장씩을 꺼내 또다시 빛에 비추어 보고 또다시 미심쩍어하며 '이거 좀 바꿔 주시죠.'라고 말합니다. 이런 식으로 은행원이 진땀을 빼게 만들면 그쪽에서 어떡하면 저놈을 떼 버릴까 안절부절못할 테죠! 드디어 일을 다 끝냈을 때는 나갈 것처럼 문을 열다가, 아니, 죄송하지만, 하면서 다시 돌아와 뭘 물어보고 무슨 설명을 듣기도 하는 겁니다. 자, 나라면 바로 이렇게 했을 겁니다!"

"첫, 무슨 말을 그렇게 무섭게 합니까!" 자묘토프가 웃으면서 말했다. "그냥 말이 그렇지, 실제로 부딪치면 분명히 삐걱할걸요. 이런 경우엔 제 생각으론 당신과 저뿐만 아니라 이런 데는 이력이 난, 갈 데까지 다 간 인간도 장담할 수 없다, 이 말입니다. 어디 멀리 갈 것도 없이, 이런 예가 있습니다. 우리 구역에서 한 노파가 살해당했습니다. 사실 그야말로 갈 데까지 다 간 놈이었던 것 같은데, 백주 대낮에 온갖 위험을 무릅쓰고 오직 기적 덕분에 무사할 수 있었지만 어쨌거나 손은 덜덜 떨렸던 모양입니다. 금품은 훔치지 못했으니까 참아 내지 못했다는 소리죠. 사건의 추이를 봐서 훤히 알 수 있습니다……."

라스콜니코프는 모욕감을 느낀 것 같았다.

"훤히 알 수 있다니! 자, 그자를 한번 잡아 보시지, 지금 당장 가서!" 그는 자묘토프를 약 올리느라 신이 나서 이렇게 소리쳤다.

"그럼요, 곧 잡아들일 겁니다."

"누가요? 당신이? 당신이 잡는다고요? 좀 설치다 나가떨어질걸요! 사실 당신에게 중요한 것은 어떤 사람이 돈을 펑펑 쓰느냐, 아니냐, 하는 문제가 아닙니까? 돈이 없던 놈이 갑자기 돈을 펑펑 쓰기 시작했으니, 자, 바로 그놈이 아니겠는가, 하는 식이죠? 그러니까 그까짓 어린애도 마음만 있으면 이걸로 당신을 속일걸요!"

"아니, 그놈들은 전부 그렇게 한다니까요." 자묘토프가 대답했다—"빈틈없이 사람을 죽인 다음 목숨을 내놓는 위험을 무릅쓰고 당장 술집에 틀어박힙니다. 그렇게 돈을 쓰는 중에 붙잡히는 겁니다. 모두가 다 당신처럼 빈틈없지는 않아요. 당신이라면 술집에는 안 갔을 테죠, 물론?"

라스콜니코프는 눈썹을 찌푸리며 자묘토프를 주의 깊게 바라보았다.

"슬슬 구미가 당기시는 모양인데, 나라면 그런 경우에 어떻게 행동했을지 알고 싶으시죠?" 그가 떨떠름한 표정으로 물었다.

"예, 그렇군요." 상대방이 확고하고 진지하게 대답했다. 말투도, 시선도 어딘가 너무 진지해졌다.

"몹시?"

"몹시."

"좋습니다. 나라면 이렇게 행동했을 겁니다." 라스콜니코프가 이번에도 갑자기 자기 얼굴을 자묘토프의 얼굴에 바싹 갖다 대고 이번에도 그를 뚫어져라 쏘아보며 이번에도 속삭이는 것 같은 말투로 말을 시작했는데, 상대방은 이번에는 숫제 몸을 부르르 떨었다. "나라면 이렇게 했을 거라고요. 돈과 물건을 챙겨 거길 나오자마자 당장 아무 데도 들르지 않고 어디로든, 인적이 드물고 오직 담장만 쭉 서 있는 곳, 거의 아무도 없는, 무슨 채소밭 같은 것만 있는 곳으로 갔을 겁니다. 예전부터 거기, 그 뜰의 모퉁이 어디 담장 옆에, 집을 지을 때부터 놓여 있었을 1푸드나 1.5푸드쯤 되는 무슨 바윗돌을 점찍어 뒀거든요. 그 바윗돌을 들어 올리면 밑에 분명히 구덩이가 파여 있을 것이고 바로 그 구덩이에 물건과 돈을 모조리 집어넣는 거죠. 그런 다음 바윗돌을 원래대로 뒤집고 한쪽 발로 꼭꼭 다지고 그냥 가 버립니다. 그러고는 일 년이고 이 년이고 삼 년이 지나도록 챙겨 가지 않는 겁니다. 자, 한번 찾아보시죠! 감쪽같을걸요!"

"미쳤군요." 자묘토프도 역시 왠지 반쯤 속삭이듯 말하며 갑자기 왠지 라스콜니코프에게서 흠칫 물러났다. 상대의 눈이 번득였던 것이다. 얼굴은 끔찍이도 창백해졌다. 윗입술도 움찔하면서 파르르 경련이 일었다. 그는 자묘토프 쪽으로 최대한 가까이 몸을 기울이더니 아무 말도 하지 않고 입술만 달싹였다. 그 상태가 삼십 초가량 지속되었다. 그는 자기가 무슨 짓을 하고 있는지 알았지만 자제할 수는 없었다. 그때 문의 빗장처럼 무서운 말이 그의 입술 위에서 계속 요동쳤다. 당장이라도 튀어나올 것만 같다. 지금 당장 물꼬만 터 주면, 지금 당장 혀만 놀리면!

"자, 어떨까요, 노파와 리자베타를 죽인 자가 바로 나라면?" 갑자기 이런 말이 튀어나오자 그는 정신이 번쩍 들었다.

자묘토프는 의아스러운 표정으로 그를 쳐다보며 백짓장처

럼 새하얘졌다. 그의 얼굴이 쓴웃음으로 일그러졌다.

"설마 그럴 리가 있습니까?" 그가 거의 들릴 듯 말 듯 말했다.

라스콜니코프는 독기를 품은 눈으로 그를 쳐다보았다.

"솔직히 인정하시죠, 그렇게 믿으셨죠? 그렇죠? 그렇지 않습니까?"

"절대 아닙니다! 지금은 더더욱 못 믿겠습니다!" 자묘토프가 황급히 말했다.

"드디어 걸려들었군! 참새가 붙잡혔어. '지금은 더더욱 못 믿겠다.'라니, 전에는 그렇게 믿었다는 말이죠?"

"글쎄, 절대 아니라니까요!" 자묘토프가 눈에 띄게 당황하며 소리쳤다. "당신이야말로 이쪽으로 유도신문을 하려고 저에게 겁을 줬잖습니까."

"그럼 그렇게 믿지 않는다는 말입니까? 그때 내가 경찰서를 나간 다음, 내가 없는 자리에서 무슨 말을 꺼냈습니까? 포로흐 중위는 기절했다가 깨어난 나를 왜 심문했던 거죠? 이봐." 그는 자리에서 일어나 모자를 집으면서 종업원을 소리쳐 불렀다. "여기 얼마인가?"

"전부 30코페이카입니다." 저쪽에서 달려오며 대답했다.

"자, 보드카 값으로 20코페이카 더 주지. 이런, 돈은 또 왜 이리 많을까!" 그가 지폐를 쥔, 벌벌 떨리는 손을 자묘토프 앞으로 내밀었다. "붉은 지폐, 푸른 지폐가 25루블이군요. 어디서 났을까요? 이 새 옷은 또 어디서 났을까요? 1코페이카도 없었다는 것을 아시잖습니까! 아마 주인아줌마도 심문을 했을 테니까……. 뭐, 그만합시다! Assez causé!(수다는 이제 그만!) 그럼 또 봅시다…… 잘 지내시고……!"

그는 어떤 야성적이고 히스테릭한 감각에, 참을 수 없는 쾌감마저 슬쩍 가미된 감각에 온몸을 벌벌 떨며 밖으로 나왔는데, 그래도 음울하고 피곤해 죽을 것 같았다. 그의 얼굴은 무슨 발작이라도 났던 사람처럼 일그러져 있었다. 피로감은 급속도로 커 갔다. 이제는 갑자기 한 번만 자극이 와도, 감각이 한 번만 신경을 긁어도 흥분하여 힘이 솟구쳤다가 그 감각이 약해짐에 따라 또 그렇게 힘도 급속도로 약해져 갔다.

한편 자묘토프는 혼자 남겨진 뒤에도 그 자리에 오랫동안 더 머물며 명상에 잠겼다. 라스콜니코프 때문에 뜻밖에도 예의 그 부분에 관한 그의 생각이 송두리째 뒤집혔고 그의 견해도 확고히 굳어졌다.

'일리야 페트로비치는 머저리야!' 그는 최종적으로 이런 결론을 내렸다.

라스콜니코프는 거리로 통하는 문을 열자마자 갑자기 바로 현관에서 안으로 들어오던 라주미힌과 맞닥뜨렸다. 둘 다 한 발짝을 앞에 두고도 서로를 보지 못한 탓에 거의 머리를 부딪칠 뻔했다. 얼마 동안 그들은 서로를 훑어보았다. 라주미힌은 어마어마하게 놀랐지만, 갑자기 눈에서 분노가, 진짜 살기등등한 분노가 이글거렸다.

"이놈 봐라, 지금 어디 있는 거야!" 그가 목이 터져라 고함을 질렀다. "침대에서 몰래 빠져나갔겠다! 이 양반을 찾느라고 저기 소파 밑도 뒤졌어! 다락방까지 가 봤다고! 너 때문에 나스타시야까지 때릴 뻔했는데……. 한데 정작 이 양반은 지금 어디 있느냔 말이야! 로지카*! 대체 이게 무슨 뜻이야! 전부 사실대로 말해! 자백하라고! 듣고 있어?"

"무슨 뜻이냐면, 나는 너희 모두에게 죽도록 신물이 났고 나 혼자 있고 싶다는 뜻이야." 라스콜니코프가 침착하게 대답했다.

"혼자 있고 싶다? 아직 제대로 걸을 수도 없고 낯짝도 아직 백짓장처럼 하얗고 숨도 간신히 쉬는 주제에! 이 바보 자식……! '수정궁'에서는 뭘 한 거야? 얼른 자백해!"

"좀 놔줘!" 라스콜니코프는 이렇게 말하고 옆으로 지나가려고 했다. 그것이 라주미힌의 속을 완전히 뒤집어 놓았다. 그는 상대방의 어깨를 꽉 움켜쥐었다.

"놔주라고? 무슨 배짱으로 '좀 놔줘!'라고 말하는 거야? 내가 지금 너를 어떻게 할지 알기나 해? 너를 한 손에 꽉 움켜쥐고 보따리로 꽁꽁 싸서 겨드랑이 밑에 끼고 집에 가져간 다음 자물쇠로 채워 둘 거다!"

"들어 봐, 라주미힌." 라스콜니코프가 조용히, 겉보기에는 아주 침착하게 말을 시작했다. "너 정말 모르겠냐, 난 네가 이렇게 챙겨 주는 거 싫거든? 도대체 이렇게 챙겨 주는 게 뭐 그리 좋냐…… 이런 건 딱 질색이라는 사람 붙잡고? 끝으로, 이런 건 진짜로 참기 힘든 사람 붙잡고? 내가 처음에 병이 났을 때도 뭐 하러 나를 찾아냈던 거야? 그냥 그대로 죽었으면 좋겠다고 생각했을 수도 있잖아? 뭐, 오늘만 해도 정말 충분히

* 로지온(로쟈)의 애칭.

말했잖아, 너 때문에 괴로워 죽겠고 너한테⋯⋯ 신물이 났다고! 정말로 사람을 괴롭히는 게 뭐 그리 좋냐고! 똑똑히 말해 두지만, 자꾸 이러면 건강 회복에 진짜로 방해만 돼, 끊임없이 신경을 긁어 놓으니까. 아까 조시모프만 해도 내 신경을 긁지 않으려고 그냥 가 버렸잖아! 제발 좀 딱 떨어져라, 너도! 그리고 끝으로, 네가 무슨 권리가 있어서 나를 힘으로 제지하겠다는 거야? 내가 지금 완전히 말짱한 정신으로 말하고 있다는 거, 정말 모르겠어? 끝으로, 좀 가르쳐 주라, 내가 너한테 어떻게 애원하면 네가 나한테 치근대지 않을까, 어떻게 하면 이렇게 챙겨 주는 일을 그만두겠어? 은혜도 모르는 천한 놈이 돼도 좋으니까, 너희 전부 딱 떨어져라, 제발 좀 딱 떨어져! 딱 떨어져! 딱 떨어지라니까!"

말을 꺼낼 때만 해도 그는 응어리진 독기를 뿜어낼 생각에 미리부터 기뻐하며 침착하게 굴었지만, 말을 끝마칠 때는 아까 루쥔을 상대할 때처럼 미친 듯 흥분하여 숨을 헐떡였다.

라주미힌은 그 자리에 선 채 생각을 좀 하다가 그의 손을 놓아주었다.

"제기랄, 그럼 꺼져 버려!" 그는 거의 생각에 잠긴 어투로 조용히 말했다. "잠깐만!" 라스콜니코프가 자리를 뜨려고 하자 느닷없이 소리를 질렀다. "내 말 좀 들어 봐. 분명히 말해 두지만, 네놈들은 하나에서 열까지 전부 수다쟁이에 허풍쟁이야! 네놈들은 고민·비스름한 거라도 생기면 그게 뭐라도 되는 양 암탉이 알을 품듯 애지중지하거든! 심지어 이럴 때도 다른 작가들의 것을 몰래 써먹지. 네놈들은 자주적인 삶을 보여 주는 징후라곤 하나도 없어! 네놈들의 몸뚱어리는 고래기름으로 만들어졌고, 네놈들 몸속에는 피 대신 우유 찌꺼기가 흐르지! 나는 네놈들을 아무도 믿지 않아! 어떤 상황이든 네놈들에게 급선무는 어떻게 하면 인간답게 보이지 않을까, 하는 거지! 잠-깐-만!" 라스콜니코프가 다시 자리를 뜨려는 것을 알아차리자 그는 더욱더 미친 듯 날뛰며 소리쳤다. "끝까지 듣지 못해! 너도 알다시피 나는 오늘 집들이를 할 거고 지금쯤은 벌써 다들 왔을지도 몰라. 방금 갔다 왔는데 숙부님을 거기에 그냥 두고 왔어, 오는 손님들을 맞으라고. 자, 만약 네가 바보가 아니라면, 속된 바보가 아니라면, 꽉 막힌 바보가 아니라면, 외국 것의 번역이 아니라면…… 이봐, 로쟈, 네가 똑똑한 녀석이라는 건 나도 인정하지만 어쨌거나 너는 바보야! 자, 만약 네가 바보가 아니라면, 괜히 쏘다니며 구두창만 닳게 하느니 차라리 오늘 우리 집에 들러 저녁 모임에 잠깐 앉아 있어. 일단 나왔으니 어차피 별수 없잖아! 너를 위해 내가 푹신푹신한 안락의자를 대령해 주지, 주인집에 있거든……. 차도 마시고 사람들과 어울리기도 하고……. 아니다, 그냥 침대 소파에 눕혀 줄 테니까 어쨌거나 우리 옆에 누워 있어……. 조시모프도 올 거야. 올 거지, 어?"

"아니."

"거-짓-말!" 라주미힌이 성마르게 소리를 질렀다. "네가 어떻게 알아? 자기 자신도 책임질 수 없는 주제에! 게다가 너는 이런 일엔 젬병이잖아……. 나로 말할 것 같으면 이렇게 사람들과 대판 싸워 절교했다가 또다시 되돌아 달려간 일이 천

번은 족히 되거든……. 부끄러운 나머지 그 사람에게로 돌아가는 거지! 그럼 잘 기억해 둬, 포친코프의 집, 3층이야…….”

“그러니까 당신은, 라주미힌 씨, 남을 챙겨 준다는 만족감에 빠져 누구한테 두들겨 맞아도 마다하지 않을 인간이군요.”

“누가? 내가? 꿈에라도 그런 생각을 하는 놈은 코를 비틀어 놓을 테다! 포친코프의 집, 47호, 관리 바부쉬킨의 아파트야…….”

“안 간다니까, 라주미힌!” 라스콜니코프는 몸을 돌려 걷기 시작했다.

“장담하지만, 꼭 올걸!” 라주미힌이 그의 뒤를 쫓아가며 소리쳤다. “안 오기만 해 봐라…… 그랬다가는 너 이 자식, 너를 모르는 사람 취급하겠어! 잠깐만, 야! 자묘토프 저기 있데?”

“응, 저기 있어.”

“봤어?”

“응, 봤어.”

“말도 했고?”

“그랬지.”

“무슨 말을 했어? 에이, 썩을 놈, 그냥 말하지 마라. 포친코프의 집, 47, 바부쉬킨의 아파트다, 기억해 둬!”

라스콜니코프는 사도바야 거리까지 와서 모퉁이로 방향을 꺾었다. 라주미힌은 생각에 잠긴 채 그의 뒤태를 바라보았다. 결국 한 손을 내젓고는 건물 안으로 들어갔지만 계단 한가운데서 멈추어 섰다.

“빌어먹을!” 그는 거의 큰 소리로 말을 계속했다. “말은 멀쩡하게 하는데 꼭……. 하긴 나도 바보야! 정신 나간 사람도 말은 멀쩡하게 하잖아? 어쩐지, 조시모프도 이럴까 봐 걱정을 하고 있는 거야!" 그는 손가락으로 이마를 톡톡 쳤다. "그럼 어쩐다지, 혹시…… 지금 어떻게 저 녀석을 혼자 내버려 둔담? 어디 물에 뛰어들기라도 하면……. 어휴, 큰 실수를 했는걸! 안 되겠어!" 그러고는 뒤돌아 라스콜니코프를 붙잡으려고 달려갔지만, 이미 흔적도 없이 사라진 상태였다. 그는 침을 탁 뱉고 어서 빨리 자묘토프에게 이것저것 물어보기 위해 잰걸음으로 '수정궁'으로 돌아갔다.

라스콜니코프는 곧장 ○○ 다리로 가서 다리 한가운데, 난간 옆에 멈춰 선 다음 난간에 두 팔꿈치를 괴고 먼 곳을 바라보기 시작했다. 라주미힌과 헤어진 뒤 어찌나 힘이 빠졌던지 여기까지도 간신히 걸어왔다. 길바닥 어디에 털썩 주저앉거나 드러눕고 싶은 심정이었다. 그는 강물 쪽으로 몸을 기울이며 석양에 물든, 스러져 가는 장밋빛 저녁놀을, 짙어 가는 어스름 속에서 거뭇거뭇 보이는 일련의 집들을, 왼쪽 강변도로를 따라 저 멀리 이어지는 어딘가 다락방에서 찰나적으로 마지막 햇빛을 받아 불꽃처럼 타오르는 창문 하나를, 운하의 어두워져 가는 물결을 기계적으로 바라보았는데, 그 물결을 들여다볼 때 유달리 주의를 기울이는 것 같았다. 마침내, 그의 눈앞에서 붉은 동그라미 같은 것들이 빙빙 맴돌고 집들이 뒤로 물러나면서 행인들이며 강변도로며 마차며 모든 것이 동그라미처럼 빙빙 맴돌며 춤을 추었다. 갑자기 그는 기절하기 일보 직전에 뭔가 형체가 없는 기괴한 환영을 보고서 다시 정신이 번쩍 든 사람처럼 몸을 부르르 떨었다. 누군가가 다가와 자기의 오른쪽 옆에 나란히 선 것을 느꼈던 것이다. 쳐다보니, 머리에 스카프를 두르고 누렇게 뜬 길쭉하고 핼쑥한 얼굴에 붉게 충혈된 눈이 퀭하니 들어간, 키가 큰 여자였다. 눈으로는 그를 똑바로 쳐다보고 있었지만 분명히 아무것도 보지 못하고 또 아무도 분간하지 못하는 것 같았다. 갑자기 그녀는 오른손으로 난간을 짚고 오른발을 들어 올려 난간의 창살에 털썩 걸친 다음 왼발도 그렇게 걸치더니 운하로 몸을 던졌다. 더러운 물이 쫙 갈라지면서 순식간에 희생양을 삼켜 버렸다. 하지만 일 분쯤 지나자 투신한 여자는 물 위로 둥둥 떠올라, 머리와 두 발은 물에 잠기고 등은 위를 향하고 말려 올라간 치마가 베개처럼 부풀어 오른 가운데 물이 흐르는 대로 저 아래쪽으로 조용히 떠내려갔다.

"물에 뛰어들었어! 물에!" 수십 개의 목소리가 소리쳤다. 사람들이 몰려들어 강변도로 양쪽에 모두 구경꾼들이 줄줄이 사탕처럼 늘어섰고 다리 위, 라스콜니코프 주변에도 사람들이 몰려들어 뒤에서 밀치락달치락했다.

"선생님들, 저건 우리 아프로시니유쉬카예요!" 어딘가 멀지 않은 곳에서 여자가 울먹이며 비명을 지르는 소리가 들려왔다. "선생님들, 제발 좀 살려 주세요! 아버지 같은 분들, 꺼내 주세요!"

"보트! 보트를 대라!" 무리에서는 이런 외침이 터져 나왔다.

하지만 이미 보트는 필요 없었다. 순경이 운하의 계단을 달려 내려가 외투와 신발을 벗어던지고 물속으로 뛰어들었다.

일은 수월한 편이었다. 투신한 여자는 물에 쓸려 계단에서 두 걸음쯤 떨어진 곳으로 떠내려왔는데, 그가 오른손으로는 그녀의 옷을, 왼손으로는 동료가 뻗어 준 장대를 용케 붙잡은 덕분에 금방 꺼낼 수 있었다. 사람들은 그녀를 계단참의 화강암 포석 위에 눕혔다. 곧 정신을 차린 그녀는 몸을 일으켜 앉더니 두 손으로 젖은 원피스를 하릴없이 매만지며 재채기를 하고 코를 풀었다. 말이라곤 전혀 하지 않았다.

"죽도록 퍼마셨어요, 선생님들, 죽도록." 아까 그 여자의 목소리가 어느덧 아프로시니유쉬카 옆에서 울부짖었다. "요전에도 목을 매려는 걸 밧줄에서 빼냈어요. 지금 막 내가 상점에 가면서 얘를 잘 보라고 계집애 하나를 붙여 놓았는데, 이렇게 죄받을 짓을 했지 뭐예요! 소시민이랍니다, 선생님, 우리 옆집에 살고요, 저 끝에서 두 번째 집, 바로 저기요……."

사람들은 흩어지고 경찰들은 계속 물에 뛰어든 여자의 뒤치다꺼리를 하고 누군가는 경찰서 어쩌고 하며 소리를 지르고……. 라스콜니코프는 이 모든 것을 이상할 만큼 무심하고 무관심한 감각을 갖고 바라보았다. 역겨워졌다. '아니야, 더러워…… 물은…… 어림도 없지.' 그가 속으로 중얼거렸다. '아무 일도 없을 거야.' 이런 말도 덧붙였다. '더 이상 기다릴 것도 없어. 경찰서, 그게 뭐라고……. 그나저나 자묘토프는 왜 경찰서에 있지 않았을까? 경찰서는 9시가 넘어도 열려 있는데…….' 그는 난간을 등진 채 주위를 둘러보았다.

"뭐, 그럼 어쩔 텐가! 할 수 없지!" 그는 단호하게 말한 다음 그 자리를 떠나 경찰서 방향으로 걷기 시작했다. 마음이 공허

하고 먹먹했다. 생각하는 것도 싫었다. 우수도 사라지고 아까 '모든 것을 끝내자!' 하며 집을 나설 때 넘쳐 나던 에너지마저 흔적도 없이 사라져 버렸다. 대신 그 자리에 완전한 아파테이아 상태가 찾아왔다.

'그래, 이것이 탈출구다!' 그는 강변도로를 조용히, 비실비실 걸으며 생각했다. '어쨌거나 끝낼 것이다, 그러고 싶으니까……. 하지만 이것이 과연 탈출구일까? 아무렴 어떤가! 1아르쉰의 공간쯤은 있을 테지, 헤! 하지만 대체 무슨 끝이 이런가! 정말 끝이긴 한 걸까? 저들에게 말을 할까, 하지 말까? 에이…… 제기랄! 게다가 피곤해 죽겠다. 어서 빨리 어디 눕든지 앉든지 하고 싶다! 무엇보다도 부끄러운 것은 너무 바보 같다는 점이다. 하긴 이런 것도 엿이나 먹어라. 칫, 정말 바보 같은 생각만 머릿속에 떠오르는군…….'

경찰서에 가려면 똑바로 쭉 가다가 두 번째 모퉁이에서 왼쪽으로 꺾어야 했다. 경찰서는 여기서 엎어지면 코 닿을 데 있었다. 하지만 첫 번째 모퉁이까지 왔을 때 그는 걸음을 멈추고 잠깐 생각을 하다가 골목으로 빠진 다음 길을 빙 둘러 두 개의 거리를 지나갔는데, 이렇다 할 목적이 있어서도 아니고 그저 일 분이라도 늑장을 부리며 시간을 벌려고 그랬는지도 모르겠다. 길을 걸으면서는 땅바닥을 내려다보고 있었다. 갑자기 누군가가 귀에다 뭐라고 속삭이는 것 같았다. 고개를 들고 보니 자기가 그 집 옆에, 바로 그 대문 옆에 서 있는 것이 아닌가. 그날 저녁 이래 이곳에 온 적도 없거니와 이 옆을 스쳐 지나간 적도 없었건만.

물리칠 수도, 뭐라 설명할 수도 없는 욕망이 그를 끌어당겼다. 그는 건물 안으로 들어가 대문 밑을 다 지난 다음, 오른쪽 첫 입구로 가 낯익은 계단을 따라 4층으로 올라가기 시작했다. 비좁고 가파른 계단은 몹시 어두웠다. 그는 층계참마다 걸음을 멈추고 호기심 어린 눈으로 주위를 둘러보았다. 1층의 층계참 창문은 창틀을 완전히 떼 놓은 상태였다. '그때는 이렇지 않았는데.' 그는 생각했다. 곧 니콜라쉬카*와 미치카가 일하던 2층 아파트가 나타났다. '잠겨 있군. 문도 새로 칠했다. 방이 나갔다는 소리군.' 곧 이어 3층…… 그리고 4층……. '여기다!' 그는 의혹에 휩싸였다. 그 아파트의 문은 활짝 열려 있고 그 안에 사람들이 있는지 목소리가 들려왔던 것이다. 그로서는 전혀 예상하지 못한 일이었다. 그는 약간 망설이다가 마지막 남은 계단 몇 개를 올라가 아파트 안으로 들어섰다.

그곳도 역시 새로 손보는 중이라 일꾼들이 와 있었다. 이 사실이 그에게 충격을 안겨 준 것 같았다. 그는 왠지 당시 이곳을 떠날 때와 똑같은 모습을, 심지어 마룻바닥의 바로 그 지점에 시신이 널브러져 있는 장면을 보게 되리라고 생각했던 것이다. 하지만 막상 지금은 벽지는 다 벗겨 낸 상태고 가구도 전혀 없다. 어쩐지 이상하다! 그는 창가로 가 창턱에 걸터앉았다.

일꾼은 전부 두 명이었는데, 둘 다 젊은 애들이었으나 한쪽이 나이가 좀 더 많고 다른 쪽은 훨씬 더 젊었다. 그들은 벽에다 너덜너덜하게 해어진 예전의 노란색 벽지 대신 연보라색

---

* 미콜라이(니콜라이)의 애칭.

꽃무늬가 있는 하얀색 새 벽지를 바르고 있었다. 라스콜니코프는 왠지 이것이 죽도록 싫었다. 그는 이 새 벽지를 적개심에 찬 눈초리로 쳐다보았는데, 모든 것을 이렇게 바꿔 놓은 것이 안타까운 것 같은 표정이었다.

일꾼들은 분명히 늑장을 부린 모양이었고, 이제는 서둘러 남은 벽지를 둘둘 말며 집에 갈 채비를 하는 중이었다. 라스콜니코프가 나타나도 별로 신경 쓰지 않았다. 오히려 무슨 얘기를 나누느라 정신이 없었다. 라스콜니코프는 팔짱을 끼고 귀를 기울였다.

"그 여자 말이야, 아침 녘에 우리 집에 왔어." 나이 많은 쪽이 어린 쪽한테 말했다. "아주 이른 시간에 멋지게 차려입고서 말이야. 내가 말했지. '아니, 왜 이렇게 내 앞에서 살랑대며 꼬리를 치냐, 왜 이렇게 는실난실 구는 거냐고?' '치트 바실리이치, 난 이제 앞으로는 뭐든 당신 뜻에 따르고 싶어요.' 글쎄, 이렇게 나오지 뭐야! 옷은 또 어찌나 멋지게 차려입었는지, 잡지, 잡지하고 똑같더라니까!"

"그건 또 뭐예요, 아저씨, 잡지라니요?" 젊은 쪽이 물었다. 분명히 '아저씨'한테 한 수 배우는 중이리라.

"잡지란 말이지, 동생아, 알록달록한 그림을 말하는 거야. 토요일마다 외국에서 우편으로 이곳 재봉사들 손에 들어오는데 말이야, 여성은 말할 것도 없고 남성도 누가 어떤 옷을 입을까 하는 내용이 들어 있어. 그러니까 그림이란 소리야. 남성이야 주로 롱코트나 입고 있지만 여성 쪽은, 동생아, 네가 내 장까지 다 팔아도 모자랄 만큼 야사시한 것들뿐이야!"

"이놈의 피체르*에는 정말 없는 게 없군요!" 연하 쪽이 열광적으로 소리쳤다. "아비어미 말곤 전부 다 있네요!"

"그런 것 빼고는, 동생아, 전부 다 있지." 연상 쪽이 훈수를 두는 말투로 결론을 내려 주었다.

라스콜니코프는 창턱에서 일어나 다른 방, 전에 궤짝과 침대와 서랍장이 있던 곳으로 갔다. 가구가 없어져서 방은 끔찍이도 작아 보였다. 벽지는 그대로였다. 구석의 벽지에는 성상갑(聖像匣)이 있던 자국이 또렷이 남아 있었다. 그는 좀 쳐다보다가 아까 앉았던 창가로 돌아왔다. 연상 쪽 일꾼이 곁눈질로 힐끔 쳐다보았다.

"무슨 일이오?" 그가 갑자기 몸을 돌리며 물었다.

라스콜니코프는 대답은 하지 않고 창턱에서 일어나더니 현관으로 나가 설렁줄을 쥐고 잡아당겼다. 바로 그 설렁 소리, 바로 그 양철 소리다! 그는 한 번 더, 또 한 번 더 연거푸 잡아당겼다. 그리고 귀를 기울이며 기억을 떠올렸다. 예전의 고통스러울 만큼 무섭고 추악한 감각이 점점 더 환하고 생생하게 떠올랐고, 설렁줄을 당길 때마다 몸서리를 치면서도 기분은 점점, 점점 더 좋아졌다.

"대체 무슨 일이오? 뭐 하는 사람이오?" 일꾼이 그가 있는 쪽으로 나오며 소리쳤다. 라스콜니코프는 다시 집 안으로 들어갔다.

"집을 좀 빌렸으면 해서" 하고 그가 말했다. "둘러보는 중

---

* 페테르부르크의 약칭.

입니다.”

“밤에 집을 보러 다니는 법은 없지. 더군다나 그럴 거면 문지기와 함께 와야지요.”

“마룻바닥을 닦아 냈군요. 칠을 할 건가요?” 라스콜니코프가 말을 이어 갔다. “피는 없습니까?”

“피라니요?”

“노파와 그 여동생이 살해됐잖습니까. 여기에 그야말로 웅덩이처럼 고여 있었는데.”

“아니, 대체 뭐 하는 놈이야?” 일꾼이 불안해하며 소리쳤다.

“나?”

“그래.”

“알고 싶나……? 경찰서로 갈까, 거기서 말해 주지.”

일꾼들은 의혹에 찬 눈으로 그를 쳐다보았다.

“이제 슬슬 나가야지, 너무 늑장을 부렸어. 가자, 알료쉬카. 문단속을 잘해야 돼.” 연상 쪽 일꾼이 말했다.

“그럼, 갑시다!” 라스콜니코프는 무심하게 대답을 하고는 자기가 앞장서 천천히 계단을 내려갔다. “이봐, 문지기!” 대문 근처까지 나온 뒤 그가 소리쳤다.

몇몇 사람이 거리로 난 건물 입구 바로 옆에 서서 행인들을 멍하니 바라보고 있었다. 문지기 두 명, 아줌마, 실내복을 입은 소시민, 그리고 또 누가 좀 더 있었다. 라스콜니코프는 곧장 그들을 향해 걸어갔다.

“무슨 일입니까?” 한 문지기가 대꾸를 해 주었다.

“경찰서에 다녀왔나?”

"지금 막 갔다 오는 길인데요. 무슨 일이시죠?"

"거기에 사람들이 있던가?"

"그럼요."

"부서장도 거기 있던가?"

"잠시 있었지요. 대체 무슨 일로 그러시죠?"

라스콜니코프는 대답도 하지 않고 생각에 잠긴 채 그들과 나란히 섰다.

"집을 보러 왔대요." 연상의 일꾼이 옆에 다가오며 말했다.

"집이라니, 무슨 집?"

"우리가 일하던 집 말이에요. '피는 대체 왜 닦아 냈냐? 여기서 살인 사건이 일어났는데 나는 이 집을 빌리러 왔다.'라는 소리를 하던데요. 설렁을 울리기도 했는데, 거의 줄을 끊어 놓을 기세였어요. 경찰서로 가자고, 거기서 증언하겠다던데요. 엄청 치근댔어요."

문지기는 수상쩍은 듯 얼굴을 찌푸리며 라스콜니코프를 뜯어보았다.

"대체 누구시오?" 그는 좀 더 위협적으로 소리쳤다.

"나는 로지온 로마노비치 라스콜니코프이고, 한때 대학생이었고, 이곳에서 멀지 않은 골목에 있는 쉴의 집, 14호 아파트에 살고 있는 사람이야. 문지기한테 물어보면 돼…… 나를 아니까." 라스콜니코프는 몸을 돌리지도 않고 어두워지는 거리를 뚫어져라 바라보며 이 모든 말을 생각에 잠긴 사람처럼 왠지 낭창낭창하게 늘어놓았다.

"그럼 그 집에는 왜 갔던 겁니까?"

"그냥 좀 보려고."

"거기에 뭐 볼 게 있다고요?"

"그냥 붙잡아서 경찰서에 데려갈까?" 갑자기 소시민이 끼어들었다가 입을 다물었다.

라스콜니코프는 어깨 너머로 비스듬히 그에게 눈길을 주고 유심히 바라보더니 역시나 그렇게 조용히, 낭창낭창하게 말했다.

"한번 가 봅시다!"

"그래, 데려가자!" 기세등등해진 소시민이 말을 받았다. "대체 왜 그 일을 들먹거리는지, 이놈 머릿속에는 뭐가 든 거야, 어?"

"술을 처먹은 건지, 어떤지 알게 뭐람." 일꾼이 중얼거렸다.

"대체 무슨 일이오?" 슬슬 진짜로 화가 난 문지기가 또 소리쳤다. "왜 이렇게 들러붙어?"

"경찰서에 가자니 겁이 난 건가?" 라스콜니코프가 냉소를 머금으며 말했다.

"겁은 무슨 겁? 네놈은 왜 자꾸 들러붙는 거야?"

"순 깡패구먼!" 아줌마가 소리쳤다.

"저런 놈은 이러쿵저러쿵 떠들 필요도 없어." 또 다른 문지기가 소리쳤는데, 농민용 외투를 활짝 열어젖히고 허리에 열쇠 꾸러미를 찬 거구의 사내였다. "썩 꺼져 버려……! 진짜 순 깡패 놈이군. 썩 꺼지라고!"

그러고서 라스콜니코프의 어깨를 움켜쥐고 길거리로 내동댕이쳤다. 그는 하마터면 공중제비를 돌 뻔했지만 넘어지지는 않고 몸을 바로 다잡은 다음 말없이 모든 구경꾼들을 바라보다가 걷기 시작했다.

"얄궂은 놈이야." 일꾼이 말했다.

"요새는 사람들이 참 얄궂어졌어요." 아줌마가 말했다.

"어쨌거나 경찰서에 데려가야 했어." 소시민이 덧붙였다.

"괜히 말려들 이유도 없지 뭐." 거구의 문지기가 매듭을 지었다. "영락없이 깡패 놈이야! 제가 나서서 설치는 걸 보면 뻔해, 한번 말려들면 발 빼기도 힘들어……. 알 만하지!"

'자, 갈까, 말까.' 라스콜니코프는 이렇게 생각하며 포장도로 한가운데, 교차로 위에서 걸음을 멈추고 주위를 둘러보았는데, 꼭 누군가가 최후의 말을 해 주길 기다리는 것 같았다. 하지만 그 어디서도, 어떤 응답도 오지 않았다. 모든 것이 그가 딛고 있는 돌처럼 먹먹하고 죽은 것 같았다, 그에게, 그에게만은 죽은 것 같았다……. 갑자기, 이백 걸음쯤 떨어진 먼 곳, 거리의 끝에서 어둠이 짙어 가는 가운데 사람들이 무리 지어 웅성대고 고함을 지르는 소리가 들려왔다……. 무리 한가운데에는 어떤 마차가 서 있었다……. 거리 한가운데서 불빛이 반짝였다. '무슨 일이지?' 라스콜니코프는 오른쪽으로 방향을 틀어 그 무리 쪽으로 걸어갔다. 그는 뭐라도 붙잡으려 했으며 이런 생각이 들자 싸늘한 미소를 머금었는데, 사실 경찰서 건에 대해 분명히 결정을 내린 지금, 조만간 모든 것이 끝나리라는 것을 확실히 알았던 탓이다.

7

길거리 한가운데에는 회색 준마 한 쌍이 끄는 멋진 귀족용 마차가 서 있었다. 승객은 없었고 마부는 마부석에서 내려와 그 옆에 서 있었다. 말들은 굴레를 씌워 붙들고 있었다. 주변으로 많은 사람들이 몰려들었고 맨 앞에는 경찰들이 있었다. 경찰 한 명이 손에 등불을 들고 몸을 굽혀 바퀴 바로 옆, 도로 위의 뭔가를 비추고 있었다. 모두들 뭐라고 웅성대고 소리치고 탄식했다. 마부는 긴가민가하며 간간이 같은 말만 반복했다.

"이런 죄받을 일이! 맙소사, 이런 죄받을 일이!"

라스콜니코프는 사람들 사이를 최대한 비집고 들어간 다음, 드디어 이 모든 소동과 호기심의 대상을 보게 되었다. 땅바닥에는 지금 막 말에 짓밟혀 온통 피범벅이 된 사람이 보아하니 의식을 잃은 채 쓰러져 있었는데, 무척 형편없는 옷차림이었지만 그래도 제법 '점잖은' 티가 났다. 얼굴이며 머리에서는 피가 흘러내리고 있었다. 그 얼굴은 전부 짓이겨지고 찢어져 만신창이가 됐다. 정말 무참히 짓밟힌 모양이었다.

"선생님들!" 마부가 울먹였다. "어떻게 이럴 줄 알았겠습니까! 내가 말을 마구 몰았거나 이 양반에게 소리를 치지 않았다면 모를까, 나는 서두르지도 않고 찬찬히 달리고 있었습니다. 다들 봤잖습니까. 사람이란 원래 실수를 하는 법이고 나라고 별수 있나요. 주정뱅이가 촛불을 켤 리도 없고요, 아시다시피……! 그를 보니 길을 건너가는데 갈지자로 비틀대는 것이 거의 나자빠질 기세이기에 한 번, 두 번, 세 번이나 소리를 지르고 말도 세웠어요. 하지만 그쪽에서 곧장 말의 발밑으로 쓰러지더라고요! 일부러 그랬는지, 아니면 술에 취해 제정신이 아니었는지……. 말들이 어린놈이라 겁이 많거든요. 몸을 움찔하며 뛰어오르자 저 사람은 비명을 지르고 그러자 이 녀석들은 더욱더…… 그래서 이런 변이 생겼지 뭡니까."

"딱 맞는 말이야!" 군중 속에서 어떤 목격자가 응수하는 소리가 들렸다.

"소리를 질렀어, 정말 그랬어, 세 번이나 소리쳤어." 다른 목소리가 응수해 주었다.

"정확히 세 번이었어, 다들 들었어!" 세 번째가 소리쳤다.

하긴 마부도 별로 기가 죽지도, 겁을 내지도 않았다. 보아하니 마차는 영향력 있는 부자의 것으로서 그 주인은 어디서 마차를 기다리고 있는 모양이었다. 경찰들도 물론, 이 마지막 문제를 어떻게 하면 잘 처리할지 적잖이 고민하고 있었다. 여하튼 당장은 마차에 깔린 자를 경찰서든 병원이든 어디로 옮겨야 했다. 하지만 그의 이름을 아는 사람이 없었다.

그러는 동안 라스콜니코프는 사람들 사이를 비집고 들어가 더 가까이 몸을 기울였다. 갑자기 등불이 불운한 자의 얼굴을 환히 비추자, 그가 누군지 금방 알아볼 수 있었다.

"제가 아는 사람입니다, 누군지 압니다!" 그가 이렇게 소리치며 앞으로 헤치고 나갔다. "이분은 퇴직 관리, 9등관 마르멜라도프입니다! 이 근처, 코젤의 집에 살고요……. 빨리 의사를 불러요! 돈은 제가 내겠습니다, 여기!" 그러면서 호주머니에서 돈을 꺼내 경찰에게 보여 주었다. 그는 놀라울 정도로 흥분한 상태였다.

경찰들은 마차에 깔린 자의 신원이 확인돼서 만족스러워했다. 라스콜니코프는 자기 이름과 주소를 가르쳐 주고, 마치 친아버지의 일인 것처럼 의식을 잃은 마르멜라도프를 어서 빨리 집으로 옮겨 달라며 사람들을 열심히 설득했다.

"바로 여기, 세 번째 건물을 지나면" 하고 그가 부산을 떨었다. "코젤의 집이 나오는데, 돈 많은 독일인이죠……. 방금 이분은 분명히 술에 취한 채로 집으로 가고 있었을 겁니다. 이분을 알거든요……. 술주정뱅인데……. 저기 그의 가족이, 아내와 아이들이 있습니다, 딸도 하나 있고요. 일단 병원에 데려가기 전에, 여기 이 집에 분명히 의사가 있을 겁니다! 돈은 제가 내겠습니다, 제가 냅니다……! 아무래도 집안사람이 간호하면 지금은 더 도움이 될 겁니다, 안 그랬다가는 병원에 도착하기도 전에 죽어 버릴 겁니다……."

심지어 그는 눈에 띄지 않게 경찰의 손에 뭘 찔러 넣어 주었다. 하긴 분명하고 합법적인 일인 데다가 어쨌거나 그러는 편이 응급 처치를 받기도 더 좋았다. 사람들이 마차에 깔린 자를 일으켜 세워 옮기기 시작했다. 도와주는 사람들이 있었던 것이다. 코젤의 집은 서른 걸음쯤 떨어진 곳에 있었다. 라스콜니코프는 뒤에서 조심스럽게 머리를 받친 채 걸으면서 길을 안내했다.

"이쪽, 이쪽입니다! 계단을 올라갈 때는 머리가 위로 향해야 하니까 몸을 돌려 주시고…… 예, 그렇게요! 돈은 제가 내겠습니다, 사례를 하겠습니다." 그가 중얼거렸다.

카체리나 이바노브나는 여유 시간이 나자마자, 항상 그렇듯, 팔짱을 끼고 혼잣말로 뭐라 웅얼대고 기침을 하면서 작은 방 안을 앞뒤로, 또 창가와 페치카 사이를 번갈아 왔다 갔다 하고 있었다. 최근에는 큰딸인 열 살 먹은 폴렌카*를 상대로 점점 더 자주, 더 많은 대화를 나누게 됐다. 폴렌카는 아직 이해하지 못하는 것이 많았지만 대신 자기가 어머니에게 꼭 필요한 존재라는 것을 몹시 잘 이해했기 때문에 항상 영특해 보이는 커다란 눈으로 어머니를 지켜보며 뭐든지 다 이해하는 척 하려고 열심히 머리를 썼다. 지금 폴렌카는 하루 종일 몸이 좋지 않았던 남동생을 재우려고 옷을 벗기고 있었다. 밤중에 빨아야 하는 루바쉬카를 갈아입히는 동안 소년은 사뭇 진지한 표정을 지으며 말없이 똑바른 자세로 꼼짝도 않고 의자에 앉아, 발뒤꿈치는 꼭 붙여 사람들 쪽으로 향하고 발끝은 제각

* 폴렌카(폴랴, 폴레치카)는 폴리나의 애칭.

기 벌린 채 두 다리를 앞으로 쭉 뻗고 있었다. 그러고는, 잠자리에 들기 전에 옷을 벗겨 줄 때 영리한 아이라면 누구나 으레 그렇듯, 입술을 삐죽 내밀고 눈을 말똥말똥 뜬 채 사부작대지도 않고 엄마와 누나가 하는 말을 듣고 있었다. 그보다 더 어린 소녀는 완전히 누더기를 걸친 채 병풍 옆에서 자기 차례를 기다리며 서 있었다. 계단 쪽 문은 열려 있었는데, 다른 방에서 파도처럼 흘러 들어와 불쌍한 폐병쟁이 여인에게 오랫동안 쉴 새 없이 고통스러운 기침을 하도록 만드는 담배 연기로부터 조금이라도 몸을 지키기 위해서였다. 카체리나 이바노브나는 요 한 주간 더 여윈 것 같고 뺨의 붉은 반점도 이전보다 더 선명해졌다.

"너는 믿기지도 않고 상상도 할 수 없을 거야, 폴렌카." 그녀가 방 안을 왔다 갔다 하며 말했다. "우리 아버지 집에 있을 때는 정말로 즐겁고 화려하게 살았는데, 이 주정뱅이가 내 신세도 망쳐 놓았고 너희들 신세도 모두 망쳐 놓을 거야! 우리 아버지는 5등관 군인으로 대령이었는데 거의 도지사나 다름없었어. 겨우 한 발짝만 내디디면 됐거든. 그래서 다들 아버지를 찾아오면 '이반 미하일르이치, 우리는 당신을 이미 우리의 도지사로 생각한답니다.'라고 말하곤 했지. 내가 말이야…… 캑! 내가…… 캑-캑-캑…… 아, 지랄 같은 인생!" 그녀는 가래를 토하면서 가슴팍을 움켜쥐고 소리쳤다. "내가…… 아이고, 마지막 무도회에서…… 귀족 단장 댁에서 열렸는데…… 베즈제멜나야 공작 부인께서 말이야 — 나중에 내가 너의 아버지한테 시집갈 때 나를 축복해 주신 분이란다, 폴랴 — 나를 보시자마자 '혹시 저 아가씨가 졸업식 때 숄을 두르고 춤을 추던 귀여운 아가씨 아닌가요?' 하고 물어보셨지…….(구멍 난 데를 기워야겠다. 자, 바늘을 갖고 와서 내가 가르쳐 준 대로 지금 당장 꿰매면 좋으련만, 안 그러면 내일…… 캑! 내일이면…… 캑-캑-캑……! 더 심하게 찢어-질 텐데!" 그녀는 가슴이 터질 것처럼 캑캑대며 소리쳤다…….) "그때만 해도 막 페테르부르크에서 온 시종관 셰골스코이 공작이…… 나와 마주르카를 추었고 다음 날 청혼하러 오고 싶어 했지. 하지만 나는 좋은 말로 감사를 표한 뒤 오래전부터 마음을 두고 있는 사람이 따로 있다고 말했단다. 그 사람이 바로 너의 아버지였단다, 폴랴. 우리 아버지는 그야말로 노발대발하셨는데……. 한데 물은 준비됐니? 자, 루바쉬카를 좀 줘 보렴. 양말은……? 리다." 하고 그녀는 작은딸에게 말을 걸었다. "너는 오늘 밤에 루바쉬카를 입지 말고 그냥 자야겠구나. 어떻게든…… 양말은 옆에 벗어 놓고……. 한꺼번에 빨아야겠어……. 아니, 이 누더기 같은 양반은 왜 안 오는 거야, 이 주정뱅이가! 루바쉬카도 하도 입고 다녀서 걸레처럼 닳았어, 완전히 너덜너덜해지고……. 이틀을 연달아 고생하지 않으려면 전부 한꺼번에 빨아야 하는데! 맙소사! 캑-캑-캑-캑! 또다시! 이건 또 뭐야?" 현관으로 몰려든 군중과 무슨 짐 같은 것을 들고 방 안으로 비집고 들어오는 사람들을 보며 그녀가 소리쳤다. "이게 뭐예요? 뭘 갖고 오는 거죠? 맙소사!"

"여기 어디다 내려놓을까요?" 피투성이에 의식이 없는 마르멜라도프를 이미 방 안으로 들여놓은 다음, 경찰이 주위를 둘러보며 물었다.

"소파로! 소파에 바로 눕히세요, 자, 머리는 이쪽으로 하고." 라스콜니코프가 그쪽을 가리켰다.

"길거리에서 마차에 치였어! 술에 취해서!" 누군가가 현관에서 소리쳤다.

카체리나 이바노브나는 완전히 새파랗게 질려서는 힘겹게 숨을 몰아쉬었다. 아이들은 겁에 질려 버렸다. 어린 리도치카가 소리를 지르며 폴렌카에게 달려들어 껴안고 온몸을 벌벌 떨었다.

마르멜라도프를 눕히고 나서 라스콜니코프는 카체리나 이바노브나에게 달려갔다.

"제발 진정하십시오, 겁먹지 마시고요!" 그가 빠른 속도로 말했다. "길을 건너다 마차에 치였는데, 걱정하지 마십시오, 정신이 들 테니까요. 제가 이리로 모셔 오자고 했고요…… 댁에 들른 적이 있는데, 기억하시겠지요……. 곧 정신이 들 겁니다, 돈은 제가 내겠습니다!"

"소원 성취했구먼!" 카체리나 이바노브나는 절망적으로 소리를 지르며 남편에게 달려갔다.

라스콜니코프는 이내 이 여인은 당장 기절부터 하고 보는 부류가 아니라는 것을 알아챘다. 불운한 자의 머리 밑에는 순식간에 아무도 미처 생각하지 못했던 베개가 놓여졌다. 카체리나 이바노브나는 그의 옷을 벗기고 상태를 살펴보았으며, 파르르 떨리는 입술을 깨물고 가슴속에서 터져 나오려는 비명을 애써 억누르며 자기 자신은 깡그리 잊은 채 당황하는 기색도 없이 분주히 움직였다.

라스콜니코프는 그러는 동안에 사람을 보내 의사를 불러 오라고 설득했다. 마침 의사는 건너편 건물에 살고 있었다.

"의사를 불러 오라고 사람을 보냈습니다." 그가 카체리나 이바노브나에게 계속 되뇌었다. "염려하지 마십시오, 돈은 제가 내겠습니다. 물 좀 없습니까……? 냅킨이든 수건이든 뭐라도 빨리 주십시오. 상처가 어느 정도인지는 아직 모르니까……. 부상은 입었지만 죽지는 않았어요, 정말입니다……. 의사가 뭐라고 할는지!"

카체리나 이바노브나는 창가로 달려갔다. 그곳 구석, 찌그러진 의자 위에는 밤중에 아이들과 남편의 옷을 빨려고 준비해 둔 커다란 점토 물대야가 놓여 있었다. 이렇게 카체리나 이바노브나는 적어도 일주일에 두 번, 이따금씩은 그보다 더 자주 밤중에 손수 빨래를 했다. 이는 이미 갈아입을 옷이 거의 전혀 없어 가족 구성원이 너 나 할 것 없이 모두 옷이 하나씩밖에 없는 지경이 되었기 때문이었으며, 또 카체리나 이바노브나가 불결함을 참지 못하는 성미라 집 안이 더러워지는 꼴을 보느니 차라리 밤마다 몸을 혹사하고 힘에 부치더라도 다들 잘 때 젖은 옷을 방 안에 쳐 놓은 빨랫줄에 걸어 아침 녘까지 다 말린 다음 깨끗한 것을 내놓는 편이 낫다고 생각했기 때문이다. 그녀는 라스콜니코프의 요구대로 대야를 가져가려고 들었지만 하마터면 그대로 넘어질 뻔했다. 하지만 상대방은 어느새 수건을 찾아서 물에 적신 다음 피범벅이 된 마르멜라도프의 얼굴을 닦아 내기 시작했다. 카체리나 이바노브나는 그 자리에 선 채 고통스럽게 숨을 몰아쉬며 두 손으로 가슴을 움켜쥐었다. 도움이 필요한 건 오히려 그녀였다. 라스콜니코프는 마차에 치인 자를 이리로 데려오자고 설득한 것이 잘못이었을 수도 있겠다는 사실을 슬슬 깨달았다. 순경도 역시 의혹에 잠긴 채 서 있었다.

"폴랴!" 카체리나 이바노브나가 소리쳤다. "소냐한테 달려가, 얼른. 혹시 집에 없어도 아버지가 말에 치였으니까 당장 이리로 오라고 말해 두고…… 돌아오는 대로 오라고 말이야. 빨리, 폴랴! 자, 스카프를 두르고!"

"총알같이 달려가!" 갑자기 소년이 의자에서 소리쳤고, 이 말을 한 다음에는 또다시 아까처럼 말없이 똑바른 자세로 앉아 눈을 말똥말똥 뜨고 뒤꿈치는 앞으로 내밀고 발끝은 제각기 벌려 놓았다.

그러는 사이에 방은 입추의 여지도 없을 만큼 사람들로 꽉 찼다. 경찰들도 다 떠나고 한 명만 잠깐 남았는데, 그는 계단에서 밀려오는 사람들을 다시 계단으로 쫓아내려고 애쓰고 있었다. 대신, 안쪽에 위치한 방들에서 리페베흐젤 부인의 세입자들이 거의 전부 다 쏟아져 나왔으며, 처음에는 문지방 쪽에만 몰려 있더니 나중에는 무리를 지어 방 안까지 밀려 들어왔다. 카체리나 이바노브나는 거의 광란 상태가 됐다.

"하다못해 죽을 때만이라도 좀 조용히 죽게 해 줘요!" 그녀가 모든 사람들을 향해 소리쳤다. "무슨 구경거리라도 났어! 담배까지 꼬나물고! 캑-캑-캑! 모자까지 쓰고 들어와 보시지……! 아니, 모자를 쓴 양반도 하나 있네……. 썩 나가요! 사람이 죽었으면 하다못해 경의라도 표해야지!"

기침 때문에 숨이 막혀 왔지만 호통을 친 것이 효과가 있었다. 분명히 카체리나 이바노브나가 무섭기도 했는지, 세입자들은 서로를 헤치며 하나씩 둘씩 문 쪽으로 되돌아 나갔다. 가까운 사람에게 느닷없이 불행이 닥쳤을 때마다 항상 느끼는, 심지어 가장 가까운 사람조차 그야말로 진정으로 애석해하고 동정하는 마음과는 별개로 단 한 명의 예외도 없이 느끼는 저 이상한 내적 만족감을 맛보면서 말이다.

하긴 문 뒤에서는 병원에 보내야 된다는 둥, 괜히 여기서 폐를 끼쳐서는 안 된다는 둥 하며 떠드는 소리도 들려왔다.

"죽는 것도 안 된다고!" 카체리나 이바노브나는 이렇게 소리치며 그들에게 한바탕 퍼부을 기세로 문을 활짝 열러 달려갔지만 마침 문간에서, 지금 막 불미스러운 소식을 접하고서 기강을 바로 잡기 위해 달려온 리페베흐젤 부인과 딱 마주쳤다. 그녀는 굉장한 싸움닭에 난폭한 독일 여자였다.

"아이고, 맙소사!" 그녀는 손뼉을 탁 쳤다. "당신의 남편이 술에 취해 말에 짓밟혔다죠. 병원으로 보내요! 여기는 내 집이에요!"

"아말리야 류드비고브나! 부탁인데, 자기가 지금 무슨 말을 하고 있는지 좀 생각해 보세요." 카체리나 이바노브나가 도도한 태도로 말문을 열었다.(여주인과 얘기를 할 때면 상대방이 '자기 주제를 똑똑히 알도록' 도도하게 굴었는데, 지금도 이런 만족을 절대 포기할 수 없었다.) "아말리야 류드비고브나……."

"전에도 한 번 말했지만, 어디서 감히 나를 아말 류드비고브나라고 부르는 거예요, 나는 아말-이반이란 말이에요!"

"당신은 아말-이반이 아니라 아말리야 류드비고브나예요. 나는 지금 문 뒤에서 저렇게 웃고 있는 저 레베쟈트니코프 씨처럼 당신에게 아첨이나 하는 야비한 부류에 들지 않기 때문에(정말로 문 뒤에서는 "한판 붙었군!" 하고 외치며 웃어 대는 소리가 들려왔다.) 항상 아말리야 류드비고브나라고 부를 거예요, 비록 이 이름이 왜 당신 마음에 들지 않는지는 도무지 이해할 수 없지만. 어떻든 지금 세몬 자하로비치에게 무슨 일이 일어났는지 직접 보고 있잖아요. 이분은 죽어 가고 있어요. 제발 부탁이니까, 지금 당장 이 문을 잠그고 아무도 이리로 들어오지 못하게 해 주세요. 죽을 때라도 좀 조용히 죽게 해 달라고요! 안 그랬다가는, 똑똑히 말해 두지만, 내일 당장 당신의 행동이 장군이자 도지사 나리께 알려질걸요. 공작님은 처녀 적부터 나를 잘 아시고 세몬 자하로비치도 잘 기억하고 계실 텐데, 이분에게 수차례나 은혜를 베풀어 주셨거든요. 다들 아는 일이지만, 세몬 자하로비치는 친구며 후원자가 많이 있어도 자신의 불행한 약점을 통감한 탓에 고결한 자긍심의 발로에서 그들을 멀리해 온 것인데, 지금은 (그녀는 라스콜니코프를 가리켰다.) 재력과 인맥을 두루 갖춘 관대한 한 청년이 우리를 도와주고 있어요, 세몬 자하로비치가 어릴 때부터 알아 온 청년이지요, 진짜예요, 아말리야 류드비고브나……."

이 모든 얘기를 카체리나 이바노브나는 굉장히 빠른 속도로 늘어놓았고 가면 갈수록 말의 속도는 더 빨라졌지만, 기침이 터져 나오는 바람에 그녀의 웅변도 단번에 탁 끊어졌다. 그 순간, 죽어 가는 사람이 정신이 들어 신음을 하자 그녀는 그쪽으로 달려갔다. 환자는 눈을 떴으나 사람도 못 알아보고 상황도 이해하지 못한 채 자기를 굽어보며 서 있는 라스콜니코프를 들여다보기 시작했다. 그는 간간이 깊게, 힘겹게 숨을 내쉬었다. 입술 언저리에서는 피가 흘러나오고 이마에서는 땀이 배어 나왔다. 카체리나 이바노브나는 슬픔에 찬, 하지만 엄격한 시선으로 그를 바라보았는데, 그 눈에서는 눈물이 흐르고 있었다.

"세상에! 이 양반 가슴을 온통 짓밟아 놨어! 피, 피 좀 봐!" 그녀는 절망에 차서 말했다. "이 양반, 윗옷을 전부 벗겨야겠어! 할 수 있으면 몸 좀 돌려 봐요, 세묜 자하로비치." 그녀가 그에게 소리쳤다.

마르멜라도프는 그녀를 알아보았다.

"사제를 불러 줘!" 그가 목쉰 소리로 말했다.

카체리나 이바노브나는 창가로 물러나, 이마를 창틀에 대고 절망에 가득 차 절규했다.

"오, 지랄 같은 인생!"

"사제를 불러 줘!" 죽어 가는 자가 잠깐 침묵했다가 다시 말했다.

"사람을 보-냈-어-요!" 카체리나 이바노브나가 그를 향해 소리쳤다. 그 외침을 듣자 그는 입을 다물었다. 그가 소심하고도 애달픈 시선으로 그녀를 찾자, 그녀는 다시 그에게로 돌아와 머리맡에 섰다. 그는 다소 진정했지만 그것도 잠시였다. 그의 눈은 곧 (그가 참 예뻐한) 어린 리도치카에게 고정되었는데,

아이는 구석에서 발작이라도 난 듯 바들바들 떨면서 깜짝 놀란 눈에 어린애다운 주의를 모아 그를 바라보고 있었다.

"아…… 아……." 그는 불안스레 그 아이를 가리켰다. 뭔가 하고 싶은 말이 있는 모양이었다.

"또 뭐요?" 카체리나 이바노브나가 소리쳤다.

"맨발이야! 맨발!" 그는 이렇게 중얼거리며 반쯤 정신이 나간 눈으로 소녀의 맨발을 가리켰다.

"입 다-물-어!" 카체리나 이바노브나가 신경질을 내며 소리를 질렀다. "왜 맨발인지는 당신도 알잖아!"

"다행입니다, 의사가 왔어요!" 라스콜니코프가 기뻐하며 소리쳤다.

깐깐하고 늙은 독일인 의사가 긴가민가하는 표정으로 사방을 두리번거리며 안으로 들어왔다. 그는 환자에게 다가가 맥을 짚어 보고 머리를 조심스럽게 만져 보고 또 카체리나 이바노브나의 도움을 받아 가며 피에 흠뻑 젖은 루바쉬카의 단추를 풀고 환자의 가슴을 훤히 드러나게 했다. 가슴팍이 전부 으깨지고 짓이겨지고 갈기갈기 찢어져 있었다. 오른쪽 갈비뼈는 몇 대나 부러져 있었다. 왼쪽 심장 바로 윗부분에는 누르스름하고 검은, 커다랗고 불길한 반점이 번져 있었는데, 말발굽에 무참히 짓밟힌 자리였다. 의사는 이맛살을 찌푸렸다. 경찰은 그가 마차 바퀴에 치인 채로 도로를 데굴데굴 구르며 서른 걸음은 족히 끌려갔다고 말해 주었다.

"그나마 정신을 차린 것이 놀랍군요." 의사가 라스콜니코프에게 조용히 속삭였다.

"그럼, 어떻게 되겠습니까?" 상대방이 물었다.

"곧 죽을 거요."

"정말로 전혀 가망이 없습니까?"

"어림도 없소! 임종이라고 봐야 되겠지요……. 게다가 머리 부상도 아주 위험하고……. 음. 어혈을 뽑아 볼 수는 있겠지만…… 그래 본들…… 별 소용없을 거요. 오 분이나 십 분쯤 있으면 어차피 죽을 테니까."

"그래도 그거라도 해 주시죠!"

"그야 어렵지 않지만……. 미리 말해 두지만, 그래 봤자 아무 소용없을 거요."

그때 또 발걸음 소리가 들려오고 현관에 모여 있던 사람들이 좌우로 흩어져 길을 터 주자, 문지방에 성찬을 든 사제가, 자그마한 백발 노인이 나타났다. 경찰 한 명이 큰길에서부터 그를 따라왔다. 의사는 그 즉시 자리를 내주며 그와 의미심장한 눈짓을 주고받았다. 라스콜니코프는 의사더러 조금만이라도 더 기다려 주십사 강청했다. 상대방은 어깨를 으쓱했지만 그대로 남아 있어 주었다.

다들 뒤로 물러섰다. 고해성사는 별로 오래 걸리지 않았다. 죽어 가는 자는 뭐 하나 제대로 이해하지 못한 채 그저 불분명한 소리만 간신히 툭툭 내뱉을 뿐이었다. 카체리나 이바노브나는 리도치카를 데리고, 또 남자아이를 의자에서 내려 구석의 페치카로 물러난 다음 무릎을 꿇었으며 아이들도 자기 앞에 무릎을 꿇렸다. 여자아이는 마냥 바들바들 떨 뿐이었다. 반면 사내아이는 맨 무릎으로 꿇어앉아 율동적으로 작은 손을 들어 올려 똑바로 성호를 긋고 땅바닥에 이마를 찧을 만큼 열심히 절을 했는데, 이런 동작을 하는 것이 유달리 흐뭇한 모양이었다. 카체리나 이바노브나는 입술을 꽉 깨물며 눈물을 삼켰다. 그녀 역시 기도에 열중했는데, 무릎을 펴지도 않은 채 기도를 하면서 간간이 아이의 루바쉬카를 바로잡아 주기도 하고 서랍장에서 숄을 꺼내 너무 훤히 드러난 여자아이의 어깨를 덮어 주기도 했다. 그러는 사이에 안쪽 방들로 통하는 문이 호기심에 애가 탄 사람들 때문에 다시 하나둘 열리기 시작했다. 현관은 온갖 층에서 구경을 나온 세입자들로 비좁다 못해 미어터질 것 같았지만, 누구 하나 문지방을 넘지는 못했다. 그저 양초 토막 하나만이 이 모든 광경을 비추어 줄 따름이었다.

그 순간, 언니를 부르러 달려갔던 폴렌카가 현관의 군중을 헤치고 잽싸게 안으로 들어왔다. 급하게 뛰었기 때문에 거의 숨을 헐떡이며 들어와 숄을 풀고 눈을 돌려 가며 어머니를 찾더니 그쪽으로 다가가 말했다. "지금 와요! 길에서 마주쳤어요!" 어머니는 딸을 자기 옆에 무릎을 꿇렸다. 군중을 헤치고 한 처녀가 소리도 나지 않도록 조심스럽게 나타났는데, 빈곤과 누더기와 죽음과 절망이 만연한 이 방에 그녀의 돌연한 출현은 이상야릇한 것이었다. 그녀도 역시 누더기를 걸치고 있기는 했다. 하지만 그 차림새를 보면 비록 싸구려이긴 해도 특수한 세계에서 형성된 취향과 규범에 걸맞게 거리의 여자처럼 야하고 치욕스러운 목적이 드러나도록 치장을 해 놓았다. 소냐는 현관, 문지방 바로 옆에서 걸음을 멈추었지만 문지방은 넘지 않고 얼빠진 사람처럼 아무것도 의식하지 못한 채 앞만 보고 있었는데, 네 명은 족히 거쳤을 법한, 이 자리에는 민망해 보이는, 몹시 길고 우스꽝스러운 꼬리가 달린 알록달록한 비단 원피스도, 문을 전부 가려 버릴 만큼 폭이 넓은 크리놀린도, 밝은 색 구두도, 밤에는 필요도 없지만 마침 손에 들려 있던 양산도, 그리고 불붙은 것처럼 화려한 색깔의 깃털이 꽂힌 우스꽝스러운 밀짚모자도 깡그리 잊은 것 같았다. 사내애처럼 삐뚜름하게 비켜 쓴 그 모자 밑으로, 입이 쩍 벌어지고 공포로 인해 눈도 꿈쩍하지 못하게 된, 경악으로 일그러진 야위고 창백한 작은 얼굴이 엿보였다. 소냐는 열여덟 살쯤 됐고 키가 작고 마르긴 했지만 푸른 눈이 돋보이는, 상당히 예쁜 금발 아가씨였다. 그녀는 침대를, 사제를 뚫어져라 바라보았다. 그녀도 급하게 걸어온 터라 숨을 헐떡이고 있었다. 마침내, 사람들이 쉬쉬거리며 뭐라고 수군대는 소리가 그녀의 귀에까지 들려왔다. 그녀는 눈을 내리깔고 문지방을 넘어서 방 안으로 한 걸음 내딛었지만 이번에도 문간에 멈추어 선 셈이었다.

고해성사와 성찬식이 끝났다. 카체리나 이바노브나는 다시 남편의 침대 쪽으로 다가갔다. 사제는 물러났고, 나가는 참에 카체리나 이바노브나에게 인사와 위로 차원에서 한두 마디를 하려고 했다.

"이것들을 어떡할까요?" 그녀는 어린것들을 가리키며 날카롭고 짜증스러운 어투로 말을 가로막았다.

"하느님은 자비로우십니다. 전능하신 그분의 도움을 바라세요." 사제가 말을 꺼냈다.

"어휴! 어지간히 자비로우시겠지만, 우리한테 신경 써 주실 겨를은 없으시죠!"

"죄받을, 죄받을 소리입니다, 부인." 사제가 고개를 내저으며 한마디 했다.

"이건 죄받을 짓이 아닌가요?" 카체리나 이바노브나가 죽어 가는 자를 가리키며 소리쳤다.

"그야 그럴 수 있지만, 본의 아니게 원인을 제공한 분들이 부인에게 보상을 해 줄 겁니다, 하다못해 손해 본 수입이라도……."

"제 말을 못 알아들으시는군요!" 카체리나 이바노브나가 짜증스럽게 소리친 뒤 한 손을 내저었다. "아니, 뭘 보상해 준다는 건가요? 말이야 바른 말이지, 이 양반은 술이 떡이 돼서 제 발로 말 밑으로 기어 들어갔을걸요! 또, 수입이라고요? 이 양반이 갖다 준 건 수입이 아니라 고생바가지였어요. 이 주정뱅이는 뭐 하나 남기지 않고 죄다 퍼마셔 버렸죠. 우리 돈을 탈탈 털어 술집으로 가져갔고 저 애들의 인생도, 내 인생도 술집에서 모조리 바닥내고 말았어요! 이렇게 죽으니 그나마 다행이죠! 손실이 적어질 테니까요!"

"임종의 시각에는 용서를 해 주셔야지, 그런 마음을 가지면 죄받아요, 아주 큰 죄입니다!"

카체리나 이바노브나는 환자 주변을 부지런히 오가며 물을 먹이고 머리의 땀과 피를 닦아 주고 베개를 바로잡아 주고, 이렇게 일을 하는 사이사이에 간간이 사제 쪽으로 몸을 돌려 얘기를 나누었던 것이다. 하지만 이제는 갑자기 거의 광란 상태가 되어 그에게 달려들었다.

"어휴, 신부님! 입에 발린 말 좀 그만하세요! 용서라뇨! 이렇게 마차에 치이지 않았으면 오늘도 술에 취한 채로 돌아와 완전히 닳아 빠진 루바쉬카 한 장만, 그나마도 누더기나 다름없는 걸 달랑 걸치고 나자빠져 쿨쿨 곯아떨어졌을 테고, 나는 날이 밝기 전까지 물을 튀기며 이 양반의 누더기와 아이들의 넝마를 빨고 그러고 나면 또 창문 밖에다 널어 말리고 날이 밝기가 무섭게 앉아서 옷을 깁거나 했을 테죠. 바로 이게 내가 밤마다 하는 짓이란 말이에요……! 이런 마당에 용서하고 자시고 할 게 어디 있어요! 용서야 벌써 했죠!"

속에서부터 끓어오르는 무서운 기침이 다시 그녀의 말을 끊어 놓았다. 그녀는 손수건에 가래를 뱉더니 고통스러운 표정을 지으며 한 손으로 가슴을 움켜쥔 채 사제 앞으로 쑥 내밀어 보여 주었다. 손수건은 완전히 피범벅이었다…….

사제는 고개를 푹 숙이고 아무 말도 하지 않았다.

마르멜라도프는 단말마의 고통을 겪고 있었다. 그는 다시 자기 쪽으로 몸을 굽히고 있는 카체리나 이바노브나의 얼굴에서 눈을 떼지 못했다. 계속 그녀에게 하고 싶은 말이 있는 모양이었다. 안간힘을 쓰며 혀를 놀리고 불분명한 말을 내뱉으며 말문을 열려고 했지만 카체리나 이바노브나는 그가 용서를 구하고 싶어 한다는 것을 알아차리고서는 곧장 명령조로 소리쳤다.

"입 다-물-어! 부질없는 일이야……! 무슨 말을 하고 싶은지 다 아는걸……!" 그러자 환자는 입을 다물었다. 하지만 바로 그 순간, 허공을 배회하던 그의 시선이 문으로 떨어지더니 소냐를 발견했다…….

지금까지 그는 딸이 온 것도 모르고 있었다. 그녀는 구석의 그늘진 곳에 서 있었던 것이다.

"이게 누구야? 이게 누구냐고?" 그가 갑자기 숨넘어가는, 쉰 목소리로 이렇게 말하며 불안과 공포에 찬 눈짓으로 문간에 서 있는 딸을 가리키더니 몸을 일으키려고 안간힘을 썼다.

"누워 있어! 누-우-란 말이야!" 카체리나 이바노브나가 고함을 쳤다.

하지만 그는 부자연스러울 만큼 안간힘을 쓰며 한쪽 팔로 용케 몸을 지탱했다. 그러고는 딸을 못 알아보겠다는 듯 의아스러운 시선으로 얼마간 그녀를 바라보며 눈을 떼지 못했다. 이렇게 차려입은 딸의 모습을 단 한 번도 본 적이 없었던 것이다. 갑자기 그는 멸시당하고 짓밟힌, 휘황찬란하게 차려입은 채 수치스러워하는 딸을, 죽어 가는 아버지와 작별 인사를 나누려고 겸허히 자기 순서를 기다리고 있는 그 딸을 알아보았다. 그의 얼굴에는 한없는 고뇌가 드리워졌다.

"소냐! 내 딸아! 용서해 주렴!" 그는 이렇게 소리를 지르며 그녀를 향해 손을 뻗으려 했지만 그만 중심을 잃고 소파에서 튕기듯 고꾸라지면서 땅바닥에다 곧장 얼굴을 쿵 찍었다. 그를 일으켜 세우려고 달려들었지만 이미 숨을 거두는 중이었다. 소냐는 가냘픈 비명을 지르면서 달려가 그를 부둥켜안았고 그렇게 안은 채로 숨을 죽였다. 그는 딸의 품 안에서 죽었다.

"제대로 소원 성취했군!" 카체리나 이바노브나가 남편의 시신을 보며 소리쳤다. "자, 이제 어떡할까? 이 양반 장례를 어떻게 치르냔 말이야! 저것들, 또 저것들은 내일부터 어떻게 먹여 살린담?"

라스콜니코프가 카체리나 이바노브나에게 다가갔다.

"카체리나 이바노브나" 하고 그가 말을 시작했다. "지금 고인이 되신 부인의 남편 분께서 지난주에 저에게 그분의 인생과 모든 상황을 전부 이야기해 주셨습니다……. 부인에 대해서 말씀하실 때는 열렬한 존경을 보이시더군요, 이 점 믿으셔도 됩니다. 그날 저녁, 저는 그분이 여러분 모두에게 헌신적이며 특히 부인을, 카체리나 이바노브나, 그 불행한 약점에도 불구하고, 존경하고 사랑하고 있음을 알게 되었으며, 바로 그날 저녁부터 그분과 친구가 되었습니다……. 그래서 지금…… 고인이 된 친구에게 제 본분을 다 하는 차원에서…… 보탬이 될 수 있도록 해 주십시오. 자, 여기……. 20루블쯤 되는 것 같은데요, 이것이 도움이 될 수 있다면…… 저로서는…… 한마디로, 다시 들르겠습니다, 꼭 들르죠…… 내일이라도 들르겠습니다……. 안녕히 계십시오!"

그러고서 그는 빨리 방을 나와 서둘러 군중 사이를 헤치고 계단으로 나왔다. 하지만 군중 속에서 갑자기 니코짐 포미치와 딱 마주쳤는데, 그는 불행한 사건 소식을 접하자 몸소 일을 처리하고 싶었던 것이다. 경찰서에서 소동이 있었던 이래 서로 만난 적이 없었음에도 니코짐 포미치는 그를 금방 알아보았다.

"아, 당신이군요?" 그가 물었다.

"돌아가셨습니다." 라스콜니코프가 대답했다. "의사도 오고 사제도 와서 만사가 순조로웠습니다. 저 불쌍한 여인을 너무 괴롭히지는 말아 주십시오, 그렇잖아도 폐병을 앓고 있거든요. 어떻게든 가능한 한 부인에게 용기를 주시고요……. 당신은 좋은 분이잖습니까, 저는 압니다…….” 그는 상대방의 눈을 똑바로 쳐다보고 피식 웃으면서 덧붙였다.

“한데 피가 묻었군요.” 등불 덕분에 라스콜니코프의 조끼 여기저기에 묻어 있는 생생한 핏자국을 알아본 니코짐 포미치가 이렇게 말했다.

“예, 그렇습니다…… 완전히 피투성이죠!” 라스콜니코프는 어쩐지 특이한 표정을 지으며 이렇게 말한 다음 빙그레 웃으며 고개를 까딱하더니 계단을 내려갔다.

그는 온통 열에 들떠 있으면서도 그것을 의식하지 못한 채 서두르지 않고 조용히 내려갔으며, 갑자기 밀려든 완전하고 강력한 삶의 감각, 어떤 새롭고 한없는 감각으로 충만해 있었다. 이 감각은 뜻밖에도 갑자기 사면을 받게 된 사형수의 감각과 비슷할 법했다. 계단을 반쯤 내려왔을 때, 집으로 돌아가던 사제가 그가 있는 데까지 왔다. 라스콜니코프는 몸을 숙이며 눈인사를 주고받은 뒤 말없이 그를 먼저 보내 주었다. 하지만 계단이 얼마 남지 않았을 때 갑자기 다급히 그의 뒤를 쫓아 내려오는 발소리를 들었다. 누군가가 그를 따라잡았다. 폴렌카였다. 소녀는 그의 뒤를 쫓아오며 그를 불렀다. “저기요! 잠깐만요!”

그는 그쪽으로 몸을 돌렸다. 소녀는 마지막 계단을 뛰어내려와 그가 서 있는 곳보다 한 계단 높은 곳에, 그와 바로 마주

보고 섰다. 뜰에서 희끄무레한 빛이 비쳐 왔다. 라스콜니코프는 소녀의 야위었지만 귀여운 얼굴을, 어린애답게 생글생글 웃으며 자기를 바라보고 있는 얼굴을 살펴보았다. 이렇게 달려오게 만든 심부름이 퍽이나 마음에 드는 모양이었다.

"저기요, 아저씨 이름이 뭐예요……? 또, 어디 사세요?" 소녀는 숨을 헐떡이며 허겁지겁 물었다.

그는 소녀의 어깨에 두 손을 올리고 어떤 행복감에 젖어 아이를 보았다. 이렇게 바라보고 있자니 기분이 무척 좋았다, 왜 그런지는 그 자신도 몰랐지만.

"누가 보냈지요?"

"소냐 언니요." 소녀가 더욱더 생글생글 웃으며 대답했다.

"그럴 줄 알았어요, 소냐 언니가 보냈겠지요."

"엄마도 가 보라고 했어요. 소냐 언니가 가 보라고 하니까 엄마도 다가와서 '어서 가 봐, 폴렌카!'라고 했어요."

"소냐 언니가 좋아요?"

"나는 언니가 세상에서 제일 좋아요!" 폴렌카는 유달리 힘을 주어 말했는데, 갑자기 그 미소도 사뭇 더 진지해졌다.

"그럼 나도 좋아해 주겠어요?"

대답은 없었으나 대신 그는 자기 쪽으로 다가온 소녀의 얼굴을, 뽀뽀를 해 주려고 순진무구하게 쏙 내민 도톰한 입술을 보았다. 갑자기 소녀는 성냥개비처럼 가느다란 팔로 그를 꼭, 꼭 껴안고 그의 어깨에 머리를 기대는가 싶더니 점점 더 얼굴을 파묻으며 조용히 울음을 터뜨렸다.

"아빠가 안됐어요!" 눈물 자국이 번져 있는 얼굴을 들고 양

손으로 눈물을 훔치며 잠시 후에 소녀가 말했다. "요새 이렇게 불행한 일이 계속 있었어요." 소녀는, 갑자기 '어른들'처럼 말하고 싶을 때 아이들이 흔히 애써 지어 보이는 표정인데, 느닷없이 정색을 하고 이런 말을 덧붙였다.

"아빠가 아가씨와 동생들을 좋아하셨나요?"

"아빠는 리도치카를 우리 중에서 제일 좋아하셨어요." 소녀는 미소를 짓지도 않고 이제는 완전히 어른 같은 말투로 몹시 진지하게 말을 이어 갔다. "왜 그러셨느냐 하면 그 애가 어리고 또 아프기 때문이에요. 그 애에게는 항상 과자를 갖다 주셨고 우리에게는 읽는 법을 가르쳐 주셨는데, 저는 문법과 하느님의 법칙을 배웠어요." 뿌듯해하며 이런 말도 덧붙였다. "엄마는 아무 말도 하지 않았지만 그래도 우리는 엄마가 이걸 좋아하신다는 것을 알았고, 아빠도 아셨어요. 엄마는 저한테 프랑스어를 가르쳐 주고 싶어 하세요, 저도 벌써 교육을 받을 나이가 됐거든요."

"기도할 줄은 아나요?"

"아, 그럼요, 할 줄 알죠! 벌써 오래됐는걸요. 저는 어른처럼 혼자 마음속으로 기도하고, 콜랴와 리도치카는 엄마와 함께 큰 소리로 기도해요. 우선 '성모송'을 읊은 다음 기도 한 편을 더 읊어요. '주님, 소네치카 언니를 용서하시고 축복해 주시옵소서.'라고요. 그런 다음에 또 '주님, 우리의 다른 아버지를 용서하시고 축복해 주시옵소서.'라고 기도해요. 우리의 옛날 아버지는 벌써 돌아가셨고 지금 아버지는 딴 분인데, 우리는 옛날 아버지를 위해서도 기도드려요."

"폴레치카, 내 이름은 로지온이라고 해요. 언제 나를 위해서도 기도해 줘요. '주님의 종 로지온도'라고, 그렇게만 해 주면 돼요."

"앞으로 평생 동안 아저씨를 위해 기도할게요." 소녀는 열렬하게 말한 뒤 갑자기 또 웃으면서 그에게 달려들어 또 그를 꼭 껴안았다.

라스콜니코프는 자기 이름과 주소를 알려 주며 내일 꼭 들르겠다고 약속했다. 소녀는 그에게 완전히 열광한 채로 떠났다. 그가 거리로 나온 것은 10시가 넘어서였다. 오 분 뒤 그는 다리 위, 정확히 아까 한 여자가 강물에 몸을 던졌던 바로 그 장소에 서 있었다.

'됐어!' 그는 단호하고 의기양양하게 말했다. '신기루 따위는 꺼져 버려라, 괜한 두려움도, 환영도 꺼져 버려라……! 삶이 있잖은가! 아니, 지금만 해도 나는 살고 있지 않았던가? 내 삶마저 늙어 빠진 노파와 함께 죽어 버린 것은 아니다! 노파에게는 천국이 있으니까 됐어, 할머니, 이제 편히 쉴 때란 말씀! 이제부터는 이성과 빛의 왕국이…… 의지와 힘의 왕국이…… 이제 두고 보자! 이제 한번 겨뤄 보자!' 그는 어떤 어두운 힘을 향해 도발하듯 거만하게 덧붙였다. '사실 나는 이미 1아르쉰의 공간에서 살 각오도 하지 않았는가!'

'……이 순간, 나는 정말 몸에 힘은 없지만……. 병은 다 나은 것 같다. 아까 밖으로 나올 때부터 이렇게 나을 줄 알았다. 그나저나, 포친코프의 집이라면 여기서 엎어지면 코 닿을 데다. 하긴 그렇지 않았더라도 기필코 라주미힌을 찾아갔겠지…… 그 녀석, 내기에서 이긴 셈이지만 뭐 어때……! 그 녀석도 기쁨을 좀 누려야지, 괜찮아, 아무렴 어떤가……! 힘, 힘이 필요하다. 힘이 없으면 아무것도 얻지 못한다. 또 이 힘은 힘으로써 손에 넣어야 하는 것인데, 이걸 저놈들은 모른단 말이야.' 그는 이런 말을 오만하고 자신만만하게 덧붙인 뒤 근근이 발을 떼며 다리를 떠났다. 오만함과 자신만만함은 그의 내부에서 시시각각 커져만 갔다. 그다음 순간, 그는 이미 예전의 그가 아니었다. 하지만 무슨 특별한 일이 일어났기에 사람이 이렇게 싹 바뀐 것일까? 실은 그 자신도 몰랐다. 지푸라기라도 잡는 심정으로 갑자기 '살 수 있다, 아직 삶이 있다, 자신의 삶은 늙어 빠진 노파와 함께 죽지 않았다.'라는 생각이 들었던 것이다. 지나치게 성급한 결론일 수도 있지만 그런 것은 생각도 하지 않았다.

'그나저나 하느님의 종 로지온의 명복을 빌어 달라고 부탁했지.' 갑자기 그의 머릿속에서 이런 생각이 어른거렸다. '그래 이건…… 만일의 경우를 생각해서였지!' 이런 생각도 덩달아 들었는데, 자신의 어린애 같은 행동에 이내 웃음이 나오기도 했다. 그는 기분이 굉장히 좋았다.

라주미힌의 집은 찾기 쉬웠다. 포친코프의 집에서는 이미 새로운 세입자를 알고 있었고 문지기는 즉시 길을 가르쳐 주었다. 계단을 반쯤만 올라갔는데도 벌써 많은 사람들이 모여 왁자지껄, 활기차게 얘기를 주고받는 소리가 감지되었다. 계단 쪽 문이 활짝 열려 있어, 소리를 지르고 논쟁을 벌이는 소리가 들려왔던 것이다. 라주미힌의 방은 상당히 큰 편이었고 모인 사람은 열다섯 명 정도였다. 라스콜니코프는 현관에서 걸음을 멈추었다. 그곳의 칸막이 뒤에서는 주인집 하녀 둘이 커다란 사모바르 두 개, 주인집 부엌에서 가져온 술병과 접시, 피로그와 안주를 담은 접시 주변을 분주히 움직이고 있었다. 라스콜니코프는 라주미힌을 불러 달라고 했다. 그는 기뻐 날뛰며 달려왔다. 그가 이례적일 만큼 과음을 했음을 첫눈에도 훤히 알 수 있었는데, 원래 라주미힌은 취할 정도로 술을 마시는 일이 거의 없지만 이번에는 왠지 그래 보였다.

"이봐." 라스콜니코프가 서둘러 말했다. "내가 온 것은 말이야, 네가 내기에서 이겼다는 말과 정말로 아무도 자기에게 무슨 일이 일어날지 모른다는 말을 하기 위해서야. 안에 들어갈 수는 없어. 너무 힘이 없어서 지금도 쓰러질 것 같거든. 그럼 건강하고 잘 있어! 내일 우리 집에 와 주고……."

"그럼 뭐 집까지 바래다주지! 네 입으로 힘이 없다고 하니까……."

"손님들은 어쩌고? 저 곱슬머리는 누구야, 지금 이쪽을 내다봤던?"

"그 사람? 누가 알겠어! 숙부님의 지인인 모양인데, 제 발로 온 것 같아……. 저들한테는 숙부님을 남겨 두면 돼. 아주 보배 같은 양반이지. 네가 지금은 인사를 할 수 없으니 아쉽다. 어쨌거나 저들은 몽땅 내버려 두자고! 저쪽도 지금 나는 안중에도 없고, 또 나는 나대로 바람을 좀 쐬야겠어, 때마침 네가 와 줬으니까, 인마. 이 분만 더 있었어도 나는 저들과 한 판 치고받았을 거야, 진짜로! 별 얄궂은 소리를 지껄이잖아……. 넌 상상도 할 수 없을걸, 사람이 결국에는 어느 정도로까지 거짓말을 지껄일 수 있는지! 하긴 어떻게 상상할 수 없겠어? 우리만 해도 곧잘 거짓말을 지껄이잖아? 그래, 마구 거짓말을 지껄여라. 대신 나중에는 그러지 않을 테니까……. 잠깐 좀 앉아 있어, 조시모프를 데려올게."

조시모프는 왠지 상대를 잡아먹을 기세로 라스콜니코프에게 달려들었다. 어떤 유별난 호기심이 역력히 드러나면서, 그의 얼굴이 이내 환해졌다.

"당장 주무셔야 됩니다." 그가 환자를 가능한 한 찬찬히 살펴본 뒤 이렇게 단정 지었다. "밤에 약을 한 봉지 드셔야겠는데요. 받아 두시렵니까? 아까 제가 제조해 놓은 게 있는데…… 가루약으로 한 봉지요."

"두 봉지라도 먹죠." 라스콜니코프가 대답했다.

가루약은 그 자리에서 챙겨 두었다.

"네가 직접 이분을 데려다 준다니, 아주 좋은 일이야." 조시모프가 라주미힌에게 말했다. "내일 어떨지는 두고 봐야겠지만 오늘은 퍽 괜찮은걸. 아까에 비하면 상당히 호전됐어. 그러게 평생 배우며 살라는 것인가 봐……."

"있잖아, 우리가 집을 나올 때 조시모프가 방금 나한테 뭐라고 귓속말을 했거든." 거리로 나오자마자 라주미힌이 지껄였다. "야, 내가 전부 탁 터놓고 얘기할게, 저 녀석들은 바보니까. 조시모프는 길을 가는 중에 너와 수다를 떨면서 너한테 말을 많이 시킨 다음 자기한테 얘기를 해 달라고 했는데, 실은 그 녀석 생각으론…… 네가…… 미쳤거나 아니면 그 비슷한 상태라는 거야. 어떻게 이럴 수가 있니! 첫째, 너는 그 녀석보다 세 배는 더 똑똑하다, 둘째, 네가 정신이상이 아닌 경우엔 그 녀석의 머릿속에 그런 얄궂은 생각이 떠오른 것쯤은 퉤퉤, 그냥 싹 무시하면 되는 것이고, 셋째, 저 고깃덩어리 녀석은 외과가 전공이면서도 지금 정신병에 미쳐 있는데, 오늘 네가 자묘토프와 나눈 얘기를 듣자 너에 관한 생각이 결정적으로 확 바뀐 거야."

"자묘토프가 너에게 전부 얘기하던?"

"응, 전부 얘기했고, 그건 아주 잘한 일이지. 나는 이제야 모든 것을 속속들이 알게 되었고, 자묘토프도 마찬가지야……. 뭐, 한마디로, 로쟈…… 문제는……. 나는 지금 좀 취했는데……. 하지만 이런 건 괜찮아…… 문제는 그러니까 이런 생각이…… 알겠지? 정말로 저들의 머릿속에서 부리질을 했던 거야…… 알겠지? 다시 말해 저들 중 아무도 큰 소리로 입 밖에 낼 용기는 없었던 것인데, 아무래도 너무 터무니없고 얄궂은 생각인 데다가 특히 그 칠장이를 잡아들인 이상 이 모든 것이 와장창 무너지고 수포로 돌아간 탓이지. 한데 저들은 왜 저렇게 바보인 걸까? 그때 나는 자묘토프 녀석을 좀 손봐 줬지. 이건 우리끼리 하는 얘기니까, 이봐, 알고 있다는 티는 내지 마. 그 녀석, 제법 예민하거든, 라비자 집에 갔을 때 알아챘지. 하지만 오늘, 오늘에야 모든 것이 분명해졌어. 문제는 저 일리야 페트로비치야! 그 작자는 그때 네가 경찰서에서 기절한 일을 빌미로 삼았지만, 그래도 나중에 가서는 그 스스로도 부끄러워하더군. 나도 잘 안다고……."

라스콜니코프는 탐욕스럽게 귀를 기울였다. 라주미힌은 술김에 되는대로 지껄여 댔다.

"내가 그때 기절한 건 실내가 너무 갑갑하고 유성 페인트 냄새가 너무 지독했기 때문이야." 라스콜니코프가 말했다.

"뭘, 변명을 하고 그러냐! 페인트뿐이겠어, 열병이 한 달 내내 똬리를 틀고 있었을 텐데. 조시모프가 증인인걸! 단, 이 애송이가 지금 얼마나 기가 죽었는지 너는 상상도 할 수 없을걸! '저는 그분의 새끼손가락만 한 가치도 없어요!'라더군. 너를 두고 하는 말이야. 이 녀석도 이따금씩은 좋은 감정을 가질 때가 있거든. 하지만 이 녀석은 오늘 '수정궁'에서 톡톡히 교훈을 얻었고, 이건 완벽 이상이야! 너는 처음에는 그 녀석을 놀래서 간담을 서늘하게 해 줬지! 온갖 괴상한 소리를 늘어놓아 그 녀석이 거의 진짜로 믿도록 한 다음, 갑자기 '자, 이제 잡았다!' 하는 식으로 혀를 날름 내밀었던 것이지. 완벽해! 지금 녀석은 뭉개지고 박살 난 상태야! 너는 정말 고수야, 저 녀석들은 그렇게 다뤄야 해. 에잇, 내가 그 자리에 없었다니! 그 녀석은 방금도 네가 꼭 와 줬으면 했어. 포르피리도 너와 인사를 나누고 싶어 하고……."

"아…… 그 사람도……. 한데 내가 어쩌다 미친놈 취급을 받게 됐지?"

"그러니까 미쳤다는 건 아니야. 야, 아무래도 내가 너무 많이 지껄인 것 같다……. 아까 그 녀석은, 그러니까 말이야, 네가 오직 한 가지 사항에만 관심을 갖는 것에 충격을 받은 모양이야. 이제는 왜 그랬는지가 분명해졌지만. 모든 정황을 알게 됐고…… 또 그것이 그때 병과 얽혀서 너를 얼마나 자극했는지를 알게 됐거든……. 이봐, 난 좀 취했는데, 단, 그 녀석을 어떻게 알겠어, 뭔가 자기만의 생각이 있는걸……. 그러게 너한테도 말했지만, 정신병에 푹 빠져 있다니까. 하지만 넌 그냥 무시하면 돼……."

둘은 삼십 초 정도 침묵을 지켰다.

"들어 봐, 라주미힌." 라스콜니코프가 말문을 열었다. "솔직하게 털어놓고 싶은 얘기가 있어. 나는 지금 죽은 사람 집에 갔다 오는 길이야, 어떤 관리가 죽었거든…… 거기에다 내 돈을 몽땅 털어 주었고…… 그뿐만 아니라 지금 어떤 존재가 나에게 키스를 해 주었는데, 설령 내가 누구를 죽였다고 할지라도 그 존재는…… 한마디로, 나는 거기서 또 다른 어떤 존재를 보았는데…… 불붙은 것 같은 깃털을 꽂고 있는…… 그나저나 횡설수설이군. 너무 힘이 없어, 좀 부축해 줘…… 이제 곧 계단이잖아……."

"너 왜 이래? 무슨 일이야?" 소스라치게 놀란 라주미힌이 물었다.

"머리가 좀 어지러운데, 다만 문제는 이게 아니라 내가 너무 슬프다는 거야, 너무 슬퍼! 꼭 여자 같군…… 정말! 저것 좀 봐, 뭐지? 좀 봐! 보라고!"

"뭘 말이야?"

"아니, 안 보여? 내 방에 불이 켜져 있잖아, 보이지? 문틈으로……."

그들은 벌써 주인집 방문과 나란히 있는 마지막 계단 앞에서 있었는데, 정말로 밑에서 봐도 라스콜니코프의 방에 불이 켜진 것을 알 수 있었다.

"이상한걸! 나스타시야일 거야." 라주미힌이 지적했다.

"이 시간에는 내 방에 오는 일도 절대 없을뿐더러 진즉에 자고 있을 테지만…… 뭐, 상관없어! 잘 가라!"

"너 뭐야? 기왕지사 바래다주는 길인데 같이 들어가자!"

"그럴 줄 알았지만, 나는 여기서 너와 악수하고 여기서 헤어지고 싶어. 자, 손 한번 내밀어 주고, 잘 가라!"

"왜 이래, 로쟈?"

"아무것도 아니야. 그냥 같이 가자. 네가 증인이 돼 줄 테니까……."

그들은 계단을 올라가기 시작했는데, 라주미힌은 조시모프의 생각이 옳을지도 모르겠다는 생각이 언뜻 들었다. '에잇! 괜히 수다를 떨어서 이 녀석을 심란하게 만들었어!' 그는 속으로 중얼거렸다. 문 앞에 다다른 그들은 갑자기 방 안에서 사람 소리가 나는 것을 들었다.

"아니, 이건 뭐지?" 라주미힌이 소리쳤다.

라스콜니코프가 먼저 문고리를 붙잡으며 문을 활짝 열었고, 그런 다음에는 문지방에 붙박인 듯 우뚝 섰다.

그의 어머니와 여동생은 벌써 한 시간 반째 그의 소파에 앉아 그를 기다리고 있었다. 대체 왜 이들이 왔을 것이라는 예상을 제일 덜 했으며 또 왜 이들 생각을 제일 덜 했을까, 출발한다고, 가는 중이라고, 이제 곧 도착한다고 오늘도 재차 소식을 들었건만? 요 한 시간 반 내내 그들은 지금도 그들 앞에 서 있는 나스타시야에게 앞을 다투어 질문 공세를 퍼부었고, 그녀 쪽에서는 이미 모든 일을 속속들이 다 얘기해 주었다. 그가 환자의 몸으로 '오늘 몰래 도망쳤다.'라는 말을 들었을 때는 너무 놀라 제정신이 아니었다, 더욱이 이야기로 보건대 틀림없이 제정신이 아닌 상태로 그랬다니! "맙소사, 그 애에게 무슨 일이 생긴 걸까!" 둘은 눈물을 흘렸고, 그를 기다리는 한 시간 반 동안 둘 다 그렇게 십자가의 고통을 감내했다.

라스콜니코프가 나타나자 기쁨과 환희에 찬 외침이 터져 나왔다. 둘 다 그에게 달려들었다. 하지만 그는 죽은 사람처럼 가만히 서 있었다. 느닷없이 찾아온 참을 수 없는 의식이 벼락처럼 그를 내리친 것이다. 그들을 껴안으려 손을 올리지도 않았다. 그럴 수가 없었다. 어머니와 여동생은 그를 꼭 껴안고 키스를 퍼부으며 울고 웃었다. 그는 한 발짝을 내딛는 순간 비틀거리며 마룻바닥으로 쿵 쓰러지면서 기절해 버렸다.

소요, 공포의 절규, 신음……. 문지방에 서 있던 라주미힌이 방 안으로 뛰어 들어와 예의 그 억센 손으로 환자를 낚아챘고 환자는 눈 깜짝할 새에 소파에 뉘어졌다.

"괜찮습니다, 괜찮아요!" 그가 어머니와 여동생에게 소리쳤다. "그냥 기절한 겁니다, 별일 아닙니다! 방금도 의사가 훨씬 좋아졌다, 완전히 말짱하다고 말했거든요! 물 좀 주십시오! 거봐요, 벌써 정신이 드나 보군요, 거봐요, 정신이 들었잖습니까……!"

그러고는 두네치카의 손을 잡더니 거의 손이 으스러져라 잡아당기며 '정신이 든' 모습을 그녀가 직접 보도록 몸을 굽히게 했다. 그러자 어머니와 여동생은 마음속 깊이 감동하고 감사하며 라주미힌을 하느님인 양 바라보았다. 자신들의 로쟈가 앓고 있는 동안 이 '날쌘 청년'이 로쟈에게 어떤 존재였는지를 나스타시야를 통해 익히 들었던 것인데, '날쌘 청년'이라는 별명은 그날 저녁 풀헤리야 알렉산드로브나 라스콜니코바가 두냐와 내밀한 대화를 나누다가 붙여 준 것이었다.

3부

1

라스콜니코프는 소파에서 몸을 일으켜 앉았다.

그는 라주미힌에게 어머니와 여동생을 상대로 열렬한 위로의 말을 두서도 없이 격류처럼 쏟아 내는 일은 그만두라며 힘없이 손사래를 치더니, 그들 둘의 손을 잡고 이 분 정도 말없이 이쪽저쪽을 번갈아 들여다보았다. 어머니는 그의 시선에 경악했다. 그 시선 속에는 고뇌에 가까울 만큼 강렬한 감정이 엿보였지만 동시에 뭔가에 고정된, 심지어 광적인 것이 들어 있었다. 풀헤리야 알렉산드로브나는 울음을 터뜨렸다.

아브도치야 로마노브나는 창백했다. 그녀의 손이 오빠의 손안에서 파르르 떨리고 있었다.

“그만 집에 가세요…… 이 친구와 함께.” 그가 라주미힌을 가리키며 탁탁 끊기는 목소리로 말했다. “내일 봬요. 내일이면 모든 것이……. 도착하신 지 오래됐어요?”

"저녁에 왔단다, 로쟈." 풀헤리야 알렉산드로브나가 대답했다. "기차가 지독히도 연착을 했지 뭐냐. 하지만 로쟈, 나는 무슨 일이 있어도 오늘 네 곁을 떠나지 않겠다! 여기서 잘 거야, 네 곁에서……."

"나를 괴롭히지 마세요!" 그가 짜증스럽게 한 손을 내저으며 말했다.

"제가 이 녀석 옆에 있겠습니다!" 라주미힌이 소리쳤다. "일 분도 이 녀석 곁을 떠나지 않겠습니다, 저쪽의 내 친구들이야 난리를 치든 말든 뭔 상관이람! 저쪽 우리 집은 숙부님이 진두지휘하고 있으니까요."

"어떻게, 어떻게 감사를 드려야 할지!" 풀헤리야 알렉산드로브나가 다시 라주미힌의 손을 꼭 쥐며 말문을 열었지만 라스콜니코프는 또다시 그녀의 말을 가로막았다.

"참을 수가 없군, 참을 수가." 그가 짜증스럽게 반복했다. "괴롭히지 좀 마세요! 그만 됐으니까 가 주세요……. 못 참겠다니까요……!"

"가요, 엄마, 잠깐 이 방에서라도 좀 나가요." 경악한 두냐가 속삭였다. "우리가 오빠를 못살게 굴고 있잖아요, 눈에 훤히 보이는데."

"아니, 내가 이 아이 얼굴도 좀 볼 수 없단 말이냐, 삼 년이나 못 봤는데!" 풀헤리야 알렉산드로브나가 울기 시작했다.

"잠깐만요!" 그가 다시 그들을 불러 세웠다. "왜 자꾸 사람 말을 가로막고 그래요, 나는 나대로 생각이 뒤죽박죽인데……. 루쥔은 보셨어요?"

"보진 못했지만, 로쟈, 우리가 도착한 건 그쪽도 벌써 알고 있다. 우리는, 로쟈, 표트르 페트로비치가 친절하게도 오늘 너를 방문했다는 얘기도 들었단다." 다소 흠칫흠칫하며 풀헤리아 알렉산드로브나가 덧붙였다.

"예…… 정말 친절도 하더군요……. 두냐, 나는 아까 루쥔에게 계단에서 걷어차 버리겠다고 말했고 썩 꺼지라면서 쫓아 버렸어……."

"로쟈, 무슨 말을 그렇게! 설마…… 진심으로 하는 말은 아닐 테지." 풀헤리야 알렉산드로브나가 경악하며 말을 시작했지만 두냐를 보고는 입을 다물었다.

아브도치야 로마노브나는 오빠를 유심히 들여다보며 다음 말을 기다렸다. 나스타시야가 자기가 이해한 만큼, 또 전할 수 있는 만큼 그 말다툼에 관한 얘기를 벌써 해 주었던 터라, 둘은 의혹과 기대에 애간장이 다 녹을 지경이었다.

"두냐." 라스콜니코프가 간신히 말을 이어 갔다. "나는 이 결혼은 바라지 않는다. 따라서 너는 내일 당장 루쥔에게 일언지하에 거절 의사를 밝혀야 해, 그놈 냄새도 나지 않도록 말이야."

"맙소사!" 풀헤리야 알렉산드로브나가 소리쳤다.

"오빠, 지금 무슨 말을 하고 있는지 생각 좀 해 봐!" 아브도치야 로마노브나가 발끈하며 말문을 열었지만 이내 자제했다. "하긴 지금은 이런 말을 할 상태가 아니겠지, 피곤할 테니까." 그녀가 온화하게 말했다.

"헛소리라는 거니? 그렇지 않아……. 너는 나를 위해서 루쥔한테 시집가는 거야. 하지만 나는 희생 같은 건 받아들이지 않아. 그러니까 내일 편지를 쓰란 말이다…… 거절한다고……. 아침에 나한테 읽게 해 주고, 그럼 끝이지!"

"그렇게는 못해!" 기분이 확 상해 버린 아가씨가 소리쳤다. "무슨 권리가 있어서……."

"두네치카, 너도 참 발끈하는 성미하곤, 그만해, 내일……. 네 눈에도 훤히 보이지 않니……." 어머니가 아연실색하며 두냐에게 달려들었다. "아휴, 차라리 그만 가자꾸나!"

"정신이 오락가락해서 헛소리를 하는 겁니다!" 술에 취한 라주미힌이 소리쳤다. "그렇지 않고서야 어떻게 감히! 내일이면 이런 얄궂은 변덕은 싹 사라질 겁니다……. 한데 오늘 이 친구가 그 사람을 쫓아낸 건 사실입니다. 정말 그랬어요. 뭐, 그쪽에서도 화를 냈고……. 여기서 일장 연설을 퍼부으며 자기 지식을 뽐내고는 가 버렸지요, 꼬리를 내리고서……."

"그게 정말인가요?" 풀헤리야 알렉산드로브나가 소리쳤다.

"내일 봐, 오빠." 두냐가 연민을 담아 말했다. "가요, 엄마……. 잘 있어, 로쟈!"

"이봐, 동생아." 그가 마지막 남은 힘을 추슬러 뒤에다 대고 반복했다. "나는 헛소리를 하는 게 아니야. 이 결혼은 비열한 짓이야. 내가 아무리 비열한 놈이라도 너는 그래서는 안 돼…… 누구든 하나면 족하지…… 설령 내가 비열한 놈일지라도 그런 동생은 동생으로 생각하지도 않겠어. 나 아니면 루쥔이야! 자, 그만 가 봐……."

"너 아주 미쳤구나! 이 폭군아!" 라주미힌이 이렇게 으르렁

댔지만 라스콜니코프는 이미 대답도 하지 않았다, 아니, 대답할 여력이 없었으리라. 그는 소파에 눕더니 완전히 기진맥진하여 벽 쪽으로 몸을 돌렸다. 아브도치야 로마노브나는 호기심 어린 눈으로 라주미힌을 쳐다보았다. 그녀의 검은 눈이 반짝였고, 그 시선에 라주미힌은 몸까지 부르르 떨었다. 풀헤리야 알렉산드로브나는 한 방 맞은 사람처럼 서 있었다.

"나는 무슨 일이 있어도 못 가겠어요!" 그녀가 거의 절망에 사로잡혀 라주미힌에게 속삭였다. "여기 그냥 있겠어요, 아무 데라도 좋으니…… 두냐나 좀 바래다주세요."

"그러시면 일을 다 망치시는 겁니다!" 앞뒤를 잃고서 라주미힌도 속삭였다. "계단이라도 좋으니 일단 좀 나갑시다. 나스타시야, 불 좀! 실은 말입니다." 이미 계단으로 나온 뒤에도 그는 반쯤 속삭이며 말을 이어 갔다. "아까도 저희들, 즉 저와 의사를 하마터면 때릴 뻔했다니까요! 무슨 말인지 아시겠죠? 의사를 말입니다! 그래서 의사도 녀석을 자극하지 않으려고 그냥 물러나 돌아갔고, 저는 아래층에 남아 망을 보고 있었는데, 그 틈에 녀석이 옷을 주워 입고 빠져나가 버린 겁니다. 만약 어머님이 자극을 하시면 지금 또 빠져나갈 겁니다, 이 밤중에 말입니다, 그러고는 또 스스로에게 무슨 짓을 할지……."

"아이고, 무슨 말씀을 하시는 거예요!"

"게다가 아브도치야 로마노브나는 어머님 없이 혼자 몸으로 그 여관에 머물 수도 없습니다! 두 분의 숙소가 어떤 곳인지 생각 좀 해 보십시오! 이 비열한 작자, 표트르 페트로비치는 두 분을 위해 더 좋은 숙소를 구할 수는 없었는지……. 하긴 제가 좀 취해서 그만…… 악담을 늘어놨군요. 개의치 마세요…….”

“하지만 나는 여기 주인아주머니 댁으로 가겠어요.” 풀헤리야 알렉산드로브나가 고집을 부렸다. “그분한테 사정해 보겠어요, 어디 방구석이라도 좋으니 나와 두냐를 오늘 밤만 좀 재워 달라고. 저 애를 저렇게 내버려 둘 수는 없어요, 그럴 수는 없잖아요!”

이런 말을 하면서 그들은 계단의 층계참, 주인아주머니의 아파트 문 바로 앞에 서 있었다. 나스타시야는 몇 계단 아래에서 그들을 위해 길을 밝혀 주고 있었다. 라주미힌은 이례적으로 흥분해 있었다. 라스콜니코프를 집으로 데려다 주던 반시간 전만 해도 스스로도 의식했듯 쓸데없이 수다만 떨어 댔지만, 또 이날 저녁에 술을 죽도록 많이 마셨지만, 그럼에도 기운도 펄펄 넘치고 기분도 거의 상쾌한 편이었다. 한데 지금은 심지어 황홀에 가까운 상태임과 동시에 아까 마신 술이 한꺼번에 새로이 두 배는 더 강해진 위력을 발휘하면서 머릿속이 취기로 확 달아오르는 것 같았다. 그는 두 여인과 함께 서서 그들 둘의 손을 꼭 잡고 그들을 설득하고 이런저런 이유를 놀라울 만큼 노골적으로 풀어 놓았으며, 더욱더 확신을 심어 주기 위해 그랬겠지만, 말을 할 때마다 거의 매번 그들 둘의 손을 아플 정도로 꽉, 정말 꽉 쥐어짜듯이 움켜쥐었고 그러면서 전혀 쑥스러워하는 기색 없이 아브도치야 로마노브나를 집어삼킬 듯 빤히 쳐다보았다. 그들은 손이 너무 아파서 이따금씩 그의 큼직하고 울퉁불퉁한 손아귀에서 벗어나려고 했지만, 그는 무엇이 문제인지 알아채기는커녕 오히려 손을 더 움켜쥐며 자기 쪽으로 잡아당겼다. 만약 그들이 지금 자기들을 위해 계단에서 곤두박질을 치라고 했다면 이것저것 따지지도, 의심하지도 않고 당장 실행에 옮겼을 것이다. 풀헤리야 알렉산드로브나는 로쟈 생각에 온통 심란해져 있던 터라, 또 이 청년이 몹시 별난 구석이 있고 자기 손을 너무 아프게 꽉 쥐고 있다는 느낌이 들긴 해도 동시에 자기에게는 하느님 같은 존재였던 터라, 이 모든 별난 일에 굳이 뭐라고 하고 싶지 않았다. 하지만 똑같은 불안에 사로잡혀 있었음에도, 또 원래 쉽게 겁을 집어먹는 성격이 아니었음에도 아브도치야 로마노브나는 오빠 친구의 불꽃이 번득이는 야성적인 시선을 대하며 깜짝 놀라고 거의 경악을 금치 못했지만, 그나마 나스타시야의 이야기 덕분에 이 이상한 사람에 대해 무한한 신뢰를 갖고 있었던 터라 얼른 어머니를 데리고 도망치고 싶은 유혹을 자제할 수 있었다. 또한 지금은 그에게서 도망칠 수도 없음을 잘 알고 있었다. 어떻든 십 분쯤 지나자 그녀도 제법 마음이 놓였다. 라주미힌은 기분 상태가 어떻든 순식간에 자신을 오롯이 드러내는 성격이었기 때문에 그를 상대하는 사람은 누구나 그가 어떤 사람인지를 금방 알아보았다.

"주인아줌마한테 간다니, 절대 안 돼요, 진짜 바보짓입니다!" 이렇게 소리치며 그는 풀헤리야 알렉산드로브나를 설득하려 했다. "제아무리 어머님이라도, 여기 계속 계시면 저 녀석을 광분하게 만들 것이고, 그때는 무슨 일이 일어날지 누가 알겠습니까! 그래서 말인데요, 저라면 이렇게 하겠습니다. 지금은 나스타시야더러 저 녀석 방에 있으라고 하고 저는 두 분을 숙소로 모셔다 드리겠습니다, 두 분이서만 바깥을 나다녀서는 안 되거든요. 우리 페테르부르크는 이런 쪽으론……. 뭐, 썩을……! 그런 다음, 두 분의 숙소에서 곧장 이리로 달려왔다가 십오 분 후에 녀석이 어떤지, 자고 있는지 아닌지 등 두 분께 낱낱이 일러 드리겠습니다, 정말입니다. 그다음은, 들어 보세요! 두 분의 숙소를 나와 냉큼 우리 집으로 가서 — 저쪽 우리 집에는 손님들이 와 있는데 다들 술에 취해 있지요 — 조시모프를 데려올 텐데, 이 친구는 저 녀석의 치료를 맡은 의사로서 지금 우리 집에 있는데 술에 취해 있지는 않았습니다. 취할 위인이 아니죠, 절대 그러지 않거든요! 이 친구를 로지카에게 끌고 갔다가 그다음에는 곧장 두 분께 오겠습니다. 다시 말해 한 시간 안에 두 분은 녀석에 대한 두 가지 소식을 듣게 되는 겁니다, 아시겠죠, 의사, 바로 의사의 진찰 결과를 포함해서요. 이건 이미 제가 전하는 말이 아닌 겁니다! 상태가 시원치 않으면 맹세코 제가 직접 두 분을 이리로 모셔 올 것이고, 상황이 좋으면 그냥 주무시면 되고요. 저는 그 녀석에게 무슨 소리가 들리지 않도록 밤새도록 여기 현관에 있을 테고, 조시모프에게는 언제든지 손을 쓸 수 있도록 주인아줌마 집에서 자라고 하겠습니다. 자, 지금 그 녀석을 위해 어느 쪽이 더 좋겠습니까, 두 분입니까, 아니면 의사입니까? 아무래도 의사 쪽이 더 쓸모 있지 않겠습니까, 그렇고말고요. 자, 그럼 집으로 가시지요! 주인아줌마한테 간다니, 정말 안 될 일입니다. 저야 괜찮지만, 두 분은 안 됩니다. 들여보내 주지도 않을 테고요, 왜냐면…… 왜냐면 그 여자는 바보거든요. 저로 인해 아브도치야 로마노브나에게 질투심을 느낄 테고, 심지어 어머님을 질투할지도 모르고……. 어떻든 아브도치야 로마노브나에게는 반드시 질투심을 느낄걸요. 이 여자는 아주, 아주 뜬금없는 성격의 소유자거든요! 하긴 저 역시 바보지만……. 썩을! 갑시다! 제 말을 믿어 주시겠습니까? 예, 제 말을 믿어 주시는 거죠, 예?"

"가요, 엄마." 아브도치야 로마노브나가 말했다. "이분은 분명히 약속대로 해 주실 거예요. 벌써 오빠의 목숨도 살려 놓으셨고, 또 정말로 의사가 여기서 자 주기로 한다면 그편이 더 낫지 않겠어요?"

"당신은…… 당신이야말로…… 제 말을 이해해 주시는군요, 정말 천사입니다!" 라주미힌이 환희에 차서 소리쳤다. "갑시다! 나스타시야! 얼른 위층으로 가서 저 녀석 옆에 있어 줘, 불도 갖고 가야지. 나는 십오 분 뒤에 올게……."

폴헤리야 알렉산드로브나는 완전히 확신이 서지는 않았지만 더 이상 마다하지 않았다. 라주미힌은 그들 두 사람의 팔짱을 끼고 계단에서 데리고 내려갔다. 그래도 그를 보면 그녀는 여전히 불안했다. '날쌔고 사람도 착한 것 같지만 정말로 약속대로 해 줄 수 있을까? 저런 몰골을 하고서 말이야……!'

"아, 알겠습니다, 어머님은 제 몰골이 형편없다는 생각을 하고 계신 거죠!" 라주미힌이 그녀의 생각을 짐작하고 그 흐름을 끊어 버렸다. 그러고는 예의 그 보폭이 큰 걸음걸이로 보도를 성큼성큼 걸었는데, 그 때문에 두 부인은 간신히 그의 뒤를 따라가는 형편이었지만 정작 그는 알아차리지도 못했다.
"별거 아닙니다! 다시 말해…… 저는 바보천치처럼 취했지만 문제는 이게 아닙니다. 술 때문에 취한 게 아니거든요. 이건 두 분을 본 순간 머리를 한 방 얻어맞은 탓입니다……. 저 같은 놈은 그냥 무시하세요! 신경 쓰실 것도 없고요! 헛소리나 늘어놓고 있으니, 원. 저는 두 분에 비하면 가치가 없는 놈입니다……. 극도로 가치가 없지요……! 두 분을 바래다준 다음 곧장 여기 운하의 물을 두 통쯤 머리에 들이부으면 괜찮아질 겁니다……. 제가 두 분을 얼마나 사랑하는지 알아주시기만 하면……! 웃지도, 화를 내지도 마십시오……! 다른 사람에게는 다 화를 내도 저에게는 화내지 마십시오! 저는 그 녀석의 친구이므로 두 분의 친구이기도 합니다. 또 그랬으면 좋겠고요……. 그런 예감이 들었거든요…… 작년에 그런 순간이 한 번 있었는데……. 하긴 전혀 예감도 못했던 일이네요, 두 분은 하늘에서 뚝 떨어진 것 같으니까요. 저는 아마 밤새도록 잠을 자지 않을 겁니다……. 이 조시모프 녀석은 아까 그 녀석이 미친 건 아닐까 걱정하던데……. 그러니 정말 녀석을 자극하면 안 된다는 겁니다……."

"무슨 말씀을 하시는 거예요!" 어머니가 소리쳤다.

"정말로 의사가 그렇게 말하던가요?" 아브도치야 로마노브나가 경악하며 물었다.

"말은 그렇게 했지만 실은 그렇지 않습니다, 전혀 아닙니다. 그 의사 녀석은 무슨 약도 줬어요, 가루약이었는데, 제가 봤습니다, 한데 막 두 분이 오신 겁니다……. 에잇……! 내일 오셨더라면 좋았을걸! 우리는 이렇게 나오길 잘했습니다. 한 시간쯤 있으면 조시모프가 직접 모든 것을 보고해 줄 겁니다. 이 녀석은 전혀 취하지 않았거든요! 저도 술이 다 깰 테고요……. 아니, 저는 어쩌다 이렇게 곤드레만드레 취했을까요? 논쟁에 휘말려 들어서 그랬지 뭐예요, 빌어먹을 놈들! 논쟁은 하지 않겠다고 맹세까지 했는데……! 별별 희한한 헛소리나 지껄이고 있으니! 하마터면 싸움이 날 뻔했어요! 거기에 숙부님을 남겨 뒀어요, 의장 노릇을 하라고요……. 어디, 믿으시겠습니까, 저 놈들은 완전한 무개성을 요구하고 거기서 진짜 참맛을 발견한다니까요! 그저 어떻게 하면 자기 자신이 아닐 수 있을까, 어떻게 하면 자신과 제일 닮지 않을 수 있을까! 이런 것을 저놈들 사이에서는 가장 드높은 진보로 여기거든요. 그나마도 자기들 식으로 지껄이라는 것이라면 모를까, 이건 당최……."

"있잖아요." 풀헤리야 알렉산드로브나가 조심스럽게 그의 말을 가로막았지만 오히려 불에 기름을 들이부은 격이었다.

"아니, 무슨 생각을 하시는 겁니까?" 라주미힌이 점점 더 목소리를 높이며 소리쳤다. "제가 저놈들이 거짓말을 지껄이는 것 때문에 이런다고 생각하십니까? 천만에요! 저는 저놈들이 저렇게 거짓말을 지껄일 때가 좋습니다! 거짓말은 모든 유기체 앞에서 오로지 인간만이 보유한 특권이거든요. 거짓말을 지껄이다가 진리에 도달하는 법! 나는 인간이므로 거짓말을 지껄이노라. 우선 열네 번쯤, 아니, 백열네 번쯤 거짓말을 지껄이지 않고는 단 하나의 진리에도 도달하지 못하거니와 이건 그 나름대로 훌륭한 일이죠. 하지만 우리는 자기 머리로는 거짓말을 지껄일 줄도 모른단 말입니다! 자, 나에게 거짓말을 지껄이되 제발 좀 자기 식으로 지껄여 봐라, 그러면 내 너에게 키스를 해 주마. 자기 식으로 거짓말을 지껄이는 것이 무작정 남을 따라하는 진리보다 거의 더 낫다고 할 수 있지요. 전자의 경우에는 인간이지만 후자의 경우에는 겨우 앵무새에 지나지 않으니까요! 진리는 사라지지 않겠지만 생명은 때려잡을 수도 있고 그런 예는 얼마든지 있었죠. 자, 그럼, 지금 우리는 뭡니까? 우리는 전부, 전부 다 예외 없이 과학과 발전과 사유와 발명과 이상과 소망과 자유주의와 경험과 모든, 모든, 모든, 모든, 모든 분야에서 아직 김나지움의 예과 1학년 수준에 머물러 있잖습니까! 남의 머리로 근근이 살아가는 것에 재미를 붙였다가 먹혀 버린 거죠! 그렇잖습니까? 제 말이 맞지 않습니까?" 라주미힌은 두 여인의 손을 꽉 잡고 흔들면서 소리쳤다. "그렇잖습니까?"

"세상에, 나는 잘 모르겠는데요." 가엾은 풀헤리야 알렉산드로브나가 말했다.

"그야 그렇지요, 예…… 물론 전부 다 동의할 수는 없지만요." 아브도치야 로마노브나는 이런 말을 진지하게 덧붙이며 당장 비명을 질렀는데, 그가 이번에 그녀의 손을 너무 우악스럽게 움켜쥐어 정말 아팠던 것이다.

"그렇다고요? 그렇다는 말씀이시죠? 그렇게까지 말씀하시다니 당신은 정말…… 정말……." 그는 환희에 차서 소리쳤다. "선과 순수와 이성과…… 완벽의 본원입니다! 손을 좀 주십시오, 제발요…… 어머님도 손을 주시고요, 저는 여기서 두 분의 손에 키스하고 싶습니다, 지금 무릎을 꿇고서!"

그러고선 보도 한가운데서 무릎을 꿇었는데, 다행히도 마침 아무도 없었다.

"제발 그만하세요, 이게 무슨 짓이에요?" 극도로 당황한 풀헤리야 알렉산드로브나가 소리쳤다.

"일어나세요, 일어나요!" 두냐도 웃으면서 난감해했다.

"손을 주시기 전에는 절대 일어나지 않겠습니다! 옳거니, 이제 됐습니다, 일어났으니 갑시다! 저는 불행한 바보천치입니다, 당신에 비하면 아무런 가치도 없고요, 술까지 취해서 부끄럽군요……. 당신을 사랑할 자격도 없는 몸이지만, 당신 앞에 경배하는 것, 이것은 순전히 짐승이 아닌 다음에야 인간이라면 누구나 갖는 의무입니다! 그래서 저는 경배한 겁니다……. 자, 여기가 두 분이 묵을 숙소인데, 이것만 봐도 아까 로지온이 표트르 페트로비치를 쫓아낸 건 옳은 일이었군요! 어떻게 감히 두 분을 이런 숙소에 묵게 할 수가 있습니까? 이쯤 되면 스캔들 수준입니다! 대체 어떤 사람이 이곳을 드나드는지 알고 계십니까? 더구나 당신은 약혼녀잖습니까! 약혼녀죠, 그렇잖습니까? 자, 그런데도 이런 대우를 하다니, 똑똑히 말해 두지만, 당신의 약혼자는 비열한 놈입니다!"

"들어 보세요, 라주미힌 씨, 아무래도 정신이 살짝……." 풀헤리야 알렉산드로브나가 말을 시작하려 했다.

"예, 예, 지당한 말씀입니다, 살짝 맛이 갔습니다, 면목 없습니다!" 라주미힌이 퍼뜩 정신을 차렸다. "하지만…… 하지만…… 이런 말을 한다고 저에게 화를 내시면 안 됩니다! 왜

냐면 진심으로 하는 말이지, 저어기 무슨 이유가 있어서는 아닌…… 음! 이것은 비열한 일일 겁니다. 한마디로, 제가 당신에게 뭐 어째서가 아니라…… 음……! 뭐, 어쩔 수 없지, 안 되겠습니다, 이유가 뭔지는 말하지 않겠습니다, 차마 그럴 수가 없군요……! 아까 그 작자가 방 안으로 들어왔을 때 우리는 모두 그가 우리와 같은 부류가 아니라는 것을 깨달았습니다. 그건 그가 이발소에 가서 머리를 지지고 왔기 때문도, 자기 지식을 뽐내려고 안달했기 때문도 아닙니다. 그건 그가 염탐꾼에 투기꾼이요 유대인에 알랑방귀나 끼는 익살꾼이기 때문입니다, 훤히 보이더라고요. 설마 그 작자가 현명하다고 생각하십니까? 천만에요, 바보, 바보입니다! 자, 그 작자가 당신의 짝일까요? 오, 맙소사! 있잖습니까." 그는 이미 숙소의 계단을 올라가다가 갑자기 걸음을 멈추었다. "저기 우리 집에 있는 놈들은 전부 술꾼이지만 그래도 다들 성실하고, 우리는 거짓말을 지껄이긴 해도, 사실 저도 그렇지만, 이렇게 하다가 결국에는 진리에 도달할 겁니다, 고결한 길에 서 있으니까요, 하지만 표트르 페트로비치는…… 고결한 길에 서 있지 않더군요. 저는 방금 저놈들을 마구잡이로 욕했지만 실은 저놈들을 모두 존경합니다. 심지어 자묘토프도 존경은 아니더라도 사랑은 합니다, 이 녀석은 풋내기거든요! 심지어 저 짐승 같은 조시모프 녀석도 그래요, 성실하고 일에 밝거든요……. 하지만 그만 됐습니다, 할 말도 다 했고 용서도 받았으니까요. 용서도 받은 거죠? 그런 거죠? 자, 그럼 갑시다. 저는 이 복도를 익히 알고 있습니다, 와 본 적이 있거든요. 바로 여기 3호실에서 스캔들이 있었어요……. 자, 두 분은 여기 어디에 묵으십니까? 몇 호실이죠? 8호실입니까? 어떻든 밤에는 문을 잠그시고 아무도 들여보내지 마세요. 십오 분 뒤에 소식을 전하러 왔다가, 그다음에 또 십오 분 뒤에 조시모프와 함께 오겠습니다, 두고 보십시오! 안녕히 계십시오, 그만 갑니다!"

"맙소사, 두네치카, 이러다가 대체 어떻게 되는 거냐?" 풀헤리야 알렉산드로브나가 마음을 졸이고 불안에 떨며 딸에게 말했다.

"안심하세요, 엄마." 두냐가 모자와 망토를 벗으며 대답했다. "하느님께서 몸소 저분을 우리에게 보내 주셨잖아요, 어디 술자리에서 곧장 오긴 했지만요. 저분이라면 믿어도 되겠어요, 진짜로요. 오빠를 위해서 벌써 이렇게 수고를 해 주셨고……."

"아휴, 두네치카, 정말 와 주긴 할지, 알게 뭐람! 나는 또 어쩌자고 로자를 그냥 두고 올 생각을 했을까……! 그 애가 저런 모습일 줄은 꿈에도 생각지 못했지 뭐냐! 어찌나 엄하게 굴던지, 우리가 온 것이 하나도 기쁘지 않은 눈치였어……."

그녀의 눈에 눈물이 글썽였다.

"아니에요, 그렇지 않아요, 엄마. 엄마는 잘 보지도 않고 계속 울기만 했잖아요. 오빠는 큰 병을 앓아서 많이 심란해진 거예요, 전부 그 때문이에요."

"아휴, 그 병 말이지! 무슨 일이 일어날 거야, 무슨 일이! 그 애가 너한테 말하는 투는 또 어떻고, 두냐!" 어머니는 이렇게 말하면서 딸의 속내를 읽어 내려고 조심스레 딸의 눈치를 살폈고 두냐가 로쟈를 두둔하고 있다는, 고로 오빠를 용서했다는 생각에 벌써 절반은 마음을 놓았다. "하긴 그 애도 내일이면 분명히 생각이 바뀔 거야." 그녀는 끝까지 딸의 속내를 캐내려고 이런 말을 덧붙였다.

"내 확신으론 오빠는 내일도 똑같은 말을 할걸요…… 그 일에 관해서라면." 아브도치야 로마노브나가 딱 잘라 말했는데, 물론 이것이 정말로 골치였으며 풀헤리야 알렉산드로브나는 지금 너무 무서워 말을 꺼내지도 못했다. 두냐는 어머니에게 다가가 입을 맞추었다. 어머니는 딸을 말없이 꼭 껴안았다. 그러고 나서는 자리에 앉아 라주미힌이 돌아오길 마음 졸이고 기다리면서 조심스레 딸을 지켜보기 시작했고, 딸은 딸대로 그를 기다리며 팔짱을 끼고 혼자 사색에 잠긴 채 방을 앞뒤로 서성이기 시작했다. 이렇게 사색에 잠겨 방 안을 이 구석, 저 구석 서성이는 것은 아브도치야 로마노브나의 평소 습관이었는데, 그럴 때면 어머니는 딸의 명상을 깰까 봐 어쩐지 항상 무서웠다.

라주미힌은 술김에 느닷없이 아브도치야 로마노브나를 향한 열정에 타올랐으니 물론 꼴이 웃겼다. 하지만 아브도치야 로마노브나를, 특히 지금처럼 팔짱을 끼고 슬프고 생각에 잠긴 표정으로 방 안을 서성이는 그녀의 모습을 보았더라면 아마 많은 사람들이 그의 별난 모습은 물론이거니와 대체로 그를 양해해 주었을 것이다. 아브도치야 로마노브나는 굉장히 예뻤다. 키가 크고 놀라울 만큼 늘씬한 데다가 몸짓 하나하나에서 강인함과 자신감이 배어 나왔지만 그럼에도 그녀의 몸

맵시에서 부드럽고 우아한 자태는 전혀 손상되지 않았다. 얼굴은 오빠를 닮았으나 충분히 미인이라고 할 만했다. 머리카락은 짙은 황갈색으로 오빠보다는 색깔이 약간 더 밝았다. 거의 검은색에 가까운, 반짝반짝 빛나는 눈은 오만하면서도 동시에 어쩌다 순간순간은 예사롭지 않을 만큼 착해 보였다. 그녀는 좀 창백했지만 병적일 정도는 아니었다. 그녀의 얼굴에서는 싱그러움과 건강함이 빛을 발했다. 입은 약간 작은 편이었고 싱그럽고 새빨간 아랫입술이 턱과 함께 앞으로 살짝 튀어나와 있었다. 이것이 이 아름다운 얼굴의 이 유일한 흠이었지만 그 덕분에 얼굴이 유달리 개성이 강하고 겸사겸사 도도해 보였다. 얼굴 표정은 항상 명랑하기보다는 진지하고 사색에 골몰한 것 같았다. 대신 이 얼굴에 미소가 얼마나 잘 어울렸던가, 명랑하고 젊고 헌신적인 웃음이 또 그녀에게 얼마나 잘 어울렸던가! 열렬하고 솔직하고 순박하고 성실하고 무사처럼 강인한, 술에 취한 데다 이런 모습이라곤 전혀 본 적이 없는 라주미힌이 첫눈에 이성을 잃은 것도 이해할 만하다. 게다가 참 우연이지만 하필 두냐가 오빠를 만나 사랑과 기쁨으로 충만한 아름다운 순간에 그녀를 처음 보게 됐으니 말이다. 그다음 그가 본 것이 오빠의 뻔뻔스럽고 무지막지하고 잔인한 명령에 격노하여 그 답으로 아랫입술을 파르르 떨던 그녀의 모습이었으니, 버텨 낼 재간이 없었던 것이다.

그래도 아까 그가 술김에 계단에서 마구 지껄이면서 라스콜니코프의 하숙집 아주머니, 즉 저 별스러운 프라스코비야 파블로브나가 아브도치야 로마노브나뿐만 아니라 풀헤리야 알렉산드로브나까지도 질투할 것이라고 말한 것은 사실이었다. 풀헤리야 알렉산드로브나는 벌써 마흔세 살이나 됐지만 얼굴에는 지난 시절 미모의 흔적이 고스란히 간직되어 있을 뿐더러 나이보다도 훨씬 더 젊어 보였다. 늙어서도 해맑은 정신과 신선한 감수성, 마음의 정직하고 순수한 열기를 간직하고 있는 여자들은 거의 항상 그렇지 않은가. 내친김에 말하자면, 이런 것을 간직하는 것이야말로 늙어서도 미모를 잃지 않는 유일한 수단이다. 그녀의 머리카락은 벌써 희끗희끗해지고 머리숱도 적어졌으며 눈가에는 진즉부터 잔주름이 자글자글하고 뺨은 근심걱정에 시달리느라 푹 꺼지고 바싹 말라 버렸지만 그럼에도 참 아름다운 얼굴이었다. 이것은 이십 년만 흘러 주면, 또 앞으로 튀어나오지 않은 아랫입술의 표정만 빼면 영락없이 두네치카의 얼굴이라고 할 만했다. 풀헤리야 알렉산드로브나는 감수성이 예민했지만 청승스러울 정도는 아니었고 소심하고 양보를 잘하는 편이었지만 그것도 어느 선까지만 그랬다. 그녀는 많은 것을 양보하고 또 자신의 신념에 맞지 않는 경우라도 많은 것에 동의할 수 있었지만, 어떤 상황에서도 항상 자기 나름의 정직과 원칙과 최소한의 신념의 한계선을 넘지 않았다.

라주미힌이 떠나고 정확히 이십 분 후 두 번에 걸쳐 크지는 않지만 다급하게 문을 두드리는 소리가 들렸다. 그가 다시 돌아온 것이다.

"들어가지는 않겠습니다, 시간이 없거든요!" 문이 열리자 그가 서둘러 말했다. "누가 업어 가도 모를 만큼 정신없이 잘

자고 있고요, 그렇게 열 시간쯤 푹 자면 좋겠습니다. 옆에는 나스타시야가 붙어 있습니다. 제가 갈 때까지 나오지 말라고 해 뒀고요. 이제 조시모프를 데려오겠습니다. 그 친구의 보고를 받은 다음 두 분도 그만 주무셔야죠. 그야말로 녹초가 되셨는걸요, 훤히 보입니다."

그러고서 그는 그들을 떠나 복도를 쏜살같이 달려갔다.

"참 날쌘 청년이야…… 헌신적이고!" 굉장히 흐뭇해진 풀헤리야 알렉산드로브나가 감탄을 내질렀다.

"훌륭한 분인 것 같아요!" 아브도치야 로마노브나도 다소 열을 올리며 이렇게 대답하더니 다시 방을 앞뒤로 서성이기 시작했다.

그럭저럭 한 시간이 지나자 복도에서 발소리가 나더니 또다시 문 두드리는 소리가 울려 퍼졌다. 두 여자는 이번에는 라주미힌의 약속을 전적으로 믿고 기다리던 터였다. 그리고 과연 그는 조시모프를 데리고 왔다. 조시모프는 술자리를 나와 라스콜니코프를 보러 가는 것에는 얼른 동의했지만 부인들에게 가는 것은, 술 취한 라주미힌이 영 미덥지 않았던 탓에, 대단히 미심쩍어하며 마지못해 따라나섰다. 하지만 그의 자존심은 당장 편안해지다 못해 완전히 만족되었다. 그들이 예언자를 기다리는 심정으로 자기를 기다리고 있었음을 깨달았던 것이다. 그는 정확히 십 분 동안 앉아 있으면서 풀헤리야 알렉산드로브나를 완전히 설득하고 안심시켰다. 그의 말투는 예사롭지 않은 애정을 담고 있으되 그야말로 중대한 상담에 임하는 이십칠 세의 의사답게 절제되고 어딘가 최대한 진지했으며 단 한마디도 본론에서 벗어나지 않았고 두 여인과 좀 더 개인적이고 사적인 관계를 맺으려는 바람은 손톱만큼도 내비치지 않았다. 방 안에 들어설 때부터 아브도치야 로마노브나가 눈부실 만큼 예쁘다는 것을 알아채고는 즉시 그녀 쪽은 아예 보지도 않으려고 애쓰면서 내도록 오로지 풀헤리야 알렉산드로브나만을 상대로 얘기했다. 그렇게 함으로써 그는 내적으로 굉장한 만족감을 맛보고 있었다. 환자에 관한 한, 지금 이 순간 극히 만족할 만한 상태라는 표현을 썼다. 그의 진찰에 따르면, 환자의 병에는 최근 몇 달간 누적된 고약한 물질적 조건 말고도 몇 가지 정신적인 원인이 있다, 그것은 '말하자면 다양하고 수많은 정신적, 물질적 영향, 즉 불안, 위기의식, 근심, 몇몇 관념…… 등등의 소산'이라는 것이었다. 아브도치야 로마노브나가 유달리 주의 깊게 경청하기 시작했음을 언뜻 알아챈 조시모프는 이 화제를 두고 좀 더 자세한 얘기를 늘어놓았다. 풀헤리야 알렉산드로브나가 '다소간 정신이상이 의심된다는 식'의 말에 대해 불안한 듯 조심스럽게 질문을 던지자 그는 침착하고 허심탄회한 웃음을 보이며 자신의 말이 너무 과장됐다고 대답했다. 물론, 환자에게 어떤 강박관념이, 편집광 증세로 보이는 뭔가가 눈에 띄지만 — 자기는, 즉 조시모프는 요즘 굉장히 흥미로운 이 의학 분과를 특히 더 예의 주시하고 있으니까 — 환자가 거의 오늘까지도 정신이 오락가락했음을 기억해야 하고…… 또 물론 가족이 왔으니 힘을 얻고 정신을 딴 데로 분산시켜 건강 회복에도 좋을 것이다, "단, 특별히 새로운 충격만 피할 수 있다면요." 하고 의미심장하게 덧붙였다. 그런 다음엔 자리에서 일어나 기꺼운 마음으로 점잖게 인사를 하고 축복과 열렬한 감사와 간청을 받으며, 심지어 그가 청하지도 않았건만 아브도치야 로마노브나 쪽에서 악수를 해 달라며 작은 손을 내민 가운데, 자신의 방문에, 또 그보다는 자기 자신에게 굉장히 만족한 채 방을 나왔다.

"그럼 내일 얘기하고 지금은 그만 주무세요, 꼭!" 라주미힌은 조시모프와 함께 나가며 이렇게 다짐했다. "내일은 가능한 한 일찍 보고를 드리러 오겠습니다."

"그런데 저 아브도치야 로마노브나라는 여자애, 정말 끝내주는걸!" 이미 둘 다 거리로 나왔을 때 조시모프가 거의 입맛을 다시며 말했다.

"끝내준다고? 지금 끝내준다고 말했겠다!" 라주미힌은 으르렁거리며 갑자기 조시모프에게 달려들어 목을 움켜쥐었다. "너, 혹시 언제 엉뚱한 짓이라도 할라치면……. 알겠지? 알겠지?" 이렇게 외치며 상대의 멱살을 잡고 흔들며 벽에다 밀어붙였다. "들었지?"

"좀 놔, 술 귀신아!" 조시모프는 빠져나오려고 발버둥 쳤고, 상대가 자기를 풀어 주자 그를 주의 깊게 바라보다가 갑자기 배꼽이 빠져라 웃어 댔다. 라주미힌은 두 팔을 툭 떨어뜨린 채 음울하고 진지한 상념에 젖어 그 앞에 서 있었다.

"물론 나는 당나귀야." 그가 먹구름이 낀 것처럼 음울한 얼굴로 말했다. "하지만…… 너도 마찬가지잖아."

"그건 아닌데, 야, 마찬가지는 무슨 마찬가지야. 나는 허튼 꿈은 꾸지 않아."

그들은 말없이 걷기 시작했고, 라스콜니코프의 집에 이르렀을 즈음에야 깊은 근심에 차 있던 라주미힌이 침묵을 깼다.

"이봐." 그가 조시모프에게 말했다. "너는 훌륭한 녀석이지만, 너의 온갖 못된 자질은 고사하고라도, 바람둥이인 데다가 더구나 더러운 축에 들지, 나도 잘 안다고. 너는 신경질적이고 비실비실한 건달에다 줏대도 없는 놈이고 살은 뒤룩뒤룩 쪄 갖고 뭐 하나 거절하지도 못하잖아. 이런 것을 두고 나는 더럽다고 말하는 거야, 그러다가 곧장 더러운 진창에 빠지는 법이니까. 너는 정말로 안일해졌는데, 솔직히 내가 제일 이해할 수 없는 건 네가 그러고서도 어떻게 훌륭하고 심지어 헌신적인 의사가 될 수 있냐는 거야. 깃털 이불을 덮고 자면서도(의사 주제에!) 밤마다 환자를 위해서 일어나지! 삼 년쯤 지나면 그렇게 일어나지도 못할걸……. 뭐, 그래, 젠장 문제는 이게 아니고, 그러니까 문제는 바로 이런 거야. 너는 오늘 주인아줌마의 집에서 자고(아줌마를 간신히 설득했지!) 나는 부엌에서 자는 거야. 너희 둘이 더 가까워질 수 있는 기회지! 네가 생각하는 그런 쪽은 아니고! 이봐, 저쪽에서는 그런 쪽으로는 눈곱만큼도 생각이 없고……."

"나야말로 그런 쪽으로는 아무 생각도 없는걸."

"저쪽은 말이야, 부끄러움과 수줍음도 잘 타고 말도 없고 지나칠 만큼 순결한 데다가 그러면서도 한숨을 푹푹 내쉬며 밀랍처럼 녹아 버리지! 그 여자한테서 나를 좀 구해 주라, 세상의 모든 악마를 위해서! 정말 끝내주는 여자거든……! 그래 주면 머리라도 내놓을게, 머리라도!"

조시모프는 아까보다 더 껄껄 웃었다.

“어라, 아주 안달이 났구나! 하지만 내가 왜 그 여자를 어째야 되는데?”

“정말로 수고스러울 건 별로 없고 그냥 내키는 대로 아무 소리나 지껄여 줘, 그냥 옆에 앉아서 말동무나 해 주라고. 게다가 너는 의사니까 무슨 치료를 해 줘도 되겠네. 장담하지만, 후회는 안 할 거야. 그 여자한테는 피아노가 있는데, 너도 알다시피, 내가 좀 두들길 줄 알잖아. 거기서 내가 써먹는 노래가 한 곡 있는데, ‘쓰라린 눈물을 흘리며……’라고 진짜 러시아 노래야. 그 여자는 진짜 노래를 좋아해. 뭐, 그래서 노래 때문에 일이 시작됐던 거야. 한데 너는 피아노라면 그야말로 달인이자 대가잖아, 루빈슈타인 뺨치지……. 정말로, 후회하지 않을 거야!”

“너 그 여자한테 무슨 약속이라도 한 거 아니야, 어? 정식으로 서약서도 쓰고? 결혼 약속을 했는지도 모르겠고…….”

“천만에, 천만의 말씀, 그런 건 전혀 없어! 게다가 그쪽도 전혀 그런 여자가 아니란 말이야. 체바로프가 그 여자한테 그러려고 했는데…….”

“그럼, 그냥 내버려 둬!”

“그럴 수는 없어!”

“아니, 왜 그런데?”

“뭐, 그냥 왠지 그럴 수 없어, 그뿐이야! 이런 일에는 어떤 흡인력이 있거든.”

“그럼 대체 왜 그 여자를 유혹한 거야?”

"유혹 같은 건 전혀 하지 않았어, 오히려 내가 바보라서 그만 유혹당한 거라고. 그 여자는 너든 나든 아무나 곁에 앉아 한숨만 내쉬어 주면 그야말로 아무 상관없을걸. 이 경우에는, 그러니까……. 이걸 어떻게 표현할 수가 없는데, 이 경우에는, 그래, 너는 수학을 잘 알고 지금도 공부하고 있잖아, 나도 아니까…… 그럼 적분학 수업을 시작해 봐, 절대 농담이 아니고 진지하게 하는 얘기인데, 그 여자는 그야말로 아무거나 상관없을 거야. 그 여자는 너를 바라보며 한숨을 내쉴 테고, 그렇게 꼬박 일 년은 갈걸. 실은 나는 이틀을 내리 달아 주구장창 프러시아 상원 얘기를 한 적도 있는데(하긴 그 여자와 대체 무슨 얘기를 하겠어?) 그 여자는 그냥 한숨만 내쉬며 땀을 뻘뻘 흘리더군! 다만, 사랑 얘기는 꺼내지 말고 — 몸을 발발 떨 만큼 수줍음을 많이 타는 여자거든 — 그래도 그 옆에서 떨어질 수 없는 척해, 그 정도면 충분해. 편안하기야 말할 것도 없지. 내 집에 있는 것 같거든, 책을 읽든 그냥 앉아 있든 누워 있든 뭘 쓰든……. 심지어 키스도 할 수 있어, 좀 조심스럽긴 하지만……."

"아니, 그 여자가 나한테 무슨 소용이야?"

"에잇, 도무지 설명을 못 하겠는걸! 이봐, 너희 둘은 그야말로 찰떡궁합이야! 전에도 네 생각을 해 봤는데……. 너는 결국 이렇게 될 거란 말이야! 어차피 너한테는 상관도 없잖아, 좀 빠르든 늦든! 여기에는 깃털 이불의 원칙 같은 것이 있어, 에잇! 하긴 깃털 이불뿐이겠어! 여기에는 흡인력이 작용하지. 이건 세상의 끝이자 닻이자 한적한 은신처이자 지구의 배꼽이자 세계를 떠받치고 있는 세 마리의 물고기이며 블린*, 기름진 쿨레뱌카**, 저녁 사모바르, 조용한 숨결, 따뜻한 솜털 조끼, 페치카 위의 훈훈한 잠자리 등의 정수랄까. 자, 그럼 넌 죽은 것 같으면서도 동시에 살아 있는 셈이니 일거양득이지 뭐야! 야, 제기랄, 너무 많이 지껄였다, 그만 자야지! 이봐, 나는 밤에 이따금씩 깨면, 뭐 녀석을 보러 갈게. 어차피 별 탈 없이 다 괜찮을 거야. 너도 괜히 애태울 것 없지만 정 아쉬우면 한 번쯤 들르든지. 혹시라도 가령 헛소리를 한다든가 열이 난다든가 무슨 낌새가 보이면 당장 나를 깨워 줘. 설마 그럴 리야 없겠지만……."

---

* 러시아식 팬케이크 혹은 부침개.

** 만두처럼 속을 넣어 구운 빵.

2

이튿날 7시가 지났을 무렵 잠에서 깬 라주미힌은 뭔가 켕기고 심각한 기분이었다. 이날 아침, 예상치 못한 많은 새로운 의혹이 갑자기 생겨난 것이다. 이렇게 깨어날 때가 있을 줄 예전 같으면 상상도 하지 못했으리라. 그는 어제의 일을 아주 작은 세부사항까지 전부 기억했으며 자기에게 뭔가 심상치 않은 일이 일어났음을, 지금까지는 전혀 몰랐던, 예전과는 전혀 다른 어떤 느낌을 받았음을 깨달아 갔다. 동시에 자신의 머릿속에서 불붙은 몽상이 절대로 실현될 수 없는 것임을 또렷이 의식했으며, 너무 실현될 수 없는 것이기에 심지어 그는 그 몽상이 부끄러워졌고 어서 빨리 '빌어먹을 어제' 이후 그에게 남겨진 보다 더 시급한 다른 근심과 의혹으로 옮겨 갔다.

가장 끔찍한 기억은 그가 어제 '천하고 추하게' 굴었다는 점인데, 비단 술에 취한 것이 문제가 아니라 두냐의 처지를 이용하여 그 처자가 버젓이 앞에 있건만 바보처럼 성마른 질투에 사로잡힌 나머지 그녀와 약혼자 간의 관계나 여러 정황은 물론 숫제 그 사람 자체도 제대로 모르는 주제에 약혼자를 욕한 것이 문제였다. 더군다나 무슨 권리로 그에 대해 그토록 성급하고 경솔한 판단을 내렸단 말인가? 또 누가 그에게 재판관 노릇을 하라고 했던가! 또 아브도치야 로마노브나 같은 존재가 돈 때문에 자격도 안 되는 사람에게 몸을 맡길 리는 없잖은가? 그러니까 그에게도 그만한 장점이 있다는 소리이다. 숙소는? 하긴 그 숙소가 그렇고 그런 곳이라는 것을 그가 정말 어떻게 알 수 있었겠는가? 안 그래도 신혼집을 준비하고 있다는데…… 쳇, 정말 천하기 짝이 없다! 술에 취했다고 한들 무슨 변명이 되겠는가? 한심한 발뺌일 뿐, 더 비참해지기만 할 거다! 술 속에 진리가 있다지만, 그 진리가 오롯이 드러났으니, '즉 질투심 많고 거친 마음의 흑심이 오롯이 드러난 것이다!' 게다가 이 라주미힌 같은 놈이 그런 몽상에 젖다니, 조금이라도 가당키나 한가? 이 처녀와 비교하면 그는 누구인가 — 술 취한 난봉꾼에 어제와 같은 허풍쟁이가 아닌가? '이토록 냉소적이고 우스꽝스러운 비교가 과연 가능하긴 할까?' 라주미힌은 이런 생각이 들어 절망적으로 얼굴을 붉혔는데, 갑자기 하필이면 바로 그 순간, 어제 계단에 서서 그들에게 주인아줌마가 자기 때문에 아브도치야 로마노브나를 질투할 것이라고 말한 일이 또렷이 떠올랐고…… 이쯤 되자 더 이상은 참을 수 없었다. 그는 주먹을 힘껏 휘둘러 부엌의 페치카를 내리쳤으며, 자기 손에도 상처를 내고 벽돌도 한 장 부숴 버렸다.

'물론' 하고 그는 잠시 후 어떤 자괴감에 젖어 속으로 중얼거렸다. '물론, 이제 와서 이 모든 추태를 싹 지워 버릴 수도, 씻어 버릴 수도 절대 없다…… 그러니까 이 일은 아예 생각할 것도 없고 그냥 묵묵히 나타나…… 내 할 일을 하는 것이다…… 역시나 묵묵히…… 또 용서를 구하지도 말고 무슨 말을 하지도 말자…… 물론 이제는 모조리 끝장이다!'

그럼에도 옷을 입으면서 그는 복장을 평소보다 더 꼼꼼히 살폈다. 마땅히 다른 옷도 없었지만, 있어도 입지 않았을 것이다. '어쩌겠어, 일부러라도 입지 않았을 거야.' 그렇더라도 어쨌거나 냉소주의자나 지저분하고 칠칠맞지 못한 놈처럼 굴 이유는 또 뭔가. 굳이 다른 사람들의 기분을 망칠 권리도 없거니와 더욱이 그 다른 사람들 쪽에서 먼저 그를 필요로 하여 와 달라고 하지 않는가. 그는 옷솔로 옷을 꼼꼼히 털어 냈다. 와이셔츠라면 항상 그럭저럭 참을 만한 것이었다. 이쪽으로는 유달리 결벽증이 있었던 것이다.

이날 아침에는 세수도 열심히 했는데 — 마침 나스타시야에게 비누가 있었다 — 머리도 감고 목도 씻고 특히 손을 열심히 씻었다. 빳빳하게 자란 수염을 깎을까 말까 고민했지만(프라스코비야 파블로브나에게는 고(故) 자르니츠인 씨의 유물인 멋진 면도날이 고스란히 남아 있었다.) 가혹할 만큼 부정적인 쪽으로 해결을 봤다. '그냥 내버려 두자! 흠, 면도를 하면 무슨 흑심이 있다고 생각할 거야…… 틀림없이 그렇게 생각할 거야! 세상이 두 쪽이 나도 절대 안 깎는다!'

그리고…… 그리고 무엇보다도 그는 워낙에 거칠고 지저

분한 위인인 데다가 사람 대하는 태도도 술집식이다. 그리고…… 그리고 자기도 뭐 조금이라도 점잖은 사람이라는 걸 알고 있다고 치자…… 그렇다고 한들 점잖은 사람이라고 뻐길 건 또 뭔가? 누구나 점잖은 사람이어야 하고 좀 더 깨끗해야 하고…… 그리고 어쨌거나(그는 이것이 기억난다.) 그에게도 그렇고 그런 일들이 있었고…… 딱히 파렴치한 건 아니지만 그래도……! 속에 품었던 생각은 또 어떻고! 음…… 이러고서도 아브도치야 로마노브나와 나란히 서려 하다니! '에잇, 제기랄! 그럼 어때! 일부러라도 이렇게 지저분하고 땟국이 졸졸 흐르고 술집이나 드나드는 놈처럼 굴 거다, 엿이나 먹어라! 더 더욱 그렇게 굴 거다……!'

이렇게 혼잣말을 하고 있을 때 프라스코비야 파블로브나의 객실에서 밤을 보낸 조시모프가 나타났다.

그는 집에 가려고 나가던 참에 환자를 한번 살펴보려고 서둘러 왔다. 라주미힌은 그가 업어 가도 모를 만큼 잘 자고 있다고 일러 주었다. 그러자 조시모프는 알아서 깰 때까지 깨우지 말라고 지시했다. 한편 자기는 10시가 넘어서 들르겠다고 약속했다.

"단, 저 친구가 이대로 집에 있어 주기만 한다면." 그가 덧붙였다. "쳇, 제기랄! 자기 환자도 제대로 못 다루는 주제에 치료는 무슨! 저 친구가 저들한테 갈 건지, 아니면 저들이 이리로 올 건지 모르냐?"

"저들이 올 것 같은데." 라주미힌이 질문의 목적을 알아채고서 대답했다. "그리고 물론 집안일을 얘기하겠지. 나는 자리를 뜰 거야. 너야 의사니까 물론 나보다는 더 많은 권리가 있지."

"내가 무슨 성직자는 아니잖아. 왔다가 금방 갈 거야. 그 사람들이 아니라도 볼일이 많은 몸이시다."

"마음에 걸리는 게 하나 있어." 라주미힌이 얼굴을 찌푸리며 말을 가로막았다. "어제 길을 가던 중에 술김에 저 녀석한테 별별 허튼소리를 다 지껄였거든…… 진짜 별별 소리를…… 그러다가 그만 저 녀석한테…… 정신이상의 조짐이 있어 네가 걱정하더라는 말을……."

"어제 부인들에게도 그 소리를 지껄이더군."

"바보 같은 짓이었다는 건 나도 알아! 때려 죽여도 할 말이 없지! 그런데 너는 정말로 어떤 확고한 생각이 있었던 거야?"

"헛소리라고 하잖아. 확고한 생각은 무슨 얼어 죽을! 나를 그 친구한테 데려가면서 네가 먼저 그가 편집광인 양 묘사해 주었잖아……. 사실 어제 우리는 불에 기름을 부은 격이었지, 다시 말해…… 네가 그 칠장이 얘기를 꺼내서 말이야. 저 친구가 가뜩이나 그 일에 정신이 팔려 있는 판에 얘기 한번 참 잘했다! 내가 그때 경찰서에서 있었던 일을 정확히 알았더라면, 거기서 어떤 못된 놈이 그런 혐의를 걸어…… 모욕한 일 말이야! 음…… 나라면 어제 그런 얘기는 못하게 했을 거야. 사실 이런 편집광들은 물방울 하나로 대양을 만들고, 있지도 않은 일을 맨 정신에도 또렷이 보거든……. 내가 기억하는 한, 어제 자묘토프의 그 얘기를 듣고 나니 나로서는 일의 절반은 분명해졌어. 그게 뭐 대수야! 내가 아는 어떤 사건을 보면, 마흔 살짜리 우울증 환자 하나가 식사 때마다 쏟아지는 여덟 살짜리 소년의 조롱을 참지 못해 그만 그 애를 찔러 죽였다고! 한데 그 친구 경우에는 누더기만 잔뜩 걸치고 있지, 경찰 서장은 무지막지하게 굴지, 이제 곧 병이 날 것 같지, 그런 마당에 그런 혐의까지 받다니! 광란 상태에 빠진 우울증 환자가 말이야! 더군다나 광적일 만큼, 이례적일 만큼 허영심이 강한 친구잖아! 발병의 원인은 정말 여기에 있는지도 몰라! 그렇고말고, 제기랄……! 그나저나 이 자묘토프란 친구는 정말로 귀여운 녀석인데, 다만, 음…… 어제 괜히 그 얘기를 해서는. 진짜 입이 싼 녀석이야!"

"누구한테 또 얘기를 했는데? 나하고 너뿐이잖아?"

"포르피리한테도 했어."

"아니, 포르피리가 어때서?"

"그건 그렇고, 너, 저분들, 저 어머님과 여동생한테 말이 좀 먹히는 편이지? 오늘 저 친구를 대할 때는 더 조심해야 될 텐데……."

"서로들 잘 얘기하겠지!" 라주미힌이 마지못해 이렇게 대답했다.

"한데 그 친구, 왜 그렇게 루쥔이라는 사람을 못 잡아먹어 안달이야? 돈깨나 있는 사람이고, 그 아가씨도 딱히 싫어하는 눈치는 아니던데…… 게다가 저들은 완전히 무일푼이지 않아? 어?"

"아니, 뭘 그렇게 자꾸 캐물어?" 라주미힌이 짜증을 내며 소리쳤다. "무일푼인지 한 밑천 있는지 내가 어떻게 아냐? 네가 직접 물어보면 알 수 있을 거 아냐…….”

“쳇, 가끔 너는 정말 바보 같다니까! 어제 마신 술이 아직 덜 깬 모양이군……. 그럼 잘 있어. 프라스코비야 파블로브나에게 잠자리를 마련해 줘서 고맙다는 말도 전해 주고. 문을 잠가 놓고는 내가 문틈으로 봉주르*라고 해도 대답도 하지 않던 양반이 실은 7시에 일어났고 그 부인 앞으로 부엌에서 복도를 통해 사모바르를 내가더군……. 나는 감히 배안(拜顔)할 영광도 누리지 못했어…….”

9시 정각, 라주미힌이 바칼레예프 여관에 나타났다. 두 여인은 진즉부터 히스테리를 일으킬 정도로 조바심을 내며 그를 기다리고 있었다. 일어나기는 7시쯤, 심지어 그보다 더 빨리 일어나 있었다. 그는 한밤처럼 침울한 모습으로 들어가 어색하게 인사를 하고는 즉시 그 때문에 화를 냈는데, 물론 자기 자신에게 그런 것이었다. 혼자 북 치고 장구 친 격이었다. 정작 풀헤리야 알렉산드로브나는 얼씨구나 그에게 달려들어 두 손을 잡고 거의 키스를 퍼붓다시피 했다. 그는 멈칫멈칫하며 아브도치야 로마노브나를 쳐다보았다. 한데 그 순간 이 오만한 얼굴에도 감사와 우정, 그를 향한, 전혀 뜻밖의 완전한 존경의 빛이(비아냥대는 시선과 숨기려 해도 어쩔 수 없이 드러나는 경멸 대신에 말이다!) 듬뿍 담겨 있었기 때문에, 사실 욕설로 자기를 맞아 주었다면 오히려 마음이 홀가분했을 법했는데, 이렇게 돼서 너무 민망해졌다. 다행히도 대화의 물꼬를 틀 화제

* 프랑스어 'Bon jour.'(안녕하세요.)를 러시아어로 음차한 것.

는 준비돼 있던 터라 그는 서둘러 그것에 매달렸다.

'아직 깨어나지는 않았다.', 하지만 '모든 것이 훌륭하다.'라는 말을 듣자 풀헤리야 알렉산드로브나는, 그게 오히려 더 잘됐다, '안 그래도 미리 꼭, 꼭, 꼭 상의를 해야 할 일이 있기 때문이다.'라고 알렸다. 차를 마셨는지 물었고 이어 함께 마시지 않겠냐는 권유가 따라 나왔다. 그들도 라주미힌을 기다리느라 아직 마시지 않았던 것이다. 아브도치야 로마노브나가 종을 울리자 그 부름에 꾀죄죄하고 허름한 놈이 나타났고, 차를 갖다 달라고 하자 마침내 나오기는 했지만 여인들이 창피스러워질 만큼 더럽고 형편없었다. 라주미힌은 한바탕 신나게 여관 욕을 퍼부으려다가 루쥔 생각이 나서 우물쭈물하며 이내 입을 다물었다. 마침 그때 풀헤리야 알렉산드로브나가 드디어 쉼 없이 질문 공세를 퍼붓자 그는 기뻐 어쩔 줄을 몰랐다.

상대가 끊임없이 말을 끊기도 하고 같은 얘기를 또 물어보기도 하는 가운데, 그는 질문에 답하느라 사십오 분이나 계속 말을 했으며 로지온 로마노비치의 요 일 년간의 생활에서 자기가 아는 한 가장 중요하고 가장 필수적인 사실을 전부 전해준 다음 그의 병에 대한 신중한 얘기로 말을 끝맺었다. 그래도 응당 생략해야 할 것은 많이 생략했는데, 겸사겸사 경찰서 소동과 그로 인한 결과 같은 것 말이다. 두 사람은 그의 얘기를 게걸스럽게 경청했다. 하지만 얘기도 다 끝냈고 두 여인도 만족했으리라고 생각했을 때도 정작 그들은 그가 아직 말을 꺼내지도 않았다는 투였다.

"그런데 말이죠, 제발 말씀 좀 해 주세요, 그쪽 생각은 어떤지…… 아휴, 죄송한데, 여태껏 성함도 모르고 있네요?" 풀헤리야 알렉산드로브나가 허둥댔다.

"드미트리 프로코피이치라고 합니다."

"예, 그래서요, 드미트리 프로코피이치, 내가 몹시, 몹시 알고 싶은 것은…… 그 애가 지금 대체로 어떻게…… 사물을 보고 있는지, 그러니까 나를 좀 이해해 주세요, 이걸 어떻게 말해야 되나, 그러니까 더 정확히 말해, 그 애가 무엇을 좋아하고 무엇을 좋아하지 않나요? 그 애는 항상 그렇게 신경질적인가요? 그 애에게 소망이랄까, 말하자면, 이런 말이 가능하다면, 꿈이랄까 하는 것이 있나요? 지금 정확히 무엇이 그 애에게 특별한 영향을 끼치고 있나요? 한마디로, 마음 같아서는……."

"아휴, 엄마, 그 모든 질문에 어떻게 갑자기 대답할 수 있겠어요!" 두냐가 한 소리 했다.

"아휴, 세상에, 그 애를 그런 모습으로 만나게 될 줄은 정말 꿈에도 몰랐어요, 드미트리 프로코피이치."

"그건 몹시 자연스러운 일입니다." 드미트리 프로코피이치가 대답했다. "저는 어머니는 안 계시지만 뭐 숙부님이 해마다 올라오시는데 거의 매번 저를 못 알아보십니다, 심지어 외양도 말이죠, 참 똑똑한 양반인데도. 한데 어머님 경우에는 삼 년이나 떨어져 있었으니 강산도 변하지 않았겠습니까. 그러게, 무슨 말씀을 드려야 할까요? 제가 로지온을 안 지는 일 년 반쯤 됩니다. 무뚝뚝하고 음울하고 오만하고 자존심이 강한 녀석이죠. 최근에는(훨씬 전부터였을 수도 있지만) 의심이 많고 우울증 환자처럼 굴더군요. 관대하고 선량한 녀석이기도 하고요. 자신의 감정을 드러내는 것을 좋아하지 않아, 말로써 속마음을 드러내느니 차라리 모진 짓을 하는 쪽을 택할걸요. 그래도 어떨 때는 우울증 환자는커녕 그냥 쌀쌀맞고 비인간적이다 싶을 만큼 무정하게 굴어서, 사실 그 녀석의 내부에서 두 개의 정반대되는 성격이 번갈아 교체되는 것만 같습니다. 어떨 때는 꿀 먹은 벙어리마냥 말이 없습니다! 항상 시간이 없다, 항상 남들이 자기를 방해한다고 하면서도 정작은 뒹굴뒹굴하며 아무것도 하지 않아요. 빈정대는 일도 잘 없는데, 톡톡 쏘는 말솜씨가 부족해서가 아니라 그런 시시한 일에 신경쓰기에는 시간이 부족해서인 것 같아요. 남의 말을 끝까지 듣지도 않아요. 특정한 순간에 모두가 관심을 갖는 문제에 관심을 보이는 일도 절대 없고요. 스스로를 끔찍이도 높이 평가하는데, 그럴 만한 권리도 어느 정도 있는 것 같고요. 자, 또 뭐가 있을까요……? 제 생각으로는 두 분이 오셨으니 녀석에게 몹시 좋은 영향을 끼칠 것 같습니다."

"아휴, 제발 그래야 될 텐데요!" 풀헤리야 알렉산드로브나는 로쟈에 대한 라주미힌의 품평에 괴로워하다가 이렇게 소리쳤다.

한편 라주미힌은 드디어 아브도치야 로마노브나에게 좀 더 대범한 시선을 던졌다. 얘기를 나누는 동안에도 종종 그녀를 쳐다보긴 했지만 그냥 잠깐만 힐끗 보다가 이내 눈을 돌려 버리는 식이었다. 아브도치야 로마노브나는 탁자 쪽에 붙어 앉아 주의 깊게 귀를 기울이는가 하면 다시 자리에서 일어나 평소 습관대로 팔짱을 끼고 입술을 앙다문 채 이 구석 저 구석을 거닐면서 간간이 질문을 던지고 걸음을 멈추지 않은 상태로 생각에 잠기곤 했다. 그녀도 남의 말을 끝까지 듣지 않는 버릇이 있었다. 옷차림은 가벼운 소재의 어쩐지 어두운 색깔의 원피스를 입고 목에는 투명한 하얀색 스카프를 두르고 있었다. 라주미힌은 많은 점으로 미루어 보아 두 여인의 형편이 극도로 열악하다는 것을 즉시 알아챘다. 아브도치야 로마노브나가 여왕처럼 차려입고 있었다면 그녀가 전혀 두렵지 않았을 것이다. 한데 지금 그녀의 옷차림이 너무나 초라했기 때문에, 또 그들의 이토록 궁색한 형편을 알아챘기 때문에 그는 마음속 깊이 두려움을 느끼며 말 한마디, 몸짓 하나에 노심초사하게 되었는데, 물론 가뜩이나 자신이 탐탁지 않은 사람으로서는 애타는 일이었다.

"오빠의 성격에 대해 흥미진진한 얘기를 많이 해 주셨고…… 또 공정한 말씀이셨고요. 이건 좋은 일이죠. 저는 당신이 오빠를 숭배한다고 생각했거든요." 아브도치야 로마노브나가 빙그레 웃으며 지적했다. "그리고 오빠 옆에 틀림없이 여자가 있을 것이라는 말씀도 맞겠구나 싶네요." 생각에 빠져들며 그녀는 이런 말도 덧붙였다.

"저는 그런 말씀은 드린 적이 없지만, 하긴 당신의 그 말씀이 옳을 수도 있겠군요, 다만……."

"뭐죠?"

"그 녀석은 누구도 사랑하지 않아요. 아마 누구를 사랑하는 일은 절대 없을걸요." 라주미힌이 딱 잘라 말했다.

"다시 말해, 사랑할 능력이 없다는 건가요?"

“그런데 말이죠, 아브도치야 로마노브나, 당신도 오빠를 정말 많이 닮았습니다, 심지어 하나부터 열까지!” 갑자기 그는 자기도 모르게 이런 말을 내뱉었지만, 이내 자기가 방금 그녀의 오빠에 대해 무슨 얘기를 했는지를 상기하고는 홍당무처럼 얼굴을 붉히며 어쩔 줄 몰라 했다. 아브도치야 로마노브나는 그를 보며 웃음을 터뜨리지 않을 수 없었다.

“로쟈에 관해서는 둘 다 오해를 했을 수도 있어요.” 다소 발끈한 풀헤리야 알렉산드로브나가 말을 받았다. “지금 오간 얘기를 두고 하는 말이 아니란다, 두네치카. 표트르 페트로비치가 이 편지에 쓴 내용이며…… 너와 내가 생각했던 것이 다 사실이 아닐 수도 있지만, 어쨌거나, 드미트리 프로코피이치, 상상도 할 수 없을 거예요, 그 애가 얼마나 환상적이고, 어떻게 말해야 될까, 얼마나 변덕스러운지 말이에요. 나는 그 애의 성격이 영 안심이 안 됐어요, 그 애가 열다섯 살이나 되었을 때도요. 그 애가 지금도 갑자기 그 누구 하나 절대 생각지도 못할 일을 해 버릴 수 있다고 확신해요. 굳이 멀리 갈 것도 없네요. 일 년 반쯤 전에 그 애가 그 아가씨, 이름이 뭐더라, 하여간 자르니츠이나라는 저 주인아줌마 딸과 결혼할 생각을 했을 때 얼마나 놀랐는지, 간이 철렁하고 기절초풍할 뻔했지 뭐예요, 혹시 들으셨어요?”

“그 일에 대해 뭐 자세히 아시는 것이 있나요?” 아브도치야 로마노브나가 물었다.

“당신 생각으로는” 하고 풀헤리아 알렉산드로브나가 열을 올리며 계속했다. “그때 그 애가 마음을 접은 것이, 내가 울며

불며 애원하고 너무 속을 태웠던 나머지 병이 나서 죽네 마네 하고 또 우리의 형편이 찢어지도록 가난했기 때문인 것 같나요? 천만에요, 그 애는 모든 장애물을 아주 태연하게 뛰어넘었을 거예요. 정말 그 애는, 그 애는 정말 우리를 사랑하지 않는 걸까요?"

"그 일로 그 녀석이 직접 나와 무슨 얘기를 한 적은 전혀 없습니다." 라주미힌이 대답에 신중을 기했다. "하지만 당사자인 자르니츠이나 부인에게서 들은 얘기가 좀 있는데, 그 부인도 그 나름으로 수다스러운 편도 아니고 또 제가 들은 얘기는 뭐랄까, 다소 이상한 구석마저 있어서……."

"아니, 무슨 얘기를 들으셨기에?" 두 여자가 한꺼번에 물었다.

"어차피 아주 특이한 건 전혀 없습니다. 제가 들은 내용은 그저, 완전히 성사되었던 혼담이 무산된 것은 오직 신붓감이 죽었기 때문이고 자르니츠이나 부인도 이 결혼을 아주 탐탁지 않게 생각했다는 정도입니다……. 그 밖에도, 신붓감이 인물이 영 별로였다, 다시 말해, 상당히 못생긴 편이었다는 말도 있고…… 몸도 골골하고 또…… 또 이상하고…… 그래도 장점이 좀 있었겠지요. 아니, 틀림없이 무슨 장점이 있었을 겁니다. 그렇지 않고서야 도무지 이해가 안 되거든요……. 지참금도 전혀 없고, 하긴 그 녀석이 지참금 같은 것을 염두에 뒀을 리 만무하지만……. 대체로 이런 일은 섣불리 판단하기 힘들죠."

"나는 그분이 훌륭한 아가씨였을 것이라고 확신해요." 아브도치야 로마노브나가 짧게 지적했다.

"죄받을 소리지만, 어떻든 나는 그때 그 아가씨가 죽은 것이 기뻤어요, 그 둘 중 누가 누구의 인생을 망쳐 버렸을지는 알 수 없지만요. 그 애가 그 아가씨의 인생을 망쳤을까요, 아니면 그 아가씨가 그 애의 인생을 망쳤을까요?" 풀헤리야 알렉산드로브나가 말을 끝맺었다. 그러고 나서는 조심조심, 머뭇머뭇하며 두냐를 끊임없이 훔쳐보면서 — 두냐 입장에서는 이것이 못마땅한 것이 분명했지만 — 어제 로쟈와 루쥔 사이에 있었던 말썽에 대해 다시 캐묻기 시작했다. 아무래도 이 사건이 다른 무엇보다도 걱정거리였고 그 때문에 무섭고 불안하기도 했던 모양이다. 라주미힌은 모든 얘기를 다시 자세히 늘어놓았는데 이번에는 자신의 결론도 덧붙였다. 즉, 라스콜니코프가 표트르 페트로비치를 고의로 모욕했다며 대놓고 비난했으며 이 경우에는 병을 앓은 것도 별로 변명이 되지 않는다는 투였다.

"앓기 전부터 그 녀석은 그럴 생각이었거든요." 그가 덧붙였다.

"나도 그렇게 생각해요." 풀헤리야 알렉산드로브나가 참담한 표정을 지으며 말했다. 하지만 라주미힌이 이번에는 표트르 페트로비치에 대해 제법 신중하고 존경 비슷한 감정마저 담긴 표현을 써서 그녀는 몹시 충격을 받았다. 아브도치야 로마노브나도 그 때문에 충격을 받았다.

"그럼 당신은 표트르 페트로비치에 대해 어떤 견해를 갖고 계시는지요?" 풀헤리야 알렉산드로브나가 참지 못하고 이렇게 물었다.

"어머님 따님의 남편 되실 분에 대해 별다른 견해가 있을 수는 없습니다." 라주미힌은 열을 올리며 확고한 어조로 대답했다. "그저 속되게 예의상 드리는 말씀이 아니라 그러니까…… 그러니까…… 아브도치야 로마노브나가 자발적으로 그분을 선택했다는 사실만으로도 충분한 겁니다. 제가 어제 그분을 헐뜯었다면 그건 어제 더럽게 취했고 또…… 정신이 나갔기 때문입니다. 예, 정신이 나갔어요, 머리를 어디다 날리고 완전히 미쳤거든요…… 그래서 오늘은 참 부끄럽습니다……!" 그는 얼굴을 붉히며 입을 다물었다. 아브도치야 로마노브나는 발끈했지만 침묵을 깨지는 않았다. 루쥔 얘기가 나온 순간부터 한마디도 하지 않았던 것이다.

한편 풀헤리야 알렉산드로브나는 딸이 추임새를 넣어 주지 않아 망설이는 눈치였다. 마침내, 말을 더듬고 끊임없이 딸을 쳐다보다가 지금 자기는 굉장히 마음에 걸리는 것이 하나 있다고 말했다.

"이봐요, 드미트리 프로코피이치……." 그녀가 운을 띄웠다. "드미트리 프로코피이치와 탁 터놓고 얘기할까 하는데 괜찮겠지, 두네치카?"

"물론이죠, 엄마." 아브도치야 로마노브나가 격려하듯 응수했다.

"문제가 뭐냐 하면요." 그녀는 고민거리를 털어놔도 좋다는 딸의 허가를 받자 무거운 짐이라도 내려놓은 듯 서둘러 얘기를 시작했다. "오늘, 아주 이른 시각에 우리는 어제 우리의 도착을 알린 편지에 대한 답신인 표트르 페트로비치의 쪽지를 받았어요. 실은 말이에요, 원래 약속대로라면 어제 그 사람이 직접 역까지 우리를 마중하러 나와야 했어요. 그래 놓고서는 어떤 하인을 역으로 보내 이 여관 주소를 쥐여 주고 우리를 안내하도록 했고, 표트르 페트로비치 본인은 오늘 아침 녘에 여기 우리 숙소에 올 수 있을 것이라고 전해 달라고 했대요. 그래 놓고서 정작 오늘 아침 녘에 온 건 그 사람이 아니라 여기, 그 사람의 쪽지였어요……. 차라리 직접 읽어 보시는 편이 좋을 것 같네요. 실은 몹시 걱정되는 점이 하나 있는데……. 어떤 점이 그런지 지금 직접 아시게 될 테고…… 솔직한 의견을 말씀해 주세요, 드미트리 프로코피이치! 로쟈의 성격을 누구보다도 잘 알고 계시는 분이니까 누구보다도 좋은 충고를 해 주실 수 있겠지요. 미리 말씀드리자면, 두네치카는 벌써 처음에 모든 것을 결정했지만 나는, 나는 아직도 어떻게 해야 할지 모르겠어서…… 계속 당신을 기다렸답니다."

라주미힌은 어제 날짜가 적힌 쪽지를 펼쳐서 읽었는데, 다음과 같은 내용이었다.

친애하는 풀헤리야 알렉산드로브나 부인, 삼가 알려 드리는 바, 느닷없이 업무에 차질이 생기는 바람에 기차역까지 마중을 나갈 수 없어 그 목적으로 몹시 날쌘 사람을 한 명 보냈습니다. 마찬가지로 내일 아침에도 부인을 뵐 영광을 누리지 못하는 바인데, 원로원 관련 촌각을 다투는 업무가 있기도 하거니와 부인과 아드님, 아브도치야 로마노브나와 오빠, 즉 가족끼리의 만남에 누가 되지 않기 위해서입니다. 그리하여 정확히 내일 저녁 8시 정각에 부인의 숙소를 방문하여 인사를 드릴 것인데, 감히 단호하고도 덧붙여 강경한 부탁 말씀을 드리는바, 우리가 다 함께 모이는 자리에 로지온 로마노비치는 절대 동석하지 않도록 해 주십시오. 그 이유인즉 어제 몸이 편치 않은 그를 방문한 자리에서 제가 유례가 없을 만큼 무례한 모욕을 받았기 때문이며, 그 밖에도 특정한 건에 관해 부인께 개인적으로 반드시 또 차근차근 할 얘기도 있고 부인의 해명도 직접 듣고 싶기 때문입니다. 이와 더불어 미리 알려 드리고 싶은 것이 있는데, 만약 저의 부탁에도 불구하고 로지온 로마노비치와 마주치게 될 경우 저는 그 즉시 자리를 뜨지 않을 수 없을 것이며 그때는 이미 자업자득이라 생각하십시오. 이러한 얘기를 쓰는 것은 제가 방문했을 때만 해도 그토록 몸이 편찮은 것처럼 보였던 로지온 로마노비치가 불과 두 시간 후에는 갑자기 완쾌했으므로 집을 나와 부인의 숙소에 와 있을 수 있겠다는 생각이 들어서입니다. 제 두 눈으로 똑똑히 확인한 사실인바, 말에 짓밟혀 사망한 어느 주정뱅이의 집에서 그는 그의 딸인 행실이 더럽기로 유명한 아가씨에게 어제 장례비 명목으로 25루블을 내주었는데, 부인께서 그 돈을 장만하느라 얼마나 고생을 했는지 잘 알고 있는 저로서는 심히 놀라지 않을 수 없었습니다. 아울러, 존경해 마지않는 아브도치야 로마노브나께 저의 특별한 경의를 표하며 공손한 충정을 받아 주십사 부탁드리는 바입니다.

부인의 충직한 하인

P. 루쥔

"이제 나는 어떻게 해야 할까요, 드미트리 프로코피이치?" 풀헤리야 알렉산드로브나 거의 울먹이며 말을 꺼냈다. "아니, 어떻게 로쟈에게 오지 말라고 할 수 있겠어요? 어제 그 애는 그렇게 고집스레 표트르 페트로비치를 거절하라고 요구했고, 이쪽에서는 숫제 그 애를 들이지도 말라고 명령하니! 이 사실을 알게 되면 그 애는 일부러라도 올 테고…… 그럼 어떻게 될까요?"

"아브도치야 로마노브나가 결정하신 대로 하시죠." 그 즉시 라주미힌이 침착하게 대답했다.

"아휴, 맙소사! 이 애 말로는…… 글쎄, 얘는 당최 무슨 말을 하는지, 나한테는 그 목적도 설명해 주지 않고! 이 애 말로는 로쟈 역시 일부러라도 오늘 8시에 꼭 와야 한다, 그들이 꼭 대면해야 한다, 그편이 차라리 낫다, 다시 말해 차라리 나은 정도가 아니라 뭔가를 위해서 꼭 그렇게 해야 한다는 거예요……. 하지만 난 이 편지를 그 애에게 보여 주기도 싫고 어떻게든 꾀를 썼으면, 당신의 도움으로 그 애가 오지 않도록 했으면 싶은데…… 워낙 신경질적인 애니까요……. 게다가 나로서는 통 이해가 안 되는데요, 저어기 무슨 주정뱅이가 죽었다느니, 저어기 무슨 딸이 뭐가 어떻다느니, 그 애가 어떤 식으로 그 딸에게 마지막 남은 돈까지 탈탈 털어 줬다느니…… 그 돈은……."

"엄마가 고생스럽게 마련한 돈이죠, 엄마." 아브도치야 로마노브나가 덧붙였다.

"그 녀석은 어제 제정신이 아니었습니다." 라주미힌이 생각에 잠기며 말했다. "그 녀석이 어제 저어기 술집에서 무슨 소리를 지껄였는지 아신다면, 비록 영리하게 군 셈이긴 하지만…… 음! 어떤 고인과 아가씨에 대해서는 어제 집에 가는 도중에 정말로 무슨 말을 하기는 하던데 한마디도 알아듣지를 못했어요……. 하긴 어제는 저도…….”

“엄마, 차라리 우리가 직접 오빠에게 가 봐요, 거기 가면 어떻게 해야 할지 금방 알 수 있을 거예요, 정말로요. 게다가 벌써 시간이 됐어요, 맙소사! 10시가 지났잖아요!” 그녀는 가느다란 베니스 체인에 끼워져 목에 걸린 멋진 에나멜 금시계를 보며 이렇게 외쳤는데, 그녀의 차림새에 지독히 어울리지 않는 물건이었다. ‘약혼자의 선물이군.’ 라주미힌은 생각했다.

“아휴, 시간이 됐구나……! 시간이 됐어, 두네치카, 시간이!” 풀헤리야 알렉산드로브나가 불안스레 부산을 떨었다. “우리가 어제 일로 화가 나서 이렇게 늑장을 부린다고 생각할지도 모르잖니. 아휴, 맙소사!”

이런 말을 하면서 그녀는 부산스럽게 망토를 걸치고 모자를 썼다. 두네치카도 옷을 입었다. 라주미힌이 보니 그녀가 낀 장갑은 낡다 못해 숫제 너덜너덜했지만, 허름한 옷을 요령껏 입을 줄 아는 사람이 늘 그렇듯, 확연히 두드러지는 이런 초라한 복장 덕분에 두 여인은 왠지 유달리 기품 있어 보였다. 라주미힌은 경건함이 깃든 눈으로 두네치카를 바라보았고 그녀를 데려다 주는 일에 뿌듯함을 느꼈다. 속으로는 이런 생각도 들었다. ‘감옥에서 자기의 양말을 기웠다는 그 여왕*은, 물론,

---

* 루이 16세의 부인 마리 앙투아네트를 말한다.

그 순간에야말로 진짜 여왕다워 보였을 거야, 가장 화려한 의식을 치를 때나 떠들썩한 행차를 할 때보다도 더.'

"맙소사!" 풀헤리야 알렉산드로브나가 소리쳤다. "내 아들을, 저 귀엽고 귀여운 우리 로쟈를 만나는 것을 무서워하게 될 줄 생각이나 했을까마는 지금은 너무 무섭구나……! 무서워요, 드미트리 프로코피이치!" 그녀는 이런 말을 덧붙이며 조심스럽게 그를 쳐다보았다.

"무서울 거 없어요, 엄마." 두냐가 그녀에게 입을 맞추며 말했다. "차라리 오빠를 믿어요. 나는 믿거든요."

"아휴, 맙소사! 나도 믿는다만, 밤새도록 잠도 못 잤지 뭐냐!" 가련한 여인이 소리쳤다.

그들은 거리로 나왔다.

"그런데 말이야, 두네치카, 아침 녘에 잠깐 눈을 붙였는데, 갑자기 돌아가신 마르파 페트로브나가 꿈에 나왔더라…… 온통 흰 옷을 입고…… 나에게 다가와 손을 잡고 나를 향해 고개를 가로젓지 뭐냐, 엄한, 정말 엄한 표정을 하고 마치 꾸중이라도 하는 것처럼……. 이게 좋은 징조일까? 아휴, 맙소사, 드미트리 프로코피이치, 아직 모르실 테지만, 마르파 페트로브나가 돌아가셨거든요!"

"예, 모릅니다만, 마르파 페트로브나라니, 누구죠?"

"비명횡사였지 뭐예요! 세상에, 어디 상상이나……."

"나중에 얘기해요, 엄마." 두냐가 끼어들었다. "이분은 아직 마르파 페트로브나가 누구인지도 모르시잖아요."

"아휴, 모르세요? 나는 당신이 벌써 모든 것을 알고 있다고 생각했지 뭐예요. 죄송해요, 드미트리 프로코피이치, 요 며칠 정신이 마냥 오락가락하거든요. 사실 나는 당신이 꼭 우리의 구세주인 것만 같아서 이미 모든 것을 다 알 거라고 확신했지 뭐예요. 당신이 한가족 같다는 생각이 들어요……. 이런 말 한다고 화내지 말아 주세요. 아휴, 맙소사, 오른손이 왜 그렇담! 다쳤어요?"

"예, 그랬습니다." 행복해진 라주미힌이 중얼거렸다.

"내가 더러 속내 얘기를 너무 거침없이 늘어놓아서 두냐가 고쳐 주곤 해요……. 그건 그렇고, 세상에, 그 애는 어쩜 그런 골방에서 살까! 그나저나 일어나긴 했을까요? 그 여자, 그 주인아줌마는 그런 것도 방이라고 생각할까요? 한데 그 애가 속마음을 드러내는 걸 좋아하지 않는다고 하셨는데, 혹시 그래서 나한테 신물이 난 건 아닐까요…… 내가 못난 점이 많아서……? 좀 가르쳐 주지 않겠어요, 드미트리 프로코피이치? 그 애를 어떻게 대해야 될까요? 사실, 정말 어쩔 줄을 모르겠어요."

"그 녀석이 인상을 쓰는 게 보이면 뭐든 너무 캐묻지 말아야 합니다. 특히 건강 얘기는 절대 묻지 마십시오. 싫어하거든요."

"어휴, 드미트리 프로코피이치, 어미 노릇 하기 참 힘들군요! 한데 벌써 그 계단이네……. 정말 소름 끼치는 계단이야!"

"엄마, 얼굴까지 창백하잖아요, 좀 진정하세요, 엄마도 참." 두냐는 그녀를 다정스레 어르며 말했다. "오빠는 엄마를 보면 틀림없이 행복해할 텐데, 엄마 혼자서 괜히 안달이에요." 그녀가 눈을 반짝이며 덧붙였다.

“잠깐만 계십시오. 일어났는지 어떤지 제가 먼저 살짝 보죠.”

여인들은 앞장서 계단을 올라가는 라주미힌을 조심조심 따라갔는데, 4층에 있는 주인아주머니 집의 문까지 왔을 때는 그 문이 빠끔히 열려 있고 날렵하고 검은 두 눈이 어둠 속에서 자기 둘을 살펴보고 있는 것을 알아챘다. 눈이 서로 마주치자 문이 갑자기 쾅 닫혔고 그 소리가 어찌나 컸던지 풀헤리야 알렉산드로브나는 너무 놀라 하마터면 비명을 지를 뻔했다.

3

“다 나았습니다, 다 나았어요!” 안으로 들어오는 사람들을 맞이하며 조시모프가 명랑하게 소리쳤다. 그는 이미 십 분쯤 전에 와서 어제 앉았던 소파의 구석 자리에 앉아 있었다. 라스콜니코프는 옷을 말끔히 차려입고 세수도 깨끗이 하고 머리까지 빗은 채 맞은편 구석에 앉아 있었는데, 참 오랜만의 일이었다. 방이 순식간에 꽉 찼음에도 나스타시야는 기어코 방문객 뒤를 따라 들어와서는 사람들 이야기에 귀를 기울였다.

정말로 라스콜니코프는 거의 다 나은 상태, 특히 어제에 비하면 정말 그런 상태였으나, 다만 몹시 창백하고 멍하고 음울했다. 겉으로 봐서는 부상을 당했거나 어떤 극심한 육체적 고통을 참고 있는 사람 같았다. 눈살을 찌푸리고 입술을 앙다물고 시선은 활활 타오르고 있었으니 말이다. 말은 마지못해 겨우 몇 마디 했는데 그나마도 마지못해 혹은 의무를 이행하는 투였고 몸동작에는 불안 같은 것이 간간이 엿보였다.

팔에 무슨 붕대를 감았거나 손가락에 호박단(琥珀緞) 덮개를 씌워 놓았더라면 영락없이, 가령 손가락이 곪아 아파 죽겠거나 팔에 타박상을 입었거나 뭐 그런 종류의 사고를 당한 사람처럼 보였을 것이다.

하긴 이 창백하고 음울한 얼굴도 어머니와 여동생이 들어오자 한순간에 빛을 받은 양 환히 빛나긴 했으나 그래 본들 그저 아까와 같은 우수 어린 멍함 대신 좀 더 응축된 고뇌의 표정이 추가됐을 따름이었다. 빛은 이내 꺼졌으나 고뇌는 남아 있었던 것이다. 조시모프는 이제 막 진료를 시작한 젊은 의사 특유의 열정을 갖고서 자신의 환자를 관찰하고 연구해 온 만큼, 가족이 찾아오자 그에게서 기쁨 대신 절대 피할 수 없는 한두 시간의 고문을 견뎌야 한다는 힘겨운 결의가 남몰래 끓어오르고 있음을 알아채고는 깜짝 놀랐다. 그런 다음에는 이어지는 대화 중에 나온 거의 모든 말이 환자의 어떤 상처를 건드려 그를 자극하고 있다는 것을 알 수 있었다. 하지만 동시에, 어제만 해도 사소한 말 한마디에 거의 미쳐 날뛰던 편집광이 오늘은 웬일로 저렇게 자제력을 발휘하고 자신의 감정을 숨길 줄 알게 됐는지 다소 놀라지 않을 수 없었다.

"예, 이제는 내가 봐도 거의 다 나은 것 같아요." 라스콜니코프가 이렇게 말하며 어머니와 여동생에게 다정스럽게 입을 맞추자 풀헤리야 알렉산드로브나의 얼굴은 당장에 반짝반짝 빛났다. "이런 말도 어제와는 사뭇 다른 투로 하잖아." 라주미힌을 향해 이렇게 덧붙이며 친근하게 손을 잡기도 했다.

"저도 오늘 이분을 보고 깜짝 놀랐을 정도입니다." 조시모프가 도착한 사람들을 몹시 반기며 말문을 열었는데, 벌써 십 분째 환자와 대화할 실마리를 못 찾고 있었던 탓이다. "이대로 가면 사나흘 안에는 완전히 예전처럼 될 겁니다, 다시 말해 한 달이나 두 달쯤 전처럼요…… 아니면, 뭐 석 달쯤 전인가요? 사실 훨씬 전에 시작되어 진행된 것이잖습니까…… 그렇죠? 지금쯤은 인정하실 테죠, 당신 스스로 병을 자초했을 수 있다는 걸요?" 그는 어쩌다 그만 그의 신경을 자극할까 봐 여전히 겁이 나는지 조심스러운 미소를 지으며 이렇게 덧붙였다.

"정말 그랬는지도 모르죠." 라스콜니코프가 냉랭하게 대답했다.

"그래서 드리는 말씀인데요." 신이 난 조시모프가 말을 이어 갔다. "당신의 완쾌 여부는 이제 무엇보다도, 오로지 당신에게 달려 있습니다. 이제는 이미 대화도 나눌 수 있는 상태이므로 당신에게 직접 신신당부하고 싶은데, 병적인 상태 유발에 영향을 미친 최초의, 말하자면 근본적인 원인을 반드시 제거해야 하며, 그렇게 하면 완치될 테지만 그렇게 하지 않을 경우에는 더 악화될 수도 있습니다. 그 최초의 원인이 무엇인지 저는 잘 모르지만, 당신은 분명히 알고 있을 겁니다. 현명한 분이시니까, 물론 자신을 관찰해 오셨을 테지요. 제 생각으로는 당신에게 이상 조짐이 나타난 것은 일정 부분 당신이 학교를 그만둔 시점과 일치합니다. 이대로 아무 일도 하지 않고 있으면 안 되고, 제 생각으로는 노동을 하고 자신의 목표를 확고히 세워 두면 도움이 될 겁니다."

"예, 예, 전적으로 옳은 말씀이시고…… 안 그래도 어서 빨리 학교로 돌아갈 것이고 그러면 만사가…… 순조롭겠지요……."

일정 부분 여인들 앞에서 모종의 효과를 노리고서 이런 현명한 충고를 늘어놓기 시작한 조시모프는 한 차례 말을 마치고 쳐다본 청자의 얼굴에서 뚜렷한 냉소를 인지하고는 약간은 어안이 벙벙해졌다. 하지만 그것도 잠시였다. 풀헤리야 알렉산드로브나는 당장에 조시모프에게 감사를 표하기 시작했다.

"아니, 이분이 밤에도 찾아갔던가요?" 라스콜니코프가 화들짝 놀란 사람처럼 물었다. "그럼 그 먼 길을 오고도 잠도 제대로 못 주무셨겠네요?"

"아휴, 로쟈, 그래 본들 겨우 2시도 안 된 시각이었는걸. 나와 두냐는 집에서도 2시 전에는 잠자리에 드는 법이 없단다."

"나도 이분에게 어떻게 감사를 드려야 할지 모르겠어요." 라스콜니코프는 갑자기 눈썹을 찌푸리고 눈을 내리깔며 말을 이어 갔다. "돈 문제는 제쳐 놓더라도 — 이런 얘기를 꺼내서 죄송하군요(그가 조시모프를 향해 말했다.) — 정말 잘 모르겠는데, 대체 무엇 때문에 제가 이렇게 특별한 관심을 받는 거죠? 정말 모르겠고…… 또…… 또 이러시니 부담스럽기도 하군요, 아무래도 이해가 안 되니까요. 솔직히 터놓고 드리는 말씀입니다."

"뭐, 예민해하실 필요 없습니다." 조시모프가 억지로 웃었다. "당신이 저의 첫 환자라는 것쯤만 생각해 주셔도 되는데요, 사실 이제 막 의료 활동을 시작하는 우리 같은 의사들은 첫 환자를 친자식처럼 사랑하고 개중에는 더러 아주 반하는 사람도 있거든요. 또 저는 환자가 많은 편도 아니고요."

"이 녀석 얘기는 아예 하지도 않으렵니다." 라스콜니코프가 라주미힌을 가리키며 덧붙였다. "이 녀석도 항상 나 때문에 마음만 상하고 뒤치다꺼리나 했지, 좋은 꼴을 못 봤거든요."

"어라, 이건 또 무슨 헛소리래! 오늘은 어째 감상적인 기분이 드나 보지, 어?" 라주미힌이 소리쳤다.

그가 통찰력을 좀 더 발휘했더라면 이 경우 감상적인 기분 따위는 손톱만큼도 없고 오히려 정반대되는 뭔가가 있다는 것을 알아보았으리라. 한데 아브도치야 로마노브나는 그것을 알아챘다. 그녀는 염려스러운 마음으로 오빠를 유심히 지켜보고 있었다.

"엄마, 엄마에 대해서는 차마 아무 말도 못하겠어요." 그가 아침부터 달달 외워 둔 학과 내용을 암송하듯 계속 읊어 댔다. "오늘에야 비로소 어제 엄마가 내가 돌아오길 기다리느라 얼마나 마음고생이 심했을지 조금이나마 생각할 수 있게 됐어요." 이 말을 한 다음에는 갑자기 말없이 미소를 띠며 여동생에게 한 손을 내밀었다. 하지만 이번의 이 미소에서는 꾸밈없는 진실한 감정이 번득였다. 두냐는 자기를 향해 내민 손을 얼른 잡더니 기쁨과 감사의 마음으로 꼭 쥐었다. 어제의 언쟁 이후 그가 그녀에게 처음으로 인사를 건넨 것이었다. 남매가 이렇게 말 한마디 없이 완전히 화해하는 장면을 본 순간, 어머니의 얼굴은 환희와 행복으로 빛났다.

"글쎄, 이래서 나는 이 녀석이 좋다니까!" 매사에 과장하는 버릇이 있는 라주미힌은 이렇게 속닥대며 의자에 앉은 채로 기운차게 몸을 홱 돌렸다. "원래 마음 씀씀이가 이런 녀석이지……!"

'저 애는 어쩜 모든 일을 이렇게 말끔히 풀어 가는 걸까.' 어머니는 속으로 생각했다. '저 고결한 격정하며, 어제 동생과 있었던 마찰을 그저 적절한 순간에 손을 내밀고 고운 표정으로 쳐다보는 것만으로 전부 간단하고 세련되게 끝내는 솜씨하며……. 저 애는 눈도 참 잘생겼고 얼굴도 어쩜 저리 잘생겼는지……! 저 애가 인물은 두냐보다도 더 낫지……. 하지만 맙소사, 옷은 저게 뭐람, 정말 끔찍한 차림새야! 아파나시 이바노비치 상점의 심부름꾼 바샤도 저보다는 잘 입는데……! 지금 이대로, 이대로 마냥 저 애에게 달려들어 부둥켜안고…… 울어 버렸으면 싶지만, 무섭다, 무서워…… 저 애는 어쩜 저럴까, 세상에! 저렇게 상냥하게 말하는데도 무섭다! 아니, 대체 뭐가 이렇게 무서운 걸까……?'

"아휴, 로쟈, 너는 믿어지지도 않을 거다." 갑자기 그녀가 말을 받아 그의 지적에 서둘러 대답을 하려 했다. "어제 나와 두네치카는 정말…… 불행했지 뭐냐! 이제 모든 것이 다 지나가고 끝나서 우리는 또다시 이렇게 행복하니 얘기 보따리를 풀어도 되겠구나. 상상이 될까마는, 우리는 너를 껴안고 싶은 마음에 거의 기차에서 내리기가 무섭게 곧장 이리로 달려왔는데, 이 여자분이, 아, 그래 바로 이분이야! 안녕하신가, 나스타시야……! 이분이 갑자기 우리에게 하는 말인즉, 네가 섬망증에 걸려 누워 있다가 지금 막 의식이 혼미한 상태로 의사 몰래 밖으로 도망쳤고 그래서 다들 너를 찾으러 달려 나갔다지 않니. 너는 믿지도 못할 거야, 우리 마음이 어땠는지! 마침 비참하게 돌아가신 포탄치코프 중위 일이 퍼뜩 떠오르지 뭐냐. 우리랑 잘 아는 사이이고 네 아버지의 친구인데 — 너야 기억이 안 나겠지만, 로자 — 역시나 섬망증에 걸려 그런 식으로 도망을 쳤다가 마당의 우물에 빠진 것을 다음 날이 돼서야 겨우 건져 올릴 수 있었거든. 물론 우리가 사태를 너무 심각하게 받아들였던 거야. 오죽하면 표트르 페트로비치라도 찾으러 달려갈까 하는 마음이 굴뚝같았단다, 하다못해 그 사람 도움이라도 받을까 해서…… 사실 우리는 단둘, 그야말로 우리 단둘뿐이었잖니." 그녀는 울먹이는 목소리로 말을 질질 끌다가 '모두가 또다시 이렇게 행복함'에도 표트르 페트로비치 얘기를 꺼내는 것은 아직은 상당히 위험한 일이라는 사실이 상기되어 갑자기 말을 뚝 끊어 버렸다.

"예, 예…… 그야 물론 전부 짜증 나는 일이죠……." 라스콜니코프는 대답이랍시고 이렇게 중얼거렸지만, 완전히 얼빠진, 마음을 콩밭에 둔 사람 같은 표정이어서 두네치카는 깜짝 놀라며 그를 쳐다보았다.

"내가 무슨 말을 또 하려고 했더라." 그가 열심히 기억을 더듬으며 말을 이어 갔다. "그렇지. 엄마, 그리고 두네치카 너도 그렇고, 오늘 내가 먼저 두 사람에게 가 볼 마음이 없어서 이렇게 기다리고만 있었다고는 생각하지 마세요."

"무슨 소리냐, 로자!" 풀헤리야 알렉산드로브나도 역시 깜짝 놀라며 소리쳤다.

'오빠가 왜 이러지, 혹시 의무감 때문에 우리에게 대답을 해 주고 있는 건 아닐까?' 두네치카가 생각했다. '화해도 하고 용서도 구하지만 꼭 업무를 이행하거나 학과 내용을 암기하는 것 같아.'

"지금 막 눈을 떠서 곧장 나갈 참이었지만 옷이 말썽이었어요. 어제 이 사람…… 나스타시야에게…… 이 피를 씻어 달라고 말해야 했는데 깜박했거든요……. 이제야 겨우 옷을 제대로 입을 수가 있었어요."

"피라니! 무슨 피 말이냐?" 풀헤리야 알렉산드로브나가 펄쩍 뛰었다.

"그건 뭐…… 염려 마세요. 이 피가 뭐냐면, 어제 의식이 약간 혼미한 상태로 거리를 헤매다가 마차에 치인 어떤 사람과 마주쳤는데…… 어떤 관리였는데……."

"혼미했다고? 하지만 전부 다 기억하고 있잖아." 라주미힌이 말을 가로막았다.

"네 말 맞아." 라스콜니코프는 왠지 유달리 신경을 쓰며 이 물음에 대답했다. "전부, 심지어 아주 세세한 일까지 다 기억하는데, 정말 기가 찰 노릇이야. 대체 왜 그런 짓을 했고 왜 거길 갔고 왜 그런 소리를 했을까? 이건 도무지 잘 설명할 수가 없거든."

"너무나 흔한 현상입니다." 조시모프가 끼어들었다. "일을 처리하는 솜씨도 더러는 몹시 훌륭하고 노회하지만 행동의 통제 능력이나 그 시발점은 흐트러져 여러 병적인 인상에 좌우됩니다. 꿈을 꾸는 것과 같지요."

'이 사람은 나를 거의 미친놈으로 여기는데 그편이 더 좋을 수도 있겠군.' 라스콜니코프가 생각했다.

"하지만 건강한 사람도 그럴 수 있잖아요." 두네치카가 불안하게 조시모프를 쳐다보며 한마디 했다.

"상당히 정확한 지적입니다." 상대방이 대답했다. "그런 의미에서 정말로 우리는 모두 거의 정신이상자나 다름없을 때가 극히 자주 있으며 그저 '환자들'이 우리보다 좀 더 많이 그럴 뿐이라는 미미한 차이만 있기 때문에 그 사이에 꼭 선을 그을 필요가 있는 겁니다. 한데 조화로운 인간이란 거의 전혀 없는 것이 사실입니다. 수만, 아니, 수십만, 수백만 명에 한 명 있을까 말까이고, 그나마도 상당히 보잘것없는 표본일 겁니다……."

좋아하는 주제를 두고 마구 수다를 떨던 조시모프가 부주의하게 '정신이상자'라는 말을 툭 내뱉자 다들 눈살을 찌푸렸다. 라스콜니코프는 별로 신경이 쓰이지 않는지 창백한 입술에 야릇한 미소를 머금고 생각에 잠긴 채 앉아 있었다. 계속 뭔가를 곱씹고 있었던 것이다.

"그래, 그 마차에 치인 사람은 어떻게 됐어? 내가 말을 가로챘잖아!" 라주미힌이 서둘러 소리쳤다.

"뭐라고?" 상대방은 잠에서 깬 것 같았다. "그래…… 그 사람을 집까지 옮기는 것을 도와주다가 피범벅이 됐지……. 그나저나, 엄마, 어제 용서받을 수 없는 잘못을 하나 저질렀어요. 정말로 제정신이 아니었나 봐요. 엄마가 부친 돈을 어제 전부 그 사람의 부인에게…… 줘 버렸어요…… 장례비로 쓰라고. 이제는 과부가 됐어요, 폐병쟁이에 딱한 여자인데…… 아비 잃은 어린 것들 셋이 배를 곯고 있고…… 집에는 아무것도 없고…… 딸이 하나 더 있는데……. 직접 봤더라면 엄마라도 다 내줬을 거예요……. 하긴, 솔직히 인정하지만, 나한테 무슨 권리가 있었겠어요, 특히나 엄마가 그 돈을 얼마나 고생스럽게 마련했는지 아는 마당에. 남을 돕기 위해서는 우선 그럴 권리를 가져야 한다, 안 그러면 'Crevez chiens, si vous n'êtes pas contents!(못마땅하거든 뒈져 버려라, 개 같은 것들아!)' 하는 식이죠." 그는 웃음을 터뜨렸다. "그렇지 않니, 두냐?"

"아니, 그렇지 않아." 두냐가 확고하게 대답했다.

"어라! 아니, 너도…… 너 나름의 꿍꿍이가 있었구나……!" 그는 이렇게 웅얼대더니 거의 증오의 눈빛으로 그녀를 바라보며 냉소를 머금었다. "그 정도는 생각했어야 하는데……. 하긴 뭐, 칭찬할 만한 일이지. 너에게도 그편이 더 좋겠고…… 어느 선까지 갈 테고 그것을 뛰어넘지 못하면 불행해지겠지만, 뛰어넘으면 아마 더 불행해질 테지……. 하긴 이건 죄다 허튼소리야!" 그는 저도 모르게 이런 것에 몰입한 것이 짜증나 신경질적으로 덧붙였다. "나는 그저, 엄마, 엄마한테 잘못했다고 말하고 싶었을 뿐이에요." 그는 매정하고 무뚝뚝하게 말을 끝맺었다.

"그만하면 됐어, 로자, 나는 네가 하는 일은 뭐든 다 아름다운 일이라고 확신한다!" 기쁨에 찬 어머니가 말했다.

"그렇게 확신하지 마세요." 이렇게 대답한 뒤 그는 입을 일그러뜨리며 미소를 지었다. 침묵이 잇따랐다. 이 대화 전체,

침묵과 화해와 용서에는 어딘가 긴장감이 감돌았고, 다들 그것을 느꼈다.

'이들은 내가 무서운 모양이다.' 라스콜니코프는 어머니와 여동생을 곁눈질로 쳐다보며 속으로 생각했다. 풀헤리야 알렉산드로브나는 정말로, 침묵이 오래 지속되면 될수록 더 많이 겁을 집어 먹었다.

'떨어져 있을 때는 이 두 사람을 참 좋아했던 것 같은데.' 이런 생각이 그의 머릿속을 스쳐 갔다.

"있잖니, 로쟈, 마르파 페트로브나가 돌아가셨다!" 풀헤리야 알렉산드로브나가 갑자기 이런 말을 내뱉었다.

"마르파 페트로브나라니, 누구죠?"

"아휴, 맙소사, 마르파 페트르브나, 그러니까 스비드리가일로바 말이야! 그 부인 얘기를 아주 많이 써 보냈잖니."

"아-아-아, 예, 기억나요……. 그래, 돌아가셨다고요? 아휴, 정말로요?" 갑자기 그는 막 잠에서 깬 사람처럼 화들짝 놀라며 몸을 떨었다. "정말로 돌아가셨어요? 어떻게요?"

"세상에, 그게 비명횡사였지 뭐냐!" 풀헤리야 알렉산드로브나는 그의 호기심에 용기를 얻어 서둘러 말했다. "그것도 하필이면 내가 그때 너한테 편지를 써 보낼 무렵, 심지어 바로 그날 일어난 일이야! 상상이 가니, 저 끔찍한 양반 때문에 죽은 것 같아. 들리는 말로는 그 양반이 부인을 죽도록 두들겨 팼다는 거야!"

"원래 그렇게들 살았나?" 그가 여동생을 향해 물었다.

"아니, 오히려 정반대였어. 부인을 대할 때 그는 항상 몹시 참을성이 있었고 정중하기까지 했어. 대개의 경우, 너무 너그럽다 싶을 정도로 부인의 성질을 봐주었지, 꼬박 칠 년이나……. 그러다가 어떻게 갑자기 인내력을 잃어버린 거야."

"그럼 칠 년이나 잘 버틴 걸 보면 무섭고 뭐한 사람도 아니잖아? 두네치카, 너, 그 사람을 옹호하는 것 같은데?"

"아니, 아니야, 정말 끔찍한 사람이야! 그보다 더 끔직한 건 전혀 상상할 수도 없을 정도거든." 두냐는 거의 전율하며 이렇게 대답한 다음 눈썹을 찌푸리며 생각에 잠겼다.

"그 일이 일어난 건 아침이었단다." 풀헤리야 알렉산드로브나가 서둘러 말을 이어 갔다. "그 일이 있은 다음 부인은 점심 식사를 마치면 곧장 시내에 가야겠으니 즉시 말을 매 놓으라고 명령했어, 그런 일이 있을 때면 항상 시내에 다녀왔거든. 들리는 말론 식사를 할 때 왕성한 식욕을 보였다더라……."

"흠씬 두들겨 맞은 몸으로요?"

"……그야 부인은 항상 그런…… 습관이 있었고, 식사를 마치자마자 출발이 늦어질까 봐 곧장 목욕탕으로 갔어……. 실은 거기서 무슨 목욕 요법으로 치료를 받고 있었거든. 저기 그들 집에 냉천(冷泉)이 있고 부인은 거기서 매일 정기적으로 냉수욕을 했는데, 물속에 들어가자마자 갑자기 졸중이 온 거야!"

"그러고도 남았겠는걸요!" 조시모프가 말했다.

"부인을 심하게 두들겨 팬 모양이지?"

"그런 건 아무래도 상관없잖아." 두냐가 응수했다.

"음! 어쨌거나 엄마도 참, 그런 허튼소리를 늘어놓는 것이 뭐 그리 좋을까." 라스콜니코프가 갑자기 무심코 신경질적으로 말했다.

"아휴, 얘야, 무슨 말을 꺼내야 할지 몰라서 그만 그랬잖니." 풀헤리야 알렉산드로브나의 입에서는 이런 말이 튀어나왔다.

"아니, 다들 왜 이래요, 내가 무섭기라도 한가요?" 그가 비뚜름한 미소를 지으며 말했다.

"정말 그래." 두냐가 엄한 눈초리로 오빠를 똑바로 응시하며 말했다. "엄마는 계단을 오를 때 너무 무서워서 성호까지 그었어."

그의 얼굴은 경련이라도 난 듯 일그러졌다.

"아휴, 왜 이러니, 두냐! 제발 화내지 마라, 로쟈……. 두냐, 너는 대체 왜!" 풀헤리야 알렉산드로브나는 난처해하며 말을 꺼냈다. "그건 말이야, 실은 여길 오는 동안 내내 기차에 앉아, 우리가 어떤 모습으로 만날까, 그간의 모든 일을 어떻게 서로에게 알려 주고 있을까, 하는 꿈에 젖었는데…… 어찌나 행복했는지, 길도 안 보이더구나! 지금 내가 무슨 망발을 하는 거냐! 지금도 행복한걸……. 두냐, 너는 괜한 소리를! 나는 너를 보는 것만으로도 행복하단다, 로쟈……."

"이제 그만하세요, 엄마." 그는 그녀를 쳐다보지도 않고 그녀의 손을 꽉 쥔 채 곤혹스러워하며 중얼거렸다. "얘기할 시간은 앞으로도 얼마든지 있잖아요!"

이 말을 하고 나서 그는 갑자기 당황하며 창백해졌다. 또다시 아까 느꼈던 끔찍한 감각 하나가 죽음의 냉기처럼 그의 영혼을 훑고 지나갔다. 또다시, 갑자기 그야말로 또렷하고도 분명히, 자기가 방금 끔찍한 거짓말을 했음을, 이제는 얘기할 시간이 얼마든지 있기는커녕 이미 그 어떤 것에 대해서도 더 이상, 결코 그 누구와도 얘기해서는 안 된다는 사실을 깨달은 탓이었다. 이 고통스러운 생각에 너무나 강렬한 인상을 받은 나머지 그는 한순간 거의 완전히 정신을 잃고 자리에서 일어났으며 아무도 보지 않고 방에서 썩 나가 버릴 기세였다.

"너 뭐야?" 라주미힌이 그의 팔을 붙잡으며 소리쳤다.

그는 다시 자리에 앉아 말없이 주위를 둘러보기 시작했다. 다들 의혹에 찬 눈으로 그를 쳐다보았다.

"다들 어쩌면 하나같이 이렇게 따분할까!" 그가 갑자기, 정말 뜻밖에 이렇게 소리쳤다. "무슨 말이든 좀 해 봐요! 정말로 왜 이렇게 앉아만 있을까! 얘기를 나누자고요……. 이렇게 모여서는 입을 꾹 다물고 있으니……. 자, 무슨 말이라도 좀!"

"천만다행이다! 나는 이 애에게 어제 같은 증상이 또 나타나는 줄 알았지 뭐냐." 풀헤리야 알렉산드로브나는 이렇게 말하며 성호를 그었다.

"왜 이래, 로자?" 아브도치야 로마노브나가 의구심에 차서 물었다.

"아무것도 아니야, 그냥 농담 하나가 생각나서." 이렇게 대답하며 그는 갑자기 웃음을 터뜨렸다.

"뭐, 농담이라면 좋죠! 아닌 게 아니라 저도 드는 생각이……." 조시모프가 소파에서 일어나며 중얼거렸다. "그나저나 그만 가 봐야겠습니다. 또 들를지도 모르겠습니다…… 댁에 계신다면…….”

그는 몸을 숙여 인사를 하고는 방을 나갔다.

“참 멋진 사람이구나!” 풀헤리야 알렉산드로브나가 지적했다.

“예, 멋지고 훌륭하고 교양 있고 똑똑한 사람이죠…….” 갑자기 라스콜니코프가 말을 꺼냈는데, 왠지 뜻밖에 빠른 말투에 여태껏 볼 수 없었던 예사롭지 않은 생기를 띠고 있었다. “옛날에, 병이 나기 전에 어디서 저 사람을 봤는지 기억이 안 나요……. 어디선가 본 것 같은데……. 여기 이쪽도 좋은 사람이죠!” 그가 라주미힌을 가리키며 고갯짓을 했다. “이 녀석이 마음에 드니, 두냐?” 그는 이렇게 물으며 갑자기 밑도 끝도 없이 웃음을 터뜨렸다.

“응, 아주 그런걸.” 두냐가 대답했다.

“쳇, 이 녀석이 정말…… 이 돼지 같은 놈아!” 죽도록 당황해 얼굴을 새빨갛게 붉힌 라주미힌은 이런 말을 하며 의자에서 일어났다. 풀헤리야 알렉산드로브나는 살짝 미소를 지었고 라스콜니코프는 큰 소리로 웃어 댔다.

“어딜 가려고?”

“나도…… 그만 가 봐야 돼.”

“너는 전혀 그럴 필요 없어, 그냥 있어! 조시모프가 간다고 너까지 그냥 가냐. 가지 마……. 한데 몇 시지? 12시인가? 너, 시계 한번 근사하다, 두냐! 왜 또 다들 입을 다물고 있어? 계속 나만, 나만 얘기하고……!”

“이건 마르파 페트로브나의 선물이야.” 두냐가 대답했다.

"몹시 비싼 거란다." 풀헤리야 알렉산드로브나가 덧붙였다.

"아-아-아! 너무 큰 게 거의 여성용이 아닌걸."

"나는 이런 게 좋아." 두냐가 말했다.

'그러니까 약혼자가 준 선물이 아니었구나.' 라주미힌은 이런 생각이 들었고, 왠지 기뻤다.

"나는 루쥔이 준 선물인 줄 알았지." 라스콜니코프가 지적했다.

"아니, 그 사람은 아직 두네치카에게 아무것도 선물하지 않았단다."

"아-아-아! 기억나시죠, 엄마, 내가 사랑에 빠져서 결혼하고 싶어 한 적이 있었잖아요." 갑자기 그가 어머니를 바라보며 이렇게 말했는데, 그녀는 뜻밖의 화제 전환과 이 얘기를 꺼낼 때의 말투에 충격을 받았다.

"아휴, 얘야, 기억하다마다!" 풀헤리야 알렉산드로브나는 두네치카, 라주미힌과 눈짓을 주고받았다.

"음! 그래요! 무슨 얘기를 해 드릴까요? 기억나는 것도 별로 없네요. 몸이 참 안 좋은 애였는데." 그는 갑자기 또다시 생각에 잠긴 양 눈을 내리깔며 말을 이어 갔다. "완전히 병약한 애였죠. 거지들에게 적선하는 것을 좋아하고 항상 수도원에 들어갈 꿈을 꾸고 한번은 나한테 그 얘기를 꺼내면서 눈물을 쏟았어요. 그래요, 그래…… 기억나요…… 또렷이 기억나네요. 얼굴이 참…… 못생겼었죠. 사실, 그때 무엇 때문에 그렇게 끌렸는지 모르겠지만, 그 애가 항상 몸이 안 좋았기 때문인 것 같아요……. 절름발이나 꼽추였다면 아마 훨씬 더 좋아했을지도 모르죠…….(그가 생각에 잠기며 미소를 지었다.) 뭐……
봄의 미망 같은 것이랄까…….”

“아니, 그건 봄의 미망만은 아니었을걸.” 두네치카가 생기를 띠며 말했다.

그는 긴장 어린 표정으로 여동생을 유심히 바라보았지만 그녀의 말을 제대로 듣지 못했거나 이해하지 못한 것 같았다. 그러고 나서는 깊은 생각에 잠긴 채 자리에서 일어나더니 어머니 쪽으로 다가가 입을 맞춘 다음 제자리로 돌아와 앉았다.

“지금도 그 애가 좋은 모양이구나!” 몹시 감동한 풀헤리야 알렉산드로브나가 말했다.

“그 애요? 지금요? 아, 예…… 그 애 얘기였군요! 아니요. 이제는 그 모든 일이 저세상의 이야기 같은걸요…… 옛날 옛적의 일이죠. 게다가 주변에서 일어나는 일도 모두 여기 이야기가 아닌 것 같고…….”

그는 주의를 기울이며 그들을 바라보았다.

“엄마도, 너희들도…… 꼭 1,000베르스타쯤 떨어진 곳에서 바라보는 것 같은 느낌인데……. 대체 우리가 왜 이런 소리를 지껄이고 있는지 알게 뭐람! 뭘 이렇게 자꾸 캐묻는 거죠?” 그는 짜증을 내며 이렇게 덧붙이더니 입을 다물고 손톱을 물어뜯으며 또다시 생각에 잠겼다.

“방이 어쩜 이렇게 고약하니, 로자, 꼭 관 같구나.” 갑자기 풀헤리야 알렉산드로브나가 부담스러운 침묵을 깨며 말했다. “네가 이렇게 우울증 환자처럼 된 것도 절반은 이 방 때문이라는 확신이 든다.”

“방이요……?” 그가 멍하게 대답했다. “예, 아무래도 방 탓이 컸죠…… 나도 그 생각을 했어요……. 그나저나 엄마는 잘 모르시겠지만 방금 이상한 생각을 말씀해 주셨네요, 엄마.” 그가 갑자기 야릇한 미소를 지으며 이런 말을 덧붙였다.

조금만 더 있었더라면 이 모임도, 삼 년 만에 만난 이 피붙이도, 어떤 얘기도 전혀 주고받을 수 없을 것 같은 상태에서 오가는 이 가족적인 어조의 대화도 결국에는 단연코 참을 수 없어졌을 것이다. 하지만 어떤 식으로든 오늘 반드시 해결해야 하는, 촌각을 다투는 일이 있었는데, 아까 잠에서 깼을 때부터 그러리라 결심한 터였다. 지금은 그 일이 출구라도 되는 양 반가웠다.

“뭐냐면 말이야, 두냐.” 그가 진지하고 건조하게 말을 시작했다. “나는 물론 어제 일은 사과하지만, 의무감에서 또다시 상기시켜 줄 것이 있는데, 나의 기본 입장은 철회하지 않겠어. 나 아니면 루쥔이야. 나는 비열한 놈일지라도 너는 그래서는 안 돼. 누구든 하나면 족하지. 네가 루쥔에게 시집을 가는 순간, 나는 너를 동생으로 생각하지도 않겠어.”

“로쟈, 로쟈! 전부 어제와 똑같은 얘기잖니.” 풀헤리야 알렉산드로브나가 괴로워하며 소리쳤다. “그리고 왜 자꾸 너를 비열한 놈이라고 하는지, 나는 도무지 참을 수가 없구나! 어제도 똑같은 얘기를…….”

“오빠.” 두냐가 확고하고 역시나 건조하게 대답했다. “이 일은 전부 오빠 쪽에서 오해를 한 거야. 밤새도록 곰곰 생각해서 뭘 오해한 것인지를 찾아냈어. 문제는 뭐냐면, 오빠는 내가 누군가를 위해 누군가에게 나 자신을 희생한다는 식으로 생각하는 것 같아. 실은 전혀 그렇지 않아. 나는 그저 나 자신을 위해 시집가는 거야, 나도 힘드니까. 그다음, 가족에게 이익이 될 수 있으면 물론 기쁘겠지만, 그것이 내 결심의 가장 중요한 동기는 아니야…….”

‘거짓말이야!’ 그는 열에 받쳐 손톱을 물어뜯으며 속으로 생각했다. ‘오만한 성질하곤! 은혜를 베풀고 싶다는 걸 인정하려 들지 않는군! 오, 저열한 성격들! 저들은 사랑을 할 때도 증오하는 것처럼 한다니까……. 오, 정말 난…… 이들 모두를 증오한다!’

“한마디로 말해, 내가 표트르 페트로비치에게 시집가는 건” 하고 두네치카가 계속했다. “두 가지 악 중에서 차악을 선택하는 셈이야. 나는 그 사람이 나에게 바라는 일은 뭐든 성실히 이행할 생각이고 그렇다면 그를 기만하는 것도 아니거든……. 대체 왜 지금 그런 미소를 짓는 거야?”

그녀도 발끈했고, 그 눈에는 분노가 번득였다.

“뭐든 이행한다고?” 그가 독기 어린 웃음을 띠며 물었다.

“어느 선까지는 그래. 표트르 페트로비치의 품행이나 구혼 방식을 보면 그에게 필요한 게 무엇인지 대번에 알 수 있었어. 그는 물론 자신의 가치를 지나치게 높이 평가하는 것 같지만, 나의 가치도 그렇게 인정해 주길 바라는 마음이야……. 또 왜 웃어?”

“너는 또 왜 얼굴을 붉히는데? 너는 거짓말을 하고 있어, 동생아, 오직 여자들 특유의 고집을 부리느라 일부러 거짓말을 하는 거지, 오직 내 앞에서 네 주장을 관철하기 위해……. 네가 루쥔을 존경할 리 없지. 나는 그놈을 봤고 얘기도 해 봤어. 그러니까 너는 돈 때문에 스스로를 팔아넘기는 셈이고 그러니까 어쨌거나 저열한 행동을 하는 셈인데, 네가 최소한 얼굴이라도 붉힐 수 있으니 난 기쁘다!"

"그렇지 않아, 거짓말은 무슨……!" 두네치카가 완전히 냉정을 잃고서 소리쳤다. "그가 나를 높이 평가하고 나를 소중히 여기는 사람이라는 확신이 없다면 그런 사람한테는 시집가지 않을 거야. 또 나 자신이 그를 존경할 수 있다는 굳은 확신이 없다면 그런 사람한테는 시집가지 않을 테고. 다행히도, 나는 이 점에 관해서는 분명히 확신할 수 있어, 심지어 오늘 당장도. 이런 결혼은 오빠가 말하는 것 같은 비열한 일이 아니야! 만약 오빠가 옳고 또 내가 실제로 비열한 짓을 하기로 결심한 것일지라도 오빠가 나한테 이런 식으로 말하는 것은 정말 매정한 거 아니야? 대체 왜 오빠는 나한테 영웅적인 행동을, 오빠한테도 없을 것 같은 그런 것을 요구하는 거야? 이건 횡포야, 폭력이야! 만일 내가 누구를 파멸시킨다면 오직 나 하나만 파멸시키는 거야……. 나는 아직 아무도 찔러 죽이지 않았어……! 왜 그런 눈으로 나를 쳐다보는 거야? 얼굴은 또 왜 그렇게 창백해졌어? 로쟈, 왜 이래? 로쟈, 오빠……!"

"맙소사! 너 때문에 얘가 기절했잖아!" 풀헤리야 알렉산드로브나가 소리쳤다.

"아니, 아니…… 별거 아니에요…… 괜찮아요……! 머리가 좀 어지러웠을 뿐이에요. 기절은 무슨……. 엄마는 걸핏하면 기절 타령이세요……! 음! 그래…… 무슨 말을 하려고 했더라? 그렇지. 대체 어떤 식으로 오늘이라도 당장 확신할 수 있다는 거냐, 네가 그를 존경할 수 있고 또 그도…… 네 말마따나, 네 가치를 인정해 준다고 말이야, 어? 오늘이라도 그럴 수 있다고 말한 것 같은데? 혹시 내가 잘못 들었나?"

"엄마, 오빠에게 표트르 페트로비치의 편지를 보여 주세요." 두네치카가 말했다.

풀헤리야 알렉산드로브나가 두 손을 덜덜 떨면서 편지를 건네주었다. 그는 지대한 호기심을 보이며 그것을 받아 쥐었다. 하지만 편지를 펼치기에 앞서 갑자기 왠지 깜짝 놀란 표정을 지으며 두네치카를 쳐다보았다.

"이상한 일이야." 그는 새로운 생각에 갑자기 충격을 받은 양 천천히 말했다. "아니, 내가 뭐 한다고 이렇게 난리를 떨지? 이렇게 고래고래 소리를 질러 댈 이유가 어디 있어? 아무나 너 알아서 가고 싶은 놈한테 가 버려!"

그는 자기 자신에게 말하는 투였지만 어쨌든 큰 소리로 말을 내뱉었고 얼마간은 어리둥절한 사람처럼 여동생을 바라보았다.

마침내, 여전히 왠지 이상하고 놀랍다는 표정을 하고서 편지를 펼쳤다. 그런 다음 천천히, 주의 깊게 읽어 나갔고, 총 두 번을 읽었다. 풀헤리야 알렉산드로브나는 유달리 더 불안해했다. 아니, 다들 뭔가 특별한 것을 기다리고 있었다.

"이거 놀라운걸." 얼마간 생각에 잠겼다가 어머니에게 편지를 돌려주며 그가 입을 열었는데, 딱히 누구 들으라고 한 소리는 아니었다. "사실 변호랍시고 일을 보러 돌아다니는 놈이니까 말투도 이따위…… 고질병이 있지만, 글을 일자무식처럼 쓰는군."

다들 좀 술렁거렸다. 이런 반응을 보일 줄은 전혀 몰랐던 것이다.

"그쪽 사람들은 다 그런 식으로 쓰잖아." 라주미힌이 무뚝뚝하게 지적했다.

"너도 읽어 봤어?"

"응."

"우리가 보여 줬단다, 로쟈, 우리가…… 아까 상의를 했거든." 당황한 풀헤리야 알렉산드로브나가 입을 열었다.

"그건 원래 법정 문체야." 라주미힌이 말을 가로챘다. "법정 서류는 지금도 그런 식으로 쓰거든."

"법정이라고? 그래, 정확히 법정 문체야, 사무적이지……. 완전히 일자무식인 것도 아니고 그렇다고 완전히 문법적인 것도 아닌 사무적인 문체!"

"표트르 페트로비치는 고학을 하느라 공부를 어중간하게 마친 사실을 굳이 숨기지도 않거니와 스스로 자기 길을 개척한 것을 자랑스러워해." 오빠의 새로운 어조에 약간 기분이 상한 아브도치야 로마노브나가 한마디 했다.

"아니, 뭐, 자랑을 한다면 그럴 만한 이유가 있을 테니, 내가 뭐라고 토를 달 건 없지. 동생아, 편지를 다 읽고 나서 이렇게 시시껄렁한 지적이나 하니까 기분이 상한 모양이고, 또 내가 짜증이 나서 너한테 억지를 부리느라 일부러 이런 하찮은 소리를 꺼낸 거라고 생각할 테지. 실은 정반대로, 내 머릿속에서 문체와 관련하여 이 경우에 전혀 쓸데없지 않은 한 가지 사항이 떠올랐어. 거기에 '자업자득'이라는 표현이 있는데 매우 의미심장하고 똑똑하게 명시되었고, 그 밖에도 내가 오면 자기는 당장 가 버리겠다는 협박도 있어. 가 버리겠다는 이 협박은 고분고분 굴지 않으면 두 사람 다 여하튼 버리겠다는, 페테르부르크에 불러다 놓은 지금에라도 그냥 버리겠다는 뜻이야. 자, 어떻게 생각해, 루진이 이런 표현을 쓴 경우와, 여기 이 친구나(그는 라주미힌을 가리켰다.) 조시모프나 아니면 우리 중 누가 이런 표현을 썼을 경우 기분이 상하는 정도가 똑같을까?"

"아-아니." 두냐가 생기를 띠며 대답했다. "표현 방식이 너무 순진했다는 건 나도 잘 알겠어, 그냥 그 사람이 글솜씨가 형편없는 것일 수도 있고……. 이건 잘 지적해 줬어, 오빠. 나는 전혀 생각도 못했는데……."

"표현 방식이 법정식인데, 법정식이라면 달리 쓸 수는 없고, 그래서 자기 의도보다 더 거친 문장이 나온 셈이지. 어쨌거나 천생 너를 좀 실망시켜야겠다. 이 편지에는 찜찜한 표현이 하나 더 있는데, 나를 겨냥한 상당히 야비한 비방이야. 나는 어제 죽도록 시름에 빠진 폐병쟁이 미망인에게 돈을 주었는데, '장례비 명목으로'가 아니라 대놓고 장례비로 쓰라고 준 것이고 더욱이 그 딸, 그의 표현대로 '행실이 더럽기로 유명한' 그 아가씨가(이분은 어제 난생처음으로 봤고) 아니라 미망인에게 직접 줬어. 이 모든 것으로 보아, 이 양반은 나를 헐뜯고 우리를 이간질시키고 싶어 아주 안달이 났다는 걸 훤히 알겠다. 표현 방식도 법정식, 다시 말해 목적을 지나치게 노골적으로 드러내고 너무 순진할 만큼 성급하잖아. 사람이야 똑똑하겠지만 똑똑하게 행동하기 위해서는 머리만으로는 부족하지. 이쯤 되면 어떤 사람인지 훤히 보이고…… 이 양반이 네 가치를 인정해 준다는 생각은 들지 않는걸. 오로지 충고 삼아 하는 말이야, 진심으로 네가 잘되길 바라는 마음에서…….”

두네치카는 아무 대답도 없었다. 결심은 아까 벌써 했고 오직 저녁이 오기만을 기다리는 중이었다.

“그럼 너는 어떻게 할 작정이냐, 로쟈?” 아들이 느닷없이 새롭게 사무적인 어조로 얘기를 하자 아까보다 더 불안해진 풀헤리야 알렉산드로브나가 물었다.

“그건 또 무슨 소리예요, ‘작정’이라뇨?”

“아니, 글쎄 표트르 페트로비치는 너더러 저녁에 우리 숙소에 오지 말라고, 네가 오면 자기는 가 버리겠다고 쓰고 있잖니……. 그래, 너는 어떻게…… 올 테냐?”

“그건 물론 내가 결정할 일이 아니고요, 첫째, 표트르 페트로비치의 요구에 엄마가 언짢지 않으시면 엄마가 결정하실 일이고, 둘째, 두냐도 언짢지 않다면 두냐가 결정할 일이죠. 나는 두 사람 좋을 대로 할게요.” 그가 건조하게 덧붙였다.

“두네치카는 이미 결심을 했고 나는 전적으로 이 애의 생각에 따르마.” 풀헤리야 알렉산드로브나가 서둘러 끼어들었다.

“내 결심은 말이야, 로쟈, 정말 부탁인데, 오빠가 이 모임에 꼭 와 줬으면 좋겠어.” 두냐가 말했다. “올 거야?”

“갈게.”

"부탁인데, 당신도 8시에 우리 숙소에 와 주셨으면 좋겠어요." 그녀가 라주미힌을 향해 말했다. "엄마, 나는 이분도 초대하려고요."

"훌륭하다, 두네치카. 그래, 어떻든 너희들이 결정을 했으니" 하고 풀헤리야 알렉산드로브나가 덧붙였다. "그대로 하자꾸나. 나도 이제야 속이 좀 편하다. 긴 척, 아닌 척 꾸미고 거짓말 하는 건 싫다. 차라리 전부 사실대로 말하자꾸나……. 이제 와서 표트르 페트로비치가 화를 내든 말든!"

4

그 순간 조용히 문이 열리더니 흠칫흠칫 주위를 둘러보며 한 아가씨가 들어왔다. 다들 호기심에 찬 놀란 눈으로 그쪽을 봤다. 라스콜니코프는 첫눈에는 누구인지 알아보지 못했다. 그녀는 소피야 세묘노브나 마르멜라도바였다. 그녀를 처음 본 것이 어제였지만 그런 순간, 그런 상황에서, 또 그런 옷차림을 하고 있었기 때문에 그의 기억 속에 각인된 것은 전혀 다른 인물의 모습이었다. 지금의 그녀는 검소하다 못해 초라한 옷차림을 한, 거의 소녀라고 해도 될 만큼 앳된 아가씨로서 겸손하고 예의바른 행동거지에 어쩐지 겁을 집어먹은 것 같은 얼굴이었다. 입고 있는 옷은 몹시 허름한 평상복 원피스였고 머리에는 유행이 지난 낡은 모자를 쓰고 있었다. 오직 손에 양산을 든 것만 어제와 같았다. 뜻밖에도 방 안에 사람들이 가득 차 있는 것을 보자 그녀는 당황한 정도가 아니라 완전히 정신을 잃고 어린아이처럼 주눅이 들어 되돌아 나가려는 몸짓까지 했다.

"아…… 당신이었군요……?" 라스콜니코프는 굉장히 놀라며 이렇게 말했는데, 갑자기 그도 당혹스러워했다.

그 즉시 그는 어머니와 여동생이 루쥔의 편지를 통해 '행실이 더럽기로 유명한' 어떤 아가씨에 대해 이미 어렴풋이 알고 있으리라는 생각이 들었다. 방금 그가 루쥔의 중상모략에 반발하며 그 아가씨를 그때 처음 본 것이라고 말하자마자 갑자기 그 당사자가 들어온 것이다. '행실이 더럽기로 유명하다.'라는 표현에 대해 전혀 반박하지 않았다는 사실도 상기했다. 이 모든 것이 일순간 희뿌옇게 그의 머릿속을 스쳐 지나갔다. 하지만 좀 더 찬찬히 살펴보다가 갑자기 굴욕에 짓눌린 이 존재가 이미 너무도 굴욕에 짓눌렸음을 깨달았고 때문에 갑자기 그녀가 가엾어졌다. 그녀가 너무 무서웠던 나머지 도망치려는 몸짓을 했을 때는 그의 내부에서 뭔가가 뒤틀리는 것 같았다.

"이렇게 오실 줄은 전혀 몰랐습니다." 그는 그녀를 응시하며 세워 둔 채 서둘러 말했다. "앉으시지요. 분명히 카체리나 이바노브나의 심부름으로 오셨을 텐데. 죄송하지만, 이쪽이 아니라, 자, 저쪽에 앉으시지요……."

소냐가 들어오자, 지금 라스콜니코프 방의 의자 세 개 중 문 바로 옆의 의자에 앉아 있던 라주미힌이 길을 내주려고 자리에서 일어났다. 라스콜니코프는 처음에는 조시모프가 앉았던 소파의 구석 자리를 가리키려 했지만 그 소파가 너무 허물없는 자리인 데다가 그의 침대로 사용되는지라 서둘러 라주미힌의 의자를 가리켰다.

"너는 여기 앉아." 라주미힌을 조시모프가 앉았던 구석 자리에 앉히며 그가 말했다.

소냐는 너무 무서워 벌벌 떨다시피 하며 자리에 앉더니 겁먹은 표정으로 두 여인을 쳐다보았다. 자기가 어떻게 저들과 나란히 앉을 수 있는지 스스로도 이해가 안 되는 모양이었다. 이런 생각이 들자 그녀는 완전히 경악하여 갑자기 또다시 일어나더니 그야말로 어쩔 줄 몰라 하며 라스콜니코프에게 말했다.

"저는…… 저는…… 잠깐 들른 건데, 이렇게 폐를 끼쳐 드려서 죄송해요." 그녀가 더듬거리며 말을 시작했다. "카체리나 이바노브나의 심부름으로 왔어요, 그분은 달리 보낼 사람이 없어서요……. 카체리나 이바노브나는 내일 아침 장례식에…… 미트로파니예프스코예 묘지에서 있을…… 아침 미사에 꼭 참석해 달라고 하셨고 그다음엔 우리 집…… 그분의 댁에서…… 식사라도 하시자고……. 그래 주시면 영광이겠다고……. 이렇게 부탁드리라고 하셨어요."

소냐는 말을 더듬거리다가 입을 다물었다.

"꼭, 꼭 가도록……." 이렇게 대답한 라스콜니코프도 역시 자리에서 일어나 역시 말을 더듬다가 채 다 끝내지도 못했다……. "부디 앉으시지요." 갑자기 그가 말했다. "할 얘기가 좀 있습니다. 바쁘신 모양이지만, 부디 이 분만 내주시지요……."

그러고서는 그녀 쪽으로 의자를 살짝 밀었다. 소냐는 다시 앉았고 다시 겁먹은 듯 얼빠진 모습으로 얼른 두 여인을 쳐다보고는 갑자기 눈을 내리깔았다.

라스콜니코프의 창백한 얼굴이 확 달아올랐다. 온몸이 뒤틀리는 것 같고 눈은 이글이글 불타올랐다.

"엄마." 그가 확고하고 집요하게 말했다. "이쪽은 소피야 세묘노브나 마르멜라도바인데, 어제 내 눈앞에서 마차에 치인 그 불행한 마르멜라도프 씨의 따님이에요, 벌써 말씀드렸듯이……."

풀헤리야 알렉산드로브나는 소냐를 쳐다보며 눈을 살짝 가늘게 떴다. 로자의 집요하고 도전적인 시선 앞에서 계속 안절부절못했음에도, 결코 이런 만족을 사양할 수는 없었던 것이다. 두네치카는 진지하고 주의 깊은 시선으로 가련한 처녀의 얼굴을 똑바로 응시하며 의혹에 차 그녀를 살펴보았다. 소냐는 자기를 소개하는 말을 듣고서 또다시 눈을 들었지만 아까보다 더 어쩔 줄 몰라 했다.

"안 그래도 여쭤 보고 싶었는데요." 하고 라스콜니코프가 서둘러 그녀에게 말을 걸었다. "오늘 댁에서는 일이 어떻게 처리됐습니까? 성가신 일은 없었습니까……? 예를 들면, 경찰 말입니다."

"아니요, 모두 무사히 끝났어요……. 사실 어쩌다 돌아가셨는지는 너무 분명하니까요. 성가신 일은 없었지만, 다만, 세입자들이 화를 내고 있어요."

"왜요?"

"시신을 오래 두니까…… 사실 워낙 더운 때라서 냄새

가…… 그래서 오늘 저녁 미사 때 묘지로 옮겨 가 내일까지 예배당에 두려고요. 카체리나 이바노브나는 처음에는 그러기 싫다고 했지만 지금은 그분이 봐도 달리 수가 없다 싶고…….”

“그러니까 오늘이라는 거죠?”

“그분은 내일 교회에서 있을 장례식에 부디 와 주십사, 그다음엔 그분의 댁에서 있을 추도식에 와 주십사, 그래 주시면 영광이겠다, 하고 부탁하시는 거예요.”

“그분은 추도식을 하려고 하시나요?”

“예, 음식을 내놓으시려고요. 어제 우리를 도와주셔서 고맙다는 말씀도 꼭 전하라고 하셨어요…… 당신이 아니었더라면 장례식을 전혀 못 치를 형편이었거든요.” 그녀의 입술과 턱이 갑자기 파르르 떨렸지만 그녀는 곧 자제력을 발휘하여 몸을 다잡고 얼른 또다시 눈을 바닥으로 떨어뜨렸다.

얘기를 나누는 동안 라스콜니코프는 그녀를 유심히 살펴보았다. 여윈, 바싹 여윈 창백한 얼굴은 제법 각이 져서 어딘가 뾰족하고 작은 코와 턱도 뾰족했다. 절대 예쁘다고는 할 수 없는 얼굴이었지만, 그래도 그녀의 푸른 눈은 무척 맑았고 그 눈이 생기를 띨 때면 얼굴 표정도 무척 착하고 티 없어 보여서 저도 모르게 그녀에게 끌리게 되었다. 그녀의 얼굴, 아니, 그녀의 모습 전체를 놓고 볼 때 그 밖에도 유달리 두드러지는 특징이 하나 더 있었다. 즉, 열여덟 살이나 됐음에도 거의 소녀로, 숫제 어린아이로 여겨질 만큼 자기 나이보다 훨씬 앳돼 보였으며 그 때문에 그녀가 어떤 몸동작을 취할 때면 우스꽝스러워 보이는 일도 더러 있었다.

"하지만 카체리나 이바노브나는 그 적은 비용으로 대체 어떻게 일을 처리하실지, 더군다나 음식까지 내놓으실 계획이라면……?" 라스콜니코프는 이렇게 물으며 대화를 집요하게 계속 이끌어 갔다.

"관을 간소한 걸로 쓰고…… 그리고 모든 것을 간소하게 하면 돈이 많이 들지는 않을 테고요…… 아까 카체리나 이바노브나와 함께 전부 계산해 보니까 추도식을 꾸릴 만큼의 돈은 남을 것 같은데…… 카체리나 이바노브나가 꼭 그렇게 하고 싶어 하시거든요. 달리 수가 있나요…… 그분도 마음의 위안이 필요하고…… 또 원래 그런 분이시잖아요, 아시다시피……."

"알겠습니다, 알다마다요…… 물론……. 아니, 제 방은 왜 그렇게 구석구석 살펴보십니까? 마침 엄마도 관처럼 생긴 방이라고 말씀하셨죠."

"어제 우리에게 전부 내주신 거였군요!" 소네치카는 대답으로 갑자기 왠지 강하고 빠른 어조로 속삭이듯 이런 말을 하고는 갑자기 또 심히 눈을 내리깔았다. 입술과 턱이 또다시 파르르 떨려 왔다. 그녀는 벌써 진즉에 라스콜니코프의 가난한 살림을 보고 충격을 받은 터라, 지금 이 말은 갑자기 저절로 튀어나온 것이었다. 이어 침묵이 찾아왔다. 두네치카의 눈이 왠지 초롱초롱해지고 풀헤리야 알렉산드로브나는 심지어 다정한 눈길로 소냐를 바라보았다.

"로쟈." 그녀가 자리에서 일어나며 말했다. "밥은 물론 우리 다 함께 먹겠구나. 두네치카, 그만 가자……. 로쟈, 어디 나가 잠깐 산책이라도 하다가 누워서 좀 쉬고 최대한 빨리 와 주려무나……. 안 그래도 우리 때문에 너무 피곤하지 않을까 걱정이다……."

"예, 예, 갈게요." 그는 이렇게 대답하며 자리에서 일어나 부산을 떠는 것이다……. "하긴 나도 일이 있어서……."

"아니, 그럼 식사를 따로 할 참이야?" 라주미힌이 깜짝 놀란 얼굴로 라스콜니코프를 쳐다보며 소리쳤다. "그건 또 무슨 소리야?"

"아니, 물론 가긴 갈 거야, 물론……. 그런데 너는 잠깐만 더 있어. 이제는 이 녀석이 별로 필요 없잖아요, 엄마? 혹시 내가 이 녀석을 빼앗는 건가요?"

"아휴, 아니다, 아니야! 드미트리 프로코피이치, 식사하시러 오셔야죠, 그래 주실 거죠?"

"예, 와 주세요." 두냐가 부탁했다.

라주미힌은 몸을 숙여 인사를 했는데, 온몸에서 반짝반짝 빛이 났다. 한순간, 다들 갑자기 어쩐지 이상할 정도로 어색하게 절절매고 있었다.

"잘 있어라, 로쟈, 그러니까 또 보자꾸나. '잘 있어라.'라는 말은 하기 싫거든. 잘 있어, 나스타시야…… 아휴, 또 '잘 있어.'라고 해 버렸네……!"

풀헤리야 알렉산드로브나는 소네치카에게도 인사를 하려고 했지만 어째 잘되지를 않아 그냥 허둥대며 방을 나갔다.

하지만 아브도치야 로마노브나는 자기 순서를 기다렸다는

듯 어머니의 뒤를 따라 소냐 옆을 지날 때 자상하고 정중한 태도로 몸을 완전히 숙여 인사를 했다. 소네치카는 당황해서 어쩐지 허둥대고 깜짝 놀라며 답례를 했는데, 아브도치야 로마노브나의 정중함과 배려가 부담스럽고 괴로웠는지 그녀의 얼굴에는 어떤 곤혹스러운 기색마저 나타났다.

"두냐, 잘 가!" 라스콜니코프가 벌써 현관까지 나와 소리쳤다. "손을 좀 내밀어 주렴!"

"벌써 내밀었잖아, 잊었어?" 두냐는 쑥스러워하면서도 상냥하게 그에게 몸을 돌리며 대답했다.

"뭐 어때, 한 번 더 내밀어 주렴!"

그러고는 그녀의 손가락을 꽉 쥐었다. 두네치카는 빙긋이 웃으며 얼굴을 붉히더니 서둘러 자신의 손을 빼내고는 역시나 왠지 몹시 행복해하며 어머니의 뒤를 따라 나갔다.

"자, 이제 다 무사히 끝났군요!" 자기 방으로 돌아온 그가 해맑은 눈으로 소냐를 보며 말했다. "죽은 자들에게는 안식을, 산 자들에게는 삶을 더! 그렇지 않습니까? 그렇죠? 예, 안 그렇습니까?"

소냐는 별안간 환해진 그의 얼굴을 쳐다보며 깜짝 놀라기까지 했다. 그는 얼마 동안 말없이, 유심히 그녀를 들여다보았다. 고인이 된 그녀의 아버지가 해 준 그녀 얘기가 그 순간 갑자기 통째로 떠올랐다…….

"맙소사, 두네치카!" 풀헤리야 알렉산드로브나는 거리로 나오자마자 당장 말을 시작했다. "이렇게 밖으로 나오니 나도 이제는 살 것 같다. 왠지 홀가분해. 아니, 어제 기차를 타고 올 때만 해도 설마 이런 걸로 기뻐할 줄 생각이나 했겠니!"

"다시 한 번 말하지만, 엄마, 오빠는 아직도 몹시 아프잖아요. 정말 모르겠어요? 어쩌면 우리 때문에 괴로워하다가 저렇게 심신을 망쳐 버린 건지도 모르잖아요. 너그러운 마음을 가져야 하고, 많은, 많은 것을 용서해 줄 수 있어야 해요."

"그러는 너야말로 너그럽지 않았잖니!" 풀헤리야 알렉산드로브나는 대뜸 발끈하며 열성적으로 말을 가로막았다. "있잖니, 두냐, 너희 둘을 쭉 지켜봤는데, 너는 완전히 그 애 판박이야, 얼굴보다는 성격이 말이야. 너희 둘 다 우울증 환자 같고 둘 다 음울하고 발끈하는 성미인 데다가 둘 다 도도하면서도 둘 다 아량이 넓고……. 설마 그 애가 이기주의자일 리는 없잖니, 두네치카? 어……? 오늘 저녁에 우리가 어떻게 될지 생각만 해도 심장이 꽉 죄어드는 기분이야!"

"걱정하지 마세요, 엄마, 이치대로 될 테니까요."

"두네치카! 우리가 지금 어떤 처지인지나 좀 생각해 보렴! 만약 표트르 페트로비치가 거절하면 그땐 어떡하니?" 가련한 풀헤리야 알렉산드로브나가 갑자기 조심성도 없이 이런 말을 내뱉어 버렸다.

"그렇게 나온다면 그 양반이 대체 무슨 가치가 있겠어요!" 두네치카가 경멸스럽다는 듯 쌀쌀맞게 대답했다.

"지금 나오길 잘했어." 풀헤리야 알렉산드로브나가 말을 가로막으며 서둘러 댔다. "그 애는 볼일이 있다면서 어딜 가려고 서둘렀잖니. 좀 걸으면서 공기라도 쐬면…… 그 애 방은 정말 갑갑해서 죽을 것 같더라…… 한데 여기는 대체 어딜 가야 제대로 공기를 쐴 수 있는 거냐? 이곳은 길거리도 통풍창 하나 없는 방과 같구나. 맙소사, 뭐 이런 도시가 다 있니……! 잠깐만, 비켜서라, 마차에 치이겠다, 뭘 나르는데! 피아노였구나, 실은…… 어쩜, 왜들 이렇게 밀치고 그러냐……. 난 말이야, 그 아가씨도 자꾸 겁이 난다…….”

“아가씨라니, 누구요, 엄마?”

“그 아가씨 말이야, 방금 왔던 그 소피야 세묘노브나…….”

“왜요?”

“내 예감이 그렇다, 두냐. 뭐, 믿든 말든, 그 아가씨가 들어오자마자 그 순간, 바로 이것이 핵심이로구나, 하는 생각이 들더라…….”

“핵심은 무슨, 그런 건 없어요!” 두냐가 짜증을 내며 소리쳤다. “엄마도 그렇고 엄마의 예감도 그렇고, 나 참! 오빠는 겨우 어제 그 아가씨를 알게 됐고, 아까도 그녀가 들어왔을 때는 잘 알아보지도 못했잖아요.”

“아니, 이제 두고 보렴……! 나는 어쩨 그 아가씨가 마음에 걸린다, 두고 보렴, 두고 봐! 나는 정말 깜짝 놀랐어. 그 아가씨가 나를 보고 또 보고 하는데 그 눈빛이 어찌나 얄궂던지 의자에 앉아 있기도 힘들더라, 소개하는 방식은 또 어떻고, 기억나니? 이상한 것이 하나 더 있어. 표트르 페트로비치가 그 아가씨에 대해 그런 얘기를 썼는데도 그 애는 그 아가씨를 우리한테, 더욱이 너한테까지 소개하잖니! 그러니까 그 애가 아끼는 사람이라는 뜻이야!”

"그 양반이야 무슨 소리인들 못 쓰겠어요! 우리에 대해서도 이러쿵저러쿵 말도 많고 마구 써 대기도 했잖아요, 잊으셨어요, 예? 확신하건대, 그 아가씨는…… 훌륭한 사람이고 이 모든 것은 허튼소리일 거예요!"

"그러면 오죽 좋을까!"

"표트르 페트로비치는 남 욕이나 하는, 아무짝에도 쓸모없는 양반이에요." 갑자기 두네치카가 딱 잘라 말했다.

풀헤리야 알렉산드로브나는 그냥 수그러들었다. 대화는 중단되었다.

"실은 말이야, 너한테 무슨 용건이 있냐면……." 라스콜니코프가 라주미힌을 창가로 데려가며 말했다.

"그럼 저는 카체리나 이바노브나께 당신이 오실 거라고 전할게요……." 소냐가 그만 가 보려고 인사를 하며 서둘러 댔다.

"지금, 소피야 세묘노브나, 비밀 얘기를 하는 것은 아니니까 그냥 계셔도 괜찮습니다……. 한두 마디 더 드리고 싶은 말씀도 있고요……. 뭐냐면." 하고서 그는 말을 하다 말고 툭 끊는가 싶더니 갑자기 라주미힌에게 말을 걸었다. "네가 그 양반을 알고 있다면서……. 이름이 뭐더라……! 포르피리 페트로비치던가?"

"알다마다! 친척인걸. 그런데 왜?" 상대방은 모종의 호기심이 발동하여 이렇게 덧붙였다.

"지금 그 사람이 그 일을…… 저어기 그 살인 사건 말이야…… 너희들도 어제 말했잖아…… 아무튼 그 사건을 조사

중이라며?"

"응…… 그래서?" 라주미힌이 갑자기 눈을 부릅떴다.

"그 사람이 전당 잡힌 사람들을 조사하는 모양인데, 거기에는 내 담보물도 있거든. 별 볼일 없는 물건이지만 내가 상경할 때 동생이 기념으로 선물해 준 반지이고 또 아버지의 은시계도 있어. 다 해야 5, 6루블밖에 안 되지만 나한테는 기념으로 받은 소중한 거야. 자, 이제 어떻게 해야 할까? 물건을 그냥 없애고 싶지는 않아, 특히 시계 말이야. 아까 두네치카의 시계 얘기가 나왔을 때 어머니가 그 시계를 보자고 할까 봐 벌벌 떨었지 뭐야. 아버지가 남긴 유일한 물건이거든. 만약 그게 없어지면 어머니는 병이라도 날걸! 여자니까! 자, 그래서 어떻게 할까, 가르쳐 줘! 경찰서에 신고를 해야 한다는 건 알고 있어. 그래도 포르피리에게 직접 얘기하는 것이 낫지 않을까, 어? 네 생각은 어때? 어서 빨리 손을 써야 해. 두고 봐, 엄마는 식사 전에 물어볼걸!"

"경찰서는 무슨, 반드시 포르피리에게 가야지!" 라주미힌은 왠지 이례적으로 흥분하며 소리쳤다. "그래, 정말 기쁜걸! 아니, 여기 있을 이유가 어디 있어, 지금 가자, 엎어지면 코 닿을 데야, 또 분명히 집에 있을 테고!"

"그럼…… 가자……."

"그 양반도 너와 인사를 나누면 기뻐서 어쩔 줄 모를걸! 내가 수시로 네 얘기를 잔뜩 해 놨거든……. 어제도 했군. 가자……! 그러니까 너는 그 노파를 알았던 거지? 그러니까 그렇지……! 일이 전부 멋-지-게 반전됐군……! 아, 참…… 소피야 이바노브나는…….”

“소피야 세묘노브나야.” 라스콜니코프가 바로잡아 주었다. “소피야 세묘노브나, 이쪽은 제 친구 라주미힌입니다, 좋은 사람이죠…….”

“만약 지금 가셔야 한다면…….” 소냐는 라주미힌 쪽은 아예 보지도 않고, 또한 그 때문에 더욱더 당황하며 말을 시작했다.

“그럼 갑시다!” 라스콜니코프가 결정을 내렸다. “오늘 당장 댁에 들르겠습니다, 소피야 세묘노브나, 그저 어디 사시는지 좀 가르쳐 주시겠습니까?”

그는 갈팡질팡한다기보다는 너무 서두르느라 그녀의 시선을 피하는 것 같았다. 소냐는 주소를 가르쳐 주었고 그러면서 얼굴을 붉혔다. 다들 함께 나갔다.

“아니, 문도 안 잠그냐?” 라주미힌이 그들 뒤를 따라 계단을 내려가면서 물었다.

“절대……! 하긴 벌써 이 년째 자물통을 사고 싶은 마음은 계속 있지.” 그가 되는대로 대충 이런 말을 덧붙였다. “문을 잠글 이유가 없는 사람은 행복한 사람이죠?” 그가 웃으면서 소냐에게 말을 걸었다.

거리로 나온 그들은 대문에서 멈추어 섰다.

“오른쪽으로 가시죠, 소피야 세묘노브나? 그런데 저를 어떻게 찾아내셨습니까?” 이렇게 물으면서도 정작 하고 싶은 말은 전혀 다른 것인 것 같았다. 그는 계속 그녀의 조용하고 영롱한 눈을 바라보고 싶었는데, 이 모든 것이 어째 썩 잘되지 않았다…….

"어제 직접 폴레치카에게 주소를 가르쳐 주셨잖아요."

"폴랴? 아, 예…… 폴레치카! 그…… 꼬마…… 그 애가 당신의 동생이죠? 그러니까 제가 그 애에게 주소를 가르쳐 주었다고요?"

"아니, 잊으셨어요?"

"아니요…… 기억납니다……."

"저는 그때 당신 얘기를 돌아가신 아버지한테서 들었어요……. 다만, 그때는 당신의 성함도 몰랐어요, 아버지도 모르셨고요……. 지금 이렇게 와서…… 어제 당신의 성함을 알게 돼서……. 오늘, 라스콜니코프 씨가 여기 어디에 사나요? 하고 물어봤지요……. 이렇게 세입자한테서 방을 빌려 쓰시는 줄은 몰랐네요……. 안녕히 계세요……. 카체리나 이바노브나께는 그렇게 말씀드릴게요……."

마침내 떠나게 되어 그녀는 정말 기뻤다. 시선을 내리깐 채 걸음을 재촉했는데, 어서 빨리 어떻게든 그들의 시야에서 벗어나기 위해서, 어서 빨리 어떻게든 이백 걸음을 걸어 오른쪽 거리로 나가는 대문에 이른 다음 결국에는 혼자 남기 위해서, 거기서 서둘러 길을 걸으며 아무도 보지 않고 아무것에도 신경을 쓰지 않는 상태에서 방금 나온 말과 여러 정황을 하나하나 생각하고 회상하고 곱씹기 위해서였다. 이런 감정을 느껴 본 적이 결코, 결코 없었던 것이다. 오롯이 새로운 세계가 미지의 모습으로 희뿌옇게 그녀의 영혼 속에 내려앉았다. 갑자기 라스콜니코프가 오늘 그녀의 집에 들르고 싶다고 말한 것이 떠올랐다, 어쩌면 오전 중, 어쩌면 지금 당장일지도 모른다!

"오늘만 아니었으면, 제발 오늘만은!" 그녀는 심장이 죄어드는 가운데 겁을 집어먹은 어린아이처럼 누군가에게 강청하듯 중얼거렸다. "맙소사! 나를 찾아오면…… 내 방에 오면…… 그 사람은 보게 될 텐데……. 오, 맙소사!"

그렇기에 물론, 그녀는 그 순간 어떤 낯선 신사가 자기 뒤를 밟으며 부지런히 따라오고 있다는 사실을 전혀 알아채지 못했다. 그는 그녀가 대문을 나설 때부터 그녀의 뒤를 따라온 것이었다. 라주미힌, 라스콜니코프와 그녀가 두어 마디를 나누느라 보도에 서 있던 그 순간, 이 행인은 마침 그들 옆을 지나다가 "라스콜니코프 씨가 어디에 사나요? 하고 물어봤지요."라는 소냐의 말을 우연찮게 언뜻 주워듣고는 갑자기 몸을 부르르 떠는 것 같았다. 그는 얼른, 하지만 주의 깊게 그들 셋을 모두, 특히 소냐가 말을 건넨 상대인 라스콜니코프를 유심히 살펴보았다. 그런 다음에는 건물을 한 번 쳐다보고 머릿속에 새겨 두었다. 이 모든 것이 계속 걸음을 떼는 가운데 한순간에 이루어졌고, 행인은 심지어 모르는 척 제 갈 길을 가면서도 꼭 뭔가를 기다리는 사람처럼 발걸음을 늦추었다. 그렇게 소냐를 기다렸다. 그들이 작별 인사를 주고받고 있으니 소냐가 곧 어딘가 자기 집으로 갈 것임을 알았던 것이다.

'대체 집이 어디야? 어디선가 본 적이 있는 얼굴인데.' 그는 소냐의 얼굴을 기억해 내려고 애쓰며 생각했다……. '알아봐야겠군.'

길모퉁이까지 왔을 때 그는 거리의 맞은편으로 건너가 몸을 돌렸고, 소냐가 아무것도 알아채지 못한 채 그쪽 길을 따라 어느새 자기 뒤를 따라오고 있는 것을 보았다. 길모퉁이까지 오자 그녀도 마침 이쪽 거리로 방향을 틀었다. 그는 맞은편 보도에서 뒤따라 걸으며 그녀에게서 눈을 떼지 않았다. 오십 걸음쯤 간 다음에는 다시 소냐가 걷고 있는 그쪽으로 건너가 그녀를 따라잡고는 다섯 걸음 정도의 거리를 유지하며 계속 뒤를 따라갔다.

이자는 쉰 살쯤 된 사람으로서 키는 보통보다 크고 몸집도 컸는데 어깨가 넓고 굽어서 약간은 새우등 같았다. 옷차림은 멋스럽고 여유 만만했으며 위풍당당한 나리처럼 보였다. 손에는 보기 좋은 지팡이를 들고서 걸음을 뗄 때마다 보도를 탁탁 때렸으며 그 손에는 또 새 장갑을 끼고 있었다. 광대뼈가 불거진 넓적한 얼굴은 상당히 잘생겼고 혈색도 좋은 것이 페테르부르크 느낌은 아니었다. 아직 숱이 몹시 많은 머리카락은 완전히 금발에 아주 간간이 새치가 보였고 삽처럼 넓고 풍성하게 기른 턱수염은 머리카락보다 훨씬 더 밝은 색이었다. 푸른색 두 눈은 차갑고 주의 깊고 사색에 잠긴 것처럼 보였으며 입술은 붉었다. 대체로 외모 관리를 아주 잘한, 나이보다 훨씬 더 젊어 보이는 사람이었다.

소냐가 운하로 나왔을 때 보도에는 그들 둘만 있게 됐다. 그녀를 관찰하는 동안 그는 그녀가 무슨 생각에 골몰해 반쯤 넋이 나간 것을 알아챌 수 있었다. 자기 집이 있는 건물까지 온 다음 소냐는 대문 쪽으로 방향을 틀었고, 그는 다소 놀란 듯 그녀의 뒤를 따랐다. 마당으로 들어선 그녀는 오른쪽 모퉁이로 돌았는데, 거기에 그녀의 집으로 올라가는 계단이 있었다. "어라!" 미지의 나리는 이렇게 중얼거리며 그녀의 뒤를 따라 층계를 오르기 시작했다. 그제야 비로소 소냐는 그의 존재를 인지했다. 그녀는 3층으로 올라가 복도 쪽으로 방향을 틀더니, 문에 분필로 '재봉사 카페르나우모프'라고 쓰인 9호실 설렁을 잡아당겼다. "어라!" 이상한 우연의 일치에 깜짝 놀란, 낯선 남자는 또다시 이렇게 되뇌면서 바로 옆에 붙어 있는 8호실 설렁을 잡아당겼다. 두 문 사이의 거리는 겨우 여섯 걸음 정도였다.

"카페르나우모프 댁에 묵으시는군요!" 그가 소냐를 보고 웃으며 말했다. "어제 그 양반이 제 조끼를 새로 고쳐 주었지요. 저는 여기, 당신 옆집인 마담 레슬리흐, 즉 게르트루다 카를로브나 댁에 있습니다. 참 묘한 인연이군요!"

소냐는 그를 주의 깊게 들여다보았다.

"이웃이란 말입니다." 그가 어쩐지 유달리 즐거워하며 말을 이어 갔다. "이 도시에 온 지는 겨우 사흘째랍니다. 자, 그럼 또 봅시다."

소냐는 대답을 하지 않았다. 안에서 문을 열어 주자 그녀는 미끄러지듯 자기 방으로 들어갔다. 왠지 부끄러워졌고 겁을 집어먹은 것 같았다…….

라주미힌은 포르피리에게 가는 내내 유달리 흥분해 있었다.

"야, 이거 멋진걸." 그는 이 말을 몇 번이나 반복했다. "나도 기뻐! 기쁘다고!"

'대체 뭐가 그리 기쁘냐?' 라스콜니코프가 속으로 생각했다.

"너도 노파에게 전당을 잡힌 줄은 몰랐지 뭐야. 그래서…… 그래서…… 오래전 일이야? 다시 말해 네가 그 노파를 찾아간 것이 오래전 일이냐고?"

'이런 순진한 멍청이 같으니!'

"언제 일이냐고……?" 라스콜니코프는 기억을 더듬느라 걸음을 멈추었다. "노파가 죽기 사흘쯤 전인가에 갔던 것 같아. 하지만 지금 물건을 되찾으러 가는 건 아니야." 그는 어쩐지 서둘러, 또 유달리 물건 걱정을 내비치며 말을 받았다. "사실 수중에는 은화 1루블밖에 없거든…… 어제, 빌어먹을, 그렇게 의식이 혼미해진 탓에……!"

혼미라는 단어에 그는 유달리 힘을 주었다.

"그야 그렇지, 그렇고말고." 라주미힌은 영문도 모른 채 서둘러 맞장구를 쳤다. "바로 그래서 그때 네가…… 일정 부분 충격을 받았던 건데…… 실은 말이야, 네가 그때 혼미한 상태에서 무슨 반지니 목걸이니 하며 계속 헛소리를 중얼댔거든……! 뭐, 그래, 그렇지……. 분명히 알겠어, 이제야 모든 것이 분명해졌군."

'에잇! 그러니까 저놈들 머릿속에선 그런 생각이 꿈틀대고 있었군! 이 녀석은 나를 위해서라면 십자가라도 짊어질 인간인데, 내가 혼미한 상태에서 왜 반지에 대해 중얼댔는지가 밝혀졌다며 이렇게 기뻐하고 있으니! 그러니까 저놈들 모두 그런 생각을 굳혔던 거야……!'

"지금 가면 있을까?" 그가 큰 소리로 물었다.

"있을 거야, 있고말고." 라주미힌이 호들갑을 떨었다. "이 사람, 제법 멋진 청년이야, 곧 알게 될 거다! 약간 굼뜨긴 하지만, 다시 말해 사교적인 사람인데, 굼뜨다고 말한 건 좀 다른 의미에서야. 똑똑한, 참 똑똑한 사람이야, 심지어 머리가 퍽이나 좋은 사람인데, 다만 사고방식이 어딘가 좀 유별나달까……. 의심이 많은 편이고 회의주의자에 냉소주의자이고…… 남을 속여 먹는 걸, 다시 말해 속여 먹는 것이 아니라 골려 주는 걸 좋아하지……. 그래, 케케묵은 유물론적 수법이랄까……. 하지만 수완이 대단해, 정말 대단해……. 작년에도 한 가지 사건을 파헤쳤어, 거의 모든 단서가 사라진 살인 사건이었는데도! 너와 인사를 나누고 싶어 완전히 안달이 났어, 정말로!"

"아니, 무슨 이유로 그런대?"

"다시 말해 딱히 그런 건 아니고…… 그러니까 요새 네가 앓고 있을 때 네 얘기를 수시로, 또 많이 하게 됐는데……. 그래서 이 형은 귀담아 들었고…… 또 네가 법학부 학생이고 형편상 과정을 다 마칠 수 없다는 것을 알게 되자 '정말 안됐군!' 이라고 말했어. 그래서 내 결론인즉…… 다시 말해, 이것 하나만이 아니라 이 모든 것이 한데 엉켜 있다는 거야. 어제 자묘토프가……. 이봐, 로쟈, 어제 내가 술김에 너한테 뭐라고 지껄였잖아, 같이 집에 가는 길에…… 그래서, 이봐, 나는 네가 혹시 너무 심각하게 받아들이지나 않을까 걱정이다, 그러니까……."

"그건 또 무슨 소리야? 다들 나를 미친놈 취급한다는 말?

어쩌면 사실이 그럴지도 몰라."

그는 억지스러운 표정을 지으며 피식 웃었다.

"그래…… 그래…… 다시 말해, 쳇, 그렇지 않아……! 뭐, 내가 말한 것이 전부(다른 얘기도 다 마찬가지지만), 전부 다 술김에 나온 헛소리였어."

"뭐 하러 사과를 하고 그래! 그런 건 전부 신물이 나!" 라스콜니코프는 더욱더 짜증을 내며 소리를 질렀다. 하긴 얼마간은 그냥 그런 척한 것이었다.

"그런 줄 알아, 알겠어, 이해한다고. 진짜야, 이해해. 그래서 말하기도 창피스러워……."

"창피스러우면 말하지 마!"

둘 다 입을 다물었다. 라주미힌은 열광의 단계를 넘어선 상태였고, 라스콜니코프는 그것을 감지하며 혐오감을 느꼈다. 라주미힌이 방금 포르피리에 대해 한 말도 그를 심란하게 만들었다.

'그 작자에게도 푸념 작전을 써야겠군.' 그는 가슴이 뛰고 얼굴이 창백해지는 가운데 이렇게 생각했다. '그것도 더욱더 자연스럽게 해야겠지. 더할 나위 없이 자연스러워야 한다. 그렇다고 너무 열심히 그럴 건 없다! 아니, 너무 열심히 하다 보면 또 부자연스러울 수 있고……. 뭐, 아무튼 그때 돌아가는 상황을 봐서…… 일단은 두고 보자…… 지금…… 이렇게 가는 것이 잘하는 짓일까? 나방이 제 스스로 촛불을 향해 날아드는 꼴이다. 가슴이 뛴다, 이거 참 좋지 않은데……!'

"이 회색 건물이야." 라주미힌이 말했다.

'제일 중요한 것은 어제 내가 그 마귀할멈의 집에 갔던 일을 포르피리가 아느냐, 모르느냐, 하는 점이고…… 또 피에 대해 물었던 일을 알고 있을까? 안으로 들어가자마자 당장 한순간에 이것부터 알아내야 한다, 그 얼굴을 보고 알아내야 한다. 그-러-지 못하면…… 아니, 죽어도 알아낼 테다!'

"그런데 너 이거 알아?" 갑자기 그가 능글맞게 웃으며 라주미힌을 불렀다. "야, 내가 오늘 알아차린 건데, 너 아침부터 이례적으로 흥분해 있더라? 그렇지?"

"흥분이라니, 무슨 소리야? 흥분은 무슨 얼어 죽을 흥분." 라주미힌은 얼굴을 찡그렸다.

"아니, 인마, 솔직히 훤히 다 보이거든. 아까 의자에 앉아 있는 것도 여느 때와는 달리 왠지 끄트머리에 앉아 있질 않나, 몸을 계속 움찍하질 않나. 또 밑도 끝도 없이 껑충 뛰질 않나. 화가 났나 싶으면 갑자기 무엇 때문인지 낯짝이 달콤한 사탕처럼 싹 변하기도 했지. 심지어 얼굴을 붉히기도 했어. 특히, 저녁 식사에 초대를 받았을 때는 홍당무가 따로 없던걸."

"난 아무렇지도 않은데 뭔 허튼소리야……! 대체 뭘 두고 그런 소리를 하는 거야?"

"아니, 초등학생처럼 절절매잖아! 쳇, 젠장, 이 녀석, 또 빨개졌군!"

"어쨌거나 너는 못돼 먹은 돼지 새끼야!"

"아니, 왜 이렇게 당황하냐? 로미오! 잠깐만 있어 봐, 이 얘기를 오늘 어디다 퍼뜨려야지, 하-하-하! 그래, 엄마도 웃겨 주고…… 또 누가 있나……."

"야, 사람 말 좀 들어 봐, 제발 좀, 이건 심각한 일이잖아, 사실 이건……. 진짜 그런 말을 했다가 대체 어쩌려고, 제기랄!" 라주미힌은 그야말로 안절부절못했는데, 너무 무서워 소름이 오싹 돋았다. "그 두 분한테 무슨 얘기를 할 건데? 나는, 야……. 쳇, 너는 정말 돼지 새끼야!"

"영락없이 봄에 피는 장미로군! 게다가 이거 너한테 정말 잘 어울린다, 네가 알기만 한다면. 키가 10베르쇼크나 되는 로미오라니! 오늘은 세수도 말끔히 하고 손톱도 다듬었는데, 어? 언제 이랬던 적이 있냐? 얼씨구, 포마드까지 발랐네! 몸 좀 숙여 봐!"

"이 돼지 새끼야!!!"

라스콜니코프는 도무지 우스워 죽겠다는 듯 웃어 댔고, 그렇게 웃으면서 포르피리 페트로비치의 집 안으로 들어섰다. 라스콜니코프로서는 그래야만 했다. 웃으면서 안으로 들어감으로써 그들이 현관에서 껄껄 웃어 대는 소리를 방 안에서도 들을 수 있도록 말이다.

"여기서는 한마디도 하지 마, 안 그러면 네놈을…… 묵사발을 내놓겠어!" 라주미힌은 라스콜니코프의 어깨를 움켜쥔 채 광분하며 이렇게 속삭였다.

5

라스콜니코프는 벌써 방으로 들어가는 중이었다. 안에 들어갈 때는 어쩌다 또 웃음이 터져 나오지 않도록 안간힘을 쓰며 참는 것 같은 표정을 지었다. 그의 뒤를 따라, 라주미힌이 완전히 한 방 먹어 난폭한 표정을 지으면서, 또 작약처럼 새빨개져 부끄러워하면서 겅중대며 쭈뼛쭈뼛 안으로 들어갔다. 이 순간 그의 얼굴과 몰골이 정말 어찌나 우스운지, 라스콜니코프가 저렇게 웃는 것도 무리는 아닌 듯싶었다. 라스콜니코프는 아직 소개되지도 않은 상황이었건만, 방 한가운데 서서 의문에 찬 표정으로 그들을 바라보고 있는 주인에게 고개를 꾸벅 숙이고 손을 내밀어 악수를 했는데, 그 와중에도 여전히 자신의 즐거운 기분을 억누르고 적어도 두세 마디라도 자기소개를 하기 위해 굉장히 애쓰는 눈치였다. 하지만 진지한 표정을 짓고 뭔가를 중얼거릴 수 있게 되자마자 갑자기 저도 모르게 또 라주미힌이 눈에 들어왔고 그때는 이미 참을 수 없는 지경이 됐다. 억눌렀던 웃음이 지금껏 열심히 자제했던 만큼 더더욱 거침없이 터져 나왔다. 이 '꾸밈없는' 웃음에 라주미힌이 이례적일 만큼 난폭한 반응을 보였기 때문에 이 모든 장면은 진정 즐겁고 무엇보다도 자연스러워 보였다. 라주미힌이 금상첨화 격으로 일을 도와준 셈이었다.

"쳇, 제기랄!" 그는 으르렁대며 한 손을 내젓다가 때마침 빈 찻잔이 놓여 있던 작은 원탁을 내리치고 말았다. 모든 것이 와장창 소리를 내며 흩어졌다.

"아니, 의자는 왜 부수고 그러십니까, 여러분, 국고 손실이 잖습니까!" 포르피리 페트로비치가 명랑하게 소리쳤다.

이 장면은 이런 식으로 연출되었다. 라스콜니코프는 너무 많이 웃다가 자신의 손 하나가 주인의 손에 쥐어진 것도 잊었지만, 그래도 도가 지나치면 안 된다는 것을 알기에 좀 더 빨리, 좀 더 자연스럽게 매듭을 지을 만한 순간을 기다리는 중이었다. 탁자가 넘어지고 찻잔이 산산조각 난 것에 결정적으로 당황한 라주미힌은 무뚝뚝한 얼굴로 파편을 쳐다보다가 침을 탁 뱉고서 창가 쪽으로 몸을 획 돌려 일동을 등지고 선 다음 얼굴을 험상궂게 찌푸린 채 창문만 쳐다보았지만 뭐 하나 눈에 들어오지 않았다. 포르피리 페트로비치는 웃고 있었고 또 더 웃고 싶었지만, 무슨 일인지 설명을 듣고 싶어 하는 기색도 역력했다. 구석 의자에는 자묘토프가 앉아 있었는데, 손님들이 들어오자 몸을 살짝 일으키더니 기대감을 보이며 서서 입을 활짝 벌리고 미소를 지었지만 의혹에 차서, 심지어 믿기지 않는다는 듯 이 모든 장면을 지켜보고 있었으며 라스콜니코프를 볼 때는 어떤 곤혹스러움마저 내비쳤다. 자묘토프가 여기 있을 줄은 상상도 못한 라스콜니코프는 불쾌한 충격을 받았다.

'이런 것도 고려해야겠는걸!' 그가 생각했다.

"이거 정말 죄송합니다." 그는 억지로 당황하며 말문을 열었다. "라스콜니코프라고 합니다……."

"무슨 말씀을, 아주 유쾌한걸요, 게다가 이렇게 유쾌하게 들어오셨으니……. 아니, 왜, 저 친구는 인사도 하기 싫어합니까?" 포르피리 페트로비치가 라주미힌을 가리키며 고갯짓을 했다.

"저 친구가 저한테 왜 저렇게 성질이 났는지 정말로 모르겠어요. 그저 오는 길에 저 녀석더러 로미오를 닮았다고 말했을 뿐인데…… 또 그걸 증명했을 뿐, 그 이상은 아무 일도 없었던 것 같은데요."

"돼지 같은 놈!" 라주미힌이 돌아보지도 않고 이렇게 응수했다.

"말 한마디에 저렇게 화를 내는 걸 보면 그럴 만한 꽤 심각한 이유가 있는 모양이지요." 포르피리가 웃음을 터뜨렸다.

"형, 정말! 예심판사란 양반이……! 뭐, 그래, 다들 뒈져 버려라!" 라주미힌은 이렇게 딱 잘라 말하더니 갑자기 그 자신도 웃음을 터뜨리면서 아무 일도 없었던 양 즐거워진 얼굴을 하고 포르피리 페트로비치 쪽으로 다가갔다.

"자, 그만하자! 전부 다 바보야. 그만 본론으로 들어가지.

이쪽은 내 친구 로지온 로마노비치 라스콜니코프인데, 첫째, 형 얘기를 많이 듣고서 형과 인사를 하고 싶어 했고, 둘째, 형한테 용건이 좀 있대. 어라! 자묘토프! 여기는 웬일이야? 아니, 두 사람도 인사를 나눈 사이야? 서로 어울린 지 오래됐어?"

'이건 또 뭐람!' 라스콜니코프는 불안에 떨며 생각했다.

자묘토프는 당황하는 것 같았지만 심한 정도는 아니었다.

"어제 너희 집에서 인사를 나눴지." 그가 허물없이 말했다.

"그러니까 하느님 덕분에 소개비를 벌었군. 이 친구가 지난주에, 포르피리 형, 어떻게든 형한테 자기를 좀 소개해 달라고 엄청 졸라 댔는데, 나를 쏙 빼놓고서 자기들끼리 몰래 접선을 했단 말이지……. 여기 담배는 어디 있어?"

포르피리 페트로비치는 실내복에 몹시 깨끗한 와이셔츠를 받쳐 입고 낡은 슬리퍼를 신은 편한 차림이었다. 나이는 서른다섯 살쯤 됐고 키는 평균보다 작고 살이 찌고 배도 좀 나온 사람으로서 콧수염과 구레나룻을 말끔히 면도하고 머리카락은 바싹 깎아 놓았는데, 두상이 커다랗고 둥근 데다가 뒤통수 부분이 왠지 유달리 둥그렇게 튀어나와 있었다. 코가 다소 들창코인, 통통하고 둥그스름한 얼굴은 어디 몸이 좋지 않은지 누렇게 떴지만 상당히 원기왕성하고 짓궂어 보이기도 했다. 눈의 표정이 좀 거슬리지만 않았다면 호인처럼도 보일 법한 얼굴인데, 거의 새하얀 속눈썹에 덮인 두 눈이 왠지 엷은 물빛 광채를 띠며 누구에게 윙크를 하듯 자꾸만 깜박거렸던 것이다. 이 눈의 시선은 어딘가 여자 같은 데가 있는 그의 전체적인 모습과 어쩐지 얄궂게도 잘 어울리지 않아, 첫눈에 예상할 수 있는 것보다 훨씬 더 진지한 뭔가를 부여해 주었다.

포르피리 페트로비치는 손님이 자기에게 '용건'이 있다는 말을 듣자마자 당장 소파에 앉으라고 권하고는 자기도 다른 쪽 끄트머리에 앉은 다음 그 용건이 무엇인지 즉각 말해 주기를 기다리며 손님을 응시했는데, 너무도 진지하고 열심히 주의를 기울였기 때문에 처음부터, 특히 초면일 경우에는 상대방도 부담과 당혹감을 느낄 정도였고 지금 할 얘기가 자기가 보기에 이토록 이례적으로 중대한 주의를 끌 만한 것이 전혀 못 된다면 특히나 더 그럴 법했다. 하지만 라스콜니코프는 간단하고 조리 있는 말로 명료하고 정확하게 자신의 용건을 설명했고 스스로에게 꽤 만족했기 때문에 포르피리를 상당히 잘 살펴볼 여유마저 생겼다. 포르피리 페트로비치 역시 시종일관 한 번도 그에게서 눈을 떼지 않았다. 같은 탁자의 맞은편에 자리를 잡은 라주미힌은 용건을 풀어 놓는 과정을 열렬하고 초조한 표정으로 지켜보면서 이쪽, 저쪽 번갈아 가며 쉴 새 없이 눈을 돌렸는데, 이쯤 되면 이미 약간은 도를 넘어선 것 같았다.

'바보 같은 놈!' 라스콜니코프는 속으로 욕을 했다.

"경찰서에 신고하셔야겠습니다." 포르피리가 아주 사무적인 표정으로 답변했다. "이러저러한 사건, 즉 이 살인 사건 말인데요, 그것에 대해 알게 되었으므로 당신 쪽에서 담당 예심판사에게 이러저러한 물건이 당신 소유이며 그것을 되찾고 싶다는 사실을 알리시고, 그렇게 청원하시고…… 아니면 저어기 뭐냐…… 하긴 그쪽에서 알아서 써 줄 겁니다."

"바로 그게 문제인데, 현재로서는" 하고 라스콜니코프는 가능한 한 더 많이 난처한 척하려고 애썼다. "수중에 돈이 별로 없고…… 그만한 푼돈조차 어떻게 융통할 수 없어서…… 그래서 말인데요, 지금 마음 같아서는 이 물건은 내 것이다, 하지만 언제 돈이 생길 때 뭐 어쩐다, 라고만 신고했으면 하는데요……."

"그건 다 상관없습니다." 포르피리 페트로비치는 금전 상태가 어쩌고 하는 사연은 냉랭하게 받아들이며 대답했다. "하지만 정 그러시면 저에게 곧장 쓰셔도 됩니다, 그러니까 제 말은 이러저러한 일에 대해 통보를 받고 나의 이러저러한 물건에 대해 신고하니 청원컨대……."

"그걸 그냥 평범한 종이에다 쓰라고요?" 라스콜니코프는 이번에도 일의 금전적인 측면에 관심을 보이며 상대의 말을 가로막았다.

"오, 가장 평범한 종이면 됩니다!" 그러고서 포르피리 페트로비치는 갑자기 노골적으로 비아냥대며 눈을 찡긋 가늘게 뜨고 윙크를 하는 것처럼 그를 쳐다보았다. 하긴 라스콜니코프 혼자만 그렇게 느꼈는지도 모르겠는데, 그래 봤자 겨우 한 순간이었으니까 말이다. 적어도 뭔가 그런 것이 있긴 했다. 라스콜니코프는 대체 무슨 목적이었는지는 몰라도 하여간 그가 자기에게 윙크를 했노라고 맹세했을 것이다.

'알고 있다!' 이런 생각이 번개처럼 그의 뇌리를 스치고 지나갔다.

"죄송합니다, 이런 하찮은 일로 폐를 끼쳐서요." 그가 다소 갈팡질팡하며 말을 이어 갔다. "다해 봐야 5루블밖에 안 되는 물건이지만 저에게는 유달리 소중한 것이라서, 다들 기념 삼아 받은 물건이라서, 솔직히 말씀드리자면, 알고 나서 몹시 놀랐습니다……."

"그래서 어제 내가 조시모프에게 포르피리가 전당 잡힌 사람들을 심문한다고 떠들었을 때 그렇게 펄쩍 뛰었던 거로구나!" 라주미힌은 눈에 훤히 보이는 의도를 갖고 끼어들었다.

이쯤 되자 이미 견딜 수 없었다. 라스콜니코프는 더 참지 못하고 분노가 이글거리는 검은 눈을 표독스럽게 번득이며 그를 노려보았다. 하지만 금방 정신이 번쩍 들었다.

"이 녀석, 나를 놀리는 것 같은데?" 그러고서는 능청스럽게도 짜증이 난 것처럼 굴며 라주미힌 쪽을 보았다. "나도 인정해, 네 눈에는 내가 저런 병신 같은 물건을 갖고 너무 안달한다 싶겠지. 하지만 그렇다고 해서 나를 이기주의자나 탐욕스러운 놈으로 치부하면 안 되지, 이 보잘것없는 물건 두 개가 내 눈에는 절대 병신이 아닐 수도 있잖아. 방금도 말했지만, 땡전 한 푼밖에 안 되는 그 은시계는 아버지의 유일한 유품이란 말이야. 비웃어도 좋지만, 지금 어머니가 와 계시잖아." 그는 갑자기 포르피리 쪽으로 몸을 돌렸다. "만약 어머니가" 하고 또다시 서둘러 라주미힌 쪽으로 몸을 돌렸는데, 목소리가 떨리도록 유달리 애를 썼다. "그 시계가 없어진 것을 아시게 되면 정말 얼마나 절망하시겠어! 여자들이란!"

"절대 아니야! 그런 뜻으로 한 말이 전혀 아니야! 완전히 정반대였어!" 상심한 라주미힌이 소리쳤다.

'잘하고 있는 걸까? 자연스러운가? 너무 과장한 건 아닐 테지?' 라스콜니코프는 속으로 떨고 있었다. ''여자들이란!'이라는 말은 대체 왜 했을까?'

"아니, 모친께서 오셨습니까?" 무슨 목적이 있는지 포르피리 페트로비치가 이렇게 물었다.

"예."

"언제 오셨습니까?"

"어제 저녁입니다."

포르피리 페트로비치는 생각을 정리하는지 잠깐 침묵했다.

"당신의 물건은 어떤 경우에도 없어졌을 리 없습니다." 그가 침착하고 냉정하게 말을 이어 갔다. "실은 이미 오래전부터 여기서 당신을 기다리고 있었거든요."

그러고는 아무 일도 없었던 듯이, 양탄자 위에다 무자비하게 담뱃재를 털고 있던 라주미힌 앞에 살갑게 재떨이를 갖다 놓았다. 라스콜니코프는 흠칫 몸을 떨었지만, 포르피리는 계속 라주미힌의 담배에 신경을 쓰느라 아예 그를 보지도 않는 것 같았다.

"뭐-뭐? 기다렸다니! 아니 그럼, 이 녀석이 그곳에 전당을 잡힌 줄 알았단 말이야?" 라주미힌이 소리쳤다.

포르피리 페트로비치는 곧장 라스콜니코프를 보며 말했다.

"당신의 물건은 둘 다, 즉 반지와 시계 모두 그 노파 집에 한 장의 종이로 싸여 있었으며 종이 위에는 연필로 당신의 이름이 똑똑히 명시돼 있었고 마찬가지로 그 물건들을 받은 날짜까지…….”

“원래 그렇게 세심하신가 봐요……?” 라스콜니코프는 그의 눈을 똑바로 쳐다보려고 유달리 애쓰면서 사뭇 멋쩍게 웃었으나, 이내 참지 못하고서 갑자기 이런 말을 덧붙였다. “제가 방금 이런 지적을 한 것은 분명히 전당 잡힌 사람들이 몹시 많았을 테고…… 따라서 그들을 전부 기억하기는 어려웠을 텐데……. 오히려 당신은 그들을 전부 정확히 기억하시고 또…… 또…….”

‘멍청하긴! 부실하긴! 이런 소리는 대체 왜 덧붙였담!’

“이제는 전당 잡힌 사람들이 거의 모두 알려졌는데, 당신만 찾아오지 않으셨거든요.” 포르피리가 거의 보일락 말락 한 비웃음의 냄새를 풍기며 대답했다.

“건강이 좀 좋지 않았습니다.”

“그 얘기는 들었습니다. 무엇 때문인지 심신이 몹시 망가지셨다는 얘기도 들었고요. 지금도 창백하신 것 같은데요?”

“창백하기는커녕…… 오히려 아주 건강합니다!” 라스콜니코프는 갑자기 어조를 바꾸며 거칠고 표독스럽게 딱 잘라 말했다. 속에서 분노가 끓어올라 억누를 수가 없었던 것이다. ‘괜히 분노에 사로잡혀 헛말을 지껄일지도 몰라!’ 속으로 또다시 이런 생각이 스쳐 갔다. ‘이놈들은 왜 나를 괴롭히는 거야……!’

“아주 건강하지는 않지!” 라주미힌이 말을 받았다. “지랄, 개소리하고 있네! 어제만 해도 거의 인사불성이 되어 헛소리를 했으면서……. 있잖아, 포르피리 형, 믿을지 모르겠지만,

제대로 서 있지도 못하는 주제에 어제 우리, 즉 나와 조시모프가 잠깐 한눈을 판 사이에 옷을 입고 살짝 내빼서는 거의 자정까지 어디서 난리를 쳤는데, 형한테 하는 말이지만, 그것도 그야말로 혼미한 상태로 그랬으니, 상상이나 할 수 있겠냐고! 정말 기가 막힐 일이지!"

"정말 그야말로 혼미한 상태였습니까? 말씀 좀 해 보시죠!" 포르피리는 어딘가 여자 같은 몸짓을 하면서 고개를 내저었다.

"에잇, 허튼소리입니다! 믿지 마십시오! 하긴 그게 아니더라도 어차피 믿지 않잖습니까!" 그야말로 오기가 발동한 라스콜니코프의 입에서는 이런 소리가 터져 나왔다. 하지만 포르피리 페트로비치는 이 이상한 말을 제대로 알아듣지 못한 것 같았다.

"혼미한 상태가 아니었다면 어떻게 나갈 수 있었겠어?" 라주미힌이 갑자기 발끈했다. "대체 왜 나갔어? 뭘 하러……? 더군다나 하필이면 왜 몰래? 아니, 그럼 그때 네가 제정신이었다는 거야? 이제는 위험이 모두 지나갔으니까 너한테 탁 터놓고 말하는 거야!"

"어제 저들 모두에게 신물이 났거든요." 라스콜니코프가 갑자기 뻔뻔스럽고 도전적인 냉소를 머금은 채 포르피리 쪽을 보며 말했다. "저는 저들이 저를 찾아내지 못하도록 집을 얻으려고 도망쳤습니다, 돈다발도 챙겨들고요. 저어기 자묘토프 씨가 돈을 봤습니다. 어떻습니까, 자묘토프 씨, 어제 제가 멀쩡했는지 혼미한 상태였는지 판가름을 좀 해 주시겠습니까?"

그 순간 그는 당장 자묘토프를 목 졸라 죽일 수도 있을 것 같았다. 그의 시선과 침묵이 너무나 마음에 들지 않았던 것이다.

"제 생각으로는 말씀이야 극히 이성적이셨고 심지어 교묘하셨지만, 다만 너무 신경질적이셨지요." 자묘토프가 건조하게 말했다.

"오늘 니코짐 포미치 말로는" 하고 포르피리 페트로비치가 끼어들었다. "어제 몹시 늦은 시각에 마차에 치인 어느 관리의 집에서 당신을 봤다던데요……."

"거봐, 그 관리만 해도 그렇지!" 라주미힌이 말을 받았다. "아니, 그 관리 집에 갔을 때도 미쳤던 거 아냐? 마지막 남은 돈을 장례비로 쓰라며 과부에게 줘 버렸잖아! 뭐, 도와주고 싶은 마음이 들었겠지만, 그랬으면 15루블이나 20루블만 주고 하다못해 3루블이라도 남겨 뒀어야지, 어쩜 25루블을 몽땅 내줬냐!"

"네가 몰라서 그렇지, 혹시 내가 어디서 보물을 발견했을 수도 있잖아? 그래서 어제 나는 그렇게 선심을 썼던 거야……. 저어기 자묘토프 씨는 내가 보물을 발견한 사실을 알고 계시지……! 이거 정말 죄송합니다." 그는 입술을 파르르 떨며 포르피리에게 말을 걸었다. "이렇게 시시한 얘기를 주고받느라 반시간이나 폐를 끼치고 있군요. 넌덜머리가 나시죠, 예?"

"무슨 말씀을, 정반대, 정-반-대입니다! 당신이 얼마나 제 흥미를 끄는지 아신다면! 이렇게 보고 듣는 것만도 재미있는걸요…… 또 솔직히 말씀드리자면, 드디어 이렇게 찾아 주셔서 정말 기쁩니다……."

"차라도 좀 줘! 목이 바싹 말랐단 말이야!" 라주미힌이 소리쳤다.

"아주 좋은 생각이야! 다들 같이 마셔도 되겠는걸. 혹시…… 차를 마시기 전에 좀 더 그럴듯하게 바라는 건 없나?"

"냉큼 가 보기나 하시지!"

포르피리 페트로비치는 차를 시키러 나갔다.

이런저런 생각이 라스콜니코프의 머릿속에서 회오리처럼 소용돌이쳤다. 초조해서 미칠 지경이었다.

'무엇보다도, 이놈들은 뭘 숨기지도, 격식을 차리려고 하지도 않는다! 한데 나를 전혀 모른다면서 무슨 일로 니코짐 포미치와 내 얘기를 한 걸까? 다시 말해, 놈들이 개떼마냥 나를 뒤쫓고 있다는 사실을 숨길 마음이 전혀 없다는 소리다! 이렇게 노골적으로 낯짝에 침을 뱉다니!' 그는 미칠 듯 화가 나서 몸을 부르르 떨었다. '자, 그냥 대놓고 때리시지, 고양이가 쥐를 갖고 장난치는 것 같은 짓은 그만두시고. 이건 영 무례한 일이잖소, 포르피리 페트로비치, 아직은 용납하지 않겠어……! 일어나서 모두의 낯짝에다 대고 전부 사실대로 지껄여 줄 테다. 그럼 내가 네놈들을 얼마나 경멸하는지 훤히 알게 될 테지……!' 그는 가쁜 숨을 몰아쉬었다. '하지만 나만의 생각일 뿐이라면 어떡하지? 설마 이것이 신기루에 불과하고 모조리 나만의 착각이고 경험이 없는 탓에 성질을 부리다가 나의 비열한 역할을 감당하지 못하는 것이라면 어떡하지? 혹시 이 모든 것에 특별한 의도가 없는 건 아닐까? 놈들의 말은 모두 평범한 것이지만 그 속에는 뭔가가 있다……. 전부 언제나 할 수 있는 말이지만 뭔가가 있다. 왜 그는 곧장 '그 노파 집'이라고 말했을까? 왜 자묘토프는 내가 말을 할 때 교묘했다고 덧붙였을까? 왜 놈들은 저런 어조로 말하는 걸까? 그래…… 어조가……. 라주미힌은 여기 앉아 있으면서도 대체 왜 아무 눈치도 못 채는 걸까? 저 순진한 얼간이는 절대 아무 눈치도 못 채고 있단 말이다! 다시 열이 오른다……! 아까 포르피리가 나한테 윙크를 한 걸까, 아닐까? 분명히 아무것도 아닐 거야. 뭐하러 윙크를 하겠어? 내 신경을 건드리려고 그랬을까, 아니면 약을 올리려고? 모든 것이 신기루일 따름인가, 아니면 알고 있는 건가……! 심지어 자묘토프도 뻔뻔스럽다……. 아니, 자묘토프가 뻔뻔스러운가? 자묘토프는 밤사이에 생각을 바꾸었다. 그럴 줄 알았어, 그런 예감이 들었거든! 이 녀석, 여기에 처음 온 주제에 집안사람인 양 구는군. 포르피리도 이 녀석을 손님으로 생각하지 않는지, 저렇게 엉덩이를 돌리고 앉아 있다. 서로 접선을 한 거야! 틀림없이 나 때문에 접선을 한 거다! 우리가 오기 전에 틀림없이 내 얘기를 했을 것이다……! 그 집 얘기도 알고 있을까? 제발 빨리 좀……! 어제는 방을 구하러 도망쳤다고 말했을 때도 이놈은 귓등으로 흘려듣고 어떤 반응도 보이지 않았다……. 한데 집 얘기를 꺼낸 건 잘한 일이야. 나중에 쓸모가 있을 거야……! 혼미한 상태였다고들 하잖아……! 하-하-하! 이놈은 어젯밤 일을 전부 알고 있다! 그러고도 어머니가 오신 것은 몰랐다니……! 한데 그 마녀는 연필로 날짜까지 써 놨단 말이지……! 거짓말 한번 잘하시는군, 그런다고 내가 호락호락 넘어갈 줄 알고! 어떻든 이건 아직 사실도 아니잖아, 이건 그저 신기루일 따름이야! 아니, 이것들아, 사실을 내놓으란 말이다! 그 집 얘기도 사실이 아니고 미망에 불과하다. 나는 놈들에게 무슨 말을 해야 할지 안다……. 놈들은 그 집 건을 알고 있을까? 이걸 알아내기 전에는 떠나지 않겠다! 대체 나는 왜 왔지? 그나저나 나는 지금 너무 성질을 부리고 있다, 이건 사실이잖은가! 쳇, 나는 왜 이렇게 신경질적인 거야! 하긴 이편이 더 좋을 수도 있지. 환자 역할을 맡는 편이……. 놈은 나를 두고 진맥을 하는 셈이다. 갈팡질팡하게 만들겠지. 나는 대체 왜 온 걸까?'

이 모든 생각이 번개처럼 그의 뇌를 스치고 지나갔다.

포르피리 페트로비치는 금방 돌아왔다. 왠지 갑자기 신이 나는 모양이었다.

"이봐, 어제 너희 집에 갔다 온 뒤로 머리가 영……. 아니, 온몸에 어쩐지 나사가 풀린 것 같아." 그는 어조를 완전히 바꿔 웃으면서 라주미힌에게 말을 걸었다.

"그래, 어땠어, 재미있었어? 어제 나는 제일 흥미진진한 순간에 나와 버렸잖아? 누가 이겼지?"

"물론, 무승부지 뭐. 다들 영구적인 문제에 들러붙어 헛바람만 뿜어낸 거야."

"로쟈, 어제 무슨 문제에 그렇게 들러붙었을까, 상상해 봐. 범죄라는 것이 있느냐 없느냐, 하는 것이었어. 내가 말했잖아, 다들 귀신 씻나락 까먹는 소리나 잔뜩 지껄였다고!"

"그리 놀랄 건 또 뭐야? 흔한 사회 문제인걸." 라스콜니코프가 얼빠진 표정으로 대답했다.

"문제가 그런 식으로 제기되지 않았거든요." 포르피리가 지적했다.

"완전히 그런 건 아니었어, 그건 맞는 말이야." 라주미힌은 평소처럼 서둘러 대고 열을 올리며 당장 맞장구를 쳤다. "이봐, 로지온, 일단 들어 보고 네 견해를 말해 줘. 꼭 그래 줬으면 해. 나는 어제 저들과 필사적으로 논쟁을 벌이며 네가 오길 기다렸어. 네가 올 거라고 말해 놨거든……. 얘기는 사회주의자의 관점에서 시작됐어. 왜 유명한 관점 있잖아. 범죄는 비정상적인 사회구조에 대한 저항이며 오직 그뿐, 그 이상 아무것도 아니고 더 이상 그 어떤 이유도, 아무것도 허용되지 않는다, 하는 것 말이야……!"

"이거 또 허튼소리를 지껄이는군!" 포르피리 페트로비치가 소리쳤다. 그는 눈에 확 뜨일 만큼 생기를 띠며 라주미힌을 보고 쉴 새 없이 웃었으며 그럼으로써 그를 한층 더 충동질했다.

"아-아무것도 허용되지 않는다는 말씀!" 라주미힌이 열을 올리며 말을 가로막았다. "허튼소리를 하는 게 아니야……! 언제 그자들의 책을 보여 줄게. 그들은 모든 것이 '환경에 잠식'됐기 때문이지, 더 이상 아무것도 아니라는 거야! 그들이 애용하는 문구지! 이런 입장에서 보면 곧장, 사회를 정상적으로 축조한다면 모든 범죄가 한꺼번에 사라질 것이라는 결론이 나오는데, 더 이상 저항할 목적이 없어지고 다들 한순간에 올바른 인간이 될 것이기 때문이라는 거야. 인간의 본성이라는 것은 셈에 넣지도 않고, 천성을 추방하고 천성을 깡그리 무시한다니까! 그들 생각으로는, 인류가 역사적이고 살아 있는 길을 통해 끝까지 발전하여 결국엔 저절로 정상적인 사회로 바뀌는 것이 아니라 정반대로, 사회 체제가 무슨 수학적인 머리에서 나와 그 즉시 전 인류를 축조할 것이고 단 한 순간에, 어떤 살아 있는 과정보다 더 빨리, 어떤 역사적이고 살아 있는 길도 없이 인류를 올바르고 죄 없는 존재로 만들어 놓으리라는 거야! 그렇기 때문에 그들은 본능적으로 역사를 좋아하지 않는 거야. '역사 속에는 추악하고 어리석은 것밖에 없다.'는 것이고 모든 것이 오직 이 어리석음만으로 설명된다는 거지! 또 그래서 삶의 살아 있는 과정을 좋아하지 않는 거야. 살아 있는 영혼 따위는 필요 없다는 소리지! 살아 있는 영혼은 삶을 요구하고, 살아 있는 영혼은 기계론에 복종하지 않고, 살아 있는 영혼은 곧잘 의심하고, 살아 있는 영혼은 반동적이다! 하지만 이쪽은 썩은 고기 냄새를 풍기긴 해도 고무로 영혼을 만들 수 있다, 그 대신 살아 있는 건 아니다, 그 대신 의지도 없다, 그 대신 노예나 다름없어서 반역을 꾀하는 일도 없다! 그 결과, 모든 것을 오직 벽돌 쌓기로, 팔랑스테르* 안의 복도와 방 배치로 환원한 셈이야! 한데 팔랑스테르는 완성됐지만 인간의 본성은 아직 그 팔랑스테르에 걸맞게 완성되지 못한 까닭에 삶을 원한다, 삶의 과정이 아직 다 완료되지 못했고 무덤은 아직 이르다, 하는 식이야! 논리만으로 인간의 본성을 훌쩍 뛰어넘을 수야 없지! 논리는 세 가지 경우만 예측하지만, 그런 경

---

* 푸리에(1772~1837. 프랑스의 사상가, 공산주의자)가 제안한 공동주택(phalanstère)을 말한다.

우들이 백만 개는 족히 되거든! 그 백만 개를 몽땅 잘라 버리고 죄다 안락의 문제 하나로 환원하다니! 가장 손쉬운 문제 해결법이지! 매혹적일 만큼 분명하고 더 생각할 필요도 없잖아! 중요한 것은 더 생각할 필요도 없다는 거야! 삶의 비밀이 전부 다 인쇄 용지 두 장에 들어가니까!"

"이런, 봇물이 터졌어, 완전히 청산유수로다! 손이라도 묶어 놔야겠어." 포르피리가 웃었다. "한번 상상해 보십시오." 그가 라스콜니코프 쪽으로 몸을 돌렸다. "어제 저녁에도 이렇게 여섯 개의 목소리가 한 방에서 떠들어 댔으니, 더군다나 펀치까지 미리 잔뜩 마셨으니, 어디 상상이 가십니까? 아니, 이봐, 헛소리 좀 작작 해. 범죄에 있어서 '환경'은 많은 의미를 지닌단 말이야. 이 점은 내가 확증한다."

"많은 의미를 지닌다는 것은 나도 아는데, 그럼 이런 경우에 형은 뭐라고 말할까. 마흔 살 먹은 놈이 열 살짜리 소녀를 능욕하는 경우, 이것도 환경이 그놈을 그렇게 만든 거야, 어?"

"뭐, 그것도 엄밀한 의미에서는 환경 탓일 수 있지." 포르피리가 놀라울 정도로 근엄하게 응수했다. "어린 소녀를 상대로 한 범죄야말로 '환경'으로 아주 잘 설명할 수 있어."

라주미힌은 거의 미쳐 날뛰었다.

"정 그렇다면" 하고 그가 으르렁거렸다. "내가 형의 속눈썹이 하얀 이유는 오로지, 오직 이반 대제 종루의 높이가 35사젠*

---

* 1사젠은 약 2.134미터.

이기 때문이라는 결론을 도출한다면, 더군다나 분명하고 정확하고 진보적이고 심지어 자유주의적 뉘앙스까지 곁들인다면, 자, 어때? 시작한다! 어때, 내기할까!"

"받아들이지! 이 녀석이 어떻게 결론을 도출하는지 한번 들어 봅시다!"

"아니, 이 양반, 계속 연기를 하고 있잖아, 젠장!" 라주미힌은 이렇게 소리치더니 벌떡 일어나 한 손을 내저었다. "하긴 형과는 말할 가치도 없어! 이 양반은 계속 일부러 이러는 거야, 너는 아직도 이 양반을 몰라, 로지온! 어제만 해도 그놈들 편을 들었지만 그건 그놈들 모두를 바보로 만들기 위해서였어. 어제 이 양반이 무슨 말을 했는지, 세상에! 그놈들이야 기뻐했지만……! 실은 저렇게 이 주를 버티는 거야. 작년에는 무슨 목적에서인지 우리한테 수도사가 될 거라고 우겼어. 두 달이나 그럴 것처럼 고집을 부렸다니까! 최근에는 무슨 바람이 불었는지 결혼한다고, 결혼식 준비도 벌써 다 끝났다고 우기더군. 옷도 새로 맞추더라고. 우리는 이 양반에게 축하 인사를 건네기 시작했지. 하지만 신부도, 뭐도 전혀 없었어. 몽땅 신기루였던 거야!"

"이런, 또 허튼소리를 늘어놓는구먼! 옷은 그 전에 맞춘 거야. 새 옷을 보고 있자니 머릿속에서 너희를 전부 골려 주자는 생각이 떠올랐던 거고."

"정말로 그렇게 연기에 명수이십니까?" 라스콜니코프가 태연스레 물었다.

"그럼, 아니라고 생각하셨습니까? 좀 기다려 보십시오, 당신도 한번 속여 넘겨 볼 테니, 하-하-하! 아니, 실은 말입니다, 전부 사실대로 말씀드리죠. 이런 유의 범죄나 환경이나 소녀들 문제와 관련하여 지금 제 머릿속에 떠오른 것은 — 하긴 항상 흥미를 갖고 있긴 했지만 — 당신이 쓴 논문 한 편인데, 「범죄론」이던가요……. 아니면 저어기 뭐더라, 제목을 잊었군요, 기억이 안 나네요. 두 달 전에 《정간 논평》에서 읽어 볼 기회가 있었는데요."

"제 논문을요? 《정간 논평》이라고요?" 라스콜니코프가 놀라며 물었다. "사실 반년 전 대학을 나올 무렵, 어느 책과 관련된 논문을 한 편 쓰긴 했지만, 그때 저는 그것을 《정간 논평》이 아니라 《주간 논평》에 투고했는데요."

"그러다가 《정간 논평》으로 갔습니다."

"하지만 《주간 논평》이 폐간돼서 그때 발표를 못했는데……."

"그건 맞습니다. 하지만 《주간 논평》이 폐간되면서 《정간 논평》과 통합되었고 그래서 당신의 논문은 두 달 전에 《정간 논평》에 실렸습니다. 모르셨습니까?"

라스콜니코프는 정말로 아무것도 모르고 있었다.

"이런, 그쪽에 원고료를 요구하실 수도 있을 텐데요! 그나저나 당신도 성격이 참! 자신과 직접적으로 관련된 일도 모르실 정도로 고립된 생활을 하시다니. 아무튼 이건 사실입니다."

"브라보, 로지카! 나도 몰랐는걸!" 라주미힌이 소리쳤다. "오늘 당장 열람실로 달려가 그 잡지를 신청하겠어! 두 달 전이라고? 발행 일자는? 뭐, 괜찮아, 찾아낼 테니까! 정말 큰 건이잖아! 그런데도 이 녀석, 말도 하지 않고!"

"제 논문이라는 건 어떻게 아셨습니까? 이니셜로만 서명됐는데."

"우연히, 그것도 최근에 알게 됐습니다. 편집자를 통해서요, 아는 사이라……. 정말 관심이 가더군요."

"저는 범죄가 진행되는 동안 범죄자의 심리 상태를 고찰했던 걸로 기억되는군요."

"그렇습니다, 범죄 행위를 수행할 때는 항상 질병이 수반된다고 주장하시더군요. 몹시, 몹시 독창적이지만…… 원래 제 관심을 끈 것은 당신 논문의 그 부분이 아니라 논문의 말미에 살짝 언급된 어떤 생각인데, 유감스럽게도 암시만 됐지 논의는 불분명하더군요……. 기억하실지 모르겠지만, 한마디로 말해, 세상에는 온갖 난동과 범죄를 저지를 수 있는…… 다시 말해 그럴 수 있는 정도가 아니라 그럴 만한 온전한 권리를 가진 어떤 인물들이 존재한다, 그런 자들에게는 법률도 없는 셈이다, 하는 암시 같은 것이 있더군요."

라스콜니코프는 자신의 사상이 인위적으로 무리하게 왜곡된 것에 피식 웃었다.

"뭐라고? 그게 무슨 소리지? 범죄를 저지를 권리라고? 하지만 '환경에 잠식된' 탓이 아니란 말이야?" 라주미힌이 왠지 경악하며 물어보았다.

"아니, 아니야, 완전히 그 때문이라는 것도 아니야." 포르피리가 대답했다. "핵심이 뭐냐면, 이분의 논문에서는 모든 사람이 어찌어찌하여 '평범한 사람'과 '비범한 사람'으로 분류

돼. 평범한 사람은 순종하며 살아야 하고 법률을 뛰어넘을 권리가 없는데, 그 이유는 그들이 그러니까 평범한 사람이기 때문이야. 반면, 비범한 사람은 온갖 범죄를 저지르고 온갖 방식으로 법률을 뛰어넘을 권리가 있는데, 그 이유는 그들이 비범한 사람이기 때문이야. 이런 내용이었던 것 같은데요, 제가 오독을 한 것이 아니라면요?"

"어떻게 그럴 수가 있어? 그럴 수는 없지!" 의혹에 사로잡혀 라주미힌이 중얼거렸다.

라스콜니코프는 또다시 피식 웃었다. 그는 무엇이 문제인지, 자기를 어디로 몰아붙이려는지 단번에 파악했다. 자신의 논문도 기억하고 있었다. 그는 도전을 받아들이기로 결심했다.

"제 논문의 내용이 완전히 그랬던 것은 아닙니다." 그가 진솔하고 겸손하게 말을 시작했다. "하긴, 솔직히 말해, 당신은 내용을 거의 정확하게 정리해 주셨습니다, 심지어 더할 나위 없이 정확하달까요…….(그는 더할 나위 없이 정확했음을 인정해 주는 것이 유쾌한 모양이었다.) 차이점이라면 오로지, 저는 당신의 말씀처럼 비범한 사람은 항상 온갖 무법 행위를 자행해야 되고 반드시 그럴 의무가 있다고 주장하는 건 절대 아닙니다. 제 생각으론 그런 논문이라면 아예 발표도 못하게 했을 것 같군요. 저는 그저 '비범한 사람'이 모종의 권리를 갖는다고…… 다시 말해 공식적인 권리가 아니라 그 스스로 자신의 양심이 허락하는 한…… 어떤 장애물을 뛰어넘을 권리를 갖는다고 암시했을 따름이며, 더욱이 오로지 자신의 사상(때로는 전 인류에게 구원적인 것이 될 수도 있고요.)을 실행하는 데 그것이 요구될 경우에만 그렇다는 겁니다. 제 논문이 불분명하다고 말씀하시는데요, 가능한 한 명확히 정리해 드릴 용의가 있습니다. 저의 어림짐작으로는 당신도 그러길 바라시는 것 같으니, 예, 좋습니다. 제 생각에, 케플러나 뉴턴의 발견이 어떤 복잡한 요인 때문에 그 발견에 방해가 되거나 그 여정에 장애물처럼 서 있는 사람, 한 명이든 열 명이든 백 명이든 하여간 그 사람들의 목숨을 희생하지 않고서는 사람들에게 알려질 수 없는 것이라면, 뉴턴은 자신의 발견을 전 인류에게 알리기 위해 이 열 명 혹은 백 명을…… 제거할 권리가 있으며 심지어 그럴 의무마저 있을 것입니다. 하지만 그렇다고 해서, 뉴턴이 이놈 저놈 아무나 내키는 대로 죽이거나 시장에서 매일 도둑질을 할 수 있는 권리가 있다는 결론이 나오는 것은 절대 아닙니다. 나아가, 제 기억으로, 제가 그 논문에서 개진하는 바에 따르면, 모든…… 뭐, 예컨대, 아주 고대부터 리쿠르고스, 솔론, 마호메트, 나폴레옹 등에 이르기까지 인류의 입법자나 제정자라 할지라도 모두가 하나에서 열까지 전부 범죄자였다, 새로운 법률을 내놓고 그럼으로써 사회에서 신성시되고 자자손손 대대로 전해져 온 오랜 법률을 파괴하고, 유혈 사태가(때로는 오랜 법률을 지키기 위해 그야말로 아무 죄 없이, 떳떳하게 행해진 유혈 사태도 있지만) 자기들에게 도움이 될 수만 있다면 물론 그 피 앞에서도 전혀 주저하지 않았다는 점만으로도 범죄자였다, 라는 겁니다. 이런 인류의 은인과 제정자들 대부분이 유달리 소름끼치는 살인마였다는 사실은 실로 주목할 만하죠. 한마디로, 저의 결론인즉, 위대한 사람들뿐만 아니라 궤도에서 조금이라도 일탈한 사람들, 즉 무엇이든 새로운 것을 말할 능력이 조금이라도 있는 사람들은 그 본성상 반드시 범죄자가 될 수밖에 없다, 물론 정도의 차이는 있으나 어쨌거나 그렇다, 라는 겁니다. 그들은 다른 방식으로는 궤도에서 일탈하기 힘들고, 그렇다고 궤도에 머물러 있는 것도 그 본성상 동의할 수 없고, 제 생각으론, 동의하지 않을 의무마저 있습니다. 한마디로 말해, 보시다시피, 지금까지는 여기에 특별히 새로운 건 전혀 없습니다. 이런 내용은 천 번은 족히 쓰였고 또 읽혔지요. 사람들을 평범한 사람과 비범한 사람으로 분류한 것에 관한 한, 다소간 자의적이었다는 점은 인정하지만 사실 제가 정확한 수치에 근거하여 주장하는 것은 아니잖습니까. 저는 다만 저의 주된 사상을 믿을 뿐입니다. 그것은 바로, 인간이 자연의 법칙에 따라 대체로 두 부류로 나뉜다는 것입니다. 하나는 하급 부류(평범한 사람들), 즉 오로지 자신과 비슷한 자들을 생산하는 데만 기여하는, 말하자면 재료이며, 다른 하나는 본질적으로 사람들, 즉 자신이 속한 무리에서 새로운 말을 할 수 있는 천부적 재능이나 능력을 가진 사람들입니다. 이것을 세분하자면 물론 끝도 없겠지만, 두 부류를 구분 짓는 특징은 상당히 명확합니다. 첫 번째 부류, 즉 재료는, 대체적으로 말해, 그 본성상 보수적이고 점잖은 데다가 순종하며 살고 또 순종하는 것을 좋아합니다. 제 생각으로는, 그들은 순종할 의무가 있는데, 그것이 그들의 사명이며 그런다고 굴욕감을 느낄 이유도 전혀 없기 때문입니다. 두 번째 부류는 전부 법률을 넘어서는 자들, 그 능력에 따라 파괴자이거나 그런 경향이 있는 자들입니다. 이런 사람들의 범죄는 물론 상대적이며 그 종류도 다양합니다. 대개의 경우, 그들은 극히 다양한 성명을 통해 보다 더 나은 것의 이름으로 현재의 것을 파괴하길 요구합니다. 하지만 자신의 이념을 위해 시체라도, 피라도 뛰어넘어야 한다면 그는, 제 생각으로는, 내면의 양심에 따라 스스로에게 피를 뛰어넘는 것을 허용할 수 있으되 그건 어디까지나 이념과 그것의 규모에 따른 것이라는 점 — 이 점을 유념하십시오. 오직 이런 의미로 저는 제 논문에서 범죄에 대한 그들의 권리를 논하는 겁니다.(기억하시겠지만, 우리의 논의는 법률적인 문제에서 시작됐잖습니까.) 그래도 많이 불안해할 필요는 전혀 없습니다. 대중은 그들의 이러한 권리를 거의 절대로 인정하지 않은 채 그들을 처형하고 목매달고(정도의 차이는 있지만요.) 그로써, 완전히 옳은 일인데, 자신의 보수적인 사명을 이행하는 반면, 다음 세대에 가서는 바로 그 대중이 처형된 자들을 단상 위에 세우고 그들에게 경배하는 겁니다.(정도의 차이는 있지만요.) 첫 번째 부류는 항상 현재의 주인이며 두 번째 부류는 미래의 주인입니다. 전자는 세계를 보존하고 수적으로 증대시킵니다. 후자는 세계를 움직이고 목표를 향해 이끌고 갑니다. 이쪽저쪽 다 존재할 권리를 완전히 똑같이 갖고 있습니다. 한마디로, 제 논문에서는 모두 동등한 권리를 갖는다는 것이며 vive la guerre éternelle(영원한 투쟁 만세)라고 할 만하죠, 물론 새 예루살렘*이 도래할 때까지만!"

---

* 「요한묵시록」 21장 1-3절 참조.

"그럼 어쨌거나 새 예루살렘을 믿으시는군요?"

"예, 믿습니다." 라스콜니코프가 확고하게 대답했다. 이 말을 하면서, 또 자신의 기나긴 일장연설이 진행되는 내내 그는 양탄자의 한 지점을 골라 그렇게 바닥만 내려다보고 있었다.

"그-그-럼 신도 믿으십니까? 실례지만 궁금해지는군요."

"예, 믿습니다." 라스콜니코프는 이 말을 반복하며 포르피리를 향해 눈을 들어 올렸다.

"그-그럼 라자로의 부활*도 믿으십니까?"

"믿-믿습니다. 왜 그런 것을 자꾸 물어보시죠?"

"문자 그대로 믿으십니까?"

"예, 문자 그대로."

"그렇군요⋯⋯ 그냥 궁금해져서요. 실례했습니다. 하지만 말이죠, 아까 그 문제로 돌아가자면, 사실 그들이 항상 처형된 건 아니잖습니까. 어떤 이들은 정반대로⋯⋯."

"살아생전에 승승장구한다? 아, 예, 어떤 자들은 살아생전에 목적을 달성하고 그때는⋯⋯."

"그들 쪽에서 처형하기 시작한다는 건가요?"

"필요할 경우에는 심지어 대부분이 그럴걸요. 대체로 당신의 지적은 예리하군요."

"고맙습니다. 하지만 또 묻고 싶은 것이 있는데요, 대체 평범한 사람과 비범한 사람을 어떻게 구별하죠? 태어날 때 무슨 표식이라도 있는 겁니까, 예? 제 말인즉, 이 경우에는 아무

---

* 「요한복음」 11장 1-44절 참조. 이 소설의 4부 4장에서 자세히 얘기된다.

래도 정확한 특징이, 말하자면 보다 더 외적으로 명확한 특징이 있어야 할 것 같거든요. 실제적이고 호의적인 인간으로서 자연스레 이런 불안을 갖는 점, 좀 양해해 주시고요, 어쨌거나 이 경우에는 예컨대 특수한 옷을 마련해 준다거나 뭐 저어기 무슨 낙인을 찍어 준다거나 해야 하지 않겠습니까, 예……? 인정하시겠지만, 혹시 몽땅 뒤죽박죽돼서 한쪽 부류의 사람이 자기는 다른 쪽 부류에 속한다고 상상하여, 당신이 극히 적절히 표현하신 대로 '모든 장애물을 제거'하기 시작하면 그 경우에는 그야말로……."

"오, 그거야말로 극히 자주 일어나는 일이죠! 당신의 그 지적은 방금 전보다 더 예리한데요……."

"감사합니다……."

"천만의 말씀입니다. 하지만 그런 실수는 오직 첫 번째 부류, 즉 '평범한 사람'(이 명칭이 썩 적절치 않은지도 모르겠군요.) 부류에서만 일어날 수 있음을 고려해 주십시오. 그들은 타고나길 순종적인 경향을 띠지만 그럼에도, 암소도 더러 보이는 자연의 장난기로 인해 그들 중 극히 많은 사람이 스스로를 선각자로, '파괴자'로 상상하길, '새로운 말'을 내뱉으려 안달하길 좋아합니다, 더군다나 그야말로 진심으로 말이죠. 하지만 그와 동시에 정작 새로운 자들을 알아보지도 못하고 심지어 사고방식이 비굴한 구닥다리로 취급하며 경멸하는 일이 허다합니다. 하지만 제 생각으로는, 이 경우에 그다지 큰 위험이 있을 리도 없고 사실 당신이 걱정하실 건 전혀 없는데요, 그들은 절대 멀리 나가지 못하거든요. 그들이 지나치게 몰입하면 자기 분수를 알라고 더러 채찍질 정도는 할 수 있겠지만, 그 이상은 필요 없습니다. 이 경우에는 숫제 집행자도 필요 없습니다. 워낙에 착실한 자들이라, 그들 스스로 자기 자신을 채찍질할 테니까요. 어떤 자들은 서로를 위해 이 수고를 덜어 줄 것이고, 또 어떤 자들은 자기 손으로 스스로를 채찍질할 테고요……. 그러면서 사람들 앞에서 스스로 여러 방식으로 회개하기 때문에 결국 아름답고 교훈적인 결과가 나오고, 한마디로, 당신이 걱정하실 필요는 전혀 없습니다……. 이것도 그 나름의 법칙이죠."

"그럼, 적어도 그쪽으론 저도 얼마간은 안심이 됩니다. 하지만 또 큰 문제가 있군요. 저어기 말이죠, 다른 사람들을 찔러 죽일 수 있는 권리를 가진 사람들, 즉 저 '비범한 사람들'이 많이 있습니까? 저야 물론 얼마든지 경배할 용의가 있지만, 사실 그런 자들이 아주 많으면 기분이 상당히 더럽지 않을까요, 그렇잖습니까, 예?"

"오, 그 점도 염려할 것 없습니다." 라스콜니코프는 똑같은 어조로 말을 이어 갔다. "대체로 새로운 사상을 가진 사람들, 심지어 뭐든 조금이나마 새로운 말을 할 수 있는 사람들은 이례적일 만큼 적게 태어납니다, 심지어 이상할 정도로 적습니다. 한 가지 분명한 사실은 이 모든 부류와 세부 부류에 속하는 사람들이 태어나는 질서가 필경 어떤 자연법칙에 따라 극히 확실하고 정확하게 규정돼 있다는 것입니다. 이 법칙은 물론 지금은 밝혀지지 않았지만, 저는 그것이 분명히 존재하며 나중에는 밝혀질 수 있으리라고 믿습니다. 거대한 인간 집단,

즉 재료가 세상에 존재하는 것은 오직, 마침내 어떤 노력을 통해, 또 지금도 신비에 싸인 어떤 과정, 즉 종족과 이족의 교배 같은 것을 통해 열심히 애를 써서 뭐, 천 명에 한 명이라도 다소나마 자주적인 인간을 낳기 위해서입니다. 보다 폭넓은 자주성을 갖춘 자는 아마 만 명에 한 명쯤(일목요연하도록 대충 예를 들어 말하는 겁니다.) 태어날까 말까겠지요. 천재적인 사람은 백만 명에 한 명쯤, 위대한 천재나 인류의 완수자는 아마 지구상에 수십억의 사람들이 거쳐 간 다음에야 한 명쯤 나올까 싶군요. 한마디로, 이 모든 작용이 일어나는 증류기 속을 제가 직접 들여다본 것은 아닙니다. 하지만 일정한 법칙은 반드시 있고 또 그래야 합니다. 이 경우, 우연이란 있을 수 없습니다."

"아니, 지금 둘이 뭐야, 농담 따 먹기 하냐?" 라주미힌이 마침내 소리를 질렀다. "서로를 속여 먹는 중인가, 어? 마주 앉아서 서로를 놀려 먹고 있잖아! 너, 진담이야, 로쟈?"

라스콜니코프는 창백하고 거의 서글픈 얼굴을 말없이 들어 그를 쳐다볼 뿐, 아무 대답도 하지 않았다. 라주미힌은 슬픔에 잠긴 이 조용한 얼굴과 나란히 공존하는, 포르피리의 거침없고 집요하고 신경질적이고 무례한 독살스러움이 이상하게 여겨졌다.

"야, 그래, 그게 정말로 진담이라면……. 이것이 새로울 것도 없고 우리가 천 번은 족히 읽고 들은 것과 전부 비슷하다고 한 네 말은 물론 옳아. 하지만 이 모든 얘기에서 정말로 독창적인 것, 정말로 너만의 전유물인 것은, 나로서는 그야말로 소름끼치는 일인데, 그건 어쨌거나 양심에 따라 피를 허용한다는 점, 미안하지만, 더군다나 그토록 광신적이라는 점이야……. 그러니까 바로 이것이 네 논문의 주된 사상인 셈이지. 실상 이렇게 양심에 따라 피를 허용하는 것은, 이것은…… 이것은 내 생각에는, 공식적으로, 합법적으로 유혈을 허용하는 것보다 더 무서운 일이야…….”

“정말 옳은 말씀, 더 무섭고말고.” 포르피리가 응수해 주었다.

“아니, 어쩌다 그만 흠뻑 빠진 거야! 여기에는 오류가 있어. 한번 읽어 봐야겠는걸……. 너는 너무 흠뻑 빠져 버렸어! 네가 그렇게 생각할 리 없는데……. 아무래도 한번 읽어 봐야겠다.”

“논문에는 그런 내용은 전혀 없어, 거기에는 그냥 암시만 있을 뿐이야.” 라스콜니코프가 말했다.

“그렇습니다, 그렇지요.” 포르피리는 자리에 가만히 앉아 있지를 못했다. “이제는 당신이 범죄를 어떤 시각으로 보시는지 거의 분명히 알겠습니다만…… 이렇게 끈덕지게 굴어서 죄송한데(왜 이렇게 폐를 끼치는지, 원, 저 스스로도 창피하군요!) 아시다시피, 아까 두 부류가 실수로 그만 뒤섞일 경우에 관해서는 덕분에 저도 몹시 안심이 됐지만…… 여기서 이런저런 실제적인 경우들이 여전히 또 마음에 걸리는군요! 뭐, 어떤 사내 녀석이나 젊은 녀석이 자기가 리쿠르고스나 마호메트라고 — 물론 미래에 그리 될 거라고 — 상상하여…… 그렇게 되기 위해 모든 장애물을 제거하자는 식으로 나오면…… 머나먼 원정이 임박했고 그 원정에는 돈이 필요하다, 이런 식으로…… 뭐, 원정을 위해 이것저것 손에 넣기 시작할 테고…… 아시겠죠?”

한구석에 앉아 있던 자묘토프가 갑자기 코웃음을 쳤다. 라스콜니코프는 그쪽으로 눈길조차 주지 않았다.

"저 역시 동의하지 않을 수 없군요." 그가 침착하게 대답했다. "그런 경우가 정말 분명히 있을 겁니다. 어리석고 허영심 많은 자들이라면 특히나 더 그런 술수에 잘 걸려들죠. 젊은 층은 특히나 더."

"거 보십시오. 그럼 어떡합니까?"

"그냥 그런 거죠." 라스콜니코프가 피식 웃었다. "그게 제 잘못은 아니니까요. 그냥 그런 거고 항상 그럴 겁니다. 방금 이 녀석은(그는 라주미힌을 향해 고갯짓을 했다.) 제가 피를 허용한다고 말했잖습니까. 아니, 그래서 뭐요? 사회에는 유형이니 감옥이니 예심판사니 강제 노동이니 징역이니 하는 것이 얼마든지 갖춰져 있는데, 걱정할 게 뭐 있습니까? 그냥 도둑이나 찾아보시죠……!"

"그래서 찾아낸다면?"

"그쪽이 그자의 길이죠."

"참 논리적이시군요. 그럼, 그의 양심은?"

"아니, 그게 당신과 무슨 상관입니까?"

"뭐, 그냥, 인도적인 차원에서 물어보는 겁니다."

"양심이 있는 자는, 자신의 오류를 의식한다면, 괴로워하겠죠. 이게 그에겐 벌입니다, 징역과는 별개로."

"그럼, 정말로 천재적인 자들은" 하고 라주미힌이 인상을 쓰며 물었다. "남을 찔러 죽여도 되는 권리를 부여받은 자들, 그자들은 자기가 초래한 유혈에 대해서도 전혀 괴로워하지 말아야 된단 말이야?"

"대체 왜 여기에 말아야 된다라는 말이 들어가지? 여기에는 허용도, 금지도 없어. 희생양이 불쌍하면 괴로워하라 그래……. 폭넓은 의식과 심오한 마음의 소유자라면 고뇌와 고통은 항상 필수적인 법이지. 진정으로 위대한 사람들이라면, 내 생각으로는, 세상의 위대한 슬픔을 느끼지 않으면 안 돼." 그는 갑자기 생각에 잠긴 듯 이렇게 덧붙였는데, 심지어 대화를 나누는 어조도 아니었다.

그는 눈을 들어 올려 생각에 골몰한 표정으로 일동을 바라보더니 미소를 지으며 학생모를 집어 들었다. 아까 들어올 때와 비교하면 너무나 침착했고, 스스로도 그렇게 느끼고 있었다. 다들 일어섰다.

"뭐, 저를 욕하실지, 화를 내실지 어떨지 모르겠지만, 도무지 참을 수가 없군요." 포르피리 페트로비치가 또 말을 종합했다. "하나만 더 여쭤보고 싶은데요(정말 폐를 끼치는군요!) 그저 자그마한 생각 하나를 슬쩍 비추어 봤으면 싶어서요, 오로지 그저 잊어버리지 않기 위해서……."

"좋습니다, 그 생각이 무엇인지 말씀해 보시죠." 라스콜니코프는 진지하고 창백한 모습으로 그의 앞에 선 채 말을 기다렸다.

"그러니까 말입니다…… 사실 어떻게 표현해야 더 적절할지 모르겠지만…… 그 생각이라는 것이 너무나 장난스럽고…… 심리적인 것이라서……. 그러니까 말입니다, 그 논문을 쓰실 무렵, 혹시 당신 자신을 그러니까, 헤-헤, 뭐, 아주 조금이라도 '비범한 사람'으로, 새로운 말을 하는 사람으로 생각했을 리는 없을까요, ─ 즉 당신이 말씀하신 그 의미로 말이죠……. 그렇지 않습니까?"

"충분히 그랬을 수 있죠." 라스콜니코프가 경멸스럽다는 듯 대답했다.

라주미힌이 몸을 달싹였다.

"그렇다면 혹시 당신 스스로 모종의 결심을, 그러니까 저어기 무슨 생활상의 애로 사항과 압박 때문이든 어떻게든 인류 전체에 공헌하기 위해서든 여하튼 장애물을 뛰어넘기로 결심했을 리는 없을까요……? 뭐, 예를 들면 살인이나 강도나……?"

그러고서 그는 어쩐지 갑자기 또 왼쪽 눈을 찡긋하며 소리 없이 웃음을 터뜨렸는데, 아까와 똑같았다.

"만약 그렇게 뛰어넘었더라면, 물론, 당신에게 말하지는 않았겠죠." 도전적이고 오만한 경멸이 담긴 어조로 라스콜니코프가 대답했다.

"아니, 저는 그냥, 원래 당신의 논문을 제대로 이해하기 위해 관심을 보였을 따름입니다, 오직 학적인 의미에서……."

'쳇, 속이 빤히 보이는 뻔뻔한 수작이군!' 라스콜니코프는 혐오감을 느끼며 이렇게 생각했다.

"한 말씀 드리자면" 하고 그가 건조하게 대답했다. "저는 스스로를 마호메트나 나폴레옹 같은 인물로 생각하지 않으며…… 그 비슷한 어떤 인물로도 생각하지 않기 때문에, 저 자신이 그들이 되지 않는 이상 제가 어떻게 행동했을지 만족스러운 설명을 해 드릴 수 없군요."

"뭐, 됐습니다, 지금 우리 루시*에서 스스로를 나폴레옹으로 생각하지 않는 사람이 누가 있겠습니까?" 포르피리는 갑자기 소름 끼치도록 허물없는 태도를 취하며 말했다. 이번에는 그 목소리의 억양에도 뭔가 유달리 분명한 것이 깃들어 있었다.

"혹시 지난주에 도끼로 우리 알료나 이바노브나를 해치운 놈도 미래의 나폴레옹 같은 자가 아니었을까요?" 구석에 앉아 있던 자묘토프가 갑자기 이렇게 지껄였다.

라스콜니코프는 잠자코 있으면서 확고한 시선으로 포르피리를 뚫어져라 쳐다보았다. 라주미힌은 음울하게 인상을 쓰고 있었다. 그전부터 뭔가 짚이는 것이 있는 모양이었다. 그는 분노에 차 주의를 둘러보았다. 음울한 침묵의 순간이 지나갔다. 라스콜니코프는 그만 가려고 몸을 돌렸다.

"벌써 가십니까!" 포르피리가 굉장히 다정스레 손을 내밀며 상냥하게 말했다. "이렇게 알게 돼서 얼마나 기쁜지 모르겠습니다. 부탁하신 건은 의심도 하지 마십시오. 제가 말씀드린 대로 그렇게 쓰시면 됩니다. 아니, 차라리 저기 제 사무실로 직접 들러 주시죠…… 언제 조만간에…… 뭐, 내일이라도. 저는 11시쯤엔 분명히 그곳에 가 있을 겁니다. 일도 다 처리하고…… 얘기도 좀 하고요……. 그곳에 마지막으로 갔던 사람들 중 한 명으로서 우리에게 무슨 말씀을 해 주실 수 있을 테

* 러시아의 옛 명칭.

니까요…….” 그는 아주 착한 표정을 지으며 덧붙였다.

“저를 공식적으로 심문하시려고요, 격식을 전부 갖춰서?” 라스콜니코프가 날카롭게 물었다.

“아니, 왜요? 지금으로선 그럴 필요는 전혀 없습니다. 잘못 이해하셨군요. 저는 말입니다, 기회를 놓치지 않는 사람이고…… 그리고 전당 잡힌 모든 사람들과 벌써 얘기를 나누었고…… 어떤 사람들에게는 진술도 받아 놓았는데…… 당신은 마지막 사람으로서……. 아참, 마침 잘됐군요!” 그가 느닷없이 뭐가 그리 기쁜지 소리를 질렀다. “마침 기억이 났어요, 참나, 내 정신 좀 봐……!” 그는 라주미힌 쪽으로 몸을 돌렸다. “거 있잖아, 그때 나한테 그 니콜라쉬카라는 사람 얘기를 귀에 못이 박히도록 했잖아…… 그래, 나도 알아, 알고말고.” 그는 라스콜니코프 쪽으로 몸을 돌렸다. “그 청년은 결백하니, 어쩌겠습니까, 미치카를 괴롭히지 않을 도리가 없군요…… 바로 이게 문제, 문제의 핵심이죠. 그때 계단을 올라가시면서…… 죄송하지만, 거기 계셨던 때가 7시가 좀 지난 시각이었죠?”

“예, 7시가 좀 지났죠.” 라스콜니코프는 이렇게 대답했으나, 바로 그 순간 이 말은 하지 않아도 되었다는 느낌이 들어 불쾌해졌다.

“그럼 7시가 좀 지난 시각에 계단을 지나시다가 혹시 2층에 문을 열어 놓은 아파트, 기억나십니까? 거기서 두 명의 일꾼을, 혹은 그중 한 명이라도 못 보셨습니까? 그들은 거기서 페인트칠을 하고 있었는데, 혹시 눈여겨보지 않으셨습니까? 그들로서는 정말, 정말 중대한 문제거든요……!"

"칠장이 말입니까? 아니요, 못 봤는데요……." 라스콜니코프는 기억을 더듬듯 천천히 대답했으며 바로 그 순간, 정확히 어디에 덫이 있는지, 뭔가를 놓친 것은 아닌지 어서 빨리 간파하느라 너무 고통스러운 나머지 온 존재가 바싹 긴장하고 몸이 마비되는 것 같았다. "아니요, 못 봤습니다, 게다가 문을 열어 놓은 아파트라니, 뭘 눈여겨보지는 않았는데…… 아참, 4층에서(그는 이미 덫을 완전히 파악한 채 의기양양하게 굴었다.) 관리 한 명이 아파트에서 이삿짐을 옮기고 있던 것이 기억나는군요…… 알료나 이바노브나의 아파트 맞은편이고…… 기억납니다…… 이건 분명히 기억나는군요…… 군인들이 무슨 소파 같은 것을 내가고, 또 그러느라 저를 벽 쪽으로 밀어붙였는데…… 칠장이라면, 아니요, 칠장이가 있었는지 어땠는지는 기억이 안 나는군요…… 게다가 문을 열어 놓은 아파트는 어디에도 없었던 같은데요. 예, 없었습니다……."

"아니, 형 뭐야!" 갑자기 라주미힌이 퍼뜩 정신을 차리고 깨달은 것이 있었는지 이렇게 소리쳤다. "칠장이들이 칠을 한 것은 살인 사건이 있던 그날이었고, 이 녀석이 거기 간 것은 그 사흘 전이잖아? 대체 뭘 묻고 있는 거야?"

"쳇! 착각을 했군!" 포르피리가 자기 아마를 탁 쳤다. "제기랄, 이 일 때문에 정신이 오락가락한다니까!" 그는 심지어 사과를 하듯 라스콜니코프 쪽을 보았다. "우리로서는 7시가 지난 시각에 그들이 그 아파트에 있는 것을 본 사람이 있는지를 알아내는 것이 너무 중요하고 때문에 지금 당신도 무슨 말씀을 해 주실 수 있지 않을까 하는 생각에…… 마구 착각을 했지 뭡니까!"

"그러니까 정신을 더 똑바로 차려야지." 라주미힌이 무뚝뚝하게 지적했다.

마지막 말은 이미 현관으로 나와 주고받은 것이었다. 포르피리 페트로비치는 굉장히 상냥하게 그들을 문 있는 데까지 배웅했다. 둘은 침울하고 음산한 모습으로 거리로 나왔고, 몇 발짝을 걷는 동안에도 한마디도 하지 않았다. 라스콜니코프는 깊은 한숨을 내쉬었다…….

6

"……못 믿겠어! 믿을 수 없어!" 어리둥절해진 라주미힌은 같은 말을 계속 반복하며 라스콜니코프의 논증을 반박하려고 안간힘을 썼다. 그들은 벌써 풀헤리야 알렉산드로브나와 두냐가 오래전부터 자기들을 기다리고 있는 바칼레예프 여관까지 거의 다 온 상태였다. 라주미힌은 도중에도 얘기에 열중한 나머지 쉴 새 없이 걸음을 멈추었고, 둘이서 그 얘기를 처음으로, 또 분명히 꺼냈다는 것만으로도 이미 당황하고 흥분해 있었다.

"믿지 마!" 라스콜니코프가 차갑고 무성의한 냉소를 보이며 대답했다. "너는 평소 버릇대로 아무것도 알아채지 못했겠지만, 나는 말 한마디, 한마디를 다 재 봤어."

"너야 의심이 많은 녀석이니까 그렇게 재 본 거고……. 음…… 정말이지, 나도 포르피리의 어조가 상당히 이상했다는 건 동의해, 특히 이놈의 비열한 자묘토프……! 네 말이 맞아, 그놈한테는 뭔가가 있었어. 하지만 왜? 왜 그랬을까?"

"밤사이에 생각을 바꿨나 봐."

"아니, 정반대야, 정반대! 만약 저 녀석들이 그런 얼빠진 생각을 품고 있었다면, 그런 내색은 하지 않고 자기들의 카드를 숨기려고 애썼을걸, 나중에 사로잡으려고 말이야……. 하지만 방금은 어땠어, 정말 뻔뻔스럽고 부주의했잖아!"

"만약 놈들에게 물증이, 즉 진짜 물증이 있었거나 혐의에 얼마간이나마 근거가 있었다면, 그랬다면 그들도 정말로 수작을 숨기려고 애썼을 거야. 좀 더 많은 승산을 올리려는 희망에서 말이야.(하긴 진즉에 가택수색을 했을 텐데!) 하지만 놈들은 물증이라고는 단 하나도 없고, 죄다 신기루에 양날의 칼에 덧없는 망상일 뿐이야. 바로 그래서 놈들은 뻔뻔하게 나와 상대를 갈팡질팡하게 만들려고 애쓰는 거야. 어쩌면 그놈 스스로도 물증이 없다는 사실에 성질이 나고 울화통이 치밀어 폭발한 것인지도 모르지. 무슨 의도가 있었는지도 모르겠고……. 사람은 영리한 것 같으니까……. 자기가 뭘 알고 있다는 걸로 나를 놀래 주고 싶었는지도 모르지. 이봐, 여기에는 자기만의 심리학이 있거든……. 하긴 이런 걸 일일이 설명하는 것도 더러운 일이야. 그냥 내버려 둬!"

"게다가 모욕적이야, 모욕적이고말고! 나는 너를 이해해! 하지만…… 이제는 이미 분명히 얘기를 꺼냈으니까(드디어 분명히 얘기를 꺼냈다는 것은 훌륭한 일이야, 기쁘다!) 이제는 탁 터놓고 솔직히 말하는 건데, 저 녀석들이 진즉에 저렇다는 것을,

저런 생각을 하는 것을 요새 계속 알아채고 있었어. 물론 그래 봐야 어슴푸레 낌새를 챈 정도지만, 그래도 낌새든 뭐든 대체 왜들 그러냔 말이야! 감히 어떻게 그럴 수가 있어? 놈들은 어디, 대체 어디에다 그런 뿌리를 감추고 있는 걸까? 내가 얼마나 열을 받았는지 넌 모를 거다! 세상에, 빈곤과 우울증에 시달리다 반편이가 된 가난한 대학생이 혼미 상태가 될 만큼 혹독한 병에 걸리기 전날 밤, 어쩌면 그 병이 진즉부터 조짐을 보였는지도 모르는데(이게 문제야!) 의심도 많고 자존심도 강하고 자신의 가치도 잘 알면서도 여섯 달째 방구석에 틀어박혀 아무도 만나지 않고 누더기에 밑창도 없는 구두를 신고 다니는 이 대학생이 어중이떠중이 경찰들 앞에 서서 폭언을 꾹 참고 들어야 했단 말이야. 거기다가 느닷없이 코앞에 닥친 빚 독촉이며 지불 기한이 지난 7등관 체바로프의 어음이며 썩은 페인트며 열씨(列氏) 30도의 폭서며 숨이 턱턱 막히는 공기며 무리 지어 들끓는 사람들이며 전날 밤에 찾아갔던 인물의 피살 사건 얘기며, 이 모든 것이 굶주린 배에 들이닥친 거야! 이런 상황에서 어떻게 기절하지 않을 수 있겠어! 이것을, 이것을 모든 근거로 삼으려 하다니! 제기랄! 얼마나 짜증 나는 일인지 십분 이해하지만, 내가 네 처지라면, 로지카, 놈들이 보는 앞에서 실컷 웃어 줬을 거야. 아니면 차라리, 놈들의 낯짝에다 침을 뱉-어 주었을 거야, 그것도 아주 끈적끈적한 가래침을 뱉어 주고 빰따귀를 요령껏 찰싹찰싹 사방팔방으로 스무 번쯤 갈겨 줬을 거야, 놈들은 항상 이렇게 손봐 줘야 하거든, 이렇게 끝장을 봤을 거라고. 침을 탁 뱉어 줘! 힘내고! 부끄럽잖아!"

'이 녀석, 어쨌거나 이 얘기는 잘 정리해 줬군.' 라스콜니코프가 생각했다.

"침을 뱉어 주라고? 내일 또 심문을 할 텐데!" 그가 괴로워하며 말했다. "정말로 그들 앞에서 이런저런 사정을 늘어놓아야 될까? 어제 술집에서 자묘토프 같은 놈을 상대할 만큼 비참해진 것도 짜증 나는데……."

"젠장! 내가 직접 포르피리를 찾아가겠어! 그러고는 친척답게 쥐어짜야겠어. 몽땅 낱낱이 실토하게 할 거야! 한데 자묘토프, 이놈은……."

'마침내 알아맞혔군!' 라스콜니코프가 생각했다.

"잠깐만!" 라주미힌이 갑자기 그의 어깨를 붙잡고 소리쳤다. "잠깐만! 네 말은 허튼소리야! 곰곰 생각을 해 보니까, 아무래도 네 말은 허튼소리라고! 자, 이건 대체 무슨 계략이야? 네 말은 일꾼들에 관한 질문이 계략이었다는 거지? 차근차근 씹어 보자. 자, 만약 네가 그 짓을 저질렀다면 과연 아파트에서 누가 칠을 하고 있는 장면을…… 또 일꾼들을 보았다는 헛말을 했을 리가 있을까? 정반대로, 설령 보았더라도 아무것도 보지 못했다고 했겠지! 누가 자기한테 불리한 자백을 하겠어?"

"만약 내가 그 일을 저질렀다면 나는 틀림없이 일꾼들도, 그 아파트도 전부 보았다고 말했을 거야." 라스콜니코프는 혐오감을 역력히 드러내며 마지못해 대답을 이어 갔다.

"대체 왜 자기한테 불리한 말을 해?"

"시골뜨기나 아주 서툰 풋내기만 심문을 받을 때 무턱대고 연달아 전부 아니라고 딱 잡아떼는 법이거든. 조금이라도 머리가 있고 세상 물정에 밝은 사람이라면 어찌할 수 없는 외적인 사실들에 관한 한 틀림없이, 또 가능한 한 전부 자백하려고 애쓰지. 다만, 그것들에 다른 이유를 갖다 붙이고 아주 독특한 뜻밖의 성질을 끼워 넣어 주면, 그 덕분에 그 이유들은 완전히 다른 의미를 띠고 또 다른 관점에서 제시되는 거야. 포르피리는 틀림없이 내가 그렇게 대답할 것이라고 계산했을 거야, 그럴듯하게 보이기 위해 틀림없이 봤다고 말할 것이라고, 그러면서 무슨 설명을 더 끼워 넣을 것이라고……."

"그럼 그 형은 당장, 이틀 전이라면 그곳에 일꾼들이 있었을 리도 없고 따라서 너는 정확히 살인 사건 당일, 7시가 좀 지난 시각에 그곳에 있었던 것이다, 라고 말했겠구나. 그렇게 하찮은 걸로 넘어가게 할 참이었군!"

"바로 그럴 속셈이었던 거야, 즉 내가 미처 생각을 정리할 틈도 없이 그야말로 허겁지겁 더 그럴듯한 대답을 내놓느라 이틀 전에는 일꾼이 있었을 리 없다는 사실을 까맣게 잊을 것이라고 말이야."

"아니, 어떻게 그런 걸 잊을 수가 있어?"

"그거야말로 제일 쉬운 일이지! 원래 교활한 사람이 그렇게 하찮은 것에는 제일 쉽게 넘어가거든. 사람이란 교활하면 할수록 자기가 단순한 것에 넘어가리라는 생각은 덜 하지. 가장 교활한 사람은 그야말로 가장 단순한 것에 넘어가도록 해야 돼. 포르피리는 네가 생각하는 것처럼 멍청한 사람이 절대 아니야……."

"그렇다면 비열한 양반이군!"

라스콜니코프는 웃지 않을 수 없었다. 하지만 바로 그 순간, 마지막에 설명을 늘어놓을 때 자기가 그토록 활기를 띠고 흥겨워했던 것이 이상하게 여겨졌다. 그전까지만 해도 무뚝뚝하고 혐오감을 느끼면서도 분명히 어떤 목적이 있어서 어쩔 수 없이 대화에 보조를 맞추어 주는 정도였는데 말이다.

'어떤 부분에서는 나도 구미가 당기는 모양이군!' 그는 속으로 생각했다.

하지만 거의 바로 그 순간 왠지 갑자기 불안해졌는데, 느닷없이 떠오른 불길한 생각에 충격을 받은 모양이었다. 그의 불안은 더 커졌다. 그들은 이미 바칼레예프 여관 입구까지 와 있었다.

"혼자 들어가라." 갑자기 라스콜니코프가 말했다. "나도 금방 돌아올게."

"어딜 가려고? 벌써 다 왔잖아!"

"안 돼, 가야 돼. 볼일이 있어…… 반시간 뒤에 올게……. 저쪽에도 그렇게 말해 줘."

"네 맘대로 해, 나는 너를 따라갈 테니까!"

"아니, 왜 나를 못 잡아먹어서 안달이야!" 이렇게 외치는 그의 눈에 너무도 쓰라린 신경질과 절망이 담겨 있었던 탓에 라주미힌은 그만 풀이 죽어 버렸다. 얼마간 그는 건물 현관의 층계참에 서서 상대방이 자기 집이 있는 골목 쪽으로 빨리 성큼성큼 걸어가는 장면을 침울하게 지켜보았다. 그러다 결국에는 이를 갈고 주먹을 불끈 쥐며 오늘 당장 포르피리를 레몬처럼 쥐어짜 버리리라 맹세한 다음, 그들이 오래도록 오지 않아 진즉부터 불안에 떨고 있을 풀헤리아 알렉산드로브나를 진정시키기 위해 위층으로 올라갔다.

라스콜니코프는 자기 집에 다다랐을 때 관자놀이가 땀에 흠뻑 젖어 있었고 숨 쉬는 것도 힘겨웠다. 서둘러 계단을 올라가 잠가 놓지 않은 자기 방으로 들어가서는 곧바로 걸쇠를 걸었다. 그런 다음에는 겁에 질려 미친 듯 한쪽 구석으로, 그때 물건을 넣어 둔 벽지 구멍으로 달려가 거기다 한 손을 쑤셔 넣고 몇 분간 구멍을 구석구석, 벽지의 틈새를 여기저기 매만지고 훑으며 꼼꼼하게 살폈다. 아무것도 나오지 않자 일어나서 깊은 안도의 한숨을 내쉬었다. 아까 이미 바칼레예프의 집 앞 층계참에 다다랐을 때 갑자기 무슨 물건이, 즉 무슨 목걸이나 단추, 심지어 노파가 자기 손으로 표시를 해 둔 포장지 같은 것이 그때 어쩌다 그만 빠져나와 어디 틈새에 틀어박혀 있지나 않을까, 그러다 나중에 갑자기 그를 옴짝달싹 못하게 할 뜻밖의 물증이 되지나 않을까, 하는 생각이 들었던 것이다.

그는 생각에 잠긴 듯 서 있었는데, 입가로 이상야릇하고 비굴한, 반쯤은 얼빠진 미소가 맴돌았다. 마침내 학생모를 쥐고 조용히 방을 나왔다. 생각이 마구 뒤엉켰다. 그는 생각에 잠긴 채 대문으로 내려갔다.

"저기, 바로 저분입니다!" 커다란 목소리가 이렇게 외쳤다. 그는 머리를 들었다.

문지기가 자신의 골방 문 옆에 서서 키가 크지 않은 어떤 사람에게 곧장 그를 가리켜 보였는데, 겉보기에는 소시민인 것 같았고 실내복 비슷한 옷에 조끼를 걸친 탓에 멀리서는 여자처럼 보였다. 땟국이 졸졸 흐르는 제모(制帽)를 쓴 머리는 밑으로 축 늘어져 있고 사람 자체도 몸이 통째로 굽은 것 같았다. 주름투성이에 얽은 얼굴을 보니 쉰은 족히 넘은 것 같았다. 눈꺼풀이 부어오른 작은 눈은 뭐가 그리 못마땅한지 무뚝뚝하고 엄격해 보였다.

"무슨 일입니까?" 라스콜니코프가 문지기 쪽으로 다가가며 물었다.

소시민은 그를 힐끗 쳐다보더니 서두르는 기색도 없이 유심히 뚫어져라 살펴보았다. 그런 다음에는 천천히 몸을 돌려 한마디도 하지 않고 건물의 대문에서 거리로 나갔다.

"무슨 일이냐니까!" 라스콜니코프가 소리를 질렀다.

"어떤 사람이 당신 이름을 대면서 여기 그런 대학생이 사느냐, 누구 집에 사느냐고 물었어요. 마침 그때 당신이 내려왔기에 저 사람이라고 일러 주었는데 그냥 저렇게 가 버리네요. 무슨 일인지, 원."

문지기도 영문을 모르겠다는 투였지만 별달리 유난을 떨지는 않고 잠깐 더 생각을 하다가는 몸을 돌려 자신의 골방으로 되돌아갔다.

라스콜니코프는 소시민을 뒤쫓아 달려갔고, 이내 맞은편 거리를 아까처럼 서두르는 기색도 없이 유유히, 땅바닥에 시선을 꽂아 둔 채 뭔가 곰곰 생각하는 듯 걸음을 떼고 있는 그를 발견했다. 곧 그를 따라잡았지만 얼마 동안은 그냥 뒤에서 걸어갔다. 마침내 그와 나란히 서게 되자 그의 얼굴을 옆에서 곁눈질로 훔쳐보았다. 상대방은 즉시 그를 알아보고는 재빨리 훑어보았지만 다시 눈을 내리깔았으며, 그들은 한마디도 하지 않고 그렇게 일 분 정도를 서로 나란히 걸었다.

"저를 찾으셨다고요…… 문지기에게 묻고?" 마침내 라스콜니코프가 말문을 열었지만 어쩐지 별로 크지 않은 목소리였다.

소시민은 가타부타 무슨 대답을 하기는커녕 아예 쳐다보지도 않았다. 다시 둘 다 침묵했다.

"아니 왜…… 사람을 찾으러 와 놓고는…… 아무 말도 하지 않고…… 대체 무슨 짓입니까?" 라스콜니코프는 목소리가 탁탁 끊겨 어째 말이 분명히 나오질 않았다.

이번에는 소시민도 눈을 들어 올렸고, 불길하고 음산한 눈초리로 라스콜니코프를 쏘아보았다.

"살인자!" 갑자기 조용하지만 분명하고 또렷한 목소리로 이렇게 말하는 것이 아닌가…….

라스콜니코프는 그와 나란히 걷고 있었다. 갑자기 다리에 힘이 쑥 빠지면서 등골이 오싹해졌으며, 일순간 심장이 멎는 것 같더니 갑자기 갈고리에서 튕겨 나간 듯 쿵쾅대기 시작했다. 그렇게 그들은 또다시 완전히 침묵을 고수하며 백 걸음쯤을 나란히 걸어갔다.

소시민은 그를 쳐다보지도 않았다.

"아니…… 무슨 말씀이신지…… 누가 살인자라는 겁니까?" 라스콜니코프가 들릴락 말락 중얼거렸다.

"네놈이 살인자란 말이야." 상대방은 더욱더 또박또박, 의

미심장한 어조로 말하더니 어딘가 증오에 찬, 의기양양한 미소를 띠우며 또다시 곧장 라스콜니코프의 창백한 얼굴과 죽은 사람 같은 눈을 쳐다보았다. 둘은 그때 사거리까지 다 온 상태였다. 소시민은 왼쪽 거리로 방향을 틀더니 뒤도 돌아보지 않고 걸어갔다. 라스콜니코프는 그 자리에 남아 오랫동안 그의 뒷모습을 쳐다보았다. 상대방이 이미 쉰 걸음쯤 걸어간 다음 몸을 돌리고서 아직도 같은 자리에 꿈쩍도 않고 서 있는 자신을 쳐다보는 것이 보였다. 똑똑히 볼 수는 없었지만 라스콜니코프는 상대방이 이번에도 예의 그 증오에 찬, 싸늘하고 의기양양한 미소를 짓는 것만 같았다.

라스콜니코프는 조용하고 기진맥진한 걸음걸이로, 무릎이 후들거리고 몸이 꽁꽁 얼어붙은 것 같은 모습으로 되돌아와 자신의 골방으로 올라갔다. 그는 학생모를 벗어 탁자 위에 놓고 십 분 정도 그 옆에 꼼짝도 않고 서 있었다. 그런 다음에는 힘없이 소파에 드러눕더니 몸이 좋지 않은지 희미한 신음 소리를 내며 몸을 쭉 뻗었다. 눈이 감겼다. 그렇게 그는 반시간쯤 누워 있었다.

그는 아무 생각도 하지 않았다. 그저 어떤 생각들이나 생각의 파편들, 혹은 어떤 표상들이 질서도, 연관도 없이 스쳐 갈 뿐이었고 어릴 적에 봤거나 어디선가 겨우 한 번 마주친, 그러고는 절대 떠올린 적이 없을 법한 사람들의 얼굴이 스쳐 갔다. V 교회의 종루, 어느 술집의 당구대와 그 당구대 옆에 있던 어느 장교, 어느 지하 담배 가게의 여송연 냄새, 선술집, 곳곳에 구정물이 흐르고 달걀 껍질이 나뒹구는 칠흑같이 캄캄한 계단, 어디선가 들려오는 일요일의 종소리……. 대상들은 서로 교체되면서 회오리처럼 빙빙 맴을 돌았다. 더러 마음에 드는 것도 있어서 거기에 매달려 보았지만 그쪽에서 꺼져 버렸으며, 대체로 뭔가가 내부에서 그를 짓눌러도 심한 정도는 아니었다. 이따금씩은 기분이 좋기도 했다……. 가벼운 오한이 채 다 가시지 않았으며 그것을 느끼는 것도 거의 좋았다.

라주미힌의 다급한 발걸음 소리와 목소리가 들려오자 그는 눈을 감고 자는 척했다. 라주미힌은 문을 열고 뭔가를 곰곰 생각하는 듯 얼마간 문지방에 서 있었다. 그런 다음에는 조용히 방 안으로 걸어 들어와 조심조심 소파 쪽으로 다가왔다. 나스타시야가 속닥대는 소리가 들렸다.

"건드리지 마. 푹 자게 내버려 두라고. 나중에 먹어도 되잖아."

"그야 그렇지." 라주미힌이 대답했다.

두 사람은 조심조심 나가며 문을 닫았다. 다시 반시간쯤 지났다. 라스콜니코프는 눈을 뜨고 또다시 벌렁 드러누워 두 손으로 머리를 받쳤다…….

'그놈은 누굴까? 땅 밑에서 솟아난 그 인간은 누구냔 말이야? 대체 어디에 있었고 무엇을 보았을까? 그놈은 모조리 다 보고 있었다, 이건 의심의 여지가 없다. 그때 어디에 서 있었고 어디서 보고 있었을까? 왜 이제야 마룻바닥 밑에서 솟아난 걸까? 더욱이 어떻게 볼 수 있었던 걸까, 과연 가능할 법한 일인가……? 음…….' 라스콜니코프는 온몸이 서늘해지고 부들부들 떨리는 가운데 생각을 이어 갔다. '니콜라이가 문 뒤에서 발견한 상자 말이다. 아니, 이럴 수가 있을까? 물증? 십만 분의 일밖에 안 되는 단서를 놓쳐도 이집트의 피라미드만 한 물증이 된다! 파리가 날아다녔고 그 녀석이 보고 있었다! 아니, 이럴 수가 있나?'

그러자 그는 갑자기 힘이 빠지는 것이, 육체적으로 힘이 빠지는 것이 느껴져 기분이 더러웠다.

'이럴 줄 알아야 했다.' 그는 씁쓸한 냉소를 머금으며 생각했다. '나 자신을 알면서도, 나 자신을 예감하면서도 감히 도끼를 들고 손에 피를 묻히다니! 기필코 미리 알았어야 했는데……. 에잇! 실은 미리 알지 않았던가……!' 그는 절망에 사로잡혀 이렇게 속삭였다.

때때로 그는 어떤 생각 앞에서 꼼짝없이 멈칫하곤 했다.

'아니다, 그런 사람들은 그렇게 만들어진 것이 아니다. 모든 것이 허용되는 진짜 통치자는 툴롱을 격멸하고 파리에서 대학살을 자행하고 이집트에서 군대를 방치하고 모스크바 원정에서 오십만 명을 낭비하고 빌나에서 말장난 하나로 일을 마무리한다. 그런 그를 위해 사후에 우상을 세워 주는 것이며, 고로 모든 것이 허용되는 것이다. 아니, 그런 사람들은 몸이 아니라 청동으로 되어 있는 모양이다!'

이런 것과는 전혀 상관없는 생각 하나가 뜬금없이 떠올라, 갑자기 거의 웃음이 터져 나왔다.

'나폴레옹, 피라미드, 워털루, 그리고 비썩 마르고 추악한, 14등관의 미망인이자 고리대금업자에, 침대 밑에 붉은 궤짝이나 감춰 놓는 노파라니 — 자, 제 아무리 포르피리 페트로비치라도 이런 걸 어떻게 소화해 낼 수 있겠어……! 누군들 어떻게 하겠냐고……! 미학이 방해를 할 텐데. 나폴레옹이 '노파'의 침대 밑으로 기어드나, 라고 할 테지! 에잇, 병신 같은 짓이야……!'

수시로 그는 의식이 혼미해지는 것 같은 느낌이 들었다. 열병에 걸린 양 황홀한 기분이 되기도 했다.

'노파는 아무것도 아니야!' 그가 격정에 휩싸이며 열렬히 생각했다. '노파는 실수였을 수도 있지만, 문제는 노파가 아니다! 노파는 그저 병에 불과했고…… 나는 차라리 넘어서고 싶었던 것이다…… 나는 사람을 죽인 것이 아니다, 원칙을 죽인 것이다! 원칙은 죽였지만 정작 넘어서는 건 아예 넘어서질 못하고 이편에 남게 됐다……. 할 수 있었던 것은 죽이는 것뿐이었지. 하긴 그러고 보니 그것조차도 제대로 할 수 없었던 셈이다……. 원칙? 저 멍청한 라주미힌은 아까 무엇 때문에 사회주의자들을 욕했을까? 근면 성실하고 장사에 능한 족속인걸. '보편적인 행복'에 종사하지 않는가……. 아니다, 나에게 삶은 한 번 주어지는 것이지, 더 이상은 결코 없을 것이다. 마냥 '공동의 행복'을 기다리기는 싫다. 나도 살고 싶다, 그러지 못할 바에는 차라리 살지 않는 편이 낫다. 아니, 그래서? 나는 다만, 호주머니 속에 1루블을 꼭 거머쥔 채 '공동의 행복'이나 기다리며 굶주린 어머니 옆을 그냥 지나치는 짓은 하기 싫었던 것이다. "공동의 행복을 위해 벽돌 한 장을 나르고 그로써 마음의 평온을 느낀다.", 이런 말씀. 하-하! 너희들은 나를 왜 그냥 통과시켰는가? 나 역시 한 번뿐인 삶을 살고 있고, 나 역시 살고 싶단 말이다……. 에잇, 나란 놈은 미학적인 이(蝨)에 불과할 뿐, 더 이상 아무것도 아니다.' 그가 갑자기 정신 나간 사람처럼 웃으며 덧붙였다. '그렇다, 나는 정말로 이(蝨)다.' 그는 계속 생각에 잠겨 심술궂은 쾌감을 느끼고 그 생각에 들러붙어 그것을 헤적이고 갖고 놀면서도 그로 인해 혼란스러워하고 있었다. '그 이유인즉, 첫째, 지금 내가 이(蝨)라는 점에 대해 이러쿵저러쿵 생각한다는 것만 봐도 그렇다. 둘째, 한 달 내도록 자비로운 신을 괴롭혀 가며 증인으로 내세워서는 나 자신의 육신과 육욕을 위해 이런 시도를 하는 것이 아니라 훌륭하고 유쾌한 목적을 염두에 둔 것임을 봐 달라고 했다 — 하-하! 그리고 셋째, 실행에 있어 가능한 한 공정을 기하기로, 즉 무게와 정도와 수학을 지키기로 결심했다. 그러고는 모든 이(蝨) 중에서 제일 쓸모없는 이(蝨)를 골라 죽이고 그럼으로써 첫걸음을 내딛기 위해 더도 덜도 말고 꼭 필요한 만큼만 취하기로 결심했던 것이다…….(고로, 나머지는 그대로 유언장에 따라 수도원에 들어갈 테지 — 하-하!) 또, 또, 내가 결정적으로 이(蝨)인 이유는' 하고 이를 갈며 덧붙였다. '나 자신이 살해된 이(蝨)보다 훨씬 더 추악하고 더러운 놈일지도 모르기 때문이며, 죽이고 난 이후에 나 자신에게 이런 말을 하게 될 것임을 미리부터 예감했기 때문이다! 과연 이처럼 소름끼치는 공포에 비길 만한 것이 무엇이 있을까! 오, 비루해라! 오, 비열해라……! 오, 사벨을 차고 말을 탄 '예언자'를 정말 잘 이해하겠다. 알라가 명하노니 '떨고 있는' 피조물은 복종하라! 옳다, 어디에 훌-륭-한 포병대를 세워 놓고 길을 가로막은 다음 올바른 자든, 죄

있는 자든 할 것 없이 해명할 기회조차 주지 않고 전부 휩쓸어 버릴 때 그 '예언자'는 옳은 것이다, 옳고말고! 복종하라, 떨고 있는 피조물이여, 그리고 바라지 말라, 그건 네 일이 아니니까……! 오, 어떤 일이, 어떤 일이 있어도 이 노파를 용서하지 못하겠다!'

그의 머리카락은 땀에 흠뻑 젖고 부들부들 떨리는 입술은 바싹바싹 타들어 갔으며 시선은 꼼짝없이 천장에 붙박여 있었다.

'어머니와 동생, 이들을 나는 얼마나 사랑했던가! 한데 지금은 왜 이다지도 증오하는 걸까? 그래, 나는 이들을 증오한다, 육체적으로 증오한다, 곁에 있으면 참을 수가 없다……. 아까 나는 어머니에게 다가가 입을 맞추었지, 기억난다……. 어머니를 껴안은 채 생각했지, 혹시 아시게 된다면…… 그때는 어머니한테 말해야 될까? 어차피 그래야 될 테지……. 음! 그녀도 나와 똑같은 존재임에 틀림없다.' 그는 이렇게 덧붙이고는 서서히 자신을 덮쳐 오는 미망과 투쟁을 벌이듯 안간힘을 쓰면서 생각을 이어 갔다. '오, 지금 이 노파가 정말 증오스럽다! 혹시 깨어난다면 한 번 더 죽일 것만 같다! 불쌍한 리자베타! 왜 하필 그 순간에 불쑥 나타난 것일까……! 한데 이상한 노릇이야, 왜 그녀 생각은 거의 하지 않는 걸까, 꼭 죽이지 않은 것처럼……? 리자베타! 소냐! 불쌍한 것들, 온순한 것들, 온순한 눈을 하고……. 사랑스러운 것들……! 대체 왜 그들은 울지 않을까? 왜 신음하지도 않는 걸까……? 모든 것을 내주고…… 온순하고 조용한 눈으로 바라만 볼 뿐……. 소냐, 소

냐! 조용한 소냐……!'

그는 정신이 가물가물해졌다. 자기가 어쩌다 거리에 있게 됐는지도 기억나지 않는 것이 이상했다. 벌써 저녁이 깊었다. 땅거미가 짙게 깔리고 보름달이 점점 더 환히 빛나고 있었다. 하지만 공기는 웬지 유달리 더 갑갑했다. 사람들이 무리 지어 거리를 걷고 있었다. 수공업자들, 바쁜 일이 있는 사람들은 각자 집으로 돌아가는 중이고 그렇지 않은 사람들은 어슬렁대고 있었다. 석회 가루와 먼지와 고인 물이 냄새를 풍겼다. 라스콜니코프는 근심에 찬 슬픈 모습으로 걷고 있었다. 어떤 목적이 있어 집을 나왔으며 뭔가를 해야 하고 서둘러야 한다는 것은 몹시 잘 기억했지만 그게 정확히 무엇인지는 잊어버렸다. 갑자기 그는 걸음을 멈추었는데, 맞은편 거리, 보도에 어떤 사람이 서서 그를 향해 손을 흔드는 것이 보였다. 길을 건너 그쪽으로 갔지만 정작 그 사람은 갑자기 몸을 돌리더니 아무 일도 없었다는 듯 고개를 푹 숙이고 뒤도 돌아보지 않았으며 그를 불렀던 티도 전혀 내지 않고서 걸음을 떼는 것이었다. '그만 됐어, 저 작자가 과연 부르긴 한 걸까?' 이렇게 생각하면서도 라스콜니코프는 그의 뒤를 쫓아갔다. 열 걸음도 채 가지 않아, 갑자기 그가 누구인지를 알아보고는 소스라치게 놀랐다. 바로 아까 그 소시민, 아까와 똑같은 실내복을 입은, 몸이 구부정한 그 소시민이었던 것이다. 라스콜니코프는 멀찌감치 떨어져서 걸었다. 심장이 쿵쾅거렸다. 그들이 골목길로 접어들었을 때도 상대방은 여전히 뒤를 돌아볼 생각도 하지 않았다. '이놈은 내가 자기 뒤를 밟고 있는 걸 알까?' 라스콜니코프가 생각했다. 소시민은 어느 커다란 건물의 대문 안으로 들어갔다. 라스콜니코프는 서둘러 대문 쪽으로 다가가, 그가 뒤돌아보지나 않을까, 자기를 부르지나 않을까, 살피기 시작했다. 과연 상대방은 대문을 다 지나 이미 마당으로 나간 다음 갑자기 또 몸을 돌리더니 꼭 그에게 손짓을 하는 것 같았다. 라스콜니코프는 즉시 대문을 지나 안으로 들어갔지만 소시민은 이미 마당에 없었다. 그렇다면 곧장 1층 계단으로 들어선 것이리라. 라스콜니코프는 그를 따라잡으려고 달려갔다. 정말로 두 층쯤 높은 곳에서 누군가가 고르게 찬찬히 발걸음을 떼는 소리가 들려왔다. 이상하다, 어째 계단이 눈에 익은 것 같다! 저기, 1층 창문이 보인다. 쓸쓸하고 신비스럽게 달빛이 유리로 스며들고 있었다. 자, 2층이다. 어라! 일꾼들이 칠을 하고 있던 그 아파트가 아닌가……. 왜 곧장 알아보지 못했을까? 앞서 가던 사람의 발소리가 잠잠해졌다. '그러니까 이 놈이 걸음을 멈추었거나 어디에 몸을 숨겼다는 소리군.' 자, 3층이다. 더 가 볼까? 저쪽은 얼마나 조용한지, 심지어 소름이 돋는다……. 그래도 그는 걸음을 떼 놓았다. 자신의 발소리에도 소스라치게 놀라며 불안에 떨었다. 맙소사, 왜 이리 캄캄할까! 그 소시민은 분명히 여기 어디 구석에 몸을 숨겼으리라. 아! 아파트 문이 계단 쪽으로 활짝 열려 있다. 그는 잠깐 생각하다가 안으로 들어갔다. 현관은 무척 캄캄하고 모든 것을 다 들어낸 양 텅 비어 개미 새끼 한 마리도 없었다. 그는 발뒤꿈치를 들고 살금살금 거실로 들어갔다. 방이 달빛을 받아 온통 환히 빛나고 있었다. 이곳은 모든 것이 예전과 똑같았다. 의자며 거울이며 노란 소파며 액자 속의 그림이며 전부. 거대하고 둥근, 검붉은 구릿빛 달이 창문 안을 곧장 들여다보고 있었다. '달 때문에 이렇게 조용한가 보다.' 라스콜니코프는 생각했다. '저 달은 지금 분명히 수수께끼를 던지고 있는 거다.' 그는 서서 기다렸다, 오래도록 기다렸다. 달이 조용하면 할수록 그의 심장은 더욱더 거세게 쿵쾅거렸고 급기야는 아파 왔다. 사위는 여전히 조용했다. 갑자기 일순간 삭정이를 꺾는 것 같은 건조한 소리가 들리는가 싶더니, 다시 잠잠해졌다. 잠에서 깬 파리가 공중을 날다가 갑자기 유리에 부딪쳐 푸념하듯 윙윙댔다. 바로 그 순간, 그는 작은 장롱과 창문 사이, 구석진 곳의 벽에 여성용 외투가 걸려 있는 것을 알아보았다. '왜 이런 데 외투가 있을까?' 그가 생각했다. '전에는 없었는데…….' 살금살금 다가갔더니 외투 뒤에 누군가가 숨어 있는 것 같았다. 조심조심 한 손으로 외투를 걷어 내고 보니, 거기에 의자가 놓여 있고 그 구석 의자에 노파가 앉아 있는 것이 아닌가. 온몸을 웅크리고 고개를 푹 숙인 까닭에 얼굴은 도저히 알아볼 수 없었지만 어쨌거나 노파였다. 그는 그녀를 내려다보며 잠깐 서 있었다. '무서워하는구나!' 이렇게 생각하며 살금살금 올가미에서 도끼를 꺼내 노파의 정수리를 향해 한 번, 또 한 번 내리쳤다. 하지만 이상한 노릇이다. 그녀는 목각 인형처럼 이 타격에도 몸 한 번 달싹이지 않았다. 그는 경악하며 더 가까이 몸을 숙여 그녀를 뜯어보려고 했다. 그럴수록 그녀도 더욱더 낮게 머리를 숙였다. 그래서 그는 마룻바닥 쪽으로 몸을 완전히 구부리고 그녀의 얼굴을 밑에서 위로 훔쳐보았으며, 그렇게 훔쳐보고는 사색이 되었다. 노파가 앉아서 웃고 있었던 것이다 — 그것도 그가 듣지 못하도록 안간힘을 쓰며 소리를 죽이고 연신 조용한 웃음을 흘리고 있었다. 갑자기 침실 문이 아주 빠끔히 열리는가 싶더니 그쪽에서도 사람들이 웃고 수군대는 것 같았다. 미칠 것 같은 광란에 휩싸인 그는 온 힘을 다해 노파의 머리를 내리치기 시작했지만, 도끼를 내리칠 때마다 침실 쪽에서 들려오는 웃음과 수군거림은 더 거세고 또렷해졌으며 노파는 온몸을 들썩이며 키득키득 웃어 댔다. 그는 얼른 도망치려고 내달렸지만 현관은 전부 진즉에 사람들로 가득 찼고 계단으로 통하는 문도 모조리 활짝 열려 있는 데다가 층계참도, 계단도, 그 아래쪽도 사람들이 서로 앞을 다투어 머리를 들이밀며 모두 이쪽을 쳐다보고 있다 — 하지만 다들 몸을 숨긴 채 말없이 기다리고만 있다……. 그는 심장이 죄어 오고 다리가 땅에 붙박인 듯 움직이질 않는다……. 비명을 지르고 싶은 찰나, 잠에서 깼다.

그는 힘겹게 숨을 몰아쉬었지만, 이상하게도 꿈이 여전히 계속되고 있는 것 같았다. 방문은 활짝 열려 있고 문지방에는 완전히 낯선 사람이 우뚝 선 채 그를 뚫어져라 지켜보고 있었던 것이다.

라스콜니코프는 아직 눈을 다 뜰 틈도 없이 금방 다시 눈을 감았다. 그는 그대로 드러누워 꿈쩍도 하지 않았다. '꿈이 계속되고 있는 것일까, 아닐까.' 그는 이렇게 생각하며 좀 보려고 다시 속눈썹을 눈에 띄지 않게 살짝 들어 올렸다. 낯선 사람은 같은 자리에 선 채 계속 그를 들여다보고 있었다. 갑자기 그는 조심스레 문지방을 넘어섰고 살며시 문을 닫고 탁자 쪽으로 다가와 일 분 정도 기다리다가 — 그러는 동안에도 쭉 그에게서 눈을 떼지 않았다 — 아무 소리도 내지 않고 조용히 소파 옆 의자에 앉았다. 모자는 옆쪽, 마룻바닥에 내려놓고 두 손은 지팡이 위에 얹고 그 손 위에 턱을 내려놓았다. 보아하니 한참이라도 기다릴 태세였다. 깜박이는 속눈썹을 통해 알아볼 수 있는 한, 탄탄한 체구에 거의 흰색에 가까운 밝은 색의 턱수염을 풍성하게 기른, 이미 젊지 않은 사람이었다…….

십 분 정도가 지났다. 아직 밝았지만 벌써 저녁이었다. 방 안에는 완전한 정적이 깔려 있었다. 계단에서조차 아무 소리도 들리지 않았다. 오직 무슨 커다란 파리만이 허공을 날다가 유리에 부딪쳐 윙윙대고 몸부림을 쳐 댈 뿐이었다. 결국 참을 수가 없어졌다. 라스콜니코프는 갑자기 몸을 일으켜 소파에 앉았다.

"자, 말씀해 보시죠, 무슨 용건입니까?"

"실은 그럴 줄, 그러니까 주무시는 것이 아니라 그냥 그런 척하시는 줄 알고 있었습니다." 낯선 사람은 이상한 어조로 이렇게 대답하며 평온하게 웃었다. "아르카지 이바노비치 스비드리가일로프라고 합니다, 제 소개를 하자면요……."

(2권에서 계속)

세계문학전집 284

죄와 벌 1

1판 1쇄 펴냄 2012년 3월 30일
1판 40쇄 펴냄 2024년 10월 2일

지은이 표도르 도스토옙스키
옮긴이 김연경
발행인 박근섭, 박상준
펴낸곳 (주)민음사

출판등록 1966. 5. 19. (제 16-490호)
서울특별시 강남구 도산대로1길 62(신사동) 강남출판문화센터 5층 (우편번호 06027)
대표전화 02-515-2000 팩시밀리 02-515-2007
www.minumsa.com

ISBN 978-89-374-6284-9 04800
ISBN 978-89-374-6000-5 (세트)

세계문학전집 목록

51·52 내 이름은 빨강 파묵 · 이난아 옮김 노벨 문학상 수상 작가

53 오셀로 셰익스피어 · 최종철 옮김 서울대 권장도서 100선

54 조서 르 클레지오 · 김윤진 옮김 노벨 문학상 수상 작가

55 모래의 여자 아베 코보 · 김난주 옮김

56·57 부덴브로크 가의 사람들 토마스 만 · 홍성광 옮김 노벨 문학상 수상 작가

58 싯다르타 헤세 · 박병덕 옮김 노벨 문학상 수상 작가

59·60 아들과 연인 로렌스 · 정상준 옮김 《뉴스위크》 선정 100대 명저

61 설국 가와바타 야스나리 · 유숙자 옮김 노벨 문학상 수상 작가 | 서울대 권장도서 100선

62 벨킨 이야기 · 스페이드 여왕 푸슈킨 · 최선 옮김

63·64 넙치 그라스 · 김재혁 옮김 노벨 문학상 수상 작가

65 소망 없는 불행 한트케 · 윤용호 옮김 노벨 문학상 수상 작가

66 나르치스와 골드문트 헤세 · 임홍배 옮김 노벨 문학상 수상 작가

67 황야의 이리 헤세 · 김누리 옮김 노벨 문학상 수상 작가

68 페테르부르크 이야기 고골 · 조주관 옮김

69 밤으로의 긴 여로 오닐 · 민승남 옮김 노벨 문학상 수상 작가 | 미국대학위원회 선정 SAT 추천도서

70 체호프 단편선 체호프 · 박현섭 옮김

71 버스 정류장 가오싱젠 · 오수경 옮김 노벨 문학상 수상 작가

72 구운몽 김만중 · 송성욱 옮김 서울대 권장도서 100선 | 국립중앙도서관 선정 청소년 권장도서

73 대머리 여가수 이오네스코 · 오세곤 옮김

74 이솝 우화집 이솝 · 유종호 옮김 논술 및 수능에 출제된 책(1998~2005)

75 위대한 개츠비 피츠제럴드 · 김욱동 옮김 《타임》 선정 현대 100대 영문소설

76 푸른 꽃 노발리스 · 김재혁 옮김

77 1984 오웰 · 정회성 옮김 《타임》 선정 현대 100대 영문소설 | 《뉴스위크》 선정 100대 명저

78·79 영혼의 집 아옌데 · 권미선 옮김

80 첫사랑 투르게네프 · 이항재 옮김

81 내가 죽어 누워 있을 때 포크너 · 김명주 옮김 노벨 문학상 수상 작가

82 런던 스케치 레싱 · 서숙 옮김 노벨 문학상 수상 작가

83 팡세 파스칼 · 이환 옮김

84 질투 로브그리예 · 박이문, 박희원 옮김

85·86 채털리 부인의 연인 로렌스 · 이인규 옮김

87 그 후 나쓰메 소세키 · 윤상인 옮김

88 오만과 편견 오스틴 · 윤지관, 전승희 옮김 미국대학위원회 선정 SAT 추천도서

89·90 부활 톨스토이 · 연진희 옮김 논술 및 수능에 출제된 책(1998~2005)

91 방드르디, 태평양의 끝 투르니에 · 김화영 옮김

92 미겔 스트리트 나이폴 · 이상옥 옮김 노벨 문학상 수상 작가

93 페드로 파라모 룰포 · 정창 옮김

94 차라투스트라는 이렇게 말했다 니체 · 장희창 옮김 국립중앙도서관 선정 청소년 권장도서

95·96 적과 흑 스탕달 · 이동렬 옮김 국립중앙도서관 선정 청소년 권장도서

97·98 콜레라 시대의 사랑 마르케스 · 송병선 옮김 노벨 문학상 수상 작가 | BBC 선정 꼭 읽어야 할 책

99 맥베스 셰익스피어 · 최종철 옮김 서울대 권장도서 100선 | 미국대학위원회 선정 SAT 추천도서

100 춘향전 작자 미상 · 송성욱 풀어 옮김 서울대 권장도서 100선

101 페르디두르케 곰브로비치 · 윤진 옮김

102 포르노그라피아 곰브로비치 · 임미경 옮김

103 인간 실격 다자이 오사무 · 김춘미 옮김

104 네루다의 우편배달부 스카르메타 · 우석균 옮김

105·106 이탈리아 기행 괴테·박찬기 외 옮김
107 나무 위의 남작 칼비노·이현경 옮김
108 달콤 쌉싸름한 초콜릿 에스키벨·권미선 옮김
109·110 제인 에어 C. 브론테·유종호 옮김 BBC 선정 꼭 읽어야 할 책
111 크눌프 헤세·이노은 옮김 노벨 문학상 수상 작가
112 시계태엽 오렌지 버지스·박시영 옮김 《타임》 선정 현대 100대 영문소설 | 《뉴스위크》 선정 100대 명저
113·114 파리의 노트르담 위고·정기수 옮김 미국대학위원회 선정 SAT 추천도서
115 새로운 인생 단테·박우수 옮김
116·117 로드 짐 콘래드·이상옥 옮김 《뉴스위크》 선정 100대 명저
118 폭풍의 언덕 E. 브론테·김종길 옮김 미국대학위원회 선정 SAT 추천도서
119 텔크테에서의 만남 그라스·안삼환 옮김 노벨 문학상 수상 작가
120 검찰관 고골·조주관 옮김
121 안개 우나무노·조민현 옮김
122 나사의 회전 제임스·최경도 옮김 미국대학위원회 선정 SAT 추천도서
123 피츠제럴드 단편선 1 피츠제럴드·김욱동 옮김
124 목화밭의 고독 속에서 콜테스·임수현 옮김
125 돼지꿈 황석영
126 라셀라스 존슨·이인규 옮김
127 리어 왕 셰익스피어·최종철 옮김 서울대 권장도서 100선 | 《뉴스위크》 선정 100대 명저
128·129 쿠오 바디스 시엔키에비츠·최성은 옮김 노벨 문학상 수상 작가
130 자기만의 방·3기니 울프·이미애 옮김
131 시르트의 바닷가 그라크·송진석 옮김
132 이성과 감성 오스틴·윤지관 옮김
133 바덴바덴에서의 여름 치프킨·이장욱 옮김
134 새로운 인생 파묵·이난아 옮김 노벨 문학상 수상 작가
135·136 무지개 로렌스·김정매 옮김
137 인생의 베일 서머싯 몸·황소연 옮김
138 보이지 않는 도시들 칼비노·이현경 옮김
139·140·141 연초 도매상 바스·이운경 옮김 《타임》 선정 현대 100대 영문소설
142·143 플로스 강의 물방앗간 엘리엇·한애경, 이봉지 옮김 미국대학위원회 선정 SAT 추천도서
144 연인 뒤라스·김인환 옮김
145·146 이름 없는 주드 하디·정종화 옮김
147 제49호 품목의 경매 핀천·김성곤 옮김 《타임》 선정 현대 100대 영문소설
148 성역 포크너·이진준 옮김 노벨 문학상 수상 작가 | 퓰리처상 수상 작가
149 무진기행 김승옥
150·151·152 신곡(지옥편·연옥편·천국편) 단테·박상진 옮김 《뉴스위크》 선정 100대 명저
153 구덩이 플라토노프·정보라 옮김
154·155·156 카라마조프가의 형제들 도스토옙스키·김연경 옮김
157 지상의 양식 지드·김화영 옮김 노벨 문학상 수상 작가
158 밤의 군대들 메일러·권택영 옮김 퓰리처상 수상 작가
159 주홍 글자 호손·김욱동 옮김 서울대 권장도서 100선 | 미국대학위원회 선정 SAT 추천도서
160 깊은 강 엔도 슈사쿠·유숙자 옮김
161 욕망이라는 이름의 전차 윌리엄스·김소임 옮김
162 마사 퀘스트 레싱·나영균 옮김 노벨 문학상 수상 작가
163·164 운명의 딸 아옌데·권미선 옮김

165 모렐의 발명 비오이 카사레스 · 송병선 옮김

166 삼국유사 일연 · 김원중 옮김 서울대 권장도서 100선

167 풀잎은 노래한다 레싱 · 이태동 옮김 노벨 문학상 수상 작가

168 파리의 우울 보들레르 · 윤영애 옮김

169 포스트맨은 벨을 두 번 울린다 케인 · 이만식 옮김

170 썩은 잎 마르케스 · 송병선 옮김 노벨 문학상 수상 작가

171 모든 것이 산산이 부서지다 아체베 · 조규형 옮김 《타임》 선정 현대 100대 영문소설

172 한여름 밤의 꿈 셰익스피어 · 최종철 옮김 미국대학위원회 선정 SAT 추천도서

173 로미오와 줄리엣 셰익스피어 · 최종철 옮김 미국대학위원회 선정 SAT 추천도서

174·175 분노의 포도 스타인벡 · 김승욱 옮김 노벨 문학상 수상 작가 | 《타임》 선정 현대 100대 영문소설

176·177 괴테와의 대화 에커만 · 장희창 옮김

178 그물을 헤치고 머독 · 유종호 옮김 《타임》 선정 현대 100대 영문소설

179 브람스를 좋아하세요... 사강 · 김남주 옮김

180 카타리나 블룸의 잃어버린 명예 하인리히 뵐 · 김연수 옮김 노벨 문학상 수상 작가

181·182 에덴의 동쪽 스타인벡 · 정회성 옮김 노벨 문학상 수상 작가

183 순수의 시대 워튼 · 송은주 옮김 《뉴스위크》 선정 100대 명저 | 퓰리처상 수상작

184 도둑 일기 주네 · 박형섭 옮김

185 나자 브르통 · 오생근 옮김

186·187 캐치-22 헬러 · 안정효 옮김 《타임》 선정 현대 100대 영문소설

188 숄로호프 단편선 숄로호프 · 이항재 옮김 노벨 문학상 수상 작가

189 말 사르트르 · 정명환 옮김

190·191 보이지 않는 인간 엘리슨 · 조영환 옮김 《타임》 선정 현대 100대 영문소설

192 왑샷 가문 연대기 치버 · 김승욱 옮김 퓰리처상 수상 작가

193 왑샷 가문 몰락기 치버 · 김승욱 옮김 퓰리처상 수상 작가

194 필립과 다른 사람들 노터봄 · 지명숙 옮김

195·196 하드리아누스 황제의 회상록 유르스나르 · 곽광수 옮김

197·198 소피의 선택 스타이런 · 한정아 옮김 퓰리처상 수상 작가

199 피츠제럴드 단편선 2 피츠제럴드 · 한은경 옮김

200 홍길동전 허균 · 김탁환 옮김

201 요술 부지깽이 쿠버 · 양윤희 옮김

202 북호텔 다비 · 원윤수 옮김

203 톰 소여의 모험 트웨인 · 김욱동 옮김

204 금오신화 김시습 · 이지하 옮김

205·206 테스 하디 · 정종화 옮김 미국대학위원회 선정 SAT 추천도서 | BBC 선정 꼭 읽어야 할 책

207 브루스터플레이스의 여자들 네일러 · 이소영 옮김

208 더 이상 평안은 없다 아체베 · 이소영 옮김

209 그레인지 코플랜드의 세 번째 인생 워커 · 김시현 옮김 퓰리처상 수상 작가

210 어느 시골 신부의 일기 베르나노스 · 정영란 옮김

211 타라스 불바 고골 · 조주관 옮김

212·213 위대한 유산 디킨스 · 이인규 옮김 서울대 권장도서 100선 | BBC 선정 꼭 읽어야 할 책

214 면도날 서머싯 몸 · 안진환 옮김

215·216 성채 크로닌 · 이은정 옮김

217 오이디푸스 왕 소포클레스 · 강대진 옮김 서울대 권장도서 100선

218 세일즈맨의 죽음 밀러 · 강유나 옮김

219·220·221 안나 카레니나 톨스토이 · 연진희 옮김 서울대 권장도서 100선

222 **오스카 와일드 작품선** 와일드·정영목 옮김
223 **벨아미** 모파상·송덕호 옮김
224 **파스쿠알 두아르테 가족** 호세 셀라·정동섭 옮김 노벨 문학상 수상 작가
225 **시칠리아에서의 대화** 비토리니·김운찬 옮김
226·227 **길 위에서** 케루악·이만식 옮김 《타임》 선정 현대 100대 영문소설 | 《뉴스위크》 선정 100대 명저
228 **우리 시대의 영웅** 레르몬토프·오정미 옮김
229 **아우라** 푸엔테스·송상기 옮김
230 **클링조어의 마지막 여름** 헤세·황승환 옮김 노벨 문학상 수상 작가
231 **리스본의 겨울** 무뇨스 몰리나·나송주 옮김
232 **뻐꾸기 둥지 위로 날아간 새** 키지·정회성 옮김 《타임》 선정 현대 100대 영문소설
233 **페널티킥 앞에 선 골키퍼의 불안** 한트케·윤용호 옮김 노벨 문학상 수상 작가
234 **참을 수 없는 존재의 가벼움** 쿤데라·이재룡 옮김
235·236 **바다여, 바다여** 머독·최옥영 옮김
237 **한 줌의 먼지** 에벌린 워·안진환 옮김 《타임》 선정 현대 100대 영문소설
238 **뜨거운 양철 지붕 위의 고양이·유리 동물원** 윌리엄스·김소임 옮김 퓰리처상 수상작
239 **지하로부터의 수기** 도스토옙스키·김연경 옮김
240 **키메라** 바스·이운경 옮김
241 **반쪼가리 자작** 칼비노·이현경 옮김
242 **벌집** 호세 셀라·남진희 옮김 노벨 문학상 수상 작가
243 **불멸** 쿤데라·김병욱 옮김
244·245 **파우스트 박사** 토마스 만·임홍배, 박병덕 옮김 노벨 문학상 수상 작가
246 **사랑할 때와 죽을 때** 레마르크·장희창 옮김
247 **누가 버지니아 울프를 두려워하랴?** 올비·강유나 옮김
248 **인형의 집** 입센·안미란 옮김
249 **위폐범들** 지드·원윤수 옮김 노벨 문학상 수상 작가
250 **무정** 이광수·정영훈 책임 편집 서울대 권장도서 100선
251·252 **의지와 운명** 푸엔테스·김현철 옮김
253 **폭력적인 삶** 파솔리니·이승수 옮김
254 **거장과 마르가리타** 불가코프·정보라 옮김
255·256 **경이로운 도시** 멘도사·김현철 옮김
257 **야콥을 둘러싼 추측들** 욘존·손대영 옮김
258 **왕자와 거지** 트웨인·김욱동 옮김
259 **존재하지 않는 기사** 칼비노·이현경 옮김
260·261 **눈먼 암살자** 애트우드·차은정 옮김 《타임》 선정 현대 100대 영문소설
262 **베니스의 상인** 셰익스피어·최종철 옮김
263 **말리나** 바흐만·남정애 옮김
264 **사볼타 사건의 진실** 멘도사·권미선 옮김
265 **뒤렌마트 희곡선** 뒤렌마트·김혜숙 옮김
266 **이방인** 카뮈·김화영 옮김 노벨 문학상 수상 작가 | 미국대학위원회 선정 SAT 추천도서
267 **페스트** 카뮈·김화영 옮김 노벨 문학상 수상 작가 | 국립중앙도서관 선정 청소년 권장도서
268 **검은 튤립** 뒤마·송진석 옮김
269·270 **베를린 알렉산더 광장** 되블린·김재혁 옮김
271 **하얀 성** 파묵·이난아 옮김 노벨 문학상 수상 작가
272 **푸슈킨 선집** 푸슈킨·최선 옮김
273·274 **유리알 유희** 헤세·이영임 옮김 노벨 문학상 수상 작가

395 월든 소로 · 정회성 옮김
396 모래 사나이 E. T. A. 호프만 · 신동화 옮김
397·398 검은 책 오르한 파묵 · 이난아 옮김 노벨 문학상 수상 작가
399 방랑자들 올가 토카르추크 · 최성은 옮김 노벨 문학상 수상 작가
400 시여, 침을 뱉어라 김수영 · 이영준 엮음
401·402 환락의 집 이디스 워튼 · 전승희 옮김
403 달려라 메로스 다자이 오사무 · 유숙자 옮김
404 아버지와 자식 투르게네프 · 연진희 옮김
405 청부 살인자의 성모 바예호 · 송병선 옮김
406 세피아빛 초상 아옌데 · 조영실 옮김
407·408·409·410 사기 열전 사마천 · 김원중 옮김 서울대 권장도서 100선
411 이상 시 전집 이상 · 권영민 책임 편집
412 어둠 속의 사건 발자크 · 이동렬 옮김
413 태평천하 채만식 · 권영민 책임 편집
414·415 노스트로모 콘래드 · 이미애 옮김
416·417 제르미날 졸라 · 강충권 옮김
418 명인 가와바타 야스나리 · 유숙자 옮김 노벨 문학상 수상 작가
419 핀처 마틴 골딩 · 백지민 옮김 노벨 문학상 수상 작가
420 사라진 · 샤베르 대령 발자크 · 선영아 옮김
421 빅 서 케루악 · 김재성 옮김
422 코뿔소 이오네스코 · 박형섭 옮김
423 블랙박스 오즈 · 윤성덕, 김영화 옮김
424·425 고양이 눈 애트우드 · 차은정 옮김
426·427 도둑 신부 애트우드 · 이은선 옮김
428 슈니츨러 작품선 슈니츨러 · 신동화 옮김
429·430 세계의 끝과 하드보일드 원더랜드 무라카미 하루키 · 김난주 옮김
431 멜랑콜리아 I-II 욘 포세 · 손화수 옮김 노벨 문학상 수상 작가
432 도적들 실러 · 홍성광 옮김
433 예브게니 오네긴 · 대위의 딸 푸시킨 · 최선 옮김
434·435 초대받은 여자 보부아르 · 강초롱 옮김
436·437 미들마치 엘리엇 · 이미애 옮김
438 이반 일리치의 죽음 톨스토이 · 김연경 옮김
439·440 캔터베리 이야기 초서 · 이동일, 이동춘 옮김
441·442 아소무아르 졸라 · 윤진 옮김
443 가난한 사람들 도스토옙스키 · 이항재 옮김
444·445 마차오 사전 한사오궁 · 심규호, 유소영 옮김
446 집으로 날아가다 랠프 엘리슨 · 왕은철 옮김
447 집으로부터 멀리 피터 케리 · 황가한 옮김
448 바스커빌가의 사냥개 코넌 도일 · 박산호 옮김
449 사냥꾼의 수기 투르게네프 · 연진희 옮김
450 필경사 바틀비 · 선원 빌리 버드 멜빌 · 이삼출 옮김

세계문학전집은 계속 간행됩니다.